다시 새로워지는 신동엽

다시 새로워지는 신동엽

초판 1쇄 발행 • 2020년 8월 14일

지은이 • 고봉준 김윤태 김지윤 김형수 김희정 박대현 이대성 조강석
       최현식 하상일 한상철
엮은이 • 신동엽기념사업회
펴낸이 • 황규관

펴낸곳 • 삶창
출판등록 • 2010년 11월 30일 제2010-000168호
주소 • 04149 서울시 마포구 대흥로 84-6, 302호
전화 • 02-848-3097
팩스 • 02-848-3094

종이 • 대현지류
인쇄제책 • 스크린그래픽

ⓒ 고봉준 외, 2020
ISBN 978-89-6655-122-4 03800

＊이 책은 문화체육관광부의 '신동엽 시인 50주기 선양사업'의 지원을 받아
  발간되었습니다.

다시 새로워지는 신동엽

신동엽기념사업회 엮음

삶창

책을 묶으며

신동엽 시인의 문학적 위상은 이제 확고부동하다. 「금강」이라는 그의 문학적 봉우리는 단지 그만의 성과에서 그치는 것이 아니다. 그의 문학은 20세기의 한국사와 한국인 전체가 경험한 비극과 희망의 성채일 것이다. 그의 문학을 성채라고 부를 수 있을 만큼 신동엽이라는 이름은 한국문학의 많은 내용들을 함축하고 있다. 이에 대해 반독재와 반외세라는 단어로, 나아가 근대 이후의 세계상을 중립 국가와 귀수성 사회라는 전망으로 해석해왔던 논의들은 이제 더 자유로운 사유와 희망의 영역으로 풀어나가야 할 것이다.

다만, 저간의 이 논의들과 관련하여 계속 기억해야 할 것은 신동엽을 규정하고 있는 단어의 무게이다. 한국 현대문학사에 기록된 그의 뚜렷한 자취는 수많은 독자와 연구자에 의해 '민족시인'이라는 이름으로 보상받았다. '민족시인'이라는 이름이 거느리고 있는 서사적 배경과 결합하여 신동엽은 한국문학의 일반명사이자 고유명사이다. 그는 누구도 도달하지 못한 그만의 역사적 문학을 이루었고 누구라도 인정할 수밖에 없는 문학의 역사를 만들어내었다.

신동엽이 저 자유의 희망이라는 역사적 영토를 제 몸의 언어로 노래한 시인이라면 이제 그의 시에 대한 논의도 기꺼이 자유로운 해석과 향유의 영역으로 나아가야 한다. 시의 영혼이 참될 때 그 언어의 영혼은 바로 제 삶의 바탕 위에서 자유 자체의 현실로 거듭날 것이기 때문이다. 그런 점에서 시인에 대한 여러 담론적 분석은 더 넓은 지평으로 확장되어야 한다.

　이 책은 신동엽 시인 50주기를 맞이하여 준비한 두 번의 학술회의 결과들을 모은 것이다. 1부의 글들은 신동엽의 문학 전반에 대한 새로운 시각들을 보여준다. 이 책 1부의 한 저자는 신동엽에게서 민족의 틀을 벗겨주자는 제안을 하기도 하는데, 이 제안이 단지 민족의 틀에만 해당하지는 않을 것이다. 신동엽은 그의 시 「이야기하는 쟁기꾼의 대지」에서 세계의 '반편들'을 모아 이루어야 할 총체적 사유와 인식의 경로를 형상화하고 있다.

　이 책의 맨 앞에 수록된 글은 그 문제의식을 집요하게 탐구해서 기존의 '반편'을 채워줄 새로운 영역을 찾아 논의한다. 이 글의 필자는 '융복합적 인간형의 추구'라는 과제가 현대적 쟁점이라면 신동엽의 '전경인' 개념이야말로 자기 시대의 준거틀을 바꾸고 새로운 문명 사상을 펼치고자 노력했던, 그리하여 고유의 자주적인 사상 체계를 건설하고자 했던 광의의 시인 개념으로 포착할 표지라고 해석한다. 그는 영성적 관점에서 문명 비판의 '오래된 미래'를 재조명하되, 그것은 '봉건'이 아니라 철두철미하게 '반봉건을 지향하는 또 다른 근대'였다고 과감하게 주장하고 있다.

　이와 함께 1부의 글들은 민족과 역사에 대한 신동엽의 상상력이 기존의 민족 담론과 역사 논의의 한계를 어떻게 넘어서고 있는지 보여준다. 또한 신동엽에 대한 저간의 논의 속에서 결여되어 있는 사항들을 되짚어 새로운 논점으로 제시하는 글들과 신동엽 시를 새롭게 읽어보도록 하는 언어적 특징에 대해 주목하는 글들도 있다. 바디우나 랑시에르 혹은 민주주의 정치체에 대한 여러 논의들은, 그것들이 보편적 진리로서의 민주주의를 말하는 것이든 기표들의 이동에 결합된 시적 의미를 말하는 것이든 신동엽 시에 대한 새로운 지평을 확인시켜주는 쟁점들이라고 할 만하다.

또 신동엽의 산문을 새롭게 편집하는 중에 드러난 여러 문제를 일목요연하게 정리함으로써 모든 연구의 기본인 실증의 중요성을 확인케 하는 글도 있다. 이와 같은 글들은, 한국문학과 신동엽의 상상력이 펼쳐진 뿌리와 가지를 제대로 찾아내어 그것이 지금 우리 현실에서 다시 자리 잡고 펼쳐질 계기를 마련하는 데 중요한 역할을 하리라 여겨진다.

2부의 글들은 신동엽과 관련하여 여러 논의가 이루어졌지만 의외로 많이 주목되지 않았던 내용을 다룬다. 모든 철학은 현실의 추상이지만 그 철학을 이루는 것은 구체적인 사실들로부터 온다. 신동엽에 대한 해석은 반공이데올로기가 사회 전면을 압도하던 시절에는 그 이데올로기의 돌파와 파괴에 초점을 맞출 수밖에 없는 상황 속에서 신동엽 개인의 삶 속에 깃든 이데올로기의 상흔에 집중되었다. 우리의 문학사에서 그것은 한국전쟁의 거대한 비극에 연결된 개인의 상처를 통해 실존적인 공간에서 펼쳐지는 틈을 매개로 그 이데올로기에 대항하는 일이었다.

그러나 1970~1980년대를 통과하면서 특히 90년대 초의 소련의 해체와 더불어 이데올로기적 접근의 통로가 넓어졌음에도 우리의 논의가 지난 시대의 관성에 의해 깊이를 더하지 못한 것은 일종의 아이러니다. 이후 그러한 논의가 마르크스를 넘어 다양한 철학과 이데올로기로 쟁점화되었지만 그것이 구체적인 현실에 뿌리내리지 못한 채 허공의 말놀이를 벗어나지 못했던 느낌이 없지 않다. 이럴 때 필요한 것은 다시 구체적인 현실 점검일 것이다. 현실의 상황에 대한 점검은 60년대 이후 우리의 정치적·사회적인 상황에 대한 점검으로 연결된다. 여기에는 특히 사실에 근거한 사회과학적 탐구가 필수적인바, 60년대 중반에 전개된 한일협정은 그러한 문제를 가장 깊숙하게 들여다볼 수 있는 입구가 된다.

2부는 그런 점에 착목하여, 1965년 한일협정을 전후해 한국문학에서 일어난 일들을 집중적으로 정리해보자는 뜻으로 기획되었다. 이 글들을 통해 신동엽을 중심으로 김수영, 최인훈, 김정한, 이호철 등의 문인들이 한일협정의 시대를 어떻게 건너가고 있는지 입체적으로 살펴볼 수 있다. 또 한일협정을 전후한 담론으로서 민주사회주의에 대한 사회과학적 검토나 60년대 중반을 넘어서는 시기의 한국문학 담론의 양상들을 점검해보는 글들은 1960년대 한국문학의 살아 움직이는 면모를 새로이 알려주기에 충분하다. 이 글들을 읽으면서 우리는 신동엽 시인이 자신의 문학적 소재에 구속된 영역에서만 홀로 빛난 시인이 아니라 동시대를 호흡하면서 그의 작품들에 피를 돌게 했던 시인이라는 사실을 확인하게 된다.

이러한 탐구는 신동엽 문학의 키워드라고 할 수 있는 '중립의 초례청'이 그저 시인 개인의 천재적 발상에 의한 발언이 아니라 한 시대의 전체 민중과 함께하는 발언이라는 사실, 특히 4·19혁명의 의미가 지향하고 있는 민족의 자주적 행동에 대한 결곡한 의지와 희망이 문학인들의 구체적인 행동과 매개되면서 결정結晶·응축된 개념이라는 사실을 깨닫게 한다.

　그렇지만 문학과 함께 병든 세상을 남겨두고 그의 몸이 세상을 떴을 때, 그의 죽음의 원인이기도 했던 현실은 이후 더 무거운 어둠에 휩싸이게 되었다. 그래서 그의 문학은 그가 시도했던 문학의 빈자리에 비례하여 더 강렬하게 역사적 호소력을 가지게 되었을 것이다. 그로부터 그의 시대와 뿌리를 함께하고 있을 수많은 사건과 갈등이 주목되고 형상화되었으며 새 시대를 갈망하는 담론들로 등장하고 소멸되었다. 담론의 등장과 소멸이 필연적일 것이기 때문에 그만큼 문학적 관점들의 변화도 필연적일 수밖에 없다. 신동엽이 한국문학의 흐름에서 분명한 자기 영토를 가지게 되었다는 것은 그가 보여준 언어들의 강렬한 현실성과 역사성 때문인데, 그러므로 그의 문학 세계에 대한 분석적 담론들 또한 계속 새로워지는 것이 당연하다. 현실주의 시인의 분명한 자기 위치는 오직 우리가 마주하는 현실 속에서 새로워지는 변화를 보일 때에만 뚜렷할 것이다.

신동엽기념사업회

차례

1부

신동엽의 고독한 길,
영성적 근대

김
형
수

1.

내가 등단한 때는 1985년이었다. 광주에서 5·18을 겪은 세대로서
선행의 모범을 특정할 때마다 김수영과 신동엽을 비교했던 기억이
난다. 두 시인은 "병약하고 폐쇄적인 개인주의적 세계에 함몰되어
있던 한국 시문학에 일대 각성과 활력을"[1] 불어넣었다고 회자되었
다. 우리 세대의 태반은 특히 신동엽에게 매료되었다. 김수영이 '치
열한 소시민적 지식인'이라면 신동엽은 '민족해방의 사상가'라고 칭
송하기까지 했다. 소위 '시의 시대'라 일컬었던 1980년대 세대를 선

---

1 강은교, 「신동엽 연구」, 『민족시인 신동엽』, 구중서·강형철 엮음, 소명출판, 1999, 124쪽.

도한 채광석은 「민족시인 신동엽」에서 그가 "70년대 후반 이래 많은 사람들에 의해 60년대 최대의 민족시인"[2]으로 지목받았다고 평한다. 한 세대가 그 같은 개성을 드러낸 것은 한국문학사 안에서 매우 보기 드문 사례가 아닌가 한다. 하지만 1990년대 이후 탈냉전, 탈근대, 탈이념의 홍수 속에서 그 같은 목소리는 하나의 시대적 편향으로 지적되며 저물어갔다. 지금은 그와 동시대적 경향이 잔여 감정처럼 남아 한국 독서계에서 신동엽의 거점이 되고 있는 셈이다. 후속 세대의 누군가는 그에 대해 발언할 책임이 있는 게 아닐까? 나는 그런 생각으로 오늘의 자리에 임했다.

당시 우리에게 신동엽은 '4월의 시인'으로 불렸다. 하나의 시인에게 부과된 '4월의 시인'이라는 별명은 고의든 타의든 돌출된 '홀로'가 아니라 3월과 5월 사이에 놓인 어떤 흐름의 한 지점으로 강박되는 측면이 있다. 즉 그것은 한국 근현대사 속의 명예이자 멍에라는 얘기이다. 어쩌면 신동엽 스스로도 소월, 육사에 이어 1970년대의 김지하, 1980년대의 김남주 같은 후속 세대에 연결되는 지성사적 방향성을 명료히 하고자 "사월도 알맹이만 남고 껍데기는 가라"고 했는지 모른다. 다음 백낙청의 논평은 그 점을 더욱 또렷하게 보여준다.

그런데 이 4월의 알맹이를 무엇으로 보고 있는가 하는 것, 4월의 껍데기

---

2 채광석, 「민족시인 신동엽」, 위의 책, 188쪽.

를 어디서 찾고 4월의 알맹이를 어디서 찾는가에 따라서, 신동엽의 발언이 60년대 또는 70년대의 시점에서 얼마나 현재성이 있었고 80년대 말의 시점에서는 또 얼마큼의 현재성이 있는지가 판가름 날 것입니다.[3]

그렇다면 신동엽 20주기 기념 강연 때 던져진 이 '현재성'이라는 질문이 신동엽 50주기에도 유효할까? 내가 고민해보고자 하는 것은 바로 이 점이다.

2.

신동엽은 '사월'을 "갈아엎는 달"이라 명명했다. 농경문화적 체험을 비유의 잣대로 삼은 것인데, 그의 '전경인全耕人'이 단지 '쟁기질하는 사람'을 가리키는 게 아니듯이 그의 '갈아엎는 달'도 농사의 절기를 말하는 것이 아니다. 하지만 농경문화 안에서는 '갈아엎는 달'의 의미가 한층 실감을 얻는 것이 사실이다. 천수답天水畓이라는 말이 뜻하듯이 씨앗은 땅에 뿌려지면 저절로 자란다. 비와 바람과 햇살이 잠시도 식물을 가만두지 않으니, 하늘은 곡식을 기르고 농사꾼은 그것을 잡초와 격리하는 일을 한다. 그래서 수확할 곡물과 경쟁하는 잡초를 두렁 밖으로 내쫓는 일이 농사의 본령을 이루는데,

---

3 백낙청, 「살아있는 신동엽」, 위의 책, 17쪽.

잡초는 아무리 뽑아도 다시 자란다. 그 난망한 일을 근원적으로 해결하는 것이 땅을 갈아엎는 일이니, '사월'은 논밭의 흙을 뒤엎어서 새싹이 자랄 자리를 만들어내듯이 세상의 농사꾼(신동엽은 이를 전경인이라 불렀다)들이 용도 폐기된 땅거죽(상부구조)을 뒤엎어 재영토화하는 '역사의 한 시기'를 가리키는 혁명적 기표에 속한다. 당연히 신동엽은 4월혁명을 단순히 부정선거에 항의하고 학원 사찰에 반대하는 차원의 정치적 기념비로 보지 않고, "우리 민족사의 흐름 속에" 간직된 유장한 '어떤 길'로 보았다. 문제는 이 '사월'에도 '껍데기'가 있다 하여 그 '갈아엎음'의 '본질'과 '비非본질'을 군이 식별하려고 한 점인데, 이는 신동엽 정신의 성격을 규명할 때 매우 중요한 요소가 아닐 수 없다.

신동엽 시인이 등장하면서 제출한 첫 작품 「이야기하는 쟁기꾼의 대지」는 시정신보다 오히려 시적 개성, 신인의 패기, 극적 형식 등에 주목을 받았다. 하지만 작품의 원본이 수록된 노트를 보면 그는 처음부터 강력한 문학사적 도전을 계획하고 있었는데, 현재 신동엽문학관에 전시된 노트는 이 작품이 '장시'라는 장르 분류 아래 '선지자 서무곡'이라는 표제를 달고, 그것도 제1번이라 하여 본격 연작 중 하나로 구상되었음을 알려준다. 감히 '선지자 서무곡'이라 명토를 박은 대목에서 그가 독자적 사상 체계를 펼치지 못했다면 문청들에게 흔한 치기가 그에게서 발견된다는 혐의를 벗지 못할 것이다. 그것도 1956년 봄에 기초하고 1958년 가을에 재정리하면서 향후에 사용할 필명까지 정했으니 자칫 낯 뜨거울 허물을 많이도 비축한 셈이다. 그리고 등단 두 달 뒤에 『조선일보』 청탁을 받아 「진달래 산천」을 발표하는데, 놀랍게도 남한 최초로 '빨치산 체험'을 형상화한 작품이었다. 1958년 1월에 조봉암이 구속되고 이듬해에 간첩죄로 사형당했음을 상기하면 야당 대통령 후보조차 진보당 활동을 했다고 처형되는 무서운 시절이었다. 신동엽도 이 시로 좌익 혐의를 받아서, 새로 나온 『신동엽 산문전집』(창비, 2019)의 증언에 의하면 공안검사들이 『조선일보』를 탐문하게 만든다. 하필 그는 전주사범학교 시절에 '민주학생연맹 사건'에 연루되어 퇴학당한 전력도 있었다. 거기에 「껍데기는 가라」, 「술을 많이 마시고 잔 어젯밤은」 같은 정치적 좌표를 언급할 때 주체가 되는 「밭」, 즉 하부구조이자 생산 대중으로서의 인민을 중시하는 태도는 그로 하여금 4·19 이전에 이미 마르크스주의자 혐의를 받게 만들었다. 만일 그것이 진실이라면 '사월'에서 피력된 껍데기의 내용은 각종 '부르조아 사조의 개입'이 되는 셈이다.

하지만 그해 가을에 발표된 「향아」라는 시는 전혀 다른 차원의 정신세계를 보여준다.

향아 허물어질까 두렵노라 얼굴 생김새 맞지 않는 발돋움의 흉낼랑 그만 내자 (…) 차라리 그 미개지에로 가자[4]

---

4 이하 신동엽의 시는 『신동엽 시전집』(강형철·김윤태 엮음, 창비, 2013)을 기준으로 시편 제목만 표기한다.

부산 전시연합대학 시절에 '미스 향'이라는 제목으로 습작된 이 시는 마르크스주의 역사관의 핵심 골격이라 할 '역사 발전의 합법칙성'을 전면 부인하는 내용을 보여준다. 사실, '진보'와 '보수'의 잣대는 계급투쟁사 안에서 유효성을 갖는데, 「향아」는 역사를 그렇게 발전하는 것으로 상상하는 자의 것이 아니었다. 그는 인류의 문명을 낙관하는 것이 아니라 비관했고, 신뢰하는 것이 아니라 불신했다. 그리하여 흡사 루소의 '자연으로 돌아가라'를 연상케 하는 이 같은 지향성을 '도가사상'으로 해석하는 견해가 나왔다. 나는 개인적으로 김종철이 「신동엽의 도가적 상상력」에서 말한 "그의 기본적인 관심은 하나의 전체적인 생활 방식으로서 오늘의 문명이 왜 근본적으로 거부되어야 하는가를 말하는 것이었다"가 이제까지 접한 평 중 가장 설득력 있는 것이 아니었던가 생각한다.

그러나 역시 「껍데기는 가라」가 증명하듯이 그가 외세로 인한 분단의 현실을 직시하면서 준엄하고 통렬하게 외친 '현실 참여' 정신은 쉽게 그를 '민족시인'이라 부르게 하고, 또 오랫동안 민족주의자의 표지에 오르게 한다. 여기서 돌아볼 후유증의 하나는 탈민족주의 담론이 유행될 무렵 좌우 민족주의를 비판하는 학계의 일부가 신동엽을 박정희 같은 우파 민족주의자와 짝을 이루는 좌파 민족주의로 적시했던 사실이다. 그러다가 젊은 학자들의 연구가 깊어지면서 그를 '아나키스트'로 보는 논문들이 나오는데, 「조국」이라는 시는 그가 평화주의자로서 체제나 국가, 사회제도를 보는 관점을 극명하게 드러낸다.

여기까지를 일괄하면 신동엽 정신에 근거 없는 평가는 없는 셈이다. 또한 이를 기초로 보면 신동엽 정신에서 4월의 '비본질'인 껍데기를 배제하고 알맹이만 남기더라도 그것이 함유하는 정신적 좌표로서의 소임은 다 된 것이 아닌가 하는 느낌도 든다. 가령, 채광석의 지적대로 신동엽 정신이 "4월혁명이 독재정권의 타도로 끝나는 것이 아니라 시작되는 것임을 명확히 보여주지는 못했던 것"들과 변별되는 '그 무엇'이라면(1980년대 세대들은 바로 이 '그 무엇'의 유무를 비판적 리얼리즘과 민중적 리얼리즘이 갈라지는 분기점으로 보았다), 향후 민주화운동사에서 새로운 전망을 설정하고자 작명한 '87년체제'라는 용어에서 이제 과거와 다른 더 새로운 가치 지평을 설정해야 할 필요성이 있음을 뜻하는 것이다.

어쨌든 그 점까지 포함해서, 이렇게 근거가 없지 않은 주장들이 서로 모순된다는 것은 그 같은 평가가 얼마든지 일면적일 수 있음을 방증하는 것이기도 하다. 큰 산은 계곡 하나로 특화되지 않는다. 다시 보면 매우 설득력 있던 신동엽 평가들은 모두 또 다른 일면을 결여하고 있었는데, 신동엽은 이런 상황을 일찍이 예비하고 있었는지 모른다.

별수 없어요, 어머니, 저 눈먼 기능자技能者들을
한 십만개 긁어모아 여물솥에 쓸어넣구
폭신 쪼려봐주세요 혹 하나쯤 온전한
사내 우러날지도 모르니까.

해두 안되거든 어머니, 생각이 있어요

힘은 좀 들겠지만 지상에 있는 모든 숫돌의 씨

죄다 섞어 받아보겠어요. 그 반편들 걸.

—「이야기하는 쟁기꾼의 대지」 부분

　나의 문제의식은 여기에서 출발한다. 신동엽은 서구에서 건너온 근대적 인식의 기제들을 애초부터 '반편'으로 여기고 있었다. '반편'이란 그르다는 말이 아니라 모자라다는 말이니, 저간의 해석들이 틀리지 않지만 유능하지도 않다는 뜻이다. 말하자면 그것들은 모두 '전문화의 동굴'에 유폐되어 있어서 존재의 총체성을 망각에 빠트린다. 밀란 쿤데라는 『소설의 기술』에서 유럽의 근대정신이 야기하는 이 무지막지한 '존재의 망각' 현상과 전면전을 이어온 것이 근대소설사라고 주장한다. 그렇다면 그보다 심화된 대안을 펼칠 만큼 신동엽의 생각은 정돈되어 있었고, '시' 못지않은 '논리'를 확보하고 있었다는 말인가? 나는 그렇다고 본다. 신동엽은 신춘문예를 준비할 때 시와 평론을 동시에 투고했는데, 모든 기록에 굳이 "평론은 낙선하고…"라는 아쉬움을 남긴 것을 보면 그에게는 시종 비평가적 지향성이 앞서 있었다. 아마도 그 시절에 준비된 것으로 보이는 「시인정신론」은 과도할 만큼 주장이 또렷한 '반反근대론자'의 태도를 확립하고 있었다. 그가 시인을 '시가', '시업가' 등과 구별하는 순간 그의 문화사적 인식은 동서양의 '인문학적 위기론'들 이후에 번식하는 '융복합적 인간형의 추구'를 시대적 과제로 설정하고 있음이 분명해지는데, 이것이 전경인 사상이다. 한국처럼 변방에 꾸려진 근대 문단 안에서의 이런 태도는 기성의 사례에서 엿볼 수 없는 '전혀 독자적인 무엇'이

된다. 그런데 그가 특별히 열망한 이 태도를 사후 평가자들은 늘 소홀하게 지나쳐왔다. 신동엽의 의지는 중요하지 않다는 것인지, 아니면 그가 하나의 담론을 제출할 자질을 갖추지 못했다는 것인지 알수 없지만, 그를 설명하는 거의 모든 프레임은 예외 없이 서구적 근대가 낳은 것들만 발언권을 얻는다. 김수영이 '쇼비니즘'을 염려할만큼 목적의식적으로 외래 정신에 갇히지 않으려 했던 그를 우리 문단은 왜 꼭 외래의 틀 속에 집어넣어야 했을까? 나는 이를 매우 부당한 독법이라고 말하지 않을 수 없다. 그는 한 편 한 편의 작품을 잘쓰는 일에 관심을 가졌던 좁은 의미의 시인이 아니라 하나의 문명 비판적 기획자로서 한 시대의 문화적 준거틀을 바꾸고 싶어 했던, 자기 고유의 사상을 가진 광의의 시인이었다. 이는 신동엽 정신의 매우 중요한 측면이다.

3.

여기서 내가 제출하고 싶은 의견의 하나는 신동엽 일대기에서 서사적 맥락을 놓치지 말자는 것이다. 학구적 열정의 단점은 곧잘 서사적 추리를 생략한다는 데 있는데, 이는 한 인간의 정신사적 궤적을 검토하는 과정에서 때로 치명적인 결여를 낳을 수도 있다.

신동엽의 일대기에서 시인의 정신세계에 영향을 미쳤을 것으로 추정되는 제1의 사항은 그의 출생지에 얽힌 것이다. 시인의 아들 신좌섭은 이렇게 노래한다.

동학년 어느 날, 핏덩이로 어미 등에 업혀 부여에 숨어든 탓에 유난히 조상들을 그리워했던 할아버지. 아들의 식민지 가난을 조상들을 대신해 미안해하던 할아버지는 어느 날부터 4대 독자 아들 젯밥을 남몰래 차례 상에 얹어야 했고, 덕분에 나는 열한 살 때부터 음복을 배웠어.[5]

신좌섭에 의하면 신동엽은 '2대 독자'(군대에서 '2대 독자'로 의가사제대)가 아니라 '4대 독자'이며, 또한 동학농민군의 자식이었다. 공교롭게도 동학농민군이 패전한 공주 우금치에서 부여 신동엽 생가는 채 30킬로가 되지 않는데, 부여는 일대에서 유일하게 동학군이 비껴간 지역이다. 피신처로서 아주 적당한 곳이었다는 말이다. 게다가 신동엽의 아버지는 1894년생으로, 신좌섭의 시에 나오는 "갑오년 그해/ 핏덩이로 어미 품에 안겨/ 부여에 숨어들어온 당신의 아버지"(「아버지의 옛집에서」)이다. 그렇다면 신동엽에게 있어서 동학농민운동사는 '학습'보다 먼저 '생득'된 것이 될 가능성이 크다.

이어서 신동엽의 성장기를 수놓는 두 개의 체험도 중요해 보인다. 신동엽은 1930년생인데, 이 또래는 학교에서 한글이 아니라 일본어로 교육을 받았다. 한때 신동엽의 홍보물에서 "우리말의 아름다움을 마음껏 구사한 언어의 마술사"라는 표현을 본 적이 있는데, 이는 신동엽의 단점을 정반대로 겨냥한 오조준이 아닌가 한다. 신동엽 세대는 모국어의 마술사가 되기에는 너무도 불리한 조건에서 문학의 길

5 신좌섭, 「정월 초하루」, 『네 이름을 지운다』, 실천문학사, 2017.

에 나섰다. 반면에 1935년생 인병선(신동엽의 아내)은 학업 성적이 최상에 속했지만 전문 서적을 읽을 때마다 일본어 독해의 어려움 때문에 자주 신동엽에게 의존했다고 한다. 관련된 예를 하나 들자면 고은은 1933년생인데 초등 3학년 시절에 급우들 속에서 유일하게 한글을 알았던 관계로 교장이 월반시킨다. 현재 부여 지역에 생존해 있는 신동엽의 급우(김창예)는 초등학교를 졸업하던 해에 신동엽이 특별히 뒷방으로 불러 한글을 가르쳐줬다는 구술을 남기고 있다. 고은은 『만인보』의 「머슴 대길이」에게서 한글을 배웠는데, 신동엽은 누가 가르쳐줬는지 알 수 없다.

더불어 중요한 사실 하나는 그가 초등 5학년 때 조선총독부에서 보내는 '내지 성지 참배단'의 일원으로 일본 여행을 다녀온 점이다. 1970년대까지도 한국인들은 어쩌다 해외 바람을 쐬고 오면 평생을 두고 그 이야기를 했다. 신동엽이 일본 풍물을 보고 온 것은 1942년 열두 살 때인데, 그것도 깜깜한 촌락에서 신사참배에 동원된 식민지 학생이었으니 문화 충격이 어떠했을지 짐작할 수 있다. 훗날 1950년대 농촌에서 살았던 신동엽의 시에서 첨예한 국제 정세가 읽혔던 배경에 이 같은 영향이 없었을 턱이 없다. 대표적인 예가 4·19를 노래하면서 3·1운동에서 알제리 민족해방 투쟁까지를 연결하는 「아사녀」이다.

그리고 열째 연은 "아침 맑은 나라 거리와 거리" "광화문光化門 앞마당, 효자동孝子洞 종점終點"을 "알제리아 흑인촌黑人村" "카스피해海 바닷가의 촌村아가씨 마을"과 동일선상에 놓아 4월혁명이 알제리 민족해방 투쟁과 터키 학생봉기 등 제3세계 민족운동과 같은 맥락임을 밝힘으로써 당시의 시로서는 유일한 제3세계적 인식을 보여준다. 그런데 우리는 이와 같은 인식이 단숨에 생긴 것이 아니라 이미 「풍경風景」(1959)에서도 드러나 있던 것의 구체화라는 점에 주목해야 할 것이다.[6]

그리고 또 하나 범상치 않은 행적이 1949년에 펼쳐진다. 그해 7월 하순에 공주사대 국문과에 합격한 것은 문학에의 열망을 반영하는 일임에 틀림없다. 그런데 그해 9월에 단국대 사학과로 옮긴다. 제대로 된 문학의 길을 가기 위해서 '단국대'가 필요했는지, 아니면 '사학과'가 필요했는지, 그도 아니면 굳이 '단국대 사학과'가 필요했는지… 인터넷에 검색해보니 단국대는 '단군 애국'에서 도출된 교명이며, 설립자는 동학으로 시작하여 대종교에 몸을 담고 만주에서 독립운동을 했던 장형이었다. '구국·자주·자립'을 창학 이념으로 한 이 학교 사학과는 우리의 상고사와 민중사관에 애착을 두었던 '재야사관在野史觀'의 근거지로서 특히 통일 문제에 관심이 커 김구가 유일하게 졸업식에 참석한 대학이었다고 소개되어 있다. 일설에 입시 원서를 쓸 때 택시를 잘못 내렸다는 일화는 신동엽의 환경적 전형성을 오히려 가리는 역할을 한다. 예컨대 부여군 장암면의 한 마을은 일제강점기 때부터 독립운동가, 사회주의자, 교육자 등을 많이 배출한 곳인데, 대종교 운동의 본산으로 평가될 만큼 사상사적 연원이 깊어

---

6 채광석, 앞의 글, 159쪽.

서 지금도 공식적으로 '애국자마을'이라는 지명을 가지고 있다. 특히 일제강점기 때는 이 마을 지식인들이 온통 대종교 운동에 투신하여 만주에서 독립운동을 하다가 대거 순직했다고 한다. 바로 그들의 뜻을 가르치는 학교를 택한 청년이 상식적으로 그 시절에, 그것도 부여처럼 좁은 고장에서 초보적인 정보도 없이 진학했다는 가정이 어떻게 성립될 수 있을까? 신동엽의 시에 토착 어휘에 대한 관심이 유독 심하게 나타나는 이유의 하나도 여기에 있을 것이다. 우리말 사전에 대종교 어휘가 불교나 기독교 어휘와 비교도 안 될 만큼 많이 등재된 이유는 당시에 권위 있는 한글학자들이 온통 대종교에 가담해 있었기 때문이라는 얘기를 들었다.

그리고 더욱 재미있는 사실은 신동엽이 단국대학교를 마치고 부여에서 친구들과 문학 동인을 결성해 활동했다는 점이다. 동인 이름이 '야화野火' 즉 들불이었다.

> 우리집 웃방은 옛날 그 사교장의 부활(경이 없으니까). 낮이나 밤이나 찾아와선 주정들을 해서 요샌 주정받아 주다 보면(주정이래야 푸념이지만) 하루해가 가고 머리가 떵떵하구먼… 동인집을 내자구들 열의들이 대단한데, 나야 글쎄 어떻게 할까 하구만 있지.[7]

이 같은 일을 1980년대 학생운동가들은 '하방'이라 했는데, 1970

---

7 신동엽, 『젊은 시인의 사랑』, 송기원 엮음, 실천문학사, 1989, 117쪽.

년대에 황석영, 김남주가 해남에서 '사랑방농민회'를 하듯이 신동엽
도 고향 농촌에서 지역문화운동을 전개한 셈이다. 이번 산문집에 게
재된 야화 시절 친구 노문의 증언은 신동엽 연구에 중요한 단서들을
제공한다. 그에 의하면 이 동인은 신동엽에게 아주 중요한 활동 거
점이었다. 참고로, 친구 노문은 북에서 문학청년으로 활동하다가 사
회주의가 싫어서 월남하여 토벌대 대신에 부여경찰서 정보과에 근
무하게 되는데, 남쪽 반공주의와 갈등하는 신동엽과 북쪽 사회주의
와 갈등했던 자신이 동병상련을 느꼈다고 술회한다. 그 시절에 신동
엽이 특히 '하늘'이라는 화두를 얻어가는 과정, 또 신동엽이 평생 '하
늘'에 집착했다는 증언은 신동엽 서사에서 매우 중요한 화소話素가
아닌가 한다.

　여기까지가 신동엽이 '4월의 시인'으로 불리기 전까지의 행적에
서 주목할 내용이다.

4.

　그렇다면 4·19를 역사적으로 어떻게 평가할 것인가? 일반적으로
4월에서 주목되는 것은 정치사적 좌표에 관한 것이다.

　　많은 분들이 민주주의·민족주의·사회주의·통일운동 등의 이념적 지향
　　과 결부해 4·19를 해명했습니다. 물론 그런 논의에 찬성하지만, 그와 더
　　불어 나는 4·19에 자유주의적 요소도 분명히 있다고 생각합니다.[8]

누구도 여기서 '4월'이 한국 현대사의 정점이었다고 말할 수는 없을 것이다. 우리는 자그마치 식민지와 전쟁, 분단을 겪은 나라이다. 그러나 정치사와 지성사가 동일한 것은 아니다. '4월'의 문화사적 의미는 '집단 감성'의 측면에서도 한번 조명되는 게 옳지 않을까, 나는 생각한다. 우리 사회가 흔히 '전통'이라는 말로 표현하는 조선은 성리학의 나라였다. 그곳에서 사서삼경 등 경서가 아닌 것은 '잡학'으로 취급되었으며, 심지어는 겸재 정선, 단원 김홍도, 혜원 신윤복 등 진경시대로 일컬어지는 조선 후기 문화 융성의 열쇠어(語)도 '조선중화사상'이었다. 그런데 조선말에서 일제강점기에 닿기까지 '중화中華' 혹은 '소중화小中華' 즉 '조선중화'에 일대 파란이 일어난다. 조선의 붕괴 과정에서 가장 심각한 도전을 받는 것이 절대 불멸의 권위를 누렸던 '정전正傳'의 유효성 문제에 있었던 것이다. 고을 향교를 거점으로 한 선비 사회에서 공동체를 위한 의병이 일어나고, 도끼 상소를 불사하던 매천 황현 같은 유학자들의 사회참여적 의지가 결연함에도 불구하고, 소중화의 권위는 덧없이 해체 일로의 과정을 밟는다. 이때 펼쳐진 '동서 정전의 충돌'을 우리는 '개화'와 '척사' 간의 사상 전쟁이라 불러도 될 것이다. 조선공동체의 몰락은 근대를 대하는 사상 전쟁 속에서 진행된 것이다. 일본제국주의는 '사상적 자중지란에 빠진 이 무리'를 너무도 쉽게 요리할 수 있었는데, 그 같은 혼란의 양상은 해방과 전쟁을 겪은 전후 세대까지 사로잡혀 반

8　염무웅, 『문학과의 동행』, 한티재, 2018, 177쪽.

전反轉의 출구를 찾을 수 없게 만들었다. 나는 바로 이 같은 '정전 갈등'의 시대를 최종적으로 마감시킨 사건이 4·19라고 본다. 왜냐하면 한반도에서 그릴 수 있는 '인간세'의 표상이 '중화'에서 '유럽 근대 시민사회'로 둔갑하는 대전환점이 되기 때문이다. 4·19를 겪으면서 문화적 동력이 급변하여 한자 중심 혼용체는 한글전용론으로, 세로쓰기는 가로쓰기로, 12간지 동물 비유는 그리스·로마 신화로 걷잡을 수 없이 바뀌어간다. 그리고 그것은 21세기의 복판을 향해 가는 지금까지 중단되지 않고 목하 전개 중이다.

혹시 신동엽이 주목한 것이 바로 이 지점이었다고 상정해볼 수는 없을까? 그가 서구의 정전들과 접촉하면서 '경이로운 충돌'을 일으키는 장면은 놀랍다. 최종천 시인은 신동엽의 시에서 해석이 잘 안 되던 「정본 문화사대계」를 지목해, 신동엽이 문화의 본질 즉 생명의 존속 형식으로서의 '정본'에 주목한 사실을 성경의 '창세기'에 대한 해석으로 보는 에세이를 쓴 바 있다. 매우 의미 있는 천착이라고 본다. 신동엽의 습작 노트에는 「정본 문화사대계」를 완성한 날이 1956년 5월로 적혀 있다. 최종천에 의하면 「정본 문화사대계」에서 '정본'이라 함은 인류 문화의 본질을 '성 활동'에 두었다는 것이고, 서구 근대와 함께 인류 문화사 대계의 근간이 되기 시작하는 성경은 창세기에서 그에 대한 골간을 설정한다.

그렇다면 서구 근대적 지성이 신동엽 정신의 토대가 되는가? 여기서 생각할 것이 신동엽은 4월을 '동학'에서 '3·1운동'으로 이어지는 흐름의 한 연장선으로 보았는데, 대다수는 그것을 서구적 민주주의와 혁명의 개념으로 받아들이지만 신동엽은 전혀 다른 이야기를 들춘다는 점이다. 서사시「금강」에 주목할 이유가 여기에 있다. 노문의 구술에 의하면 신동엽은 '하늘'에 대한 삽화를 듣는 순간 반색을 하면서 그 이야기를 국화주 한 항아리에 팔라고 한다. 바로 그에 대한 본격화가 서사시「금강」이었음을 신동엽이 본래 '하늘을 보아라'라는 제목으로 시를 쓰려고 했던 일화가 증명하고 있다. '하늘을 보아라'는 야화 동인들이 만류하여 결국 '금강'으로 바뀐다.

신동엽문학관에는 신동엽이 서사시를 준비한 정황을 추정할 수 있는 자료가 꽤 여러 건 있다. 등단 3년 전인 1956년 가을부터 조사를 착수하여 수운 최제우의『동경대전』, 이호천(나는 이상호, 이정립의 글로 알고 있는데 신동엽의 메모에는 이호천이라 쓰여 있다)의『대순전경』, 윤백남의『회천기』, 최인욱의『초적』, 전영래의『전라산천』, 김상기의『동학과 동학난』, 기쿠치 겐조菊池謙讓의『이용구전』(일본어판) 등을 섭렵할 계획을 세운다. 그리고 1960년부터 1962년에 걸쳐 호남 지방, 속리산 지방, 설악산 지방, 금강 연안 지방의 답사를 꾀한다. 그것을 어느 정도 선에서 실행했는지를 알 수 있는 자료는 없다. 그렇다면 신동엽은 동학농민혁명에 대한 전적지 답사를 준비하던 시절에 4·19를 맞은 셈이다. 여기에 '역사의식'을 얹으면 신동엽이 갖는 4월의 태도가 서서히 모습을 드러내지 않을까 한다.

5.

사실 신동엽의 문단 활동이 한국시단에 던진 중요한 질문 중 하나는 '역사의식'이었다. 서사시 「금강」은 거기에 강력한 문학적 실체를 내밀어놓은 미학적 사건이었다. 후학의 한 사람으로서 내가 이 시에 주목했던 요소 중 하나는 김우창이 지적한 '서사적 자질의 결여' 문제였다. 당시 한국문학에는 그 같은 장르 경험이 축적돼 있지 않았다. 신동엽은 러시아의 문호들, 가령 푸시킨, 투르게네프 등을 전범으로 활용했지만 주인공 신하늬의 일대기를 엮어내는 데는 역부족이었다. 왜냐하면 그의 시야에 펼쳐진 역사적 지평이 광활해서 몇 가닥의 서사로 감당할 수 없었던 것이다. 그래서 서사시 「금강」은 '이야기 얽음새(구성)'가 중시되는 서사문학임에도 불구하고 시적 서사의 신체를 역사 현장의 일화들로 장면화하지 못하고 작가의 서정을 직접 토로하는 것으로 주제 의식을 확보한다. 김우창은 이 때문에 '서정적 장시'라는 진단을 내리는데, 이 점은 서사시 「금강」의 진면목을 이해하는 데 크게 도움이 되는 견해가 아닌가 한다. 왜냐하면 바로 그곳에서 동학이 고대사로부터 4·19 이후의 근대사까지 이르는 대지적 시간의 연결성을 얻기 때문이다. 주지하듯이 「금강」은 동학 이야기이고, 동학 서사는 부득불 최제우를 기점으로 삼게 되는데, 신동엽은 이를 더 먼 과거에서 더 먼 미래로 그 지평을 한껏 확장해놓는다. 나는 김수영에게서 「거대한 뿌리」의 양잿물, 피혁점, 구리개약방 같은 '존재와 시간'에 대한 맥락이 없지 않음에도 불구하고, 치명적으로 고구려 같은 과거를 거슬러 오르는 역사적 기억의 연결이 불가능한 점을 아쉬워하곤 했다. 아무래도 그 같은 역사적 단절이 생기는 원인은 모던한 영혼들에게서 보이는 '대지와 일체화된 토착성의 결여'에 있을 것이다. 신동엽이 한국문학사에 남긴 가위 독보적인 업적 중 하나는 바로 이 점, 즉 대지를 가진 자의 장엄함이 아닌가 한다. 그는 근대에 종사한 누구도 가져오지 못한 우리의 '대지의 역사'를 분단 시대의 문학적 영토로 설정하는 데 성공했다. 그리고 황송하게도 거기에 덧붙여 "백제, 예부터 이곳은" "망하고 대신" "정신을 남기는 곳"이라는 진술과 함께 수난 받는 땅에서 여물어가는 토착사상사의 뒷모습을 노래한다.

나는 여기서 그가 서양의 정전도 아니고 동양의 정전도 아닌 토착적 정전을 찾으려는 선지자적 도전을 감행했음을 느낀다.

백제,
천오백년, 별로
오랜 세월이
아니다

우리 할아버지가
그 할아버지를 생각하듯
몇 번 안 가서
백제는
우리 엊그제, 그끄제에
있다.

— 「금강」 부분

나는 이 '백제'를 여러 차례 '인디언'이라는 말로 바꿔서 읽은 경험이 있다. 그래서 얼마든지 주관적인 것임을 전제로 하는 말이지만, 내 안에 축적된 생의 경험은, 너무도 자주, 내가 사는 자리에 기득권자들이 여차하면 외세를 업고 와서 이승의 주인인 범부들 즉 아사달, 아사녀를 능멸하던 폭력의 기억으로 가득 차 있다. 아직까지도 세상이 친일파 문제로 소란한 것은 한때 '반도적 숙명' 운운하던 곡학아세의 '알레르기' 때문이 아닌가 한다. 신동엽 정신이 대결하고 있는 이 전선에서 주목할 것은 외부의 권위 있는 식견들을 앞세워서 일견 초라해 보이는 내부 생명 활동의 장엄한 자기 극복 과정을 무화시켜버리는 일이다. 마치 신라가 당나라를 끌고 와서 백제를 짓뭉개버리듯이 말이다. 그래서 신동엽이 자신의 대지를 중심으로 구체의 언어로 표현하고 있는 이 언술들은 그냥 고구려, 백제, 신라의 이야기가 아니라 지상의 광범한 영토에서 자행되었던 흡사 인디언의 몰락 같은 토착민 학대를 성토하는 언표로 보는 게 옳다.

개화니 근대화니 하는 선진 문물을 앞세워 그 같은 일을 자행하는 힘을 학자들은 '제국주의'라고 부른다. 신동엽은 그에 맞서서 어쩌면 알렉스 헤일리^{Alex Haley}의 『뿌리』가 자기의 역사를 되찾는 것처럼, 소정방^{蘇定方}이 기념비를 새기고 간 정림사지 5층 석탑 아래 숨 쉬는 유구한 풀포기 같은 「밭」들을 지목하여 그들이 염원해온 미륵이자 메시아라 할 민중 구원의 사상으로서 『정감록』 같은 신화·전설들이 동학과 후천개벽^{後天開闢} 사상으로 승화되어가는 것을 노래했다. 그래서 그는 이렇게 묻는다. '누가 하늘을 보았다 하는가'. 그러니까 이 궤적을 한마디로 줄이면 신동엽은 근대의 한가운데를 가로지르며 개벽의 길을 걷고자 했다. 그걸 증명하는 것이 신동엽이 지칭한 이

'하늘'의 정체인데, 여기에서 그의 뜻을 유추할 수 있는 것은 '외경', '구원', '연민'의 맥락이며 '서럽게 엄숙한 세상'을 살아가는 태도의 문제이다.

큰소리치며 살아가기란 땅 짚고 헤엄치기 하듯 쉬운 것이다. 양은그릇을 맘대로 내팽개치며 살아가기란 역시 땅 짚고 헤엄치기 하듯 쉬운 것이다. 그러나 잘못하면 금이 가는 사기그릇을 유리 상자 다루듯 조심조심 소리 안 내고 다루어 모시기란, 성인군자 수도하듯 어려운 일이다. (…) 오늘의 문명인들은 편리하고 쉽게 살아가는 길과 어렵고 공손하게 살아가는 길의 두 갈래 길 속에서, 방황하지만, 물론 내팽개치며 소리소리 지르며 쉽고 편리하게 살아가는 길 쪽을 택하고 있는 것이다.[9]

만일 이 같은 발언을 '착한 어린이' 주의 같은 근대적 계몽 의식의 발로로 본다면 그는 신동엽의 정신적 본적지를 천 리 밖으로 내모는 사람에 속한다. 신동엽이 남긴 습작물인지 미완성작인지 실패작인지 알 수 없는 수많은 시들, 예컨대 역사와 무관하고, 민족·민중 현실에서 벗어난 듯이 보이며, 단순한 연애편지처럼 느껴지는 수많은 작품들에도 공히 숨 쉬는 유일한 알맹이, 그것은 '생명의 모심!'이다. 신동엽 자신은 그것을 알아듣기 쉽게 '좋은 언어'라고 부르는데, 그 좋은 말 하나하나에 담긴, 상극의 시대를 상생의 시대로 바꾸려는

---

9 신동엽, 『젊은 시인의 사랑』, 앞의 책, 160쪽.

그의 정성은 동학혁명 이후 한국 토착사상사 안에서 유구하게 추구된 가치에 속한다. 그렇다면 신동엽의 '하늘'은 한국인의 '영성'을 가리키는 개념이 된다. 내가 비교적 근자에 읽은 조성환의 『한국 근대의 탄생』(모시는사람들, 2018)은 "중국의 하늘은 리理이니 우주의 질서와 이치를 일컫는데, 이것은 인간이 이해하고 파악할 수 있는 가지可知적이고 우주론적인 질서로서의 '리'라면 한국의 하늘, 즉 인내천의 하늘은 탐구의 대상이 아니라 외경의 대상이며, 구체적 사물 혹은 사안이 표시되는 어떤 현장이 아니라 '가장 큰 지평'"이라고 설명한다. 과연 그런지 신동엽의 다음과 같은 토로를 보면 알 수 있다.

당신 말씀대로
정말 우리는 한가지 목숨의
흐름일까요,

이 세상은,
우주에 있는 모든 생물은
한가지 목숨의
강물일까요,

그래서
죽음도, 삶도
없는 걸까요,

영원한

바람만 있는 걸까요,

정상을 향한.

당신도, 나도

한가지 강물의 흐름 위에

돋아난 잠깐의

표정일까요,

—「금강」 부분

　여기서 분명히 해둘 필요가 있는데, 신동엽은 인간주의자가 아니었다. 그의 평화주의는 인간세계만을 범주로 하지 않는다. 대지 위에는 인간과 더불어 수많은 생명들이 공존하고 있음을 신동엽은 곳곳에서 명시하고 있으니, 만일 자아의 상처만이 지상의 유일한 척도인 듯이 여기는 오늘날의 자의식 과잉 현상 속에서 누군가 근엄하게 '인간의 내면의 숨결' 같은 것을 애지중지하는 주장을 한다면 그는 틀림없이 "사월도 알맹이만 남고/ 껍데기는 가라"고 외쳤을 것이다. 나는 그렇게 본다.

6.

　이제 이상의 생각들을 요약하면 이렇게 된다.

하나, 신동엽은 개벽파였다.

신동엽은 문학이 생애의 옆구리나 갈비뼈, 염통이나 허파, 손톱, 발톱 같은 것이 아니라 운명의 형식을 노래해야 한다고 보았고, 또한 그 형식을 대지에 흐르는 역사의 숨결에서 찾고자 했다. 이 점은 그의 정신이 흘러온 곳을 밝혀준다. 일제강점기를 앞두고 이 땅에는 척사파, 개화파, 개벽파가 '정본' 싸움을 하고 있었는데, 개벽파는 지식 엘리트들에게 전유되기보다 광범한 중생의 삶에 영향을 미치고, 또한 한국문학의 전통 속에서 가장 깊은 내공을 축적했다. 신동엽은 김소월이나 방정환 같은 『개벽』의 선배 문인들처럼 '경성硬性' 문화가 지배하는 세계를 '연성軟性' 문화가 작동하는 세계로 전환시키고자 했다.

둘, 신동엽은 영성적 해방을 갈망했다.

동학혁명에서 3·1운동을 거쳐 4·19에 이르는 해방의 서사에도 '껍데기'가 있다고 외친 신동엽이 알맹이로 지목한 '동학년 곰나루의 그 아우성'을 담은 서사시 「금강」에서 노래하는 것은 반봉건, 반외세만이 아니라 자연과 생명의 힘에 용해된 토착적 영성이다. 신동엽은 민족해방, 계급해방, 여성해방, 흑인해방 등 자아를 극대화하는 각종 정치적 기획들 속에서 자아의 극복, 자연과 합치를 잃지 않는, 즉 '구도求道'와 '구세救世'가 함께 가는 영성적 정치를 지향하였다. 여기서 인용하고 싶은 글이 있다.

20세기 전반기 탈식민운동은 동학/개벽파가 전위에 섰다. 천도교, 원불교, 증산교, 대종교 등이 독립운동의 중추가 되었다. 1948년 분단정부 수립과 1950년 한국전쟁은 개벽파에 찬물을 끼얹는다. 미/소가 주도하는 냉전체제에 깊숙이 말려듦으로써 남/북 분단, 좌/우 갈등이 전면에 도드라졌다. 고로 20세기 후반 탈분단, 탈냉전 운동에는 개화파가 맹위를 떨쳤다.[10]

셋, 신동엽은 김수영과 다른 근대를 걸었다.

신동엽은 서구적 근대가 '전문화된 분야들의 동굴' 속으로 인간을 몰아넣는, 탄생의 순간부터 이미 몰락의 씨앗을 안고 있는 불행한 상극相剋의 현장이라고 보았다. 그래서 신동엽은 영성적 관점에서 문명 비판과 '오래된 미래'를 재조명하되, 그것은 '봉건'이 아니라 철두철미하게 '반봉건'을 지향하는 또 다른 근대였다. 신동엽이 그토록 선망해온 선배 시인이 김수영이었고, 또 김수영의 총애와 충고를 안고 활동했음에도 불구하고 신동엽은 김수영의 서구적 근대, 이성 중심의 근대를 따를 수 없었다. 신동엽이 보기에 김수영에게는 "그리 오래지 않은 옛날"이 없으며, 그 어떤 치열한 자의식으로도 감당할 수 없는 역사적 좌절의 누적, 그 한의 덧쌓임 속에서 발효되는, 그래서 지상의 모든 대륙이 각기 다를 수밖에 없는 토착적 염원과 사상이 없음이 아쉬웠을 것이다.

내가 지금 신동엽의 이 영성적 근대에 주목하는 이유는 그가 거시적인 지평에서, 인간과 자연을 분리시키며 출발한 서구적 문명을 비

---

10 이병한, 「'성/속합작'—지구적 근대의 여명, 토착적 근대의 환생」, 2018년도 원불교사상연구 학술대회, 원광대학교 원불교사상연구원, 2018. 8.

판한 것이 단지 지난날의 문제가 아니라 바로 오늘의 문제이자 내일의 문제로 여겨지기 때문이다. 그것은 신동엽 50주기에 다다른 오늘의 우리에게 여전히 유효한 다음 두 가지의 질문을 던지는 게 아닌가 한다.

하나, 문명이 발전할수록 인간은 고립감 속에 놓인다. 정보통신 기술의 발달에 의해 정치와 경제, 사상과 문화에 이르기까지 국경을 초월해서 한 덩어리가 되면 모두가 첨단 기술과 커뮤니케이션으로 촘촘하게 연결되는 것처럼 보이지만, 사실은 자기 속에 자기를 중심으로 모든 것을 재단하는 자아가 있다면 타자 속에도 동일한 자아가 있다. 그리하여 모든 존재가 독립하면 사회는 종잡을 수 없는 '자아들의 무리'가 된다. 그리고 각각의 자아가 제멋대로 세계상을 그리면서 자기와 타자의 공존을 설립할 수 없게 한다. 도대체 어떻게 하여야 서로 연결되는 '회로'를 만들 수 있을까?

둘, 분단 이후 한반도 정치체제가 야기한 심각한 정신사적 결여는 토착사상을 위시한 자생적 근대의 소멸에 있다. 남이든 북이든 지금에 와서 동학 이야기를 꺼내면 신물이 날 만큼 지겨울 것이다. 남과 북은 각각 자본주의적 근대와 사회주의적 근대를 추구하는 과정에서 영성적 요소를 공히 소진시키고 만 것이 아닌가 한다. 그리고 이 점은 남미나 아프리카 아시아 각지에서 추구된 해방사상의 미래와 우리의 미래를 외따로 떨어지게 하는 측면이 있다. 미래를 향한 토착적, 자생적, 영성적 고민을 배제하고 서구적, 범지구적, 신자유주의적 사조를 맹종한 것이 오히려 21세기의 우리 지성을 고립시키고 있는 게 아닌가 한다.

사건에의 충실성과 빼기의 정치[1]

―신동엽의 후기 시를 중심으로

김
희
정

1. 들어가며

알랭 바디우의 메타정치론^{metapolitics}[2]은 특정한 정치적 사유의 시퀀스가 '사건^{event}'을 계기로 돌발하고, 이후 그것의 흔적에 충실하여 다른 상황^{situation}의 가능성을 식별 가능한 방식으로 제안하는 정치

---

1 이 논문은 필자의 박사논문 "신동엽 시에 나타난 정치적 진리 절차 연구: 알랭 바디우의 메타정치론을 중심으로"(이화여자대학교 박사학위논문, 2019)의 IV장 A절 1항과 IV장 B절 2항을 요약 및 보완한 것임을 밝혀둔다.

2 '메타정치론'은 알랭 바디우가 '정치'의 실행적 차원, 즉 고정된 개념(notion)으로서가 아니라 작용(operation)하는 것으로서의 '정치'를 다루기 위해 도입한 용어이다. 해당 용어의 의미와 쓰임새에 대해서는 그의 책 『메타정치론』(김병욱·박성훈·박영진 옮김, 이학사, 2018)을 참조하였다.

적 가설이 만들어지고 정교화되는 과정을 탐색하는 철학적 논설이다. 이러한 바디우의 메타정치론은 신동엽 시에 기입된 4·19의 흔적을 가늠해보는 데 매우 유효한 관점을 제공해준다.

그에 따르면 '사건'은 상황의 변화를 위한 전제 조건이지만, 변화 자체는 아니다. '사건'은 단지 주어진 상황과는 다른 상황이 존재할 수 있음을 상태/국가$^{state/State}$의 우연한 오작동을 통해 잠깐 보여주고 사라지는, 찰나의 꿈과도 같다. 때문에 '사건' 이후에도 일상의 시간은 지금까지와 같은 방식으로 흘러간다. 적어도 표면적으로는 어떠한 변화의 기미도 포착되지 않는다. 그러나 '사건' 이후의 상황 속에는 분명 이전과는 다른 무언가가 추가되어 있다. 알랭 바디우는 '사건' 이전과 이후 사이에 개재된 이러한 최소 차이가 바로 진리^{True}라고 설명한다. 그에게 진리는 지금까지와는 질적으로 다른 미래가 세계 속에 도래할 것이라는 주체적 믿음에 다름 아니다.

'사건'이 중요한 것은 이렇게 새롭게 돌발한 진리에 응답해 현실의 운동을 실제로 펼쳐나갈 '주체'를 상황 속에 (비로소) 출현시키기 때문이다. '사건'에 충실하기로 결정한 주체들은 더 이상 현실의 시간 속에 머물지 않는다. 그들은 일상의 시간으로부터 빠져나와 진리의 시간을 산다. 따라서 진리의 시간은 일종의 '바깥-시간'이다. 이 '바깥-시간' 속에서 충실한 진리의 주체들은 '사건'에 의한 단절을 상황 변화의 가능 고리로 확보하기 위해 "'사건'에 속한 다수를 끊임없이 진리/지식으로 분리, 구분해내는 무한한 작업"[3]을 실행하게 된다. 진리 절차는 이렇게 '바깥-시간' 속에서 상황의 지식을 진리의 상관물로 개작해가는 작업, 즉 주체어$^{subject-language}$[4]의 무한한 발명

과정에 다름 아니다.[5]

그런 점에서, 4·19는 한국 근현대사의 흐름을 뒤바꾼 거대한 '사건'이었다. 그리고 신동엽은 그러한 '사건'의 충격에 전율하며 새로운 정치의 사유를 창안하는 일에 평생을 바친 시인이다. 이것이 바로 지금 이곳에서 그의 이름이 여전히 사건적으로 호출되는 이유일 게다. 그렇다면 실제 그의 시에 기입된 4·19의 흔적은 구체적으로 어떤 것인가. 그것이 지금 여기에서 여전히 의미를 갖는다면 그것은 무엇인가. 본고는 이러한 질문으로부터 시작하고자 한다. 이에 더해 본고의 내용은 다음 질문에 대한 해명이 될 것이다. 아이러니하게도 그의 시가 보여주는 사건에의 충실성은 5·16을 계기로 복귀한 반동적 국가, 즉 박정희 독재정권이 4·19의 실패를 공공연히 선언하던

---

3 알랭 바디우, 「당(黨)-없는-정치 : 국가로부터 거리를 두는 진리의 정치」, 『모호한 재앙에 대하여』, 박영기 옮김, 논밭, 2013, 130쪽.

4 바디우는 "진리가 존재한다고 믿는 주체에 의해 새롭게 생성되고 의미 부여된 고유명(명명)이 포함된 언어"를 '주체어'라 부른다. 그에 따르면 '사건'이 사라진 이후, 충실한 주체는 상황 내부의 항들을 자원으로 삼아 도래할 미래에 지시 대상을 가진 이름들, 즉 주체어들을 생성함으로써 자신의 믿음을 지탱해가게 된다. 진리의 주체는 이러한 '주체어'의 발명을 통해 "진리와 유적 확장을 믿지 않는" 개인을 주체화하거나, 이미 주체화된 개인을 재주체화한다.(박영기, 「정교성과 현존─질서의 정도와 동일성의 정도」, 알랭 바디우, 『변화의 주체』, 박영기 옮김, 논밭출판사, 2015, 352쪽)

5 주체어는 아직은 상황 속에 그것의 지시 대상이 존재하지 않는 말이다. 그것은 다만 재현(포함)될 뿐인 진리가 마침내 온전히 실현되어 있을 '미─래'(새로운 상황)가 모두의 눈앞에 가시적으로 출현하게 될 때만 비로소 구체적인 의미화를 할당받을 수 있다. 반면 충실한 주체를 제외한 상황 속의 다른 거주자들은 진리를 텅 비어 있는 것으로 간주한다. 더구나 상황 속에 아직 그것의 지시 대상이 존재하지 않을 경우 그러한 폄훼와 불신은 더 심해질 수밖에 없다. '사건'의 교훈과 접속되어 있지 않은 '지금 여기'의 다른 거주자들에게 모든 혁명적 정치가 비현실적인 것으로 간주되는 것은 바로 이 때문이다.(알랭 바디우, 『존재와 사건』, 조형준 옮김, 새물결, 2013, 633쪽)

시점에 가장 빛을 발했던 것이 아닌가,라는 질문이 그것이다. 본고는 이에 대한 해명을 통해 사건에의 기억 자체가 삭제당할 위험에 빠진 상황에서 당대인에게 사건의 흔적을 계속해서 보이고 들리게 하는 시 쓰기야말로 가장 근본적인 차원에서 수행되는 '정치'의 실행임을 증명해보고자 한다. 이를 위해 본고가 집중적으로 조명해보려는 텍스트는 그동안 선행 연구에서 상대적으로 덜 부각되어온 신동엽의 후기 시편들이다. 본고의 궁극적 목표는 이들 시편에 기입된 4·19의 흔적을 매개로 상태/국가적 재현의 억압에 치열하면서도 섬세한 방식으로 대결해가는 신동엽의 해방적 사유와 능동적으로 대화해보는 것이다.

신동엽 후기 시의 단독성은 무엇보다 4·19의 현시를 억압하는 재현의 질서에 맞서 4·19가 남긴 교훈을 당대의 상황에 강제^{forcing}**6**하는 국지적 실천들을 치열하게 보여준다는 데서 찾아진다. 이때 그의 시가 실행시키는 정치적 사유는 상황의 지식과 언어를 진리의 상관물로 재발명해가는 과정, 그 자체를 보여준다. 이에 대한 적확한 해명을 위해 본고는 이 시기의 신동엽 시가 새로운 주체어의 발명을 통해 다른 미래에의 희망과 믿음을 지탱하고 보충해가는 과정에 논의의 초점을 맞추려 한다. 이에 따라 우선 본론 2장에서는 신동엽 시

---

6 바디우는 진리의 언어를 기존의 지식 체계에 기입하는 지속적인 실천 과정을 '강제'라 부른다. '강제'란 진리가 "자신을 상황 속에 배치하도록 상황을 강제하"고 그 결과 자신을 "마침내 상황의 내적인 항목으로 인정받"게 하는 과정, 즉 주체가 충실한 탐색의 지속을 통해 진리를 상황의 정상적인 항으로 자리매김해가는 과정이다.(알랭 바디우, 위의 책, 377쪽)

가 실행하는 충실한 진리 절차의 노동(사건의 교훈 강제하기)이, 특히 도
래할 미래에 대한 주체의 전미래적 확신과 상황 속의 지점들 속에서
매번 다시 시도되는 주체적 선택의 누적을 통해 진행되고 있음을 보
일 것이다. 이어지는 본론 3장에서는 그러한 주체적 선택의 과정을
통해 '유적^{generic} 인류'(몫이 없는 자들)의 감각을 확보한 후사건적 주체
가 상태/국가의 지식 체계로부터 빼기[7]된 '정치'의 시공간을 실효성
있게 확장해가는 과정을 고찰할 것이다.

2. 전미래적 확신과 선택의 충실성

신동엽의 후기 시는 무엇보다 우선 상황의 실제 '지점들' 속에서
반복되는 후사건적 주체의 선택과 그것이 갖는 도박적 성격에 주목
한다. 당장의 결과를 예측할 수 없기에 '사건'의 교훈에 접속하기로

---

7 'subtraction'의 한국 번역어는 아직 하나로 통일되지 않은 상태다. 학계에서 주로 사용되는
대표적 번역어로는 '빠져나옴'(알랭 바디우, 『조건들』, 이종영 옮김, 새물결, 2006), '공제(控
除)'(알랭 바디우, 『존재와 사건』, 조형준 옮김, 새물결, 2013), '감산(減算)'(피터 홀워드, 『알
랭 바디우—진리를 향한 주체』, 박성훈 옮김, 길, 2016), '빼기'(슬라보예 지젝, 「알랭 바디우,
혹은 빼기의 폭력」, 『잃어버린 대의를 옹호하며』, 박정수 옮김, 그린비, 2009; 슬라보예 지젝,
『처음에는 비극으로, 다음에는 희극으로』, 김성호 옮김, 창비, 2010)를 들 수 있는데, 본 논문
에서는 이 중 '빼기'를 'subtraction'의 번역어로 선택하였다. 언급한 번역어들 모두 나름의
장점을 분명히 가지고 있겠으나 'subtraction'이 지닌 "수학적 함의"와 "타동의 의미"(슬라보
예 지젝, 『처음에는 비극으로, 다음에는 희극으로』, 253~254쪽)를 동시에 살리는 데는 이 중
에서도 '빼기'가 가장 적절하다고 보았기 때문이다. 『처음에는 비극으로, 다음에는 희극으로』
의 역자 김성호가 해당 책에서 'subtraction'을 '빼기'로 번역한 의도를 설명하는 각주 70번
의 내용이 이러한 용어 선택을 결정적으로 도왔다.

결정하는 선택은 언제나 적지 않은 불안 속에 이루어진다. 그러나 다른 한편으로 그것은 그러한 불안을 온몸으로 떠안는 것이라는 점에서 진정으로 용기 있는 선택이기도 하다. 이렇게 불안과 용기로 뒤엉킨 주체적 선택과 그것이 이루어지는 상황 내 '지점들points'[8]에 대한 가시화는 그의 후기 시들에서 빈번하게 발견된다. 이는 곧 그의 후기 시가 현실의 맥락 속에 엄연히 존재하는, 그러나 상태/국가의 재현이 거듭 지우려 시도하는 선택의 '지점들'을 보이고 들리게 하는 일에 집중하였음을 보여준다. 이에 따르면 4·19 이후의 한반도는 이러한 선택의 지점들, 즉 가능성의 '지점들'이 곳곳에 실존하는 "긴장된 세계tensed worlds"[9]에 다름 아니다. 4·19가 당대의 상황 속에 돌발시킨 식별 불가능한 진리의 실존은 바로 이러한 '지점들'의 존재를 통해 증명된다.

다음 시들은 무료하게 흘러가는 일상적 시간 속에 기입되어 있는 '선택'의 가능성을 예민하게 포착하고 있다.

①

응 그럴 걸세, 얘기하게

---

8 바디우는 세계 속에서 펼쳐지는 진리 절차의 과정을 설명하기 위해 '지점(point)'이라는 개념을 도입한다. 그에 따르면 진리의 주체가 매번 양자택일적 선택을 강요받는 세계 속의 지점들(points)은 "진리의 출현에 필요한 초월론적 시험대"에 다름 아니다. 달리 표현하자면 이는 곧 주체에 대한 지배 시스템의 국지적 테스트가 시행되는 장소라고 할 수 있다.(Alain Badiou, *Logics of Worlds: Being and Event II*, translated by Alberto Toscano, London: Bloomsbury, 2013, p. 399)

응 그럴 걸세

응 그럴 걸세

응, 응,

응 그럴 수도 있을 걸세.

응 그럴 수도 있을 걸세.

응, 아무렴

그렇기도 할 걸세

그녁이나, 암, 그녁이나

응, 그래, 그럴 걸세

응 그럼, 그렇기도 할 걸세.

허, 더 하게!

—「응」¹⁰ 전문

9 바디우는 주체적 선택의 지점들, 즉 가능성의 지점들이 선명하게 실존하는 상황을 "긴장된 세계(tensed worlds)"(Ibid., p. 422)라고 부른다. '상황의 논리냐/진리의 원칙이냐'라는 양자택일의 지점들이 도처에 존재하는 "긴장된 세계"에서 인간은 제 스스로를 펼쳐내고 제 자신을 창안하는 삶의 방향을 선택할 자유를 가진다. 이러한 세계에서는 인간 존재가 언제고 무력한 인간 동물에서 창조적 인류로 도약할 수 있다. 바디우는 이렇게 인간 존재가 인간 동물의 한계를 넘어 창조적인 인류로 거듭날 가능성이 항시 존재하는 세계의 속성을 "진리들이 있다는 것을 제외하면 오직 몸들과 언어들만 있다"(Ibid., p. 4)는 문장을 통해 압축적으로 제시한다. 반면 이러한 주체적 선택의 지점들이 부재하는, 따라서 어떠한 변화 가능성도 기입될 수 없는 안정적인 상황도 존재할 수 있다. 바디우는 이를 "활력 없는 세계(atonic world)"(Ibid., p. 420)라고 부른다. 주어진 상황의 논리가 유일한 것으로 받아들여지는 "활력 없는 세계"에서는 실체화된 사물과 언어들의 기계적인 배치만을 확인할 수 있을 뿐이다. 이러한 세계에서는 인간 존재가 다만 존재하는 것에 만족하는, 그리하여 어떠한 새로운 것도 창조하지 못한 채 주어진 현재에 안주하는 인간 동물의 수준을 벗어나기 힘들다. 바디우는 이렇게 인간 존재가 오직 인간 동물로서 일상적 삶을 영위하는 데만 관심을 갖는 세계의 속성을 "오직 몸들과 언어들만 있다"(Ibid., p. 1)는 문장을 통해 압축적으로 제시한다.

10 신동엽, 『신동엽 시전집』, 강형철·김윤태 엮음, 창비, 2013, 361쪽; 『시단』, 1965.

②
노래하고 있었다.
달리는 열차 속에
창가 기대앉아
지나가는 풍경
바라보고 있노라면,

잔잔한 물결
양털 같은 세월 위서
너는 노래하고 있었다.

(…)

가로수 위
구름 위
보이지 않는 영화로운
미래로의 소리로,

거대한 신神은
소매깃 뿌리며
부처님 같은 얼굴로

내 괴로움 위서

노래하고 있었다.

—「노래하고 있었다」¹¹ 부분

인용 시 ①은 일상적인 대화 속에 기입된 주체적 긴장을 긍정의 응답("응")을 통해 역설적으로 돌출시킨다. 일단 시의 문면에 가장 많이 등장하는 단어는 "응"이다. "응"의 반복은 시적 화자가 현재 일방적으로 듣는 입장에 놓여 있으며, 심지어는 동의를 무조건적으로 강요받는 처지임을 보여준다. 여기서 눈여겨봐야 할 것은 시적 화자의 응답이 반복될수록 이러한 "응"에 부정[negation]의 뉘앙스가 덧붙여지는 정황이다. 결과적으로 'Yes'의 반복은 그것의 이면인 'No'의 출현으로 귀착된다. 부정의 강도는 "응"이 발화되는 횟수에 비례하여 점점 커지는데, 이는 '그럴 걸세→그럴 수도 있을 걸세→그렇기도 할 걸세'로 변화되는 첨언을 통해 유추될 수 있다. 그리고 이렇게 점진적으로 고조되던 부정의 뉘앙스는 시적 화자의 마지막 응답 "허,/ 더 하게!"에서 정점을 찍는다.

종국에 가서 '아니오'로 판명 나는 이 시의 "응"은 상황의 국지적 지점들 속에서 매번 자신의 충실성을 심문받아야 하는 후사건적 주체의 처지를 상기시킨다. 이렇게 선택 앞에 선 주체에게 가능한 것은 오직 'Yes' 아니면 'No', 둘뿐이다. '사건' 이후의 선택 역시 이와 같이 언제나 양자택일일 수밖에 없다. 사건에 대한 충실성은 무한히

---

11 『신동엽 시전집』, 427~428쪽. 미발표작으로 1975년판 『신동엽전집』(창작과비평사)에 수록.

반복되는 선택의 순간마다 주체가 매번 상황의 법칙에 포섭되는 길 (Yes)이 아닌 사건적 현재 속에 계속해서 머무는 길(No)을 택하는 한 에서만 유지된다. '사건'을 계기로 은총처럼 돌발한 새로운 가능성 (진리)은 그것의 가능함을 굳건히 믿는 주체들이 존재할 때만 상황 속에 실존할 수 있기 때문이다. 이 시가 역설적으로 현시하는 'No'는 결국 상태/국가의 억압이 늘 성공하는 것은 아니라는 지극히 단순하면서도 근본적인 진실을 드러낸다.

한편, 인용 시 ②는 상태/국가에 의해 재현되는 '안정된' 상황과 사건적 주체의 '바깥-시선'에 의해 포착되는 '긴장된' 상황의 대비를 보다 구체화된 정황을 통해 보여준다. 여기서 "달리는 열차"는 주어진 상황을, 그것의 속성을 표시하는 "잔잔한 물결"은 그러한 상황의 안정성을 각각 은유한다. 시적 화자 '나'가 속해 있는 곳은 상태/국가의 재현에 의해 매끄럽게 통제되는 일상의 시공간("양털 같은 세월") 이다. 즉 어떠한 변화도 시작될 수 없는, 완벽하게 일자로 셈해진 '전체'인 것이다. 문제는 '나'가 주어진 재현의 질서 너머에서 발신되는 '너'의 노래("보이지 않는 영화로운/ 미래로의 소리")를 듣는다는 데 있다. 상태/국가가 가능과 불가능을 결정하는 메타 구조라면, 이렇게 상태/ 국가에 의해 식별 불가능한 것으로 규정된 것을 보고 듣는 일은 곧 상황의 법칙을 근본적인 차원에서 위반하는 것이 된다. '나'의 "괴로움"은 바로 이 때문에 발생한다. '나'는 상태/국가의 명령에 따르는 안온한 삶(Yes)과 그것과 불화하는 괴로운 삶(No) 사이에서 매번 후자를 선택한다. 당대에 금지된 것, 불가능한 것을 보고 듣는 행위를 멈추지 않고 계속해가는 것이다. 장면마다 반복되는 "노래하고 있었다"는 바로 이러한 주체의 완고함과 비타협성을 보여준다.

신동엽의 후기 시는, 이렇게 주어진 상황과의 불화에서 오는 긴장과 불안을 온몸으로 떠안는 것이야말로 후사건적 주체의 숙명임을 강조한다. 그러나 주체의 양자택일적 선택은 늘 도박일 수밖에 없다. 상황의 지식과 언어는 그것의 참됨을 결코 보장해주지 않기 때문이다. 사건에 충실한 선택의 참됨을 보장해주는 것은 오직 전미래前未來 시점을 통해서만 사유될 수 있는 도래할 미래의 존재다. 신동엽의 후기 시에서 이러한 전미래 시점은 무엇보다 충실한 주체들이 진리 절차의 고된 노동을 실천해가는 지금 여기가 바로 새로운 미래의 시작 지점, 즉 사건적 현재의 시공간임을 증명하는 데 사용된다.

①
봄은
남해에서도 북녘에서도
오지 않는다.

너그럽고
빛나는
봄의 그 눈짓은,
제주에서 두만까지
우리가 디딘
아름다운 논밭에서 움튼다.

(…)

움터서,

강산을 덮은 그 미움의 쇠붙이들

눈 녹이듯 흐물흐물

녹여버리겠지

—「봄은」[12] 부분

②

그렇지만 봄은 맞아 죽었다는 말도 있었다.

광증이 난 악한한테 몽둥이 맞고

선지피 흘리며 거꾸러지더라는……

마을 사람들은 되나 안되나 쑥덕거렸다.

봄은 자살했다커니

봄은 장사지내 버렸다커니

그렇지만 눈이 휘둥그레진 새 수소문에 의하면

봄은 뒷동산 바위 밑에, 마을 앞 개울

근처에, 그리고 누구네 집 울타리 밑에도,

---

12 『신동엽 시전집』, 384~385쪽; 『한국일보』, 1968. 2. 4.

몇 날 밤 우리들 모르는 새에 이미 숨어 와서

몸단장들을 하고 있는 중이라는

말도 있었다.

—「봄의 소식」[13] 부분

인용 시 ①, ②는 도래할 미래에 대한 전미래적 확신과 주체적 예단을 주어진 상황과의 대비를 통해 선명하게 제시한다. 두 시 모두 '봄'이라는 계절적 상징을 공통적으로 동원하는데, 이때의 '봄'은 정치의 진리('유적 평등')가 이미 실현되어 있을 새로운 상황의 시작 지점을 의미한다.

먼저 ①은 재현의 질서 안에서 벌어지는 현재적 사태와 그 안에서 '빼기'가 된 "우리"의 "아름다운 논밭"에서 벌어질 미래적 사태를 제시한다. 주어진 상황이 가시적인 대상들의 영역과 비가시적인 진리의 영역으로 양분되고 있는 것이다. 이 시는 이러한 공간적 대비를 통해 4·19 이후 상황 속에 덧붙여진 새로운 진리의 실존을 가시화한다. 현상적 차원에서 볼 때 봄('새로운 상황')은 "남해에서도 북녘에서도 / 오지 않는"다. 지금 여기는 여전히 혹한의 겨울이 "바다와 대륙 밖에서" 몰고 온 "매운 눈보라"로 뒤덮여 있다. 그러나 상황의 또 다른 영역, 즉 "우리가 디딘/ 아름다운 논밭"에서는 "너그럽고/ 빛나는" 봄의 "눈짓"이 이미 움트고 있다. 물론 이러한 봄의 징후는 상황의 지

---

13 『신동엽 시전집』, 414~415쪽;『창작과비평』 17, 창작과비평사, 1970.

식과 언어로는 결코 셈해질 수 없는 것이다. 오직 봄의 도래를 확신하는 "우리들"만이 그것의 징후를 선명하게 감지할 수 있다. 우리의 이러한 믿음에 타당성을 부여하는 것은 "이제 올/ 너그러운 봄"의 시점이다. 이 시는 이렇게 전미래적 믿음의 형식을 통해 "삼천리 마을마다/ 우리들 가슴속에서" 움트게 될 봄의 실존을 지탱한다.

한편 ②에서는 봄의 도래에 대한 이러한 전미래적 확신이 주어진 재현의 질서에 적극적으로 대항하는 수단으로 기능한다. 여기서 확인되는 것은 봄에 대한 '다수 민중'의 믿음이 확고해질수록 그러한 희망을 찍어 누르는 재현의 압력 역시 강해진다는 사실이다. 여기서 둘의 관계는 마치 작용과 반작용의 그것과 같다. 겨울의 횡포가 심해질수록 도래할 봄에 대한 "우리들"의 기다림 역시 점점 간절해진다. 또한 이렇게 "우리들"의 희망이 간절해짐에 따라 그것을 꺾기 위한 상태/국가의 전횡도 갈수록 잔인해진다. 문제는 주체의 충실성이 이러한 상태/국가의 압력으로 언제든 중단될 수 있다는 데 있다. 충실한 주체는 상황의 지점들 속에서 이러한 상태/국가의 위협과 매번 맞닥뜨려야 한다. 또한 이전 지점에서 진리를 선택했다고 해서 다음 지점에서 다시 진리를 선택하게 되리라는 보장도 없다. 충실한 주체는 언제든 반동적 주체로 뒤바뀔 수 있다. 그래서 충실한 주체는 선택 이후에 대한 불안과 그럼에도 선택하는 용기 사이에서 매 순간 진동할 수밖에 없다. 이것이 바로 주체화의 재주체화가 거듭되어야 하는 이유다.

다음 시는 자신이 지금껏 축적해온 충실한 탐색의 결과들까지도 진리의 심판대 위에 올려놓고 엄격히 조사하는 후사건적 주체의 치열함을 여실히 보여준다.

> 우리들의 이야기는
> 걸레
>
> 살아 있는 것은
> 마음뿐이다.
>
> 마음은
> 누더기
>
> 살아 있는 것은
> 뼈뿐이다.
>
> 오, 비본질적인 것들의
> 괴로움이여
>
> 뼈는
> 겉치레
>
> 살아 있는 것은
> 바람과
> 산뿐이다.

그렇게 많은
비단을 감았지만

너를 움직이는 건
흔들리고 있는 것은
고깃덩어리 알몸

물건 없는 산
소나무 곁을
혼자서 너는 걸어가고 있고야

오, 작별한 냄새여
살덩이가
지금 저 산을
내려가고 있고야

—「살덩이」[14] 전문

　　이 시에서 선택의 '지점들'은 후사건적 주체의 내면에서 출현하고
있다. 사회적 공간의 '지점들'이 그러하듯 이러한 내면 공간의 성찰

---

14 『신동엽 시전집』, 418~419쪽; 『창작과비평』 17, 창작과비평사, 1970.

적 '지점들' 역시 두 개의 선택지만을 허용한다. 즉 'Yes' 아니면 'No', 둘 중 하나만 가능하다. 진리의 관점에서 스스로를 반성하기 시작하는 순간 '너'는 상태/국가의 명령(주어진 현실에 만족하라!)에 포섭되는 길과 사라진 사건의 명령(예외적 진리에 충실하라!)에 다시 통합되는 길 사이에서 어느 한 방향을 선택하는 일을 반복해야 한다. 그리고 충실한 주체에게 선택의 결과는 언제나 예외적인 진리를 붙드는 'No'다. 왜냐하면 그가 'Yes'(상태/국가의 명령에의 수용)를 선택하게 되면 애초에 선택의 지점 자체가 사라져버리기 때문이다. 말하자면 주체는 오직 'No'라는 예외를 붙들 때만 충실한 진리 절차의 과정 속에 남아 있을 수 있다. 따라서 시적 화자가 반복적으로 수행하는 선택들은 주어진 자아[80]를 철저하게 비워내는 과정과 다르지 않다.

시적 화자가 가장 먼저 진리의 시험대 위에 올리는 것은 "우리들의 이야기"다. 여기서 "우리들"은 시적 화자가 그동안 통합되어 있던 조직화된 진리의 몸체에 해당한다. 시적 화자의 판단에 따르면 그동안 "우리들"이 만들고 계승해온 "이야기"는 오늘날 그 시작 지점에서의 충실성을 잃고 이미 "걸레"처럼 더럽혀졌다. 따라서 그것은 부정(No)되어야 할 부분이다. 오염된 "우리들의 이야기"를 걷어내자 그 이야기 속에 담겨 있던 우리들의 "마음"이 드러난다. 이 "마음"은 도래할 미래의 희망을 뜻한다고 할 수 있다. 그러나 이 역시도 진리의 시험대 위에서 비본질적인 것으로 판명 난다. 견고한 세계와의 오랜 싸움 끝에 우리들의 순정했던 "마음"은 어느덧 "누더기"가 되어버렸다. 이제 "마음"을 걷어내자 그동안 자신의 투사적 행위를 지탱해온 "뼈"가 나타난다. 그러나 이 역시도 비본질적인 것, 부정(No)되어야 할 것으로 확인된다. 투사적 행위는 투쟁의 과정 속에서 자칫하면 복수를 위한 테러로 변질되기 쉽다. 중요한 것은 세계를 향한 복수가 아니라 새로운 것의 창안이므로, 비본질적인 것에 봉사해온 "뼈" 역시 제거되어야 한다. 이렇게 투사적 행위의 비본질성까지도 셈해야 하는 것이기에 진리의 시험대 위에서 이루어지는 성찰은 지극히 괴로운 것일 수밖에 없다. 그러나 주체화된 개인의 재주체화에서 관건이 되는 것은 바로 이러한 엄격한 조사의 지속이다.

결국 자신의 "뼈"마저 걷어내고 난 뒤 시적 화자는 자기 안의 '공백'과 마주하게 된다. 이제 자기 앞에 남아 있는 것이 "바람과/ 산뿐이"라는 표현은 모든 실체적 차원을 걷어낸 뒤 비로소 포착 가능해진 사유의 순수 지점으로서의 주체, 즉 순수 주체의 존재를 역설적으로 드러낸다. 이러한 순수 주체로서의 주체는 여기서 '너'로 지칭된다. '너'는 아직 어떠한 선택도 수행되기 이전에 선차적으로 존재하는, 말하자면 최초의 선택이 수행되기 위해 미리 전제되어 있어야 하는 사유의 프레임이자 앞으로 시작될 진리 절차의 기원적 지점이라 할 수 있다. 이렇게 '너'로 되돌려진 뒤에야 시적 화자는 자신이 참여해온 기왕의 진리 절차로부터 빠져나와 그것의 시작 지점으로 되돌아갈 수 있게 된다. 시작 지점의 반복은 주체를 재주체화하는 일이면서, 동시에 지금까지의 진리 절차를 전면적으로 쇄신하는 일이기도 하다. 그러나 그것이 곧장 지금까지 진행된 진리 절차 전부를 폐기하자는 의미일 수는 없다. 오히려 그것은 인류 역사를 지금까지와는 전혀 다른 '미-래'로 도약시킬 차이 나는 반복, 단독성의 반복을 의미한다.

4·19 직후 '우리들'('아사달-아사녀')은 새로운 역사를 구축하기 위해 최선을 다해 투쟁했지만 '사건'의 효력은 일시적이었다. 1961년 5·16을 계기로 신속히 복귀한 상태/국가는 때로는 회유로, 때로는 위협으로 '다수 민중'의 힘을 급격히 제한하고 축소시켰고, 이 와중에 '우리들'이 만들어낸 새로운 기억들과 이야기들 역시 상태/국가의 프로파간다와 뒤섞이면서 급격히 오염되어 갔다. 따라서 시적 화자는 "그렇게 많은/ 비단을 감았지만" "너를 움직이는 건/ 흔들리고 있는 것은" 결국 "고깃덩어리 알몸", 즉 시작 지점에서 처음으로 가졌던 유적 인간의 순수한 감각뿐이어야 한다고 강조한다. 절대 고독 속에서 사유의 시작 지점을 사유하는 '너'에게는 따라서 "작별한 냄새"가 난다. '너'는 자신에게 덧씌워진 모든 비본질적인 "비단"들을 하나도 남김없이 제거한 경지에 이제 막 다시 들어선 것이다.

이로써 '너'는 '선택'을 새롭게 반복할 준비를 마친다. 공백의 지점으로 철수하였다가 다시 세계 속에 출현한 '너'("살덩어리")는 무엇이든 될 수 있고 무엇이든 할 수 있는 무한한 가능성의 존재다. 이렇게 잠재성의 존재로 되돌려진 "살덩이"는 이후 "저 산을/ 내려"가 도래할 사건을 준비하는 충실한 진리 절차의 주체로 다시 활동하게 될 것이다. 그리고 그 방식은 분명 이전과는 다른 차원을 가지게 될 것이다. 이렇게 하여 단독적 개인으로서의 '너'는 지나간 사건과 도래할 사건의 '둘-사이'에서 새롭게 재발명될 진리 절차 속에 통합될 준비를 마친다.

3. 유적 인류로서 '우리'와 국가로부터의 빼기

그리하여 신동엽의 후기 시에서 새롭게 갱신된 '주체'의 형상은 바로 '유적 인류'로서 '우리'로 나타난다. '유적'이라는 바로 그 이유로 이들은 상태/국가의 백과사전적 식별 체계 가운데 가장 밑바닥에 배치된 존재다. 말하자면 '공백의 가장자리'를 중심으로 존재하는, 그리하여 최솟값으로 셈해지는 상황 내 '몫이 없는 자들'이다. 그리고 시인의 후기 시가 선명하게 형상화하는바, 이들이 주어진 상황의 바깥에서 실행해가는 진리 절차의 노동은 다름 아닌 '빼기'의 정치다. 이들은 스스로를 '우리'로 명명하고, 상황의 국지적 '지점들' 속에서 마주치는 상태/국가의 작용으로부터 자신들을 '빼기'함으로써, 자신들의 현시를 억압하는 재현의 질서에 적극적으로 대항해간다. 4·19 이후 상황에 덧붙여진 식별 불가능한 진리의 실존은 이들이 실행하는 빼기의 논리를 통해 역설적으로 증명된다.

다음 시는 '~이 아니라 ~이다'의 구문 형식을 통해 빼기를 실행하는 유적 주체의 형상을 뚜렷하게 보여준다.

화창한

가을, 코스모스 아스팔트 가에 몰려나와

눈먼 깃발 흔든 건

우리가 아니다

조국아, 우리는 여기 이렇게 금강 연변

무를 다듬고 있지 않은가.

신록 피는 오월

서부 사람들의 은행銀行 소리에 홀려

조국의 이름 들고 진주眞珠 코걸이 얻으러 다닌 건

우리가 아니다

조국아, 우리는 여기 이렇게

꿋꿋한 설악雪嶽처럼 하늘을 보며 누워 있지 않은가.

무더운 여름

불쌍한 원주민에게 총 쏘러 간 건

우리가 아니다

조국아, 우리는 여기 이렇게

쓸쓸한 간이역 신문을 들추며

비통 삼키고 있지 않은가.

그 멀고 어두운 겨울날

이방인들이 대포 끌고 와

강산의 이마 금 그어놓았을 때도

그 벽壁 핑계 삼아 딴 나라 차렸던 건

우리가 아니다

조국아, 우리는 꽃 피는 남북평야에서

주림 참으며 말없이

밭을 갈고 있지 않은가.

(…)

조국아,

강산의 돌 속 쪼개고 흐르는 깊은 강물, 조국아.

우리는 임진강변에서도 기다리고 있나니, 말없이

총기로 더럽혀진 땅을 빨래질하며

샘물 같은 동방東方의 눈빛을 키우고 있나니.

—「조국」[15] 부분

이 시에는 '국가'로부터 자신들의 "조국"을 빼기하는 '우리'의 모습이 전경화되어 있다. "조국"의 구체적 속성은 이러한 빼기의 반복을 통해 점진적으로 드러난다. '우리'의 "조국"과 대문자 '국가' 사이에는 미세하지만 분명한 차이가 개재해 있다. 당대의 '국가'가 주어진 상황의 논리를 보충하고 유지하는 상태/국가라면, '우리'의 "조국"은 그러한 원原상황의 유적 확장을 통해 도달 가능한 어떤 것이다. 원상황과 유적 확장 사이에 개재해 있는 식별 불가능한 부분이 바로 이 차이의 구체적 내용일 것이다. 이 시는 이렇게 상황의 백과사전적 지식 체계에 의해 식별될 수 없는 유적 확장의 차원을 당대인들에게 식별 가능한 방식으로 전달하기 위해 빼기의 형식을 사용한다. '우리'가 지금 여기에 도래시키려는 "조국"의 구체적 내용은 이

---

15 『신동엽 시전집』, 403~405쪽; 『월간문학』, 1969. 6.

러한 빼기를 통해 조금씩 채워지고 있으며, 이에 따라 '우리'의 주체성 역시 강화되고 있다.

해당 구문을 중심으로 각 연에 나타난 원상황의 차원과 거기에서 빼기된 유적 확장의 차원을 분리하여 정리하면 다음과 같다.

우리는		이 아니라		이다.
	화창한 **가을**, 국가의 행사에 동원되어 눈먼 깃발을 흔들었던 자들		**여기 이렇게** 금강 연변에서 무를 다듬고 있는 자들	
	신록 피는 **오월**, 국가를 위한다는 명분 아래 침략적인 세계 금융자본으로부터 차관을 도입했던 자들		**여기 이렇게** 꿋꿋한 설악雪嶽처럼 하늘을 보며 누워 있는 자들	
	무더운 **여름**, 강대국인 미국의 요구에 따라 약소국인 월남으로 파병을 나갔던 자들		**여기 이렇게** 쓸쓸한 간이역 신문을 들추며 전쟁에 유린당한 월남민(民)들의 소식을 비통하게 확인하고 있는 자들	
	그 멀고 어두운 **겨울날**, 미소 양 강대국에 의해 그어진 38선을 빌미로 남북한 단독정부 수립을 추진했던 자들		**꽃피는 남북 평야에서 주림 참으며** 말없이 밭을 갈고 있는 자들	

위의 표에 따르면 '우리'의 시간은 당대의 일상적 시간, 즉 '과거-현재-미래'라는 균질적인 시간으로부터 빼기되어 있음을 알 수 있다. '우리'의 이러한 현존 양태는 각 연에서 반복되는 '~이 아니라 ~이다'의 구문 형식을 통해 선명하게 드러난다. 여기서 '~이 아니라'

의 축에 속한 항목은 상태/국가에 의해 통제되는 시공간의 사태들을, '~이다'의 축에 속한 항들은 그러한 상태/국가의 시공간에서 빼기된 '우리'의 시공간의 사태들을 각각 지시한다. 이에 따라 전자의 항들은 상태/국가에 통제되는 일상의 균질적 시간 속에서 원상황의 논리를 유지하는 데 봉사해온 체제 순응적 행동의 계열로, 후자의 항들은 그러한 일상의 바깥(사건적 현재)에서 매번 상태/국가로부터 빼기되는 선택을 실행해온, 그리하여 유적 확장의 논리를 정교화하는 데 봉사하는 체제 대항적 행위의 계열로 각각 분류된다. 특히 밑줄로 표시한 구절들은 원상황의 일상적 시간과 '공-현존'하는 진리 절차의 '바깥-시간'을 분명히 현시하고 있다. 시간적 차원에서, 전자의 계열체는 원상황 속에서 재현되는 일상적 시간(계절의 흐름과 동질적)을, 후자의 계열체는 원상황 속에서 '비-재현'의 형식으로 재현되는 진리의 시간(일상의 계기적 시간으로부터 탈구된 사건적 현재)을 각각 나타낸다.

이 시의 빼기는 '공백의 가장자리'에서 수행되는 우리의 진리 절차를 현시하기 위해, 그리고 도래할 미래의 관점에서 볼 때 이러한 노동이 타당한 방향으로 진행되고 있다는 것을 증명하기 위해 동원된 강제의 기제라 할 수 있다. 그리하여 1961년 5·16 이후 급격히 반동화된 상태/국가가 축소하거나 엄폐하려 한 '사건'의 교훈(새로운 상황의 가능성)은 "여기 이렇게" '공백의 가장자리'로 밀려난 '우리'가 펼쳐내는 정치적 절차(빼기)에 의해 식별 불가능한 것에서 식별 가능한 것으로 점차 전환되어간다. 기존의 의미를 초과하는 "조국"의 진정한 의미는 이러한 빼기의 반복을 통해 조금씩 구체화되고 확장된다. 결국 '우리'의 빼기는 진정한 "조국"과의 접속을 시도하는 해방적 몸

짓에 다름 아닌 것이다.

　한편, 다음 시는 이러한 빼기의 전제 조건이라 할 전미래적 믿음
체계를 보다 선명하게 보여준다.

　　초가을, 머리에 손가락빗질하며
　　남산에 올랐다.
　　팔각정에서 장안을 굽어보다가
　　갑자기 보리씨가 뿌리고 싶어졌다.
　　저 고층건물들을 갈아엎고 그 광활한 땅에
　　보리를 심으면 그 이랑이랑마다 얼마나 싱싱한
　　곡식들이 사시사철 물결칠 것이랴.

　　(⋯)

　　그날이 오기까지는 끝이 없을 것이다.
　　숭례문 대신에 김포의 공항
　　화창한 반도의 가을 하늘
　　월남으로 떠나는 북소리
　　아랫도리서 목구멍까지 열어놓고
　　섬나라에 굽실거리는 은행銀行 소리

　　조국아 그것은 우리가 아니었다.
　　우리는 여기 천연히 밭 갈고 있지 아니한가.

서울아, 너는 조국이 아니었다.

오백 년 전부터도,

떼내버리고 싶었던 맹장盲腸

그러나 나는 서울을 사랑한다

지금쯤 어디에선가, 고향을 잃은

누군가의 누나가, 19세기적인 사랑을 생각하면서

그 포도송이 같은 눈동자로, 고무신 공장에

다니고 있을 것이기 때문에.

그리고 관수동 뒷거리

휴지 줍는 똘마니들의 부은 눈길이

빛나오면, 서울을 사랑하고 싶어진다.

그러나, 그날이 오기까지는.

—「서울」[16] 전문

이 시에 제시된 주체어의 진술은 앞서 다룬 시 「조국」의 그것보다

---

16 『신동엽 시전집』, 408~410쪽; 『상황(狀況)』 창간호, 범우사, 1969.

훨씬 더 정교하다. 일단 주체의 조사 범위가 한반도라는 상황 일반
에서 "서울"이라는 구체적 장소로 좁혀져 있다. 도입부에 사용된 "장
안"이라는 명칭은 "서울"이 당대의 한반도 안에서도 위계의 최상층
에 속함을 강조한다. 정치적 차원에서만이 아니라 경제적 차원에서
도 "서울"의 현존 값은 최대치로 셈해진다. "서울"에 즐비한 "고층건
물들"은 1960년대 박정희 군사정권의 프로파간다인 '조국근대화론'
의 이데올로기적 상관물이기도 하다.

  그런데 이 시의 진술은 이러한 프로파간다를 정면으로 거스른다.
'나'는 눈앞의 현대적 풍경에 느닷없이 '다른 상황'의 풍경을 덧붙인
다. '다른 상황'의 출현은 원상황의 논리를 거스르는 주체적 욕망에
서 비롯된 것이다. 이 욕망이 눈앞의 거대한 "고층건물들을 갈아엎
고 그 광활한 땅에" "보리를 심으면" "그 이랑이랑마다" "곡식들"이
사시사철 성성하게 물결치게 될 새로운 "서울"을 상상하게 한다. 즉
지금까지 무의미하게 흘러오던 일상적 시간과 단절하고, 새로운 미
래와 접속하고 있는 것이다. 이러한 다른 상황에의 상상이 '나'를 "서
울"의 "특별시민"이라는 대상적 규정으로부터 빠져나오게 한다. 이
를 통해 '나'는 주어진 정체성에 고착된 산업화 시대의 "맹목 기능
자"[17]에서 상황의 유적 확장에 봉사하는 창조적 인류로 거듭날 가능
성을 확보한다.

  4연의 "그날이 오기까지는 끝이 없을 것이다"는 이러한 창조적 노

17　신동엽, 「시인정신론」, 『신동엽 산문전집』, 창비, 2019, 89쪽; 『자유문학』, 1961. 1.

동, 즉 유적 절차의 무한성을 지시한다. 여기서 "그날"은 도래할 미래를 뜻한다. 이 문장을 통해 빼기의 가능 조건인 전미래적 믿음 체계가 도입되고, 이에 따라 두 번에 걸친 빼기가 시도된다. 먼저 첫 번째 빼기는 4~5연에서 이루어진다. "조국아 그것은 우리가 아니었다"라는 문장은 그동안 상태/국가가 최댓값으로 셈해온 "서울 사람들"로부터 '우리'를 빼기한다. "숭례문 대신에 김포의 공항"을 서울의 상징적 구조물로 셈하는 중앙 관료, "화창한 반도의 가을 하늘" 아래 "월남으로" 파병 나가는 군인들, "아랫도리서 목구멍까지 열어놓고" 일본에 "굽실거리는" 금융 권력 등은 모두 "서울"에서 최댓값으로 현존하는 거주자들이다. 위계의 상층부에 속한 "특별시민들"인 것이다. 그러나 '나'가 통합된 '우리'는 그들이 아니다. 주어진 상황의 안정화에 복무하는 '그들'과 달리 '우리'는 "여기"에서 "천연히" 새로운 역사의 밭을 갈며 도래할 미래를 준비하고 있다. 즉 "서울"의 구성적 외부라 할 '공백의 가장자리'에서 새로운 상황을 출현시킬 유적 절차를 끈질기게 수행해가는 중이다. 여기서 빼기의 구문('~이 아니라 ~이다')은 상황 내에서 비가시화된 '우리'의 노동을 선명하게 가시화한다. 해당 구문을 중심으로 원상황의 차원과 거기에서 빼기된 유적 확장의 차원을 분리하여 정리하면 다음과 같다.

우리는	숭례문 대신 김포의 공항을 자랑스러워하는 자들	이 아니라	여기 천연히 밭 갈고 있는 자들	이다.
	월남으로 파병 나가는 자들			
	일본 금융자본에 굽실거리는 자들			

여기서 부정되는 항은 "특별시민"이라는 특수한 정체성에 부합하는 삶을 사는 자들이며, 긍정되는 항은 도래할 미래(그날)의 시작점이 될 "여기"에서 "천연히" 역사의 밭을 가는 자들이다. 따라서 이 경우에는 긍정의 항에 속한 '우리'의 존재가 진리의 실존을 증명하는 항, 다시 말해 1연에 제시된 상상적 노동의 타당성을 증명하는 진리의 상관물이 된다. 즉 긍정의 항이 주어진 지식에 새로운 진리를 강제하고 있는 것이다.

이어지는 두 번째 빼기는 6연에서 이루어진다. 여기서 빼기는 특히 "서울아, 너는 조국이 아니었다"라는 문장을 통해 실행된다. 그런데 이 두 번째 빼기는 첫 번째 빼기를 통사적 차원에서 전도시킨다. 이러한 전도는 주체적 규정의 대상이 식별 불가능한 것에 속한 '우리'에서 식별 가능한 것에 속한 "서울"로 교체되면서 발생한다. 규정 대상의 교체로 도래할 "조국"을 증명하는 진리의 상관물 역시 긍정의 항에서 부정의 항으로 변환된 것이다. 이러한 통사적 전도는 결국 두 번째 빼기의 목적이 "조국"으로부터 "서울"을 분리하는 데 있음을 보여준다. 해당 구문을 중심으로 원상황의 차원과 거기에서 빼기된 유적 확장의 차원을 분리하여 정리하면 다음과 같다.

서울은 | 조국 | **이 아니라** | 오백 년 전부터도, 떼내버리고 싶었던 맹장 | **이다.**

여기서 "서울"의 부분을 채우는 것은 곧 숭례문 대신 김포의 공항을 자신들의 상징물로 삼고, 월남 파병을 단행하며, 차관을 도입하기 위해 한반도의 숙적인 일본에 굽실거리는 상태/국가의 상관물들이다. 도래할 "조국"의 구체적 속성은 '우리'에 의해 "오백 년 전부터도,/ 떼내버리고 싶었던 맹장"으로 규정되는 이러한 "서울"을 빼고 남는 부분을 통해 재현된다. 이로써 '나'는 서울 내부에서 "조국"의 항목에 속하는 부분들을 본격적으로 포착할 수 있게 된다.

한편, 7~9연은 서울에 속해 있으면서도 상태/국가에 의해 재현되지 않는 서울 내부의 '몫이 없는 자들'을 호출한다. "지금쯤 어디에선가" "19세기적인 사랑을 생각하면서" "고무신 공장에/ 다니고 있을" "고향을 잃은 누군가의 누나", "관수동 뒷거리/ 휴지 줍는 똘마니들"이 바로 그들이다. 서울의 밑바닥에 존재하는 이러한 '몫이 없는 자들'의 존재가 '나'로 하여금 서울을 사랑하고 싶게 만든다. 즉 서울의 위계적 구조 맨 밑에 있는 자들, 상태/국가의 재현 속에서 비가시적인 것으로 나타나는 존재들의 존재함을 알기에, '나'의 빼기는 서울을 온전히 배제하는 쪽으로는 갈 수 없다. 그리하여 후사건적 주체인 '나'는 당대적 상황(서울) 내부의 '몫이 없는 자들'에게 제 '몫'을 분배해줄 새로운 상황의 논리('유적 평등')를 토대 공리로 삼아 주어진 상황의 확장을 도모하고자 한다. 상황 내부의 '몫이 없는 자들', 즉 유적 인류의 입장에서 포함과 배제를 가르는 상태/국가의 분할선을 확장시키는 것이야말로 특권적 소수를 위한 지금 여기의 "서울"을 모두를 위한 "서울"로 변화시킬 가장 근본적인 처방임을 확신하는 것이다.

물론 그러한 변화가 완료되어 있을 "그날"은 결코 쉽게 오지 않는다. 그래서 이 시의 마지막 연은 "그날"이 오기까지는 '우리'의 빼기가 멈추지 않고 계속되어야 한다고 강조한다. 이로써 신동엽의 후기 시가 구축해간 메타정치적 서사가 가 닿게 되는 역설적 차원이 분명해진다. 정치의 진리는 무한하기 때문에 유한한 주체는 그것의 실현을 직접 볼 수 없다. 충실한 주체는 다만 무한히 이어지는 정치적 절차의 노동 속에 존재하는 하나의 계기, 혹은 지점일 뿐이다. 그러나 이러한 유한한 주체의 노동이 애초에 존재하지 않는다면 무한한 정치적 절차는 시작될 수도, 지속될 수도 없다. 오직 도래할 미래에 대한 확신에 기대 자신의 노동을 멈추지 않고 계속하는 유한한 주체의 충실성만이 새로운 상황의 가능성을 지탱할 수 있다. 그러므로 진정한 "조국"의 도래를 확신하는 '우리'의 노동, 빼기의 정치는 계속되어야 한다.

5. 나가며

이상으로 신동엽 후기 시에 기입된 4·19의 흔적에 대해, 그리고 그의 시가 그러한 사건의 흔적을 중심으로 펼쳐나간 정치적 사유의 전개 과정에 대해 살펴보았다. 이를 통해 그의 후기 시가 사건에 대한 충실성을 기반으로 하여 상황의 지식과 언어를 진리의 상관물들로 재발명하는 과정, 그 자체를 보여준다는 것을 확인할 수 있었다. 무엇보다 이러한 시적 정치는 4·19의 정치적 효과가 상당 부분 소진

된 1960년대 중후반의 상황 속에서 시도된 것이기에 더욱 값지다.

신동엽 후기 시가 우선적으로 시도하는 것은 지금 여기의 성원들을 상황의 시간에서 탈구된 진리의 시간(사건적 현재) 속에 계속해서 머물게 할 방법의 제안이었다. 이를 증명하기 위해 본고는 이 시기의 시가 상황의 국지적 '지점들' 속에서 매번 반복되는 후사건적 주체의 도박적 선택과 전미래적 믿음 체계를 통해 '사건'에의 충실성을 지탱하고 확장해가는 과정에 주목하였다. 또한 4·19가 돌발시킨 '유적 평등'의 이념을 상황의 진리로 강제할 방법으로 빼기의 논리를 제시하고, 그것에 따라 동시대의 비가시성을 가시화하는 작업을 집중적으로 실행한 것 역시 이 시기 시의 주요 특징임을 밝히고자 하였다. 그 결과 신동엽의 후기 시가 새로운 해방 정치의 주체로 호명하는 이들이 바로 당대의 내부에서 가장 '몫이 없는 자들', 즉 그 자체로 보편성의 구현인 '유적 인류'로서의 '우리'임을 확인할 수 있었다. 이 '우리'는 상황의 현시와 상태/국가의 재현 사이에 존재하는 틈과 통치 체제의 불완전성을 온몸으로 증언한다. 따라서 '몫이 없는 자들'의 존재를 가시화하는 작업, 즉 재현되지 않는 것을 재현하는 시 쓰기는 그 자체로 치열한 '정치'의 실행일 수 있다.

신동엽의 후기 시는 이렇게 최솟값의 존재들을 최댓값으로 셈함으로써 그간 한반도를 지배해온 위계적인 관계 형식을 근본적인 차원에서 재고하게 만들며, 이러한 감각의 재분배는 종국적으로 상태/국가의 분할선이 이동할 가능성을 현시한다. 그런 점에서, 이 시기의 시적 실천은 지금까지의 과정을 통틀어 상황의 유적 확장을 가장 치열하게 시도한다고 볼 수 있다. 이는 곧 상황의 구조 자체가 근본적인 차원에서 변형되지 않는다면, 어떠한 혁명도 곧바로 이어지는 반동의 압력에 좌초되기 쉽다는 판단이 이 시기의 시에서 특히 전면화되었음을 시사한다. 실제로 1960년 4·19혁명 이후 약 1년 만에 발생한 5·16군사쿠데타와 이후 수립된 박정희 독재정권의 성공적 안착은 전면적 혁명이라는 정치의 형식이 흉포한 치안 질서의 반동적 복귀 앞에 얼마나 무력해질 수 있는지 여실히 보여주었다. 이러한 시대 현실에 응전하고자 신동엽의 후기 시는 4·19가 남긴 교훈에 따라 상태/국가의 형식을 변화시킬 방법, 즉 재현의 질서를 실질적으로 개조할 방법에 대한 충실한 탐색으로 나아갔던 것이다.

신동엽 시의
민주주의 미학 연구

―무엇을 희망해도 좋은가?

조
강
석

1. '민주주의라는 부유하는 기표'[1]

모든 민주주의에서 인민^{people}은 그들의 수준에 맞는 정부를 가진 다는 토크빌의 말은 재음미될 필요가 있다. 본의와 상관없이 이 말은 종종 선거를 통한 정치 혁신이 좌절된 것에 대한 정신승리법의 일환으로 언급된다. 그런데, 대의^{representation}를 정치적 희망의 재현 ^{representation}과 동일시하는 것에 대해서는 재고의 여지가 있다. 민주주의를 그런 방식으로 이해할 때, 토크빌의 저 유명한 언명은 기실

---

1 다니엘 벤사이드, 「영원한 스캔들」, 『민주주의는 죽었는가?』, 김상운·양창렬·홍철기 옮김, 난장, 2010, 46쪽. 이하 『민주주의』로 표기.

정치적 동어반복^{tautology}에 지나지 않기 때문이다. 즉, 민주주의가 다수결의 원리와 대의제라는 절차에 기반한 것이라면, 토크빌의 명제는 논리 구조 그 자체 안에 참값을 보유한 분석명제에 지나지 않는다고 말할 수 있다. 그런데, 문제는 그리 간단치 않다.

많은 논자들이 지적하듯 기실 민주주의는 대단히 모호한 개념이다. 단적인 예로 1869년 프랑스의 정치 지형 속에는 '사회주의적 민주주의자', '혁명적 민주주의자', '부르주아적 민주주의자', '제국주의적 민주주의자', '진보적 민주주의자', '권위주의적 민주주의자'라는 표현들이 모두 공존하고 있었다고 하니[2] 이쯤 되면 민주주의라는 기표에 어떤 공유 가능한 실정성을 부여할 수 있을지도 의문이다. 물론, 역시 여러 논자들에 의해 언급되었듯이 이는 민주주의라는 말의 어원 자체가 모호성과 모순을 지니고 있기 때문이라고 할 수 있다. 민주주의$^{democracy, demokratia, democratie}$라는 말은 '인민'을 뜻하는 데모스^{demos}와 '힘', '강제'라는 의미를 지닌 크라토스$^{kratos, cratie}$가 결합되어 만들어진 말로 글자 그대로 해석하면 '데모스의 힘'이라는 의미를 지닌다.[3] 그런데, 이는 직무나 지위 통치자의 숫자와 관계되는 정체^{政體}를 의미하는 '아르케^{arche}'를 접미사로 지니는 군주제^{monarchia}, 과두제^{oligarchia} 등과는 확연히 다른 맥락에 놓이는 것이라고 할 수 있다. 민주주의가 하나의 의미로 확정되지 않고 계속해서 문제적 개념

---

2 크리스틴 로스, 「민주주의를 팝니다」, 『민주주의』, 152쪽.
3 이에 대해서는 고병권, 『민주주의란 무엇인가』(그린비, 2011) 참조. 고병권은 민주주의라는 용어의 어원상의 이런 특징으로부터 '민주주의의 아르케 없음'과 '데모스의 형상 없음'이라는 특징을 도출해낸다.

이 되는 까닭은 바로 여기에 있다. 예컨대, 랑시에르는 바로 이 점에 착안해서 민주주의의 의미를 재해석한다.

테제 4

민주주의는 하나의 정치체제가 아니다. 그것은 아르케 논리와의 단절, 곧 아르케의 자질로 지배를 예견하는 것과 단절하는 것이며, 특정한 주체를 정의하는 관계 형태로서의 정치체제 자체이다.[4]

랑시에르는 정치적 참여를 가능하게 하는 것은 "아르케 행사에 대한 몫들을 분배하는 모든 논리와 단절하는 것"[5]이라고 설명한다. 왜냐하면 민주주의는 본래 적대자들이 나이, 출생, 부, 덕, 지식 같은 통치할 '자격'을 지니지 못한 자들에 대한 지배를 정당화하기 위해 생겨난 개념이기 때문이다. 이에 따르면 데모스는 아르케의 힘을 행사할 자격이 없는 자들[6]인데 랑시에르는 오히려 이를 뒤집어 "데모스는 사회적으로 열등한 범주를 가리키지 않는다. 말하지 않아야 하는데 말하는 자, 몫이 없는 것에 참여하는/몫을 갖는 자가 데모스 출신인 것이다"라고 적극적으로 해석한다. 즉, 말할 자격이 없는 것으로 간주된 이들, 말하지 않아야 하는 이들이 오히려 말을 하

---

4 자크 랑시에르, 『정치적인 것의 가장자리에서』, 양창렬 옮김, 길, 2008, 240쪽.
5 자크 랑시에르, 위의 책, 240쪽.
6 플라톤은 『국가』 8권에서 "민중(demos)"이란 "손수 일을 하고 정치에는 관여하지 않으며 재산도 그다지 많이 갖지 못한 모든 사람"으로 규정한 바 있다.(플라톤, 『국가·정체』, 서광사, 2012 증보판, 551쪽)

고 몫을 갖게 되는 것이 민주주의의 핵심이라고 랑시에르는 보고 있다. 또한, 민주주의가 신정神政의 타자라는 낭시의 규정 역시 민주주의가 어원상 아르케를 지니지 않고 있다는 사실로부터 비롯된다.

> 무엇보다 민주주의는 신정의 타자이다. 이는 민주주의가 '주어진 권리'의 타자라는 말이기도 하다. 민주주의는 권리를 발명해야 한다. 민주주의는 스스로를 발명해야만 한다. (…) 아테네 민주주의의 역사는 애초부터 늘 민주주의 자체가 스스로를 걱정해야 했고, 스스로를 재발명해야 했음을 보여준다.[7]

낭시는 민주주의가 그 탄생에서부터 애초 확고한 토대를 지니지 못했다는 사실이 민주주의의 기회이자 약점이라고 설명하며 이 때문에 민주주의는 스스로를 영구히 재발명해야 한다고 주장한다. 바로 그런 의미에서 민주주의는 "텅 빈 기표"[8]나 "부유하는 기표"[9]에 비유된다.

또한 웬디 브라운은 "이 용어는 단순하고 순전히 정치적인 주장, 즉 인민이 자기 자신을 통치하며, 일부나 어떤 대타자가 아니라 전부가 정치적으로 주권자라는 주장만을 담고 있다. 이와 관련해 민주주의는 끝이 없는 원리이다. 그것은 인민의 통치가 실행되기 위

---

7 장-뤽 낭시, 「유한하고 무한한 민주주의」, 『민주주의』, 110쪽.
8 웬디 브라운, 「오늘날 우리는 모두 민주주의자이다……」, 『민주주의』, 85쪽.
9 다니엘 벤사이드, 앞의 책, 46쪽.

해서 어떤 권력을 나눠야 하는지, 이 통치가 어떻게 조직되어야 하는지, 어떤 제도나 보충 조건에 의해 그것이 수립되고 확보되어야 하는지 상술하지 않는다"[10]고 설명한다. 낭시가 민주주의를 두고 영구한 재발명을 요청했던 것처럼 웬디 브라운 역시 민주주의가 텅 빈 기표이기 때문에 오히려 영구적으로 지속되는 정치적 기획임을 강조한다.[11]

이런 논의들을 참조해볼 때 민주주의와 관련하여 중요한 것은 이 부유하는 기표의 지시 대상을 성급히 규정하는 것이 아니라 계속해서 그 실정성을 채워나가도록 기표를 운동시키는 것이다. 민주주의가 영구적 기획인 까닭은 그것이 아르케에 기반한 정체 형태가 아니라 발언권이 없는 데모스로 하여금 말하고 희망하게 하는 작인이면서 동시에 목표이기 때문이다. 그렇기에, 다수결과 대의제로 환원되지 않는 민주주의는 데모스로 하여금 무엇을 희망해도 좋은가를 발설토록 끊임없이 종용한다. 민주주의가 아르케가 아니라 본래 데모스의 힘으로부터 즉, 실체가 아니라 운동과 작용으로부터 태동한 까닭이다.

---

10 웬디 브라운, 앞의 책, 87쪽.
11 "민주주의는 결코 완수될 수 없다. 민주주의는 (도달할 수 없는) 목표, 지속적인 정치적 기획인 것이다. 통치하는 권력을 공유하게끔 하지만, 그것은 언제고 끝나지 않는 과정이다."(웬디 브라운, 앞의 책, 98쪽)

2. 대의와 재현의 여백

아르케를 갖지 않기에 태동에서부터 민주주의는 기성의 보편에 대한 저항의 계기를 내포한다. 다시 말해 민주주의는 그 발생에 있어 이미 여하한 상징과도 거리가 먼 개념이라고 할 수 있다. 그럼에도 불구하고 종종 민주주의는 상징의 지위에 등극한다.

우리의 경험에 따르면, 상징 아래에서 배부르고 등 따시게 지내고 있는 민주주의자들은 솔직히 당신들을 원하지도 않고 좋아하지도 않는다. 사실상 정치적인 족내혼이 있다. 민주주의자는 민주주의자만 좋아한다. 굶주리거나 죽음의 위협을 받는 지대에서 온 타자들에게 사람들은 신분증, 국경, 유치 수용소, 경찰 감시, 가족 재결합 거부 등을 말한다. (…) '통합' 되어야 한단다. 무엇에? 물론 민주주의에.[12]

국민 혹은 인민을 민주주의에 '통합'하려는 시도가 사실상 정치적인 족내혼에 불과한 것은 두 가지 이유 때문이다. 우선 그것은 인민 people이라는 개념 자체가 내부에 균열을 가지는 이중적 개념임에도 불구하고 서구의 근대 이후 제도로 민주주의가 정착되어가면서 오히려 그것이 표상의 결여 없이 인민을 완전하게 대의하고 있다는 도착증적 인식을 낳았기 때문이다. 그리고 두 번째로 그러한 인식의

---

12 알랭 바디우, 「민주주의라는 상징」, 『민주주의』, 30쪽

결과 민주주의가 재현물의 총체적 대표자로서 상징이라는 지위에 등극하게 되었기 때문이다. 첫 번째 문제와 관련하여 우리는 아감벤의 다음과 같은 발언들을 참조할 수 있겠다.

> 인민Popolo이라는 용어의 정치적 의미에 관한 모든 해석은 이 말이 근대 유럽의 여러 언어에서 언제나 가난한 자, (사회적) 혜택을 받지 못하는 자, 배제된 자를 가리켜왔다는 특이한 사실에서 출발해야만 한다. 즉, 동일한 하나의 용어가 구성적인 정치적 주체를 가리키는 동시에, 권리상은 아니더라도 사실상 정치로부터 배제된 계급도 가리키는 것이다.[13]

> 우리가 인민이라고 부르는 것은 사실 단일한 주체가 아니라 오히려 대립하는 양극 사이를 오고 가는 변증법적 진동이라고 할 수 있다. 한편에는 총체적이자 일체화된 정치체로서의 (대문자) 인민Popolo이 있고, 다른 한편에는 가난하고 배제된 자들의 부분적이자 파편화된 다수로서의 (소문자) 인민Popolo이 있다.[14]

이런 인식에 기반하여 아감벤은 인민이라는 개념이 이미 자신의 내부에 "생명정치적 균열"을 반드시 포함하고 있기 때문에 매 순간 모순과 아포리아를 발생시키는 개념이며 따라서 민주주의와 마찬가지로 인민 역시 한편으로는 모든 동일성의 순수한 원천이고 또 다른

---

13 조르조 아감벤, 『목적 없는 수단』, 김상운·양창렬 옮김, 난장, 2009, 38쪽.
14 조르조 아감벤, 위의 책, 40쪽.

한편으로는 "계속 스스로를 재규정하고 정화시켜야만"[15] 하는 것이라고 설명한다. 계속해서 아감벤은 기성의 민주주의는 분할되지 않는 하나의 총체적 인민이라는 인식의 유포를 통해 인민을 지워나가는 기능을 수행해왔다고 비판한다.

바로 이것이 정확히 대의와 표상의 국면에서 상징이 작동하는 방식이다. 바디우가 "민주주의는 소수의 사람만이 누리며, 살고 있다고 믿는 성벽들의 성벽지기이자 상징이다"[16]라고 말할 때, 랑시에르가 "'민주주의 사회'는 바람직한 통치의 그러그러한 원리를 지지할 것을 예정하고 있는 환상적인 그림에 지나지 않는 것이다"[17]라고 말할 때 공히 의미하는 바는 민주주의가 대의의 공백과 표상의 결여를 환상적으로 무마하는 상징으로 작용한다는 것이다. 그리고 바로 이국면에서 우리는 대의와 재현의 문제를 경유하여 민주주의의 문제를 문학의 문제와 겹쳐 읽을 여지를 얻게 된다.

3. 희망의 입법기관

괴테에 의해 '특수한 것에서 보편적인 것을 찾는 것'이라는 규정을 얻은 후 상징은 문학과 예술에서 표상과 재현의 왕좌에 군림해왔

---

15 조르조 아감벤, 위의 책, 42쪽.
16 알랭 바디우, 앞의 책, 31쪽.
17 자크 랑시에르, 『민주주의는 왜 증오의 대상인가』, 허경 옮김, 인간사랑, 2011, 116쪽.

다. 예컨대, 콜리지에 와서 상징은 외부 세계와 시인의 영혼을 융화시키는 '마술적 힘'으로 재차 격상되면서 낭만주의 시대 문학에서 정점의 지위에 오른다. 다시 말해 상징은 특수를 무마시키는 예술적 보편자로, 외부 세계를 결여 없이 표상하고 재현하는 마술적 베일로 작용해왔다는 것이다. 주지하듯, 이런 상징의 치세가 일단락되는 것은 베냐민의 작업 이후이다. 베냐민은『독일 바로크 비극의 기원』에서 상징 우위 미학에 담긴 역사적 낙관론과 총체성이라는 거짓된 가상에 대한 의존을 동시적으로 비판한다. 상징에 맞서는 알레고리를 강조하며 그는 상징에서 특수자는 보편적인 것의 매개가 되지만 알레고리에서 특수자들은 보편적인 것의 범례로만 나타난다고 설명한다.[18] 세부적인 강조점은 다르지만 폴 드 만이 상징을 비판하는 이유도 그것이 오랜 세월 예술의 영역에서 표상과 재현의 유일 군주로 군림해왔기 때문이다. 비유적으로 말하자면, 베냐민과 폴 드 만이 보기에 상징은 표상과 재현의 절대군주제 혹은 참주제로서 문학적 정체를 구성해왔다고 할 수 있다.[19]

바로 이런 맥락에서 재래의 민주주의와 상징은 유비될 수 있다. 민주주의가 인민을 호명하며 인민을 배제시키고 순수한 동일성의 성벽으로 기능하는 한 그것은 "총체성이라는 거짓된 가상"에의 '통합

---

18 Walter Benjamin, "Allegory and Trauerspiel", *The Origin of German Tragic Drama*, translated by John Osborne, London: Verso, 2003, p. 161.

19 베냐민과 폴 드 만의 알레고리에 대한 논의는 졸저,『비화해적 가상의 두 양태』(소명출판, 2011) 46~53쪽 참고.

행보'를 멈출 수 없다. 왜냐하면 그것은 대의하는 만큼 움츠러든 우주가 정치의 모든 장이라고 스스로 확신하는 재귀적 정체이기 때문이다. 반면, 민주주의가 배제된 타자들, 목소리를 지니지 못한 자들에게 목소리를 돌려주고, 그들의 발언에 의해 스스로를 매번 재발명하는 것, 목표 달성이 불가능한 영원한 기획으로서 항시 '도래하는 것'이라면, 다시 말해 그것이 "틈새(간격, 실패, 불일치, 이접, 들어맞지 않음, '이음매가 어긋나out of joint' 있음)에서만 출현할 수 있는 약속의 개념"[20]으로서 "미래의 현재라는, 생생한 현재의 미래 양상"[21]이라고 한다면 예술은 특히 서정시는 바로 그러한 민주주의의 학교가 될 수 있다. 어떤 의미에서 그런가 하면 현대의 서정시는 기성의 보편이나 상징에 개별자들을 통합시키는 것과 정반대되는 형식으로 존재하기 때문이다.

「서정시와 사회에 관하여」에서 아도르노는 서정시가 선험적인 보편성을 추인하는 것에 정확히 반대되는 형식으로 존재한다고 설명한다. 그는 서정시가 개체성, 구체성들의 발현이라는 것을 강조한다. "개별적 형태로의 침잠이, 왜곡되지 않은 것, 파악되지 않은 것, 아직 논리적으로 포섭되지 않은 것들을 세세히 드러냄으로써"[22] 서정시는 상징이 되기를 거부하면서도 계속해서 보편을 추구할 수 있다. 아도르노는 서정시가 '불순하고', '불구이고', '파편적이고', '단절적인'

---

20 자크 데리다, 『마르크스의 유령들』, 진태원 옮김, 이제이북스, 2007, 139쪽.

21 자크 데리다, 위의 책, 140쪽.

22 Theodor W. Adorno, "On Lyric Poetry and Society", *Notes to Literature I*, translated by Shierry Weber Nicholsen, New York: Columbia UP, 1991, p.38.

자신의 형식 속에서, 그 형식을 통해서만 독자에게 '고통과 꿈이 혼융되는 소리를 더듬을 양도할 수 없는 권리'[23]를 부여하는 것이라고 강조했다. 그리고 바로 그런 의미에서 서정시는 꿈을 주는 것이 아니라 꿈을 꾸게 하는 것이다. 서정시는 정치적 현실의 대의나 재현이 아니라 꿈의 생성을 주관하는 공장이다. 칸트적 의미로 말해보자면 그것은 모든 규제적bestimmende 기성의 보편을 거부하면서 산발적인 개별자들로 하여금 자신들의 하늘을 직접 어림잡아보게 하는 반성적reflektierende 역능을 지닌다. 다시 말해, 그것은 무엇을 희망하고 있는가를 대의하는 것이 아니라 무엇을 희망해도 좋은가를 입법하(게 하)는 기관이다.

4. 영원한 부정으로서의 민주주의와 시

2000년대 이전까지, 신동엽을 민족시인으로 부르는 데에 큰 이견은 없었던 듯하다. 그 대표적인 예로, 2000년대 이전까지 신동엽에 대한 연구사를 정리한 책의 제목 자체가 『민족시인 신동엽』[24]이었다. 편자들이 서문에 밝히고 있듯이 이 책은 주로 "민족 자주의 의식이나 참다운 공동체의 실현"[25]에 초점을 맞추어 신동엽의 시 세계를

---

23 Theodor W. Adorno, *ibid*. p.45.
24 강은교 외, 『민족시인 신동엽』, 구중서·강형철 엮음, 소명출판, 1999.
25 강은교 외, 위의 책, 3쪽.

설명하는 논의들을 담고 있다. 그런가 하면 신동엽의 시 세계를 특
정한 지향점이나 사상적 측면에 맞추어 해석하는 논의들 역시 상당
수에 달한다. 그리고 이때 신동엽의 시 세계가 지시하는 이념형은
민족주의[26], 농본주의[27], 인민주의[28], 아나키즘[29] 등으로 설명된다. 물
론, 신동엽의 시에는 여러 논자들이 규정적 틀로 제시한 다양한 이
념형의 단초들이 들어 있다. 신동엽 스스로도 여러 산문에서 자신이
지향하고 있는 세계에 대해 직접 밝힌 바 있다.

> 민주주의의 본뜻은 무정부주의다. 인민에 의한, 인민을 위한, 인민의 정
> 부, 이것은 사실상 정부가 따로 존재하지 않는다는 것을 뜻한다. 인민만
> 이 있는 것이다. 인민만이 세계의 주인인 것이다.
> 그래서 인민은, 아니 인간은 세계 이곳저곳에서 머리 위에 덮쳐 있는 정
> 상頂上을 제거하는 데모들을 하고 있는 것이다.
> 소련 국민들은 우상, 스탈린을 제지하는 데 성공했고 프랑스 국민들은
> 드골의 코를 쥐고 네 권위도 별게 아니라고 협박해 본다. 그리고 한국에

---

26 대표적으로 최두석, 「신동엽의 시세계와 민족주의」, 『한국시학연구』 제4호, 한국시학회,
2001. 5.

27 대표적으로 이동하, 「신동엽론—역사관과 여성관」, 『민족시인 신동엽』, 구중서·강형철 엮
음, 소명출판, 1999; 유종호, 「뒤돌아보는 예언자—다시 읽는 신동엽」, 『서정적 진실을 찾
아서』, 민음사, 2001.

28 예컨대, 신형기, 「신동엽과 도덕화의 문제」, 『당대비평』 16호, 생각의나무, 2001.

29 신동엽의 비체제적 상상력을 다룬 것으로 오창은, 「시적 상상력, 근대체제를 겨누다」(『창
작과비평』 143호, 창비, 2009년 봄), 신동엽의 아나키즘을 적극적으로 해석한 논의는 강계
숙, "1960년대 한국 시에 나타난 윤리적 주체의 형상과 시적 이념 : 김수영·김춘수·신동엽
의 시를 중심으로"(연세대학교 박사논문, 2008).

서는 1960년 4월 그 높고 높은 탑을 제지하는 데 성공했다.[30]

인용문에서 무정부주의와 인민주권 사상을 읽어내는 것은 자연스러우며 충분히 가능한 추론이다. 다만, 신동엽이 사용하고 있는 무정부주의와 인민주권이라는 기표를 읽어내는 데 있어 중요한 것은, 무정부주의와 인민주권이라는 개념의 외재적 참조틀을 세우고 그것과 신동엽의 사상을 비교해서 순분 증명을 해 보이는 것이어서는 안된다는 점이다. 중요한 것은 신동엽에게 이 기표들이 의미하는 바가 무엇이었는지를 규제적인 방식이 아니라 반성적인 방식으로 파악해 보는 것이다. 다시 말하자면, 관건은 사상의 내용과 함량이 아니라 그가 표상했던 희망의 내용이 무엇이었는지를 살펴보는 것이다. 민주주의가 인민의 정부를 의미하되 동시에 무정부주의를 의미한다는 신동엽의 발언이 아포리아를 지니는 이유는 이 때문이다. 민주주의를 아르케와 정체로서 사유하는 대신 거듭 재발명되어야 하는 대상으로 두고 문학적 실천 속에서 이를 계량해야 이 발언의 진의가 보다 선명히 드러난다. 중요한 것은 신동엽이 시를 통해 보여주고자 한 것이 구체적인 정체나 사상의 지향이라기보다는 '무엇을 희망해도 좋은가' 하는 질문에 담긴 가능성과 지향성 그 자체이기 때문이다. 다시 말해 신동엽에게 중요한 것은 무정부주의나 인민주권이라는 상징적 지시 대상이 아니라 무엇이 가능한가 하는 질문과 그에

---

[30] 신동엽, 『젊은 시인의 사랑』, 송기원 엮음, 실천문학사, 1989.

대한 탐색이었다. 이때 무정부주의는 아르케가 없는 정치, 인민주권은 총체적이고 일체화된 정치체로서의 (대문자) 인민^{Popolo}이 아니라 가난하고 배제된 자들의 부분적이자 파편화된 다수로서의 (소문자) 인민^{popolo}의 정치적 상상력과 관계 깊다고 할 수 있다.

그런 맥락에서, 선우휘와의 논쟁을 두고 종종 인용되지만 신동엽의 높은 목소리에 가려져 비교적 주목받지 못했던 다음과 같은 대목이 정치적 희망의 영구적 재발명이라는 사태와 얼마나 관계 깊은 것인지를 생각해볼 필요가 있겠다.

> 문학은 괴로움이다. 인류란 영원한 평화, 영원한 사랑, 그 보리수 나무 언덕 밑의 찬란한 열반의 꽃밭을 향하여 다리 절름걸이며 묵묵히 걸어가는 수도자의 아픈 괴로움이다.
>
> (…)
>
> 시인은, 아니 창조자는 영원한 자유주의자이다. 그는 영원한 불만자요 영원한 부정주의자이다.
>
> (…)
>
> 다시 한번 말하거니와 문학은 수도하는 사람들의 것이다. 그것은 영원한 괴로움이요, 영원한 부정이요, 영원한 모색이다.
>
> 안이하게, 세계를 두 가지 색깔의 정체 싸움으로밖에 인식하지 못하는 군사학적·맹목기능학적 고장난 기계하곤 전혀 인연이 먼 연민과 애정의 세계인 것이다.[31]

문학은 상징을 축조하는 작업이 아니라 거듭 갱신되는 부정을 통한 모색이라는 이 발언이 앞서 인용한 민주주의에 대한 발언과 함께 검토되어야 우리는 신동엽의 작품 세계에 조금 더 육박해갈 수 있다. 민주주의가 "머리 위에 덮쳐 있는 정상"을 제거하려는 운동으로서 기성의 규제적 보편자에 대한 부단한 투쟁이듯, 문학은 이분법적 형이상학이나 맹목적 상징과는 거리가 먼 구체적 개별자들이 감성적 영역에서 전개하는 부단한 자기 갱신과 관계 깊기 때문이다. 그리고 바로 그렇기 때문에 그것은 전략의 문제가 아니라 희망의 문제가 된다.

5. 세 개의 하늘

누가 하늘을 보았다 하는가
누가 구름 한 송이 없이 맑은
하늘을 보았다 하는가.

네가 본 건, 먹구름
그걸 하늘로 알고
一生을 살아갔다.

---

31 신동엽, 「선우휘씨의 홍두깨」, 『신동엽전집 증보판』, 창작과비평사, 1999년판, 394~395쪽. 이하 별다른 언급이 없는 한 신동엽의 시와 산문은 여기서 인용.

네가 본 건, 지붕 덮은

쇠 항아리,

그걸 하늘로 알고

일생을 살아갔다.

닦아라, 사람들아

네 마음속 구름

찢어라, 사람들아,

네 머리 덮은 쇠 항아리.

아침 저녁

네 마음속 구름을 닦고

티 없이 맑은 永遠의 하늘

볼 수 있는 사람은

畏敬을

알리라

아침 저녁

네 머리 위 쇠항아릴 찢고

티 없이 맑은 久遠의 하늘

마실 수 있는 사람은

憐憫을

알리라

차마 삼가서

발걸음도 조심

마음 아모리며.

서럽게

아 엄숙한 세상을

서럽게

눈물 흘려

살아 가리라

누가 하늘을 보았다 하는가,

누가 구름 한 자락 없이 맑은

하늘을 보았다 하는가

—「누가 하늘을 보았다 하는가」 전문

　　신동엽의 전통 의식에 대해서는 그간 상당한 양의 논문이 발표되었다. 또한, 신동엽의 전통 의식이 단지 복고적인 취향이 아니라 미래로 나아가기 위한 토대가 된다는 분석도 적은 편이 아니다.[32] 원시

---

[32] 신동엽의 전통 의식에 대해 "미래에 다시 부활하고 회복되어 현실이 될 것을 바랄 수 있을 때에만 전통의 자격이 주어지는 것"이라고 설명한 오문석의 논의를 단적인 예로 꼽을 수 있겠다.(오문석, 「전통이 된 혁명, 혁명이 된 전통」, 『상허학보』 30집, 상허학회, 2010. 10. 69쪽)

공동체 사회에 대한 향수와 동학 정신의 계승 등은 모두 시간적으로는 과거를 향한 것이지만 이때 시간은 단지 계기적 속성만을 지닌 것이 아니라 종국에는 다시 하나의 파국을 향해 응축되었다가 새로운 하늘을 여는 신축적 속성을 지닌 것으로 그의 시에 현상하고 있다는 논의는 흥미로우며 또 상당한 설득력을 지닌다.[33]

　그러나, 신동엽의 시에서 계기적 시간이나 파국의 순간을 읽는 것보다 우선적으로 고려해보아야 할 것은 그의 시에 제시된 시간이 공시적으로 구조화된 것이라는 사실이다. 그러기 위해서는 무엇보다도 인용된 시에 과거의 하늘과 현재의 하늘이라는 두 개의 하늘이 아니라 세 개의 하늘이 있음을 읽는 것이 중요하다. 과거와 현재를 대비시키고 과거에 비추어 현재를 비판하는 태도에서 과거는 미래로의 전진을 위한 계기로서만 기능한다. 그러나, 이 시에 세 개의 하늘이 있다는 것을 전제하면 양상은 달라진다. 오염되지 않은 과거의 하늘과 금속성 폭력으로 뒤덮인 현재의 하늘이 대비되는 것으로 파악될 경우 전통은 회복되어야 할 미래적 가치라는 의미를 지닌다. 즉, 그것은 비록 현재를 미래로 건네주는 가치로서 기능하지만 현재의 배후에서 현재를 미래로 건네주기 위해 불어오는 바람처럼 현재와 계기적 관계를 맺을 뿐이다. 그러나, 이 시에서 가장 중요한 것은 시간의 계기성과는 상관없는 순수 과거로서의 하늘 이미지가 시의 기저에 놓여 있다는 것이다. 즉, 과거 하늘과 현재 하늘의 차이를 드

33　강계숙, 앞의 논문.

러내 보여주는 바탕으로서 순수 과거가 신동엽의 의식 속에 자리하고 있다는 것을 주목할 필요가 있다. 다시 말해, 이 시의 중심에는 계기적 하늘과 통시적 하늘이 아니라 기저 구조로서 공시적 하늘이 놓여 있다는 것이 중요하다.[34]

바로 그런 방식으로, 향수 현상에는 세 개의 고향이 결부된다. "고향에 고향에 돌아와도/ 그리던 고향이 아"닌(정지용, 「고향」) 까닭은 과거의 고향과 현재의 고향이 사뭇 다르기 때문이기도 하지만 보다 근본적으로는 과거의 고향과 현재의 고향의 차이를 통해 배태되는 아니, 오히려 그 차이를 정초하는 순수 과거에 속하는 고향이 양자의 근저에 공시적 구조로 자리 잡기 때문이다. 마찬가지로 인용된 신동엽의 시에서도 쇠 항아리로 덮인 현재의 하늘과 구름 한 자락 없이 맑은 하늘은 과거와 현재의 대비를 보여주는 데 그치는 것이 아니라 그것들의 차이를 인지하게 하는 순수 과거에 속한 기저 구조로서의 하늘이 근저에 놓여 있음을 사후적으로 발견하게 한다. 예컨대, 같은 맥락에서 장시 「금강」의 서두에 놓인 다음과 같은 구절의 의미

---

34 차이를 배태하는 기저 구조로서의 공시적 하늘이라는 중심 이미지를 포착하기 위해 들뢰즈가 프루스트의 『잃어버린 시간을 찾아서』를 읽는 방식을 잠시 살펴볼 필요가 있겠다. 들뢰즈는 『차이와 반복』에서 주인공이 마들렌이라는 기호를 통해 콩브레를 상기하는 과정에 대해 이렇게 설명한 바 있다.
  "콩브레는 과거에 현전했던 모습 그대로, 혹은 앞으로 현전할 모습 그대로 다시 나타나지 않는다. 다만, 결코 체험된 적이 없었던 어떤 광채 안에서, 결국 이중의 환원 불가능성을 드러내는 어떤 순수 과거로 다시 나타날 뿐이다. 이 순수 과거는 자신이 언젠가 구가했던 현재로도, 언젠가 구가할 수도 있을 현행적 현재로도 환원되지 않으며, 이런 이중의 환원 불가능성은 그 두 현재의 상호 충돌에 힘입고 있다."(질 들뢰즈, 『차이와 반복』, 김상환 옮김, 민음사, 2004, 200쪽)

역시 재고될 필요가 있다.

> 우리들은 하늘을 봤다
> 1960년 4월
> 歷史를 짓눌던, 검은 구름장을 찢고
> 永遠의 얼굴을 보았다.
>
> 잠깐 빛났던,
> 당신의 얼굴은
> 우리들의 깊은
> 가슴이었다.
>
> —「금강」, '서시' 2 부분

　구름 한 자락 없는 하늘에 비치는 '영원의 얼굴'은 계기적 시간성의 차원에서 과거에 속한 것이 아니고 따라서 현재나 미래에 다시 재현^{represent}되어야 하는 것이 아니다. 그것은 "우리들의 깊은/ 가슴"에 이미 공시적으로 존재한다. 즉, '우리의 과업'은 과거에 비추어 미래를 현재화하는 것이 아니라 기저의 공시적 하늘과 표면에 발화되고 분절된 하늘의 차이를 매 순간 확인하는 것이다. 이것은 신동엽의 시 세계를 해석하는 데 있어서 결정적이다. 왜냐하면, 설령 미래를 겨냥한 것이라고 하더라도 저 맑은 하늘이 후진과 전진의 계기를 내포한 것이라면 그것은 시 속에서, 이미 한 번 나타난 것을 다시 제시해야 하는 재현^{represent}의 대상이 된다. 그러나, 만약 그것이 '우리들의 깊은 가슴'에 공시적으로 묻혀 있는 것이라면, '구름 한 점 없이 맑은 하늘'은 재현되어야 하는 것이 아니라 시간의 모든 국면에 걸쳐 출현하는 하늘들을 갱신과 재발명을 통해 거듭 분절되는 파롤 parole의 일환으로 간주하게 만드는 (음운론적) 기저로서 자리매김된다. 신동엽에게 역사보다 시가 더 결정적인 까닭이 바로 여기에 있다. '구름 한 자락 없이 맑은 하늘'에 비친 '영원한 얼굴'은 계기로서의 역사에 속한 것이 아니라 기저로서의 시의 영역에 속하기 때문이다. 신동엽의 사유에서 중심적 위치를 차지하는 차수성, 원수성, 귀수성의 문제를 다루고 있는 「시인정신론」을 통해 이 문제를 다시 살펴보자.

(1)
땅에 누워 있는 씨앗의 마음은 원수성原數性 세계이다. 무성한 가지 끝마다 열린 잎의 세계는 차수성次數性 세계이고 열매 여물어 땅에 쏟아져 돌아오는 씨앗의 마음은 귀수성歸數性 세계이다.

(2)
그 차수성 세계 속의 문명수 위에서 귀수성 세계의 대지에로 쏟아져 돌아가야 할 씨앗이란 그러면 어떤 것이어야 할 것인가.

(3)
시란 바로 생명의 발현인 것이다. 시란 우리 인식의 전부이며 세계 인식의 통일적 표현이며 생명의 침투며 생명의 파괴며 생명의 조직인 것이다. 하여 그것은 항시 보다 광범위한 정신의 집단과 호혜적 통로를 가지고 있어야 했다.

　인용된 부분에 나타나 있듯이 결국 시인의 과업은 "차수성 세계의
톱니 쓸린 광풍 속"(「시인정신론」)에서 귀수성 세계로 "쏟아져 돌아가"
기 위한 씨앗의 마음을 뿌리는 것이다. 이때 원수성은 과거에, 차수
성은 현재에 그리고 귀수성은 과거로 복귀하는 미래에 속하는 것으
로 이해한다면 시인이 하는 일이란, 그것이 직선적이든 순환적이든,
그저 시간을 진행시키는 일이 될 뿐이다. 그러나, 차수성을 파롤의
세계의 특성으로 이해한다면 귀수성은 차수성의 교정이 아니라 차
수성들의 차이 속에서 오히려 사후적으로 언뜻언뜻 얼굴을 비치는
원수성을 상기하고 지향하는 운동의 성격을 지니는 것이라고 할 수
있다. "땅에 쏟아져 돌아오는 씨앗의 마음"은 일거에 회수되는 것이
아니라 항상 차수성의 세계들 사이의 차이 속에서만 얼굴을 드러낸
다. 인용 (3)에서 보듯, 신동엽은 "시란 우리 인식의 전부이며 세계
인식의 통일적 표현"이라고 시의 위의를 격상시키는데 이는 시가 근
원으로의 복귀를 추동하기 때문이라기보다는 차수성 속에서 희망하
는 법을 알려주기 때문이다. 예컨대, 다음과 같은 시에서 이런 사정
은 더욱 명료해진다.

　　하늘에
　　흰 구름을 보고서
　　이 세상에 나온 것들의
　　고향을 생각했다.

즐겁고저
입술을 나누고
아름다웁고저
화장칠해 보이고,

우리,
돌아가야 할 고향은
딴 데 있었기 때문……

그렇지 않고서
이 세상이 이렇게
수선스럴
까닭이 없다.

—「고향」 전문

다시 한번, 세 개의 세계가 있음을 상기하자. "돌아가야 할 고향"
이 존재함을 인지하게 되는 것은 현재의 '수선스러운' 차수성의 세
계를 통해 그것의 근저에 원수성의 세계가 있음을 사후적으로 발견
할 수 있기 때문이다. 귀수 행위는 저 원수성의 세계를 지향하는 운
동이지만 시가 영원한 부정이라는 신동엽의 언명을 상기할 때 귀수
적 운동에 의해 도달되는 고향은 차수성의 그것도 원수성의 그것도
아닐 것이다. 그것은 구체적인 시적 실천을 통해 매번 갱신되는 좌

표를 지니는 고향으로, 매번 차수성의 고향과의 차이를 통해 우리로
하여금 원수성의 순수 고향을 어림잡게 하는 또 다른 수행적 발화를
통해 상기되는 것이다. 일각의 논자들이 언급했듯이 견결한 정신주
의적 특징을 지니고 있음에도 불구하고 신동엽에게 시가 종국에는
영원한 부정이며 시작이 "찬란한 열반의 꽃밭을 향하여 다리 절름걸
이며 묵묵히 걸어가는 수도자의 아픈 괴로움"(「선우휘씨의 홍두깨」)에 비
견되는 까닭이 바로 여기에 있다. 시는 차수성의 세계로부터 원수성
의 세계로 쏟아지는 씨앗들이지만 우리를 순수 고향에 가닿게 하지
못한다. 다만, 그 거리와 차이를 포착하게 하는 운동을 통해 시는 차
수성의 세계 속에서 간간이 내비치는 영원의 얼굴을 바라볼 수 있게
한다.

6. 눈동자와 희망의 형상

그렇기 때문에 하늘 이미지와 더불어 신동엽의 시 세계에서 가장
중요한 것은 눈동자 이미지이다.

> 죽지 않고 살아 있었구나
> 우리들의 피는 대지와 함께 숨쉬고
> 우리들의 눈동자는 강물과 함께 빛나 있었구나.
>
> ―「아사녀」 부분

세상에 항거함이 없이,

오히려 세상이

너의 위엄 앞에 항거하려 하도록

빛나는 눈동자.

너의 세상을 밟아 디디며

포도알 씹듯 세상을 씹으며

뚜벅뚜벅 혼자서

걸어가고 있었다.

그 아름다운 눈.

너의 그 눈을 볼 수 있은 건

세상에 나온 나의, 오직 하나

지상의 보람이었다.

—「빛나는 눈동자」 부분

비 오는 오후

뻐스속서 마주쳤던

서러운 눈동자여, 우리들의 가슴 깊은 자리 흐르고 있는

맑은 강물, 조국이여.

돌 속의 하늘이여.

우리는 역사의 그늘

소리없이 뜨개질하며 그날을 기다리고 있나니.

—「조국」 부분

기계적 검색의 힘을 빌리지 않아도 우리는 신동엽의 전집 곳곳에서 수많은 눈동자들이 출몰하고 있음을 쉽게 알 수 있다. 인용된 것은 전집 이곳저곳에서 직접 눈동자라는 어휘가 사용된 경우를 임의로 추려본 것에 불과하다. 신동엽의 시집은 민족과 전통과 아나키즘의 시집이기에 앞서 무엇보다도 눈동자들의 시집이라고 할 수 있다. 그리고 그중에서 가장 감동적이고 형형한 눈동자는 다음과 같은 시속에서 마주할 수 있다.

이슬비 오는 날,
종로 5가 서시오판 옆에서
낯선 소년이 나를 붙들고 동대문을 물었다.

밤 열한시 반,
통금에 쫓기는 군상 속에서 죄 없이
크고 맑기만 한 그 소년의 눈동자와
내 도시락 보자기가 비에 젖고 있었다.

국민학교를 갓 나왔을까.
새로 사 신은 운동환 벗어 품고
그 소년의 등허리에선 먼 길 떠나 온 고구마가
흙묻은 얼굴들을 맞부비며 저희끼리 비에 젖고 있었다.

충청북도 보은 속리산, 아니면

전라남도 해남땅 어촌 말씨였을까.

나는 가로수 하나를 걷다 되돌아섰다.

그러나 노동자의 홍수 속에 묻혀 그 소년은 보이지 않았다.

그렇지.

눈녹이 바람이 부는 질척질척한 겨울날,

종묘 담을 끼고 돌다가 나는 보았어.

그의 누나였을까.

부은 한쪽 눈의 창녀가 양지쪽 기대 앉아

속내의 바람으로, 때 묻은 긴 편지를 읽고 있었지.

그리고 언젠가 보았어.

세종로 고층건물 공사장,

자갈지게 등짐하던 노동자 하나이

허리를 다쳐 쓰러져 있었지.

그 소년의 아버지였을까.

반도의 하늘 높이서 태양이 쏟아지고,

싸늘한 땀방울 뿜어 낸 이마엔 세 줄기 강물.

대륙의 섬나라의

그리고 또 오늘 저 새로운 은행국의

물결이 뒹굴고 있었다.

남은 것은 없었다.

나날이 허물어져 가는 그나마 토방 한 칸.

봄이면 쑥, 여름이면 나무뿌리, 가을이면 타작마당을 휩쓰는 빈 바람.

변한 것은 없었다.

이조 오백년은 끝나지 않았다.

옛날 같으면 북간도라도 갔지.

기껏해야 뼈스길 삼백리 서울로 왔지.

고층건물 침대 속 누워 비료광고만 뿌리는 그머리 마을,

또 무슨 넉살 꾸미기 위해 짓는지도 모를 빌딩 공사장,

도시락 차고 왔지.

이슬비 오는 날,

낯선 소년이 나를 붙들고 동대문을 물었다.

그 소년의 죄없이 크고 맑기만한 눈동자엔 밤이 내리고

노동으로 지친 나의 가슴에선 도시락 보자기가

비에 젖고 있었다.

—「종로5가」 전문

자크 랑시에르는 말할 자격이 없는 것으로 간주된 이들, 말하지 않아야 하는 이들이 오히려 말을 하고 몫을 갖게 되는 것을 민주주의의 핵심으로 간주하고 있음을 이 글의 서두에서 보았다. 이를 이제 고쳐 말해보자면, 민주주의의 핵심은 '구름 한 자락 없이 맑은 하

늘'을 볼 수 없는 이들로 하여금 그것을 보게 하는 것이다. 다시 이
를 달리 말하자면, 그들의 눈동자를 통해 '세 개의 하늘'을 읽고 그
들로 하여금 '맑은 하늘'을 희망하게 하는 것이다.

　인용한 시에서 가장 확연하게 눈에 띄는 것은 비참한 사회적 현실
을 고지하는 입도, 인습의 잔해와 제국주의적 폭력성의 편재를 사유
하는 두뇌도 아니라 소년의 눈동자를 들여다보는 시선이다. 그 시선
은 소년의 눈동자 속에서 '말할 자격이 없는 것으로 간주된 이들'의
삶을 읽는다.[35] 그리고 계속해서 그 시선은 그것이 삶의 한 가지 저
본에 지나지 않는 것임을 간파하며 이들의 삶을 원수성의 "먼 시
간"[36]과 접속시킨다.

　주지하듯 신동엽은 삶의 한 가지 저본에서는 말할 자격이 없는 것
으로 간주되던 눈동자를 장시 「금강」의 결말 부분에서 되살려놓았
다.[37] 그렇게 함으로써 신동엽은 「종로5가」에서 차수성의 저본에 속

35　이와 관련하여 신동엽은 "사람과 사람 사이의 표현 중에 가장 진실된 표현은 눈 감고 이루
　　어지는 육신의 교접이다. 그다음으로 진실된 것은 눈동자끼리의 열기이다. 여기까지는 진
　　국끼리의 왕래다. 그러나 다음 단계부터는 조작이다"(「단상록초」)라고 말한 바 있다.
36　"창가에 서면 두부 한 모 사가지/ 고 종종걸음치는 아낙의 치마자/ 락이 나의 먼 시간 속으
　　로 묻힌다"(「창가에서」).
37　「금강」의 결말 부분에서 신동엽은 「종로5가」의 이미지를 일부 변용하여 고스란히 다시 살
　　려놓고 있다. "밤 열한시 반/ 종로 5가 네거리/ 부슬비가 내리고 있었다.// 통금에/ 쫓기면
　　서 대폿잔에/ 하루의 노동을 위로한 잡담 속/ 가시오 판 옆/ 화사한 네온 아래/ 무거운 멜
　　빵 새끼줄로 얽어맨/ 소년이, 나를 붙들고/ 길을 물었다.// 충청남도 공주 동혈산, 아니면/
　　전라남도 해남땅 어촌 말씨였을까.// 죄 없이 크고 맑기만 한/ 소년의 눈동자가/ 내 콧등 아
　　래서 비에/ 젖고 있었다.// (…) // 노동으로 지친/ 내 가슴에선 도시락 보자기가/ 비에 젖
　　고 있었다.// 나는 가로수 하나를 걷다/ 되돌아섰다.// 그러나 노동자의 홍수 속에 묻혀/ 그
　　소년은 보이지 않았다."(「금강」 후화(後話) 1)

한 삶의 단편과 결부된 눈동자를 1894년 3월, 1919년 3월, 1960년 4월의 시간과 접속시켰다. 물론, 이는 차수성의 세계 속에서 잠시 드러난 "영원의 얼굴"들임이 틀림없으니 「종로5가」의 소년의 눈동자를 이런 "영원의 얼굴"들을 향하게 하는 것은, 말하지 않아야 하는 이들로 하여금 말하게 하고 응분의 제 몫을 갖게 하는 일이 아닐 수 없다. 예컨대, 다음과 같은 시에서 이런 사정은 더욱 명확해진다.

> 그날이 오기까지는 끝이 없을 것이다.
> 숭례문 대신에 김포의 공항
> 화창한 반도의 가을 하늘
> 월남으로 떠나는 북소리
> 아랫도리서 목구멍까지 열어놓고
> 섬나라에 굽실거리는 은행소리
>
> 조국아 그것은 우리가 아니었다.
> 우리는 여기 천연히 밭갈고 있지 아니한가.
>
> 서울아, 너는 조국이 아니었다.
> 오백 년 전부터도,
> 떼내버리고 싶었던 맹장
>
> 그러나 나는 서울을 사랑한다
> 지금쯤 어디에선가, 고향을 잃은

누군가의 누나가, 19세기적인 사랑을 생각하면서

그 포도송이 같은 눈동자로, 고무신 공장에
다니고 있을 것이기 때문에.

그리고 관수동 뒷거리
휴지 줍는 똘만이들의 부은 눈길이
빛나오면, 서울을 사랑하고 싶어진다.

그러나, 그날이 오기까지는.

—「서울」 부분

신동엽의 시 세계에서 구름 한 자락 없는 하늘이나 영원의 얼굴이
현재와 대립되는 역사적 과거를 의미하거나 미래를 향한 추진체로
서의 전통을 의미하는 것이 아니라 차이를 생산하는 공시적 구조라
는 것이 눈동자 이미지를 매개로 이 시에 단적으로 드러나 있다.

'서울아, 너는 조국이 아니었다.'
'조국아 그것은 우리가 아니었다.'
'그날이 오기까지는 끝이 없을 것이다.'

이 세 개의 명제가 바로 신동엽 고유의 명제이다. '쇠 항아리'로 뒤
덮인 하늘을 더욱 흐리는 물리적 폭력에 일조하는 파병, 자본주의의

무제한적 몰염치가 수교 원리가 되는 외교, 생산물과 생산과정으로부터 소외되는 노동 등이 있기에 서울의 하늘은 영원의 얼굴을 내비치지 못한다. "포도송이 같은 눈동자"들에게 자신들의 희망을 발화할 자격이 주어지지 않기에 아직 '우리는' 정치와 꿈의 주체인 데모스가 되지 못한다. 그럼에도 불구하고 "그날이 오기까지는" 서울을 사랑할 수밖에 없는 것은 "휴지 줍는 똘만이들의 부은 눈길"이 자꾸만 말을 건네기 때문이다. '그날이 오기까지 이곳은 아직 ~아니다, 우리는 아직 ~아니다'라는 신동엽의 정식은 현재로부터 과거로 향하거나 과거를 거쳐 미래로 향하는 운동이 아니라 표면에 발화된 차수성의 세계로부터 기저의 원수성 세계의 존재를 확신하게 된 이의 테제이다. 그리고 '그날'까지 무한 부정과 삶의 재발명을 가능하게 하는 것은 연대의 눈빛과 시의 언어이다.

때는 와요.
우리들이 조용히 눈으로만
이야기할 때

허지만
그때까진
좋은 언어로 이 세상을
채워야 해요.

—「좋은 언어」 부분

그러니, 차이를 생산하는 공시적 구조가 시를 통해 가능하게 하는 것은 규정적 판단 없이 무제약적 희망을 품게 하는 것, 그 희망의 내용을 발화하게 하는 것, 입 없는 자에겐 입을, 눈 없는 자에겐 눈동자를 돌려주는 것이다. 자크 랑시에르의 말마따나 그것이야말로 민주주의의 핵심이 아니고 무엇이겠는가.

스칸디나비아라든가 뭐라구 하는 고장에서는 아름다운 석양 대통령이라고 하는 직업을 가진 아저씨가 꽃리본 단 딸아이의 손 이끌고 백화점 거리 칫솔 사러 나오신단다. 탄광 퇴근하는 광부들의 작업복 뒷주머니마다엔 기름묻은 책 하이덱거 럿셀 헤밍웨이 장자 휴가여행 떠나는 국무총리 서울역 삼등대합실 매표구 앞을 뙤약볕 흡쓰며 줄지어 서 있을 때 그걸 본 서울역장 기쁘시겠오라는 인사 한마디 남길 뿐 평화스러이 자기 사무실문 열고 들어가더란다. 남해에서 북강까지 넘실대는 물결 동해에서 서해까지 팔랑대는 꽃밭 땅에서 하늘로 치솟는 무지개빛 분수 이름은 잊었지만 뭐라군가 불리우는 그 중립국에선 하나에서 백까지가 다 대학 나온 농민들 추럭을 두대씩이나 가지고 대리석 별장에서 산다지만 대통령 이름은 잘 몰라도 새이름 꽃이름 지휘자이름 극작가이름은 훤하더란다 애당초 어느쪽 패거리에도 총쏘는 야만엔 가담치 않기로 작정한 그 지성知性 그래서 어린이들은 사람 죽이는 시늉을 아니하고도 아름다운 놀이 꽃동산처럼 풍요로운 나라, 억만금을 준대도 싫었다 자기네 포도밭은 사람 상처내는 미사일기지도 땡크기지도 들어올 수 없소 끝끝내 사나이나라 배짱 지킨 국민들, 반도의 달밤 무너진 성터가의 입맞춤이며 푸짐한 타작소리 춤 사색뿐 하늘로 가는 길가엔 황토빛 노을 물든 석양

대통령이라고 하는 직함을 가진 신사가 자전거 꽁무니에 막걸리병을 싣
고 삼십리 시골길 시인의 집을 놀러 가더란다.

—「산문시 1」 전문

그러니, 따로 주해가 필요치 않을 이 시는 농본주의, 민족주의, 무
정부주의라는 상징적 범주에 의해 규정적으로 판단될 것이 아니라
'무엇을 희망해도 좋은가'에 대한 무제약적 상상의 구체적 예가 될
것이다. 이 시는 행갈이 없이 파노라마 형식으로 희망의 소재지들을
훑는 상상적 다큐멘터리에 비견된다. 시와 민주주의가 공히 영원한
부정과 영구적인 재발명을 작용인으로 삼는다면, 이 시는 언어적 질
료를 통해 희망의 형상에 가닿고자 하는 눈동자에 비친 생생한 풍경
인바, 바로 그런 의미에서 민주주의의 미학을 품고 있다고 하겠다.
신동엽에게 시와 민주주의는 공히 무제약적 희망의 작용인이면서
동시에 형상이었다.

신동엽의 '백제',
혁명을 노래하다
—'아사달', '아사녀'의 변주로부터

한
상
철

1. 소년, '망각된 고도故都'에서

전쟁과 혁명, 그리고 동학을 둘러싼 역사적 수사들은 신동엽 시의 역동성을 만들어내는 계기로 알려져왔다. 이 과정에서 불려 나오는 것 중 하나가 '백제百濟'다. 그의 작품에서 '백제'는 "역사 없는/ 박물관 속"(『금강』 25장)의 남겨진 유물이면서, 동시에 "망하고, 대신/ 거름을 남기는 곳"(『금강』 23장)이었다. 이런 사정은 10년 남짓한 신동엽의 활동 시기가 한국 현대사의 두 변곡점, 즉 봄에서 봄으로 이어진 혁명과 쿠데타를 관통하고 있음을 확인시키는 또 다른 경로이기도 하다. 요컨대 그의 작품에 산재하는 백제의 편린들은 실패한 역사의 변주이기도 하지만, 다른 한편에서 혁명의 시대를 비추는 낭만적 이상향으로 되새겨지기도 한다. 과거와 현재, 죽음과 삶, 실패와 희망 사이를 가로지르는 진자운동 속에서 일종의 시적 연대기가 직조된 셈이다.

　논의의 전제로 신동엽 시에 등장하는 백제 표상들이 그 강렬함에 비해 산발적이라는 사실에 주목할 필요가 있다. 장편시 「금강」(1967)의 5장과 19장, 그리고 오페레타 「석가탑」(1968) 정도를 예외로 한다면, 신동엽의 시에서 '백제' 관련 이미지를 추리는 일은 긴 시간을 들이지 않아도 될 수준이다. 어떤 이들에게는 이런 사정이 의외로 여겨질 듯싶다. '백제 정신'이라는 다소 과감한 규정[1]에도 어울리지 않는 데다가, 백제가 '정서적 조국'으로 자리한다는 지적[2]과도 일정한 거리를 두는 탓이다. 한 걸음 더 나가자면 시인의 문단 데뷔작인 「이야기하는 쟁기꾼의 대지」(1959)는 물론이고, 해방 직후부터 한국전쟁을 거치며 창작된 여러 편의 습작에서도 '백제' 관련 이미지는 거의 나타나지 않는다.[3] 「금강」 전후로 이루어진 신동엽의 작품 세계에서 '백제' 표상이 차지하는 빈도만을 기준 삼는다면, '민족', '민중', '혁명', '중립'과 같은 익숙한 기표가 '백제'와 만나 섞이는 자리는 신동

1　서정주의 '신라 정신'을 신동엽의 '백제'와 비교하는 자리에서 오문석은 두 시인의 차이를 다음과 같이 요약한 바 있다. 미당의 신라 정신이 불교적 순환과 주술적 반복에 기대 시간을 초월하는 (관념적) 역사관으로 퇴보한 반면, 신동엽의 '백제 정신'은 1950년대 시의 전통을 극복한 자리에 민족과 민중을 올려놓는 계기로 활용된다는 것이다.(오문석, 「4·19라는 문학사적 전통」, 『현대시의 운명, 원치 않았던』, 앨피, 2012, 221~222쪽)

2　신동엽에게 백제가 '정서적 조국'으로 자리한다는 지적은 '부여'와 '금강'이라는 장소와 여기서 비롯하는 시적 상상력의 확산 가능성에 주목한 경우로, 신동엽 시의 원류(源流)를 상정하는 익숙한 관점 중 하나다.(김응교, 「히라야마 야키치, 신동엽과 회상의 시학—시인 신동엽 연구(4)」, 『민족문학사연구』 30호, 2006, 271~273쪽)

엽의 작품 전반을 관통하는 특징이라고 집어 말하기 어렵다.

이런 맥락에서 흥미로운 장소가 시인의 '고향'이자 백제 표상의 정점에 해당할 '부여扶餘'다. 일단 신동엽의 작품에서 '부여'는 의도적 배제로 의심될 만큼 등장 횟수가 적고, 그 의미 역시 가려진 경우가 많다. 간간이 나타나는 '고향'마저도 부정적인 장소로 그려지는 일이 다반사다. 가령 시집『아사녀』(1963) 속에서 '고향'은 "허구헌 아들딸이 불리어나갈 때/ 빠알간 가랑잎은 날리"(「내 고향은 아니었었네」, 1961)던 곳이거나, "당신 살던 고장은 지저분한 잡초밭, 아랫도리 붙어살던 쓸쓸한 그늘밭"(「힘이 있거든 그리로 가세요」, 1961)으로 묘사된다.[4] 1968년에 발표된 「고향」은 현실 속 '고향'을 대하는 시인의 속마음을 엿볼 수 있는 작품인데, "이 세상에 나온 것들의/ 고향"에 대한 시적 화자의 상념이 "우리,/ 돌아가야 할 고향은/ 딴 데 있었기 때

---

3 보다 세심한 분석이 필요한 부분이겠으나, 신문과 시집에 실린 두 버전의 「이야기하는 쟁기꾼의 대지」는 물론,『신동엽 시전집』(강형철·김윤태 엮음, 창비, 2013) 4부와 5부에 수록된 문단 데뷔 이전의 습작에서도 '백제'와 직접적으로 연관된 표상은 거의 등장하지 않는다. 다만 습작 시절의 작품으로 백마강 주변의 풍광을 묘사한 작품 「백마강변」(1948)이 남아 있으나 역사적 맥락은 결락되어 있다.

4 유사한 감정은 "내 동리 불사른 사람들의 훈장(勳章)을 용서하기 위하여, 코스모스 뒤안길 보리 사발 안은 채 죽어 있던 누나의 사랑을 위하여."(「이야기하는 쟁기꾼의 대지」, 1959), "노루 없는 산/ 벌거벗은 내 고향 마을엔/ 봄, 가을, 여름, 가난과 학대만이 나부끼고 있었다."(「주린 땅의 지도원리」, 1963), "내 고향은/ 강 언덕에 있었다./ 해마다 봄이 오면/ 피어나는 가난.// 지금도/ 흰 물 내려다보이는 언덕/ 무너진 토방가선,/ 시퍼런 풀줄기 우그려 넣고 있을/ 아, 죄 없이 눈만 큰 어린것들." (「사월은 갈아엎는 달」, 1966) 등에서도 반복된다. 이런 사정은 그의 작품 곳곳에 산재하나, 그렇다고 신동엽 시 전반에 나타나는 '고향' 표상이 일관되게 부정적 대상으로 드러난다고 단정할 수 있는 것은 아니다. 다만 시인의 상상 속 공간이 아닌 실제 현실의 '고향' 이미지가 부각되는 경우, 부정성이 더 강하게 반영되고 있음은 여러 곳에서 확인 가능한 특징이다.

문······// 그렇지 않고서/ 이 세상이 이렇게/ 수선스럴/ 까닭이 없다"(「고향」, 1968)라는 고백으로 귀결되고 있다. 삶의 마지막까지 민족과 민중의 역사에 대한 애정으로 충만했던 시인이 유년의 추억이 서린 장소를 이토록 피하려는 이유는 무엇인가. 그가 유년의 기억과 감각을 의식적으로 삭제하고 있었다고 볼 여지는 없는가. 신동엽 시의 '백제'로 나아가는 과정에서 만나게 되는 이 불편한 질문들은 자연스레 시인이 지나온 어린 시절의 '부여'로 우리를 이끈다.

중일전쟁의 고착과 맞물리며 1939년 3월에 '기원 2600년 기념사업'의 일환으로 총독부가 발표한 '부여신궁 건립계획안'은 당시 사정을 짐작게 하는 지표 중 하나다. 1929년 무렵부터 '부여고적보존회'를 중심으로 이루어진 '망각된 고도古都 부여'의 재발견 과정[5]이 '백제-부여 내러티브'와 결합되며 '내선일체의 성지聖地, 영지靈地, 신도神都'를 실체화하는 대규모 국책사업으로 전환되기 시작한 것이다.[6] '15년 전쟁'(1931~1945)의 파고波高를 고스란히 맞으며 침략전쟁의 '성지'로 변해가는 소읍小邑에서, 가난한 '모범생' 소년이 '황국신민 세대'의 감각을 벗어나기란 지극히 어려웠을 터다.[7]

---

5 1915년 동경제국대학의 세키노 다다시(關野貞), 구로이타 가쓰미(黒板勝美) 등에 의해 이루어진 능산리 고분 발굴과 같은 해 충청남도 장관 오하라 신조(小原新三)가 만든 디오라마(diorama)「부여 8경」등이 '고도'로서의 부여에 대한 관심을 촉발한 것은 사실이나 본격적인 개발이 시작된 것은 1929년 이루어진 '부여고적보존회'의 재단법인화 이후로 보아야 한다. 이를 계기로 인구 1000명 남짓의 소읍에 불과했던 부여가 고대 왕국의 수도이자 '내지'와 '반도'를 잇는 '영지'로 재발견되는 과정에 대해서는 「일제 식민지 상황에서의 부여 고적에 대한 재해석과 '관광명소'화」(최석영, 『비교문화연구』 9집, 서울대학교 비교문화연구소, 2003)와 「폐허의 고도와 창조된 신도(神都)」(허병식, 『한국문학연구』 36호, 동국대학교 한국문학연구소, 2009) 참조.

이러한 사정은 앞선 물음에 접근하는 하나의 실마리로 기능한다. '제3차 조선교육령'(1938. 3.) 시기 초등교육을 시작한 이중어 세대로서 신동엽이 감내해야 했을 내면의 양가감정을 염두에 두지 않을 수 없기 때문이다. 제국 일본에 대한 이중의 시선은 유년의 기억은 물론이고, 그 주된 무대였던 장소 '부여'에 대한 시인의 태도를 설명하는 통로가 된다. 범박한 의미에서 신동엽의 '고향'을 시종일관 지배하는 암울함과 엄숙함은, 침략전쟁에 종속되었던 유년과 그 무대를 이루는 장소에 대한 배제의 시선이 강력한 자의식으로 추동된 결과

6 1937년 무렵부터 비밀리에 진행된 신궁 건설 계획의 전사(前事)에 대해서는 당시 부여군청에서 고적 보존 업무를 담당하고 있었던 미술사학자 홍사준의 회고를 참조할 수 있다. "일본 제국은 부여를 동경 다음의 제2의 왕도로 건설하여 반도와 대륙의 정신적 수도로 삼으려한 것이죠. (…) 어쨌든 이렇게 해서 부소산 일대의 임야대장과 지적도 작성을 모두 끝내고 부소산에 대한 측량도 마쳤습니다. 그랬더니 다시 도청으로 가지고 와서 정리를 하라는 지시가 떨어졌습니다. (…) 이렇게 하여 홍사준 씨와 충청남도 도청이 마련한 부여신궁 조성 기초 자료가 그해(1939) 6월 총독부로 올라갔고 이어 총독부 학무국은 부여에 내려와 재조사를 하였다. 마지막으로 일본국의 궁내성(宮內庁)에서 전문가들이 대거 부여에 와서 모든 것을 점검하였다."(『실록 충남반세기』, 변평섭, 창학사, 1983, 175~179쪽) 더하여 "부여는 어떤 지역도 대표할 수 없는 내선일체의 정신적 전당으로, 내선의 혈연적 친연성을 증명하는 장소로 부상"(『文教の朝鮮』 10月號, 1939)했다는 사학자 나카무라 에이코(中村榮孝)의 진술은 당시 총독부가 계획하고 있던 '부여'의 위상을 단적으로 드러내준다. 일제 말기 '내선일체'라는 국책에 부합하는 과정에서 만들어진 '백제-부여 내러티브'의 의미와 부여의 '신궁·영지·신도'화 과정에 천착한 연구로는 박균섭의 「식민교육독법—백제-부여 내러티브의 조립과 주입」(『한국일본교육학연구』 22호, 2017) 참조.

7 '부여공립심상소학교(현재 부여초등학교)'(1938)에 입학하여 '전주사범학교'(1945)로 진학하기까지, 가난하나 영민했던 어린 시절의 시인이 '대단히 성실한 모범생'이었다는 증언은 위의 추정을 설득력 있게 만드는 강력한 이유가 된다. 특히 1942년 4월 조선인 학생으로는 유일하게 교장의 추천으로 '내지성지참배단'에 선발되어 15일간 일본을 다녀왔던 기록은, 신동엽의 유년을 채웠던 '황국신민서사'가 드리웠을 이중어 세대의 아픔을 고스란히 드러내는 사건으로 볼 수 있다. 신동엽의 소학교 시절에 대한 회고와 관련 기록에 대해서는 김응교의 『시인 신동엽』(부여문화원, 2005) 16~28쪽, 신동엽의 내지 참배가 지니는 의미에 대해서는 박균섭의 위의 글, 7~9쪽 참조.

에 가깝다.

그렇다면 유년의 장소 '부여'와 분절分節, articulation되기 시작한 '백제'는 언제 어떤 모습으로 신동엽의 작품에 등장하는가. 시인에게 '풍경' 너머의 '백제'는 무엇으로 표상되었고, 어떤 의미로 다가왔는가. 이와 관련하여 『학생혁명시집』(1960)에 실렸던 「아사녀阿斯女」에서 시작하여 유작 「만지蠻地의 음악」(1970)으로 이어지는 신동엽 시의 '백제'가 익히 알려진 설화 속 주인공인 '아사달阿斯達'과 '아사녀'의 반복으로 표상된다는 점은 특기할 만하다. 두 작품 이외에도 「아사녀의 울리는 축고」(1961), 「주린 땅의 지도원리」(1963), 「삼월」(1965), 「껍데기는 가라」(1967) 정도가 같은 계열로 묶일 수 있겠다. 작품 편수로만 따진다면 손꼽을 수준이지만, 시작詩作의 초입부터 마지막까지 백제의 후예이자 시인의 페르소나persona 격으로 호출되었던 '아사달', 그리고 '아사녀'는 신동엽 시의 주위를 떠난 적이 없다. 외려 시간이 흐를수록 '아사달'과 '아사녀' 표상에는 한층 복합적인 의미가 결부되기 시작한다.

이어지는 논의를 위해, 10년 남짓한 기간 신동엽 시에서 '아사달'과 '아사녀' 표상이 변주되는 과정을 정리한다면 대략 세 단계로 구분할 수 있다.

구분	시기	주요 작품	표상의 의미
1단계	1960~1962	「아사녀」, 「아사녀의 울리는 축고」	혁명
2단계	1963~1967	「주린 땅의 지도원리」, 「삼월」, 「껍데기는 가라」	중립
3단계	1968~1969	「만지의 음악」	혁명의 역사화

위의 구분은 한국 현대문학에서 '아사달', '아사녀'라는 전승 설화 속 인물의 잠재성을 역사적 맥락과 결부시키는 방식이, 신동엽을 거치며 새로운 양상으로 접어들었다고 말할 수 있게 해준다. 신동엽 시에서 '아사달', '아사녀' 표상에 부여된 의미가 식민지 이래 형성되어온 한국 근현대문학의 흐름과 교차하면서 갈라지는 지점을 살피는 일은, 시인과 마주치는 또 다른 경유지인 셈이다. 그 여정 속에서 4월혁명 이후 벌어진 현대사의 질곡에 맞서 '혁명'과 '중립'의 사상을 자신만의 문학적 상징으로 전유하고, 그 이후를 채워나가려 했던 한 시인의 속살과 만나기를 기대한다.

2. '아사녀'를 불러내는 방식들

'석가탑'을 만든 백제 출신의 석공 '아사달'과 '영지影池'에 몸을 던진 그의 아내 '아사녀'의 죽음에 얽힌 서사가 한국문학에 호출되기 시작한 것은 그리 오래된 일이 아니다. 중일전쟁이 한창이던 시기 『동아일보』에 연재되었던 현진건의 역사소설 『무영탑』(1938. 7.~1939. 2.)을 그 첫머리에 둘 수 있기 때문이다. 그런데 소설에 대한 세간의 평가와는 별개로, 채록되어 남아 있는 불국사의 석가탑, 즉 '무영탑無影塔' 전승은 현진건 소설의 서사와 여러 부분에서 엇갈린다.

이 문제에 천착했던 선행 연구들이 주목한 대로, '무영탑'과 '영지' 관련 전승의 초기 모습을 보여주는 『동경잡기東京雜記』(1669)의 '영제조影堤條'나 『화엄불국사고금역대제현계창기華嚴佛國寺古今歷代諸賢繼創

記』(1740) 등의 기록에는 현재 우리에게 익숙한 몇 대목이 누락되어 있다. 가령 현진건 이전의 '무영탑' 관련 전승에서 '아사달'과 '아사녀'는 부여 출신이 아니었으며, 둘 사이의 관계도 부부로 확정되어 있지 않았다.[8] 당연한 말이지만『무영탑』의 뼈대를 이루는 백제 유민 '아사달'과 '아사녀'의 비극적 로맨스는 많은 부분 현진건의 문학적 상상에 힘입은 결과로 보아야 한다. 관련하여 눈길을 끄는 접점 중 하나는 민족주의와 유미주의가 혼재된 슬픈 서사를 거슬러 만나게 되는 '무영탑' 전승 채록의 몇 장면들이다. 공교롭게도 이들은 모두 '고도古都'로 발견되기 시작한 1920년 전후 '경주慶州'로의 답사 여행과 직간접적으로 연결되어 있다.

가)

불국사佛國寺 남방南方에 영지라 하는 작은 곳이 있는데, 모래가 아주 희

---

8 무영탑을 만든 석공의 국적이 당나라라고 적힌『화엄불국사고금역대제현계창기』의 기록을 재인용해둔다. "속전(俗傳)에 이르기를, 불국사 창사 시 당나라에서 온 한 석공이 있었는데 누이인 아사녀가 와서 석공을 만나기로 요구하였으나 큰 공사가 끝나지 않아 더러운 몸의 출입을 허락할 수 없다고 하며, 다음 날 아침 곤방(坤方), 남서쪽으로 십 리쯤에 천연으로 생긴 못이 있으니 그곳에 가면 볼 수 있을 것이라고 하였다. 아사녀가 그 말에 의지해서 가서 보니 과연 거울처럼 비쳤다. 그러나 탑 그림자는 없었다. 그래서 이름을 무영탑이라고 하였다." 현진건의 소설『무영탑』이 전승된 '무영탑' 설화를 소설 형태로 각색시킨 과정에 대해서는 아래의 선행 연구를 참조할 수 있다. 황종연,「한국 근대소설에 나타난 신라—현진건의 무영탑과 이광수의 원효대사를 중심으로」,『동방학지』 137호, 연세대학교 국학연구원, 2007, 355~356쪽. 강석근,「무영탑 전설의 전승과 변이 과정에 대한 연구」,『신라문화』 37집, 동국대학교 신라문화연구소, 2011, 96~102쪽. 김효순,「조선전통문예 일본어 번역의 정치성과 현진건의『무영탑』에 나타난 민족의식 고찰」,『일본언어문화』 32호, 한국일본언어문화학회, 2015, 300~302쪽. 이대성,「신동엽의 <석가탑>과 현진건의『무영탑』비교 연구—'비어 있음'의 이미지를 중심으로」,『비교문학』 77권, 2019, 63~64쪽.

116

고 물이 맑다.

옛날 김대성金大城이가 불국사 건축建築에 몰두하던 때 아사阿斯라는 한 소녀가 그를 사모하여 한 번이라도 만나기를 바랐다. 그러나 대성은 소녀의 간원懇願을 듣지 않고 소녀에게 마음이 끌릴까 염려해서 합장하고 염불만 외웠다. 그래도 소녀는 대성을 만나고자 간청懇請하였다. 대성도 사람인지라, 다시 거절하지 못하고 무영탑이 성공되는 날 만나기로 언약했다. (…) 드디어 십 년의 성상星霜을 들여서 못을 파고, 소녀는 아침저녁으로 못을 들여다보았다. 그리하느라니, 어느 날은 홀연히 불국사의 그림자가 못 속에 비치며 석가탑상 최후의 일수를 내리워 성공의 미소를 띠우는 대성의 자태도 함께 소녀의 눈에 띄었다. 그러나 대성은 옛날 소녀가 사모하던 때의 대성이 아니었으며, 소녀 또한 자기도 대성을 사모하는 사이에 백발이 되었음을 알게 되매, 한 곡조의 슬픈 노래를 부르고 자기가 판 못 속에 몸을 던졌다 한다.[9]

나)

신라는 제35대 경덕왕 시기로, 신라 재상 김대성이 천하의 묘공妙工 공장을 불러 모아, 토함산 아래 불국사에 대가람을 개축했을 때의 일이다. 석가탑을 쌓는 데 있어 당인 석공이 수년이 지나도 귀국 소식이 없기에 그 석공의 처는 남편의 안부를 묻고자 바다를 건너 이곳을 찾아왔다. 그러나 여자는 부정하다 하여 안내 부탁조차도 허락되지 않는다. (…) 연못가

---

9 이광수, 「오도답파여행 53신」, 『매일신보』, 1917년 8월 18일자, 18쪽. 이후 간행된 전집에는 1931년 1월 『조광』에 실린 편집본이 수록되어 있다.(『이광수전집』 9권, 삼중당, 1967, 128~129쪽)

에 와서 아침저녁으로 수면을 바라보며, 오늘일지 내일일지를 기다린 지 수년이 지나자 본당 그림자와 누각 그림자는 보이지만, 남편의 담당이라는 석가탑은 그림자조차 보이지 않는 슬픔에 결국 절망하여 애석하게도 몸을 연못에 내던지고 말았던 것이다. 석가탑을 무영탑이라고도 부르며, 연못을 영지라 부른 것도 이때부터의 일이다.[10]

다)

제35대 경덕왕景德王 시절, 당시 재상 김대성金大成은 왕의 명을 받들어 토함산 아래 불국사를 이룩할 새, 나라의 힘을 기울이고 천하의 명공名工을 모아들였는데, 그 명공 가운데는 멀리 당나라로부터 불러내온 젊은 석수 하나가 있었다. (…) 수만 리 타국에 남편을 보내고 외로이 공규空閨를 지키던 그의 안해 아사녀阿斯女는 동으로 흐르는 구름에 안타까운 회포를 붙이다 못하여 필경 남편을 찾아 신라로 건너오게 되었다. 머나먼 길에 피곤한 다리를 끌고 불국사 문 앞까지 찾아왔으나, 큰 공역을 마치기도 전이요, 더러운 여인의 몸으로 신성한 절 문안에 들어서지 못한다고 차디찬 거절을 당하고 말았다. (…) 사랑하는 안해가 멀리멀리 찾아왔다는 소식을 뒤늦게야 들은 당나라 석수는 밤을 낮에 이어 마침내 공사를 마치고 창황히 못가로 뛰어왔건만, 안해의 양자樣子는 보이지 않았다. 그도 그럴 일. 아모리 못 얼굴을 디미다 보아도 석가탑의 그림자는 끝끝내 나타나지 않는 데 실망한 그의 안해는 남편의 이름을 부르며 고만 못 가운

---

10   大阪金太郎,「慶州の傳說(三)」,『朝鮮』76호, 조선총독부, 1921년 5월, 88~90쪽.

데 몸을 던진 까닭이다! (…) 그는 제 예술로 죽은 안해를 살리고 아울러 부처님에까지 천도하려 한 것이다. 이 조각이 완성되면서 자기 역시 못 가운데 몸을 던져 안해의 뒤를 따랐다. 불국사 남서방에 영지影池란 못이 있으니 여기가 곧 아사녀와 당나라 석수가 빠져 죽은 데다.[11]

가)는『무정』을 탈고한 직후 충청과 전라, 경상도를 무대로 두 달 여간 이루어진 이광수의「오도답파여행」(1917. 6.~1917. 8.) 중 마지막 편에 실린 '영지' 전승 관련 대목이다. '아사阿斯'라는 (신라의) 소녀와 불국사 창건자인 '김대성'의 이루어지지 못한 사랑이 뼈대를 이루는 서사에서 '백제'나 '아사달'의 흔적은 찾기 어렵다. 더불어 죽음에 이르는 두 연인의 사연에 신비한 요소가 배제되어 있다는 면에서도 이후 살펴볼 설화와는 다른 구도를 지닌다. 다만 백발로 변한 '아사'가 '영지'에 투신하는 장면이 삽입됨으로써 불국사 창건이라는 역사役事에 '죽음'이 결합하며 극적인 측면이 부각되었다는 점만큼은 눈여겨볼 만하다.

반면, 몇 년의 시차를 둔 나)는 '경주고적보존회'에서 활동하다가 후에 경주박물관 3대 주임(현재 관장)을 역임한 오사카 긴타로大阪金太郎가 1921년에 채록한 '영지' 설화 판본을 간추린 것이다.[12] 이 설화는 1924년 야나기 무네요시柳宗悦의 제자였던 하마구치 료코浜口良光에 의해「희곡 무영탑담」으로 개작되며 몇 가지 정황이 추가된 로맨

---

11 현진건, "경주 고도 순례(7)",『동아일보』, 1929년 8월 15일자.

스 서사로 재구성되었다.[13] 이어지는 다)는 1929년 현진건이 경주와 불국사를 답사한 후『동아일보』에 연재한 기행문 중 일부다. 인용한 대목을 통해 소설보다 10여 년 앞선 시기에『무영탑』의 모티프가 이미 골격을 갖추고 있었음을 짐작할 수 있다. 비슷한 시기에 발표된 나)와 다)를 견주어보면, 현진건의 구상이 오사카 긴타로가 정리한 영지 설화 판본과 하마구치 료코의 희곡을 저본底本으로 삼고 있다는 추정에 힘이 실린다. 이광수가 정리한 설화와 달리, 나)와 다)에서는『무영탑』의 서사로 이어질 두 핵심 고리가 겹치기 때문이다.

12 오사카 긴타로는 1877년 에도에서 태어나 홋카이도 사범학교를 졸업한 후, 1907년 함경북도 회령보통학교로 초빙되었다가, 1915년부터 공립경주보통학교(현재 계림초등학교)에서 근무한 교육자이자 역사학자이다. 1930년 정년퇴직 후에는 경주고적보존회, 조선총독부 고적조사회 등의 기관에 사무 촉탁으로 근무하면서 경주와 부여의 고적 조사에서 주도적 역할을 담당하였다. 주목할 지점은 1932년 12월 부여고적보존회 촉탁으로 임명된 이후 1935년 경주로 돌아가기까지 3년 동안 이루어진 조사 활동이다. 그는 부여 외곽의 '청마산성'을『일본서기』에 등장하는 '득이신성'으로 규정했으며, '낙화암'이나 '고란사' 전설을 고대 일본과 연관된 것으로 재해석함으로써 백제와 일본의 연관성을 실증하는 작업에 매달렸다. 이 과정에서 '부여의 고적을 새롭게 해석하고, (내선일체의) 영지로서의 부여의 이미지'를 만들어내는 일이 결과적으로 '백제-부여 내러티브'와 연관될 수밖에 없었다는 것은 분명해 보인다. 오사카 긴타로가 경주와 부여의 고적 재발견에 미친 영향에 대해서는 최석영의 앞의 논문 120~128쪽, 허병식의 앞의 논문 87~88쪽, 김동하의「일제강점기 경주 지역 불교유적 조사와 경주고적보존회의「慶州古蹟及遺物調書」(『불교미술사학』15호, 2013) 참조.

13 김효순은 오사카 긴타로의 채록 과정에서 '비련의 모티프'가 처음으로 덧붙여진다는 사실을 밝힌 바 있다. 가령 누이가 처로 바뀌게 된 맥락은 일본 고전 문예의 전통, 즉 '누이(妹)'를 '남성이 자신의 연인이나 아내를 일컫는 말'로 간주하는 관례와 견줄 수 있으며, '석공'이 부인을 닮은 부처상을 조각하고 투신하는 서사 역시 그의 기록 과정에서 처음으로 등장한다. 하지만 하마구치 료코의 희곡 속에서도 석공과 아내의 이름이 지나인(支那人) 아산(阿山)과 아사녀(阿斯女)로 설정되었다는 측면은 '아사달'과 '아사녀'로 오는 길목에 현진건의 역할이 중요했음을 다시금 입증한다. 오사카 긴타로의 '영지' 설화의 채록 및 일본어 번역 과정과 하마구치 료코의 희곡화 과정에 대해서는 김효순의 앞의 논문 303~307쪽 참조.

누이에서 아내로 바뀐 '아사녀'의 간절한 기다림과 엇갈린 사랑이 하나라면, 그로 인한 비극적 죽음의 예술적 승화 과정에서 탄생하는 부처의 상像이 다른 하나다. 하지만 세 인용문 모두에서 '젊은 석수'와 '아사녀'는 백제가 아니라 '당唐'혹은 '지나支那'에서 건너온 이방인이었다.

결과적으로 현진건의 『무영탑』 전까지 여러 경로로 채록된 텍스트에서, 젊은 석수와 그의 아내 '아사녀'는 '백제'와 연관된 인물이 아니었다. 『무영탑』에 등장할 '아사달'은 '당'에서 온 '묘공妙工'이거나 심지어 불국사 창건자인 신라인 '김대성'과 겹쳐 있었고, '아사', 혹은 '아사녀'와의 관계 역시 부부夫婦로 특정되어 있지 않았다. 그렇다면 우여곡절 끝에 '영지'에 몸을 던진 망국亡國 백제 출신 부부의 죽음이라는 귀결은 1930년대를 지나며 현진건에 의해 재구성되었을 개연성이 크다. 특히 '고대 신라'의 의미가 조선총독부의 의도에 따라 전유되고 있던 당시 상황을 고려한다면, 식민지 시기 '무영탑' 설화의 채록 및 각색 과정에 '신라의 발견'이라는 문제적 사건이 개입되었을 가능성 또한 간과할 수 없다. 이런 사정은 신동엽의 '아사달'과 '아사녀'를 읽어내는 데에도 제법 긴 꼬리표가 붙을 수밖에 없음을 암시한다.

1917년 이루어진 이광수의 답사기에서 1921년 오사카 긴타로를 거쳐 1929년에 정리된 현진건의 '영지' 전승에 이르기까지 '백제'는 여러 선택지 중 하나에 불과한 배경이었다. 그런데 중일전쟁이라는 파고波高를 거치며 현진건은 자신의 소설에 '신라'나 '당'이 아닌 '백제'를 호출해낸다. 더불어 '아사녀'의 남편이자 '신흥神興'으로 탑을 만든 석수는 '아사달^{阿斯達}'이라는 이름을 얻게 되었다.[14] 현진건이 '백제'를 불러낸 이유에 대해서는 몇 가지 추정이 가능하나, 그중 하나가 신라와 당에 대한 타자 설정의 필요성이었다고 볼 수 있다.[15] 그렇다면 남는 문제는 '백제', 혹은 '백제 유민'으로서의 정체성을 선택한 이후, 그 표상의 힘을 작품 속에서 밀고 나가는 방식의 차이, 혹은 진화일 것이다.

범박하게나마 구분하자면, 현진건의 '아사달'과 '아사녀'는 최소 두 지점에서 신동엽의 '아사달', '아사녀'와 분절된다. 첫째, 현진건에게서 그들은 구 백제 출신의 신라인에 가깝게 묘사되지만, 신동엽 시에 와서는 사라진 국가 '백제'를 상징하는 인물이자 '국경선 너머의 존재들에 대한 연대 의식'을 보여주는 표상으로 탈바꿈한다. 둘째, 로맨스 서사의 주인공이었던 '아사달'과 '아사녀'의 유미적이거나 순응적인 성격은 신동엽 시와 만나며, 끈질기게 살아남은 민족이나 민중의 저항과 투쟁이라는 보다 적극적인 의미를 얻게 된다. 요컨대 현진건의 『무영탑』이 젊은 석수와 '아사녀'를 백제 유민으로 바꿔놓음으로써 극적 변화를 모색한 데 치중했다면, 이 모티프를 한층

---

14 관련하여 신동엽 시에서 아사달의 이름이 '阿斯怛'에서 '阿斯達'로 변화한다는 점에 주목해야 한다는 지적이나, 탑을 만드는 과정에 작동하는 '신흥'이 민족의식과 연결될 수 있다는 분석 등은 아사달을 민족의식 고취의 강력한 표상으로 삼고자 하는 신동엽의 의도를 보여주는 사례로 부기할 수 있겠다.(강석근, 앞의 논문, 108쪽; 양진오, 「현진건의 『무영탑』 연구─민족을 상상하는 방식과 그 문학적 의미에 관하여」(『현대소설연구』 19호, 2003, 187~191쪽)

15 1930년대 후반 현진건이 보인 민족주의적 행보를 『무영탑』의 민족주의적 경향에 대한 전제로 인정하다면, 신라와 당(중국), 신라와 백제의 관계 설정을 통해 현진건이 보여주려 했던 민족주의적 구도는 간단치 않은 추가 논의를 요구하는 접점이 된다.

끌어올려 민족과 민중의 표상으로 도약시킨 데는 신동엽의 역할이
지대했다고 말할 수 있다.

3. '아사녀'의 세 변주

1) 혁명

신동엽의 시에서 '백제'와 직접 묶을 수 있는 표상이 등장하는 출
발점은 1960년 7월 발간된 『학생혁명시집』에 실린 작품 「아사녀」다.
한 해 전 발표된 「이야기하는 쟁기꾼의 대지」가 '내 동리'나, '내 고
향'을 불러내는 데 머물렀던 반면, 「아사녀」 이후부터 '금강' 주변의
지명과 유적, 그리고 인물을 둘러싼 역사적 수사들이 여러 작품 속
에 차용되기 시작한다. 그중에서도 유달리 반복되는 시어가 '아사달'
과 '아사녀'다. 현진건에 의해 전설 속에서 불려 나온 지 20여 년 만
에 망해버린 나라 '백제' 출신의 석공 부부는, 외려 현재의 우리에게
익숙한 민족과 민중의 표상[16]으로 재전유된 것이다.

---

16 신동엽 시에 나타난 '아사달'과 '아사녀'의 의미에 대해 검토한 선행 연구들의 결론이 '분단
    극복의 새로운 의미'(김준오, 『신동엽』, 건국대학교출판부, 1997, 74쪽), 소환된 '과거 역사
    속의 민중'(이경수, 「'아사녀'의 해방―신동엽의 '탈식민적' 글쓰기」, 『서정시학』 14(1), 서
    정시학사, 2004년 봄, 72쪽), '전경인적 시인'(고명철, 「역사의 대지를 객토하는 전경인적 시
    인―신동엽의 유작시 「만지의 음악」을 중심으로」, 『한민족문화연구』 17집, 한민족문화학
    회, 2005, 89쪽) 등과 같이 민족이나 민중을 함축하는 방향으로 집중되어 있다는 사실을 되
    새길 수 있겠다. 다만 기존 논의에서 '아사달'과 '아사녀' 표상의 변모 양상이 특화된 경우
    나, 그들의 상징적 의미가 어떤 과정을 거쳐 민중이나 민족의 표상으로 각인되는지에 대해
    구체적으로 검토한 경우는 찾아보기 어렵다.

신동엽 시의 '아사달', '아사녀'가 소설『무영탑』의 동명 인물과 연결된다는 문제의식은 '무영탑' 전승의 변주 과정에 대한 검토나『무영탑』과 오페레타「석가탑」간의 비교를 통해 여러 차례 다루어진 바 있다.[17] 그렇지만 두 버전의 '아사달', '아사녀' 사이에 가로놓인 시차時差/視差를 감안한다면, 신동엽 시의 변주는 단지 앞선 전통을 계승하는 차원에 머물지 않고 한 단계 앞으로 나아간 결과다. '무영탑' 설화의 비극적 주인공들이 '돌탑을 완성시키려는 맹목적 기능인'[18]을 넘어, 강고한 기득권 체제에 저항해온 '역사 속 민중'이라는 의미로 수렴되어가는 과정에는 시인 앞에 현현顯現했던 '혁명'과의 만남이 전제되기 때문이다.

가)
죽지 않고 살아 있었구나.
우리들의 피는 대지와 함께 숨쉬고
우리들의 눈동자는 강물과 함께 빛나 있었구나.

4월 19일, 그것은 우리들의 조상이 우랄 고원에서 풀을 뜯으며 양달진 동남아 하늘 고운 반도에 이주 오던 그날부터 삼한三韓으로 백제로 고려로 흐르던 강물, 아름다운 치맛자락 매듭 고운 흰 허리들의 줄기가 3·1의 하늘로 솟았다가 또다시 오늘 우리들의 눈앞에 솟구쳐 오른 아

---

17 강석근, 앞의 논문, 108쪽; 이대성, 앞의 논문, 61~62쪽.
18 고명철, 앞의 논문, 88쪽.

사달^{阿斯達} 아사녀의 몸부림, 빛나는 앙가슴과 물굽이의 찬란한 반항이
었다.

—「아사녀」부분

나)

구슬 뿌리며 역사마다 구멍 뚫려 쏟아져간 아름다운 얼굴, 북부여^{北扶餘} 가인^{佳人}들의 장삼자락 맨몸을 생각하여보아라.

유월의 하늘로 올라보아라.

황진이 마당가 살구나무 무르익은 고려 땅, 놋거울 속을 아침저녁 드
나들었을 눈매 고운 백제 미인들의.

지금도 비행기를 바라보며 하늘로 가는 길가엔 고개마다 괴나리봇짐
쇠바퀴 밑으로 쏟아져간 흰 젖가슴의 물결치는 아우성 소리를 들어보
아라.

—「아사녀의 울리는 축고」부분

인용된 가)에서 '아사달'과 '아사녀'를 특별하게 만든 계기는 4·19
혁명과의 만남, 혹은 결합이다. 이 작품은 이후 펼쳐질 신동엽 시세
계의 예고편에 가깝다. 시인은 고대의 한반도로부터 오늘로 이어지
는 역사적 계기들을 '피-대지', '눈동자-강물'의 이미지와 접맥시킨
후, '4월 19일'을 직접 호명한다. 그 결과 도도한 역사의 "강물"로부
터 "솟구쳐 오른" 4월혁명은, "죽지 않고 살아" 흘러온 고대와 현대
의 두 물줄기로 감싸이게 된다. 한 줄기가 "반도에 이주 오던 그날"

로부터 '삼한', '백제', '고려'로 이어지는 "강물"에서 솟아난 3·1운동
이라면, 다른 한 줄기는 "오늘 우리들의 눈앞에"서 벌어진 "아사달
아사녀의 몸부림"이자 "찬란한 반항"으로 형상화된 4월혁명이다. 이
처럼 첫 등장부터 4월혁명과 접속하며 '몸부림'과 '반항'을 거느리게
된 이상, '아사달'과 '아사녀'는 유미적이면서도 순응적인 설화 속의
'맹목적 기능인'으로만 남을 수 없게 된다.

신동엽에 의해 혁명과 조우하게 된 '아사달', '아사녀' 표상의 전유
과정에서 특히 눈길을 끄는 것은 두 가지다.

첫째, 4월혁명과 접속되는 과정에서 이들 표상의 의미망이 주류
역사에서 버려지거나 소외되었던 '민중'의 실체에 가까워지고 있다
는 점이다. '삼한'이나 '북부여', '고구려' 등에 대한 묘사를 거치며 익
명으로 존재하던 민족, 혹은 민중의 자리에 '아사달', '아사녀'라는 고
유한 이름이 채워지게 된 셈이다.[19] 이 과정에서 두 부부의 조국이었
던 '백제'는 다른 고대국가보다 더 강력한 상징성을 부여받게 된다.

둘째, '아사달'과 '아사녀'가 '백제'와 연관될수록 증폭되는 함축적
의미는 고대사에 대한 시인의 의도적 누락을 통해 강화된다. 가)와
나)를 거치며 변주되는 고대국가들, 예컨대 '북부여'와 '삼한', '고구
려'와 '백제', 그리고 '고려'로의 역사적 이행 과정에서 유독 두 나라,

---

19 이런 의미에서 오페레타 「석가탑」에 등장하는 아사달에 대한 왕의 진술, 가령 "아사달? 우
리 겨레의 아득한 옛날 조상들 이름 같구료. 그때 사내들은 아사달, 여인들은 아사녀라고 불
렀다 하오" 같은 대목은 신동엽이 생각하는 아사달과 아사녀의 의미가 민족의 뿌리와 연결
됨을 재차 확인시켜주는 내용으로도 읽을 수 있다.(오페레타 「석가탑」, 『신동엽전집』, 창비,
1990, 406~407쪽)

즉 '신라'와 '조선'이 끝까지 배제되고 있기 때문이다. 가해자와 피해자가 분명하게 구분된 가)는 물론이고 1년 뒤에 발표된 나)에서도 '신라'와 '조선'에 대한 의도적 배제는 반복된다. "황진이黃眞伊"가 머물렀을 개경의 "마당가"는 '조선'이 아니라 망한 나라 '고려 땅'이었을 것이고, "놋거울"을 "아침저녁"으로 바라보았을 "백제 미인"들 역시, '통일신라'가 아니라 망한 나라에 기대고 있는 유민들로 보는 것이 자연스럽다.

요컨대 역사의 '강물'을 따라가는 자리마다 신동엽의 눈은 오로지 사라진 나라, '북부여'나 '백제', 혹은 '고려' 여인들의 처연한 아름다움과 슬픔에 머물거나, 혹은 폭격으로 쓰러져간 피난 행렬 속 여인들의 "아우성" 쪽을 향해 있다. 슬픔과 고통 속에서 자신의 삶을 지켜나가려는 민중들의 고통이 '백제'와 연결된 '아사녀'에게 덧씌워지면서, '아사달'과 '아사녀'의 아픔은, 성공이자 실패였던 4월혁명의 명암明暗에 재접속된다. 그 결과 '아사달'과 '아사녀'는 '역사 속 민중'들이 겪어야 했던 아픔과 그들 사이의 연대를 동시에 아우르는 상징으로 한발 더 나아가게 된 것이다.

2) 중립

혁명을 품으며 민중을 표상하게 된 '아사달', '아사녀'는 1960년대 내내 신동엽 시의 지향, 혹은 세계 인식과 궤를 같이한다. 허망하게 좌절된 혁명 이후의 엄혹하면서도 복잡다단한 현실과 맞서기 위해, 시인은 강력한 시적 세계를 구상하는 통로로 잊힌 '백제' 유민들의 아픔과 사랑을 재차 불러낸 것이다. 이런 맥락에서 신동엽 시의 백미白眉로 회자되는 두 작품에 '아사달'과 '아사녀'가 연달아 주역으로 등장한다는 사실은 특기할 만하다.

가)

여보세요 아사녀阿斯女. 당신이나 나나 사랑할 수 있는 길은 가차운데 가리워져 있었어요.

말해볼까요. 걷어치우는 거야요. 우리들의 포동 흰 알살을 덮은 두드러기며 딱지며 면사포며 낙지발들을 면도질해버리는 거야요. 땅을 갈라놓고 색칠하고 있은 건 전혀 그 흡반족들뿐의 탓이에요. 면도질해버리는 거야요. 하고 제주에서 두만까질 땅과 백성의 웃음으로 채워버리면 돼요.

누가 말리겠어요. 젊은 아사달阿斯達들의 아름다운 피꽃으로 채워버리는데요.

(…)

비로소, 허면 두 코리아의 주인은 우리가 될 거야요. 미워할 사람은 아무 데도 없었어요. 그들끼리 실컷 미워하면 되는 거야요. 아사녀와 아사달은 사랑하고 있었어요. 무슨 터도 무슨 보루도 소재해버리세요. 창칼은 구워서 호미나 만들고요. 담은 헐어서 토비로나 뿌리세요.

비로소, 우리들은 만방에 선언하려는 거야요, 아사달 아사녀의 나란 완충緩衝, 완충이노라고.

—「주린 땅의 지도원리」 부분

나)

그리하여, 다시

껍데기는 가라.

이곳에선, 두 가슴과 그곳까지 내논

아사달 아사녀가

중립의 초례청 앞에 서서

부끄럼 빛내며

맞절할지니

— 「껍데기는 가라」 부분

   위의 시편에서 '아사달'과 '아사녀'를 이전과 다른 자리로 데려오
는 것은 무엇보다도 먼저 "완충緩衝", 나아가 '중립' 지향이라는 세계
인식의 존재 여부다.[20] 4월혁명과 조우하며 민중과 민족을 상징하는
표상으로 안착했던 '아사달'과 '아사녀'는, 여기서 "흙반족"들이 "갈
라놓고 색칠"해버린 "제주에서 두만"까지의 "땅과 백성"을 이어주는
실천적 주체이자 "완충"의 존재로 거듭나게 된다. '중립'에 대한 지
향이 시적 세계를 구성하는 중심축으로 도입되면서 이전과 구별되
는 강렬한 생명력과 더불어 1960년대 초반의 국내외 정세와 연동될

20 신동엽 시인의 분단 인식이 한반도 중립화에 대한 관심으로 옮겨가는 과정은 4월혁명 이후
   본격화된다. 이것은 '완충'이나 '중립'이라는 개념이 활용되기 이전인 1959년 발표한 「새로
   열리는 땅」에서 "완충지대" 대신 "정전지구"라는 표현을 사용했다는 지적에서도 확인된다.
   이 작품은 이후 『아사녀』에 실리며 「완충지대」로 개작된 바 있다.(김윤태, 「신동엽 문학과
   '중립'의 사상」, 『민족시인 신동엽』, 소명출판, 1999, 201쪽)

수 있는 정치적 상징성이 부여된 셈이다.

가)의 경우, 분열과 갈등을 '사랑'과 '웃음'으로 채우겠다는 시적 주체의 독백은 누구에게나 쉽게 허락된 것이 아님에 유의해야 한다. 이 땅의 젊은 '아사달'과 '아사녀'에게만 허락된 약속은 그에 걸맞은 대가 역시 요구한다. 그렇기에 "여보세요 아사녀"라는 호명은 "걷어치우는 거야요"나 "면도질해버리는 거야요"라는 적대적 외침과 결부될 수밖에 없다. 이러한 방식은 나)에서도 반복적으로 활용된다. "중립의 초례청" 앞에서 이루어진 '아사달', '아사녀'의 "맞절"은 "껍데기"와의 치열한 대결 이후에만 가능한 일이기 때문이다. 결국 '완충'이나 '중립'을 향한 지향이 각각의 시를 묶어내면서 산재하는 이미지들이 하나의 중심으로 모이게 되는데, 그 실체를 받아내는 자리에 서 있는 것이 바로 '아사달'과 '아사녀'다. 앞서 살핀 「아사녀」에서 역사 속의 수동적 존재이자 혁명의 대상에 가깝게 묘사되던 '아사달'과 '아사녀'는, 가)와 나)를 거치며 객체의 자리에 머물지 않고 실천적 주체의 위상을 획득하게 된다. 억압과 착취에 휩쓸린 "제주에서 두만"을 "아름다운 피꽃으로 채워버리"고, 갈등과 분열로 쪼개진 "두 코리아"의 "창칼을 구워서 호미"로 만드는 '아사달'과 '아사녀'의 행위야말로 현실의 모순에 맞서 싸우는 실천가이자, 오랜 분열을 풀어낼 '사랑의' 중재자로 불리기에 손색없는 모습이다. 이런 전환에 결정적 계기를 만들어낸 것은 '두 코리아' 사이에 '중립' 지대를 불러오려는 시인의 강렬한 의지다.

혁명 이후의 통일 논의와 반동적 정세 변화를 거치며, '아사달'과 '아사녀' 표상에는 '완충', 혹은 '중립'이라는 너른 지향이 섞이게 된다. 그 내막의 한 편이 혁명을 지워버린 쿠데타 세력에 의한 한일협정, 베트남 파병 같은 1965년에 이루어진 반동적 사건[21]이라면, 다른 한편에 자리한 것은 '한반도 중립화 통일론'이나 '제3세계 중립화론'에 대한 관심[22]이었다. 과거에 매몰된 역사적 인물로 머물지 않고, 지금 '이곳에서' 벌어지는 분열과 갈등, 착취와 억압에 맞서 싸우는 투사로서의 '아사달'과 '아사녀'가 등장하게 된 것은, 민족과 민중이라는 추상적 관념을 분단 극복이라는 현실적 과제 쪽으로 한 걸음 더 밀고 나간 결과다. 먼 과거에서 불려 나와 백제와 연결되기 시작한 '아사달', '아사녀'의 고달픈 여정은 혁명을 지나 반동의 시대로 접어들면서 그 문학적 의미망을 최대치로 펼치게 된 셈이다.

3) 혁명과 중립 너머

「금강」(1967)을 지난 후, 신동엽이 모색했던 혁명과 중립의 세계 한 모퉁이에서 우리는 '아사달', '아사녀'의 분신分身과 마지막으로 재회한다. 이들에게는 전쟁과 분단, 혁명과 좌절, 과거와 현재, 그리고 미래가 뒤엉켜버린 세계를 횡단하는 고독한 실천가의 운명이 오롯이 부여된다. 불확실한 미래를 향해 한발 앞으로 내딛는 행위의 주체를 호명함으로써, 신동엽은 돌탑을 만들었던 석공 부부가 엮어나갈 또

---

21 하상일, 「신동엽과 1960년대—한일협정과 베트남 파병 문제를 중심으로」, 『비평문학』 65호, 한국비평문학회, 2017, 258~260쪽.

22 신동엽 시에 나타나는 '중립'의 사상에 대해서는 다음의 성과를 참조할 수 있다. 김윤태의 앞의 논문 205~206쪽, 김희정의 「신동엽의 새로운 혁명, '중립'」(『국제어문』 63집, 2014) 89~91쪽.

다른 후일담의 전사前史를 펼쳐놓는다.

꽃들의 추억 속 말발굽 소리가 요란스러우면,
내일 고구려로 가는 석공石工의 주먹아귀
막걸리 투가리가 부숴질 것이다.

오월의 사람밭에 피먹 젖은 앙가슴
갖가지 쏟아져오면
우물가에 네 다리 던지던 소부리所夫里 가시내
진주알 속 사내의 털보다 가을이 고일 것이고

(…)

햇빛 퍼붓는 목화밭, 서해 가의 무논에서
젖이 흐르는 주먹팔 봄 포도밭에서
손 고운 흰 허리를 잃어버렸을 때
후삼국의 유민은 역사를 건너뛸 것이다.

하여 세상없는 새벽길
꽃다운 불알 가리고 바위에 걸터앉아
배잠방이 속의 상쾌한 천만년을 자랑할 것이다.

—「만지(蠻地)의 음악」 부분

4월혁명과 만나며 시작된 석공 부부의 당당하나 아픈 이야기가 「금강」을 건너 닿은 자리에서, 우리는 "내일 고구려로 가는 석공"과 "우물가에 네 다리 던지던 소부리 가시내"라는 '아사달', 그리고 '아사녀'의 세 번째 모습과 대면한다. 시인은 작품에 등장하는 모든 종결어미를 미래로 돌려 현실의 고통을 극대화하고 있다. 부재를 호명함으로 현실을 돌이키게 만드는 방식을 통해 시적 긴장감을 점진적으로 고조시키는 것이다. 그 결과 돌탑을 완성하고 '신라'를 떠나 '고구려'로 발길을 옮기는 석공의 분노에서 '신라'에 대한 반감의 크기는 외려 강렬해졌으며, "소부리 가시내"에게 닥친 끔찍한 비극은 지리멸렬로 흐르던 혁명 이후의 현실과 겹쳐지게 된다.

시 전반부를 지배하는 정조가 분노와 아픔이었다면, 후반부를 채우는 것은 '신라'를 떠나 미지의 세계로 나아가는 "후삼국의 유민"들에게 펼쳐진 미래의 유예^{猶豫}다. 삶이 지속되는 한 끝없이 지연될 테지만, 시인은 사내와 여인의 긴 여정이 끝나는 날을 시로 묘사해낸다. 모든 것이 원래의 것으로 돌아갈 야만의 땅에서 '아사달'과 '아사녀'들은 "꽃다운 불알 가리고 바위에 걸터앉아/ 배잠방이 속의 상쾌한 천만년을 자랑할" 수 있는 존재가 되리라는 전망을 내놓는 것으로 시적 주체는 자신의 소임 역시 마치게 된다.

불안과 희망이 혼란스럽게 교차하는 시인의 유작^{遺作}을 통해 '아사달'과 '아사녀' 이후를 읽어내는 일은, 이들의 위상에 부여된 무게감을 다시금 확인하는 일이기도 하다. 시인의 이른 죽음이 이 재회의 속 깊은 의미를 열린 결말로 만들었다는 사정도 그 무게를 더하는 또 다른 이유이겠다.

4. 신동엽의 '백제'와 1960년대

신동엽 시의 '백제'에는 두 개의 착종錯綜이 겹쳐 있다. 하나가 식민 체제 말기 이중어 세대로 소학교 시절을 보내야 했던 시인이 '부여'라는 현실의 고향에 대해 느꼈을 양가감정이라면, 다른 하나는 '고향'을 지우며 불러낸 역사 속 장소로서의 '백제'가 '아사달', '아사녀'라는 '발견된 전통'으로 채워진다는 사실이다. 아시아 전역을 향한 일제의 침략전쟁이 노골화되던 시기, 현진건에 의해 우여곡절 끝에 백제와 접속되었던 '아사달'과 '아사녀'는 이십여 년의 시간을 건너 신동엽의 시적 변주와 만나며 새로운 의미를 얻게 된 것이다.

혁명의 주체인 민중의 표상으로 정착된 '아사달'과 '아사녀'는 1960년대의 명암明暗을 지나며 '완충', 혹은 '중립'이라는 제3세계 지향의 정치적 이념과 접속된다. 이 과정에서 로맨스 서사의 가련한 주인공으로 복권되었던 전승 설화 속 두 인물은 "망한 나라"를 일으키는 "거름"이자 역사에서 소외되어온 민중들의 연대 정신을 함축하는 고유명사로 자리매김한다.[23] 그 결과가 1950년대 문단을 휩쓸던 복고적 전통주의와 비정치적 서정을 전복시키는 일이었음은 주지하는 바다. 요컨대 발견된 표상으로서의 '아사달'과 '아사녀'가 혁명의 주체이자 분단된 나라의 결합을 상상하게 만드는 상징으로 탈바꿈

---

23 신동엽 시의 아사달과 아사녀는 장편시 「금강」에 오면, 시인의 페르소나인 신하늬와 진아로 다시 변주된다. 이 과정에서 신동엽의 백제가 동학으로 연결되는 맥락은 또 다른 지면을 요구하는 문제다.

하는 맥락은 60년대 이후 한국문학에 새겨진 신동엽의 위상을 압축해서 보여준다.

이런 맥락에서 '아사달'과 '아사녀'에게 부여되었을 의미에 천착하는 일은 '신동엽 이후'라는 막을 들어 올리는 작업과 결부될 수 있다. 경계에 선 민중들의 연대와 저항에 오롯한 형체를 부여하는 일이야말로 시인의 죽음 이후 반세기를 넘어선 오늘까지도 여전히 유효하고 적실한 시의 자리인 까닭이다.

신동엽 시에 나타난 인유 양상과 그 효과 연구[1]

이
대
성

1. 서론

본고는 신동엽 시의 인유^allusion 양상을 역동적 독서 과정을 통해 분석함으로써 텍스트와 상호텍스트적 해석 양면에서 해체적 효과를 고찰하는 데 목적이 있다. 이를 위해 현진건의 소설과 오장환의 시에 대한 신동엽 시의 인유 양상을 분석하는 과정에서, 독자가 선행 독서에 의거해 내면화한 기성관념을 해체하는 시적 효과를 살펴본

---

1 본고는 '신동엽 50주기 학술 대회'(2019. 4. 5.)에서 발표한 것을 보완하여 수록한 "신동엽 시에 나타난 인유 양상과 그 효과 연구"(서강대 박사논문, 2020)의 서론, 결론 일부와 Ⅱ, Ⅲ장의 1절을 재수록한 것이다.

다.[2] 시집 『아사녀』와 현진건의 소설 『무영탑』의 병행 인유 분석에서는 민족주의의 해체를, '문명' 시편과 오장환 시집의 대립 인유 분석에서는 이상주의의 해체를 다룬다. 이를 통해 신동엽 시에 대한 기존 해석을 해체하고 독자의 입장에서 신동엽 시를 처음부터 다시 읽게 하는 효과를 기대한다.

1959년 등단 이후 10년 동안 신동엽은 시, 평론, 시극, 오페레타, 라디오방송 등 다양한 분야에서 창작 활동을 한다. 그는 4·19혁명, 동학농민혁명 등 여러 역사적 사건에 주목하고 장르적 다양성을 실험하면서도, 궁극적으로는 평론 「시인정신론」에서 말한 '전경인全耕人' 정신을 실현하는 데 집중한다. 신동엽의 「시인정신론」에 따르면 전경인은, 문명인이 건축한 기성관념을 철저히 파괴하여 분업 문화의 성과를 종합하고 탈문명적 세계를 위한 새로운 이야기를 창조해야 한다.[3] 탈문명적 세계란 문명인의 지적 능력으로는 포착할 수 없는 것인데, 이러한 원수성原數性적, 귀수성歸數性적 세계에 관하여 일부 선행 연구자는 맹목적이고 막연한 대안이라는 식으로 잠재성을

---

2 문학에서 해체는 구성된 것을 파괴한다는 의미에서 관습적 텍스트에 대한 전복과 위반으로 나타난다. 신동엽의 시는 현실 정치를 염두에 둔 가운데 독자로 하여금 공동체적 이상을 수용하여 사회변혁을 수행하게 한다고 연구되어 왔다.(김승희, 「저항시에 나타난 실천적 양상과 '애도하기'의 정치성」, 『애도와 우울(증)의 현대시』, 서강대학교출판부, 2015, 214~215쪽) 본고에서는 신동엽 시의 해체가 출처를 드러내지 않고 인용하는 비유인 인유를 통해 인유된 텍스트를 발견한 독자에 한해서 전복적 효과를 가져온다고 분석한다. 본고에서 해체는 "건축한 것의 분해하기(Abbau of what is gebaut)", 즉 시작(始作) 지점으로 돌아가는 작업으로 이해된다.(Jean-Luc Nancy, *The creation of the world or globalization*, trans. F. Raffoul and D. Pettigrew, Albany: State University of New York Press, 2007, p. 84) 신동엽 시의 인유 효과는 독자가 앞서 읽은 텍스트에서 습득한 관념을 신동엽 시를 읽는 과정에서 해체하고, 새로운 생각을 시작할 수 있는 마음의 빈자리를 갖게 하는 데 있다.

축소하면서 사실상 신동엽의 기획을 살펴보지 않는다. 본고에서는 비인유적 측면에서 강조된 신동엽의 탈문명적 기획이, 기성관념으로 축조된 언어 텍스트를 인용하고 해체하는 인유를 통해 독자의 정신 혁명을 유도함으로써 실현된다고 분석한다.

일반적으로 인유는 다른 자료를 사용하여 흥미와 의미를 보다 풍부하게 만드는 비유로 논의되고, '용사', '차용', '참조' 등의 용어로 달리 이해되어왔으며, 저자와 독자로 하여금 전통을 공유하게 하기 때문에 전통 의식과 민족의식을 고무하는 데 기여하는 시적 장치로 평가되어왔다. 그런데 "역사적이든 허구적이든 인물과 사건 그리고 어떤 작품의 구절을 직접적이든 간접적이든" 단어 하나만 빌려와도 전부 인유라고 부른다면, 모든 텍스트는 인유라는 주장이 가능해진다.[4] 본고에서는 광범위한 범주에서 짧은 단어만 빌려온 '차용'과 달리 두 문학 작품 사이에 입증 가능한 언어를 차용해야 하며, 명시적으로 외부 대상을 지시하는 '참고'와 달리 은밀하게 상호적으로 의미를 조정한다는 조건 등을 적용해,[5] 여태껏 인유라는 용어로서 구체적으로 다루지 않은 문학 분석을 시도한다.

---

3 전경인의 이야기란 "차수성 세계가 건축해놓은 기성관념을 철저히 파괴하는 정신 혁명을 수행"하고 "정치, 과학, 철학, 예술, 전쟁 등 이 인류의 손과 발들이었던 분과들을" 종합하는 지성에 의해 창조된 "우리들의 이야기"이다.(신동엽, 「시인정신론」, 『신동엽 산문전집』, 강형철·김윤태 엮음, 창비, 2019, 103쪽) 이하 신동엽의 산문은 이 책에서 인용하고 괄호 안에 해당 쪽수를 적는다.

4 인유에 관한 전통적인 논의는 김준오의 『시론』 4판(삼지원, 2007) 224쪽을 참고하여 정리했다.

5 Joseph Pucci, *The Full-Knowing Reader: Allusion and the Power of the Reader in the Western Literary Tradition*, New Haven and London: Yale University Press, 1998, p. 39.

인유된 텍스트가 작가에 의해 명시적으로 드러나 있지 않기에 독자는 읽고 있는 텍스트에서 외부의 다른 텍스트를 발견하고 우연적으로 인유적 관계를 구성한다. 대개 독서량이 풍부한 독자의 경우에는 수중의 텍스트에서 다른 텍스트를 쉽게 발견하지만, 그렇지 않다면 작가의 독서 기록을 참고하여 인유적 관계를 예상한다. 인유의 참조점이 주어져 있다 하더라도 그것이 바로 인유의 전제 조건이 되지는 않으며, 구체적인 텍스트 분석에서 신동엽이 다른 작가의 작품을 읽고 인유했을 가능성을 입증하는 데 활용된다. 본고에서는 신동엽문학관에 보존되어 있는 육필 기록, 시인이 읽고 밑줄을 긋거나 메모를 남긴 다수의 책 등을 인유의 참조점으로 삼는다.[6] 인유의 독자는 작가와 동일한 독서 경험을 기반으로, 독자였던 작가가 읽은 문학작품을 뒤따라 읽을 수 있다.

본론에서는 신동엽이 등단 초기부터 주목해온 '아사녀'와 관련하여 현진건의 소설 『무영탑』을, 그리고 도서 유품 중 가장 높은 비중을 차지하는 오장환 시집을 신동엽 시와 함께 읽으며 인유 양상을 분석한다.[7] 현진건 소설에 대한 신동엽 시의 인유는 동일한 요소를 병행하며 공통의 유산을 강조하는 병행parallel 인유의 양상을 보이고, 오장환 시에 대한 인유는 병행하는 동일 요소를 반대되는 결말로 확

---

6 2017년 5월 1일부터 4일까지, 그리고 10월 5일에 신동엽문학관을 방문하여 김형수 사무국장의 안내를 받아 문학관 자료를 열람할 수 있었다. 신동엽학회에서는 2016년 7월부터 2019년 8월 19일까지, 총 25회에 걸쳐 '신동엽과 함께 책 읽기'라는 제목으로 신동엽이 읽었던 책을 공독했다. 유품, 증언, 일기 등을 참고한 독서 목록은 필자의 박사논문(2020) 부록 149~150쪽에 정리했다.

장하는 대립^{oppositional} 인유의 양상을 보인다.[8] 2장에서는 시집『아사녀』와 소설『무영탑』간의 유사성을 중심으로 민족주의^{ethnic national-ism}의 의미 체계가 해체되는 병행 인유를 살펴보고, 3장에서는 신동엽 시와 오장환 시가 유사성을 중심으로 반대의 결론을 만드는 대립 인유를 분석하여 이상주의^{utopianism}의 의미 체계가 해체되는 양상을 살펴본다.

2. 병행 인유와 민족주의의 해체 : 시집『아사녀』와 소설『무영탑』

신동엽의 인유적 쓰기는 아사녀 설화를 배경으로 한 여러 시편, 시극, 오페레타 등에서 가장 눈에 띈다.『학생혁명시집』(1960)에 시「아사녀」가 발표된 이후, 첫 번째 시집『아사녀』(1963), 시극〈그 입술에 파인 그늘〉(1966)의 대본, 오페레타〈석가탑〉(1968)의 대본 등에 이르기까지 신동엽 문학에서 아사녀 설화의 차용은 자주 반복된다. 20세기 초까지만 하더라도 '무영탑 설화', '아사녀 설화' 등으로 불려왔으

---

7 이 연구는 신동엽의 시 세계를 개괄하듯 문학 텍스트 전체를 대상으로 하지 않는다. 인유의 독자는 인유의 두 텍스트에 관여하면서, 자신이 만들어낸 의미에 주목하는 한편 그 나머지는 간과하거나 배제할 수 있다.(Joseph Pucci, *op. cit.*, p. 44) 필자의 경우,「이야기하는 쟁기꾼의 대지」외 17편이 수록된 시집『아사녀』와 현진건의『무영탑』을 겹쳐 읽을 수 있었다. 그리고 신동엽이 읽었던 책을 따라 읽으며, 오장환의 시를 인유적으로 해석할 수 있었다. 신동엽의 시는『아사녀』(문학사, 1963)를 참고하여,『신동엽 시전집』(창비, 2013)을 인용한다.

8 Allan H. Pasco, *ALLUSION*: A literary Graft, Toronto: University of Toronto Press, 2002(초판 1994), p. 53, 111.

나, 아사녀의 남편에게 아사달이라는 이름이 부여되면서 최근에는 '아사달·아사녀 설화'라고까지 불리고 있는데, 이러한 설정이 현진건의 소설에서부터 비롯되었기 때문에 독자는 두 텍스트를 함께, 인유적으로 읽을 수 있다.[9]

신동엽의 시에는 『무영탑』의 서사적 맥락이 거의 드러나지 않는다. 인유적 맥락에서 시집 『아사녀』와 소설 『무영탑』은 텍스트의 외부에 있는 독자에게 두 텍스트를 함께 읽을 것을 요청한다. 인유는 글자 그대로 옮기는 성격이 약할 수 있으며,[10] 독자는 이미지, 서사구조, 주제 등의 유사성을 고려해 특정 부분들을 연결하며 인유의 의미를 해석할 수 있다. 이번 장에서는 시집 『아사녀』를 대상으로, 소설 『무영탑』에 의해 구축된 민족주의의 의미 체계를 해체하면서 다른 의미를 첨가하지 않는 병행 인유를 분석한다.

『무영탑』에 대한 신동엽 시의 병행 인유는 새로운 환경에서 과거

---

9 『무영탑』은 1938년 7월 20일부터 1939년 2월 7일까지 『동아일보』에 연재되었고, 1939년에 박문서관에서 책으로 발간된다. 이후 1954년에 박문출판사, 1958년에 민중서관, 1960년에 을유문화사 등에서 재발간되었다. 황종연은 '왼서울안 사녀들'을 '온 서울 안 아사녀'로 잘못 편집한 텍스트를 선정하고 '아사녀'가 '구 백제의 수도 출신이나 신라인과 구별되는 백제인을 나타내지 않'는다고 분석한다.(황종연, 「한국 근대소설에 나타난 신라—현진건의 『무영탑』과 이광수의 『원효대사』를 중심으로」, 『동방학지』 137호, 연세대학교 국학연구원, 2007, 354쪽) 이러한 오류는 편집 실수 때문에 민중서관판(1958)부터 비롯된 것으로 을유문화사판(1960) 등에도 나타난다. 또 다른 오류는 '아사달'의 한자 표기인데, 문학과비평사(1988), 국학자료원(2004), 애플북스(2014) 등이 한자어를 '阿斯達'로 병기하면서 최근 독자에게 오해를 불러일으킨다. 박문출판사(1954), 민중서관(1958), 을유문화사(1960) 등에는 모두 한자어가 '阿斯怛'로 병기되어 있다. 이 연구에서는 『동아일보』에 연재된 원고를 저본으로 삼은 『무영탑』(푸른사상, 2012)을 인용한다.

10 엘렌 모렐-앵다르, 『표절에 관하여』, 이효숙 옮김, 봄날의책, 2017, 287쪽.

142

의 이미지를 활용해 변하지 않는 전통을 상기함으로써, 과거에는 주목받지 못했지만 현재에 주목받아야 하는 주제를 강조한다.[11] 『아사녀』 시집은 『무영탑』의 인유를 통해 통일신라가 중심부에서 석가탑을 건축하며 "찬란한" 문화를 발전시키는 만큼 주변부를 황폐하게 만드는 불평등의 구조를 병행한다. 시골 출신의 석공 아사달이 신라의 탑 공사에 동원되어 석가탑을 세우는 한편, 반대편에서는 석공을 기다리다가 지친 아사녀가 빠져 죽은 무덤이 만들어진다.

현진건의 『무영탑』 차용은 『아사녀』에서 지배 권력을 기념하는 탑의 이미지에 주목하게 한다. 우선은, '석가탑/무영탑'의 건축 모티프가 신동엽이 말하는 '기생탑', '신비탑', '문명탑' 등 허공 중에 솟아 있는 공중 기구들을 환기한다. 「시인정신론」에서 '탑'의 이미지는 맹목기능자들이 공동 작업을 통해 이루어낸 "인류 분업 문화의 빛나는 성과"(97)를 상징하는데, 이러한 상징성이 현진건 소설의 도입부와 후기에도 반영되어 있다. 현진건은 "삼한 통일을 거쳐 성덕, 경덕에 이르자 그 찬란한 연꽃은 필 대로 피었다"(9)라는 문장으로 소설을 시작하고 있으며, "천년고도 경주를 찾으신 분은 반드시 불국사에 들르시리라"(417)라고 부기하면서 소설 연재를 마친다. 무영탑 설화와 달리 소설에서는 두 인물이 오누이 관계에서 부부 관계로, 통일신라시대의 당인唐人에서 백제 유민으로 바뀌었기 때문에, 역사적 사실은 아닐지라도 독자는 소설의 배경을 받아들이고 부부 관계가 민

---

11 Allan H. Pasco, *op. cit.*, p. 53.

족의 분단과 통일을 상징한다고 이해할 수 있다.[12]

서사 구조상 "찬란한"이라는 수식어에 가려진 정복하는/정복당한 사람 간의 균열이, 아사녀의 운명을 결정짓는다. 현진건이 석공의 출신을 백제로 바꾸면서, 아사달과 아사녀는 소설의 곳곳에서 서라벌에 사는 서울 사람들과 비교되고 부여 땅에서 온 "볼품없는" "시골뜨기", "시골 무지렁이"로 폄하된다. 아이러니하게도 모든 비극은 "찬란한" 문화의 정점을 기념하는 지표로서 석가탑을 건축하는 데 있어서, 서라벌 서울 사람이 아닌 패망한 백제의 유민인 아사달이 작업을 맡았기 때문에 발생한다.

현진건의 소설에서는 통일신라의 명제 아래 한 나라 안에서 도시와 시골의 불평등 정도로 바뀌고, 전쟁에 의한 강제적 통합은 더 이상 문제되지 않는다. 그렇지만 신동엽 시에서 도시와 시골의 불평등은 여전히 전쟁에 의해 구조화된다. 아사달이 탑 공사에 부역하기 위해 시골을 떠나 "서라벌 서울"에 온 것처럼 "안개 도시"를 향해 "허구헌 아들딸이 불리어" 나가고(「내 고향은 아니었었네」), 삼년 간 떠난 아사달의 소식이 전해지지 않는 시골에서처럼 "체부遞夫 안 오는 마을에" 남은 사람들이 하염없이 기다린다(「그 가을」). 따라서 독자는 이 두 작품을 연결하면서, 현진건 소설에서 사실상 서울과 시골의 이원화가 아니라 정복한 제국 중심의 단일화 과정에서 서울을 발전시키기 위해 시골을 착취하는, 이러한 불평등의 구조가 신동엽 시에서는 점

12　김준오, 『신동엽―60년대 의미망을 위하여』, 건국대학교출판부, 1997, 74쪽.

차 세계적으로 확장된다고 이해할 수 있다.[13] 현진건 소설에는 "서라벌 석수"로부터 "부여놈"의 배제와 차별이 여전하지만(13), 통일의 명제 아래 나라 간의 경계가 지워진다. 그리고 외세와 영합하는 당학파에 국학파가 대립하는 구도에서, 경신이 당나라를 적으로 삼아 내부의 통합을 강조할 때에(234), 독자는 소설의 바깥에서 역사적 맥락을 참고할 수 있으므로, 만주사변, 중일전쟁 이후 일본에 의해 조선, 만주 지역 등이 하나로 연결되는 제국의 형성과, 이후 미국에 의해 야기될 또 다른 제국의 형성을 미리 유추할 수 있다.

그러므로 전쟁, 착취 등을 통해 제국, 도시 중심의 단일화가 진행되는 풍경은 신동엽만의 차별화된 관심사에 그치지 않는다. "해바라기 핀, 지중해 바닷가의/ 촌 아가씨 마을엔,/ 온종일, 상륙용 보트가/ 나자빠져 뒹굴고"(「풍경」), "무너진 토방 멀리 도시로 가는 반질닳은 나무뿌리 흰 신작로"(「아사녀의 울리는 축고」). 전쟁에 의해 "아시아와 유럽"(「풍경」)이 통합되는 단일화 현상은 신동엽 시에서 반복적으로 나타난다. 일부 연구자는 제국과 식민지 간의 불평등 구조를 분석하면서 「풍경」 등에서 신동엽이 비판적 또는 연민의 거리를 취하고, 과거 농촌 중심의 또는 원시공동체 사회에서의 평화로운 세계를 지향한다고 분석한다. 하지만 인유의 독자는 신동엽의 시가 현진건의 『무영탑』을 통해 마련한 해석적 방향을 존중하면서, 전쟁에 의한 단일화, 세계화의 연속선상에서 시골 출신의 선택을 다시 읽

---

13 낭시는 도시 문화가 건축과 교환에 의해 부를 축적하는 동시에 불평등과 인종차별 등의 배제를 통해 빈곤을 확산하는 세계화 현상을 분석한다.(Jean-Luc Nancy, *op. cit.*, p. 33)

을 수 있다.

그는 모든 것을 잃어버렸다. 모든 것을 단념해버렸다.

대공을 이루고 찬란한 영광에 싸인 남편의 얼굴을 바라보는 기쁨도, 두 손길을 마주 잡고 고장으로 회정하는 아기자기한 꿈도, 그 몹쓸 가지가 지 경난을 정담 속에 넣어두고 서로 위로하며 서로 어여삐 여기는 꿀 같은 사랑 생활도 무참하게 부서지고 말았다. 그이에게는 저보담 더 높고 더 아름다운 여자의 사랑이 있지 않으냐. 찌들고 여위고 볼품없는 이 시 골뜨기 안내보담 호화롭고 씩씩한 서울 아가씨가 따르지 않았느냐.

—『무영탑』 (138), 351쪽

아니오
괴로워한 적 없어요,
능선陵線**14** 위
바람 같은 음악 흘러가는데
뉘라, 색동 눈물 밖으로 쏟았을 리야.

아니오
사랑한 적 없어요,

---

14 『신동엽 시전집』에는 한자가 병기되어 있지 않다. 하지만 "陵線"은 "산등성이를 따라 이어 진 선"이란 뜻의 "稜線"과 달리 "무덤들로 이어진 선"이라는 뜻으로 해석될 수 있는 만큼, 한 글과 한자를 병기해야 한다.

세계의

지붕 혼자 바람 마시며

차마, 옷 입은 도시 계집 사랑했을 리야.

—「아니오」 2~3연

　위 인용문은 『무영탑』에서 아사녀가 죽음을 선택할 때의 심리적 독백과 이와 병행하여 읽을 수 있는 신동엽의 시 「아니오」이다. 통일신라의 "찬란한" 석가탑이 건축될 때, 아사녀는 건축의 성과가 전혀 무의미해지는 지점에 도달하고, 결국 통합으로부터 완전히 배제된 영역으로 사라진다. 현진건의 소설만 읽는다면, 아사녀는 서라벌 서울, 그리고 남성 권력의 피해자로서 무력하게 죽음을 선택한 것처럼 보인다. 아사달이 서울로 떠난 이후 아버지의 제자들에게 여러 번 겁탈 위기를 겪었을 뿐 아니라 서울에 와서도 매파에게 속아 첩으로 팔려갈 뻔했으며, 부여에서부터 먼 길을 홀로 찾아왔으나 남편에게 서울 여자가 생겼을 것이라는 오해를 하고 절망하기 때문이다. 신동엽의 시 「아니오」는 『무영탑』의 아사녀가 "저보담 더 높고 더 아름다운 여자"와 비교해 "찌들고 여위고 볼품없는 이 시골뜨기 안해"로 가치를 낮게 평가할 때, 위계적 평가를 철회하면서 제국에 대한 원주민의 동경을 차단하고 가치 부여의 방향을 뒤바꾼다. 이로 인해 "모든 것을 단념"하는 결단은 일차적으로는 아사녀 또는 아사달이 서울 여자에게 호감을 느끼지 않았다는 부정이며, 더 나아가 패망한 백제 유민으로서 지배국에 동화되지 않기로 한 자의 전면적 부정을 의미하게 된다.

현진건의 소설에서 아사녀는 석가탑 건축이 마무리되면 아사달과의 꿈 같은 사랑 생활에 대한 보상이 돌아올 것이라고 기대하고 기다린다. 하지만 그 기대가 좌절되면서 아사녀는 죽음을 택한다. 이로 인해 현진건은 아사녀의 단념이 석가탑 완공의 성취를 무너뜨리는 부정성이 아니라, 그보다는 석가탑에 얽힌 비극적 인물의 불행 정도에 그치게 한다. 그리고 아사녀의 죽음은 석가탑과 더불어 관람 대상이 될 만한 동정을 불러일으키면서, 공동체적 질서를 강화하는 데 이용된다.

여기서 신동엽의 시는 현진건 소설을 활용해, 과거에 충분히 주목받지 못했던 무無의 부정성을 계속해서 주목하게 한다.

새벽만 하여 한가위 밝은 달이 홀로 정 자리가 새로운 돌부처를 비칠 제 정 소리가 그치자 은물결이 잠깐 헤쳐지고 풍 하는 소리가 부근의 적막을 한순간 깨뜨렸다.

　*

천년고도 경주를 찾으신 분은 반드시 불국사에 들르시리라.

그 절묘한 돌층층대를 거쳐 문루를 지나서시면 유명한 다보탑과 석가탑이 눈앞에 나타나리라.

—『무영탑』(164), 416~417쪽

쓸쓸한 마음으로 들길 더듬는 행인아.

눈길 비었거든 바람 담을지네

바람 비었거든 인정 담을지네.

그리운 그의 모습 다시 찾을 수 없어도
울고 간 그의 영혼
들에 언덕에 피어날지어이.

—「산에 언덕에」3~6연

　현진건 소설에서의 인용문은 신문 연재의 마지막 지면에 실린 소
설 결말과 후기이다. 다음 인용문은 아사녀, 아사달의 죽음을 대하
는 현진건의 후기와 대비하여, 죽음을 대하는 신동엽의 태도가 잘
드러난 「산에 언덕에」의 일부이다. 현진건은 석가탑의 완공과 더불
어 그 완공이 무의미해지는 무영탑의 이명으로 독자를 이끄는 동시
에, 아사달이 받은 충격을 "아사녀만 한 돌"(394), "새로운 돌부처"(416)
의 위안으로 대체하고, 죽음으로 하나가 되는 비련의 서사 내에서
통일신라의 단일성을 강화한다. 그리고 영지는 경주를 찾는 사람들
로 하여금 기대하고 목표했던 모든 것들이 무너지는 심연이 아니라,
역사, 종교, 사랑의 또 다른 완성을 기대하게 하는 기념물로 설정되
어, 문화적 성취를 보충하는 또 하나의 기원으로 고정된다.
　소설의 설정에 따른다면 석가탑은 그저 정복당한 피식민지인을
착취하여 만들어낸 단일화의 건축물이다. 물론, 현진건 또한 아사녀
의 고통, 실망, 자살의 맥락을 지나치지 않는다. 아사녀의 죽음을 마
주하자마자 아사달은 성취의 보람을 느낄 새 없이, 성취한 모든 것
을 무효화하는 충격에 휩싸인다. 이 때문에 영지는 일시적으로나마

석가탑에 기대던 역사적, 종교적 의미를 전부 소멸시키는 무의 심연이 된다. 그러나 현진건에게 이러한 반전은 소설의 비극적 효과를 극대화하는 부차적 장치에 그친다. 소설은 독자로 하여금 아사달과 아사녀의 비극적 불행에 아파하고 슬퍼하며, 일제에 대립하는 조선 공동체를 상상하는 데 초점을 맞춘다.

　하지만 신동엽의 「산에 언덕에」는 소설 속 아사녀가 죽은 그 자리에 머무르는 방식으로, 제국의 통합, 그리고 부부의 통합적 관계를 모두 포기함으로써 역설적으로 아직까지 전설로 존재하는 아사녀를 있는 그대로 남겨둔다. 신동엽의 시는 소설이 닫아둔 무영탑의 심연을 계속 보도록, 아사녀가 모든 것을 단념했던 그 자리에서 민족주의적 통합을 불가능하게 만든다.

　현진건의 소설에서 아사녀의 죽음은 죽음으로 하나 된 사랑의 서사로 봉합되고, 통일신라의 단일성을 유지하는 데 기여하면서 한 번더 묻힌다. 신동엽은 그 죽음을 봉합하지 않는 조건으로 현진건의 소설을 가져오면서, 무의 심연과 다시 대면한다. 「이야기하는 쟁기꾼의 대지」에서 "'박애'로운 폭약"과 "'정의'로운 침략"을 앞세우는 제국은 "낙지의 발"로 비유된다. 이 낙지 발이 뻗치지 않은 곳이 없어지면서 "두만강변 어느 촌락"의 지역성은 이미 불가능해졌고, 제국은 "메마른 공분모"를 지닌 채 빈약해진다. 신동엽 시의 급진성은 제국의 단일화 과정을 맹목적으로 거절하지 않고, 바로 이러한 단일화의 끝에서, "문명의 행복도, 그대네 작업도" 썩는 자리에서, "무삼꽃이 내일날엔 피어날 것인가"라는 질문을 던지며 앞으로 개화할 세계를 암시하는 데 있다.

무너진 살림살이 해마다 쌓여
마흔아홉 두께의 비옥한 층을 입었을 때,

그곳에선 육신 같은 미끈한 줄기가
아름다운 향기를 사지四地에 뿌리며
하늘거리는 요화妖花처럼 돋아나고 있었다.

(…)

흐무러지게 쏟아져 썩는 자리에서
무삼 꽃이 내일날엔 피어날 것인가.

—「이야기하는 쟁기꾼의 대지」 후화 2~3, 10연

　「이야기하는 쟁기꾼의 대지」의 후화는 모든 역사의 성취가 무너져 거름이 되고, 현세를 살아가는 이들이 사유할 수 없는, 하지만 이미 "돋아나고 있"는 알 수 없는 무언가에 대한 질문들로 구성되어 있다. 이 세계의 모든 것이 하나로 단일화되었기 때문에, 그 외의 세계가 불가능해진 가운데, 하나된 세계로부터 빠져나간 공백의 자리에서 무엇이 생겨날지 누구도 예측할 수 없다. "썩는 자리"는 단순히 아무것도 없음의 무는 아니고, 약한 자들이 힘없이 죽은 땅도 아니다. 결국,「이야기하는 쟁기꾼의 대지」의 질문은 과거의 농촌공동체에 대한 향수나, 문명의 현 사태에 대한 비판 또는 미래에 대한 합리적 비전 제안 등을 떠나서, 독자에게 제국의 세계화가 무의미해질 때 갑자기 열리는 미지의 영역에 대한 감수성을 기르게 할 뿐이다. 인유를 해석하는 독자는 제국의 확장과 더불어 미지의 영역에 대한 감수성이 완전해질 때, 단일화된 세계를 전면적으로 거부하는 대규모의 혁명에 참여할 수 있게 된다.

불평등의 구조 아래 단일화된 세계가 그 성취에도 불구하고 단번에 역전될 것이라는 세계적 시야는 신동엽의 시만 읽는다 하더라도, 파악 가능하다. 「완충지대」는 1959년에 발표된 「새로 열리는 땅」에서 제목과 "정전지대"라는 본문의 시어를 "완충지대"로 수정한 것으로, "초연 걷힌 밭두덕 가/ 풍장 울려라"라는 시구에서 알 수 있듯 화약의 연기가 사라진 자리에서 풍물놀이 소리가 울리는, 전쟁 이후의 풍경을 그리고 있다. 신동엽의 시가 전쟁을 주제로 다루는 지점에서, 인유는 현진건의 『무영탑』이 작품 외적으로는 중일전쟁을 기점으로 대동아 질서를 구축해가던 일제의 확장, 그리고 작품 내적으로는 통일신라와 패망한 백제의 공간 배치를 염두에 두고 있다는 것을 생각하게 한다. 현진건은 일제 식민지 시대에 일본에 저항하는 탈식민적 기획으로서 나라 잃은 민족을 결집하기 위해 통일신라의 빛나는 성과를 이용한다. 신동엽은 단일화의 건축을 통해 구성된 제국의 질서를 역전하고, 민족주의의 의미화를 통해 더 이상 착취할 수 없는 결여의 존재로서 아사녀의 빈자리를 유지한다.

신동엽 시에 대한 선행 연구에서 아사달과 아사녀는 분단된 남과 북의 의인화로 이해되고 민족주의적 이상을 함의한다고 분석되어 왔다. 신동엽 시의 독자는 오랫동안 교육받은 민족의 의미 작용으로 신동엽 시의 가능성을 제한해왔다. 하지만 신동엽의 시는 민족공동체 내부에 포함되지 않는 아사녀의 빈자리를 강조하고, 전통의 의미 체계를 급진적으로 불안하게 만든다. 따라서 독자는 『무영탑』에 대한 『아사녀』의 인유를 발견한 이후, 공동체의 기원으로 전유된 아사녀에 대해 더 이상 민족주의적 의미를 부여하지 않는 방식으로, 민족주의의 의미 체계가 해체된 빈자리를 사유할 수 있다. 이때의 독자는 「이야기하는 쟁기꾼의 대지」에 여러 국가가 상호 연결된 상태에서의 전체가 된 하나의 제국, "문명의 행복도, 그대네 작업도" 해체된 빈자리에서, "내일날엔 피어날" 미지의 영역에 대한 감수성을 기른다.

3. 대립 인유와 이상주의의 해체 : '문명' 시편과 오장환 시집

인유의 독자는 인유한 텍스트에서 어느 하나의 인유된 텍스트를 발견하는 것으로 독서를 종료하지 않는다. 인유된 텍스트와 관련하여 여러 선택 사항에 따라 인유의 독서 방향이 달라질 수 있다. 다만 인유된 텍스트와 별개로, 비인유적으로 작가 고유의 문제의식이 유지된다는 점에서, 신동엽의 시는 인유된 텍스트에 따라 무제한적으로 해석되지 않는다.[15] 「시인정신론」에 나타나는 사유와 관련하여

---

15 Joseph Pucci, *op. cit.*, p. 45.

또 다른 인유 텍스트를 발견할 수 있다.

신동엽의 「시인정신론」에는 인류가 태초의 원수성 세계를 지나 "유사 이후의 문명 역사"인 차수성 세계가 끝나면 문명 이후의 귀수성 세계로 진입할 것이라는 역사 단계가 서술되어 있다. 누구도 문명 이후를 쉽게 상상할 수 없기에, 이러한 사유를 역행하여 신동엽의 시를 해석한 경우가 많았다. 신동엽 시의 세계관이 과거를 향해 있다는 논평이 주를 이뤘으며, 또는 근대문명의 폐해를 폭로하는 수준에서 논의하는 연구가 있어왔다. 그러나 신동엽이 퇴보하는 역사 단계를 주장하지 않았고 근대인으로서의 위치를 간과하지 않았다면, 우리는 문명 내부에서, 문명 이후를 사유하고자 했던 신동엽의 시도를 고려해볼 수 있다. 특이한 것은 신동엽 시가 '문명' 그 자체에 대한 직설적 비판이라기보다는, 반문명적 정서를 드러낸 오장환 시를 인유함으로써, 독자의 독서 경험을 역이용한다는 점이다. 신동엽 시는 인유를 통해 문학적 전통 속에서 근대의 문명 비판적 자원을 사용할 수 있었던 만큼, 주제를 전달하기 위해 '문명', '정신' 등을 세부적으로 묘사하는 것과 다른 독서 효과를 만들어낸다.

신동엽의 시대는 물론이고, 오장환의 시대에 이미 전국이 산업적, 도시적으로 변하고, 농촌 지역은 인적, 물적으로 수탈당하며 황폐해진다. 운송 수단이 발달한 항구나 도심지를 중심으로 사람들이 몰려드는데, 이들은 고향을 떠나 방황하는 사람들인 탓에 화려하고 분주한 생활 가운데 상실의 정서에 사로잡혀 지낸다. 고향 상실을 대하는 태도는 크게 두 가지이다. 하나는 잃어버린 고향을 되찾기 위해 과거를 회복하고자 하는 방향으로 전개되고, 다른 하나는 도시적 생활을 받아들이되 산업노동자 중심의 새로운 공동체문화를 형성하고자 하는 방향으로 전개된다. 오장환의 시는 잃어버린 고향에 대한 슬픔을 간직하면서도, 그 고향이 돌이킬 수 없을 만큼 파괴되었다는 사실을 전제하여 도시적 생활을 개선하는 데 초점을 맞춘다.[16]

신동엽의 시는 간혹 전자의 방향성을 취하는 것처럼 오해된다. 하지만 근대문학의 전통 내에서 살펴본다면 신동엽이 새로운 경로를 제안하고 있다는 것을 알 수 있다. 오장환 시에 대한 신동엽 시의 인유 양상은 오장환 시에서 '문명'에 의해 퇴락한 장소, 신체 등의 이미지를 병행하여 인유하면서, 상반된 이해관계를 보이며 대조적인 결론을 지향하는 것처럼 나타난다. 병행 인유의 장점을 활용하는 만큼, 신동엽 시는 오장환 시의 주제를 전달하기 위해 문명사회의 부조리를 세부적으로 묘사하지 않는다. 이번 장에서는 오장환 시에서 지금, 여기를 부정적으로 규정하여 구성한 이상주의의 의미 체계를 해체하는 신동엽 시의 인유 양상을 분석한다.

신동엽의 초기 시 중 「향아」에서 화자는 여성 인물에게 "오래지 않은 옛날", "고향 병들지 않은 젊음"으로 "돌아가자"고 말한다. 신동

---

16 오장환 초기 시에서 화자는 전통을 부정하고 고향을 떠나, 이상과 희망에 부풀어 찾은 항구 도시에서 그보다 못한 삶을 경험한다. 해방 이후의 시에서 화자는 떠나온 고향을 그리워하는 한편, 인민의 새 나라를 건설하기 위한 희망을 잃지 않고 병든 서울을 개선하고자 한다.(오장환 시에 대한 일반적 해석은 다음을 참고. 김학동, 「전통의 거부와 좌경화 이념—오장환론」, 『현대시인연구 I』, 새문사, 1995, 950~1024쪽) 본고에서 다루는 이상주의는 현재 사는 장소와 비교해 더 나은 삶의 장소, 즉 유토피아를 향한 희망의 신념 체계이다. 유토피아는 공포와 희망의 관점에서 더 나쁜 곳과 더 좋은 곳을 구분하며, 인간의 조건을 개선하는 진보적 행위와 관련된다.(라이먼 타워 사전트, 『유토피아니즘』, 이지원 옮김, 교유서가, 2018, 12~21쪽)

엽의 「시인정신론」에서부터 강조되어온 이 도식은 다름 아닌, "원초적, 귀수성적 바로 그것이다."(102) 이 도식에 따르면, 대지에서 태어난 생명은 수직적으로 성장하면서 나무의 정상에 이르러 불안을 느끼다가, 결국 다시 대지로 돌아온다. "돌아가자"는 요청은 문명 역사의 일부로서 고대로 회귀하는 것이 아니라, 문명 역사 이전의 원초적 시작과 마찬가지로 탈문명의 시작을 마주하는 문제와 관련된다.

신동엽의 「향香아」에서 "돌아가자"라는 요청을 받는 인물의 묘사가 오장환의 「월향구천곡月香九天曲」에서 고향을 떠나 항구도시에 머무는 여성 인물의 묘사와 유사하다는 점에서, 독자들은 오장환 시의 인유를 통해 신동엽이 문명 이후의 세계에 접근하는 방식을 생각해 볼 수 있다. 신동엽의 시는 "향香", "얼굴", "웃음", "춤", "발", "치마", "마음" 등의 어휘를 중심으로 오장환 시의 시공간과 연결되는 동시에, 수사적 차원뿐 아니라 인물 행위의 차원에서 변화를 주고, "돌아가자"는 요청의 방향적 감각을 구체화한다.

화려한 옷깃으로도/ 쓸쓸한 마음은 가릴 수 없어/ **스란치마 땅에 끄을며 조심조심 춤을 추도다.**

순백純白하다는 소녀少女의 날이어!/ 그렇지만/ 너는 매운 회차리, 허기찬 금식禁食의 날/ 오─끌리어 왔다.

슬푼 교육敎育, 외로운 허영심虛榮心이어!/ 첫 사람의 모습을 모듬ㅅ속에 찾으려 헤매는 것은/ 벌─서 첫 사람은 아니라/ 잃어진 옛날로의 조각진

꿈길이니/ **밧삭 말른 종아리로**/ **시들은 화심**花心에/ 너는 향료香料를 물들
이도다.

— 오장환의 「월향구천곡」 7~9연

눈동자를 보아라 향아 회올리는 무지갯빛 **허울의 눈부심**에 넋 빼앗기지 말
고/ 철 따라 푸짐히 두레를 먹던 정자나무 마을로 돌아가자 **미끄덩한 기
생충의 생리와 허식**에 인이 배기기 전으로 눈빛 아침처럼 **빛나던 우리들
의 고향 병들지 않은 젊음**으로 찾아가자꾸나

향아 **허물어질까 두렵노라 얼굴 생김새 맞지 않는 발돋움의 흥냄**이랑 고만 내
자/ **들국화처럼 소박한 목숨**을 가꾸기 위하여 맨발을 벗고 콩바심하던 차
라리 그 미개지에로 가자 달이 뜨는 명절 밤 **비단치마를 나부끼며 떼 지어
춤추던 전설 같은 풍속**으로 돌아가자 냇물 굽이치는 **싱싱한 마음밭**으로 돌
아가자.

— 신동엽의 「향아」 4~5연 (이상 필자 강조)

'근심 가득한 푸른 얼골/ 고운, 환한 얼굴', '조용한 웃음/ 걸쭉스
런 웃음들', '좁은 보선/ 맨발', '화려한 옷깃, 스란치마/ 비단치마',
'호을로, 조심조심 추는 춤/ 떼 지어 추는 춤', '쓸쓸한 마음, 시들은
화심花心/ 냇물 굽이치는 싱싱한 마음밭' 등 각 시어들이 다른 시에
서 상대를 만나 정확히 대구를 이룬다. 각 대응점의 연결은 대상이
화자에 의해 부정적으로 고착화된 상태에서 벗어나는 방향의 전환
을 보여준다.

오장환 시에서 신동엽 시로의 수사적 변화는 그 자체로 "잃어진 옛날로의 조각진 꿈길"에서 "오래지 않은 옛날, 미개지"로의 방향적 전환을 강조한다. 따라서 신동엽의 「향아」는 항구도시의 기녀로 전락한 여성 인물에게 "점잖은 손들의 전하여오는 풍습"으로부터 벗어나 "전설 같은 풍속"으로 떠나라고 부르는 시가 된다.[17] 오장환 시에서 기녀가 "옛날로의 조각진 꿈길"로 돌아갈 방법을 못 찾아 "슬픈 교육, 외로운 허영심"에 물들어가는 것으로 끝나는 데 반해, 신동엽 시에서는 아직 늦지 않았다며 "미끄덩한 기생충의 생리와 허식에 인이 배기기 전" "미개지"로의 발걸음을 재촉하는 것이다.

신동엽 시에서 "향아"라는 부름은 고향을 떠나 도시의 남성들과의 관계 속에서 "빳싹 말른 종아리로", "하반신이 썩어가는"(「고전(古典)」), "젓가슴이 이미 싸느란 매음부"(「매음부(賣淫婦)」)의 부패한 신체를 환기하고, 아울러 "진한 병균의 독기를 빨어들이어 자주빛 빳빳하게 싸느래지는 소동물"(「독초(毒草)」)처럼 매음부에 기생하는 오장환 시의 남성 신체를 또한 환기한다. 따라서 여성 인물이 오장환 시에서는 남녀 관계의 불모적 조건에 고착되어 있는 데 반해, 신동엽 시에서는 변하지 않은 외적 상황에서도 부름에 반응하며 끊임없이 변화의 조건에 노출된다. 매음부의 시선을 이끄는 장소는 "전설 같은" "미개지"로 비유되는 만큼, 어떤 특정한 지역으로서의 고향을 가리키지

---

17 김형수에 따르면, 이 시는 부산 전시연합대학 시절에 '미스 향'이라는 제목으로 습작됐다. 30년대 기녀와 60년대 다방 종업원의 인물 유사성이 실증적으로도 입증된다.(김형수, 「신동엽의 고독한 길, 영성적 근대」, 『신동엽 50주기 학술대회 자료집』, 신동엽학회, 2019, 5쪽)

않는다. "시들은 화심"과 명확히 대조되는 "싱싱한 마음밭"의 시어에서, 신동엽 시는 오장환 시가 폐쇄한 "첫" "잃어진 옛날로의 조각진 꿈길"을 포기하지 않는 여성 인물의 내면을 강조한다. 「향아」의 시 공간은 사실상 인간 존재가 암시되기는 하지만, 그 형상이 전혀 묘사되고 있지 않다는 점에서, "소박한 목숨" 외에는 인위적 정체성이 감지되지 않는 "미개지"이다. 신동엽 시는 오장환의 시를 인유하여, "쓸쓸"함으로 굳은 "화심花心"을 "젊음"을 잃지 않은 "마음밭"으로 해체한다.

신동엽 시의 인유가 오장환 시에 나타난 근대적 조건을 지나치거나 극복하는 서사를 새로 쓰지 않고, 그 내부에서 새로운 길을 여는 원리라고 했을 때, 이를 잘 보여주는 관계는 오장환의 「황무지荒蕪地」와 신동엽의 「힘이 있거든 그리로 가세요」이다. 두 시의 관계에서도 대립 인유의 양상이 나타난다. 오장환 시가 "문명"에 갇혀 "개미떼 같이" 사는 사람들이 죽어 나간 "황무지"를 디스토피아적으로 구성할 때, 반대로 신동엽의 시는 훼손될 수 없는 "황무지"의 생명력을 가리켜 보인다.

I

황무지荒蕪地에는 거츠른 풀잎이 함부로 엉클어젓다./ 번지면 손꾸락도 베인다는 풀,/ 그러나 이 따에도/ 한때는 썩은 과果일을 찾는 **개미떼 같이**/ 촌민村民과 노라릿꾼이 북적어렷다./ **끈허진 산山허리**에,/ 금金돌이 나고/ 끝없는 노름에 밤별이 해이고/ (…) / 웃는 것은 우는 것이다/ 사람처노코 원통치 않은 놈이 어듸 잇느냐!/ 폐광廢鑛이다/ 황무지荒蕪地 욱어진

풀이여!/ **문명**文明**이 기후조**氣候鳥**와 같이 이곳을 들려간 다음**/ 너는 다시 **원시**原始**의 면모**面貌**를 도리키엿고**/ 엉크른 풀 욱어진 속에 일홈조차 감추어 가며……/ **벌레먹은 낙엽**落葉**같이 동구**洞口**에서 멀리하엿다**

─오장환의 「황무지」 1연

그렇지요. **좁기 때문이에요.** 높아만 지세요, 온 누리 보일 거예요./ **잡답**雜踏 **속** 있으면 보이는 건 그것뿐이에요. 하늘 푸르러도 넌출 뿌리 속 헤어 나기란 **두 눈 먼 개미처럼 어려운 일**일 거예요.

(…)

그렇지요. **좀만 더 높아보세요.** 쏟아지는 햇빛 검깊은 하늘밭 부딪칠 거 예요. 하면 **영**嶺 **너머 들길** 보세요. **전혀 잊혀진 그쪽 황무지**에서 노래치며 **돋아나고 있을 싹수 좋은 둥구나무 새끼**들을 발견할 거예요. **힘이 있거든 그 리로 가세요.** 늦지 않아요. **아직 이슬 열린 새벽 벌판**이에요.

─신동엽의 「힘이 있거든 그리로 가세요」 1, 3연 (이상 필자 강조)

두 시에서 "썩은 과일을 찾는 개미떼"와 "두 눈 먼 개미"의 유비 관 계를 고려한다면, 인유는 "문명이 기후조와 같이 이곳을 들려간 다 음" 황무지가 된 땅이었으나, 사람들의 기억에서 "전혀 잊혀진 그쪽 황무지"가 되었을 무렵의 시적 전환을 이끌어낸다. 이 전환의 징후 는 오장환 시에서는 황무지가 "동구洞口에서" 멀어졌지만, 신동엽 시 에서는 오히려 "돋아나고 있을 싹수 좋은 둥구나무 새끼들을 발견"

할 수 있는 땅으로 바뀌었다는 점에서도 인지할 수 있다.

물론 신동엽 시만 읽는다 하더라도, 연이 바뀔 때마다 "높아만 지세요", "높아만 보세요"라는 요청에 따라 관점을 바꾸고, 독자는 좁은 시야를 벗어나 "이슬 열린 새벽 벌판"을 볼 수 있다는 메시지를 수용할 수 있다. 그런데 신동엽의 시적 전환은 의식의 개선에 그치지 않는다. 오장환이 일제의 식민 지배 아래 문명이 조선을 황무지로 파괴했다는 것에 절규하지만 "둥구나무 새끼들을 발견"하지 못했던 유물론적 한계 상황에서 신동엽은 다시 시작하기 때문이다. 신동엽의 시는 문명이 파괴한 물질적 조건에서 부정적 관념을 해체하도록 "좀만 더" 생각하기를 요청한다.

오장환 시에서 "황무지"는 산업화 현장에서 일하다 죽는 사람이 늘어 "원통치 않은 놈" 없고, "따이나마이트 폭발에" "석탄"은 물론이고 노동자의 "우슴"도 깨져, "불길한" 징조로 가득한 땅이다. 기술적 파괴는 "끝없는 레일이 끝없이" 이어지듯 식민지 전국의 지형을 무너뜨렸을 뿐 아니라 인간성도 무너뜨리면서 식민지인에게는 오직 "슬픔" 이외의 감정을 갖지 못하게 만들었다. 하지만 역설적으로, 오장환 시에서 파괴가 파괴하지 못한 것은 "슬픔"이다. 신동엽 시의 화자는 바로 그 "슬픔"의 한계 상황을, "슬픔"이 "슬픔"으로만 느껴지지 않는 "새벽 벌판"으로 달리 받아들인다.

앞에서 살펴본 대로, 이 "슬픔"은 도시의 남녀가 퇴폐적 오락을 통해 고향의 상실감을 치유하려 했으나, 그럼에도 불구하고 치유할 수 없었던 슬픔이다. 그렇다면, 슬픔은 기술적 파괴와 고향 상실의 부정적 상황에 대응하며, 아직 파괴되지 않은 생명체가 그 자신의 살아 있음을 온전히 느끼는 실존적 고통인 셈이다. 따라서 기술 문명이 결코 지배하거나 파괴하지 못한 이 슬픔은, 인간의 상징적 질서로부터 분리되어 울음으로 자기의 살아 있음에 충실했던 생의 표현이 된다.

신동엽은 오장환의 시에서처럼 "죽어진 나의 동무" 앞에 "슬픔"의 상태를 유지하며, 기술의 파괴에도 불구하고 파괴될 수 없는 "슬픔", 더 정확히 말해, 그 모든 파괴 가운데 살아남은 자의 고통, 그 알 수 없는 아픔의 깊이에서 "아직 이슬 열린 새벽 벌판"을 발견한다. "이슬 열린 새벽 벌판"은 「향아」에서의 "미개지", 「완충지대」에서의 "바심하기 좋은 이슬 젖은 안마당" 등으로도 자주 표현되었는데, 실제로는 도시적 문명, 특히 상징적 의미에서 사람들 간에, 나라 간에 전쟁이 집중적으로 벌어지는 장소의 한복판에서 동시적으로 "새로 열리는 땅"이다("피 다순 쭉지 잡고/ 너의 눈동자 영(嶺) 넘으면/ 정전지구(停戰地區)는 / 바심하기 좋은 이슬 젖은 안마당", 신동엽의 「새로 열리는 땅」 3연).[18] 이는 단순히 시간적 차이에 따라, 과거에는 전쟁이 일어났으나 현재 전쟁이 멈춘 비무장지대에서 둥구나무 새싹의 실체를 확인한 주체가 감동하는 차원에 그치지 않는다. 물질적 조건에서 불만족이 만족으로 바뀌는 선후 관계로 접근하는 순간에, 오장환이 해방 이후에 빠져들었던 극복의 서사로서 신동엽 시를 이해할 수 있다.

---

18 1959년에 발표된 「새로 열리는 땅」은 1963년, 시집 『아사녀』에 수록되면서 '정전지구(停戰地區)'를 '완충지대'로 표현을 수정한다. '정전지구'와 '완충지대'의 차이에 주목하기보단, 신동엽 시에서 '황무지'가 '정전지구'를 지시하고 있었다는 것을 인지하기 위한 상호텍스트로서 이 시를 인용한다.

하지만 신동엽 시에서는 인간 중심적 사유에 기반해, 문명의 질병을 치유하고 그들 스스로 문명의 역사를 완성할 수 있다는 서사는 찾아보기 어렵다. 문명인이 노력을 통해 여기에 없는 유토피아를 성취할 수 있을 것이라는 믿음 때문에 오히려 디스토피아를 경험하는 순간에 주목함으로써, 신동엽은 인간의 파멸 속에서 비로소 돌아보게 되는 생의 감각에 집중한다. 이를 가장 극적으로 보여주는 시는 「만지蠻地의 음악」이다. 그리고 이 시를 오장환의 「할렐루야」와 함께 놓고 읽는다면, 인류 최후의 시공간을 병행하면서 상반된 이해관계를 보이는 가운데, 시 속 인물들이 전혀 다른 행동을 취하고 있음을 알 수 있다.

곡성哭聲이 들려온다. 인가人家에 인가人家가 모히는 곳에.// 날마다 떠오르는 달이 오늘도 다시 떠오고// 누―런 구름 처다보며/ 망또 입은 사람이 언덕에 올라 중얼거린다.// 날개와 같이/ 불길不吉한 사족수四足獸의 날개와 같이/ 망또는 어둠을 뿌리고// **모―든 길이 일―제히 저승으로 향向하여 갈 제**/ 암흑暗黑의 수풀이 성城문을 열어/ **보이지 않는 곳에 술빗는 내음새와 잠자는 꽃송이.**// 다―만 한길 빗나는 개울이 흘러……/ **망또 우의 모가지는 솟치며/ 그저 노래 부른다.**// 저기 한 줄기 외로운 강江물이 흘러/ 깜깜한 속에서 차디찬 배암이 흘러…… **싸탄이 흘러**…… 눈이 따겁도록 빨―간 장미薔薇가 흘러……

―오장환의 「할렐루야」 전문

꽃들의 추억 속 말발굽 소리가 요란스러우면,/ 내일 고구려로 가는 석강

石工의 주먹아귀/ **막걸리 투가리가 부숴질 것이다.**// 오월의 사람밭에 피먹
젖은 앙가슴/ 갖가지 쏟아져오면/ 우물가에 네 다리 던지던 소부리^{所夫里}
가시내/ **진주알 속 사내의 털보다 가을이 고일 것이고**// **우리의 역사밭 핵**
자랑의 아우성 깃발 올리면/ 피의 능선 상엿집 산모롱이를 돌아들/ **엿장**
수의 가위 속에서 징글맞게 뱀이/ 동강 날 것이다.// 대낮처럼 조용한 꽃다
운 마을/ 다시 가시줄 늘이고 가는 소리 보이면/ 나비들은 구태여 **건넛**
마을 꽃핀 전설 속의 머리채로 사무치게 노래 불러 강산 채울 것이며.

—신동엽의 「만지의 음악」 1~4연 (이상 필자 강조)

오장환 시에서 "모—든 길"은 "술빚는 내음새"와 "잠자는 꽃송이"
로 비유되는 술 먹는 사내와 몸 파는 여자밖에 없는 "깜깜한 속"<u>으로</u>
이어져 있다. 이와 마찬가지로 신동엽 시에서도 엄혹한 현실이 전개
되는데, 「할렐루야」의 남녀와 달리, "석강"은 마시고 있던 "막걸리 투
가리"를 부수고, "가시내"는 간음당하기 전에 죽음을 택한다. 오장환
시의 화자는 비애의 정서를 "눈이 따겁도록 빨—간 장미薔薇"로 한데
모아 시선을 집중시키긴 하지만 "곡성哭聲"의 무력감에 젖어들 뿐이
다. 이에 반해 신동엽의 시에서는 현실이 바뀌는 것에 상관없이, 부
정적인 현실 가운데 "전설 속의 머리채로 사무치게 노래 불러 강산"
을 채우는 상상에 몰입한다.

오장환 시는 심판의 날에 "여호와를 찬양"하는 사람이 전혀 없는
상황에서, 두 입장을 대비한다. 한편에서 "망또 입은 사람"이 문명의
역사 흐름을 바라보며 여전히 종말론의 약속을 기대하고 "그저 노
래" 부른다면, 다른 한편에서는 인간들이 "싸탄", "배암"의 반反신론

적 욕정에 사로잡혀 재앙의 길을 향한다. 이 시에는 근대적 의미에서 "신의 죽음"이 선고된 인간의 세계와, 그러한 현실을 여전히 신적인 언어로 포장하여 미래에 예비된 유토피아를 기대하는 문명인의 이중성이 반영되어 있다. 오장환의 시는 식민지 근대가 끝나면, 여기에 없는 이상적 세계가 펼쳐질 것이라는 기대를 반영하고 있는 셈이다. 오장환 시에서 인간은 신을 떠났지만, 떠난 신이 여전히 남겨놓은 약속을 믿고, 미래에 대한 기대 속에서 끝없는 절망에 붙잡혀 현재를 산다.

"배암"을 신의 대립항으로 봤을 때, 휴전 협상 당시 "피의 능선"[19]에 '핵'이 사용되는 때를 배경으로 하는 신동엽 시의 3연에서는, 그 뱀이 동강나면서 신과의 완전한 결별을 선언한다. 전쟁으로 일어나는 최후의 날은 신이 마련한 심판의 날이 아니라, 신과 무관한, 인간의 기술력을 논하는 때이다. 그리고 이러한 문명 최후의 날이 문명의 역사가 끝나는 지점이라면, 문명 역사의 종말은 신이 예비한 유토피아가 아니라, 신도 인간도 개입할 수 없는, 탈문명의 창조가 가능해지는 때이다.[20] 여태껏 지구상에 벌어진 전쟁 중에는 전쟁을 막기 위한 핵이 있었을 뿐, 핵에 의한 전쟁이 벌어진 적이 한 번도 없

---

19 이 시는 『창작과비평』(1970, 봄)에 유작 시편으로 잘못 소개된 이후 60년대 현실과 관련해 연대기적으로 가장 나중의 시로 분석되어 왔다. 『시단』 제2집(1963)에 발표된 「태양(太陽) 빛나는 만지(蠻地)의 시」에는 "피의 능선" 대신에 "진·럿쎌 능선"의 시어가 선택되었고, 각 주에 "진·럿쎌 高地 … 金化 地쪽 休戰線 안에, 南北으로 나뉘어져 있는 女俳優 乳房같은 두 高地"라는 설명이 언급되어 있다.(김성숙, 「신동엽 서정시의 원본 변이 과정 고찰」, 『국어국문학』 160호, 국어국문학회, 2012, 375쪽에서 재인용)

20 신성의 공제가 창조의 핵심이라는 발상은 낭시를 참고했다.(Jean-Luc Nancy, *op. cit.*, p. 69)

었던 만큼, 핵들의 전쟁이 벌어진 이후는 인간에 의해 통제 불가능한 미래이고, 신이 약속할 수 없는 시간들이 펼쳐진다. 따라서 오장환 시에서 신동엽 시로의 전환은 비유적 차원에서 반신론적 세계를 유지해오던 '뱀'의 효용 가치가 떨어지면서, 신과 인간의 계약이 종료된 세계를 암시한다.

「만지의 음악」에서 "후삼국의 유민은 역사를 건너뛸 것"이고, "하여 세상없는 새벽길"이 열린다는 선언은 문명 역사의 종말과 탈문명의 창조적 시작을 급진적으로 사유하는 접근 태도를 보여준다. 신동엽의 시대는 지구를 떠나 인공위성을 띄울 수 있는 기술력을 지닌 상태였고, 이에 대해 「시인정신론」에서 언급할 정도로 신동엽은 문명의 이기를 냉철하게 파악했다. 기술 문명이 새로운 미래를 가져올 것이라는 기대하에 문명의 역사 발전을 신뢰한 사람들이 문명의 파괴력을 제대로 파악하지 못했던 것에 비해, 신동엽의 시는 문명이 파괴해놓은 현실의 물질적 조건에서 유토피아마저 파괴되어, 미래에 성취할 것이 아무것도 없는 상태에서 탈문명적 창조물의 이미지를 드러낸다. 그것은 더 이상 신적인 어떤 것으로 포장하거나, 문명 역사의 성취로서 생명의 가치를 대신하지 않는 알몸의 인간이다.

6연에서 "꽃다운 불알 가리고 바위에 걸터앉아" 있는 주체는 아무것도 소유할 것이 없는, 생명 그 자체의 살아 있음을 자랑한다. "상쾌한 천만년", 모든 것이 파괴되었을지라도, 지구 어딘가에 살아 있음의 존재를 알리는 생명체가 계속 살아남는다. 처음이자 마지막까지 남는 것이 어떤 불특정 생명체라는 점에서, 신동엽의 시는 문명을 통과한 자가 깨달은 생의 감각을 드러낸다. 이러한 감각은 오장환 시를 함께 읽은 독자가 문명인의 불행이 역사의 발전 과정에서 미래의 약속으로 정당화하기를 포기할 때, 여기에 없는 유토피아를 성취하기 위해 '지금 여기'를 희생하는 인간적 노력을 중단하는 결단에서 누릴 수 있다. 신동엽은 오장환의 사유가 도달한 한계 지점에서 인간적 슬픔이, 새로운 목표로서 극복되지 않도록, 슬픔이 살아 있음의 환희로서 자각될 수 있게 하기 위해 인유를 활용한다. 신동엽 시의 인유는 문명에 의한 모든 것이 파괴된 자리, 이상주의의 의미 체계가 근거를 잃는 문명의 한계 지점에서, 비로소 살아 있음의 의미를 보존하고, 강화하는 새로운 습관을 길러낸다.

4. 결론

이 연구에서는 신동엽 시가 인유를 통해 민족주의, 이상주의(더 정확히는 유토피아니즘)의 의미 체계를 해체하여, 문명인의 관점으로 파악할 수 없는 의미의 빈자리를 드러낸다고 보았다. 신동엽 시에서 의미의 빈자리는 문명 이후의 세계에 대한 새로운 생각을 시작하기 위해 문명 세계에서 부여될 수 있는 모든 해석을 불가능하게 만드는 비지식의 영역이다. 신동엽 시의 인유 독자는 수중의 텍스트에서 인유된 텍스트를 발견하고 두 텍스트를 접목하는 독서 과정에서, 앞서 구성된 의미 체계를 해체하는 동시에 그 의미 체계를 뺀 나머지, 의미로 재현되지 않는 빈자리만을 보존한다.

2장에서는 신동엽의 『아사녀』가 『무영탑』의 인유를 통해 민족공동체 내부에 포함되지 않는 아사녀의 빈자리를 강조한다고 분석했다. 신동엽 시는 현대판 아사녀, 아사달 이야기를 정립한 현진건의 소설을 차용해, 서사를 과도하게 서술하지 않고도 이미 전개된 상황 속에서 파생된 결실을 거둔다. 아사녀는 민족적 통일과 세계적 통합의 과정에서 모든 희망을 단념하고, 불평등의 구조 바깥으로 사라진 존재이다. 독서는 두 방향으로 전개된다. 독자는 『무영탑』을 읽으며 민족주의의 의미 체계를 확인하고, 그 의미 체계를 신동엽의 '아사녀 시편'을 읽으며 해체한다. 인유의 독자는 『무영탑』의 인유를 발견한 이후, 나라 잃은 민족을 응집하는 공동체의 이상 구현을 지향하는 의미 체계에 가담하는 동시에 그로부터 빠져나와 애초에 국적을 갖지 않았던 원주민들의 공동체를 사유할 수 있다.

3장에서는 오장환 시에 대한 신동엽 시의 인유를 통해 이상주의의 의미 체계가 해체되는 양상을 분석했다. 신동엽의 시는 문명 세계의 퇴폐적 인물, 장소 등을 병행하여 오장환 시와의 관계 속에서 대구를 이루고, 과거에 행한 부정적인 해석을 전부 수정한다. 가령 신동엽의 「향아」와 「황무지」에서, 부패하고 메마른 인간과 장소는 더 이상의 미래가 불가능할 것 같은 비참한 상태임에도 불구하고, 남성적 욕망 또는 기술 문명에 의해 결코 파괴되지 않은 마음밭의 싱싱함을 유지한다. 이처럼 신동엽 시에는 오장환의 시에서처럼 여기에 없는 유토피아를 찾아 불만족을 만족으로 대체하는 서사가 나타나지 않는다. 인유의 독자는 신동엽 시를 읽으며 현실에 대한 부정적 이해를 고착화한 상태에서 벗어나, 여기에 없는 유토피아를 추구하는 대신에 문명에 의한 모든 것이 파괴된 자리에서 현재의 살아 있음을 느끼는 데 충실할 수 있다.

　신동엽 시의 인유는 제국과 피식민지, 디스토피아와 유토피아 등의 이분법적 논리에서 벗어나, 문명인이 경험하지 못했을 태곳적의 감각, 그리고 그와 마찬가지로 인류가 경험하지 않은 사건을 받아들일 만한 미래적 감각을 길러준다. 원수성적, 귀수성적 세계를 지향하는 신동엽의 사유는 여러 산문과 시에서 반복적으로 강조되어왔다. 시인이 역사 이전의 태곳적이면서도 역사 이후의 오지 않은 미래를 동등하게 이해했음에도 불구하고, 일부 연구자는 신동엽의 시에서 역사적 과거로의 회귀를 해석했다. 혹은 신동엽의 시가 문명 비판을 주제로 다룬다고 하면서도 모더니즘의 해독을 받지 않았다는 주장을 여과 없이 받아들이며, 맹목적으로 문명 역사를 거절하는, 무비판적 농본주의자처럼 신동엽을 이해하기도 했다.

　인유 그 자체가 인유된 텍스트를 읽도록 독자의 시선을 이끌었던 것처럼, 그 기본 원리에 따라 독자는 앞선 작품에 의해 구축된 의미 체계를 신동엽 시에서 확인하고, 그 의미 체계가 작동하지 않는 빈 자리를 주목할 수 있다. 선행 연구에서는 신동엽 시를 민족주의, 이상주의, 현실주의 등으로 해석해왔다.[21] 인유는 선행 연구자들이 내면화한 그러한 의미 체계를 해체하고 독자로 하여금 신동엽 시를 다시 읽게 하는 효과를 가져온다. 인유의 독자는 앞선 문학작품에서 구성된 의미 체계를 신동엽 시의 독서를 통해 해체하면서 문명 세계에서 소외되고, 파괴되고, 불필요해진 존재들에게 대안적 의미를 부여하지 못하게 된다. 이에 따라 독자는 이해할 수 없고, 감각할 수 없는 가운데 무지를 증진시킴으로써, 문명적 의미 부여를 하지 않는 방식으로 탈문명적 세계를 사유하기 위한 마음의 빈자리를 만든다.

21 신동엽 시에서 현실주의의 성취를 발견한 대개의 연구자는 1960년대 현실과 관련해 반외
세 민족주의를 옹호한다. 하지만 신동엽이 근대화의 폐단에 관해 "불과 몇십 년적 현대의
시대적 특징"이 아니라 "차수적 세계의 5천 년" 동안 진행된 문명의 숙명이라고 진단한 「시
인정신론」을 의식한다면, 1960년대 문학으로 신동엽의 시를 제한하는 것이 옳은지에 대해
다시 물을 필요가 있다. 현실 참여의 경향을 강조할수록 60년대 현실의 정치적 상황을 직접
적으로 반영하지 않은 다수의 작품들이 분석 대상에서 제외된다. 이러한 문제의식 아래 필
자의 박사논문 IV장에서는 서사시 「금강」과 동학 경전, 소설 『회천기』, 『초적』의 인유 양상
을 분석하고 현실주의에 대한 해체적 효과를 살펴봤다.

신동엽 문학에서
산문의 위치와 의미
─『신동엽 산문전집』의 편집과 관련하여

김윤태

1. 들어가는 말

이 글은 애초 작년 신동엽 50주기를 기념하는 한 학술회의에서 발표된 바 있는데[1], 그때 학술대회 주최 측에서 필자에게 요구한 주제가 '신동엽 산문전집의 위상'에 관한 것이었다. 그 주제의 대강을 가만히 살펴보자면 신동엽 문학에서 『신동엽 산문전집』[2]이라는 책이 가지는 위치와 의미를 묻는 것이 아닐까 싶은데, 그 무렵 필자가 바

---

1 2019년 4월 5일 창비 사옥(세교빌딩)에서 열린 신동엽 50주기 기념 학술대회('따로 다르게─새로 읽는 신동엽 문학')에서 발표한 글을 추후 수정·보완한 것임을 밝힌다.
2 신동엽,『신동엽 산문전집』, 강형철·김윤태 엮음, 창비, 2019년 4월. 이하『산문전집』으로 약칭.

로 그『산문전집』의 기획과 편집에 관여하고 있었다는 것 때문에 아마도 일부러 그 같은 주제가 정해졌을 것이라고 쉬이 짐작할 수 있었다. 좀 더 엄밀히는 '신동엽의 산문 작품들을 통해 본 신동엽의 문학 세계와 그 특징'을 더듬어봐 달라는 주문이었을 텐데, 사실 그것은 단순한 '산문전집의 위상' 차원을 넘어서는 훨씬 정치한 분석을 요하는 일이라 할 것이다. 필자의 과문을 무릅쓰고 말하건대 신동엽에 관한 기존의 연구들에서 산문만 특화하여 별도로 논의된 사례가 거의 없다는 점도 이 글을 주문한 이유 중 하나일 것이라 생각한다. 하지만 원고 청탁이 들어온 시점을 고려할 때, 시간상의 부족뿐만 아니라 필자의 능력 면으로도 그 주제와 관련하여 자세하고 정밀한 비평을 수행해내기란 거의 불가능한 일이었다.

이러한 제약들을 감안할 때, 이 글은『산문전집』의 기획 및 편집 과정에 대한 해설에 그치는 한계를 부득이 포함할 수밖에 없다. 결국 기왕에 흩어져 있던 신동엽의 작품들을 모으고 장르별로 분류하고, 다시 그것들을 육필 원고나 최초 발표 지면의 내용과 대조하는 과정에서 확인된 편집상의 특징과 내용들을 밝히는 일이 이 글에서 가장 큰 비중을 차지하게 될 것이다. 비록 이 글의 성격이 편집 과정 해설에 지나지 않을 것이라고는 했지만, 이러한 과정을 통해 우리가 신동엽 문학의 전체 상을 이해하는 데 다소나마 도움이 된다면 그것 또한 전혀 무가치한 일만은 아닐 것이다. 산문 자료를 발굴하고 판본 및 육필 원고와의 대조를 통해 원전을 확정하고 또 그것들을 일정한 기준에 의거하여 편찬하는 일련의 과정을 밝힘으로써 신동엽 연구자들이나 일반 독자들이 그 정보에 쉽게 접근하고 활용하는 데

기여할 수 있다면, 미흡하나마 이 글의 목표는 어느 정도 이루어진 것이라고 믿는다. 아울러 이를 통해 신동엽의 산문이 지닌 문학적 의미도 어느 정도 간취할 수 있다면, 그것 역시 망외의 소득이지 않겠는가. 따라서 이 글에서는 먼저 『산문전집』의 편집 과정에 대해 서술하고, 후반부에 신동엽의 산문정신이랄까 아니면 산문을 통해 본 신동엽의 사유 및 문학정신이랄까 하는 것을 조금 살펴보는 것으로 논지를 전개할 예정이다.

2. 『산문전집』의 편집 과정을 통해 본 신동엽 산문들의 특징

2019년 4월은 신동엽 시인이 가신 지 어느덧 50주년이 되는 때이다. 필자는 시인 강형철과 함께 신동엽의 44주기가 되던 해 신동엽 문학관의 개관(2013. 5. 3.)에 맞추어 『신동엽 시전집』[3]을 낸 바 있으며, 이어 50주기를 맞이해서는 『산문전집』(2019. 4.)을 엮어냈다. 『시전집』과 『산문전집』을 분리해서 출간한 것은 편자들이 의도한 것이라기보다는 아마도 출판사의 결정이었을 것이다. 『시전집』이 620쪽 정도이고 『산문전집』도 480쪽을 살짝 넘어, 합본하면 무려 1100쪽이니 한 권의 책으로 출간하기 어렵다고 판단했을 것이다. 애초 그 출판사에서는 1975년에 400쪽이 넘는 『신동엽전집』을 낸 적이 있는

---

3 신동엽, 『신동엽 시전집』, 강형철·김윤태 엮음, 창비, 2013. 이하 『시전집』으로 약칭.

데, 그 이후에 새로 발굴되거나 출간된 작품들이 훨씬 더 늘어나면서 부득이 한 권에 전부를 싣기가 어려웠을 것이다. 그래서 시 작품들을 중심으로 먼저 『시전집』을 내고, 산문들은 따로 모아 별도로 출간하려고 한 것으로 보인다. 어쩌면 출판상의 편의성이 그 이유였을 것이다.

시와 산문을 분리하여 전집을 출간하는 과정에서 발생하는 분리 기준을 정하는 일은 대체로 암묵적인 것이었다. 우리가 통념상 '시'라고 생각하는 것들을 먼저 골라내고 나머지들을 뭉뚱그려 산문으로 분류하면 가장 손쉬운 방법이 된다. 실제로도 많은 유명 문인들의 전집이 이렇게 만들어져왔다고 본다.[4] 우리가 2013년 『시전집』을 엮어낼 때에도 이러한 암묵적이고 어떤 면에선 지극히 상식적인 기준에 의거해서 그렇게 한 것이라 생각한다. 따라서 당시 신동엽의 작품들 중에서 서사시(혹은 장시)와 서정시들만을 모아 책을 만들면서도, 왜 그렇게 했는지에 대해서 별다른 해명을 하지 않았고 또 할 필요도 못 느꼈던 것 같다.

1) 시극 및 오페레타의 창작과 그것의 장르 귀속 문제

그러나 6년 후 『산문전집』을 엮을 때는 단순히 암묵적이고 상식적인 기준에 기대었으면서도 왜 굳이 이 문제를 거론하는 것일까?

---

4 그 대표적인 선례가 『김수영 전집』(민음사)일 것이다.

그것은 신동엽이 여느 시인들과는 꽤 다르게 시극과 오페레타라는 장르를 스스로 설정하고 그것을 실제 창작했다는 것과 연관이 있다.[5] 실제로 이 점은 신동엽만의 독특함이라 해도 지나치지 않다고 생각한다. 그는 서정 장르만을 고집한 그저 평범한 시인이 아니었다. 서사나 극 장르에 대한 창작적 확산을 실천하였을 뿐만 아니라, 문학 분야에 한정하지 않고 연극 및 오페라 같은 다른 예술 장르에도 열린 자세를 가졌던 것이다. 또 나아가 라디오 같은 방송 매체를 통한 문학의 확산을 시도함으로써 미디어의 영역에까지 활동을 확장한 점은 충분히 주목할 만하다.

『산문전집』을 편집하는 과정에서 시극과 오페레타를 『시전집』이 아닌 『산문전집』에 왜 포함시킨 것인가에 대해 대답하려면, 우선 1980년 증보판 『신동엽전집』(이하『전집』)을 참조하는 것이 좋을 듯하다.[6] 당시 그『전집』의 목차 구성을 살펴보면 시(1)-시(2)-산문(3)-오페레타(4)로 나누어져 있는데, 특히 시(1)은 서정시를, 시(2)는 서사시와 장시, 시극으로 구분하였다. 그리고 산문에는 평론과 수필, 칼럼이나 일기 등을 포함시켰다. 그런데 2013년의 『시전집』에서는

---

5 다만 이 자리에서 시극「그 입술에 파인 그늘」이나 오페레타「석가탑」이 신동엽 문학에서 차지하는 비중과 의미를 따로 집중적으로 탐구하는 것은 현재 필자의 한계를 벗어나는 일이다. 이에 이대성의 논문(「신동엽의「석가탑」과 현진건의『무영탑』비교 연구」,『비교문학』77호, 한국비교문학회, 2019. 2.) 등을 참고하는 것이 극 장르와 관련한 신동엽의 문학 활동을 이해하는 데 도움이 될 것이라 생각한다.

6 여기서는 1975년에 나온『신동엽전집』의 초판본이 아니라, 1980년의 증보판을 참고 자료로 삼았는데, 그것은 증보판에 와서야 오페레타「석가탑」이 수록되었기 때문이다.(『신동엽전집』(증보판), 창작과비평사, 1980, 445쪽)

흔히 시라는 문학적 형식의 하위 장르로 간주되고 또 그렇게 분류되어온 시극 작품(구체적으로는 「그 입술에 파인 그늘」)을 제외하고는 2019년의 『산문전집』에다 집어넣은 것이다. 이렇게 한 데에는 문학적 형식과 장르 간의 혼선과 다소는 연관이 있지만, 한편으로는 출판 제작상의 난점을 고려하였음을 밝힌다. 즉 책의 분량과 장정裝幀, 특히 두께를 감안하지 않을 수 없었다. 시극과 오페레타마저 『시전집』에 포함시켰다면, 그 책은 거의 700페이지를 달해 지금보다 더 두꺼운 규모가 됐을 것이다.

문학적 형식으로서의 시는 보통 서정(시), 서사(시), 극(시)이라는 문학 장르로 하위 구분하기도 한다. 대부분의 시는 흔히 서정시로 간주되는 반면, 서사시와 극시는 오늘날 창작 현실과 장르적 귀속 간에 논란이 있는 것도 사실이다.[7] 즉 장시 「금강」을 서사시로 간주한다면 그 산문적 성격 때문에 또 다른 논란이 야기될 수도 있지만, 일단 시詩라는 문학적 형식에 초점을 맞추어 서사시도 『시전집』에 포함하여 편찬하였던 것이다. 한편 시극과 오페레타를 『산문전집』에 포함한 것은 그 장르들이 공연을 전제로 창작되었다는 점에 더 주목한 때문이다. 「그 입술에 파인 그늘」을 '시'극이 아니라 시'극', 즉 극drama 장르로 보고 그 점을 강조하려는 의도였던 것이다.

즉 아주 궁색한 변명에 불과하지만, 극 장르가 산문의 영역에 속한다고 보기는 어려우나 그것을 전통적인 시 형식과는 구별하고자

---

7 가령 장시 「금강」에 대해서는 서사시냐 아니냐에 대한 논쟁이 여전히 끊이지 않고 있다.

하는 의도에서 부득이 『산문전집』에 넣었다는 것이다. 굳이 이론적으로 따지자면 시극(혹은 극시)은 운문적 성격을 가지므로 넓은 의미에서는 오늘날 시의 영역에 귀속시킬 수도 있지만, 운문으로 씌어졌다 하더라도 공연을 위한 대본적 특성이 두드러진다는 점에서 극 장르에 속하는 것이다. '작은 오페라'라는 뜻을 가진 오페레타라는 장르 역시 마찬가지로, 음악과 연극이 어우러진 양식이라는 점에서 극 장르에 속한다. 극 장르와 산문은 범주적으로 전혀 다른 차원의 문제이기 때문에, 여기서 이제 극 장르가 산문이냐 아니냐에 대해 왈가왈부하는 것은 더 이상 무의미하고, 다만 편집상의 문제로 이해해주면 그만일 따름이다. 어쨌든 우리가 흔히 시라고 부르는 문학적 형식과는 구별해서 시극 및 오페레타라는 예술형식들을 살펴보자는 의도였다는 점만은 이해해주기를 바란다.

장르(혹은 문학 형식) 문제와는 별도로 오페레타 「석가탑」에 대해 고려되어야 할 편집상의 문제가 조금 더 있다. 그 하나는 작품의 정본定本을 확정하는 일인데, 「석가탑」의 판본이 두 가지라는 점에서 논란이 된다. 오페레타 「석가탑」은 1968년 5월 10일과 11일에 서울 드라마센터에서 공연되었는데, 『전집』 수록본과 신동엽문학관에 소장된 필경 등사본[8]이 차이가 난다는 것이다. 혹자는 등사본이 「석가탑」의 최종 대본이라고 주장하였지만,[9] 「석가탑」의 교열을 담당하였던 공동 편자(강형철)와는 견해가 서로 갈리고 있다. 추후 좀 더 엄밀한

8　1967년 집필 추정. 제목은 「석가탑(멀고 먼 바람소리)」이다.
9　이대성, 앞의 논문.

대조 작업이 필요하겠지만, 일단은 공연의 결과물인『전집』수록본을 잠정적으로 정본으로 봐야 한다는 공동 편자의 견해에 따랐다.

다른 하나는「석가탑」이 현진건의『무영탑』을 표절한 것이 아니냐의 문제이다. 신동엽 자신도 새롭게 발굴된 자료인 평론「시정신의 위기」및「만네리즘의 구경」에서 이미 '표절'에 대해 매우 비판적인 태도를 취한 만큼 아주 민감한 사안이 아닐 수 없다. 한 연구자는「석가탑」의 일부 표현에서『무영탑』의 것을 그대로 혹은 유사하게 가져온 부분이 있는데도 작가인 신동엽이 그 사실을 밝히고 있지 않았다는 것을 지적하고 있지만, 또 한편으론 조심스럽게 '차용'이라는 용어를 여러 차례 쓸 뿐 표절이라고까지는 강하게 주장하지 않고 있다.[10] 논란의 여지는 아직 남아 있겠지만, 아무튼 우리 편자들은「석가탑」과『무영탑』이 각각 오페레타와 장편소설이라는, 전혀 다른 장르의 작품이란 점과, 또 신동엽이『무영탑』의 서사를 차용하면서도 현진건과는 다르게 '아사달-아사녀 설화'를 새롭게 해석하고자 했던 창작 의도에 주목하였다. 또한 그 작품이 고등학생들에 의해 직접 공연된 학생극으로서 교육용의 성격이 강하다는 점도 단순히 표절 논란을 넘어 상호텍스트성의 측면에서 숙고되어야할 것이다.

---

10 이대성, 앞의 논문. 필자는 당시 학술회의 석상에서 이것을 오히려 오마주(hommage)로 보는 것은 어떤가라고 문제 제기한 바 있다. 게다가 같은 학술회의 석상에서 이대성은「신동엽 문학에 나타난 인유 양상 연구」라는 글을 통해 신동엽의「아사녀」와 현진건의 소설『무영탑』간의 인유 양상을 고찰하고 있어, 더 이상 표절 논란은 없을 것 같다.

2) 수필류의 편집 과정에 대한 해명

『산문전집』의 대다수를 차지하고 있는 평론, 수필, 일기, 편지, 기행, 방송대본 들은 산문으로 분류해도 큰 이견이 없을 것이다. 특히 평론, 일기, 편지, 기행은 넓게 보자면 모두 수필이라고 불리는 문학 형식의 영역에 속하므로 논란이 있기 어려울 것이다. 그러나 좁은 의미의 수필, 곧 미셀러니^{miscellany} 혹은 경수필이라고 불리는 사적^私^的인 신변잡사에 치우친 글들과 간단한 단상^{斷想}들은 그것들만 모아 '수필'이란 이름으로 분류하고 따로 구성하여 편집하였다(『산문전집』 제3부).

특히 육필 원고와의 대조 과정에서, 기왕의 『전집』에서 「단상초」 (354~358쪽)라고 이름 붙여 실었던 글들은 거의 대부분 『젊은 시인의 사랑』[11]의 '제3부 젊은 시인의 수상록'에 나오는 내용과 겹치고 있음 이 확인되었을 뿐만 아니라 그 내용이 아주 소루하거나 미미하여 문 맥이 잘 닿지 않거나, 때로는 객쩍은 농담에 불과하거나 평이한 아 포리즘^{aphorism} 같은 것들도 적지 않아, 그런 것들은 과감하게 제외하 였다. 아울러 '실천본'의 '제3부 젊은 시인의 수상록'에 실린 내용들 에서도 일부 문맥 불통 내지 농담조의 글들은 빼고 「단상 모음」이란 제목을 붙여 대부분 수필 분야로 옮겨 수록하였다. '실천본'에서는 수필들을 연도별로 구분하고 있으나 육필 원고와 대조해보니 그 연

---

11 신동엽, 『젊은 시인의 사랑』, 송기원 엮음, 실천문학사, 1989. 이하 이 책은 '실천본'으로 약칭함.

도가 오류인 것들이 더러 눈에 띄기도 해서,[12] 이 글들은 사실상 그 기록 연도를 분명하게 확정하기가 매우 어려웠다. 물론 대다수의 글은 1950년대의 것으로 보이지만 일부 1960년대에 쓴 글이 섞여 들어 있는 것으로 판단되어, 『산문전집』에서는 별도의 연도 표시 없이 수록하였다.

그런데 수필로 분류한 이 글들은 대체로 신동엽의 문학을 이해하는 데 반드시 필요한 것이라고 주장하기 어려울 듯하다. 시인의 삶과 사상을 파악하는 데 보조 자료에 지나지 않을 것이라 본다. 방송 대본에 대해서는 뒤에 따로 언급할 예정이라 여기선 생략하고, 그의 평론들은 사실 시에 버금갈 만큼 중요한 것들이 많아 절대로 그냥 지나칠 수 없다. 특히 신동엽의 문학을 거론할 때마다 누구나 지적하고 있는 「시인정신론」 같은 글은 그의 문학정신을 이해하는 데 필수적인 글 중 하나이다. 그러나 워낙 많이 다루어져온 글이라, 여기서는 간단히 후술하는 정도에서 그칠 예정이다.

일기의 경우 육필 원고와의 대조 과정에서 '실천본'에서 누락시킨 것들을 종종 발견할 수 있었는데, 대체로 그 내용이 지나치게 사사로운 것이어서 맥락을 파악하기 어려운 것들도 있고 또 시로 분류해도 무방할 만한 것들도 있어서, '실천본'의 편집자가 의도적으로 이것들을 누락시킨 것은 아닐까 의심되기도 하였다. 거기에는 그저 젊은 문학청년의 상투적인 감상이나 넋두리에 불과한 내용들이 섞여

---

12 심지어 1957년에 쓴 것으로 '실천본'에 분류되어 있는 어느 글은 그 안에 "1960년 4월"이란 표현이 들어 있어, 그 진위를 충분히 의심할 만하였다.('실천본', 165쪽; 『산문전집』, 224쪽)

있을 뿐, 일반 독자들에게는 색다른 흥미를 끌 만한 요소도 별로 없었다고 본다. 그런 만큼 편자들 역시 일기가 신동엽의 문학 세계나 문학 사상 혹은 의식을 해명하는 데 특별한 도움을 줄 정도는 못 된다고 생각하여, 굳이 이 『산문전집』에 무리하게 추가하지는 않았다. 시인 본인이 발표하지 않고 묵혀둔 글들을, 그나마도 빼어나거나 특출한 내용이 아닌 글들을 후대의 편집자가 자의적으로 신자료 발굴이라면서 애써 추가할 필요는 없지 않겠는가. 다만 '실천본'에 수록된 일기들은 이미 공간(公刊)된 것이라 임의로 폐기할 수는 없는 노릇이므로, 육필 자료와 대조하는 과정에서 산견(散見)되는 오류들을 최대한 바로잡는 선에서 작업을 마무리했다.

편지는 일기만큼이나 사적인 글이다. 그래서 더 보태거나 빼거나 하지 않고 '실천본'에 수록된 것들을 단순 교정하는 선에서 작업을 정리하였다. 게다가 이 부분은 '실천본'에서 애초 "젊은 시인의 사랑"이라는 소제목을 붙여 신동엽이 인병선에게 보내는 편지들만 실었던 것이다. 신동엽문학관 수장고에는 인병선이 신동엽에게 쓴 편지도 있고, 아버지 신연순 옹이 신동엽에게 보내는 편지, 친구들과 주고받은 편지 등이 제법 소장되어 있는데, '실천본'에서는 유독 연애편지에 해당할 만한 것들만 골라 실었던 것이다. 여기서도 역시 그러한 편지들만 실었는데, 그것은 주로 1950년대 중후반에 쓰인 것들로 신동엽의 젊은 시절(25~30세) 생애를 재구하는 데 도움이 될 만한 것들이라 참고할 만하다.

기행은 일기식으로 쓰이긴 했으나 신동엽 자신이 "제주여행록"(1964년 7월 29일~8월 8일)이라는 제목을 따로 붙일 만큼 특별히 기록해놓았으므로, 그 원문을 그대로 살리는 방향으로 정리하였다. 이 여행록은 평소에 등산과 유적 답사를 즐겨 다녔던 신동엽의 취미 활동과 사상적 편력에 비추어볼 때, 그 나름의 자료적 가치가 있다고 생각한다. 신동엽이 제주 여행 후 시 작품 두 편 「서귀포」와 「백록담」을 남겼음도 특기할 만하다. 「백록담」은 이미 다른 자리에서 소개했으니,[13] 여기서는 「서귀포」와 함께 이 기행문을 읽어보도록 하겠다.

누군가, 이곳에서 배 띄웠다 하더라./ 그날, 불로초는 몇 포대나 얽매고 갔을까……// 천제연 가는 길엔 비만 흩뿌려오고/ 껌 파는 동생애들 밥 내가던 소녀가,/ 발밑 기어가는 바닷게를 잡아준다.// 늪 속 열두 길, 천연기념물이어선가 뱀장어/ 보이질 않고/ 양쪽 벼랑 이끼 묻은 화강암은/ 육지돌 같아 정다운데,// 깍두기집 없는 포구에서, 또/ 나는 뉘와 더불어 서귀西歸하란 말인가……// 원주민의 남루는 바람에 날려 치솟고/ 먼 파도가 태평양다히 부숴지는데/ 허기진 나그네의 허리 아래로, 팔월달의/ 빗물만 흘러나리더라.

—「서귀포」 전문[14]

시 「서귀포」 자체에서는 여행객의 감회 이상을 포착해내기 어려운 반면, 산문 「제주여행록」에서는 신동엽의 제주행에 담긴 의미를

---

13 이 시 「백록담」은 필자가 신동엽의 육필 원고 더미에서 찾아낸 것으로, 『창작과비평』 184호 (2019년 여름호)에 자세히 소개했다.(381~382쪽 및 391~394쪽, 403쪽)
14 『시전집』, 558쪽. 이 시의 육필 원고에는 '제주기행시초(抄)'라는 부제가 붙어 있다.

어느 정도 짐작할 만한 대목들이 나온다. 물론 신동엽의 제주 여행은 일차적으로 관광이 목적이었겠지만, 청년 시절 그의 활동을 감안할 때 제주 4·3사건에 대한 시인 자신만의 인식과 소회가 없지 않았을 것이다. 그러한 느낌을 감지할 수 있을 곳을 굳이 찾으라면, 아래와 같은 대목을 우리는 읽어낼 수 있으리라.

누구냐. 제주를 관광지라 말한 사람은. 배부른 사람들의 눈엔 관광지일지 몰라도 내 눈엔 구제받아야 할 땅이다.
그 모진 돌밭의 틈서리에서 보이는 건 굶주림과 과도한 노동과 헐벗음과 발악 아니면 기진맥진뿐이다.

제주는 구제받아야 할 땅이다.

제주는 가슴 메어지는 곳이다.

(…)

관덕정 앞에서, 산사람 우두머리 정鄭이라는 사나이의 처형이 대낮 시민이 보는 앞에서 집행되었다고. 그리고 그 머리는 사흘인가를 그 앞에 매달아두었다 한다. 그의 큰딸은 출가했고 작은딸과 처가 기름(輕油) 장사로 생계를 잇는다.
4·3사건 후, 주둔군이 들어와 처녀, 유부녀 겁탈 사건.
일렬로 세워놓고 총 쏘면, 그 총소리에 수업하던 국민학교 어린이들 귀를 막고 엎드렸다.

—「제주여행록」부분[15]

3) 신자료 발굴에 대한 해설

① 라디오방송 대본 〈내 마음 끝까지〉

이번 『산문전집』에서 새로운 점 중 하나는 '라디오방송 대본'의 발굴과 수록[16]이라 하겠다. 직접 읽어보면 쉬이 알 수 있듯이, 이 글들은 〈내 마음 끝까지〉라는 제목의 라디오방송 프로그램의 대본이다. 신동엽문학관에 소장된 육필 원고 더미에서 모두 22편의 대본이 발굴[17]된 이 프로그램은 지금은 없어진 동양라디오[18]를 통해서 1967년

---

15 『산문전집』, 355쪽 및 357~358쪽.

16 이 대본이 소개된 것은 사실 『산문전집』이 처음은 아니다. 그 일부가 2018년 10월 6일부터 11월 17일까지 매주 토요일에 총 7회에 걸쳐 신동엽학회의 주관으로 '신동엽문학 팟캐스트'로 제작, 방송되었다고 한다.
인터넷(http://www.podbbang.com/ch/1768534)에 게시되어 폴 포르(Paul Fort), 김소월, 이상화, 타고르, 괴테, 마리 로랑생, 한용운의 작품들을 동국대학교부속여자고등학교 학생들이 낭독하였다고 하는데, '2018 신동엽학회 심포지엄—신동엽 문학과 대중매체'의 자료집(2018. 11. 17.)을 통해 위 7회분의 자료가 소개된 바 있었다. 이와 관련해서는 박은미의 「신동엽 시인의 라디오 대본 연구」(2018 신동엽학회 심포지엄) 자료집 참조.

17 이 대본 자료의 소재에 대해서는 신동엽문학관 관계자 몇몇을 비롯한 소수의 문학인 및 연구자들이 진작부터 알고 있었지만, 이것들을 일일이 입력하여 원고 형태로 건네준, 신동엽학회의 총무이사인 연구자 이대성 씨의 공은 결코 적지 않다. 이 자리를 빌려서 감사함을 전한다.

18 이 방송은 1964년 라디오서울(RSB)로 출발, 1966년 동양방송(TBC)의 동양라디오를 거쳐 1981년 언론통폐합으로 KBS 제2라디오로 바뀐 이래 지금까지 이어져오고 있다. 그런데 〈밤을 잊은 그대에게〉라는 심야 음악 프로그램 역시 그 방송사의 개국(1964. 5. 9.)과 운명을 함께하면서 현재에도 진행되고 있는 최장수 라디오 프로그램이라고 한다.
〈https://namu.wiki/w/밤을%20잊은%20그대에게〉

말[19]에 방송되었는데, 요즘에도 여전히 인기를 끌고 있는 심야 라디오방송 프로그램 〈별이 빛나는 밤에〉(MBC, 1969~현재)나 〈밤을 잊은 그대에게〉(KBS, 1964~현재)와 같은 종류의 프로그램이었을 것이라고 추정된다. 그 프로그램의 형식은 대본에서 드러나듯이 음악을 배경으로 깔면서 시나 수필 같은 문학작품을 낭독하고 그 사이사이에 진행자가 간단한 감상이나 해설을 곁들이는 방식이 아니었을까 싶다.

이 같이 방송대본을 신동엽이 직접 쓰고 방송을 진행한 적이 있었다는 사실을 아는 이는 매우 드물 것이다. 이 방송대본은 전통적인 문학 장르 바깥의 글쓰기라는 점에서도 그러하거니와, 라디오방송 매체를 통해 전달되는 구술성이 강한 장르라는 점에서 색다른 맛도 느낄 수 있어 흥미를 더한다고 할 것이다.

문학적 글쓰기의 바깥이라고 말했지만 그것 역시 시인 신동엽이 쓴 '글'이라는 점을 고려할 때, 구태여 이 대본들을 『산문전집』에서 제외할 이유는 당연히 없다. 그러나 이 경우 순수 창작이냐 하는 논란은 있을 수 있다. 대본 속에 인용되거나 거론되고 있는 문학작품들은 모두 다 신동엽 자신의 것이 아닌, 국내외의 유명 문인들의 글

---

19 시기를 이렇게 추정하는 것은 대본 군데군데에서 발견되는 언급들을 통해서이다. 가령 가을과 관련된 계절 이야기를 자주 하기도 하고, 좀 더 구체적으로는 "십일월도 중순에 접어들었"(『산문전집』, 402쪽)다거나 "내일이 소설(小雪)"(407쪽)이라고 절기를 밝히기도 하고, 혹은 "십일월 구일 (…) 십일"(426쪽)이라고 직접 일자를 말하기도 한다. 이 프로그램이 정확하게 언제 어떻게 시작되었는지, 또 얼마나 지속되다가 종료되었는지에 대해서는 아직은 전혀 밝혀진 것이 없다. 다만 1967년 11월을 전후한 시기에 최소한 22회는 진행되었을 것이라고 짐작할 따름이다. 그런데 작품의 배열은 육필 원고가 정리되어 있는 순으로 했을 뿐, 방송된 시점의 순서는 아니다. 왜냐하면 작품 내에 언급된 일자와는 다르게 대본 번호가 붙여진 것을 발견할 수 있기 때문이다.

이라는 점에서 특히 그러하다. 국내에는 만해, 소월, 이상화, 미당의 시들과 한흑구, 김진섭, 이효석의 수필들이, 또 해외 작가로는 타고르를 비롯하여 헤르만 헤세, 괴테, 릴케, 폴 포르, 앙드레 지드, 예이츠, 딜런 토머스, 발레리, 마리 로랑생 등의 글들이 소개되어 있다. 당연히 대본 속에 인용된 작품들은 신동엽의 것이 비록 아니지만, 그 작품의 소개와 더불어 신동엽이 해설하고 있는 내용들을 가만히 음미해보면 신동엽이라는 시인의 사유나 감성을 간접적으로 느끼고 이해할 수 있는 좋은 참고 자료라는 생각이 들기도 한다. 오히려 신동엽이 직접 쓴 아주 짧은 단상이나 일기의 일부에서 엿볼 수 있는, 지극히 사사롭고 무의미해 보이는 감정 노출보다는 이 대본들이 더 참고할 만한 가치가 있을 것이다.

② 평론 「시정신의 위기」와 「만네리즘의 구경」

두 번째 신자료는 '빈번한 작품 표절에 관하여'라는 부제가 붙어 있는 「시정신의 위기」라는 평론으로, 이 글이 언제 어느 매체에 발표되었는지는 분명하지 않다. 이 평론은 1961년 『현대문학』 10월호에 발표된 함 모[20] 씨의 작품(「한강부교 근처」)이 자신의 등단작 「이야기하는 쟁기꾼의 대지」(1959)의 몇몇 시구詩句를 표절하였다는 것을 폭로하는 글이다. 그런데 표절이라는 아름답지 못한 행위를 비판하는

---

20 필자가 『현대문학』의 총목차를 확인해본 결과, 그 시인은 함동선(咸東鮮, 1930~)이다. 그는 중앙대학교 문예창작학과 교수와 한국시인협회 회장 등을 지낸 세칭 '잘나가는 시인'이었다.

내용인 탓이었는지, 신동엽은 이 글을 써놓기만 하고 고심하다가 발표는 하지 않았던 것으로 보인다.[21]

그러한 글을 굳이 필자가 새로 찾아내어 『산문전집』에 실은 것은 과거에 좋지 못했던 누구의 허물을 들추어내고자 함이 아니다. 그것은 「시정신의 위기」와 내용이 같으면서도 다른 제목과 논지로 쓰인 평론 「만네리즘의 구경究竟―시의 표절로 타개할까」에 드러난 신동엽의 문단 비판 의식과 문학관을 함께 음미할 필요를 느꼈기 때문이다. 그 글에서 신동엽은 당시 문단의 문제점을 예리하게 지적하고 있는데, 가령 "그이를 문단에 이끌어 올려 손질해서 내보낸 추천 선생에게까지 연관을 맺게 해줌으로써, 나아가서는 십여년래의 한국 문학계의 통폐였던 제자양성 제도에까지" 표절 사태의 책임을 물을 의도는 없다고 밝히면서, 다만 그러한 표절에 대한 납득할 만한 해명을 기대한다고 썼다.[22] 그에 앞서 자신의 글 「시인정신론」(『자유문학』 1961년 2월)과 「60년대의 시단 분포도」(『조선일보』, 1961년 3월 30~31일)

---

21 하지만 육필 원고 자료 더미 속에서 이 글들은 비교적 깨끗하게 원고지 위에 청서(淸書)되어 있는 것을 볼 수 있다. 잡지나 신문에 발표하기 위해 정리해둔 것일 가능성이 매우 높다. 그러나 한편 확인할 길은 없지만, 함 시인이 사적으로 사과하여 두 사람 사이에 화해가 이루어지고 그래서 신동엽이 이 글을 발표하지 않았을 수도 있을 것이다. 필자가 함 시인에 대해 조사하다가 인터넷 고서점에서 우연히 재미있는 사진을 한 장 발견했는데, 거기에는 함 시인이 자신의 첫 시집 『우후개화』(1965)를 신동엽에게 증정하는 사인이 찍혀 있었다. 참고로 두 사람은 1930년생 동갑으로, 등단 시기도 비슷하다.
〈jangseogak.co.kr/ez/mall.php?cat=003002000&query=view&no=32837〉

22 『산문전집』, 166~167쪽. 그런데 함동선은 1958~1959년에 서정주의 추천을 받아 『현대문학』을 통해 등단했다. 이러한 신인 추천 방식과 그것을 통한 문단 패권주의 같은 폐단을 신동엽은 지적한 것이다.

를 거론하면서[23], 편파적 매너리즘에 빠진 작금의 문단 풍토 속에서는 "예쁜 낱말 향기 좋은 문장 구절들 따위"를 수집·진열하는 '단어미장업單語美粧業' 내지 '시업가詩業家'에 지나지 않을 것임을 경고하기도 했다.[24]

참고로 두 글의 집필 시기를 따져보는 것도 어느 정도 가능할 것이다. 「만네리즘의 구경」이 먼저 쓰인 것으로 보이는바, 그것은 함 모 씨의 시가 발표된 이후 시점인 그해 가을, 즉 1961년 10월 이후일 것으로 생각된다. 왜냐하면 이 글 후미에 단풍 운운하는 대목[25]이 있기 때문이다. 반면 「시정신의 위기」는 그 끝부분에서 "화창한 오월, 신록 피어난 가로수와 산악을 바라보며"[26]라고 썼을 뿐만 아니라 전체적인 글의 논조도 한결 누그러져 있는 것으로 보아, 그 이듬해인 1962년 5월에 작성한 것으로 추정된다.

③ 부록 「석림 신동엽 실전失傳 연보」

마지막 신자료는 청년 시절 신동엽의 문학적 동지였던, 경찰 출신의 노문盧文이란 분이 남긴 증언(1993년)이다. 이 자료는 한국전쟁 당시 신동엽이 가담했다고 알려진 좌익 및 빨치산 활동 경력에 대한

---

23 널리 알려진 것처럼, 이 두 글은 신동엽 특유의 문학관, 나아가 세계관을 이해하는 데 매우 중요한 평론이다. 이것들은 훗날 「詩人·歌人·詩業家」(『대학신문』 1967년 3월) 같은 글로 발전한다.

24 『산문전집』, 166쪽.

25 "화창한 하늘 단풍 쏟는 북한산을 바라보면서 이런 종류의 글 때문에 원고지와 마주앉아 있어야 한다는 것은 서글픈 일이다."(『산문전집』, 167쪽)

26 『산문전집』, 164쪽.

상당히 신뢰할 만한 기록이란 점에서 주목되기도 하거니와, 청년 신동엽의 교우 관계나 이성 관계를 짐작할 수 있는 대목도 있고 또한 신동엽의 성품이나 사상을 가늠해볼 수도 있는 흥미로운 자료로 판단된다.

필자는 물론 이 자료의 내용을 액면 그대로 받아들이지 않는다. 그이유는 그 증언의 진위를 불신한다는 뜻이 아니라 어떠한 증언도 사실인지 아닌지 증명되어야 한다는 일반적인 상식의 차원에서 말한것이다. 그 자료는 어디까지나 증언자의 생각일 뿐이라고 믿는 것이올바른 연구자의 태도이기 때문이다. 가령 사소한 예이지만 그 증언에서는 "석림과 구상회는 1953년 가을에 포천에 있는 육군 제6군단정훈부에 현지 입대하였다. 그들은 거기서 1년 6개월 복무하고 제대하였다"[27]라고 되어 있으나, 필자가 보기에는 신동엽은 1954년 10월경에 입대[28]한 후 1년 남짓 복무하고 1955년 말경에 독자獨子라는 이유로 의가사제대한 것 같다. 왜냐하면 노문의 증언대로라면 1953년가을에 이루어진 인병선과의 만남은 현실적으로 성사되기 어려웠을것이기 때문이다.[29]

그러나 이 자료는 진위 여부와 상관없이 청년 신동엽을 이해하고연구하는 데 충분히 도움이 될 만한 귀중한 것임에는 틀림없다고 필자는 생각한다. 뿐만 아니라 그 증언의 끄트머리쯤에서 "신동엽 그

---

27 『산문전집』, 459쪽.
28 1954년 10월 어느 날로 기록된 편지를 보면, 입대하여 단기 훈련을 받고 있다는 사연이 나온다. 그 편지의 내용에서 신동엽이 군대 생활을 하고 있다는 사실은 분명해진다.(『산문전집』, 313쪽)

는 공산주의자도 아니고, 빨치산도 아니다. 그는 무정부주의자이며, 니힐리스트였다. 그는 '세련된 사회주의'를 꿈꾸던 이상주의자일 뿐이었다. 어쨌든 그는 '다소 복잡한 평화주의자'라고나 말할 수도 있을 것 같다"[30]라고 결론 내린 노문의 견해는 필자의 평소 생각과도 어긋나지 않는다. 이 점에 대해서는 다음 장에서 좀 더 다루어질 것이다.

3. 신동엽의 산문에 나타난 사유와 문학정신

1) 신동엽 산문의 정수―시론으로서 「시인정신론」

시인(혹은 소설가나 극작가라도 마찬가지다)이 자신이 주로 창작하는 시(혹은 소설이나 드라마) 장르가 아닌 다른 분야의 글을 지속적으로(!) 쓴다는 것은 어떤 의미를 지니는 것일까? 아니 좀 더 엄밀하게 물어야 할 것이다. 왜냐하면 작가들 가운데는 모든 장르의 글쓰기를 다 하는

---

29 1953년 가을에 신동엽이 기거하고 있던 서울 돈암동 사거리의 헌책방에서 인병선을 만나 서로 사귄 이래, 이듬해 부여로 내려간 신동엽이 1월 22일자에 인병선에게 보낸 편지를 필두로 1954년 내내 서로 많은 편지들이 오간 것을 알 수 있다. 그리고 1956년 1월의 편지들을 보면 그가 이미 제대하여 부여에 와 있는 것도 알 수 있다. 이어 6월의 편지들에서는 인병선과의 혼담이 오간 정황이 포착된다. 이러한 정황들을 미루어 보건대, 신동엽의 군대 생활은 1954년 10월부터 1955년 말까지로 보는 것이 타당할 듯하다. 따라서 노문의 이 증언은 단순 착오일 가능성이 높다.(『산문전집』, 305~323쪽)

30 『산문전집』, 461~462쪽.

사람도 있기 때문이다(물론 모두 다 잘하는 경우는 거의 보지 못한 것 같다). 사람에 따라 장르별로 선택적 글쓰기가 가능한 경우도 적지 않다고 보기에, 이 질문은 "작가가 보다 더 창작적 글쓰기(가령 시, 소설, 희곡 따위)가 아닌 수필과 같은 잡문(평론 포함) 따위를 쓴다는 것은 무슨 의미일까?"라는 정도로 제한할 필요가 있겠다. 필자는 시인이 아니기에 그 세세한 내부의 속사정을 구체적으로 알기 어렵다. 그리고 시인들마다 그 사정도 얼마간은 서로 다 다를 것이라 짐작된다. 학자(연구자)의 관점에서 보자면, 시인의 경우 수필류의 글쓰기가 어쨌든 본격적인 일은 아닐 것이다. 그래서 연구자들은 그러한 수필류의 산문들을 시인의 문학 세계를 이해하는 하나의 보조 수단 내지 참고 자료로 간주하는 경향이 짙다. 물론 이 대목에서 발끈하는 분들도 있을 수 있을 터이다. 시는 시대로, 산문은 산문대로 그저 다른 유형의 글쓰기로서 서로 독자적인 영역을 갖는다고 생각할 수도 있기 때문이다.

가령 적어도 필자와 같은 연구자의 관점에서 신동엽의 사례를 보자면, 수필·일기·편지·기행문 들은 대체로 그의 시 세계를 이해하는 데 도움이 될 만한 참고 자료 이상이기 어려운 것 같다. 그러나 평론의 경우는 시 쓰기와는 분명히 다른 독특한 측면이 있지 않나 싶다. 즉 앞서 언급했던 「시인정신론」이나 「60년대의 시단 분포도」 같은 평론들은 시인의 사상 및 철학, 문학적 관점 등을 온전히 파악할 수 있는 중요한 문헌 자료들이라 할 만하다. 단지 '시인 신동엽'을 이해하는 차원을 넘어 독자적으로도 충분히 의미 있는 시도라 하겠는데, 특히 「시인정신론」 같은 글은 '평론가 신동엽', 나아가 '사상가 신동엽'을 떠올릴 만하다고 해도 과언이 아닐 것이다. 하지만 그렇게 평가하기에는 표본 자체(평론 수)가 너무 적고, 문학 사상이나 철학을 더 펼쳐나가기에는 그의 요절이 많이 아쉽다.

아무튼 신동엽의 산문에서 가장 핵심을 이루는 글은 무엇보다도 「시인정신론」이 아닐 수 없다. 신동엽의 산문 세계를 다루고 있는 지금 이 글에서 필자가 다른 것은 다 놓치더라도 바로 「시인정신론」만은 빠뜨릴 수 없다고 할 만큼, 이것은 신동엽 문학과 사상의 정수精髓, 고갱이에 해당한다고 생각한다. 필자는 이미 오래전, 31년 전에 시인의 30주기를 기념하는 자리에서(『실천문학』, 1999년 봄호) 그 글이 신동엽 문학에서 핵심적인 '시론詩論'이자 동시에 통렬한 문명비판론이라고 주장한 바 있다.

'원수성-차수성-귀수성 세계'라는 신동엽만의 독특한 어사로써 문명사를 해석해내는 「시인정신론」은 현대사회에서 시인의 역할을 논하려는 의도에서 쓰인 것이지만, 다른 한편으로 일종의 문명비판론이기도 한 것이다. 특히 신동엽이 이 글에서 서구의 진보적 문명관의 실체, 그것의 정신적 토대가 되고 있는 이원론적 세계관의 정체를 예리하게 지적하는 대목을 보면, 30여 년 전에 이미 이만한 예지에 이르렀던 시인의 통찰력에 감복하지 않을 수 없다.

(…)

서구 근대문명의 철학적 근거가 되었던 이성중심주의적 세계관과, 근대극복을 지향하면서도 결국 근대의 다른 한 양상에 불과하고 말았던 사회주의사회의 철학적 기반인 유물론 사상을 동시에 비판해내는 이 글은 그것이 기실은 한 뿌리였음을 정확히 통찰하고 있다. 자연과 인간을 이

분법적으로 분리하는 이 같은 서구적 세계관에 의해 구축된 현대사회가 지구환경의 파괴를 가속화하고 그로 인해 종말론적 파국으로 치닫고 있는 오늘날의 생태학적 위기를 고려할 때, 신동엽의 문학은 오늘의 시점에 비추어서도 중요한 시사가 충분히 되고도 남음이 있다.[31]

변증법의 정반합 원리를 차용한 듯한 "원수성-차수성-귀수성"이라는 특유의 개념으로 근대문명 비판을 개진해나간 이 평론에서 드러난 신동엽의 독자적인 사유체계와 탁월한 문학 정신은 그 자체로 지성사에서 하나의 이정표라 할 만하다. 여태까지 신동엽을 다루었던 수많은 비평가, 연구자들이 거의 빠지지 않고 언급하고 있는 저 개념들과 문명 비판의 구체적인 내용들을 새삼 다시 들추어낼 여유가 이 자리에는 없다. 부득이 위의 인용으로 그 요점을 대신하며, 한 가지 굳이 더 보태자면 생태주의적 사유와 관련해서다. 어떤 이들은 그것을 '도가적 상상력' 혹은 '농경적 상상력'이라 이름 붙였지만[32], 필자도 저 위에 인용된 부분의 바로 뒤에 계속 언급하기를 "『녹색평론』을 중심으로 녹색문화운동을 선도하고 있는 김종철의 공동체론과 농본주의적 시각에까지 육박하는, 한 선구적인 인식"[33]이라고 지

---

31 김윤태, 「신동엽 문학과 '중립'의 사상」, 『한국 현대시와 리얼리티』, 소명출판, 2001, 166~167쪽.

32 김종철, 「신동엽론—민족·민중시와 도가적 상상력」, 『창작과비평』 63호, 창작과비평사, 1989년 봄; 김형수, 「시인 신동엽의 농경적 상상력」, 『녹색평론』 171호, 녹색평론사, 2020. 3.

33 『녹색평론』의 창간호가 1991년 11-12월호이니, 신동엽의 저 글이 발표된 것(『자유문학』, 1961. 2.)과는 무려 30년 이상 차이가 난다. 그 점에서 선구적이라 평가한 것이다.(김윤태, 앞의 글, 167쪽)

적하기도 했다.

좀 전에 「시인정신론」이 신동엽의 핵심적 '시론'이기도 하다고 말했는데, 그 글의 마지막 부분은 바로 시와 시인에 대한 인식론으로 채워져 있어 그 역시 주목할 필요가 있다. 가령 신동엽은 "시란 바로 생명의 발현인 것이다. 시란 우리 인식의 전부이며 세계 인식의 통일적 표현이며 생명의 침투며 생명의 파괴며 생명의 조직"이라는 인식 위에서, "시인이란 인간의 원초적, 귀수성적 바로 그것"이므로, "시인은 선지자여야 하며 우주지인이어야 하며 인류 발언의 선창자가 되어야 할 것이다"라는 결론에 이른다. 곧 시인은 궁극적으로 "전경인적인 귀수적인 지성"인 것이다.[34] 이쯤 되면 시인을 추방하고 철인정치를 내세운 플라톤과는 대척점에 선다고 할 법하다. 신동엽은 그 철인의 자리에 '전경인으로서 시인'을 세운 것이 아니겠는가.

2) '중립'의 사상—신동엽의 반전평화주의

신동엽 문학에서 가장 핵심어로, 또 그의 정치사상 가운데서 가장 핵심적인 개념으로 하나를 말하라면, 필자는 단연코 '중립'이라는 단어를 꼽을 것이다. 필자는 이미 그것에 대하여 논한 적이 있어, 역시 그것을 새삼 길게 재론할 여유가 없다. 간략하게 요약하자면, 신동엽이 적잖은 시 작품들에서 "정전지구, 완충지대, 중립"이란 단어들

---

34 『산문전집』, 102~103쪽.

을 순차(단계)적으로 혹은 발전적으로 사용하고 있었음에 주목하였
고, 또한 역사적으로 해방 직후와 4·19 직후 국내외에서 제기되었던
'한반도 중립화 통일 방안'과도 결부시켜 중립의 사상을 해명하고자
하였다. 그리하여 그 중립의 의미를 한편으론 한반도의 자주 통일과
민중 주체성의 측면에서, 다른 한편으론 생명사상과 근대 비판의 측
면에서 살폈고, 결론적으로 중립의 사상이 곧 유토피아적 공동체의
식에 잇닿아 있는 것으로 파악하면서, 글의 맨 마지막에 「산문시 1」
이라는 작품을 인용하는 것으로 끝을 맺었다.[35]

그런데 흥미로운 것은 신동엽의 메모 중에 시 「산문시 1」과 매우
흡사한 글이 있다는 점이다. 약간의 표현 말고는 같은 글이라고 해
도 무방할 정도이다.[36] 그런데 그 메모는 1957~1958년경[37]에 쓰인
것으로 추정되고 시 「산문시 1」은 『월간문학』 1968년 11월호(창간호)
에 발표되었으니, 같은 내용의 글이 10여 년 후에 시로 다듬어져 나
온 것으로 볼 수 있다. 서구에서는 소위 '68혁명'이 한창이던 그 무
렵에 발표된 「산문시 1」에서 엿보이는 시인의 사회 정치적 관점은
오늘날에 비추어봐도 매우 신선할 뿐만 아니라, 냉전 반공 이데올로
기가 기승을 부리던 그 시절의 한국 정치사를 감안해봐도 놀라운 것

---

35 김윤태, 「신동엽 문학과 '중립'의 사상」, 『한국 현대시와 리얼리티』, 소명출판, 2001.
36 본문의 인용에서 필자가 강조한 부분이 서로 다른 대목들이다. 내용이나 표현상으로 보면,
    ②(수필)를 고치고 보태서 ①(시)로 완성한 것을 능히 짐작할 수 있다.
37 '실천본'에서는 1957년에 메모한 것으로 되어 있으나, 이는 확실하지 않다. '실천본'에 오류
    가 워낙 많아서 일단 잠정적으로 추정할 수밖에 없다. 어쩌면 더 늦은 1960년대에 쓰였을
    수도 있겠지만, 설령 1960년대에 쓰였다 하더라도 그 의식의 선진성은 결코 퇴락하지 않는
    다고 본다.

이 아닐 수 없다. 게다가 그 메모가 만일 1950년대 후반에 쓰인 것이 맞는다면, 이 같은 사회 정치 의식은 20대 후반의 청년의 것으로 치기에는 매우 혁신적이고 탁월한 것이지 않을 수 없다. 시인의 예지와 선견지명에 감탄을 금하기 어렵다.

①

　스칸디나비아**라던가 뭐라구 하는 고장**에서는 아름다운 석양 **대통령이라고 하는 직업을 가진 아저씨가** 꽃리본 단 딸아이의 손 **이끌고** 백화점 **거리** 칫솔 사러 나오신**단다.** 탄광 퇴근하는 광부들의 작업복 뒷주머니마**다엔** 기름 묻은 책 하이데거 러쎌 **헤밍웨이** 莊子 휴가 여행 떠나는 국무총리 서울역 삼등 대합실 매표구 앞**을** 뙤약볕 **흅쓰며** 줄지어 서 **있을 때** 그걸 본 서울역장 **기쁘시겠소라는** 인사 한마디 **남길 뿐** 평화스러이 자기 사무실 **문 열고 들어가더란다.** 남해에서 북강까지 넘실대는 물결 **동해에서 서해까지 팔랑대는** 꽃밭 **땅에서 하늘로** 치솟는 무지갯빛 **분수** 이름은 잊었지만 **뭐라군가 불리우는** 그 중립국에선 **하나에서 백까지가 다** 대학 나온 농민들 트럭을 두 대씩이나 가지고 **대리석** 별장에서 **산다지만** 대통령 이름은 **잘 몰라도 새 이름 꽃 이름 지휘자 이름 극작가 이름은 훤하더란다** 애당초 어느 쪽 **패거리**에도 총 쏘는 **야만엔** 가담치 않기로 작정한 그 **知性** 그래서 어린이들은 **사람 죽이는** 시늉을 **아니하고도** 아름다운 놀이 **꽃동산처럼 풍요로운** 나라, 억만금을 준대도 **싫었다 자기네 포도밭은** 사람 상처 내는 미사일 기지도 탱크 기지도 **들어올 수 없소 끝끝내 사나이 나라 배짱 지킨 국민들,** 반도의 달밤 무너진 성터 가의 입맞춤이며 푸짐한 타작소리 춤 **思索뿐** 하늘로 가는 길가엔 황토빛 노을 물든 석양 대통령이

196

라고 하는 직함을 가진 신사가 자전거 꽁무니에 막걸리병을 싣고 삼십리 시골길 시인의 집을 놀러 가더란다.

―「산문시 1」전문[38]

②

　스칸디나비아에서는 아름다운 석양, 꽃리본 단 딸아이의 손 **이끈 대통령이** 백화점에 칫솔 사러 나오신다. 탄광**에서** 퇴근하는 광부들의 작업복 뒷주머니마다 기름 묻은 책 하이데거 러셀 **노자** 장자. 휴가 여행 떠나는 국무총리 서울역 삼등 대합실 매표구 앞**에** 뙤약볕 **맞으며** 줄지어 서 **있으려니** 그걸 본 서울역장 **더우시겠소라나** 인사 한마디. 평화스러이 자기 사무실**로 걸어가는데** 남해에서 북강까지 넘실대는 물결 **굽이치는** 꽃밭 **잉잉거리는 꿈나비**. 이름은 잊었지만 **뭐라던가 하는** 그 중립국에선 대학 나온 농민들 트럭을 두 대씩이나 가지고 별장에서 **살지만** 대통령**의** 이름을 **모른다고 하는데** 애당초 어느 쪽**의 전쟁**에도 총 쏘는 **장난에는** 가담하지 않기로 작정한 그 **나라**, 그래서 어린이들은 **총 쏘는** 시능을 **안** 배우고도 아름다운 놀이**들이** 많은 그 나라. **자기 나라 논밭 위엔** 억만금을 준대도 **싫소**. 사람 상처 내는 미사일 기지도 탱크 기지도 **허락하지 않았으니** 아름다운 흙밭 위엔 입맞춤**과** 타작과 춤과 꽃다발 쏟아지는 강강수월래.

―「단상 모음 51」전문[39]

38　『시전집』, 398~399쪽.
39　『산문전집』, 223쪽.

두 글은 표현의 디테일에서 다소의 차이가 있을 뿐, 기본적인 의식은 동일하다. 전쟁에 가담하지 않는 중립국은 국제정치의 측면에서 보면 오스트리아와 같은 영세중립국을 떠올리게 되지만[40], 한편 스칸디나비아를 언급하는 것을 보면 정치체제의 측면에서는 스웨덴이나 핀란드 같은 사회민주주의 체제를 시인이 지향하고 있다고 봐도 무리한 해석은 아닐 것이다. 군사기지를 내어주지 않는 자주성과 특권 없는 평등사상, 반전·평화 의식과 (광부나 농부 같은 민중들의) 교양주의, 농업 중시의 생명사상 같은 말들로 신동엽의 사상과 철학을 규정지어도 좋을 것이다.

이러한 사회 정치적 현실 인식의 바탕 위에서 이 땅의 분단 현실이 빚어낸 비극을 노래한 시 「왜 쏘아」 같은 작품이 나올 수 있었던 것이 아닐까. 이 시의 육필 원고를 찾아보니 1958년에 창작된 것으로 추정할 수 있을 터인데, 도달한 인식 수준을 고려해볼 때 위의 인용 글 ②도 그즈음의 것으로 봐도 크게 틀리지 않을 듯하다. 서른도 채 안 된 나이에 이같이 높은 수준의 사회 정치 의식이 정립되었다고 보는 것은 아마도 그의 나이 10대 후반 전주사범학교 시절의 독서 경험과 그 이후 한국전쟁 시기에 그가 겪었던 실제적 경험과 고난 등이 복합적으로 작용한 결과가 아니었을까 짐작한다. 필자는 이 시를 단순히 반미·민족주의적으로 해석하는 것에 동의하기 어렵다. 그보다 더 넓은 시각, 즉 반전·평화 의식과 생명주의의 눈으로 읽는

---

40 실제로 해방 직후 한반도 통일 방안 가운데 맨스필드 미 상원의원이 내세운 중립화 방안은 오스트리아식의 중립화를 염두에 둔 것이다.(김윤태, 앞의 글, 154쪽)

것이 더 타당하다고 본다. 그렇다면 앞에서 신동엽의 옛 친구 노문이 말한 '평화주의자'[41]라는 지적은 실제로 설득력 있는 주장이 아닐 수 없다.

눈이 오는 날/ 소년은 쓰레기 통을 뒤졌다.// 바람 부는 밤/ 만삭의 임부는/ 철조망 곁에 쓰러져 있었다.// 그리고 눈이 갠 아침/ 그 화창하게 맑은 산과 들의/ 은빛 강산에서/ 열두살짜리 소년들은/ 어제 신문에서 읽은 童話 얘길 재잘거리다/ 저격 받았다.// 나는 모른다./ 그 열두살짜리들이 참말로/ 꽁꽁 얼어붙은 조그만 손으로/ 자유를 금 그은 鐵條網 끊었는지 안 끊었는지.// 나는 모른다/ 그 철조망들이/ 맨발로 된장찌개 말아먹은 소년들에게/ 목숨을 강요해서까지/ 필요한 것인지 아닌지는.// 다만 나는 안다/ 지금은 二重으로/ 철조망이 쳐져 있고/ 검은 倉庫가 서 있지만/ 그 근처 양지바른 언덕은/ 우리 어렸을 때만 해도/ 머리에 흰 수건 두른 아낙들이/ 안방 이야길 주고받으며/ 햇빛에, 목화단 콩깍지들을 말리던 곳이다.// 그리고 또 나는 안다/ 지금은 낯선 얼굴들이/ 얕보는 휘파람으로 왔다 갔다 하지만/ 그 근처 양지바른 언덕은/ 우리 어렸을 때만 해도/ 토끼몰이 하던 아우성으로/ 씨름놀이 하던 함성으로/ 밤낮을 모르던 박첨지네 동산이다.// 쓰레기통을 뒤져/ 깡통 꿀꿀이죽을 찾아 먹는 일/ 나도 이따금은 해봤다/ 눈사태 속서 총 겨냥한/ 낯선 兵丁의 호령을 듣고/ 그 퍽퍽한 눈 속을/ 깊이깊이 빠지면서 무릎 이

---

41 『산문전집』, 462쪽.

겨 기던/ 그 少年의 마음을 나는 안다.// 꿰진 뒤꿈치로/ 사지 늘어트려
/ 국수 가닥 깡통을/ 눈 속에 놓치던/ 그 마음을 나는 안다.// 아기 밴 어
머니가/ 배가 고파, 애들을 재워 놓고/ 집을 빠져나와/ 꿀꿀이죽을 찾으
려던 그 마음을,/ 고요한 새벽 흰 눈이 쌓인 그 벌판에서의/ 외로운 부인
의 마음을/ 나는 안다.// 왜 쏘아./ 그들이 설혹/ 철조망이 아니라/ 그대
들의 침대 밑까지 기어들어갔었다 해도,/ 그들이 맨손인 이상/ 총은 못
쏜다.// 왜 쏘아./ 우리가 설혹/ 쓰레기통이 아니라/ 그대들의 板子 안방
을 침범했었다 해도/ 우리가 맨손인 이상/ 총은 못 쏜다.// 쏘지 마라./
솔직히 얘기지만/ 그런 총 쏘라고/ 朴첨지네 기름진 논밭,/ 그리고 이 江
山의 맑은 우물/ 그대들에게 빌려준 우리 아니야.// 罰주기도 싫다./ 머
피 일등병이며 누구며 너희 고향으로/ 그냥 돌아가 주는 것이 좋겠어.//
솔직히 얘기지만/ 이곳은 우리들이/ 백년 오백년 천년을 살아 온/ 아름
다운 땅이다.// 솔직히 얘기지만/ 이곳은 우리들이 천년 이천년/ 울타리
없이도 콧노래 부르며 잘 살아온/ 아름다운 江山이다.

—「왜 쏘아」 전문[42]

3) 아나키즘 사상

앞에서 친구 노문이 신동엽에 관해 내린 평가에 '무정부주의자'
라는 표현이 있음을 기억할 것이다. 이것은 필자 역시 오래전부터

---

[42] 『시전집』, 433~437쪽.

품어온 생각이기도 한데, 신동엽의 문학을 아나키즘과 연결시키려는 연구는 이전에도 있어왔다.[43] 또 신동엽 20주기 때 발표된 김종철 교수의 글에서 신동엽의 작품 세계가 기본적으로 무위자연이라는 도가의 사상에 기초해 있다고 평가한 것[44]이라든가, 또 오창은이 40주기에 즈음하여 쓴 글에서 신동엽이 꿈꾸었던 세계가 "자립과 자치를 기반으로 한 민주주의공동체였고, 생명에 대한 성찰을 통해 도달한 삶의 근원으로서의 농민공동체, 자주적 공동체였다"라고 주장한 것[45]도 그 논지들의 바탕에는 아나키즘이 어느 정도 결부되어 있다고 필자는 생각한다.[46]

그러면 신동엽의 작품들, 시나 산문 가릴 것 없이 그 속에 직간접적으로 드러나 있는 아나키즘적 사유가 펼쳐진 지점들을 대충 눈에 띄는 대로 찾아보자.

①

父가 子를 가꾸는 것은 사교이다. 子와 父와 서로 상호부조하는 버릇이다.

(이 관계는 이론에 의해 성립된 것도, 제도에 의해 마련된 것도 아니다. 즉 상호부조라 하는 버릇은 생물의 종의 보호와 진화를 위해서 생물들

---

43 한국 아나키즘문학 연구에 주력해온 김경복 교수의 성과(「신동엽 시와 무정부주의」, 『한국 아나키즘시와 생태학적 유토피아』, 다운샘, 1999)는 그 대표적인 예이다.

44 김종철, 「신동엽의 도가적 상상력」, 『시적 인간과 생태적 인간』, 삼인, 1999.

45 오창은, 「시적 상상력, 근대체제를 겨누다」, 『창작과비평』 143호, 창작과비평사, 2009년 봄.

46 또한 신동엽 전문 연구자라 할 수 있을 김응교 교수도 최근에 페이스북을 통해 신동엽을 아나키스트로 규정하였다.

이 본래 가지고 있는 가장 큰 무기 가운데의 하나이기 때문이다.)

—1952년 10월 20일, 일기 부분[47]

②

반전, 반폭력, 반정 데모들이 세계 여러 나라에서 잇따라 터지고 있다. 데모하는 사람들의 성분, 그들의 구호야 어떻든 간에 그 데모를 충격 주고 있는 핵심적인 힘은, 인간 속에 잠재하고 있는 '무정부'에의 의지이다. 인간의 순수성은, 인간의 머리 위에 어떠한 형태의 지배자를 허용할 것을 원하지 않는다.

민주당을 지지하는 선한 시민이 공화당 정부를 욕하는 것은 민주당을 지지하기 위해서가 아니라, 현재 자기들의 머리 위에 군림하고 있는 간섭자로서의 현 정권을 부정하기 위해서 취하는 '무정부'에의 의지의 발로인 것이다. 다시 말해서 '민주주의'에의 의지의 발로인 것이다.

민주주의의 본뜻은 무정부주의다. 인민에 의한, 인민을 위한, 인민의 정부, 이것은 사실상 정부가 따로 존재하지 않는다는 것을 뜻한다. 인민만이 있는 것이다. 인민만이 세계의 주인인 것이다.

그래서 인민은, 아니 인간은 세계 이곳저곳에서 머리위에 덮쳐 있는 정상頂上을 제거하는 데모들을 하고 있는 것이다.

소련 국민들은 우상, 스탈린을 제지하는 데 성공했고 프랑스 국민들은 드골의 코를 쥐고 네 권위도 별게 아니라고 협박해본다. 그리고 한국에

47 『산문전집』, 287~288쪽.

서는 1960년 4월 그 높고 높은 탑을 제지하는 데 성공했다.

—「단상 모음 52」전문[48]

③

반도는,/ 평등한 노동과 평등한 분배,/ 능력에 따라 일하고/ 필요에 따라
분배,/ 그 위에 백성들의/ 축제가 자라났다.// 늙으면 마을사람들에 싸
여/ 웃으며 눈감고/ 양지바른 뒷동산에 누워선, 후손들에게/ 이야기를
남겼다.// 반도는/ 평화한 두레와 평등한 분배의/ 무정부 마을/ 능력에
따라 일하고/ 필요에 따라 분배,/ 그 위에 청춘들의/ 축제가 자라났다./
우리들에게도 생활의 시대는 있었다.

—「금강」6장 부분[49]

윗글 ①에 언급된 '상호부조'라는 개념은 잘 알려진 바와 같이 러
시아의 유명한 아나키스트 크로포트킨의 용어이다. 윗글의 의미를
천착해보면, "대부분의 진화론자들도 자손의 양육을 위한 상호부조
는 인식하고 있지만, 더 나아가 개체의 안전과 필수 식량을 확보하
기 위해서도 상호부조가 행해지고 있"[50]다는 크로포트킨의 말과 거
의 동일한 인식을 드러내고 있음을 엿볼 수 있다. 소년 신동엽이 전
주사범학교를 다니던 시절 즐겨 읽은 도서 목록에 크로포트킨의 책

48 『산문전집』, 223-224쪽.
49 『시전집』, 121~122쪽.
50 P. A. 크로포트킨, 『만물은 서로 돕는다—크로포트킨의 상호부조론』, 르네상스, 2005, 35쪽.

이 있었다는 것은 여러 연구자들에 의해 두루 밝혀진 사실이다.[51] 그러나 그의 일기(1952년 8월 17일)에는 "끄로뽀뜨낀의 『상호부조론相互扶助論』에 착수하다"[52]라고 기록되어 있어, 이 무렵부터 읽었다는 의미로 받아들일 수 있다. 그렇다고 어느 쪽이 더 맞느냐를 따지는 것은 여기서 큰 의미가 없고, 아무튼 그가 '상호부조론'의 독서를 통해 어떠한 형태든 아나키즘의 세례를 받았을 것이라는 추정은 내릴 수 있을 것이다.

윗글 ②에서 신동엽은 아나키즘(무정부주의)[53]을 민주주의와 등치시키고 있는데, 권력을 부정하고 부당한 권력에 저항하고 그것을 제거하려는 인간(혹은 인민)의 의지가 곧 "무정부에의 의지"라는 것이며, 이것이 본래적 의미의 민주주의라는 인식이다. 이는 우리가 흔히 민주주의라고 부르는 선거에 의한 대의민주주의[54]와는 상당히 다른 것으로, 바로 아나키즘에 다름 아니다. 원래 '아나키anarchy'란 말은 고대 그리스어로, '지배자가 없는' 혹은 '통치의 부재'라는 뜻이라고 하

---

51 그 대표적인 예로, 김응교(『신동엽 평전―좋은 언어로』, 소명출판, 2019, 40쪽)가 있다.
52 『산문전집』, 270쪽. 이 글이 쓰인 때는 1952년으로, 당시 신동엽은 만 22세의 대학생이었다. 이 시기는 그가 부산에 있는 전시연합대학에 다니던 무렵이다. 당시 일기에는 9월과 10월에 수시로 부산과 고향집(부여)을 오간 기록이 도처에 남아 있다.
53 아나키즘을 무정부주의로 번역하는 것은 엄밀히 말하면 정확한 것이라 할 수 없다. 그러나 여기에서는 그 개념의 유래와 내포를 따지는 자리가 아니므로, 통념상 동일한 의미로 사용한다. 게다가 신동엽도 그렇게 사용하고 있어, 이에 따른다. 혹자는 그래서 아나키즘을 무정부주의라고 하지 않고 '반강권주의(反强勸主義)'(하승우, 『아나키즘』, 책세상, 2008, 12쪽)라고 번역한다.
54 하승우, 위의 책, 81~85쪽. 크로포트킨이 대의민주주의를 거부했다는 주장은 시사하는 바가 크다.

는데[55], "지배자를 허용할 것을 원하지 않는다"거나 "정상頂上을 제거"한다는 윗글 ②의 내용에 매우 부합하지 않는가.

이러한 아나키즘적 사유는 시 ③(장시 「금강」)에서 구체적인 형태로 제시되고 있는바, 그것은 "평등한 노동과 평등한 분배, 능력에 따라 일하고 필요에 따라 분배"라는 표현 속에 응축되어 있다. 바로 그러한 세상이 신동엽이 지향하는 이상향의 세계, 곧 아나키즘("무정부 마을")의 내용인 것이다. 그리고 그러한 세계는 아래의 일기 ④에서 좀 더 자세하게 그려져 있다. 신동엽은 적어도 21세 젊은 청춘 시절부터 이미 아나키의 세상을 꿈꾸어왔던 것이 아니었을까.

④

모든 사람의 필요에 응하여 모든 사람은 각자의 소질을 노동으로 100퍼센트 발휘할 수 있는 세상. 자기의 이익이 곧 모든 사람의 이익과 일치하는 체제.

인간다운 생활, 즉 사업과 연애만이 가치를 지니는 그러한 사회. 그럼으로써 사람들이 지폐나 명예 같은 쓸데없는 것에 대한 소유욕적 에네르기를 허비할 필요 없이 살 수 있는 사회.

사회적 기생충인 부동층浮動層이 없고 또한 있을 필요조차 없는 기구. 그

---

55 김은석, 『개인주의적 아나키즘』, 우물이있는집, 2004, 26쪽.

러므로 전인류의 5할(노인, 어린이와 병신을 제외하고)이 넘는 기생충들의 노동력이 생산에 주력되어질 조직(상인, 은행, 군인, 정객, 지주 등).

이리하여 인간과 인간 사이에(부자간에도) 발생하는 물질적(상품적) 채무 관념이 자연히 해소될 세상.

이 얼마나 저절로 신명나는 아름다운 세상이냐.

　　　　　　　　　　　　　　　　　　　　　　　—1951년 5월 28일, 일기 전문[56]

이 "신명나고 아름다운 세상"이 바로 유토피아가 아니고 무엇이겠는가. 이야말로 이상 사회로 일컬어지던 고대 중국의 요순시대 함포고복含哺鼓腹하며 격양가擊壤歌를 부르던 세상과 다르지 않을 것이다. 모든 것이 자족적인데 제왕의 이름 따위는 알아 무얼 하겠는가, 권력(②에서의 지배자, 頂上)의 존재를 모르는 세상이나, 권력은 있으되 강제력을 스스로 포기한 세상이나, 그것이 바로 아나키의 이상理想인 것이다. 신동엽이 꿈꾸었던 바로 '중립'의 나라, 아나키의 세상은 곧 「산문시 1」의 세계이기도 함에야.[57]

56　『산문전집』, 254쪽. 그가 아나키 세상을 꿈꾼 이 일기가 1951년에 쓰인 것이고 크로포트킨의 『상호부조론』을 읽기 시작한 것이 1952년이니, 그는 이미 다른 책을 통하여 아나키즘을 접했을 가능성이 높다. 따라서 전주사범학교 재학 시절인 10대 후반에 크로포트킨 책을 읽었다는 김응교의 주장도 틀렸다고 보기 어려울 것이다.

57　「산문시 1」이 발표되었던 1968년, 이른바 '68혁명' 당시 프랑스 소르본 대학과 파리 곳곳에서 아나키즘을 상징하는 검은 깃발이 다시 나부꼈다는 것은 우연의 일치였을까.

4. 마무리 말

이상으로 신동엽의 『산문전집』을 편찬하며 필자가 느꼈던 생각과 느낌을 정리하면서, 아울러 산문들 속에 나타난 그의 사상과 문학 정신 등을 간략히 살펴보았다. 결론에 이르러서는 그것들을 다시 정돈하여 마무리하는 것이 통례이지만, 굳이 그것들을 되풀이하여 말하고 싶지는 않다. 한낱 중언부언에 불과하지 않은가.

다만 한 가지 필자에게 남은 숙제를 말하면서 마무리하는 것이 나을 듯싶다. 필자는 2009년에 강형철, 정우영, 김응교 시인들과 더불어 신동엽 40주기를 기념하는 행사를 준비하였는데, 그때 '21세기 새롭게 조망하는 신동엽 문학과 사상'이란 제목으로 학술회의 기획을 주도하였다. 당시 필자의 기획 의도는 신동엽에게서 '민족'이라는 과도한 굴레를 벗겨주자는 것이었다. 이 말은 신동엽에게 '민족 시인'의 호칭이 걸맞지 않다는 뜻이 결코 아니다. 다만 신동엽의 사후(1969년 이후), 특히 1970~1980년대에 한국문학계의 주류로서 유행하던 '민족문학'의 큰 흐름 속에 그가 단골로 호명되고 또 거칠게 포괄되던 '민족주의'(특히나 부정적인 의미에서의)의 그늘에서 벗어나, 신동엽의 문학 속에 내재된 다른 특징들, 그러니까 미세한 결들이라든가 간과되거나 세심하게 다루어지지 못한 지점들을 한번 짚어보자는 의도였던 것이다. 그에 따라 '민중민족문학을 넘어서'라는 제목으로 전체적인 주제의 방향을 잡는 기조 발제를 강형철 교수에게 맡겼고, 필자와 김응교, 이경수 교수가 생태아나키즘, 탈식민주의, 페미니즘과 결부하여 신동엽의 문학 세계를 21세기적 시대 상황에 걸맞게 새롭게 들여다본 바 있었다.

그런데 다른 분들은 이미 그 주제들을 논문이나 평론으로 정리하여 발표한 것 같았으나, 필자는 공부가 부족하여 십 년도 더 지난 아직까지 완성하지 못하고 있다. 당시 생태아나키즘의 관점에서 신동엽의 문학을 좀 더 새로운 각도로 들여다볼 심사였으나, 그것을 준비하던 중에 갑자기 중국의 대학에 몇 년간 가게 되어 부득이 심도있는 연구를 지속하지 못하고 그저 문제 제기만 한 상태로 그치고 말았던 것이다. 하지만 세월이 흘렀어도 그 주제는 여전히 유효하다고 생각할 뿐만 아니라 오늘 이 글을 쓰면서도 연구의 진전과 심화가 절실히 요청된다는 것을 다시금 깨닫는다. 또한 그때 학술회의 석상에서 지정토론자가 그 주제에 대해 서구의 아나키즘 이론보다 한국의 고유한 전통적 사유, 가령 동학사상과의 관련성을 언급하기도 했는데, 과연 그러한 지적도 상당히 일리 있을 것이라 생각했다. 동학사상과의 관련성에 대해서는 최근에 필자가 새롭게 찾아낸 신동엽의 시 3편을 소개하는 어느 글에서 '하늘'의 의미를 조망하면서 약간 다루어보기도 했다.[58] 그러나 그것으로 충분할 수는 없고, 더 치밀하고 자세한 리뷰가 간절하다고 생각하며 후일을 기약한다.

---

58 김윤태, 「신동엽 시의 '하늘'과 동학사상, 민중사관」, 『창작과비평』 184호, 창비, 2019년 여름.

2부

1960년대 사회 변화와 현대시의 응전

—1965년 한일협정 전후 김수영·신동엽의 시를 중심으로

고
봉
준

1. 1960년대의 정신사 : '자유'와 '민족'

"'아! 50년대'라는 감탄사 없이는 시작할 수 없다고 고은은 그의 「50년대」에서 강변했지만 최인훈과 나의 세대, 그러니 우리의 세대는 감탄사가 의문사로 바뀐 자리에서 비롯되었다."[1]

1960년대 문학은 '50년대'를 의문시하면서 시작되었고, 그것은 전후 체제를 떠받치던 '반공'에서 벗어나 '자유'로의 이행으로 구체화되었다. 이는 1960년 4월혁명 당시 학생들이 작성한 선언문의 핵

---

1 김윤식, 「해설—'우리' 세대의 작가 최인훈」, 『총독의 소리』, 문학과지성사, 1999, 443쪽.

심어가 '자유'였고, 장준하가 쓴 『사상계』 1960년 5월호의 권두언 「민권전선의 용사들이여 편히 쉬시라」에 등장하는 "'자유라는 나무는 피를 마시며 자란다'고 하는 말이 있습니다. (…) 지금 우리는 입으로 '자유'를 논할 자격을 얻었으며"라는 진술에서도 명확히 드러난다. 하지만 김수영의 1960년대 문학이 증언하듯이[2] 4·19혁명으로 얻은 '자유'(또는 '자유'를 논할 자격)는 여전히 불안정한 상태였다는 점에서, 심지어 '자유'는 이승만이 정권을 유지, 획득하기 위해 강조한 가치의 하나라는 점에서, '자유'를 60년대 문학의 고유한 개념으로 설정하는 데는 일정한 제약이 뒤따른다. 이와 관련하여 1961년 이후 발표된 자료들이 '민족', '조국' 등의 단어들을 사용하면서 반외세, 민족 통일, 민족 자립 같은 새로운 인식틀을 제시하고 있다는 사실에 주목할 필요가 있다. 실제로 1960년대에 새롭게 등장한 '민족'이라는 개념은 이승만 정권 때에는 불온한 것으로 간주되는 말이었으니, 1960년 9월 24~25일에 고려대학교에서 '민족 통일에 관한 제諸문제'라는 주제로 개최된 '전국 대학생 시국 토론 대회'는 4·19와 '민족'의 관련성을 보여주는 사례라고 말할 수 있다.[3] 요컨대 4·19가 상징하는 1960년대의 정신사는 각각 '자유'와 '민족'이라

---

2 김미정, "1950~60년대 공론장에 대한 지식사회학적 연구―'순수-참여 논쟁'을 중심으로", 서울대 석사논문, 2003, 47쪽.

3 고려대학교 정경대학생위원회가 개최한 이 대회는 당시 상당한 주목을 받았다. 이 대회는 각 대학의 저명한 교수와 언론인 23명이 대회 참가 원고 심사를 맡았고, 조기준(고려대 정경대 학장), 유진오(고려대 총장), 이상은(아세아문제연구소장), 조윤제(성균관대총장 겸 대한교수협회장) 등이 격려사를 했다.

는 개념을 중심으로 맥락화할 수 있는데, 이런 점에서 김수영과 신동엽의 문학은 1960년대의 기념비적 존재라고 말할 수 있다.

물론 이때의 '자유'와 '민족'은 양자택일의 배타적 관계가 아니다. 최인훈이 『광장』을 발표하면서 남긴 소감, "자유를 '사는 것'을 허락지 않았던 구정권하에서라면 이런 소재가 아무리 구미에 당기더라도 감히 다루지 못하리라는 걸 생각하면 저 빛나는 4월이 가져온 새 공화국에 사는 작가의 보람을 느낍니다"[4]에서 드러나듯이 4·19 이후에는 '민족' 문제에 관한 담론의 한계가 곧 '혁명'이 가져온 '자유'의 한계선으로 간주되었다. 최인훈의 『광장』이 갖는 문학사적 의미는 그것이 '자유-분단-민족'을 연속적 관계로 이해했다는 데서 찾을 수 있고, 김수영이 '김일성 만세'라는 시적 진술을 중요시하고 나아가 이어령과의 참여시 논쟁에 적극적으로 뛰어든 이유 또한 그것들이 '자유'의 문제와 직결된다는 인식 때문이었다. 물론 김수영의 '자유'가 이승만의 '자유', 신동엽의 '민족'이 박정희의 '민족'과 어떤 관계에 있는가를 적극적으로 해명하는 일은 1960년대 문학의 성격을 구명하는 데 있어서 중요한 논점으로 남아 있다.

한편 4·19는 분단 문제에 대한 새로운 관심을 불러일으켰다. 4·19 이전까지 이승만 정권의 분단 문제에 대한 공식적 이데올로기는 '북진통일론'이었다. 1960년 7·29 총선으로 권력을 잡은 민주당은 '선건설후통일론'을 주장했지만 경제적 역량 강화를 통한 반공통일론

---

4 최인훈, 『새벽』 1960년 11월호, 239쪽.

이라는 점에서 그것 역시 이승만의 생각에서 크게 벗어난 것은 아니었다. "4·19 이후 집권한 민주당은 혁신정치 세력과 학생들의 '중립화통일론, 남북협상론'에 반대하면서 우선 건설이 선행될 수밖에 없다라는 '선건설후통일론'의 입장을 표명한 바 있다. 그러나 기실 중요한 것은 민주당의 통일 방안과 이후 박 정권의 통일 방안은 동일선상에 있다는 사실이며 '무력통일'이라는 사고만 제외하면 이승만의 그것과도 일맥상통하는 것이다."[5] 분단 문제에 대한 기성 정치가들의 이러한 보수성은 4·19혁명의 주도 세력인 대학생들은 물론 소위 혁신계라고 분류되는 정치 세력과 정당들의 큰 반발을 불러왔다. '경제' 우선의 정책 노선을 지향한 민주당과 달리 대학생과 지식인 사이에서는 '통일'에 대한 논의가 본격화되었다. 앞에서 언급한 '전국 대학생 시국 토론 대회'가 대표적인 사례이다. 주목할 점은 이 토론회에서 '중립화통일론'이 단연 인기를 끌었다는 사실이다.[6] 주지하듯이 4·19 이전에는 중립화론 자체가 금기의 대상이었다.[7] 이러한 중립화통일론은 미국의 대對아시아 정책 결정에 상당한 영향력을 행

---

5 박태순·김동춘, 『1960년대의 사회운동』, 까치, 1991, 282쪽.

6 약 60%의 학생들이 '중립화통일론'을 주장했다.(엄상윤, "제2공화국 시대의 통일논쟁", 고려대 박사논문, 2001, 98쪽)

7 김수영은 1968년 1월 『사상계』에 발표한 「지식인의 사회참여」에서 이렇게 썼다. "D신문이 정원 초하룻날에 실은 J. B. 디로젤 교수의 '민족주의의 장래'라는 논설은, 개발도상국에 있는 국가들의 '적극적 중립주의'의 당위성을 논한, 우리나라의 필자라면 좀처럼 쓸 수도 없고 실리기도 힘들 만한 내용의 것인데, 이것을 비롯한 10편 가량의 해외 필자의 건전한 논단 시리즈를 꾸민 데 대해서는 경하의 뜻을 표하면서도, 어쩐지 한쪽으로는 365일의 지나친 보수주의의 고집에 대한 속죄 같은 인상을 금할 길이 없다."(『김수영 전집 2』, 이영준 엮음, 민음사, 2018, 297쪽)

사하던 민주당 원내부총무 마이크 맨스필드가 상원외교위원회에 제출한 보고서에서 한반도의 분단 문제를 '오스트리아식 중립화'를 통해 해결할 것을 제안한 사실이 알려지면서 급속히 번져나갔다. 여기에 한국전쟁 직후부터 줄곧 한반도의 '중립화통일론'을 주장하던 재일교포 김삼규가 1960년 6월 일시 귀국하여 다양한 신문과 잡지 등에 '중립화통일론'의 정당성을 담은 글을 발표하고, 재미교포 김용중의 '선중립·후통일' 등이 더해짐에 따라 '중립(화)'을 통한 통일이라는 관점은 다수의 지지를 획득해나갔다. 1961년 4월 당시 국제신보사 논설위원이던 소설가 이병주가 『중립의 이론』(샛별출판사, 1961)을 편집·출간한 것도 이런 맥락에서 이해되어야 한다. 하지만 '자유'와 '민족'을 전면화한 이러한 흐름은 5·16군사쿠데타(이하 '5·16')로 인해 더 이상 지속되지 못했다. 5·16 직후 이병주가 이 책에 실은 「조국의 부재」 때문에 '혁명재판'에 넘겨져 10년 형을 선고(실제 2년 7개월 수감)받은 사건이 당시의 분위기를 보여주는 단적인 사례이다.

'자유'에 대한 정당한 요구와 갈망에서 시작된 4·19는 시간이 흐르면서 점차 '민족'과 '분단'에 대한 관심으로 확장되었다. 가령 4·19 1주기를 맞이하여 서울대학생회가 발표한 선언문에는 "3, 4월 항쟁을 계속 발전시키기 위해서는 반봉건, 반외압 세력, 반매판자본 위에 세워지는 민족혁명을 이룩하는 길뿐이다"[8]라는 주장이, 같은 시기 서울대 민통련(민족통일연맹)이 발표한 4·19 시국 선언문에는 "조국

---

8 『민족일보』, 1961년 4월 20일자.

분단의 전 책임은 국제 공산주의와 독점자본주의 및 그들의 추종자인 반민족적 사대주의자들의 냉전 청부 행위에 존재한다고 규정한다"[9]라는 주장이 포함되어 있다. 한일 국교정상화, 즉 '한일협정'은 1960년대에 이러한 자생적 민족주의가 폭발하게 된 계기였다. 한일협정이 전 국민의 관심사가 된 것은 1963년 전후였지만, 국교정상화 논의는 1951년에 시작되어 1965년에 마무리되었다고 말하는 것이 타당하다. 2차 세계대전의 승전국인 미국은 전쟁 직후 일본에 전쟁 책임을 묻기보다는 일본이 동북아시아에서 미국의 강력한 반反공산주의 동맹이 되기를 원했다. 그런데 이런 동맹이 구축되기 위해서는 먼저 일본과 일본의 침략을 받은 피해국 간의 화해가 필요했고, 이런 이유로 미국은 지속적으로 우리 정부에 국교정상화를 위한 한일회담 개최를 종용했다. 하지만 1951년에 시작된 한일회담은 이승만, 장면 정권을 거치는 동안 실질적인 진척을 이루지 못했다. 그런데 60년대에 접어들어 상황이 급변했다. 경제 부흥과 성장을 통해 자신의 집권에 대한 국민적 저항을 상쇄시키려는 박정희의 욕망과 극동 지역의 안보 책임을 일본에 전가하려는 미국의 전략, 그리고 1950~1960년대 대호황으로 과잉자본을 투자할 해외시장을 찾던 일본의 관심이 일치하는 순간이 도래한 것이다. 1962년 7월 미 국무부는 "한국 정부에 청구권의 명목에 구애받지 말고 일본의 경제원조를 받아들이라고 전하고, 만약 응하지 않는다면 미국의 원조를 다시 고려하

---

9 「민족일보」, 1961년 4월 20일자.

겠다고 압력을 가할 것"[10]이라는 메시지를 주한 미국대사관에 전달했고, 8월 23일에는 케네디 대통령이 직접 박정희에게 친서를 보내 한일회담 개최를 요구했다. 이에 박정희 정권은 한반도 침탈에 대한 공식적인 사죄와 배상을 요구해야 한다는 국민의 뜻과 반대로 1962년 11월 12일 당시 중앙정보부장 김종필과 일본 외상 오하라의 비밀 회담을 통해 일본이 한국에 '무상 공여 3억 달러, 유상 정부 차관 2억 달러, 민간 차관 1억 달러 이상'을 제공한다는 합의를 진행했다. 박정희의 이러한 정치적 판단은 "식민지 피해 청산 문제를 단순한 채무 변제 성격의 '청구권'으로 변질시켰다. 그리고 과거 청산이라는 우리 민족의 절체절명의 과제를 외면하고 전범국 일본에 면죄부를 안겨주었다."[11] 이후 이 회담의 내용은 1965년 공식 회담을 거쳐 확정되었고, 각계각층의 비준 반대투쟁에도 불구하고 1965년 8월 16일 국회에서 비준 동의안이 통과되었다. 이후 비준동의안 철회를 요구하는 대중의 저항이 커지자 박정희는 8월 26일 서울 일원에 위수령을 선포함으로써 폭압적인 통치를 예고했다.

1960년대, '한일협정' 국면에서 발생한 중요한 사건으로 '6·3투쟁'을 꼽을 수 있다. 이것은 1964년 일본과의 국교정상화에 반대하여 당시 대학생, 시민, 재야인사 등이 주도하여 일으킨 반일·반정부 투쟁이다. 1963년 10월 15일에 치러진 대통령 선거에서 윤보선을 누르고 당선된 박정희는 1964년 1월 10일 연두교서에서 "강력한 경제

10 김기선, 『한일회담반대운동』, 민주화운동기념사업회, 2005, 51쪽.
11 김기선, 위의 책, 110쪽.

외교를 적극 추진하여 보다 나은 조건하에서 보다 많은 외자를 확보"할 것이며, "자유 진영 상호 간의 결속의 강화로써 극동의 안전과 평화 유지에 기여한다는 대국적 견지에 입각"하여 빠른 시일 내에 한일회담을 타결하겠다는 입장을 표명했다. 이에 3월 9일 야당을 중심으로 '대일굴욕외교반대범국민투쟁위원회'가 결성되었고, 이 단체는 3월 15일부터 20일까지 전국 12개 주요 도시를 순회하면서 한일회담 반대 집회를 열었다. 한편 3월 24일에는 서울대 문리대에서 한일 국교정상화의 주역인 김종필과 일본 수상 이케다 하야토의 허수아비를 불태우는 화형식이 개최되었다.[12] 또한 1964년 5월 20일 서울대 문리대 교정에서는 서울대, 동국대 등 5개 대학 '한일굴욕회담반대투쟁위원회'의 연합 조직 '한일굴욕회담반대학생총연합회'(학총련)가 거행하는 '민족적 민주주의 장례식'이 진행되었다. 여기에서 말하는 '민족적 민주주의'란 김범부(소설가 김동리의 형)가 5·16 직후 박정희에게 제안한 것으로, 훗날 박정희는 이것을 '자유민주주의'로 바꾸었다. 이 집회에서는 민주주의의 죽음을 애도하는 조사弔詞가 낭독되었는데, "시체여! 너는 오래전에 이미 죽었다. 죽어서 썩어가고 있었다. 넋 없는 시체여! 반민족적 비민주적 '민족적 민주주의'여. 네

---

12 이때 서울대 학생들이 채택한 결의문에는 다음의 내용들이 포함되어 있다. 1) 민족 반역적 한일회담을 즉각 중지하고 동경체재 매국 정상배는 일로 귀국하라, 2) 평화선을 침범하는 일본 어선을 해군력을 동원하여 격침하라, 3) 한국에 상륙한 일본 독점자본의 척후병을 축출하라, 4) 친일 추구하는 국내 매판자본가를 타살하라, 5) 미국은 한일회담에 관여하지 말라, 6) 제국주의 일본 자민당 정권은 너희들의 파렴치를 신의 양화를 입어 속죄하라, 7) 박정권은 민족 분노의 표현을 날조 공갈로 봉쇄치 마라, 8) 오늘 우리의 궐기는 '신제국주의자'에 대한 반대투쟁의 기점임을 만천하에 공포한다.

주검의 악취는 '사쿠라'의 향기가 되어"로 시작되는 이 조사의 집필자가 바로 김지하였다. 이 사건을 분기점으로 대중의 반일 감정은 '박 정권 하야', '박정희 정권 타도'로 방향이 바뀌었다. 이러한 국민적 저항에도 불구하고 박정희는 1965년 4월 3일 한일기본조약과 부속 협정에 가조인했고, 6월 22일에는 동경의 수상 관저에서 정식 조인했다. 이에 국회의 비준 동의를 앞두고 각계각층에서 광범위한 반대운동이 벌어졌는데, 7월 8일에는 문인 82명이 한일협정 파기를 주장하는 성명을, 12일에는 서울 소재 대학교수 354명이 한일회담 내용을 비판하는 성명을 발표했다. 이때 신동엽과 김수영도 문인들의 성명서에 이름을 올렸다.

2. 김수영의 60년대 : '자유'라는 프리즘

최인훈 문학에 대한 김윤식의 평가에서 확인되듯이 60년대 문학의 역사적 성격은 1950년대를 짓누르고 있던 냉전 이데올로기, 즉 '반공'으로부터 벗어나는 것에 있다. 최인훈의 『광장』이 60년대 문학의 맨 처음에 놓이는 이유도 그것이 냉전의 양극인 남과 북이 아니라 '중립'을 선택했다는 데에 있다. '북진통일'이 모토였던 남한에서 1950년대까지 '중립'은 상상할 수 없는 것, 또는 공산주의와 동일한 것으로 간주되었다. 하지만 김수영의 문학이 증언하듯이 60년대 문학인들에게 '냉전'과 '반공'은 여전히 현실이었다. 그러니 4·19 이후 변화된 상황에서 '자유'에 대한 외침은 그 어느 때보다 크고 간절할 수밖에 없었다. 생애의 마지막 순간까지 '자유'를 노래한 김수영이 60년대를 대표하는 시인으로 평가되는 이유도 여기에 있다. 하지만 앞서 지적한 것처럼 60년대의 문학적 상상력은 단일하지 않았으니, '자유'와 '민족'이라는 두 축을 중심으로 이해되어어 한다. 이는 4·19의 성격을 평가할 때에도 동일하게 적용되는 문제이다. 즉 '자유'의 문제를 중심으로 바라보면 '4·19 시인'은 김수영이라고 평가할 수 있지만, '민족'의 문제를 중심으로 바라보면 '4·19 시인'은 신동엽이라고 말할 수 있다. 1960년대의 정치적 현실, 나아가 60년대 문학에서 '자유'와 '민족' 문제는 분리할 수 없는 것이었지만, 그렇다고 동일한 것도 아니었다. 때문에 '자유'와 '민족' 가운데 어느 쪽에 초점을 맞추느냐에 따라 문학(인)에 대한 평가는 달라질 수밖에 없다. 4·19 직후에 쓴 시에서 김수영은 "미국인과 소련인은 '나가다오'와 '가다오'의 차이가 있을 뿐/ 말갛게 개인 글 모르는 백성들의 마음에는/ '미국인'과 '소련인'도 똑같은 놈들"(「가다오 나가다오」)[13]에서처럼 냉전의 양극을 동시에 비판함으로써 중립적인 태도를, 나아가 '민족' 문제에 관심을 표명한다. 하지만 이 시기 '자유'에 대한 김수영의 이해는 다음과 같은 장면에서 가장 분명하게 드러난다.

①

"김일성만세"

---

13 김수영, 『김수영 전집 1』, 이영준 엮음, 민음사, 2018. 앞으로 김수영의 시는 이 책을 따른다.

한국의 언론 자유의 출발은 이것을

인정하는 데 있는데

이것만 인정하면 되는데

이것을 인정하지 않는 것이 한국

언론의 자유라고 조지훈이란

시인이 우겨 대니

나는 잠이 올 수밖에

—「"김일성만세"」 부분

②

세계 여행을 하는 꿈을 꾸었다. 김포 비행장에서 떠날 때 눈을 감고 떠나서, 동경, 뉴욕, 런던, 파리를 거쳐서(꿈속에서도 동구라파와 러시아와 중공은 보지 못하게 되어 있었기 때문에 착륙하지 못했다.) 홍콩을 다녀서, 다시 김포에 내릴 때까지 눈을 뜨지 않았다. 눈을 뜬 것은 비행기와 기차와 자동차를 오르내렸을 때뿐, 그리고 호텔의 카운터에서 돈을 지불할 때뿐 그 이외에는 일절 눈을 뜨지 않았다. 말하자면 나는 한국에서도 볼 수 있는 것만은 보았지만 그 이외의 것은 일절 보지 않았다.

—「시작 노트 4」 부분

김수영에게 '혁명'은 '자유'의 동의어였다. 김수영은 "자유가 없는 곳에 무슨 시가 있는가!", "내가 시를 보는 기준은 이 '자유의 회복'의 신앙이다"(「자유의 회복」)라는 말처럼 '자유'를 시 창작은 물론 평가의 기준으로 간주했다. 그런데 김수영이 생각한 '자유'는 한계가 없는 것, 즉 "불가능을 추구하는 것"(「'불온성'에 대한 비과학적인 억측」)이라는 점에서 문제적이다. "시를 쓰는 사람, 문학을 하는 사람의 처지로서는 '이만하면'이란 말은 있을 수 없다", "창작에 있어서는 1퍼센트가 결한 언론 자유는 언론 자유가 없다는 말과 마찬가지다"(「창작 자유의 조건」)라거나 "나의 자유의 고발의 한계는, 이런 불온하지도 않은 작품을 불온하다고 오해를 받을까 보아 무서워서 발표를 하지 못하게 하는 것이 과연 무엇이냐 하는 것이다"(「'불온성'에 대한 비과학적인 억측」)라는 진술에서 확인되듯이 그에게 '자유'는 어떠한 제약도 없는 상태를 의미했다. 그는 4·19에서 그러한 '자유'의 가능성을 엿보았지만 결국 그것은 "혁명에 대한 인식 착오"(「치유될 기세도 없이」)로 끝났다. 김수영이 4·19혁명을 '실패한 혁명'으로 평가하는 이유는 그것이 5·16에 의해 좌절되었기 때문이 아니라 '혁명'의 주체들조차 '혁명'과 '자유'를 제한적인 것으로 이해하고 있음을 깨달았기 때문이다. 김수영은 4·19 직후 "민주주의는 인제는 상식으로 되었다/ 자유는 이제는 상식으로 되었다/ 아무도 나무랄 사람은 없다/ 아무도 붙들어 갈 사람은 없다"(「우선 그놈의 사진을 떼어서 밑씻개로 하자」)처럼 제한 없는 자유가 도래할 것을 기대했지만 "새까맣게 손때 묻은 육법전서가 / 표준이 되는 한/ 나의 손등에 장을 지져라/ 4·26 혁명은 혁명이 될 수 없다"(「육법전서와 혁명」), "이기붕이까지는 욕을 해도 좋지만 이승만이는 욕을 해서는 안 된다는 내규가 있다"(「치유될 기세도 없이」)처럼 세상은 여전히 '제한된 자유'만을 허락했다.

해방과 냉전의 시대를 지나온 김수영에게 '자유'의 제한이란 말할 수 없는 것, 말하거나 생각해선 안 되는 것이 있다는 것이었고, 그것의 대부분은 '공산주의'나 '북한'과 관계된 것들이었다. 1968년 2월, 봄이 가까운 어느 날 "목욕통에 얼어붙었던 물의 윗덮개"가 조금씩 녹는 장면을 보면서 "우리의 38선은 세계에서 제일 높은 빙산의 하나다. 이 강파른 철 덩어리를 녹이려면 얼마만한 깊은 사랑의 불의 조용한 침잠이 필요한가"(「해동」)라고 읊조리는 김수영의 모습에서 '자유'의 구체적인 모습을 상상할 수 있다. "시고 소설이고 평론이고 모든 창작 활동은 감정과 꿈을 다루는 것이다. 그리고 이 감정과 꿈은 현실상의 척도나 규범을 넘어선 것이다. 말하자면 현실상으로는 38선이 있지만 감정이나 꿈에 있어서는 38선이란 터부는 문제가 되지 않는다"(「창작 자유의 조건」). ①에서 김수영이 "한국의 언론의 자유" 문제를 "김일성만세"를 '인정'하는 것과 동일시하는 이유는 정확히 당대의 금지/금기가 "김일성만세"로 요약되는 '공산주의/북한'에 대한 금지/금기였기 때문이다. 김수영은 ②에서 이러한 금지/금기가 의식만이 아니라 무의식, 즉 '꿈'의 세계까지 지배하고 있음을 보여주고 있다. 금지/금기에 대한 문제의식은 1967년에 쓴 「라디오 계界」에서도 동일하게 드러나는데, 이 시에 등장하는 "10.5는 몸서리치이는 그것", "이북 방송이 불온 방송이/ 아니 되는 날이 오면" 같은 구절은 '공산주의/북한'에 대한 금지/금기라는 맥락에서 이해되어야 한다.

전통은 아무리 더러운 전통이라도 좋다 나는 광화문
네거리에서 시구문의 진창을 연상하고 인환(寅煥)네
처갓집 옆의 지금은 매립한 개울에서 아낙네들이
양잿물 솥에 불을 지피며 빨래하던 시절을 생각하고
이 우울한 시대를 파라다이스처럼 생각한다
버드 비숍 여사를 안 뒤부터는 썩어 빠진 대한민국이
괴롭지 않다 오히려 황송하다 역사는 아무리
더러운 역사라도 좋다
진창은 아무리 더러운 진창이라도 좋다
나에게 놋주발보다도 더 쩽쩽 울리는 추억이
있는 한 인간은 영원하고 사랑도 그렇다

비숍 여사와 연애를 하고 있는 동안에는 진보주의자와
사회주의자는 네에미 씹이다 통일도 중립도 개좆이다
은밀도 심오도 학구도 체면도 인습도 치안국
으로 가라 동양척식회사, 일본영사관, 대한민국 관리,
아이스크림은 미국놈 좆대강이나 빨아라 그러나
요강, 망건, 장죽, 종묘상, 장전, 구리개 약방, 신전,
피혁점, 곰보, 애꾸, 애 못 낳는 여자, 무식쟁이,
이 모든 무수한 반동이 좋다
이 땅에 발을 붙이기 위해서는
―제3인도교의 물속에 박은 철근 기둥도 내가 내 땅에
박는 거대한 뿌리에 비하면 좀벌레의 솜털

내가 내 땅에 박는 거대한 뿌리에 비하면

―「거대한 뿌리」 부분

한일회담(또는 한일 국교정상화) 정국인 1963~1965년 김수영의 시는 이전과 다른 양상을 보인다. '자유'의 문제를 중심으로 모더니티를 고민하던 그는 이 시기에 이르러 "식민지의 곤충들이 24시간을/ 자기의 다리처럼 건너다닌다"(「현대식 교량」)처럼 '다리'의 역사성에 관해 이야기하고, "너의 사랑은/ 삼팔선 안에서 받은 모든 굴욕이/ 삼팔선 밖에서 받은 모든 굴욕이/ 전혀 정당한 것이 아니라는 것을 알았고"(「65년의 새 해」)처럼 분단 문제에 대한 시를 발표한다. 이러한 변화의 원인으로 "김수영에게 1964년의 한일회담은 역사적 기억의 트라우마가 해결될 수 있는 거의 공개적이면서도 공식화된 싸움의 장소였다"[14]처럼 "식민지 시기의 연극 시대라는 숨겨진 상처"가 언급되기도 하고, "서구문화 수용의 타율성을 경계하며 쓴 김수영의 자기비판적 지식인론은 「거대한 뿌리」로 대표되는 민족문학론, 즉 전통을 탈식민적, 탈냉전적 측면에서 새롭게 재인식한 지점과 맞물려 있다"[15]처럼 '민족문학론'이라는 담론과의 연관성이 주장되기도 한다. 특히 후자의 평가는 김수영의 산문 「모기와 개미」, 「제정신을 갖고 사는 사람은 없는가」, 「가장 아름다운 우리말 열 개」 등이 "반외세의

---

14 박수연, 「김수영의 연극 시대, 그리고 예이츠 이후」, 『비교한국학』 26(3), 국제비교한국학회, 2018, 197쪽.

15 박연희, 「청맥의 제3세계적 시각과 김수영의 민족문학론」, 『한국문학연구』 53집, 동국대교 한국문학연구소, 2017, 285쪽.

민족 이념과 참여지식인 문제를 쟁점화하기 위해 『청맥』이 기획한 특집에 실렸던 글"이라는 사실을 주요한 근거로 제시하고 있다. 그런데 한 텍스트의 의미를 그것에 대한 분석이 아니라 텍스트가 실린 매체의 성격과 동일시하는 이러한 환원론적 태도에는 아쉬움이 없지 않다. 굳이 이러한 환원론적 입장을 취하지 않더라도 이 시기 김수영의 시와 산문이 그 이전과 다른 경향을 보인다는 점, 특히 '자유'를 통한 모더니티의 문제보다는 식민지, 전통, 역사, 뿌리 등의 민족적·역사적 맥락을 거느린 어휘를 집중적으로 사용하고 있다는 점은 특이한 변화에 해당한다. 이 시에 대해서는 "하위계급적 조선 민중과 역사를 외국 여행자의 시각과는 반대로 형상화한 작품"(박수연), "서구문화 수용의 타율성을 경계하며 쓴 김수영의 자기비판적 지식인론"(박연희), "오욕의 역사와 궁핍한 전통에 대한 강한 긍정"[16]이라는 다양한 해석이 제시되어 있는데, 기본적으로는 "전통은 아무리 더러운 전통이라도 좋다"나 "내가 이 땅에/ 박는 거대한 뿌리"에서 드러나듯이 역사/전통에 대한 긍정의 정서를 담고 있다. 이 역사/전통에 대한 자의식을 촉발시킨 사건이 '한일회담'이었음은 분명한 듯하다. 역사/전통에 대한 새로운 감각을 탈식민주의적 관점에서 해석할 수는 있지만, 이것과 '민족주의'를 단순한 연속 관계로 이해하는 태도는 위험해 보인다. 이 한일회담 정국 직후에 쓴 작품들을 살펴보면 그는 "붙잡혀 간 소설가를 위해서/ 언론의 자유를 요구하고 월

---

16 김명인, 『김수영, 근대를 향한 모험』, 소명출판, 2002, 238쪽.

남 파병에 반대하는/ 자유를 이행하지 못하"(「어느 날 고궁을 나오면서」)는 자신의 소심함을, "우리는 월남의 중립 문제니 새로 생긴다는 혁신정당 얘기를/ 하고 있었지만/ 아아 비겁한 민주주의여 안심하라"(「H」)처럼 '정치'에 관한 이야기 자체를 터부시하는 동시대의 현실을, "국회의장 공관의 칵테일파티에 참석한/ 천사 같은 여류 작가의 냉철한 지성적인/ 눈동자는 거짓말"(「이혼 취소」)임을, "엉클 샘에게 학살당한/ 월남인이 되"(「풀의 영상」)는 상상을 노래하고 있기 때문이다. 이처럼 김수영은 4·19 직후 민족, 분단 문제에 관심을 표했지만 그것은 분단과 이념에 따른 금기가 '자유'의 한계에 대한 가늠자였기 때문이었지 그 반대는 아니었다. 마찬가지로 김수영은 한일회담 국면에서 역사/전통에 대한 관심을 적극적으로 표명했지만 그것은 '자유'의 중요성과 동시에 제시된 것일 뿐 관심의 지평이 달라진 것을 의미하는 것은 아니었다.

3. 신동엽과 '중립'이라는 문제 : '민족'을 중심으로

"누구보다도 4월 혁명 계승의 문학을 끌어올림으로써 한국 문학 자체에 새로운 지평을 틔우게 하였던 것은 신동엽이었다"[17]라는 평가에서 확인되듯이, 만일 4·19를 '자유'가 아닌 '민족'의 층위에서

---

17 박태순·김동춘, 앞의 책, 266쪽.

살핀다면 4·19 정신에 가장 근접한 60년대 시인은 신동엽이라고 말해야 할 것이다. 신동엽은 1959년 『조선일보』 신춘문예에 장시 「이야기하는 쟁기꾼의 대지」가 입선되어 문단에 나왔다. 1969년 4월 간암으로 세상을 떠날 때까지 그가 활동한 시기뿐만 아니라 보여준 시 세계는 60년대, 특히 4·19 정신을 상징하는 시인이라고 평가할 수 있다. 신동엽은 1963년 한일회담 정국에 출간한 자신의 첫 시집 제목을 '아사녀'라고 정했다. 신동엽에게 있어서 '아사녀'는 고유명사가 아니라 보통명사에 가깝다. 그는 1960년 7월 출간된 『학생혁명시집』에 「아사녀」라는 작품을 발표했고, 1967년에 발표한 「껍데기는 가라」에서는 "아사달 아사녀"가 맞절하는 "중립中立의 초례청"에 이상적 가치를 부여하고 있다. 전자에서 시인은 "4월 19일, 그것은 (…) 아름다운 치맛자락 매듭 고운 흰 허리들의 줄기가 3·1의 하늘로 솟았다가 또다시 오늘 우리들의 눈앞에 솟구쳐 오른 아사달阿斯達 아사녀의 몸부림, 빛나는 앙가슴과 물굽이의 찬란한 반항이었다"**18**처럼 4·19를 3·1운동의 연장선으로, 지배권력에 대한 민중의 저항을 "아사달 아사녀의 몸부림"으로 규정하고 있다. 그뿐만이 아니다. 1963년 11월 『사상계』에 발표한 「주린 땅의 지도指導원리」에서는 아사달과 아사녀의 '사랑'이 이상적 상태로 형상화되고 있다. '아사녀'에 대한 지속적 관심에서도 나타나듯이 신동엽의 시정신은 60년대 내내 변화보다는 지속의 양상을 띠었다고 말할 수 있다. 그

---

18 신동엽, 『신동엽 시전집』, 강형철·김윤태 엮음, 창비, 2013, 345쪽. 앞으로 신동엽의 시는 이 책을 따른다.

리고 이러한 지속성은 그 누구보다 강력하고 분명한 지향, 즉 '시인 정신론'에 힘입은 것이었다.

일찍이 김수영은 신동엽의 시를 가리켜 "우리가 오늘날 참여시에서 바라는 최소한의 모든 것이 들어 있다. 강인한 참여의식이 깔려 있고, 시적 경제를 할 줄 아는 기술이 숨어 있고, 세계적 발언을 할 줄 아는 지성이 숨 쉬고 있고, 죽음의 음악이 울리고 있다"[19]라고 고평高評했다. 신동엽도 김수영의 시에 대해 "김수영씨의 「꽃잎」(『현대문학』)을 읽으면서 한국의 하늘 아래 맑게 틔어 올라간 한 그루의 정신인을 보았다"[20]처럼 김수영의 시 세계를 높이 평가했다. 이들의 60년대 시는 동일하게 '사랑'을 대안적 가치의 세계로 설정하고 있지만 그 '사랑'의 성격과 그것을 표현하는 방식은 사뭇 달랐다. 가령 신동엽은 "그 모오든 쇠붙이는 말끔히 씻겨가고/ 사랑 뜨는 반도,"(「술을 많이 마시고 잔 어젯밤은」), "두 가슴과 그곳까지 내논/ 아사달 아사녀가/ 중립의 초례청 앞에 서서"(「껍데기는 가라」)처럼 부정적 요소가 사라진 이후의 세계를 '사랑'의 세계로 간주하고 있다.[21] 1960년대 신동엽의 문학 세계를 견인하고 있던 사유의 핵심은 현대문명 자체에 대

---

19 김수영, 「참여시의 정리」, 『김수영 전집 2』, 493~494쪽.
20 신동엽, 「7월의 문단」, 『신동엽 산문전집』, 강형철·김윤태 엮음, 창비, 2019, 117쪽.
21 이 시는 1967년 1월 신구문화사에서 기획한 현대한국문학전집 제18권 『52인 시집』에 처음 발표된 것으로 알려져 있으나 이는 사실과 다르다. 현재 남아 있는 이 작품의 판본은 (1)1964년 『시단』 6집에 수록된 판본, (2)2014년 『월간중앙』이 발굴, 소개한 시인의 친필 수정본, (3)유족이 문학관에 기증한 시인의 육필 초고본, (4)1967년에 출간된 『52인 시집』 수록본의 4종류가 있다. (1)과 (4)는 공식 출판물이라는 점에서, (2)와 (3)은 시인의 친필 흔적이 들어 있다는 점에서 의미가 있다.

한 비판과 대안적 세계에 대한 사유였다. 이것을 가장 잘 보여주는 것이 바로 「시인정신론」이다. 이 글에서 신동엽은 '현대=문명'을 "제 가끔 전문적인 한가지씩만 분리해가지고 달아나버렸음"의 세계, 즉 전문화와 파편화의 관점에서 '현대'의 근본 성격을 진단하고 있다.

새로운 우리 이야기를 새로운 대지 위에 뿌리박고 새로운 우리의 생각을, 새로운 우리의 사상을, 새로운 우리의 수목을 가꿔가려 할 때 세상에 즐비한 잡담들의 삼림은, 그리고 생경한 낯선 토양은 우리의 작업을 기계적으로 방해할 것이다. 황량한 대지 위에 우리의 터전을 마련하고 우리의 우리스런 정신을 영위하기 위해선 모든 이미 이루어진 왕궁, 성주, 문명탑 등의 쏘아 붓는 습속적인 화살밭을 벗어나 우리의 어제까지의 의상, 선입견, 인습을 훌훌히 벗어던진 새빨간 알몸으로 돌아와 있을 수 있어야 하는 것이다.

(…)

그리하여 대지 위에 다시 전경인의 모습은 돌아와 있을 것이고 인류 정신의 창문을 우주 밖으로 열어두는 서사시는 인종의 가을철에 의하여 결실되어 남겨질 것이며 그 정신은 몇만년 다음 겨울의 대지 위에 이리저리 몰려다니는 바람과 같이 우주지宇宙知의 정신, 리理의 정신, 물성物性의 정신으로서 살아남아 있을 것이다.

그리하여 그것은 곧 귀수성 세계 속의 씨알이 될 것이다.[22]

---

22 신동엽, 「시인정신론」, 앞의 책, 90~104쪽.

신동엽은 특유의 개념인 원수성原數性, 차수성次數性, 귀수성歸數性 세계의 구분을 통해 현대문명의 근본 성격을 분석하고 나아가 차수성의 세계에 속한 현대의 인류가 "귀수성 세계의 대지에로 쏟아져 돌아가야" 한다는 점을 강조했다. 그에 따르면 차수성의 세계에서 "인간들은 대지에 소속된 생명일 것을 그만두고 대지와 그들과의 사이에 새로 생긴 떡잎 위에, 즉 인위적 건축 위에 작소作巢되어진 차수성적 생명"으로 살아가며, 그로 인해서 "우리 문명된 시대의 도시 하늘을 짓누르고 있는 불안, 부조리, 광기성 등은 다름 아닌 나무 끝 최첨단에 기어오른 뜨물들의 숙명적 심정"에서 해방되지 못한다. "하나의 전경인적인 귀수적인 지성으로서 합일"이라는 표현에서 드러나듯이 신동엽에게 '전경인'은 "인간의 모든 원초적 가능성과 귀수적 가능성을 한 몸에 지닌" 대안적 존재를 가리킨다. 이러한 주장들과 시적 세계로 인해 김수영은 신동엽을 "50년대에 모더니즘의 해독을 너무 안 받은 사람 중의 한 사람"이라고 평가하기도 했다. 실제로 신동엽의 시와 산문을 읽다보면 그가 '문명=악', '자연=선'이라는 단순한 이분법에 고착되어 있다는 느낌이 들기도 한다. 다만 같은 시기에 유치환이 동양사상(노장)에 기대어 주장한 종합적 세계에 대한 지향과 분업화·파편화를 기본으로 하는 현대문명에 대한 신동엽의 비판 간에는 상당한 친화력이 있는데, 이는 이 시기의 시인들 다수가 현대라는 새로운 역사적 조건의 출현 앞에서 그것을 부정하고 과거—시간적 의미만이 아니라 전통적인 합일의 세계—를 회복하려는 움직임을 보였다는 사실을 고려해서 이해해야 한다. 신동엽의 「시인정신론」 역시 이러한 맥락과 무관하지 않다.

그런데 신동엽의 '시인정신론'은 단순한 문명 비판론이 아니다. 그것은 구체적인 역사적 경험과 현실에 바탕을 둔 문명 비판이라는 점에서 일정한 역사성을 지니며, 따라서 급격한 도시화·공업화의 폐해는 물론 '문명'의 이기利器가 불러오는 가장 끔찍한 경험인 침략과 전쟁 체험에서 싹튼 사상으로 이해되어야 한다. 한국전쟁이 민족 내부, 즉 동족 간의 전쟁이었고, 그것이 냉전을 주도한 강대국의 대리전 성격이었다는 사실로 인해 신동엽의 문명 비판론은 자연스럽게 민족문제에 대한 관심과 외세에 대한 비판적 태도로 흐른 듯하다. 가령 "수운이 말하기를/ 한반도에 와 있는 쇠붙이는/ 한반도의 쇠붙이가 아니어라/ 한반도에 와 있는 미움은/ 한반도의 미움이 아니어라/ 한반도에 와 있는 가시줄은/ 한반도의 가시줄이 아니어라"(「수운(水雲)이 말하기를」) 같은 진술은 신동엽이 전쟁과 분단 등의 역사적 사건들을 어떻게 이해하고 있는가를 잘 보여준다. "이방인들이 대포 끌고 와/ 강산의 이마 금그어 놓았을 때도/ 그 벽壁 핑계 삼아 딴 나라 차렸던 건/ 우리가 아니다"(「조국」)라는 구절에서 드러나듯이 신동엽은 한반도의 전쟁과 분단을 이방인들의 행위로 인식했다. 이것들만이 아니다. "절량絶糧과 실업失業이 민족 전체의 표정"(「60년대의 시단 분포도」), "과연 코리아적 곡식이 심어진 의욕 찬 평야를 눈여겨보고 하는 소리들인가"(「시와 사상성」), "만약에 발레리가 남북이 피투성이가 되어 싸우고 있는 금일의 조선에 생존하여 그의 절친한 가족의 하나가 어느 편한테 희생되었다고 하자. 그래도 발레리는 그러한 난해의 시를 썼을까"(「발레리의 시를 읽고」)라는 표현처럼 신동엽은 한반도의 역사를 시계視界에서 놓치지 않았는데 그에게 한반도의 역사는 민중과 민족의 수난사이자 억압에 대한 저항의 역사로 이해한다. 신동엽은 '시인'을 "민중 속에서 흙탕물을 마시고, 민중 속에서 서러움을 숨쉬고, 민중 속에서 민중의 정열과 지성을 직조織造·구제할 수 있는 민족의 예언자, 백성의 시인"(「60년대의 시단 분포도」)이라고 생각했다.

하루 해
너의 손목 싸 쥐면
고드름은 운하 이켠서
녹아버리고.

풀밭
부러진 허리 껴 건지다 보면
밑둥 긴 폭포처럼
역사는 철철 흘러가버린다.

피 다순 쭉지 잡고
너의 눈동자, 영嶺 넘으면
완충지대는,
바심하기 좋은 이슬 젖은 안마당.

고동치는 젖가슴 뿌리 세우고
치솟은 삼림 거니노라면
초연硝煙 걷힌 밭두덕 가

풍장 울려라.

—「완충지대」 전문

신동엽은 '쇠붙이', '쇠 항아리', '철조망' 등 일체의 현대문명을 부
정적인 것으로 인식한다. 이는 그것들이 침략, 살육, 전쟁, 개발/파괴
등처럼 자연적 질서의 세계에 인위적·폭력적 변화를 야기한다고 판
단했기 때문인 것처럼 보인다. 신동엽의 시에서 1950년대가 "불덩
어리 번갯불처럼 쏟아지는 기총소사"(「만약 내가 죽게 된다면」), "산골에
서도 평야에서도/ 도시에서도, 마을은 모두 폐허로 화하고/ 젊은 아
들딸들은 이편으로 저편으로/ 총들을 얽매고 없어져버리었다"(「압록
강 이남」)처럼 전쟁의 시대로 그려지는 이유도 이와 무관하지 않다. 신
동엽은 이러한 부정적 문명의 반대편, 즉 대안으로 '중립'의 세계를
제시한 것으로 유명하다. 첫 시집에 수록된 인용 시에서 시인은 '중
립지대' 대신 '완충지대'라는 용어를 선택하고 있다. 그런데 이 작품
은 1959년 11월 2일자 『세계일보』에 「새로 열리는 땅」이라는 제목
으로 발표된 적이 있고, 거기에는 '완충지대'가 아니라 '정전지구停戰
地區'라고 표기되어 있다.[23] 정확한 이유는 알 수 없지만 신동엽은
1959년 신문지상에 발표한 작품을 시집에 싣는 과정에서 '정전지구'
를 '완충지대'로, 제목을 '새로 열리는 땅'에서 '완충지대'로 수정한
셈이다. '새로 열리는 땅'이라는 상징적 제목에서 암시되듯이 시인

---

23 『신동엽 시전집』(창비, 2013)에서는 「완충지대」(1963)와 「새로 열리는 땅」(1959)을 유사
한 작품으로 처리하고 있으나 동일한 작품의 수정본으로 보는 것이 타당해 보인다.

에게 '정전지구'는 대안적 세계/공간으로 인식되고 있으며, 이는 같은 시기에 쓴 「향香아」에 등장하는 "오래지 않은 옛날", 즉 "들국화처럼 소박한 목숨을 가꾸기 위하여 맨발을 벗고 콩바심하던 차라리 그 미개지에로 가자 달이 뜨는 명절 밤 비단치마를 나부끼며 떼 지어 춤추던 전설 같은 풍속으로 돌아가자 냇물 굽이치는 싱싱한 마음밭으로 돌아가자"에 등장하는 세계와 같은 곳이다. 이 무렵 시인이 '정전지구'보다는 '완충지대'라는 시어를 특별히 선택, 선호했다는 사실은 분명하다. "아사달 아사녀의 나란 완충緩衝, 완충이노라고"라는 표현에서 확인되듯이 이러한 공간적 명명은 1963년에 발표된 「주린 땅의 지도指導원리」까지 유지, 지속되었다. 하지만 1964년에 이르러 시인은 '완충'을 '중립'이라는 시어로 재차 수정한다. "아사달 아사녀가/ 중립中立의 초례청 앞에 서서/ 부끄럼 빛내며/ 맞절할지니"(「껍데기는 가라」)라는 유명한 구절이 바로 그것이다. 뿐만 아니라 신동엽은 1968년에 발표한 「술을 많이 마시고 잔 어젯밤은」에 이르면 '완충'과 '중립'을 동시에 사용한다.

①

여보세요 아사녀阿思女. 당신이나 나나 사랑할 수 있는 길은 가차운데 가리워져 있었어요.

말해볼까요. 걷어치우는 거야요. 우리들의 포동 흰 알살을 덮은 두드러기며 딱지며 면사포며 낙지발들을 면도질해버리는 거야요. 땅을 갈라놓고 색칠하고 있는 건 전혀 그 흡반족吸盤族들뿐의 탓이에요. 면도질해버리는 거야요. 하고 제주에서 두만까질 땅과 백성의 웃음으로 채워버리면 돼요.

누가 말리겠어요. 젊은 아사달^{阿思達}들의 아름다운 피꽃으로 채워버리는데요.

(…)

비로소, 허면 두 코리아의 주인은 우리가 될 거야요. 미워할 사람은 아무 데도 없었어요. 그들끼리 실컷 미워하면 되는 거야요. 아사녀와 아사달은 사랑하고 있었어요. 무슨 터도 무슨 보루^{堡壘}도 소제^{掃除}해버리세요. 창칼은 구워서 호미나 만들고요. 담은 헐어서 토비^{土匪}로나 뿌리세요.

비로소, 우리들은 만방에 선언하려는 거야요. 아사달 아사녀의 나란 완충^{緩衝}, 완충이노라고.

—「주린 땅의 지도(指導)원리」부분

②
그 반도의 허리, 개성에서
금강산 이르는 중심부엔 폭 십리의
완충지대, 이른바 북쪽 권력도
남쪽 권력도 아니 미친다는
평화로운 논밭.

술을 많이 마시고 잔 어젯밤은
자다가 참

재미난 꿈을 꾸었어.

그 중립지대가
요술을 부리데.
너구리 새끼 사람 새끼 곰 새끼 노루 새끼 들
발가벗고 뛰어노는 폭 십리의 중립지대가
점점 팽창되는데,
그 평화지대 양쪽에서
총부리 마주 겨누고 있던
탱크들이 일백팔십도 뒤로 돌데.

(…)

꽃 피는 반도는
남에서 북쪽 끝까지
완충지대,
그 모오든 쇠붙이는 말끔히 씻겨가고
사랑 뜨는 반도,
황금이삭 타작하는 순이네 마을 돌이네 마을마다
높이높이 중립의 분수는
나부끼데.

　　　　　　　　　　　　—「술을 많이 마시고 잔 어젯밤은」 부분

①은 1963년 11월에, ②는 1968년 여름에 각각 발표되었다. ②에서 시인은 "자전거 탄 신사", "고등식高等食을 배불린 해외족海外族" 같은 권력의 형상을 대신하여 아사달과 아사녀의 '사랑'을 대안적 사건으로 제시한다. 그런데 이때의 '사랑'은 한편으로는 걸어치우는 것, 즉 자신들의 맨살을 덮고 있는 "두드러기며 딱지며 면사포며 낙지발들을 면도질"하는 것으로, 다른 한편으로는 채우는 것, "제주에서 두만까질 땅과 백성의 웃음으로", "젊은 아사달들의 아름다운 피꽃으로 채워"버리는 것으로 제시된다. 이러한 걸어치움과 채움의 과정은 뒤에서 '터'와 '보루'를 소제하는 것, '창칼'을 녹여 '호미'로 만드는 것, '담'을 헐어서 '토비土肥'로 만드는 일로 변주된다. 침략과 살상의 무기인 '창칼'을 농경의 도구인 '호미'로 만들고, 분리와 차별의 상징인 '담'을 허물어 토지를 비옥하게 '토비土肥'로 사용한다는 이 상상에는 시인이 바라는 이상적 세계가 함축되어 있다. 시인은 이러한 이상적 세계, 즉 아사달과 아사녀의 나라를 가리켜 '완충緩衝'이라고 쓰고 있다. 한편 ②에서 화자는 자신이 꾼 '재미난 꿈'에 관해 이야기한다. 이 시에서 '꿈'은 현실 법칙을 벗어난 세계, 화자가 희망하는 이상적 세계를 가리킨다. 이 시는 전체 8연으로 이루어졌는데 3연에서는 '완충지대'가, 5연에서는 '중립지대'와 '평화지대'가, 7연에서는 '완충지대'와 '중립'이 각각 이상적 세계의 표상으로 쓰이고 있다. 앞에서 살폈듯이 '정전지구'가 '완충지대'로, 그것이 다시 '중립'으로 변해온 반면, 여기에서는 '중립'과 '평화'와 '완충'이 동시에 사용되고 있는 것이다. 시인은 '완충지대'를 "북쪽 권력도/ 남쪽 권력도 아니 미친다는 평화로운 논밭"과 "그 모오든 쇠붙이는 말끔히 씻

겨가고/ 사랑 뜨는 반도"로, '중립지대'를 "너구리 새끼 사람 새끼 곰 새끼 노루 새끼 들/ 발가벗고 뛰어노는 폭 십리"의 공간으로 형상화한다. '너구리'와 '사람'과 '곰'을 나란하게 배열한 것에서 알 수 있듯이 이들 세계는 인간과 동물이 조화를 이루는 이른바 원초적 세계로 상상된다. 물론 '재미난 꿈'(1연)이 '허망하게 우스운 꿈'(8연)으로 귀결된다는 점에서 이 상상의 현실화가 불가능할 것임을 시인도 모르지 않지만, '중립지대'가 점점 팽창되어 새로운 세계가 만들어진다는 설정은 신동엽식의 '중립화 통일론'이라고 단정해도 과장은 아닐 것이다. 특히 '정전'과 '완충' 등으로 표현되던 이상적 세계에 대한 지향이 1964년 이후 '중립'으로 표기된 것은 4·19 이후에 본격화된 '중립화 통일론'의 영향으로 읽을 수도 있을 듯하다. 이렇게 보면 신동엽은 4·19를 '민족'의 맥락에서 해석했고, 한일회담 국면에서도 현대문명과 외세의 영향으로부터 벗어남으로써 민족·분단·통일 문제를 해결할 수 있다고 사유한 듯하다. 이러한 사고방식은 현대문명과 외세의 본질에 대한 사유를 촉발시키지만 동시에 '좋음=자연 vs. 나쁨=문명', '민족=선 vs. 이방인=악'이라는 단순화된 대립을 재생산할 수 있다는 점에서 문제적이라고 평가할 수 있다. 김수영이 신동엽의 시를 뛰어난 참여시로 평가하면서 "그가 쇼비니즘으로 흐르게 되지 않을까"[24] 염려하는 것도 이유가 없지 않다.

---

[24] 김수영, 「참여시의 정리」, 앞의 책, 495쪽.

껍데기는 가라.

사월도 알맹이만 남고

껍데기는 가라.

껍데기는 가라.

동학년東學年 곰나루의, 그 아우성만 살고

껍데기는 가라.

그리하여, 다시

껍데기는 가라.

이곳에선, 두 가슴과 그곳까지 내논

아사달 아사녀가

중립中立의 초례청 앞에 서서

부끄럼 빛내며

맞절할지니

껍데기는 가라.

한라에서 백두까지

향그러운 흙가슴만 남고

그, 모오든 쇠붙이는 가라.

—「껍데기는 가라」 전문

이 시는 신동엽의 대표작 가운데 하나이다. 이 시는 '동학', '아사달 아사녀'로 대표되는 역사의식, '껍데기'와 '쇠붙이'로 대표되는 기계문명을 초극하려는 의지, 그리고 '중립'으로 요약되는 민족문제에 대한 대안적 사유를 모두 함축하고 있다. 1960년대 신동엽의 시 세계가 민중을 중심에 놓은 특유의 역사의식과 반근대·반외세를 중심으로 한 문명에 대한 대안적 사유의 종합이라고 말한다면 산문「시인정신론」과 더불어 이 작품이 그 중심을 이루고 있다고 말할 수 있을 것이다. 오랫동안 이 시는 1967년에 출간된 『52인 시집』에 처음 수록된 것으로 간주되었으나, 최근 연구에 의해 첫 발표 지면이 1964년 12월에 간행된 『시단』 6집으로 정정되었다. 이러한 사실을 감안해 추측해보면 신동엽의 시 세계에서 이상적 세계를 가리키는 기호는 (1)정전지구(1959), (2)완충지대(1963), (3)중립(1964), (4)완충지대, 중립지대, 평화지대(1968) 순으로 바뀌었음을 알 수 있다. 무엇이 시인으로 하여금 기호를 바꾸게 했는지는 밝혀지지 않았지만, (1)과 (2) 사이에 4·19혁명이 있었고, (2)와 (3) 또는 (4) 사이에 한일협정 반대운동이 있었던 것은 분명하다. 여전히 많은 연구자들은 이러한 기호의 변화를 의미의 굴절이나 확장을 모색한 시인의 의지가 반영된 것으로 해석하지만, 어쩌면 1960년대를 관통한 역사적 사건들, 이를테면 4·19혁명, 한일협정 반대운동, 베트남전 파병 반대운동 등의 정치적·역사적 사건들이 시인으로 하여금 다른 언어를 선택하도록 강제한 것인지도 모른다. 이런 관점에서 보면 신동엽은 60년대에 활동했다는 좁은 의미가 아니라 60년대와 함께 변화·발전했다는 역동적인 관점에서 진정한 60년대 시인이었다고 말할 수 있을지도 모른다.

신동엽과 1960년대
─한일협정과 베트남 파병 문제를 중심으로

하
상
일

1. '65년체제'와 한국문학

1960년대 한국문학은 4월혁명으로부터 시작되었다. 이 명제는 한국전쟁 이후 이승만 정권의 부정부패에 저항하는 혁명의 목소리가 1950년대를 송두리째 전복시킴으로써 1960년대의 새로운 시대정신을 보여주었고, 이러한 혁명의 정신으로 무장한 새로운 세대가 한국문학의 변화와 혁신을 이끌어냄으로써 1960년대 한국문학은 1950년대와는 전혀 다른 새로운 미학과 실천을 동시에 열어나갔음을 의미한다. 한국전쟁 이후 모든 것이 폐허가 된 파산된 근대성 위에 새로운 형이상학을 세우려 했던 전후戰後 모더니즘의 세계가 4월혁명의 광풍을 맞고서 모순된 역사와 현실에 직접적으로 맞서는 리얼리즘의 정신으로 재편되기에 분주했던 것이 바로 1960년대 문학인 것이다. 따라서 1960년대 한국문학은 혁명 이전과 이후의 경계를 뚜렷이 구별함으로써 소위 전후 모더니즘에 기반한 구세대의 문학을 지워나갔던 신세대의 리얼리즘적 성취를 특별히 주목하였다. 결국 1960년대 한국문학은 4월혁명을 전제하지 않고서는 어떤 설명도 불가능한, 그래서 1960년대 문학은 곧 4월혁명 문학이라는 도그마가 1960년 한국문학을 논의하는 절대적인 기준이 되어왔던 것이 사실이다.

물론 4월혁명이 가져온 한국문학의 성취에 대한 이러한 인식은 전혀 잘못된 평가라고 할 수는 없다. 실제로 1960년대 문학이 4월혁명 이후 보여준 변화는 너무도 뚜렷했고, 이러한 변화가 1970~1980년대로 이어지는 우리의 어두운 역사와 현실에 맞서는 참여문학의 시대를 여는 중요한 교두보가 되었음은 틀림없는 사실이기 때문이다. 하지만 이러한 문제의식에서 자칫 간과하고 있는 것이 4월혁명은 그 역사적·문학적 의의에도 불구하고 1960년대 초반 5·16군사쿠데타에 의해 미완의 혁명이 되고 말았다는 점이다. 그렇다면 이러한 4월혁명의 시대정신이 1960년대의 현실에서 어떻게 지속적으로 이어졌는가에 대한, 즉 5·16 이후의 역사적 상황에 4월혁명의 정신이 어떠한 대응을 보여주었는가에 대한 실증적인 이해가 더욱 중요한 과제로 남는다. 다시 말해 1960년대가 4월혁명으로 시작된 것은 분명한 사실이라 하더라도 4월혁명의 역사적 의의만을 도그마화하는데 급급할 것이 아니라, 4월혁명의 시대정신이 1960년대 전반에 걸쳐 어떤 실천적 면모를 보여주었는가에 대한 구체적인 접근이 뒤따라야 하는 것이다.

이러한 문제의식에서 무엇보다도 주목해야 할 지점이 바로 1965
년이다. 1965년은 한일협정과 베트남 파병이 이루어진 해라는 점에
서 1965년 이전과 이후의 경계에는, 4月혁명 이전과 이후의 뚜렷한
구분조차도 미처 담아내지 못한, 즉 아시아의 패권을 둘러싼 미국의
신제국주의 정책이 야기한 동아시아의 국제정치적 문제가 깊숙이
은폐되어 있었다. 따라서 한일협정, 베트남 파병 등의 역사적 사건
들은 4月혁명이 아닌 5·16 이후의 정치적 상황을 전제하지 않고서
는 설명이 불가능한 문제였다는 점에서, 이에 맞서는 1965년 이후의
문학적 대응 양상은 1960년대 아시아 그리고 미국을 이해하는 세계
사적 문제의식 안에서 논의될 필요가 있다. 이처럼 '65년체제'를 주
목하여 1960년대 문학을 새롭게 접근한다면, 4月혁명의 자장 안에
갇혀 동어반복을 넘어서지 못했던 1960년대 한국문학 연구의 새로
운 가능성을 열 수 있을 것이다.

  5·16 이후 박정희 정권은 군정軍政에서 민정民政으로 겉옷만 갈아
입고 반공주의를 민족주의, 성장주의와 결합시키는 경제적 근대화
정책을 추진하는 데 집중했다.[1] 이를 위해서 그들은 아시아에서 베

---

[1] 박정희의 근대화 정책에 중요한 이론적 모델이 된 로스토우의 '제3세계 근대화론'은, 근대화
를 통해 일국 내부에서 공산주의 혁명을 막고자 하는 데 핵심이 있었다는 점에서 박정희의
민족주의와 자연스럽게 만날 수 있었다. 그는 저개발국가의 일차적 과제를 경제성장으로 보
고, 민주주의와 성장주의가 배치되는 경우 민주화를 경제성장 이후의 문제로 상정해야 한다
고 주장했다. 즉 제3세계 근대화 과정에서 나타나는 불안정은 공산주의의 침투를 초래할 수
있으므로, 민주주의보다 경제성장을 우선 추진함으로써 그 과정에서 민족주의가 국민 통합
의 힘으로 이용될 수 있다고 본 것이다.(박태균, 「로스토우 제3세계 근대화론과 한국」, 『역사
비평』 66호, 역사비평사, 2004년 봄, 144~151쪽)

트남의 공산화를 막으려는 미국의 전략적 이해에 적극적으로 동참함으로써 한일 청구권 문제를 경제원조의 방식으로 해결하는 데 합의를 했다. 그리고 1965년 6월 국회를 통해 이러한 합의를 명문화한 한일기본조약을 통과시켰고, 8월에는 합의를 전제로 약속했던 베트남 파병 동의안마저 국회의 동의를 얻어 통과시켰다. 표면적으로 보면 이러한 결과는 식민지 청산을 둘러싼 한국과 일본 간의 직접적 이해관계에 따른 것처럼 보이지만, 협상의 배후에는 아시아에서 패권을 장악하고자 했던 미국의 정치외교적 전략이 강력하게 작동하고 있었던 것이 엄연한 사실이다. 즉 미국은 아시아에서 자본주의와 공산주의의 양극화가 심화되고 있음을 철저하게 경계하면서, 이와 같은 냉전 상황에 대응하는 외교 전략을 효율적으로 구축하기 위해서는 한국과 일본의 우호 협력이 절대적으로 필요하다고 보았던 것이다. 따라서 박정희 정권은 이러한 미국의 아시아 패권주의에 적극적으로 동조함으로써 경제적 근대화의 세부 정책인 경제개발 5개년 계획을 실현할 수 있는 경제원조를 일본으로부터 얻어내고자 했다. 이는 5·16 이후 계속되는 국가의 혼란과 불안을 안정시키기 위해서는 경제적 근대화에 박차를 가하는 것이 무엇보다도 필수적이라는 정치적 계산이 깔려 있었기 때문이다. 이처럼 1965년 한일협정과 베트남 파병은 동전의 양면과 같은 것으로, 아시아에서 공산주의의 영향력이 점점 커지는 것을 극도로 경계한 미국의 외교 전략이 한국과 일본을 압박한, 사실상 미국의 전략적인 아시아 패권 정책에서 비롯된 결과였음에 틀림없다.

이런 점에서 4월혁명으로 시작된 1960년대 문학의 시대정신은

'65년체제'를 특별히 주목하지 않을 수 없었다. 해방 이후 20년이 지났음에도 불구하고 일본이라는 식민지 주체가 미국으로 그 이름만 바뀌었을 뿐, 여전히 미국과 소련을 중심으로 한 아시아 패권주의가 제국의 논리로 횡행하는 국가적 현실에 대한 분노와 저항의 목소리가 그 어느 때보다 확산되었던 시기가 바로 1965년이다. 당시『사상계』,『청맥』등을 비롯한 진보적인 잡지에서는 한일협정과 베트남 파병에 은폐된 미국의 신식민지 전략을 강도 높게 비판하는 데 집중했다.[2] 또한 이와 같은 현실이 식민의 역사를 제대로 청산하지 못한 과오에서 비롯되었다는 점을 분명하게 자각함으로써, 일본에서 미국으로 이어지는 신식민지 현실에 맞서는 과거사 청산 운동과 반미 시위 등을 더욱 확대해나갔다. 1965년 이후 한국문학이 미국과 소련 중심의 냉전체제에 맞서는 제3세계의 연대와 실천을 주목함으로써 신제국주의에 종속되어가는 1960년대 우리 사회 내부의 식민성을

---

2 한일기본조약이 조인되기 직전에 발행된『사상계』1965년 6월호는 '韓日회담의 破滅的 妥結'을 특집으로 하여 기본조약, 어업협정, 재일교포의 법적 지위 문제, 청구권 문제, 무역협정의 불합리성에 대해 비판했고, 7월 13일 긴급증간호『新乙巳條約의 解剖』를 발간하여 한일협정을 구한말 '을사조약'과 같은 것으로 평가하고, 각 분야 전문가들이 한일협정의 문제점을 비판한 글을 게재하였다.(김려실, 「『사상계』지식인의 한일협정 인식과 반대운동의 논리」,『한국민족문화』54호, 부산대학교 한국민족문화연구소, 2015. 2. 183~184쪽)『청맥』역시 1965년 12월호에 「현대 우방론」이라는 특집을 마련하여 우방 개념의 재검토와 강대국과 약소국의 우방 정책을 비교하면서 우방으로서의 미국과 일본을 고찰하였다. 한국을 둘러싼 정치, 경제, 군사, 외교적 상황이 모두 바뀌었는데 한국 외교는 준전시 한미 우호, 한일 유대 강화를 고집해 공산국 일반에 무차별로 적대적이며 중립국에 무심하다고 평가하면서, 한국 외교는 '자신의 위치'와 '진정한 주체 감각'이 결여되었음을 비판했다.(김주현, 「『청맥』지 아시아 국가 표상에 반영된 진보적 지식인 그룹의 탈냉전 지향」,『상허학보』39집, 상허학회, 2013. 10. 326쪽)

비판하는 목소리를 두드러지게 드러낸 이유도 바로 여기에 있다. 직접적으로든 우회적으로든 '65년체제'가 안고 있는 국제정치적 모순에 대응하는 1960년대 한국문학의 주체적 방향성을 실천적으로 보여주고자 한 것인데, 최인훈의 「총독의 소리」[3], 김정한의 문단 복귀[4]는 이러한 시대정신을 반영한 대표적인 성과였다고 평가할 수 있다.

이와 더불어 동시대에 가장 주목해야 할 문인으로 이 글의 연구 대상인 신동엽을 언급하지 않을 수 없다. 그는 일본에 의한 식민지와 미국이 주도하는 신식민지가 연속적으로 이어지고 있음을 누구보다도 예리하게 간파함으로써, 이러한 제국주의 논리가 음험하게 작동하는 '65년체제'에 저항하는 반외세 민족주의의 시적 가능성을 찾는 데 주력했다. 따라서 그는 민족의 자주성과 주체성을 올바르게 지켜내지 못한 반민족적 역사와 현실에 대한 비판적 문제의식으로 식민과 제국의 현실을 극복하는 대안적 사회 건설을 꿈꾸었다. 신동엽의 시가 아나키즘[5] 원리에 바탕을 둔 유토피아적 낭만성을 드러낸

---

3 이 작품의 창작 배경에 대해 최인훈은, "한일협정이라는 해방 후 정치사회사의 새 장을 여는 사건에 대한 한 지식인의 충격과 혼란과 위기의식을 폭발적으로 내놓기 위해서"였다고 말했다.(기획대담 「나의 문학, 나의 소설작법」, 『현대문학』 341호, 현대문학, 1983. 5, 298쪽)

4 이상경은 김정한의 문단 복귀를 1965년에 이루어진 한일협약과 베트남 파병에서 촉발된 것이라고 보면서, 1969년 발표된 「수라도」를 통해 일본군 '위안부' 문제에 처음으로 주목한 김정한의 안목이 획기적이라는 점을 높이 평가했다.(이상경, 「한국문학에서 제국주의와 여성」, 『김정한』, 강진호 엮음, 새미, 2002, 227~250쪽) 또한 김재용도 김정한이 1966년에 작가 활동을 재개한 것은 한일협정의 체결과 밀접한 연관을 가지고 있고 그 배후에 미국의 동아시아 정책이 있었다는 점에서, 이러한 문제의식으로 일제의 폭압적인 식민주의 지배를 드러내기 위해 1966년 김정한은 문단 복귀를 했다고 보았다.(김재용, 「반(反)풍화(風化)의 글쓰기」, 『작가와사회』 65호, 2016년 겨울, 79~92쪽)

이유도 이와 같은 제국주의를 넘어서고자 하는 비판적 현실 인식에서 비롯되었다고 할 수 있다. 그렇다면 그에게 있어서 '65년체제'는 어떠한 문학적 양상으로 구체화되어나갔던 것일까? 이 글은 신동엽이 1960년대 문학의 자장 안에서 이와 같은 문제 제기에 대해 어떤 입장을 보였고, 또한 자신의 작품을 통해 이러한 문제의식을 어떻게 실천적으로 구체화했는지를 분석하는 데 주된 목적이 있다.

2. 한일협정과 신식민주의

신동엽은 1960년대 우리 시의 현실에 대해 "歐美風 衣裳學에 열중한 나머지 제 육신의 성장에 신경을 쓰지 않았"다고 비판하면서, "무자각한 事大的 批評家 및 천박한 技巧批評家들은 그만 입을 다물거나 아니면 탈피의 아픔을 치러야 할 때다. 歐美風 一色으로 칠해진 재즈層 하늘에 五穀이 무르익을 까닭이 없다. 우리의 검은 땅을, 그리고 그 평야에서 〈人間精神〉을 찾으려고 노력하라"[6]고 엄중하게

---

5 아나키즘은 어원적으로 '지배와 권력의 부재'에서 유래하는데, 인간에 의한 인간의 지배를 부정하고 이런 지배를 뒷받침해주는 권력 기구를 부정하는 것이 그 본질이다. 특히 국가권력을 부정하고, 공동체의 질서를 확립하고, 인간 본래의 자유를 회복하자는 목표 때문에 '무정부주의'로 번역되기도 한다. 신동엽의 무정부주의는 이웃에 대한 사랑, 평등, 개인적 자유로 이루어지는, 무엇보다도 자연의 질서 그대로의 원시공동체 사회를 이상화하는 것으로 구체화되어 나타난다.(김준오, 『신동엽—60년대 의미망을 위하여』, 건국대학교출판부, 1997, 25쪽, 104쪽)

6 신동엽, 「詩와 思想性—技巧批評에의 忠言」, 『신동엽전집』, 창작과비평사, 1997, 379~380쪽.

경고했다. 또한 "우리 詩人들은 조국의 위치에 대한 상황 의식 없이 마치 洪水에 떠내려가는 거품처럼 盲目技能者가 되어 사치스런 언어의 유희만 흉내 내고 있"고, "영문학 숭상의 비평가나 詩人들은 지난 22년간 기회 있을 때마다 모든 지면을 총동원하여 歐美式 잣대로 한국문학을 재단"하여 "영국의 아무개 詩人, 프랑스의 아무개 비평가, 미국의 아무개 씨 등의 글 귀절들을 신주 모시듯 인용"[7]하는 데 혈안이 되었음을 신랄하게 비판했다. 이처럼 신동엽은 4월혁명의 정신으로부터 시작된 1960년대 문학이 서구를 맹신하는 식민성에 빠져 구미 중심의 생경한 문학 이론이나 국적 불명의 기교를 남발하는 것을 철저하게 경계했다. 따라서 그의 문학적 세계관은 해방 이후에도 제대로 청산하지 못한 식민성의 과감한 척결에 가장 큰 문제의식을 두었다. 그가 한일협정이 이루어진 1965년을 무엇보다도 주목해서 바라본 이유도 바로 여기에 있다. 식민의 유산을 그대로 이어받은 식민지 권력들이 자신들의 과오를 스스로 청산하기는커녕 오히려 더욱 권력화된 제국주의적 속성으로 민중들의 삶을 피폐하게 만들고 있음을 직시했던 것이다. 즉 식민지 지배에 대한 일본의 진정한 사과와, 피해자와 그 가족들에 대한 물질적·정신적 보상에 대한 국민적 합의를 먼저 이루어내지도 않은 채, 오로지 미국의 아시아 패권 전략에 편승해 경제적 근대화를 추진하기 위한 자본을 얻어내는 데만 혈안이 되었던 박정희 정권의 반민족적이고 반민주적인 행

---

7 신동엽, 「8월의 文壇—낯선 外來語의 作戱」, 『신동엽전집』, 383쪽.

태를 결코 묵과할 수 없었던 것이다.

이런 점에서 신동엽은 식민지로부터 해방되었음에도 불구하고 미국과 유럽 중심의 서구적인 것에 매몰되어버린, 또 다른 식민성에 사로잡힌 1960년대 한국문학의 모습을 냉소적으로 바라보았다. 특히 1965년 이후 한일협정과 베트남 파병에서 명확하게 드러났듯이, 미국이라는 제국주의에 의해 또다시 종속되어버린 1960년대 신식민지 현실을 강하게 비판했다. 따라서 그는 민족의 자주성과 주체성을 올바로 세우지 못한 채 여전히 강대국의 힘에 의해 짓눌리고 억압당하고 있는 "주린 땅"을 살아가는 우리 민족의 현실을 어떻게 극복할 것인가에 대한 대안을 찾고자 했다. 즉 "두 코리아의 주인은 우리가 되"어야 한다는 점을 무엇보다도 강조함으로써 "무슨 터도 무슨 보루堡壘도 소제掃除해버리"[8]는, 그래서 식민의 유산으로부터 이어진 분단의 상처를 극복하는 "완충緩衝"지대를 마련해야 한다고 보았던 것이다. 그리고 이러한 분단 현실은 미국의 신제국주의 논리에 의해 철저하게 이용당한 결과라는 사실을 분명하게 인식함으로써, 1960년대 한국문학은 반제국, 반식민의 문학적 지향을 더욱 구체적으로 실천하는 방향성을 찾아야 한다고 주장했다.

1965년 한일협정은 경제원조에 의한 식민지 청산과 미국 중심의 세계 질서를 용인하는 아주 심각한 문제점을 안고 있었다. 이는 아시아에서 미국이 주도하는 반공 블록 형성에 한국과 일본 간의 협정

---

8 신동엽, 「주린 땅의 지도(指導) 원리」, 『신동엽 시전집』, 강형철·김윤태 엮음, 창비, 2013, 35쪽, 『신동엽전집』, 383쪽.

이 절대적으로 기여하는 기형적인 모양새가 되었다. 경제원조라는 허울로 식민의 세월을 모조리 덮어버리겠다는 박정희 정권의 몰상식의 배후에는 아시아에서 공산주의에 대응하는 자본주의의 견고한 결집을 구축하려는 미국의 음험한 전략이 더욱 중요하게 작동하고 있었기 때문이다. 따라서 신동엽은 1960년대 한국문학이 "문화제국주의라는 가면"을 쓰고 있는, 그래서 "일제에서 미제로 이어지는 제국주의 본질"을 답습하고 있는 신식민지 국가 현실을 극복하는 방향으로 나아가야 한다는 점을 무엇보다도 강조했다. 1965년 이후 그의 시가 "미군정이 친일의 잔존 세력을 어떻게 이용했으며, 1960년대를 지배한 속도와 개발의 논리가 그들과 얼마나 긴밀히 관련을 맺고 있었는지"[9]에 대해 집요하게 천착한 이유도 바로 이러한 시대정신에서 찾을 수 있다.

> 오늘은 바람이 부는데,/ 하늘을 넘어가는 바람/ 더러움 역겨움 건드리고
> / 내게로 불어만 오는데,// (…) // 바람은 부는데,/ 꽃피던 역사의 살은/
> 흘러갔는데,/ 폐촌廢村을 남기고 기름을/ 빨아가는 고층高層은 높아만 가
> 는데.// (…) // 바다를 넘어/ 오만은 점점 거칠어만 오는데/ 그 밑구멍에
> 서 쏟아지는/ 찌꺼기로 코리아는 더러워만 가는데.// (…) // 동학東學이
> 여, 동학이여./ 금강의 억울한 흐름 앞에/ 목 터진, 정신이여/ 때는 아직
> 도 미처 못다 익었나본데.// 소백小白으로 갈거나/ 사월이 오기 전,/ 야산

---

9 이경수, 「'국가'를 통해 본 김수영과 신동엽의 시」, 『한국근대문학연구』 6권 1호, 한국근대문학회, 2005. 4. 133~134쪽.

으로 갈거나/ 그날이 오기 전, 가서/ 꽃창이나 깎아보며 살거나.

—「삼월」 부분[10]

1964년은 한일회담 반대투쟁이 고조되어 4월혁명의 정신이 다시 불붙었던 해였다. 『사상계』를 비롯하여 학계와 종교계의 재야 지도자들이 '대일굴욕외교반대 범국민투쟁위원회'를 결성하여 대중 강연과 지면 기고 등을 통해 한일회담 반대투쟁에 앞장섰고, 4월혁명 이후 성장한 대학생들도 이러한 시대의 흐름을 주도하며 지식인 사회의 비판적 목소리에 적극적으로 동참했다. 하지만 박정희 군사 정권은 6·3계엄령을 선포하여 이를 무력으로 진압함으로써, 5·16에 의해 좌절되었던 4월혁명 때와 마찬가지로 또다시 혁명의 정신은 좌초되고 말았다. 그러나 그 불씨마저 쉽게 꺼뜨릴 수는 없어서 1965년 한일협정 비준 반대투쟁으로 혁명의 불꽃은 다시 활활 타올랐는데, 당시 신동엽은 '한일협정 비준 반대 재경 문학인 성명서'(1965년 7월 9일)에 서명함으로써 반외세 민족 자주 의식을 더욱 확고하게 표방했다. 인용 시 「삼월」은 바로 이때의 문제의식을 담은 작품으로, "폐촌"과 "고층"의 대비에서 선명하게 드러나듯이 "바다를 넘어" 건너온 자본주의가 "꽃피던 역사의 살"을 "더러움 역겨움"으로 오염시켜버린 신식민지 현실을 비판적으로 담아냈다. 또다시 "찌꺼기로 코리아는 더러워만 가는" 현실을 정직하게 바라봄으로써 1965

---

10 『신동엽 시전집』, 362~365쪽; 『현대문학』, 1965년 5월호.

년 한일협정이 우리에게 남긴 치욕의 역사에 대응하는 올바른 역사 인식을 강조하고자 했던 것이다. 즉 국내의 매판 세력과 외세의 강압으로 인해 국가는 점점 더 오염되어 가고, 민중들의 삶은 "오원짜리 국수로 끼니 채우고", "쭉지 잡히고/ 아사餓死의 깊은 대사관 앞"을 걸어가야만 하는 굴욕적 현실에 분개하지 않을 수 없었던 것이다. 같은 시기에 쓴 「초가을」에서도 "이 빛나는/ 가을/ 무엇하러/ 반도의 지붕밑, 또/ 오는 것인가……"[11]라는 질문의 방식으로, 식민의 상처가 채 아물지도 않은 자리에 한일협정이라는 또 다른 식민의 그늘이 짙게 드리워지는 신식민지 현실을 강한 어조로 비판하였다.

　이러한 부조리한 현실에 맞서는 신동엽의 저항이 궁극적으로 지향한 세계는 바로 "동학"이었다. "동학"의 정신으로 무장하여 미국에 의해서 주도되는 아시아 패권주의를 무너뜨리는 강한 결기를 다지고자 했던 것이다. "사월이 오기 전,/ 야산으로 갈거나/ 그날이 오기 전, 가서/ 꽃창이나 깎아보며 살거나"에서처럼, 4월혁명으로 계승된 반외세 민족주의의 동학혁명 정신으로 신식민주의로 변질되어가는 1960년대의 역사적 모순에 맞서 투쟁할 것을 결의했던 것이다.

　술을 많이 마시고 잔/ 어젯밤은/ 자다가 재미난 꿈을 꾸었지.// 나비를 타고/ 하늘을 날아가다가/ 발아래 아시아의 반도/ 삼면에 흰 물거품 철썩이는/ 아름다운 반도를 보았지./ 그 반도의 허리, 개성에서/ 금강산 이

11 『신동엽 시전집』, 366~367쪽; 『사상계』, 1965년 10월호.

르는 중심부엔 폭 십리의/ 완충지대, 이른바 북쪽 권력도/ 남쪽 권력도 아니 미친다는/ 평화로운 논밭.// (…) // 그 중립지대가/ 요술을 부리데./ 너구리 새끼 사람 새끼 곰 새끼 노루 새끼 들/ 발가벗고 뛰어노는 폭 십리의 중립지대가/ 점점 팽창되는데,/ 그 평화지대 양쪽에서/ 총부리 마주 겨누고 있던/ 탱크들이 일백팔십도 뒤로 돌데.// (…) // 한 떼는 서귀포 밖/ 한 떼는 두만강 밖/ 거기서 제각기 바깥 하늘 향해/ 총칼들 내던져버리데.// 꽃피는 반도는/ 남에서 북쪽 끝까지/ 완충지대,/ 그 모오든 쇠붙이는 말끔히 씻겨가고/ 사랑 뜨는 반도,/ 황금이나 타작하는 순이네 마을 돌이네 마을마다/ 높이높이 중립의 분수는/ 나부끼데.

—「술을 많이 마시고 잔 어젯밤은」부분[12]

　　인용 시는 반외세 민족주의의 자주정신을 견고하게 정립하기 위해서는 무엇보다도 남과 북으로 분리된 한반도의 통일이 전제가 되어야 한다는 것을 말하고 있다. "완충" 혹은 "중립"으로 표현된 "평화지대"는 지금은 비록 "술을 많이 마시고 잔" 날의 꿈같은 일일지도 모르지만, "개성에서/ 금강산 이르는" 동서와 "서귀포"와 "두만강"으로 이어진 남북이 모두 "완충지대"가 된다는 것은 바로 한반도의 통일에 더욱 가까이 다가가는 감격스런 일이 아닐 수 없다. 이러한 꿈속의 일이 현실이 될 수만 있다면 "총부리"도 "탱크"도 "총칼"도 반도의 바깥, 즉 외세를 향해 방향을 돌리는 반외세 자주정신의 실현이

12　『신동엽 시전집』, 388~390쪽; 『창작과비평』, 1968년 여름호.

비로소 가능해지는 것이다. 그렇게 되면 미국이든 소련이든 강대국의 논리에 의해 분단된 우리 역사의 상처를 근본적으로 씻어낼 수 있고, 더 이상 미국에 의해서 주도된 한일협정과 같은 굴욕을 그대로 받아안는 굴욕은 절대 발생하지 않을 것으로 확신했던 것이다. 신동엽의 이러한 완충 혹은 중립에 대한 인식은 1960년대 진보적 지식인 사회에서 제기된 '중립화 논의'[13]에 힘입은 바 큰 것으로 짐작된다. 미국 중심의 냉전체제에 깊이 침윤됨으로써 정작 아시아 국가의 제3세계적 연대에 대해서는 무관심하거나 스스로 소외를 자초한 박정희 정권의 실정失政에 대한 강한 비판이 '중립'의 시대정신을 불러왔다고 할 수 있는 것이다. 그가 "사월도 알맹이만 남고/ 껍데기는 가라"고 외쳤던 것은 바로 이러한 시대정신의 순수성을 지켜내고자 한 시적 열망이었으며, 그 결과 "두 가슴과 그곳까지 내논/ 아사달 아사녀가/ 중립中立의 초례청 앞에 서서/ 부끄럼 빛내며/ 맞절"(「껍데기는 가라」)[14]하는 통일의 세상을 열어낼 수 있다고 확고하게 믿었던 것이다.

이상에서 살펴봤듯이 1965년 한일협정은 사실상 한국 내부의 문제에 국한된 것이 아니라 미국에 의해서 주도된 아시아의 패권 전략이 초래한 여러 가지 문제점을 남겼다. 또한 식민의 역사에 대한 올바른 청산을 이루어내지 못한 채, 식민의 기억을 경제원조로 청산하

13 오창은, 「결여의 증언, 보편을 위한 투쟁―1960년대 비동맹 중립화 논의와 민족적 민주주의」, 『한국문학논총』 제72집, 한국문학회, 2016. 4. 5~39쪽.
14 『신동엽 시전집』, 378쪽; 『52인 시집』, 1967년.

려는 국가적 기획이 반일과 반미의 정서를 더욱 심화함으로써 민족
감정에 악영향을 미치기도 했다. 하지만 이미 미국 주도로 형성되어
갔던 아시아 외교정책에서 한국과 일본은 전위부대로서의 역할을
충실히 수행하는 종속성을 드러내기에 급급했다. 여기에는 아시아
의 냉전체제에서 한국과 일본이 그 역할을 분담해줌으로써 베트남
전쟁을 효율적으로 대비할 수 있을 거라는 미국의 신제국주의 전략
이 숨어 있었다. 즉 한국이 군사적 지원을, 일본이 경제적 지원을 분
담함으로써 미국은 베트남전쟁에서 승리를 이루어낼 수 있고, 그 결
과 베트남을 교두보로 아시아의 공산화가 확산되는 것을 막아낼 수
있다는 치밀한 계산이 전제되어 있었던 것이다. 이처럼 한일협정은
사실상 미국의 베트남전쟁을 대비하기 위한 전략적 수순이었다고
해도 과언이 아니다. 1965년 한일협정과 베트남 파병 문제를 동일선
상에서 이해하고 접근해야 하는 이유도 바로 여기에 있다.[15]

3. 베트남 파병과 신제국주의

신동엽은 1960년대 우리 사회가 근대화라는 명목으로 자본주의
경제 논리를 앞세움으로써 인간의 근원과 본질을 위협하는 심각한
모순에 직면하고 있다고 보았다. 1965년 한일협정이 개발독재라는

---

15 전재성, 「1965년 한일국교 정상화와 베트남 파병을 둘러싼 미국의 대한(對韓)외교정책」,
『韓國政治外交史論叢』 제26집 1호, 한국정치외교사학회, 2004. 8., 63~89쪽.

정치의 후진성과 물신주의를 조장하는 산업사회의 폐단을 초래하게 될 것을 심각하게 우려했던 것이다. 이는 분업화, 전문화, 개별화의 강조로 이어지면서 자본과 문명을 독점하기 위한 권력관계가 형성되고, 급기야는 지배/피지배로 구별되는 갈등과 분열을 조장하는 권력화된 현대사회가 만연하게 된다는 것이다. 신동엽은 이러한 세계를 '차수성 세계次數性 世界'로 명명하고 이를 극복함으로써 원래의 공동체적 세계인 '원수성 세계原數性 世界'로 되돌아가야 한다고 보았다. 그리고 이러한 공동체의 회복을 위해서 우리 사회가 진정으로 추구해야 하는 길이 바로 '귀수성 세계歸數性 世界'라는 것이다. 이러한 유토피아적 이상 사회를 다시 이루어내기 위해서는 '전경인全耕人'적 삶의 실천이 절대적으로 요구되는데, 분업화, 전문화를 강조함으로써 사실상 총체성을 잃어버린 현대 문명사회를 통합하는 전인적全人的 인간의 모습을 구현하고자 했던 것이다.[16] 이는 서구 문명에 종속된 1960년대 근대화의 모순에 대한 근본적 비판으로, 동양적 정신주의와 민중을 주체로 한 민족주의를 결합시킨 새로운 사상적 거점을 마련하겠다는 선언적 의미를 지니고 있다. 이러한 세계 인식을 가장 실천적으로 보여준 우리 역사의 사건으로 신동엽이 주목한 것이 바로 앞서 언급한 '동학'이다. 그에게 동학은 종교적 사상의 차원으로서도 유효한 의미를 지니지만, 그보다도 민중의식의 참다운 구현이라는 실천적 차원에서 더욱 의미 있는 운동성을 지닌 것으로 인식

---

16 「시인정신론」, 『신동엽전집』, 359~371쪽.

되었다. 즉 서구 열강에 맞서 민족의 주체적 투쟁을 보여주었던 반외세 민족해방운동으로서 동학의 저항성과 민중성이, 신제국주의의 위협이 점점 더 거세지고 있는 1960년대 우리 사회가 지향해야할 이정표와 같은 것이 되어야 한다고 보았다.

이런 점에서 신동엽은 1965년 한일협정의 신식민주의를 등에 업고 신제국주의의 전위부대를 자처하며 떠나는 박정희 정권의 베트남 파병을 절대 용인할 수 없었다. 당시 박정희 정권은 베트남 파병을 통해 대미對美 협상력을 강화함으로써 경제원조와 군사원조를 확대시키는 계기로 삼고자 했다. 5·16쿠데타 정권이라는 취약한 정통성을 극복하기 위해서는 무엇보다도 경제발전이라는 가시적인 성과가 필요했으므로, 베트남 파병이라는 냉전체제의 특성을 잘 활용하면 신흥공업국으로의 발판을 만들 수 있을 것이라고 판단했던 것이다. 이에 대해 신동엽은, 제국과 식민의 세월을 온갖 고통 속에서 살아온 우리 스스로가 군국주의에 동조하여 또 다른 식민지를 개척하는 미국의 전쟁에 참여한다는 것은 결코 있을 수 없다는 단호한 태도를 보였다. 베트남 파병은 우리의 역사적 상처를 스스로 부정하고 왜곡하는 자기모순의 극단을 자행하는 것이라는 점에서, 아시아의 냉전체제를 더욱 완고하게 구축하려는 미국의 신제국주의 정책에 절대 동참해서는 안 된다는 아주 완고한 입장을 표명했던 것이다.

그날이 오기까지는 끝이 없을 것이다./ 숭례문 대신에 김포의 공항/ 화창한 반도의 가을 하늘/ 월남으로 떠나는 북소리/ 아랫도리서 목구멍까지 열어놓고/ 섬나라에 굽실거리는 은행銀行 소리// 조국아 그것은 우리가 아니었다./ 우리는 여기 천연히 밭 갈고 있지 아니한가.// 서울아, 너는 조국이 아니었다./ 오백 년 전부터도,/ 떼내버리고 싶었던 맹장盲腸// 그러나 나는 서울을 사랑한다/ 지금쯤 어디에선가, 고향을 잃은/ 누군가의 누나가, 19세기적인 사랑을 생각하면서// 그 포도송이 같은 눈동자로, 고무신 공장에/ 다니고 있을 것이기 때문에.// 그리고 관수동 뒷거리/ 휴지 줍는 똘마니들의 부은 눈길이/ 빛나오면, 서울을 사랑하고 싶어진다.// 그러나, 그날이 오기까지는.

—「서울」 부분[17]

인용 시에서 화자는 지금의 현실을 살아가는 "우리"와 "조국'"의 실체를 철저하게 부정한다. "~아니다"라는 단호한 목소리의 반복에 담긴 부정적 현실 인식에는 "그날이 오기까지는 끝이 없을 것"이라는, 즉 외세에 영합하는 제국주의와는 절대 타협하지 않을 것이라는 명백한 선언이 담겨 있다. 「조국」에서도 화자는 "무더운 여름/ 불쌍한 원주민에게 총쏘러 간 건/ 우리가 아니다", "그 멀고 어두운 겨울날/ 이방인들이 대포 끌고 와/ 강산의 이마 금 그어놓았을 때도/ 그 벽壁 핑계 삼아 딴 나라 차렸던 건/ 우리가 아니다"[18]라는 강한 부정을 드러냈는데, 이러한 화자의 부정적 어조는 1960년대 신동엽의 시 의식이 무엇을 지향하고 있었는지를 여실히 보여주는 것이 아닐 수 없다. 해방 20년이 지난 1960년대에 와서도 "월남으로 떠나는 북소

---

17 『신동엽 시전집』, 408~410쪽; 『상황』, 1969년 창간호.
18 『신동엽 시전집』, 403~405쪽; 『월간문학』, 1969년 6월호.

260

리"와 "섬나라에 굽실거리는 은행 소리"와 같은 신식민주의적 태도가 여전히 우리 사회의 중심부를 관통하고 있다는 사실을 도저히 용납할 수 없었던 것이다. 그렇다고 해서 그는 "떼내버리고 싶은 맹장"과 같은 이러한 조국 혹은 서울의 식민성을 무조건 외면하거나 부정하고만 있을 수도 없는 노릇이었다. 비록 식민의 그늘을 온전히 벗어나지 못한 불구성을 여전히 갖고 있었지만, 그곳에는 아직도 "고향을 잃은/ 누군가의 누나"가 "고무신 공장에/ 다니고 있을 것"이고, "휴지 줍는 똘마니들의 부은 눈길이/ 빛나"고 있는 현실을 외면할 수 없었기 때문이다. 이들 가난한 민중의 삶을 결코 부정하거나 저버릴 수는 없었으므로, 그는 여전히 "나는 서울을 사랑한다", "서울을 사랑하고 싶어진다"라고 말하고 있는 것이다.[19] 이와 같은 부정과 긍정의 모순과 충돌은 마지막 행인 "그러나, 그날이 오기까지는"이라는 여운 속에 모두 응축된다. "그러나"와 "그날" 사이에 놓인 쉼표는 사실상 베트남 파병의 대가로 일본으로부터 경제원조를 받은 1960년대 신식민주의 현실에 대한 절망과, 반외세의 정신을 되찾는 그날에 대한 간절한 희망이 내적 긴장을 형성하고 있음을 보여준다. 군국주의에 봉사하는 베트남 파병과 근대화에 사로잡힌 자본의 식민성 그리고 이러한 모순된 현실에 철저하게 희생당하고 소외당하는 민중

---

[19] 신동엽의 아내 인병선의 말에 의하면, '가난'에 대한 관심은 신동엽의 시에서 일종의 '집념'과 같은 것이었다.(「일찍 깨어 고고히 핀 코스모스」, 『신동엽―그의 삶과 문학』, 구중서 엮음, 온누리, 1983, 214쪽) 가난에 대한 집념이 있었기에 그가 민중과 민족을 발견할 수 있었고, 무정부주의와 동양적 정신주의에 바탕을 둔 전경인의 대지사상을 갖게 되었으며, 동학사상에 기반한 반봉건, 반외세의 민중적 민족주의 시정신을 견지해나갈 수 있었다.

들의 노동 현실을 올바르게 직시함으로써, 반봉건 반외세의 저항성이라는 1960년대 우리 시가 지향해야 할 참여정신을 총체적으로 보여주고자 했던 것이다.

사실 1960년대 아시아에서 베트남의 공산화를 막고자 했던 미국의 냉전 수행 전략은, 식민지 시기 일본이 주도했던 대동아공영권이 미국에 의해 다시 재현된 것이라고 해도 크게 틀린 말은 아닐 것이다. 즉 미국을 비롯한 서양 세력에 맞서 아시아의 주권을 수호하겠다는 그럴듯한 명분을 내세웠던 대동아공영권이, 그 주체가 일본에서 미국으로 바뀌었을 뿐 사실상 달라진 것은 없었다고 해도 과언이 아닌 것이다. 이러한 미국의 아시아에서의 신제국주의[20] 정책이 냉전체제하에서 베트남 전쟁의 승리를 위해 한국과 일본의 국교정상화를 강력하게 추진한 결정적 이유가 되었기 때문이다. 따라서 신동엽은 이러한 미국의 신제국주의 전략을 무너뜨릴 만한 강력한 사상과 무기가 필요하다고 보았는데, 제국의 지배에서 벗어나기 위해 지배권력의 타도를 부르짖었던 아나키즘의 정신이 1960년대 우리 사회가 지향해야 할 가치가 되어야 한다고 생각했다. 아나키즘의 정신이야말로 '민족적 순수성의 회복'[21]을 지향하는 것이며, 동학사상에

---

20 베트남전쟁을 통해 드러난 미국의 신제국주의가 세계문학에 미친 영향이 얼마나 큰지를 보여주는 기획으로, 베트남전쟁을 제재로 한 오키나와, 일본, 대만, 미국, 아프리카의 대표작을 소개한 「베트남전쟁과 세계문학」(『지구적 세계문학』 9호, 글누림, 2017년 봄)을 주목해서 읽어볼 필요가 있다.

21 신경림, 「역사의식과 순수언어―신동엽의 시에 대해서」, 『민족시인 신동엽』, 구중서·강형철 엮음, 소명출판, 1999, 34쪽.

근원적 토대를 둔 유토피아적 형상으로서의 '원수성 세계'로 돌아가는, 즉 '귀수성 세계'의 진면목을 보여주는 궁극적인 가치라고 판단했던 것이다. 그의 시가 이상주의적 낭만성의 가능성을 견지하면서 유토피아적 세계에 대한 창출을 통해 지배/피지배의 대립과 갈등으로 점철된 세계사적 모순을 극복하는 일관된 지향성을 보여준 것은, 바로 이러한 아나키즘 정신으로 무장한 1960년대 우리 사회의 변화와 혁신에 대한 강한 열망에 가장 큰 이유가 있었던 것이다.[22]

스칸디나비아라던가 뭐라구 하는 고장에서는 아름다운 석양 대통령이라고 하는 직업을 가진 아저씨가 꽃리본 단 딸아이의 손 이끌고 백화점 거리 칫솔 사러 나오신단다. 탄광 퇴근하는 광부들의 작업복 뒷주머니마다엔 기름 묻은 책 하이데거 러셀 헤밍웨이 장자莊子 휴가여행 떠나는 국무총리 서울역 삼등대합실 매표구 앞을 뙤약볕 흡쓰며 줄지어 서 있을 때 그걸 본 서울역장 기쁘시겠소라는 인사 한마디 남길 뿐 평화스러이 자기 사무실 문 열고 들어가더란다. 남해에서 북강까지 넘실대는 물결 동해에서 서해까지 팔랑대는 꽃밭 땅에서 하늘로 치솟는 무지갯빛

---

22 신동엽의 이러한 시 의식은 그의 등단작인 「이야기하는 쟁기꾼의 대지(大地)」에서부터 확인할 수 있다는 점에서 1960년대에 와서 형성된 것은 아니다. 이는 그의 초기 시 세계에서부터 일관되게 제기된 문제의식으로, "보다 큰 집단은 보다 큰 체계를 건축하고,/ 보다 큰 체계는 보다 큰 악을 양조釀造"하므로 "국경이며 탑이며 일만년 울타리며/ 죽가래 밀어 바다로 몰아넣어라"(『신동엽 시전집』, 56~77쪽; 『조선일보』, 1959년 1월)고 했음을 주목할 필요가 있다. 이처럼 신동엽은 국경, 국가, 집단, 체계, 조직 등은 권력과 위계를 만들고 결국에는 식민과 제국의 논리마저 합리화하게 된다는 점에서 반드시 청산해야 할 대상이라고 보았다.

분수 이름은 잊었지만 뭐라군가 불리우는 그 중립국에선 하나에서 백까지가 다 대학 나온 농민들 트럭을 두 대씩이나 가지고 대리석 별장에서 산다지만 대통령 이름은 잘 몰라도 새 이름 꽃 이름 지휘자 이름 극작가 이름은 훤하더란다 애당초 어느 쪽 패거리에도 총 쏘는 야만엔 가담치 않기로 작정한 그 지성知性 그래서 어린이들은 사람 죽이는 시늉을 아니 하고도 아름다운 놀이 꽃동산처럼 풍요로운 나라, 억만금을 준대도 싫었다 자기네 포도밭은 사람 상처 내는 미사일기지도 탱크기지도 들어올 수 없소 끝끝내 사나이나라 배짱 지킨 국민들, 반도의 달밤 무너진 성터 가의 입맞춤이며 푸짐한 타작 소리 춤 사색思索뿐 하늘로 가는 길가엔 황토 빛 노을 물든 석양 대통령이라고 하는 직함을 가진 신사가 자전거 꽁무니에 막걸리병을 싣고 삼십리 시골길 시인의 집을 놀러 가더란다.

—「산문시(散文詩) 1」 전문[23]

1960년대의 현실적 상황으로 미루어 볼 때 신동엽의 유토피아적 세계가 관념적 차원의 추상성을 넘어서지 못했다면 지나치게 이상적이고 당위적인 모델만을 제시한 것에 불과하다는 평가를 받았을지도 모른다. 하지만 그는 "스칸디나비아"라는 구체적인 장소성을 제시함으로써 이상과 현실의 간극을 좁히는 실재성에 직접적으로 다가가고자 했다. "중립국"으로 명명된 이곳에서는 "대통령"이든 "국무총리"든 "광부"든 "농민들"이든 그 어떤 직업과 계층을 막론하고

---

23 『신동엽 시전집』, 398~399쪽; 『월간문학』, 1968년 11월 창간호.

온전히 평등한 위치에서 서로를 바라보고 이해하고 하나가 된다는 점에서 정말 예사롭지 않은 곳이다. 이곳에서는 "총 쏘는 야만"도 "사람 죽이는 시늉을" 하는 "어린이"도 "미사일기지도 탱크기지도 들어올 수 없"으므로, 오로지 그들의 삶과 일상과 소소한 행복이 넘쳐흐르는 "평화스"럽고 "풍요로운" 곳이 되는 것은 너무도 당연한 이치다. "황토빛 노을 물든 석양 대통령이라고 하는 직함을 가진 신사가 자전거 꽁무니에 막걸리병을 싣고 삼십리 시골길 시인의 집을 놀러가"는 풍경에서, 강대국이 약소국을 침범하고 그들을 식민화하는 데 혈안이 된 제국주의 대통령의 모습을 떠올린다는 것은 사실상 불가능하다. 이런 점에서 신동엽은 1960년대 후반 이 시를 통해 그가 지향했던 '중립 사상'의 구체적 현실화를 모색했던 것이고, '스칸디나비아'라는 실재적 장소성을 '민주사회주의 체제로서의 강렬한 상징'[24]으로 보편화시키고자 한 것으로 이해할 수도 있다. 다시 말해 이와 같은 실재적 지명과 구체적 생활 세계의 형상화는 신동엽이 추구했던 아나키즘의 형상적 특징인 유토피아적 낭만성을 1960년대적 의미로 현재화한 것으로 볼 수도 있는 것이다.

1965년 박정희 정권은 한일협정의 반민족적 성격에 대해서는 사실상 크게 개의치 않았다. 오히려 한일협정의 결과인 일본의 경제원조에 내재된 신식민주의적 성격을 조국의 근대화를 위해 필요 불가

---

[24] 박대현, 「1960년대 중립 사상과 민주사회주의」, 『1960년대 한국문학, 동아시아 그리고 세계문학』, 원광대학교 프라임 인문학 진흥사업단 글로벌동아시아 문화콘텐츠 교실 콜로키엄 자료집, 2017. 2. 3, 67쪽.

결한 진통 정도로 인식하면서, 이보다 더 중요한 문제는 베트남 파병을 통해 미국의 원조를 이끌어내고 군사정권을 지지하는 미국의 우호적 태도를 확인하는 친미적 성향을 노골적으로 드러냈다. 비록 신식민주의적 성격을 지니고 있다 하더라도 국가 발전을 위해서는 불가피한 선택이고, 그 과정에서 파생하는 민주주의의 왜곡과 노동자들의 희생은 어쩔 수 없는 결과로까지 합리화하기에 급급했던 것이다. 따라서 박정희 정권은 미국의 아시아 정책에서 언제나 그 앞자리에 서서 미국의 뜻을 가장 잘 대변하고 적극적으로 수행하는 역할을 서슴지 않았다. 이것이 경제적 근대화를 위한 한국적 민주주의의 실현이라고 착각했기 때문에 동아시아의 신질서가 미국에 의해 주도되고 재편되는 것에 대해 어떤 부정도 하지 않았던 것이다. 그 결과 한미 관계는 더욱 견고해졌지만, 미국의 아시아 패권은 곧 한국의 참여가 있어야만 가능한 악순환이 지금까지도 한미동맹이라는 이름으로 버젓이 자행되어왔다. 일본의 경우 오키나와[25]가 태평양전쟁 당시 미군의 전초기지였던 역사적 과오를 제대로 청산하지 못한 채 아직도 전쟁의 후유증에 신음하고 있듯이, 한반도의 남쪽 곳곳에서도 동아시아의 평화라는 명목으로 여전히 미군기지가 그 자리를 꿋꿋이 지키고 있는 데서 이러한 신제국주의의 실상을 그대로 확인할 수 있다.

---

25 미국의 신제국주의 정책이 아시아에서 관철된 지역 중의 하나가 오키나와이다. 일본의 미군기지 중 70% 가까운 수가 오키나와에 집중되어 있는 현실은 신제국주의로서의 미국을 상상하지 않을 수 없게 한다.(김재용, 「오키나와에서 본 베트남전쟁」, 『역사비평』 107호, 역사비평사, 2014. 5, 233~252쪽)

하지만 인용 시에서 시적 주인공들은 "억만금을 준대도" "자기네 포도밭은 사람 상처 내는" 일에 동참하도록 만들지 않겠다고, 그래서 "싫었다"라고 강한 부정을 서슴지 않는다. 미국의 세계 지배를 위해 아시아, 아프리카, 태평양 지역 등의 제3세계 국가들이 자신들의 땅과 삶과 목숨을 내어주는 일을 결코 당연시해서는 안 된다는 반제국주의적 태도를 분명하게 보여주고자 하는 것이다. 따라서 신동엽은 "쏘지 마라./ 솔직히 얘기지만/ 그런 총 쏘라고/ 박첨지네 기름진 논밭,/ 그리고 이 강산의 맑은 우물/ 그대들에게 빌려준 우리 아니야.// 벌주기도 싫다/ 머피 일등병이며 누구며 너희 고향으로/ 그냥 돌아가주는 것이 좋겠어"(「왜 쏘아」)[26]라고 당당하게 말한다. 이러한 완고한 저항과 대결 의식을 갖지 못한다면 결국 제3세계의 현실은 강대국의 식민지 자본시장으로 전락하여 식민지 민중들의 삶은 더욱 피폐해질 것임에 틀림없기 때문이다. 따라서 신동엽은 "비 개인 오후 미도파 앞 지나는/ 쓰레기 줍는 소년/ 아프리카 매 맞으며/ 노동하는 검둥이 아이"(「수운(水雲)이 말하기를」)[27]를 동질적으로 바라보는 제3세계 민중들의 연대 의식이 반드시 필요하다고 보았다. 이런 점에서 신동엽은 일제 36년이라는 식민의 세월을 견뎌왔으면서도 경제원조의 대가로 미국의 베트남전쟁에 참전한 우리의 자기모순에 대한 진정성 있는 자기 성찰이야말로 '65년체제' 이후 우리 시가 결코 외면해서는 안 되는 시적 과제임을 강조했다. 1965년 이후 그의

---

26 『신동엽 시전집』, 433~437쪽.
27 『신동엽 시전집』, 386~387쪽; 『동아일보』 1968년 6월 27일자.

시가 베트남 파병에 깊숙이 은폐되어 있는 미국의 아시아 패권주의의 위험성을 직접적으로 환기시키는 데 집중했던 것은 바로 이러한 문제의식에서 비롯된 것이다. 다시 말해 그는 자신은 물론이거니와 독자들 혹은 민중들에게 신제국주의의 위협이 거세게 몰아쳤던 1960년대 우리 역사에 대한 주체적이고 자주적인 해답을 찾아나갈 것을 강력하게 요구했다고 할 수 있다.

4. 1960년대, 신동엽, 그리고 아시아

1960년대는 4월혁명의 시대였다. 혁명이 지나간 자리에 문학도 역사도 진정으로 올바른 세상을 위해 무엇을 어떻게 해야 할 것인지를 진지하게 고민하고 성찰하는 새로운 시대정신을 열어갔다. 하지만 그 혁명의 시대정신은 이승만에서 박정희로 이어진 우리 정부의 실정과 그에 따른 민중들의 억압과 고통 그리고 민주주의의 왜곡과 실종이라는 국가주의 내부의 문제에 지나치게 매몰되어 있었던 것은 아닌지 깊이 성찰할 필요가 있다. 1950년대와 뚜렷하게 구별되는 1960년대의 시대정신이 4월혁명의 역사성에 깊이 뿌리박고 있는 것은 엄연한 사실이지만, 5·16에 의해 혁명은 무너져버림으로써 1960년대 내내 미완의 상태로 그 정신을 이어갔음을 주목해야 하는 것이다. 즉 이러한 혁명의 정신이 1960년대의 시대정신으로 지속적인 의미를 갖게 된 데는 '1965년'이라는 체제가 보여준 세계사적 문제의식이 아주 중요한 역할을 했음을 간과해서는 안 된다. 물론 신동엽은 1960년 4월혁명을 "알제리아 흑인촌에서/ 카스피해 바닷가의 촌 아가씨 마을에서"(『아사녀(阿斯女)』)[28] 일어난 혁명, 즉 알제리 민족해방 투쟁과 터키 학생봉기 등 제3세계 민족운동과 연결 지음으로써, 4월 혁명의 시대정신을 제3세계적 인식으로 심화하는 반외세 민족주의 정신을 1960년대 내내 일관되게 갖고 있었다. 그러므로 이러한 문제 의식이 '65년체제'로부터 비판적으로 이끌어낸 최초의 시각이라고 보기는 어렵다. 다만 한일협정과 베트남 파병으로 구체화된 식민과 제국의 논리가 신동엽에게 있어서 이와 같은 문제의식을 더욱 심화 하고 확장하는 결정적 계기로 작용한 것은 분명한 사실이다.

　1965년은 한일협정 체결과 이에 따른 국회의 동의를 거쳐 한일 국 교정상화가 이루어진 해이다. 식민의 올바른 청산을 제대로 이루어 내지 못했음에도 불구하고, 한국과 일본은 당사자 간의 진정한 이해 와 합의에 바탕을 두지 않은 채 미국의 아시아 패권 전략에 의해 협 정을 타결하는 신제국주의에 협력하고 말았다. 그리고 이러한 한일 협정의 이면에는 냉전체제가 더욱 강화되는 세계사의 흐름에서 아 시아에서 베트남의 공산화를 반드시 막아야 한다는 미국의 아시아 패권 정책에 적극적으로 동참하기 위한 베트남 파병에 대한 동의가 이미 전제되어 있었다는 사실을 반드시 유념해야 한다. 1960년대 4 월혁명의 시대정신을, 1950년대와의 차별을 강조하는 국내적 시각 을 넘어서 아시아의 패권을 둘러싼 국제주의적 시각으로 확장해서

---

28 『신동엽 시전집』, 345~347쪽; 『학생혁명시집』 1960년 7월.

바라봐야 하는 이유도 바로 여기에 있다. 다시 말해 1960년대 혁명의 시대정신은 단순히 '1950년/1960년'이라는 경계에서 비롯된 차이를 주목하는 데 머무를 것이 아니라, '1965년 이전과 이후'를 주목함으로써 아시아의 냉전 구도에 대한 국제정치적 역학 관계의 대응 양상에 초점을 두고 새로운 문제 제기를 할 필요가 있는 것이다.

이런 점에서 1960년대 신동엽의 시는 반외세, 반봉건의 동학정신에 바탕을 둔 아나키즘의 시적 구현에 가장 중요한 방향성을 두었다. 그는 박정희 정권이 국가주의를 앞세워 추구하는 아시아 외교 전략과 이를 통해 경제원조를 이끌어내는 식의 신식민주의 태도를 결코 용납할 수 없었다. 또한 경제적 근대화라는 명분에만 혈안이 되어 민중의 억압과 노동의 소외를 당연시하는 박정희 정권의 반민주적 양상, 즉 이러한 근대화가 경제적 민주화로 가는 불가피한 과정이라고 왜곡하며 민주주의의 파괴를 서슴지 않는 것을 묵과할 수 없었다. 이러한 박정희식 근대화 정책이 극단적인 양상으로 치달아 식민과 제국의 기억을 다시 현재화한 것이 바로 1965년 한일협정과 베트남 파병이었다. 박정희 정권의 이 두 가지 정책은 해방 이후 식민지 잔재의 올바른 청산을 이루어내지 못한 1960년대 우리 사회의 민낯을 그대로 보여주는 결정적 사건이 아닐 수 없다. 신식민주의 논리로 아시아를 재편하겠다는 미국의 신제국주의 전략에 적극적으로 동참하는 굴욕적 정책은, 여전히 우리들에게 식민지를 살아가고 있는 것이나 다름없다는 자괴감을 심어주기에 충분하다. 따라서 1965년 이후 신동엽은 바로 이러한 '65년체제'의 모순과 불합리를 넘어서는 주체적이고 자주적인 우리 시의 방향을 찾는 데 무엇보다도 주력했다. 따라서 1960년대 신동엽의 시는 동학과 아나키즘에 기초한 반외세 민족주의 정신에 입각하여 강대국의 논리에 희생되지 않는 중립화된 사상을 담아내고자 했다. 이런 점에서 한일협정과 베트남 파병 문제의 시적 구현은, 1960년대 4월혁명의 시대정신이 5·16으로 좌절된 미완의 혁명을 어떻게 다시 실천적인 운동으로 확산시켜나갔는지를 보여주는 의미 있는 성과이다. '65년체제'에 주목하여 1960년대 신동엽의 시를 다시 읽어야 하는 중요한 이유도 바로 여기에 있다.

'민주사회주의'의 유령과
중립통일론의 정치학

— 1960년대 김수영·신동엽 시의 정치적 무의식에 대하여

박
대
현

1. 1960년대 '중립통일'의 정치 감각

1960년대의 제3세계를 향한 감각은 4월혁명 이후 자유로워진 정치 담론과 무관하지 않다. 5·16군사쿠데타 이후 급격하게 위축되긴 했으나, 혁신 세력의 등장으로 인해 한국 사회는 다양한 정치적 가능성의 장場 그 자체였다. 김건우의 지적처럼, 4월혁명과 한일협정 반대 시위를 거치면서 한국 사회는 반공주의, 민족주의, 민주주의, 자유주의, 성장주의라는 다양한 담론들이 각축하는 양상을 띠게 되었다.[1] 물론, 강력한 군사정권으로 인해 반공주의와 성장주의가 기계적 결합을 이룰 가능성이 컸음에도 불구하고, 다양한 담론들의 각축은 많은 지식인들에게 정치적 영감을 불러일으켰다고 할 수 있다.

그중에서도 민족주의는 이중적 함의를 담고 있었는데, 체제의 강력한 통합을 위한 억압적 이데올로기로서의 민족주의가 그 하나이고 반제국주의적 함의를 지니는 민족주의가 다른 하나다. 반제국주의를 표방한 『청맥』이 창간호(1964. 8.)에서 미국 원조를 비판하며 경제 자립을 주장한 것(김성두, 「미국원조와 한국경제」)이나 한일회담의 문제점을 신랄하게 비판한 것(하진오, 「한일회담의 기본적 문제점」)은 반제反帝 민족주의의 담론 지형을 보여준다고 할 수 있다.

당대의 민족주의는 내부 결속과 통제라는 박정희의 통치 이데올로기로서 강력하게 작동하였지만, 이와 달리 반제국주의 노선을 따르는 제3세계 민족주의 담론 또한 뚜렷한 흐름을 형성하고 있었다.[2] 특히 민족주의는 통일 담론과 연계될 수밖에 없었는데, 외세 침략에 따른 분단은 식민체제의 부인할 수 없는 비극적 현실이었기 때문이다. 그러나 민족주의의 통일 담론은 이승만 정권뿐만 아니라 박정희 정권 때도 금기시되었다. 이병주·황용주 필화 사건은 모두 통일 담론과 직접적 관련이 있다.[3] 흥미로운 것은 두 필자 모두 통일을 최고의 선으로 인식하고 있으며, 통일을 위한 방법으로서 그것

---

1 김건우, 「1964년의 담론 지형—반공주의, 민족주의, 민주주의, 자유주의, 성장주의」, 『대중서사연구』 22호, 대중서사학회, 2009. 12.

2 1960년대 제3세계 민족주의를 주제로 한 논문으로는, 장세진의 「안티테제로서의 '반둥정신(Bandung Spirit)'과 한국의 아시아 상상(1955~1965)」(『사이』 15호, 국제한국문학문화학회, 2013), 박지영의 「제3세계로서의 자기 정위(定位)와 '신성(神聖)'의 발견—1960년대 김수영·신동엽 시에 나타난 정치적 상상력」(『반교어문연구』 39호, 반교어문학회, 2015), 오창은의 「결여의 증언, 보편을 향한 투쟁—1960년대 비동맹 중립화 논의와 민족적 민주주의」(『한국문학논총』 72호, 한국문학회, 2016) 등이 있다.

이 차선일지라도 선택해야 한다는 것이다. 그 차선은 바로 '중립통일'이다. '중립통일'은 반식민체제를 향한 민족해방의 길이며, 진정한 민족주의를 실현하기 위한 당대의 정치적 상상 가운데 가장 불온한 위치를 점유한 것이었다. 중립통일은 반공을 국시로 한 박정희 정권과 대척점에 선 것이다. 따라서 이병주와 황병주의 구속은 박정희의 민족주의가 어떤 방향으로 귀결될 것인지를 선명하게 보여준 사건이라 할 수 있다.

이병주에게 중립통일은 강력한 통일 정부, 다시 말해 해방된 민족국가를 실현하기 위한 '차선의 방법'[4]이며, 황용주에게 한반도의 통일된 독립 정부는 궁극적으로 아시아·아프리카 지역 약소국가의 생존 논리[5]로 받아들여졌다. 4월혁명 직후, 그리고 5·16군사쿠데타 이후에도 한국 정치 담론의 진보적 흐름을 보여주는 이병주와 황병주의 논의는 '제3세계'라는 공통항을 지닌다. '중립'이라는 말 자체가 소련 또는 미국 체제로의 종속을 부정하는 것이며, 이는 4월혁명 직후 집중적으로 논의되었던 통일 담론과 밀접한 연관성을 지니기 때문이다. 식민체제 극복으로서의 통일은 당연히 소련과 미국이 아닌 다른 체제로의 정치적 상상력을 토대로 한다. 당대의 정치적 상상 속에서 실현 가능성이 컸던 것은 영세중립화 논의다.

---

3 이병주는 「조국의 부재」(『새벽』, 새벽사, 1960. 12.)와 「통일에 민족역량을 총집결하자」(『국제신보』, 1961년 1월 1일자, 석간 1면)로, 황용주는 「강력한 통일정부에의 의지—민족적 민주주의의 내용과 방향」(『세대』, 세대사, 1964. 11.)로 구속된다.
4 이병주, 「소설·알렉산드리아」, 『세대』, 세대사, 1965. 6, 345쪽.
5 황용주, 앞의 글, 80쪽.

우리는 새 시대의 문턱에 서 있다. 전 세계는 전진하고 있으며 아세아·
'아프리카' 歐洲는 변화를 겪고 있다. 이것은 인류 발전에 있어서 정당한
사태 발전이며 이는 유엔 방향은 물론 강대국 정책에도 영향을 줄 것이
다. 우리가 이 불가항력의 조류에 반대하여 초연하려고 한다면 사나운
대양의 작은 섬에 스스로를 고립 상태에 빠지게 할 것이다. '스테이터
스·쿠오'(현상 유지)는 이미 유지될 수 없다. 우리 韓人들은 우리가 직면
하고 있는 냉혹한 사실을 알아야 한다. 한국은 판에 박은 듯한 반공주의
나 또는 친공주의를 이용함으로써 냉전 국가들의 자선에 의지해서 오래
살아갈수는 없다.[6]

재미 한국문제연구소 소장 김용중[7]이 1961년 2월에 상년 총리에
게 보낸 공개장公開狀이다. 반공주의와 친공주의를 모두 거부하고 있
으며 아세아, 아프리카, 구주(유럽)의 변화를 주목하고 있는데, 이 변
화란 소련과 미국 중심의 정세가 새로운 구도로 재편되고 있는 현실
을 말한다. 사실 아시아·아프리카 중심의 비동맹 중립화 논의는 인
도네시아 반둥에서 열린 1955년 제1차 아시아·아프리카 회의를 통
해서 본격화되었다. 제국주의로부터 해방된 신생독립국가들은 유럽

6 김용중, 「김용중씨 장총리에 공개장─통일은 민족의 지상명령」, 『민족일보』, 1961년 2월 19
   일자, 2면.
7 김용중은 한국을 냉전상의 어느 진영과의 유대도 가지지 않는 중립통일국가로 만들기 위해
   그가 발행하는 영문 월간지 『한국의 소리』를 통해 유엔의 행동을 촉구하기도 했다.(『동아일
   보』, 1960년 10월 5일자, 조간 3면) 중립통일론자로서 미국에서 활동한 김용중 외에도 일본
   에서 활동한 김삼규가 있는데, 이들의 글이 포함된 『중립의 이론』(샛별출판사, 1961)이 출간
   되기도 했으며 이병주의 「조국의 부재」 역시 이 책에 수록되어 있다.(권보드래·천정환,
   『1960년을 묻다』, 천년의상상, 2012, 222쪽)

열강을 중심으로 한 제국주의 국가들과의 일대일 투쟁이 아니라 이와 전혀 다른 새로운 발상의 노선 확립을 위해 아시아·아프리카 회의를 개최한다. 이른바 '아^亞·아^阿 회의'는 "우선 유럽이 아닌 미국과 소련이라는 신생의 냉전 양대 '제국'을 주요 타겟으로 설정"하고, "아시아·아프리카를 아우르는 광범위한 정치 연합 및 인종적 연대의 성격을 강하게 띠었다는 점에서 소위 1세계와 2세계 모두에 신선한 충격을 야기한 사건으로 평가"되었다.[8] 아시아·아프리카 회의는 비동맹 중립주의 세력의 대두라는 의미를 지니며,[9] 이는 "미국과 소련이 강요한 혼란스러운 냉전체제를 내파할 수 있는 힘을 지닌 존재들"[10]로서 인식됨에 따라 비동맹 중립주의는 국제정치학상에서 중요한 입각점으로 간주되었다.

그러나 1950년대의 한국은 '중립'을 매우 불온시하였으며, 이는 1960년대를 거쳐 오늘날까지 이어지는 한반도 정세를 바라보는 기본적인 틀이라 할 수 있다. 1957년 2월 『사상계』가 수록한, "중립주의라는 것은 동적이며 문자 그대로 공산주의자가 상대방을 안도시키는 일종의 무기입니다. 그러므로 우리가 그 성장을 효과적으로 저지하지 않는 한 우리는 공산 측으로부터 일발의 총성도 못 듣고 대공투쟁에서 패배하고야 마는 위험에 직면하고 있읍니다"[11]라는 필리

---

8 장세진, 앞의 글, 136쪽.
9 고정훈, 「'반둥'의 亞·阿회의와 중립주의 세력의 대두, 1955년—아세아전후사」, 『신태양』, 신태양사, 1959. 4.
10 옥창준, 「냉전기 한국 지식인의 아시아·아프리카 상상」, 『한국문화연구』 28호, 이화여자대학교 한국문화연구원, 2015, 90쪽.

핀 국방차관 크리솔의 글은 중립을 대하는 당대 한국의 태도를 말해 준다. 그럼에도 불구하고 "'중립'주의라는 것이 제三세력으로서 국제정치 무대에서 절대로 무시 못 할 힘으로서 현실에 작용하느니만큼 우리로서도 거기에 관해서 부단히 관심을 가져야 하는 것은 물론"이라는 입장 또한 존재했다.[12] 1950년대의 한국은 인도와 중국이 주도한 제1차 반둥회의에 대해서 대체로 경계하는 입장이었으나, 1960년대 들어 아시아·아프리카 블록의 국제적 위상이 높아짐에 따라, 1965년 반둥회의가 결국 무산되고 말았지만, 회의 참석 필요성이 제기되기도 하였다.

이처럼 1960년대는 반둥정신이 새로운 정세를 향해 가는 정치적 감각으로 출현하고 있었으며, 제3세계주의, 중립통일, 저항적 민족주의(민족적 민주주의)가 그 결과적 형태로 나타나고 있었다. 따라서 통일을 전제한 저항적 민족주의는 중립주의를 표방할 수밖에 없는 것이다. 이병주와 황용주의 필화는 미·소 양강 체제를 넘어선 탈식민 민족국가를 건설하고자 하는 욕망이 박정희의 미국 체제 편향과 충돌한 결과로 볼 수 있다.

이 글은 제3세계주의, 민족적 민주주의, 중립주의라는 정치사상의 원질을 넘어 1960년대의 구체적 대안으로 제시된 바 있는 민주사회주의와 중립통일의 사상, 그리고 그 관계를 규명하는 데 목적이 있다. 중립통일을 "공산독재 세력의 기본 전술이 존재하는 한 하나의

11 호세 M 크리솔, 「중립주의에 대한 전쟁」, 『사상계』, 사상계사, 1957. 2, 133쪽.
12 박준규, 「국제정치에 있어서의 '중립'」, 『사상계』, 사상계사, 1959. 11, 171쪽.

함정이라고 규정할 수밖에 없는 것이 현실"[13]이었으나, 그러한 한계를 넘어서고자 하는 지식인의 정동情動, affect과 이데올로기의 가능성을 살펴봐야 할 필요성이 제기되는 것이다. 통일을 향한 정동은 4월혁명을 계기로 진보적인 지식인들을 지배했고, 중립통일을 위한 이데올로기는 민주사회주의 형태로 제시되었다. 이른바 혁신 세력들의 이데올로기라 할 수 있는 민주사회주의는 당대 중립통일을 위한 이데올로기로 주목받았던 것이다. 민주사회주의와 중립통일의 정치 감각은 1960년대 한국 시에도 드러나고 있는데, 김수영과 신동엽은 이렇듯 당대 정치의 최전선에 시의 언어로 가닿았던 시인이라 할 수 있을 것이다.

2. 민주사회주의와 중립통일론의 정치학

4월혁명을 전후로 하여 '사회주의'가 한국 사회 담론의 한 줄기를 형성한다.[14] 물론 이때의 사회주의는 영국 페이비언주의와 독일 사회당 계열의 '사회민주주의', 그리고 여기서 내파되어 나온 '민주사

---

13   주요한, 「중립화 통일은 왜 위험한가」, 『새벽』, 새벽사, 1964. 8, 45쪽.
14   대표적으로 1960년 7월 『세계』 특집 '민주사회주의와 한국'을 들 수 있다. 여기서 중요한 글만 추리면 다음과 같다. 이동욱, 「자유경제냐 사회주의경제냐─경제혁명의 과제」 ; 조기준, 「미완성 혁명의 경제사적 고찰─4월혁명과 경제사관」 ; 강상운, 「사민당과 의회민주주의」 ; 신범식, 「한국 사회주의 세력의 진로─정책의 당·인텔리의 당」 ; 이방석, 「민주사회주의와 한국─굶주린 대중의 사회사상」 ; 김철, 「혁신정당의 입을 달라─언론자유와 한계」 ; 김윤환, 「아시아의 경제적 민주주의─빈곤한 아시아에는 정치적 민주주의보다 경제적 민주주의의 건설이 긴요하다」 ; 이동화 외, 「〈토론〉 민주사회주의를 말한다」.

회주의'를 포괄한다. 사회민주주의 담론은 5·16군사쿠데타 이후 혁신 세력에 대한 통제와 억압을 거치면서 '민주사회주의'로 변형되는데, 이는 반공을 국시로 한 한국 사회에서 어쩔 수 없는 변화라고 할 수 있다. 민주사회주의는 사실상 사회민주주의를 설명하기 위한 '빈 개념寶槪念'에 해당하는 것인데,[15] 공산주의와의 결별을 강조하는 과정에서 사실상의 주개념이 된 용어라 할 수 있다.[16] 보다 구체적으로 말하자면, 사회민주주의는 자본주의의 고유한 병폐에 대한 저항운동으로서 제1차 세계대전 이전까지는 마르크스주의와 함께 제2인터내셔널에 집결하여 자본주의 비판에 주력한 정치 이데올로기이다. 민주사회주의는 그 후 프랑크푸르트선언(1951년)을 계기로 자본주의보다 공산주의에 더욱 적대적인 태도를 내보이며 소련과 동구권의 사회주의와 구분하기 위해서 등장한 용어라고 할 수 있다.[17] 즉, '민주사회주의'는 공산주의를 비판하는 동시에 민주주의를 새롭게 해석하는 의도를 지닌다.[18]

15 1951년 6월30일~7월3일 프랑크푸르트에서 개최된 제1차 대회에서 채택된 사회주의 인터내셔널(Socialist International, SI)의 선언인 '프랑크푸르트선언'(1951)의 부제가 '민주적 사회주의의 목적과 임무'다. 기존의 사회민주주의에 비해 공산주의와의 절연(계급투쟁의 포기, 시장경제체제의 수용)을 보다 분명하게 선언하면서도 정치적 민주주의, 경제적 민주주의, 사회적 민주주의, 국제적 민주주의를 강하게 주창하고 있다.(박호성, 「민주사회주의와 사회민주주의—그 본질과 역사」, 『사회민주주의와 민주사회주의』, 청람, 1991, 14~15쪽; 정태영, 『한국사회민주주의 정당사』, 세명서관, 1995, 487~495쪽)

16 박대현, 「경제민주화 담론의 몰락과 노동자 정치 언어의 파국—1960년대 민주사회주의 담론의 정치적 의미」, 『코기토』 79호, 부산대학교 인문학연구소, 2016, 268쪽.

17 강요식, "당산 김철 연구—'민주적 사회주의'를 중심으로", 경남대학교 박사학위논문, 2010, 37~41쪽.

18 이태영, 「현대의 사상—민주사회주의란 무엇인가」, 『한국논단』 8권, 한국논단, 1990, 138쪽.

‘민주사회주의’가 공산주의와의 결별을 선언한 만큼, 이 정치 이데올로기는 1960년대 한국 사회에서 매우 요긴한 기능을 발휘하리라 생각되었다. 그 기능이란 다름 아닌 용공 혐의로부터의 해방과 자유다. 사회민주주의가 ‘민주사회주의’보다 1960년대 한국 담론 지형에 적극적으로 수용된 이면에는 남북 분단이라는 현실적 요건이 작용하고 있었다. 따라서 민주사회주의는 한국의 특수한 역사적 조건이라 할 수 있는 분단 현실 속에서 보다 한국화된 개념으로 착근되었던 것이다.[19] 민주사회주의가 공산주의와는 전혀 다른 이데올로기[20]이며 경제의 자유 질서를 중요시한다[21]는 당대의 진술들은 민주사회주의가 1960년대에 담론적 지평을 확장할 수 있는 가능성을 제공한다. 따라서 1960년대 민주사회주의 담론이 한국 사회에 미친 영향은 크게 두 가지로 볼 수 있다.

　첫째, 노동 담론에서의 지대한 공헌이다. 노동조합, 노동임금, 노동쟁의 등을 포함한 노동자 권익 담론을 형성하는 데 일조했기 때문이다. 민주사회주의가 표방한 경제적 민주주의는 당연히 한국 사

---

19 김용승은 이를 두고 “서구사민주의가 창조적으로 적용된 ‘한국 민주사회주의’”로 규정하고 있다.(김용승, “統一韓國의 모델로서 民主社會主義 硏究”, 건국대학교 석사학위논문, 1995, 5쪽)

20 “민주사회주의는 一九五一년 독일에서 개최된 第四回 국제사회주의자 회의에서 비로소 채택된 것으로서 ①공산주의에 대한 비판과 ②민주주의 해석의 발전을 기하는 것이다.”(한태수, 「정치학 수험생의 종반전」, 『고시계』, 국가고시학회, 1960. 8, 76쪽)

21 “「사회민주주의」는 이로써 「경제의 자유질서」와 민주주의 이념을 보다 중요시하고 게다가 약간의 사회주의적인 시책을 가미해보겠다는 이른바 「민주사회주의」 또는 「자유사회주의」로 일대 전환을 하였다.”(김상협, 「‘타락한 전향자’의 고민―독일사회당과 기민동맹」, 『사상계』, 사상계사, 1960. 2, 65쪽)

회의 노동문제를 비판적으로 검토케 했으며, 이를 통해 경제민주화의 정치 담론이 대중화되는 데 일조하였다. 그러나 1960년대의 상황은 경제민주화보다도 절대 빈곤의 해결이 급선무였으므로, 4월혁명 직후 담론화되었던 '경제민주화'는 성장주의 혹은 경제제일주의 담론 속에서 형해화될 수밖에 없었다.[22] 그럼에도 불구하고 민주사회주의 담론이 표방한 경제적 민주주의는 노동자 권익의 정치 감각을 남기게 되었으며, 노동 탄압이 극심해져가는 1960년대 말에 이르러 노동자의 저항에 기입된 정동과 결합될 이데올로기적 신념으로 전화轉化할 가능성을 내포한다고 할 수 있다.

둘째, 통일 담론에서의 방법적 이데올로기 제공 가능성이다. 중립화 통일은 소련과 미국 체제를 모두 부정한다. 그렇다면, 소련과 미국 체제 어디에도 종속되지 않는 이데올로기가 필요하지 않을 수 없다. 그 이유에 대해서는 다음 글을 인용할 필요가 있겠다.

실로 오늘날과 같이 적극적인 체제적 대립이 격화하고 있는 마당에 있어서는 단순히 군사적인 중립에 그쳤던 구형태의 중립은 이미 불가능하게 되었으며, 국가체제상의 중립 없이는 그의 중립성을 보장할 수가 없게끔 된 것이다.

이러한 현실 속에서 생성한 오늘의 인도, 버마, 통일아랍공화국, 캄보디아, 스웨덴, 핀란드, 오지리 등은 체제적 대립의 해소에 공헌함으로써 세

22 박대현, 앞의 글, 281~284쪽.

계평화의 초래를 촉진하려는 이른바 적극적인 중립$^{positive\ neutrality}$국들로서, 이들은 거의 모두가 체제적 대립을 초극한 제三의 노선$^{the\ third\ way}$, 즉 민주사회주의를 지향하고 있음이 분명한 사실이다.[23]

단순한 군사적 중립이 아니라 국가체제상의 중립을 주장하면서 열거하고 있는 중립국은 서구 사회민주주의 국가와 더불어 신생국에 해당하는 아시아·아프리카 국가들이다. 통일아랍공화국과 캄보디아도 제3의 노선, 즉 민주사회주의 체제를 지향하고 있다는 진단이다. 그렇다면 신생국 한국의 선택지 역시 중립통일에 있어서는 사회민주주의, 혹은 민주사회주의를 고려하는 동향 또한 감지될 수밖에 없는 것이다. 실제로 민주사회주의와 중립통일의 친연성은 당시의 담론 속에서 쉽게 발견할 수 있다. 이동화는 "사회민주주의적 (또는 민주적 사회주의적) 정파는—그것이 극우와 극좌의 중간에 위치한다는 의미에서—'중간파'라고 불러질 수가 있다"[24]고 진술함으로써 남북통일의 가능성을 높이는 체제가 민주사회주의임을 언급한다. 김철은 "오늘날 세계는 다원화하면서도 한편으로는 자본주의와 공산주의가 대립되어 온 상태에서 이 두 가지를 초극하려는 민주적 사회주의의 등장으로 바야흐로 천하가 삼분된 형세를 이루어가고 있다"[25]는 국제 정세 판

---

23 박상윤, "민주사회주의의 역사적 배경 연구", 동국대학교 석사학위논문, 1964, 81~82쪽; 권윤혁, 『혁명노선의 모색』, 청구출판사, 1961, 84~86쪽.
24 이동화, 「한국사회주의의 길(中)」, 『사상계』, 사상계사, 1961. 1, 135쪽.
25 김철, 「혁신정당은 가능한가?—대중의 요구를 반영할 정치노선은?」, 『사상계』, 사상계사, 1965. 4, 92쪽.

단을 통해서 '민주사회주의'만이 자본주의와 공산주의의 대립을 초극할 수 있다는 점을 조심스럽게 암시한다. 심지어 중립통일의 체제는 자유주의를 향해야 한다고 주장한 신상초마저 자유주의를 사회민주주의까지 포함하는 개념으로 규정했으며, 이동화는 그런 의미라면 중립통일은 곧 "리베랄리즘^{liberalism}의 승리"[26]라고 진술한다.

실제로 1961년 '영세중립永世中立'이라는 구체적인 통일 방안을 내세운 최초의 통일운동 기구(중립화조국통일총연맹발기준비위원회)에 관여한 단체가 광복동지회와 대종교를 비롯해 혁신정당인 통일사회당[27]이라는 점을 주목할 필요가 있다.[28] 이는 1960년대 중립통일의 방안으로 민주사회주의체제가 담론 차원을 넘어 정치운동의 차원에서 실천되고 있었다는 사실을 말해준다. 김철에 따르면 민주사회주의 체제 확립은 냉전 속에서 국가의 이익을 추구하는 주체적인 민족 노선 정립과 다르지 않은데,[29] 이는 1950년대의 반둥정신과도 무관하지 않은 제3세계주의를 계승하는 것이기도 하다.

아프리카에도 이번에 우리 정부사절단이 그 대통령의 방한을 초청하였다는 세네갈과 같이 민주적 사회를 따르려는 나라들이 있으며 라틴·아

---

26 신상초 외 좌담회, 「카오스의 미래를 향하여」, 『사상계』, 사상계사, 1960. 7, 45쪽.

27 통일사회당은 민주사회주의자 김철이 발기인으로 관여하고 간사장을 맡기도 했다. 강령 1항(1967. 4. 4. 제정)이 "우리 당은 민족적 주체성에 입각한 민주적 사회주의 실현을 주장하는 국민대중정당이다"로 기술되어 있다.(정태영, 앞의 책, 603~604쪽)

28 「영세중립화를 다짐—中統聯 四月 초 발족을 다짐」, 『민족일보』, 1961년 3월 7일자, 1면.

29 김철, 「六十년대 후기의 민족적 과제—냉전 속에서 국가이익을 찾은 세계와 한국」, 『사상계』, 사상계사, 1966. 1, 87쪽.

메리카도 역시 마찬가지다. 오늘날의 한국의 외교 관계로 보더라도 우리에게 대사를 임명하고 있는 우방 제국 가운데서 영국, 스웨덴, 덴마아크, 노르웨이, 이스라엘, 오스트리아, 벨지움, 이탤리 등에서는 민주적 사회주의의 혁신정당이 집권하고 있거나 다른 정당과 연립정권을 이루고 있고, 오는 가을이 지나면 서독을 비롯한 몇 나라의 이름이 여기에 더 추가될 가능성이 있다. 모르거니와 앞으로 이 나라가 급격한 경제적 발전을 도모하고 아프리카나 라틴·아메리카 등에 대한 외교를 효과적으로 전개하는 데는 민주적 사회주의 세력의 '원조와 협조'가 절실히 필요하게 되지 않을까 생각한다. 우리는 전 세계 민주적 사회주의 세력과의 '동지적 유대'가 비단 우리의 당 운동에 도움이 될 뿐만 아니라 국가를 위하여서도 적지 않은 이익을 가져올 것을 자부한다.[30]

유럽의 사회민주주의 국가, 아프리카나 라틴 아메리카 등과 이루어지는 '원조와 협조'는 "전 세계 민주적 사회주의 세력과의 '동지적 유대'"를 위한 것이다. 민주사회주의의 기원이랄 수 있는 프랑크푸르트선언에서 민주사회주의는 "모든 사람들을 경제적·정신적·정치적인 모든 속박으로부터 해방할 것을 목적으로 하는 까닭에 국제적"인 것이다.[31] 따라서 민주사회주의는 제3세계에 대한 의무를 짊어짐으로써 국제적 민주주의를 지향한다. 독일제국의 사회민주주의자들이 식민정책에 대한 결정적인 반대자였음을 떠올릴 필요가 있으며,

---

30 김철, 「혁신정당은 가능한가?─대중의 요구를 반영할 정치노선은?」, 앞의 책, 92쪽.
31 정태영, 앞의 책, 494쪽.

이는 그러한 정치적 자산을 당연히 이어받고 있는 민주사회주의자들 역시 마찬가지이다. 민주사회주의자들은 "제3세계에 있어서의 자유운동들을 지지하"고, "세계평화의 확보가 최고의 정치적 목표"이며, 전쟁 원인을 해소시키는 데 내적 역량을 다한다.[32] 특히 민주사회주의는 국제적 민주주의를 미·소 양강체제로부터의 해방을 함의하기 때문에 신생독립국의 이념으로 적합했다. "아시아와 아프리카의 청년 지식인들은 사회주의 이념을, 무엇보다 민주사회주의적 형태를 받아들였"으며, 이러한 이념 지향은 특히 "아시아의 위대한 개발도상국가에서 오랫동안 유지되어왔는데, 인도는 독립을 획득한 이후 지난 30년간 경제적·문화적 발전 과정에서 제기되는 온갖 종류의 난관에도 불구하고 법 지배하의 민주주의를 보존"해왔던 것이다.[33] 이는 인도가 중국과 협력하여 아시아·아프리카 회의를 개최함으로써 미·소 중심의 세계 체제를 균열내고자 했던 정치사상적 배경이기도 하다.

한국의 혁신 세력 또한 다르지 않다. 통일사회당의 강령 9항(1967. 4. 4. 제정)을 보자. "식민지 상태에서 벗어나 완전한 자주독립국가로 발전하려는 후진국에 있어서는 민주적 사회주의는 민족주의와 분리할 수 없게 결부된다."[34] 민주사회주의는 토착화 과정에서 민족주의

---

32 라이너 오페르겔트, 「제3세계에 대한 민주사회주의의 의무」, 『사회민주주의론』, 윤근식 엮음, 석탑, 1984, 268~277쪽.

33 리하르트 뢰벤탈, 「민주사회주의의 국제화」, 『사회민주주의와 민주사회주의』, 박호성 엮고 옮김, 청람, 1991, 298~300쪽.

34 정태영, 앞의 책, 605쪽.

와 결합되며, 이는 반제·저항적 민족주의를 지향하는 동시에 제3세계 연대를 위한 이데올로기적 토대가 된다. 물론 신생독립국가들이 사회주의 성향을 지님에도 불구하고 일인독재의 유혹에 쉽게 빠져드는 경향이 존재했지만, 이는 서구 선진국에 비해 후진적인 경제를 급진적으로 성장시키기 위한 방편으로 계획경제를 주도하는 독재적 효율성의 매력 때문이다. 아시아·아프리카 후진국이 채택한 '혼합경제' 속에 독재의 싹 또한 존재했던 것이다. 중요한 것은 독재화의 경향에도 불구하고, 아시아·아프리카의 신생국들이 사회주의를 표방하는 경향이 강하다는 것이며, 이때의 사회주의는 민주사회주의 체제를 지향했다는 사실이다. 이는 당시의 한국도 마찬가지다. 아시아의 경제는 서구에 비해 후진적이므로 "十九세기적 자본주의의 자유경쟁의 원칙을 그대로 받아들일 수는 없"으며, 따라서 아시아의 민주주의는 "단순한 민주주의 또는 정치상의 민주주의가 아니고 사회민주주의 즉 경제상의 민주주의이어야 한다는 것을 의미한다"는 것이다.[35] 이처럼 1960년대 한국 사회 역시 4월혁명 이후 민주사회주의 담론이 강력한 힘을 발휘했다. 4월혁명을 전후하여 노동조합, 노동쟁의 노동임금 등의 노동자 권익 문제를 포함한 경제민주주의 의제가 폭발적으로 쏟아졌다는 사실에서 이는 확인된다. 그리고 무엇보다 중립통일 논의가 강력한 힘을 발휘했던 것이다. 당대 진보 지식인들의 사유 속에서 중립통일이 이상적인 방식이었을 때, 중립

35　김윤환,「아시아의 경제민주주의」,『세계』, 국제문화연구소, 1960. 7, 123쪽.

통일을 위한 정치체제는 공산주의와 자본주의를 지양하는 민주사회주의가 현실적 대안으로 인식되기에 충분했다.

그러나 문제는 민주사회주의조차도 용공 혐의로부터 전적으로 자유롭지 않았다는 사실이다. "적어도 진정한 우파 사회민주당 정도의 자율적인 정당의 발족이라면 정국을 견제하는 데 있어 무의미한 것도 아니지마는 과학적 사회주의의 신앙과 계급 혁명의 도화선에 불을 달기 위한 혁신이라는 가면에 장식된 공산당이라면 우리가 한사코 저지하고 배격하지 않으면 안 될 이유는 필자보다도 국민들이 더 잘 알고 있을 것이다."[36] 군사정권의 혁신 세력 탄압에서 알 수 있듯이, 사회민주주의 혹은 민주사회주의는 결국 공산화로 갈 수밖에 없는 함정일 가능성에 대한 경계 또한 존재했던 것이다. 특히 5·16군사쿠데타 이후 중립통일론과 민주사회주의 담론은 매우 조심스러울 수밖에 없었다. 이병주가 필화에 휘말릴 가능성이 큰 칼럼이 아닌 소설을 택한 것 역시 이러한 시대적 한계 때문인 것은 널리 알려진 바다. 1960년대 시 역시 마찬가지라고 할 수 있는데, 김수영과 신동엽을 제외하면 중립통일에 관한 언급을 한 경우는 드물다. 민주사회주의 담론은 말할 필요도 없다. 그럼에도 불구하고 1960년대 시는 중립통일, 제3세계, 노동자 권익 문제를 아우르는 당대의 민주사회주의 담론의 영향으로부터 자유롭지 않았던 흔적을 보여준다.

---

36 태윤기, 「혁신세력을 경계한다―총선 앞두고 보수와 혁신을 말한다」, 『세계』, 국제문화연구소, 1960. 7, 114쪽.

3. 제3세계적 상상력과 이념적 공백으로서의 중립

신춘문예 등단 시인들이 모여 발간하기 시작한 동인지『신춘시』
7집(1966. 1.)에는 권일송의 흥미로운 시가 실려 있다.

> 당신의 국기는 (히노마루)였지만/ 당신의 마음은/ 뜨거운 인간의 내일
> 을 보듬은 〈코스모스〉였다.// (…) // 〈보리비아〉, 그 서러우나 표표한 하
> 나의/ 깃발처럼,/ 우리의 시와 세계가 빛나고/ 속으로 뜨겁게 맺어질 날
> 을 위하여/ 언제까지나 이 명암의 시월을/ 기억하며 살자고 石川達三씨.
> ─「보리비아의 기수(旗手)─도쿄 올림픽의 石川達三씨에게」 부분[37]

정확하게 1966년에 발표된 이 시는 놀랍게도 제3세계에 대한 감
각을 보여주고 있다.『신춘시』동인이 현실 참여적인 성향이 강한 것
으로 알려져 있으나, 경우에 따라서는 동시대의 한계선을 넘나드는
시를 수록하기도 하였다.[38] 권일송의 이 시 역시 당대의 정치적 감각
으로 볼 때 이단에 가까운 것이라 할 수 있다. 박정희 정권이 1965년
6월 22일 일본과 체결한 한일협정은 4월혁명 이후의 한국이 나아갈
여러 가지 국제정치의 방향 속에서 냉전체제로의 진입을 공식적으
로 선언한 것이나 마찬가지이기 때문이다. 한일협정은 "식민지의 기

---

37 권일송,『신춘시』7집, 신춘시동인회, 1966. 1.
38 이를테면, 박정희 정권에 대한 강도 높은 비판에서 더 나아가 베트남 파병까지 정면으로 비
　　판한 시들이 그렇다.

억/잔재의 청산과 연결되"면서도 "국제적으로 고립된 한국이 세계 질서 속에서 보편성을 획득하는 절차로 평가되"는데, 즉 "미국이 요구한 한일 관계 정상화는 미국 중심의 자유 진영-반공 블럭으로의 편입을 뜻하는 것"이다.[39] 군사정권의 반공주의는 1960년대를 지배했던 절대이념에 가까웠으며, 미국이 아닌 제3세계를 향한 정치적 상상력은 혁신 세력의 몰락과 더불어 좌초되고 말았으므로 권일송의 이 시는 그만큼 충격적이다.

권일송의 「보리비아의 기수」는 일본 작가 이시카와 다쓰조石川達三[40]에게 보내는 서간 형식을 취하고 있다. 권일송이 이시카와 다쓰조의 글 「개회식에서 느낌開会式にう」(『아사히신문(朝日新聞)』 1964년 10월 11일자, 제2부 제1면)을 읽고 큰 감동을 받은 바 있는데, 이것이 시를 쓴 계기다. 권일송은 이와 관련하여 다른 글에서 다음과 같이 진술한다. "골똘히 눈을 주어 읽어나가는 동안 나는 말할 수 없는 깊은 감명과 충일한 어떤 공감에 이끌리는 격정에 온통 사로잡히고 말았다. 전편을 흐르는 그이의 맥맥脈脈한 '휴머니티'의 소리 없는 아우성, 그때

39 김성환, 「일본이라는 타자와 1960년대 한국의 주체성―한일회담에 관한 논의를 중심으로」, 『어문론집』 61호, 중앙어문학회, 2015. 3, 357쪽.

40 이시카와 다쓰조(石川達三, 1905~1985)는 일본 동북 지방의 동민들과 함께한 브라질 인민생활 체험을 바탕으로 한 「창맹(蒼氓)」으로 제1회 아쿠타가와상(1935년)을 수상하였고, 중일전쟁의 실상을 고발한 「살아 있는 병사(生いきている兵隊)」(1938년)를 『중앙공론』에 발표한 바 있다. 「살아 있는 병사」는 일본의 전쟁을 '성전'으로 보도해왔던 일본 언론에 대한 비판이기도 했으며, 이로 인해 『중앙공론』이 발매금지되고 이시카와 다쓰조를 비롯한 편집인과 발행인이 기소되는 필화 사건에 휘말리게 되지만, 일본 군국주의를 비판하는 입장을 끝까지 고수한다. 이상복, 「이시카와 다쓰조와 중일전쟁―살아 있는 병사를 중심으로」, 『일본문화연구』 59호, 동아시아일본학회, 2016. 7, 224~225쪽.

입장하는 단 한사람뿐인 '볼리비아'의 기수―그 좁은 어깨에 조국의 국기를 휘날리면서 고독 속에 의연했던 그 광경 앞에서 石川 씨는 '나는 조용히 눈물을 닦고 있었다'고 짧게 표현하고 있었다."[41] 라틴아메리카의 약소국가 볼리비아는 미국과 소련을 중심으로 한 양대 진영의 성대한 입장식과는 달리 기수 단 한 사람뿐이었고, 그는 일본 작가 이시카와 다쓰조의 마음을 흔들었으며 권일송 역시 이 글에 공명하고 있다. 볼리비아뿐만 아니라, "그 뒤로 이어/ 〈알제리아〉도, 〈가나〉도,/ 〈모나코〉와 〈카메룬〉도,/ 〈리비아〉, 〈니젤〉―,/ 그리고 〈리베리아〉도/ ―, 단 한사람뿐"(「보리비아의 기수」)인 초라한 행렬에 권일송과 이시카와 다쓰조는 공감하고 있는 것이다.

이시카와 다쓰조와 권일송이 형성한 공명통에서 어떤 정치적 상상이 발아되고 있는지 짐작하는 것은 어렵지 않다. 그것은 제3세계의 정치적 감각이다. '볼리비아의 기수→이시카와 다쓰조→권일송'으로 형성되는 연대[42]는 미국과 소련 중심의 냉전질서 속에서 제3세계를 현실적으로 구축해내려는 정치적 상상력에서 비롯된다. '볼리비아'를 포함한 알제리, 가나, 모나코, 카메룬, 리비아, 니제르, 라

---

41 권일송, 「어떤 전말서」, 『신춘시』 9집, 신춘시동인회, 1966. 6, 6쪽.

42 후일 권일송은 자신의 시를 일문으로 번역하여 이시카와 다쓰조에게 발송한다. 이시카와 다쓰조는 이에 대한 답장을 시 형태로 부쳐오는데, 그 전문은 다음과 같다. "未知의 한국 시인에게서 보내온/ 詩稿 十六枚의 용지가 한 개의 반짝이는 핀으로 묶이어져 있었다// 그의 체온을 전해주는 아름다운 격정,/ 그의 성실을 보이는 아름다운 언어들,// 나는 자칫 잘못하여 그 핀으로 손가락을 찔리었다.// 핀에 악의는 없었을 터이고/ 선의와 친애로써 넘쳐 있었을 것이다.// 그러나 왜,/ 나의 손가락에서는 피가 흐르는 것일까."(이시카와 다쓰조, 「한 개의 '핀'」 전문, 『신춘시』 9집, 신춘시동인회, 1966. 6.)

이베리아 등의 국가는 식민지를 관통한 제3세계에 속한 남미와 아프리카 국가이며, 이들 국가에 대한 연민을 보였던 이시카와 다쓰조는 미국 체제에 속한 일본 작가라는 점에서 권일송 시인에게 매우 인상적이었을 것이다. 당시의 한국 역시 한일협정을 통해 미국 블록으로의 편입을 공식 선언한 것이나 마찬가지였음에도 불구하고, '볼리비아의 기수'를 바라보며 느낀 감회는 약소국가로서의 자기 연민을 넘어 제3세계의 연대를 향한 시인의 정치적 상상력이 그 바탕에 깔려 있는 것이라 볼 수 있다.[43]

김수영 또한 이 시를 격찬한다. "특히 권일송의 '도쿄 올림픽의 이시카와 다쓰조石川達三 씨에게' 부친 인류의 미래상을 노래한 과감한 시「볼리비아의 기수」는, 평자로서는 이러한 때묻지 않은 진정한 시의 제시를 무엇이라고 격찬해야 좋을지 격찬할 말을 모르겠다. 이런 시를 앞에 놓고는 시의 기교 문제 같은 것은 정말 문제가 되지 않는다. (…) 이 구절에서도 보이듯이 군데군데 말발이 어색한 듯한 데가 있기는 하지만 이런 흠점은 이 시가 주는 전체적인 감동에 비하면 문제가 되지 않는다. 한국 시 정신 만세!"[44] 부분적으로 단점이 발견

---

43 권일송이 몸담았던 『신춘시』 동인은 실제로 베트남 파병에 매우 비판적이었다. 『신춘시』 동인이었던 신세훈은 "월남에 가지마래이, 죽는다./ 죽어서 충성하면 뭐하니?", "남의 나라 물자로 무장하고/ 남의 나라 싸움을 싸우다가/ 남의 나라 땅에서 쓰러질 이유가 어딨니?", "전장에서 돈 탐내는 놈은 죽더라./ 아예 돈 벌 생각으론 가지마.", "남한에서 먼저 파월시켰으면/ 북한에선 월맹에 군대를 안 보냈는 게 마땅했어./ 이게 무슨 꼴이야, 무슨 챔피야./ 우리끼리 싸운 것도 세계에 부끄러운데/ 그래 청일전쟁보다 더하지 뭐야."(「월남전쟁론」, 『신춘시』 13집, 신춘시동인회, 1968. 5.)이라고 비판한 바 있으며, 권일송 또한 다른 시에서 신세훈의 "월남전쟁론"의 첫 귀절을 사랑"(권일송, 「돼지의 진실 앞에서 서서」, 『신춘시』 14집, 신춘시동인회, 1968. 7.)한다고 서술한 바 있다.

되는 "시의 기교 문제"를 뛰어넘어 "전체적인 감동"을 주는 권일송의
시에서 김수영이 인용한 대목은 다음과 같다.

　　─당신은 그때,/ 인간과 그 인간이 만들며 모여 사는/ 나라와 세계가 무
　　엇이며/ 그것들을 다 털어도 메꾸어지지 않을/ 깊은 고독이란 것을,/ 7
　　만5천 개의 가슴을 한데 묶어도/ 채워지지 않을 그 거대하고/ 장엄한 고
　　독을 위해……,/ 당신은 조용히 울고 있었다.

　　1964년 도쿄올림픽에 홀로 참가한 라틴아메리카의 신생국 볼리
비아의 기수로 인해 이시카와 다쓰조, 권일송, 김수영이 지닌 정치
적 감각은 무엇이었을까? 제국과 신생독립국이 한데 어우러짐에도
불구하고 국위에서 현격한 격차가 드러나는 올림픽 개회식은 이 세
계의 정교한 축소판이 아닐 수 없다. 권일송의 시가 주는 "전체적인
감동"은 시인이 추구하는 세계의 이상과 지금 이 세계가 결여한 그
것이 정확히 일치함에도 불구하고, 그 이상의 실현이 쉽지 않은 "고
독"한 현실이 주는 비극성에서 비롯된다. 미·소 양대 진영을 초극하
는 '국제적 민주주의'는 제3세계적 연대 속에서 실현 가능한 것인데,
냉전체제의 또 다른 축소판이라 할 수 있는 한국의 분단은 '국제적
민주주의'의 관점을 적용한다면 김수영에게는 가장 비극적인 장면
이 아닐 수 없다. 그 비극성이 더욱 고조되었던 것은 물론 주지하다

44　김수영, 「윤곽 잡혀가는 시지(詩誌)·동인지─1966년 2월 시평」, 『김수영 전집 2』, 민음사,
　　2015, 541~542쪽.

시피 4월혁명과 5·16군사쿠데타의 교차로 인해 발생한 큰 낙차 때문이다.

4월혁명은 이승만의 전제 정권이 붕괴된 이데올로기의 공백the void 그 자체라고 할 수 있다. 반공만이 절대이념이었던 이승만 정권의 몰락 이후 모든 사상과 신념이 가능성을 부여받았던 정치 공간의 등장은 4월혁명 직후다. 잠재성의 현실화 가능성은 4월혁명 직후의 공백이 당대에 준 선물이었다. 그러나 공백이 '혼란'으로 인식될 우려가 도래하기도 했다. 4월혁명을 일컬어 '무주체 혁명'이라거나 4월혁명 이후를 데모 아닌 데모들이 넘쳐나는 사회적 혼란기로 정의했던 일들은 모두 이승만 정권이 자행했던 폭정의, 질서 아닌 질서가 파괴된 데서 비롯되는 필연적인 현상이다. 소설가 박태순은 그 혼란을 한때 부정적으로 묘사하기도 했거니와, 당대에는 그 무질서한 혁명 이후의 사태를 받아들일 인식론적 준비가 완료되지 않았던 것으로 보인다.[45] 그러나 공백이야말로 새로운 가능성이 도래하는 공간이다. 배제와 축출이 아니라 모든 이념들이 자유롭게 드나드는 공간이 바로 공백인 만큼, 혼란에도 불구하고 4월혁명 이후의 공백은 해방을 제외하고 한국 사회의 모든 가능성이 활짝 열려 있었던 유일한 순간이었다. 이 공백이 뿜어내는 감격을 김수영은 다음과 같이 격정적으로 진술한다.

---

45 박대현, 『혁명과 죽음—1960년대 문학/정치의 경계와 죽음충동』, 소명출판, 2015, 201~205쪽.

소련에서는 중공이나 이북에 비해서 비판적인 작품을 용납할 수 있는 「컴퍼스」가 그전보다 좀 넓어진 것 같은 게 사실인 것 같소. 무엇보다도 「에렌버어그」가 「레닌」상을 받았다는 사실로 미루어보더라도 그것은 사실인 것 같소. 우리는 이북에도 하루바삐 그만한 여유가 생기기를 정말 진심으로 기원하고 있소. 형은 어떻게 할지 모르지만 나로서는 그에 대한 여유가 다소나마 생겨야지 통일의 기회도 그만큼 열려질 것 같은 감이 드오.

(…)

사실 四·一九때에 나는 하늘과 땅 사이에서 「통일」을 느꼈소. 이 「느꼈다」는 것은 정말 느껴본 일이 없는 사람이라면 그 위대성을 모를 것이요. 그때는 정말 「남」도 「북」도 없고 「미국」도 「소련」도 아무 두려울 것이 없읍디다. 하늘과 땅 사이가 온통 「자주독립」 그것뿐입디다. 헐벗고 굶주린 사람들이 그처럼 아름다와 보일수가 있읍디까! 나의 온몸에는 티끌만한 허위도 없읍디다. 그러니까 나의 몸은 전부가 바로 「주장」입디다. 「자유」입디다….

「四月」의 재산은 이러한 것이었소. 이남은 「사월」을 계기로 해서 다시 태어났고 그는 아직까지도 작열하고 있소. 맹렬히 치열하게 작열하고 있소. 이북은 이 「작열」을 느껴야 하오. 「작열」의 사실만을 알아가지고는 부족하오. 반드시 이 「작열」을 느껴야 하오. 그렇지 않고서는 통일은 안 되오.[46]

---

46 김수영, 「詩友 김병욱에게」, 『민족일보』, 1961년 5월 9일자, 4면.

김수영은 4월혁명 직후 "통일"을 느꼈다고 말한다. 남한은 4월혁명으로 인해 어떤 이데올로기로부터도 자유와 해방을 맞이하게 되었다. 전제군주의 몰락으로 인해 반공이데올로기의 정치적 악용은 사라졌으며, 중립통일론이 다시 부상할 만큼 남한 사회는 모든 이념의 가능성이 도래할 수 있는 공백의 사건을 맞이하게 된 것이다. 이데올로기로부터의 자유와 해방은 곧 남북통일의 가능성을 증대시킨다. "그때는 정말 「남」도 「북」도 없고 「미국」도 「소련」도 아무 두려울 것이 없"는 "자주독립"의 상태이며, "나의 몸은 전부가 바로 「주장」"이며 「자유」"인 상태다. "나의 몸은 전부"가 바로 "주장"이면서 "자유"가 될 수 있다는 것은 모든 이념이 발아할 수 있는 자유의 공백 상태에서야 가능한 발언이다. 이것이 바로 "「사월」의 재산"이며, 이를 통해 이남은 "다시 태어났고", "아직까지도 작열"하고 있는 것이다. 남한은 무한한 공백을 온몸으로 맞아들였으나 북한은 그러지 못한 상황을, 김수영은 주시한다. 북한 역시 남한의 '작열'을 "느껴야 하"며, 이로써만 "통일"이 가능할 것이다. '작열'은 곧 경화된 이념을 녹여버림으로써 공백을 창출하는 혁명의 열정이 아닐 수 없다.

여기서 특기할 만한 사실은 김수영이 소련의 변화에 주목하고 있다는 사실이다. 김수영은 '에렌버어그^{Erenburg, 예렌부르크}'가 레닌상을 받았다는 사실에서 소련의 변화를 감지한다. 예렌부르크는 볼셰비키 당원 출신이었음에도 불구하고 스탈린의 전제적인 독재를 비판했으며, 소련의 자유화운동을 주도했던 작가이다.[47] 그런 그가 레닌상을 받았다는 사실은 소련의 이데올로기적 연성화 가능성을 보여주는 것이다. 김수영에게 혁명은 곧 '중용'으로도 변주되어 이해된 바 있다. '중용'은 곧 중립화를 암시하는데, 외세 이데올로기의 작동이 멈추는 혁명의 순간에야 도래한다. '중용'의 공간에서는 이념의 연성화 작용이 촉발된다. 김수영이 민주당의 반공특별법안 사태에 직면한 이후 4월혁명을 "때묻은 혁명"으로 표현하며 "중용中庸은 여기에는 없"으며, "소비에트에는 있다"라고 진술한 까닭이다.[48] 소련의 변화는 곧 이북의 변화 가능성을 시사한다.[49] 이북 역시 소련의 그런 "여유"를 가지기를 희망하고 있는 것이다. 이 여유란 바로 공백을 허용하는 것으로 남과 북의 통일 가능성을 열어주기 때문이다.

그렇다면 그 여유의 정체란 무엇인가. 공산주의와 자유주의의 완강한 대립 속에서 어떤 타협점도 찾을 수 없는 상황이었으나, 소련의 해빙 무드와 함께 4월혁명은 남한에 이데올로기의 공백 가능성,

---

47 예렌부르크(Ilya Ehrenburg, 1891~1967)는 소련의 작가, 평론가로서 15세에 볼셰비키에 가입, 지하활동을 하다가 17세에 체포되었으나 18세 때 파리로 망명, 9년간 지내면서 많은 발전을 얻고 혁명이 일어났을 때 귀국했다. 그 후 국내외를 왕래하면서 『13개의 파이프』(1923), 『제2일』(1934), 『파리 함락』(1941~1942), 『폭풍우』(1947) 등의 명작을 발표, 날카로운 관찰로 자본주의사회의 기구를 파헤치고 중요 작가가 되었다. 『해빙(解氷)』(1954)은 그를 자유화운동의 선구자, 또는 그 상징적 인물로 부각시킨 작품이며 스탈린 시대의 흑막을 실감 있게 묘사한 그의 회고록 『인간·세월·생활』(1960~1965)은 소련 지식인의 정신사(精神史)였다.(인명사전편찬위원회, 『인명사전』, 민중서관, 2002)

48 김수영, 「중용에 대하여」, 『김수영 전집 1』, 민음사, 1992, 200쪽. 이 시는 1960년 9월 9일에 쓰인 것으로 예렌부르크의 레닌상 수상에서 일정 부분 영감을 받아 쓴 것으로 볼 수 있다.

49 김수영은 그의 시 「전향기」(1962)에서 "일본의 '진보적' 지식인들은 쏘련한테는/ 욕을 하지 않는다고 한다 나도 얼마 전까지는/ 흰 원고지 뒤에 낙서를 하면서/ 그것이 그럴듯하게 생각돼서/ 쏘련을 내심으로도 입밖으로도 두둔했다/ ─당연한 일이다", "지루한 전향의 고백/ 되도록 지루할수록 좋다/ 지금 나는 자고 깨고 하면서 더 지루한/ 중공의 욕을 쓰고 있는데/ 치질도 낫기 전에 또 술을 마셨다/ ─당연한 일이다"라고 쓰고 있는데, 소련을 두둔하고 중공의 욕을 쓸 수밖에 없는 정치적 입장은 남북의 통일 가능성을 최우선으로 염두에 두었기 때문이다.

혹은 적어도 남북의 새로운 관계 모색 가능성을 부여했다. 이념의 공백은 모든 이념의 가능성을 의미하겠으나, 1960년대 우리 사회에서 중요했던 것은 남북통일이었고 이를 위해서는 남과 북이 수용할 만한 중립적 이념이 필요했다. 그리고 당시에 중립적 이념으로 가장 많이 거론되었던 것이 바로 민주사회주의임을 상기할 필요가 있다.

> 형! 나는 형이 지금 얼마만큼 변했는지 모르지만 역시 나의 머리속에 있는 형은 누구보다도 시를 잘 알고 있는 형이요. 나는 아직까지도 「시를 안다는 것」보다도 더 큰 재산을 모르오. 시를 안다는 것은 전부를 아는 것이기 때문이요. 그렇지 않소? 그러니까 우리들끼리라면 「통일」 같은 것도 아무 문젯거리가 되지 않을 것이요.[50]

4월혁명의 감격에 겨운 김수영이 진술했던 "「시를 안다는 것」보다도 더 큰 재산을 모르오"의 의미는 무엇일까. 김수영은 왜 김병욱이 "누구보다도 시를 잘 알고 있"다고 했을까. 시와 혁명, 그리고 통일은 무슨 관계가 있는 것일까. 김수영은 누구보다도 이데올로기의 억압이 가진 문제점을 갈파했고 거부했고 비판해왔던 시인이다. 때문에 '자유'의 진정한 의미를 체감했고, 시로써 이를 드러내고자 했던 시인이다. 그러나 김수영은 이 '자유'를 단순히 정치적 자유로만 이해하지 않는다. 김수영의 자유란 '공백'에 육박하는 자유다. 어떤

---

50 김수영, 「詩友 김병욱에게」, 『민족일보』, 1961년 5월 9일자, 4면.

이데올로기도 축출당하고 없는 절대적인 것의 순간적인 파괴를 통해서만 드러나는 공백의 사태 속에서 '자유'의 본질을 발견했던 것이다. 이는 개인에게 가해진 정치적 억압으로부터의 자유뿐만 아니라 소련과 미국의 냉전 속에서 자주독립을 실현하지 못했던 한국이 쟁취해야 할 자유를 의미하기도 한다. 한국의 자유란 무엇인가. 이승만 정권하의 반공이데올로기로부터 자유이기도 하며, 냉전 사상으로부터의 해방이기도 하다. 4월혁명 이후 작열했던 것은 이 자유에의 뜨거운 열정이었으며, 김수영은 자유의 공간 속에서 비로소 통일이 가능하다고 보았던 것이다. 4월혁명이 바로 공백, 즉 자유의 공간을 열어놓았으며, 바로 거기서 시의 본질을 발견했던 것이다. 김수영에게 "「시를 안다는 것」"의 "재산"이란 바로 공백이며, 시는 바로 이 공백을 실현하는 공간이 아닐 수 없었다. 그것은 곧 중립의 사상이기도 하다.

여행을/ 안 한다/ 가지고 있는/ 이데올로기도 없다/ 密謀는/ 전혀 없다/ 담배 마저 안 피우는/ 날이 올지도 모른다/ 그때에는/ 성급해지면 아무데나 재를 떠는/ 이 우주의 폭력마저/ 없어질지도 모른다/ 정적이/ 필요없다/ 그 이유를/ 말할 필요도 없다/ 낚시질도/ 안 간다/ 가장파아티에/ 가본 일도 없다/ 하물며/ **중립사상연구소에는/ 그림자도 비친 일이 없다**/ 뇌물은/ 물론 안 받았다/ 가지고 있는/ 시계도 없다/ 집에도/ 몸에도/ 그러니까/ the reason why/ you don't get/ a clock/ or/ a watch 마저/ 말할 필요가 없다/ 집에도/ 몸에도/ 이놈이 무엇이지? 〈1961. 8. 25.〉

　　　　　　　　　　　　　—「신귀거래 9—이놈이 무엇이지?」 전문[51] (강조, 인용자)

우리는 월남의 중립 문제니 새로 생긴다는 혁신정당 얘기를/ 하고 있었
지만/ 아아 비겁한 민주주의여 안심하라/ 우리는 정치 얘기를 하구 있었
던 게 아니야〈1966. 1. 3.〉

—「H」부분[52]

「신귀거래 9」에서 드러나듯, "중립사상연구소에는/ 그림자도 비
친 일이 없다"는 진술은 사상 검열을 비꼬는 동시에 중립 문제에 대
한 관심을 반어적으로 표현한 것이다. 불온한 기관을 방문한 적이
없다는 사실을 통해 불온한 사상을 감추는 듯한 시적 진술은 오히려
스스로 중립 사상의 소유자라는 사실의 표명인 것이다. 이는 역시
「H」에서도 간접적으로 확인된다. "월남의 중립 문제"와 "새로 생긴
다는 혁신정당"을 화제로 한 대화는 김수영의 정치적 입각점이 어디
에 있는지를 잘 보여준다. 특히 혁신정당의 궤멸 이후 「H」가 발표된
1966년 무렵에 새로이 창당 과정을 밟고 있었던 정당이 민주사회주
의자 김철이 관여한 통일사회당[53]이다. 혁신정당인 통일사회당에 대
한 관심은 정당이 표방한 이데올로기에 대한 관심과 다르지 않을 것
이다. 이렇듯 김수영이 지닌 중립의 상상력은 민주사회주의의 맥락
에서 이해될 여지가 충분하다고 할 수 있다.

51 김수영, 『김수영 전집 1』.
52 김수영, 『김수영 전집 1』.
53 통일사회당은 1965년 7월 20일 민주사회주의를 표방하는 혁신 우파의 발기인 49명이 대성
빌딩에 모여 발기인 회의를 가졌으며, 이후 여러 우여곡절을 거친 끝에 47개 지구당을 창
당하고 1967년 4월 4일 창당대회를 개최하게 된다.(정태영, 앞의 책, 601쪽)

4. 유토피아의 현실적 번안飜案으로서 민주사회주의

민주사회주의는 '개혁된 자본주의'로서 "노동자계급을 현존 지배 체제에 보다 강력히 종속시키고, 모순을 희석화하며, 계급투쟁을 마비시키기 위해 이용될 수 있"고 또한 "노동자계급의 투쟁을 위해서 쟁취되거나, 투쟁의 발전을 위해 이용될 때에는 노동자계급의 지위와 투쟁력 강화에 도움이 되"는 "이중적 성격"을 지닌다. 그러나 레닌의 전통에서 "개혁은 지배계급이 지배를 유지하는 동안 획득될 수 있는 양보"에 지나지 않는다.[54] 이러한 주장은 오늘날의 슬라보예 지젝이 꾸준하게 강조해온 것이긴 하지만, 그럼에도 불구하고 민주사회주의와 노동운동의 밀접한 연관성은 부정될 수 없다. 민주사회주의운동은 노동운동 전체를 통해서 당의 발전이 이루어진다는 것이 일반적인 시각이며, 여기서 가장 중요한 것은 민주사회당과 노동조합의 상호 신뢰적 관계다.[55]

마찬가지로 한국에서 4월혁명을 전후한 노동 담론의 폭발적인 증가는 매우 중요한 의미를 지닌다. 노동 담론의 증가는 '노동운동=빨갱이'라는 등식이 다소 완화된 데서 찾을 수 있지만, 무엇보다 민주사회주의를 기반으로 한 혁신정당이 등장할 수 있었던 사회 분위기와도 무관하지 않다. 노동 담론의 이데올로기적 통제가 일시적으

---

54 동독 공산당 중앙위원회 사회과학 연구소, 「"민주사회주의", 노동자계급 그리고 계급투쟁」, 『사회민주주의와 민주사회주의』, 54쪽.
55 요하노 슈트라써, 「민주사회주의란 무엇인가?」, 『사회민주주의와 민주사회주의』, 40쪽.

박대현_'민주사회주의'의 유령과 중립통일론의 정치학   301

로 약화되었던 4월혁명 직후 '전국노동조합협의회'가 발표한 성명
의 내용에는 ①기아 노동과 노임 체불 등의 방법으로 착취를 일삼은
기업주들에 대한 비난 ②관권과 기업주의 앞잡이인 대한노총 간부
들의 즉각적인 사퇴 ③기업주와 야합하여 노동자를 희생시킨 노동
조합의 개편 ④경찰의 노동운동 개입 금지 촉구 ⑤노동자의 권리를
유린한 노동 행정 책임자의 사퇴 등을 담고 있다.[56] 4월혁명 이후 노
동자들은 '기아 노동'과 '노임 체불', 즉 임금 문제와 노동환경의 개
선, 그리고 노동자의 권익 향상을 위한 노동조합 활성화 문제에 깊
은 관심을 가지고 투쟁의 동력을 확보하고자 했던 것이다.[57] 나아가
노동문제를 정치 의제로 삼고자 했다.

　이런 움직임은 4월혁명 직후 세력 확장을 모색했던 혁신계의 정
치적 기반이 될 수 있었으나, 혁신정당은 노동조합 단체들과 정치
협력 관계를 맺을 수가 없었다. 노동조합 단체들이 일제히 정치적
중립성을 표방했기 때문이다. 일제강점기와 해방공간, 그리고 자유
당 정권 때의 노동조합은 노동자 권익을 위한 단체가 아니라 수구
정권의 안정과 자본가의 이익을 위한 친정권·친자본 어용 단체였다
는 사실로 인해 4월혁명 직후 조직 혁신의 차원에서 '정치적 중립
성'을 선언하고 말았던 것이다.[58] 이로써 역설적이게도 노동조합은

56　한국노동조합총연맹, 『한국노동조합운동사』, 한국노동조합총연맹, 1979. 10, 494쪽.
57　당연한 현상이겠지만, 4월혁명 직후 철도·부두·섬유·자동차·금융·미군부대·체신·광산·
　　전매·전기·해운 노동자들은 우선적으로 임금 인상과 체불 노임 지급을 요구하였다.(한국
　　노동조합총연맹, 위의 책, 508~526쪽)
58　탁희준, 「노동조합과 정치, 정당」, 『사상계』, 사상계사, 1960. 9, 71~73쪽.

302

정작 노동자 기반의 혁신계 정당과 정치적 유대 관계를 맺을 수 없었다.[59] 게다가 혁신계는 주로 통일운동에 집중함으로써 해방 이후의 좌우합작 운동 노선을 따르는 양상을 초래하였고, 이에 대한 대응으로써 민주당 정부는 '반공법'과 '집회 및 시위에 관한 법률(이하 집시법)' 제정에 박차를 가하게 된다.[60] 결국 혁신계는 반공법과 집시법 논란 속에서 용공의 의심을 사게 됨으로써 노동 대중 및 하층민의 지지를 얻는 데 실패하고 만다. 혁신계와 노동조합의 제휴가 가능했더라면, 노동자의 요구 사항이 보다 일찍 정치 의제로 부각되는 국면을 맞이하게 되고 혁신계의 정치적 기반 또한 강하게 마련되었을 것이다. 그러나 당시 혁신계와 노동조합은 긴밀한 유대 관계를 형성할 상황에 있지 못했다.[61] 그리하여 혁신계의 노동 담론은 통일운동의 정치적 소용돌이와 5·16군사쿠데타의 국면 탓에 정치 의제로 부각될 기회를 잃고 말았다.

---

59 이 지점은 매우 중요한데, 노동자계급 형성에 관한 중요한 이론적 인식은 계급 조직과 계급 행동을 결정짓는 데 있어서 정치제도, 특히 정당이 핵심적인 역할을 수행하기 때문이다.(구해근, 『한국 노동계급의 형성』, 신광영 옮김, 창비, 2002, 33쪽)

60 정태영, 『한국 사회민주주의 정당사』, 세명세관, 1995, 563쪽.

61 당시 노동 담론을 주도했던 탁희준은 다음과 같이 언급하고 있다. "이제 四·一九를 계기로 대한노총도 전국노동조합평의회도 노동조합의 중립화를 성명하였다. 일체의 정치적 관련성을 끊고 노동조합운동을 불편부당한 존재로 한 것을 뚜렷이 한 것이다. 그러므로 노조는 비로소 政客化한 간부의 私利를 위하여 부당한 이윤을 당함이 없이 또 간부 간의 파쟁으로 불필요한 정력을 소모함이 없이 경제 저개발국의 노동조합 발전의 제二단계로 들어가야만 한다. (…) 환언하면 노동조합은 먼저 정치성을 사상을 적극적 태세를 갖추어야 하고 제二단계의 사업을 추진하기 위하여 그 조직을 재편하여야 한다. 노총은 一九五二년 이래 무의미하게 소모한 그의 정력을 이제는 경제개발을 위하여 활용하여야 한다." (탁희준, 「건전한 노동조합운동」, 『사상계』, 사상계사, 1960. 6, 189쪽)

그러나 1960년대 후반으로 가면 이러한 한계가 극복되기 시작한다. 노동자의 내핍 생활이 한계 상황에 다다르자 노동쟁의가 자생적으로 격렬해지기 시작했던 것이다. 문학 또한 이에 대한 반응을 보여주어야만 했는데, 그런 점에서 신동엽은 선구적이고 독보적인 존재라 할 수 있다. 주지하다시피 그는 4월혁명에 내재한 저항정신의 유구한 역사성을 천착한 바 있다. 그의 서사시「금강」은 동학혁명과 4월혁명의 대위對位를 통해 4월혁명의 정신적 근원이 동학혁명에서 비롯되고 있음을 감동적으로 형상화했다. 동학혁명에 참여했던 '하늬'는「금강」 마지막 부분에서 그의 아들인 또 다른 '하늬'[62]를 거쳐서 종로 5가 네거리를 서성이는 한 소년의 형상으로 이어진다. 그리고 이 소년은 도시 노동자의 형상성을 내재하고 있다.

죄 없이 크고 맑기만 한/ 소년의 눈동자가/ 내 콧등 아래서 비에/ 젖고 있었다.// 국민학교를/ 갓 나왔을까, 새로 사 신은/ 운동환 벗어 들고/ 바삐 바삐 지나가는 인파에/ 밀리면서 동대문을/ 물었다.// 등에 짊어진/ 푸대자루 속에선/ 먼길 여행한 고구마가/ 고구마끼리 얼굴을 맞부비며/ 비에 젖고,// 노동으로 지친/ 내 가슴에선 도시락 보자기가/ 비에 젖고 있었다.// 나는 가로수 하나를 걷다/ 되돌아섰다.// 그러나 노동자의 홍수 속에 묻혀/ 그 소년은 보이지 않았다.// (…) //그럼,/ 안녕.// 언젠

---

62 "하늬는/ 자기 죽음을 예감했던 걸까,/ 진아는 허리 더듬어 치마 속으로/ 은방울 만져보았다.// 아기 낳거든/ 자기와 똑같은 이름, 하늬로/ 부르라 했다."(신동엽,「금강」,『신동엽전집』, 창작과비평사, 1990, 287쪽)

가/ 또다시 만나지리라,// 무너진 석벽, 쓰다듬고 가다가/ 눈 인사로 부딪쳤을 때 우린/ 십劫의 인연,// 노동하고 돌아가는 밤/ 열한시의 합승 속, 혹, 모르고/ 발등 밟을지도 몰라,/ 용서하세요.// 그럼/ 안녕,/ 안녕,// 논길,/ 서해안으로 뻗은 저녁노을의/ 들길, 소담스럽게 결실한/ 붉은 수수밭 사잇길에서/ 우리의 입김은 혹/ 해후할지도/ 몰라.

—「금강」 부분[63]

1967년 『한국현대신작전집』 제5권(을유문화사)에 발표된 위 시는 "노동자의 홍수"라는 표현을 쓰고 있다. 산업화의 물결 속에서 많은 하층민들이 도시의 빈민 노동자로 급속히 전락해갔듯이, 동학 농민의 아들인 또 다른 '하늬'의 운명을 짊어진 "소년" 역시 "노동자의 홍수" 속으로 사라지고 있다. "노동하고 돌아가는 밤"의 시대, "열한시의 합승"으로 표현되는 노동자의 귀갓길은 혹독했던 당대의 노동 상황을 말해준다. "소년" 역시 무럭무럭 자라 "노동자의 홍수" 속에서 빈민 노동자의 물줄기 하나를 이룰 것임을 암시한다. 이와 같은 도시 노동자의 시적 형상화는 매우 선구적인 것인데,[64] 신동엽은 1960년대 후반 산업사회 속에서 착취당하고 있는 노동자의 정치성을 역사적 맥락에서 직관적으로 인식하고 있었던 것이다. 그리고 그 직관은 노동자의 "입김"으로 "해후"하는 어떤 공동체의 가능성을 향해 있다.

63 신동엽, 『신동엽전집』, 300~303쪽.
64 이경수, 「신동엽 시의 공간적 특성과 심상지리」, 『비평문학』 39호, 한국비평문학회, 2011, 228쪽.

스칸디나비아라든가 뭐라구 하는 고장에서는 아름다운 석양 대통령이
라고 하는 직업을 가진 아저씨가 꽃리본 단 딸아이의 손 이끌고 백화점
거리 칫솔 사러 나오신단다. 탄광 퇴근하는 광부들의 작업복 뒷주머니마
다엔 기름묻은 책 하이덱거 럿셀 헤밍웨이 장자 휴가여행 떠나는 국무
총리 서울역 삼등대합실 매표구 앞을 뙤약볕 흩쓰며 줄지어 서 있을 때
그걸 본 서울역장 기쁘시겠오라는 인사 한마디 남길 뿐 평화스러이 자
기 사무실문 열고 들어가더란다. 남해에서 북강까지 넘실대는 물결 동해
에서 서해까지 팔랑대는 꽃밭 땅에서 하늘로 치솟는 무지개빛 분수 이
름은 잊었지만 뭐라군가 불리우는 그 중립국에선 하나에서 백까지가 다
대학 나온 농민들 추럭을 두대씩이나 가지고 대리석 별장에서 산다지만
대통령 이름은 잘 몰라도 새이름 꽃이름 지휘자이름 극작가이름은 훤하
더란다 애당초 어느쪽 패거리에도 총쏘는 야만엔 가담치 않기로 작정한
그 지성 그래서 어린이들은 사람 죽이는 시늉을 아니하고도 아름다운 놀
이 꽃동산처럼 풍요로운 나라, 억만금을 준대도 싫었다 자기네 포도밭은
사람 상처내는 미사일기지도 탱크기지도 들어올 수 없소 끝끝내 사나이
나라 배짱 지킨 국민들, 반도의 달밤 무너진 성터가의 입맞춤이며 푸짐
한 타작소리 춤 思索뿐 하늘로 가는 길가엔 황토빛 노을 물든 석양 대통
령이라고 하는 직함을 가진 신사가 자전거 꽁무니에 막걸리병을 싣고 삼
십리 시골길 시인의 집을 놀러 가더란다.

—「산문시 1」 전문[65]

65 신동엽, 『신동엽전집』, 83쪽; 『월간문학』, 1968. 11.

위 시에서 언급되고 있는 '스칸디나비아'반도는 좁게는 스웨덴·노르웨이, 넓게는 덴마크·아이슬란드·핀란드까지 포함하는, 사회민주주의(민주사회주의) 체제가 확립된 영토다. 신동엽은 널리 알려졌듯이 유토피아적 공간으로서 "전설같은 풍속", "싱싱한 마음밭"(「향아」)을 상상했고, 이는 무정부적 생태학적 공간으로 일반적으로 이해되어오긴 했으나 1960년대의 정치 현실 속에서 실현 불가능한 시적 욕망에 지나지 않는다고 할 수 있다. 그리고 1960년대 정치 속에서 무정부주의적 정치는 그 존재감이 거의 부재하다시피 했으므로, 1960·년대의 정치적 맥락 속에서 신동엽의 시는 현실 정치와는 무관한 것이 될 수도 있었다. 이는 신동엽의 중립 사상조차 "유토피아 의식의 내면화"로 파악하는 진술로 귀결되기도 한다.[66] 이때의 유토피아는 실현 가능성이 절대적으로 박리된 추상적 관념성을 내재하는 한계를 지니게 된다. 그러나 위 시에 등장하는 '스칸디나비아'는 신동엽의 중립 사상에 구체적인 현실성을 부여한다. 1960년대의 정치적 맥락 속에서 스칸디나비아반도는 민주사회주의 체제로서의 강렬한 상징이기 때문이다.[67]

뿐만 아니라 스칸디나비아는 중립주의가 실현된 이상적인 모델로

---

66 신동엽, 『민족시인 신동엽』, 강은교·구중서 엮음, 소명출판, 1999, 206쪽.
67 예컨대, 당시의 사회주의는 허용 가능한 수준에서 소개되고 있었는데, 허용 가능한 수준이란 사회주의에 대한 비판 그리고 사회민주주의 국가 소개 정도다. 스칸디나비아는 사회민주주의 체제를 실현한 국가로서 많은 관심을 받고 있었다. 당대의 사회민주주의 소개 글들은 거의 대부분 스칸디나비아, 즉 스웨덴과 노르웨이를 언급하고 있다. 『사상계』 1960년 9월호에는 아예 「스칸디나비아의 사회주의—스웨덴의 사회복지정책을 중심으로」(전영철)라는 글이 실려 있다.

서의 표상이기도 한데,[68] 전 세계 중립주의 국가들을 소개하는 데 있어서 첫머리에 위치하기도 한다. "현재 중립주의는 스칸디나비아로부터 동남아시아의 인도네시아에 이르기까지 二十여 개국의 국시로 또한 전 세계 인구의 거의 三분지 一인 六억二천三백만의 신조로 되어 있는 것이다. 그 밖의 다른 여러 나라에서도 이「중립」개념이 각종 각색의 포부와 형태를 띠고 나타나 있는 것은 물론이다."[69] 민주사회주의 체제이면서 중립주의를 실현한 스칸디나비아는 어떤 곳인가? 신동엽의 시에 따르면, 정치적·경제적·국제적 민주주의가 실현된 공간이다. 권위주의와 특권 의식을 철저하게 내려놓은 소박한 대통령과 국무총리, 인문학 서적을 탐독할 만큼 삶이 여유로운 노동자들, 그 어떠한 제국주의적 야만도 거부할 줄 아는 정의로운 시민들이 "아름다운 석양"처럼 어우러져 살아가는 유토피아적 공동체로 그려져 있다.

이러한 공동체의 이념은 물론 동학혁명에서 무정부주의anarchism로 이어지는 유토피아적 비전과 무관하지 않을 것이다. 그러나 동학혁명이 박정희의 경제 제일주의 정책 속에서 소외되고 희생당하는 노동자 현실과 무관하지 않게 인식된다는 사실[70]은 신동엽의 시

<hr />

68 『관부연락선』의 '유태림'과 『지리산』의 '보광당'을 통해서 중립의 공간 좌표를 상상했던 이병주가 필화 사건에 휘말렸던 논설 「통일에 민족 역량을 총집결하자」(『국제신보』, 1961년 1월 1일자, 석간 1면)에서 "이 아담한 강토가 하나의 판도로서 스칸디나비아반도의 나라들처럼 복된 민주주의를 키워 그 속에서 행복하게 살고 싶다"라고 진술한 바 있을 정도로, '스칸디나비아'는 단순한 유토피아적 공간이 아니라 현실적인 정치체로서 소환되고 있다.
69 박준규, 앞의 글, 167쪽.

에서 핵심적인 모티프인 동학혁명이 노동자 해방의 시발점으로 인식되기에 충분하다는 것을 말해준다. 그리고 신동엽이 언급했던 민주사회주의체제의 스칸디나비아는 신동엽이 열망했던 무정부주의 유토피아의 현실적 번안일 가능성을 강화한다. 일반적으로 무정부주의는 현실적 실현 가능성의 부재 또는 대안적인 정치체를 제시하지 못하는 한계를 지닌다. 이와 달리 신동엽의 시에서 동학혁명은 노동자 해방 전쟁으로 재의미화되고 스칸디나비아가 유토피아의 실현 가능태로 상상되고 있는 것이다. 무엇보다 민주사회주의의 핵심 강령이 정치적 민주주의뿐만 아니라 이를 넘어 '경제적', '국제적' 민주주의를 포괄하고, 중립주의가 국제적 민주주의를 실현하는 하나의 방편으로 인식되고 있었다는 사실을 떠올린다면, 신동엽의 시 세계에 음각된 정치이데올기로서의 민주사회주의를 떠올리지 않을 수 없는 것이다.

5. 결론을 대신하여 – '민주사회주의'라는 유령

자유의 밤이 없는 밤이다./ 무한히 죽고 싶은 구속의 위협 아래/ 神이 만든 인간의 뼈와 뼈가 부서진다./ 짓밟는 밤의, 없는 밤의 그 목적을 생각하며/ 허무의 법이 담긴 신문을 읽는 풀잎이여./ 貧과 富의 차이 끝에 군

---

70 오제연, 「1960~70년대 박정희 정권과 대학생의 '동학농민전쟁' 인식」, 『역사문제연구』 33권, 역사문제연구소, 2015, 203쪽.

림하는 法에 떨며/ 불타는 내일과의 破婚을 의식하며/ 새끼처럼 비틀리는 살아 있는 풀잎이여/ 어제까지 있었던, 내일을 위한 밤이 없다, 가슴에 없다./ 實驗의 밤의 생소한 눈보라에 휩싸여/ 흐느껴 울던 인간의 꿈과 꿈이/ 참사랑의 높은 언덕에서 굴러 떨어지고 있다./ 다 자란 세계의 커다란 꿈의 머리가 깨어진다./ 우연히 만난 겨울의 나라와 봄의 自己 사이에/ 꿈을 베는 칼날과 없는 밤이 숨어 있다./ 두렵고, 두려운 오늘이 숨어 있다, 法이 숨어 있다, 法이 숨어 있다./ 거친, 무질서의 보복의 손가락에/ 힘없이 시달리고 여월 풀잎이여./ 첫날밤을 기다리던 질서의 풀잎이여,/ 法 속의 풀잎이여./ 부자유의 밤이 있는 밤이다./ 무한히 살고 싶은 구속의 위협 아래/ 神이 만든 인간의 혼과 혼이 흩어진다./ 다 자란 세계의 커다란 꿈의, 아아, 머리가,/ 머리가 깨어진다.

—「신음」 전문[71]

　위 시는 1969년 3월 『사상계』에 발표된 김철의 시다. 사상의 검열과 탄압 속에서 민주사회주의자 김철은 '신음'에 가까운 육성을 내뱉고 있다. 그러나 그의 '신음'은 단순한 정치적 좌절이 아니라 그의 정치가 지향했던 세계의 불가능성에서 비롯되고 있다는 사실을 주목할 필요가 있다. 김철 그 자신이 저항하고자 했던 박정희 군사정권의 정치체는 "貧과 富의 차이 끝에 군림하는 法"으로 암시된다. 박정희의 경제 제일주의는 저임금·저곡가 정책으로 하층민을 착취하

71　김철, 「신음」, 『사상계』, 사상계사, 1969. 3.

는 체제로서 궁극적으로 "빈과 부의 차이 끝에 군림하는 법"이다. 4월혁명 직후 민주사회주의 체제를 실현하고자 했던 혁신 세력 중 하나였던 김철의 '신음'은 정치적 민주주의의 좌초뿐만 아니라 경제적 민주주의의 불가능성을 동시에 암시한다. 그리고 중립주의를 통한 세계 질서의 재편, 즉 국제적 민주주의의 단계까지 나아갈 엄두조차 못 내고 있다.

이 한 편의 시는 1960년대 후반 한 민주사회주의자의 정치적 고립감이 어떤 것인지를 충분히 말해준다. 정당 활동을 통해 정치적 민주주의뿐만 아니라 경제적 민주주의, 더 나아가 국제적 민주주의를 실현하고자 했던 혁신 세력은 박정희 군사정권 아래서 패퇴의 길을 걸을 수밖에 없었다. 엄혹했던 반공주의, 노동 착취를 '산업근로', 혹은 '애국근로'라고 명명하는 경제 제일주의, 그리고 한일협정 체결을 통한 미·일 블록으로의 편입은 4월혁명 이후 잠시나마 발아했던 '중립주의'와 민주사회주의의 가능성을 거세하고 말았던 것이다.

무엇보다 중요한 것은 김수영과 신동엽의 열망과 좌절을 민주사회주의자 김철의 시에서 간접적으로 읽을 수 있다는 사실이다. 1969년 3월 『사상계』에 발표된 김철의 시 「신음」은 한국 현대사를 관통해온 한 민주사회주의자의 깊은 좌절과 번민을 보여주고 있다는 점에서 의미심장하다. 시인의 경우 제3세계, 중립통일, 민주주의 등을 향한 열망이 시적 상상으로서 현실에 기입되고 있다면, 김철의 경우 그것들은 현실적 투쟁으로서 시적 언어에 기입되고 있기 때문이다. 이러한 차이는 1960년대의 민주사회주의 담론이 시인들의 상상 체계에 온전히 자리 잡지 못한 이유가 된다. 정치적 투쟁 과정에서 용공 혐의와도 부단히 싸워야 하는 것이 민주사회주의자들에게 주어진 운명이었다면, 시인들은 대개 그러한 운명을 피하고자 하는 경향이 강했기 때문이다. 달리 말한다면, 시인들에게 제3세계, 중립, 민주주의를 포괄하는 그 무엇은 이데올로기 이전의 형태인 '정동'으로 존재했다고 할 수 있다.

정동의 정치 이데올로기화는 정동이 구체적 현실 속에서 정치 언어를 획득할 때 가능할 것이다. 1960년대 시인들은 정치 이데올로기 이전의 정동 상태에 있었거나 본능적으로 그럴 수밖에 없었다. 정동이 무의식의 영역이며 시적으로 은폐될 수 있는 것이라면, 이데올로기는 정치의 영역이며 은폐가 불가능하기 때문이다. 따라서 우리는 안으로 삼킬 수만은 없었던 시인의 언어와 당대의 정치로부터 그들의 정동이 지향했을 이데올로기의 구체성을 읽어낼 필요가 있는 것이다. 1960년대 말에 쓰인 김철의 시는 그런 관점에서 1960년대 참여시인들과 모종의 깊고도 필연적인 관계를 맺는다고 할 수 있다. 김수영·신동엽과 김철의 시 사이를 가로지르는 1960년대의 이데올로기적 유령이 있다면, 그것은 민주사회주의가 아니었을까. 당대의 한국 사회가 허용할 수 있었던 정치체의 최대치가 민주사회주의 중립국가라는 믿음이 한쪽에서는 무의식 속에서, 한쪽에서는 정치적 신념 속에서 작용하고 있었던 것이다.

(신)식민주의의 귀환,
시적 응전의 감각
—1965년 한일협정과 한국 현대시

최
현
식

1. 1965년 한일협정 · (신)식민주의 · 탈식민주의

'대한민국과 일본국 간의 기본관계에 관한 조약', '대한민국과 일본국 간의 재산 및 청구권에 관한 문제의 해결과 경제협력에 관한 협정'. 1965년 6월 22일 일본 도쿄에서 체결된 2개의 한일협정을 부르는 공식 명칭이다. 그때나 지금이나 한일 양국을 들끓게 한 기본조약과 경제협정에서 쟁점이 된 사항은 다음의 두 가지 문제이다.

첫째, 한국은 1910년 한일합방을 전후한 조·일 간의 모든 조약을 원천 무효로 판단했다. 왜냐하면 그것들은 강제적·폭력적인 침략주의의 소산이므로 일제의 조선 식민화는 불법행위에 지나지 않았다. 이에 반해 일본의 경우 한일합방은 국제법상 유효한 조약이었으며

1945년 8월 을미해방과 더불어 그 사유가 소멸되었다고 보았다. 1905년 이래 본격화된 일제의 조선 지배는 그러므로 정당하고도 합법적인 통치행위였던 것이다.

둘째, 일제의 조선 식민화가 불법인가 합법인가에 대한 극심한 견해 차이는 양국의 경제협력에 있어서도 숱한 난관과 갈등을 불러왔다. 한국은 3억 달러의 경제협력 기금을 일제의 불법적인 식민 통치에 대한 공식적인 배상금으로 받아들였다. 하지만 조선의 식민화를 합법 행위로 주장했던 일본은 해당 액수를 36년간의 식민 통치에 대한 배상금이 아니라 신생 대한민국을 배려한 '독립 축하금', '경제협력 자금'으로 간주했다.[1]

치열한 다툼에도 불구하고 한일 양국은 모종의 이해관계에 대한 졸렬한 야합 끝에 다음의 협정문에 서명하며 국교정상화를 서둘러 선언했다. "양 체약국은 양 체약국 및 그 국민(법인을 포함함)의 재산, 권리 및 이익과 양 체약국 및 그 국민 간의 청구권에 관한 문제가 (…) 완전히 그리고 최종적으로 해결된 것이 된다는 것을 확인한다."[2] 이 문장에서 앞으로 두고두고 문제될 곳은 "완전히 그리고 최종적으로 해결된 것"이라는 구문이었다. 이 열다섯 글자는 이후 하나, 일제의

---

1 한국은 1952년 제2차 세계대전 종료를 위해 연합국이 일본과 맺은 평화조약인 '샌프란시스코강화조약'에 참가하지 못함으로써 태평양전쟁 관련 배상의 권리를 잃게 된다. 이에 따라 대일 청구권은 해방 후 남북한 영토 분리에서 발생한 민사적 채권·채무 청산 문제로 전환된다. 더욱 자세한 내용은 김영미의 「'국익'으로 동원된 개인의 권리─한일회담과 개인보상 문제」(『동북아시아논총』 22호, 동북아역사재단, 2008) 103~105쪽 참조.
2 "대한민국과 일본국 간의 재산 및 청구권에 관한 문제의 경제협력에 관한 협정" 제2조 부분.

폭력적인 조선 식민화에 대한 반성과 사죄를 유야무야시키는 비열한 조건으로, 둘, 조선인 강제 동원 피해자의 적법한 청구권을 포기하는 대신 '국익'을 들어 경제협력 기금을 서둘러 받아들인 박정희 정권의 잘못된 선택을 수정 불가능한 국가 간의 약속으로 정식화하는 뼈아픈 기호로 작동하기에 이른다.

서로 앙앙대던 한일 양국을 주저 없이 국교정상화로 이끈 모종의 이해관계란 무엇일까. 먼저 한국의 경우이다. 4·19혁명을 초토화시킨 박정희 군사정권은 권력의 정당성과 지배의 효율성을 강화하기 위해 위로부터의 산업화 및 북한에 맞선 체제 경쟁의 승리를 적극 추진했다. 일본의 경제협력 기금은 경제 발전과 군사력 강화에 없어서는 안 될 필수 자본이었던 셈이다. 다음으로 일본이다. 일본은 미국으로부터 '저개발국의 경제 발전에 대한 일본의 공헌과 책임 분담'을 지속적으로 요구받았다. 만주국 장교 출신인 박정희 정권의 등장은 이승만 정권 이래 지지부진했던 한일회담을 양국 우호와 협력의 장으로 변화시킬 절호의 기회를 제공했다. 1965년 한일협정은 과연 세계 최빈국의 하나였던 한국의 발전을 돕는다는 경제적 명분과 더불어, 냉전 시대에 즈음한 반공 체제를 수호한다는 정치적·군사적 명분마저 거머쥘 기회를 갖게 했다. 이런 연유로 1965년 한일협정은 전후 일본의 안정과 이익에 전혀 문제될 것 없는 매우 효율적이며 합당한 조치로 일본 국민에게 수용되었다.[3]

---

3 더욱 자세한 내용은 신재준의 「국교정상화 전, 한일경제협력 논의의 전개와 성격」(『역사학보』 238권, 역사학회, 2018) 346~349쪽 참조.

패전국 일본과 옛 식민 한국의 잘 계산된 야합은 양국의 꼭짓점으로 서 있던 미국의 요구와 조율에 의해 강력히 추동된 것이기도 했다. 미국은 한국 원조에 대한 경제적·군사적 부담을 줄이기 위해 일본의 대한對韓 경제협력을 강력하게 요구했다. 일본도 이에 화답하여 그들 독점자본의 세계 진출과 안정적인 이윤 획득을 위해 한국을 향한 경제적 상륙을 결정했다. 이로써 박정희 정권이 전제적인 권력 장악과 확대를 위해 치밀하게 기획했던 위로부터의 산업화와 경제 성장의 기틀이 마련되었다. 하지만 이 과정은 부유한 타국의 자본과 기술을 끌어들여 궁핍한 자국의 개척과 발전을 도모했다는 점에서 경제적 신식민화로의 조심성 없는 행보에 훨씬 가까운 것이었다.

한미일 경제협력, 아니 신식민지적 재편이 더욱 문제적인 까닭은 북한, 소련, 중국 공산 진영에 맞서 한미일 자유-반공 진영을 더욱 강화하려는 군사동맹과 밀접하게 연관되기 때문이다. 일례로 세 나라의 군사적·경제적 차원에서의 베트남전 참전 및 대북 냉전 상황의 강화는 "일종의 식민지 상황, 즉 새로운 대동아공영권의 효과적인 복원"[4]을 또렷이 연상시킬 정도로 3국 공조共助의 식민주의-식민지적 관계를 여지없이 환기한다. 돈과 피와 이념으로 맺어진 새로운 '대동아의 혈맹' 관계, 여기 스며든 신식민주의의 열도熱度는 박정희 군사정권에게 강요된 것이긴커녕 그들 권력의 자발적인 의지로 끓

---

4 곽태양, 「한국의 베트남전쟁 참전 재평가」, 『역사비평』 107호, 역사비평사, 2014년 여름, 205쪽. 1960년대 한미일 3국 동맹의 성격에 대해서는 김영미의 앞의 글, 102쪽 및 박희진의 「한·일 양국의 한일협정 반대운동 논리」(『기억과전망』 16권, 민주화운동기념사업회, 2007) 325~328쪽 참조.

어오른 것일 가능성이 컸다. 아니나 다를까 일제 말 '전선 총후前線銃後'의 총력전을 재현하기라도 하듯이 박정희 정권은 1965년 8월 13일 베트남 파병 동의안을, 14일 한일협정 비준 동의안을 "야의원野議員 없는 '일당一黨국회'서"[5] 일방적으로 통과시켰다. 문제의 본질에 대한 따짐도, 책임 소재의 규명도 없이 전격 합의된 미국을 매개로 한 한일의 국교정상화가 얼마나 위험하고도 파행적인 선택이었는지가 적나라하게 드러나는 장면이다.

만주국 연구의 권위자 한석정은 1930년대 유럽과 동양의 '사실의 세기'를 지배했던 파시즘과 근대화의 관계를 동시대 만주국과 1960년대 한국의 '밀어붙이기식 개발'의 기원이자 모델로 파악한 바 있다. 만주국과 1960년대 한국의 근대화는, 유럽 파시즘의 아래로부터의 혁명적 열기와 대중정치의 집단성이 결핍되어 있긴 해도, 비민주적 의사 결정, 국가 주도의 산업화, 근대적 개발, 사회동원, 선전 공작 등의 공통점을 나누어 가진 것으로 그는 이해한다.[6] 우리는 이를 압축적으로 재현한 집단주의적 계몽의 목소리를 만주국 시대의 "意氣だ, 力だ, 建設だ(의기다, 힘이다, 건설이다)"[7]라는 왕도낙토王道樂土 개척 구호 및 1960~1970년대 한국의 "싸우면서 건설하자"라는 산업화 구호에서 동일하게 확인한다. 30여 년의 시간 간격을 지닌 두 구호의

5 『경향신문』, 1965년 8월 14일자, 1면.
6 한석정, 『만주모던―60년대 한국 개발 체제의 기원』, 문학과지성사, 2016, 235쪽. 아래의 "싸우면서 건설하자" 구호도 같은 곳에서 인용했다.
7 貴志俊彦,「滿洲國建設勞動奉仕隊ポスター」,『滿洲国のビジュアル・メディア―ポスター・絵はがき・切手』, 吉川弘文館, 2010, 208頁.

연결 지점을 베트남전 참전과 한일협정 동의안이 함께 통과된 1965 년 8월 대한민국 국회에서 찾는다고 하여 괴이쩍을 까닭 없는 장면 인 것이다.

그렇다면 남한의 지식장場은 냉전체제하 자유주의 진영에 봉공하 는 반공 총력전 시대의 도래와 미일 독점자본의 이윤 창출에 충실히 복무하는 신식민주의적 경제구조로의 재편에 어떻게 대응했을까. 1964~1965년 사이 벌어진 한일협정 반대운동을 포함한 6·3민주화 운동에서 그 실체와 성격이 가장 먼저 찾아질 것이다. 6·3민주화운 동은 시민, 학생, 정치인 등 연인원 350만여 명이 참여한 현대사의 대사건이었다.[8] 대중의 집단적 참여 및 맹렬한 요구는 4·19혁명이 좌절되면서 일상 현실 곳곳에 적층되어온 각종 모순과 불평등의 문 제를 일거에 터뜨리는 힘이 되었다. 이를테면 한일회담과 관련해서 는 일제 과거사 청산 및 피해자 배상 문제, 굴욕적인 경제 종속 문제 가 적극 제기되었다. 미국과 관련해서는 한국의 군사적·경제적 종속 강화, 그를 통한 안정적인 반공 정권의 일방적 구축에 대한 비판이 행해졌다. 5·16군사정권에 대해서는 4·19혁명의 무력화, 반민주적 폭정과 부정부패의 심화, 저개발에 따른 민생고의 가중 등에 대한 강력한 비판과 집단적 저항이 수행되었다. 요컨대 한미일 동맹 체제 를 조목조목 비판하는 반제·반독재의 함성이 한반도 곳곳에 드높이 울려 퍼지게 된 것이다.[9]

---

8 6·3동지회, 『6·3학생운동사』, 역사비평사, 2001, 89쪽. 여기서는 아래의 신동호 논문 172쪽 에서 재인용.

이를 바탕으로 한 연구자는, 비록 '학생운동'에 초점을 맞춘 것이기는 해도, 6·3민주화운동이 '민족자존'과 '민족평등'을 전제로 한 '국익 중심의 민족주의', 미국과 일본의 독점자본 진출과 그에 따른 경제 종속에 맞서 '자립 경제를 지향하는 경제적 민족주의', 박정희 군사정권의 반민주적 폭정과 매판자본 옹호에 맞선 보편적 민주화 등의 추구에 앞장섰다고 긍정적으로 평가했다.[10] 물론 지식인과 학생 중심의 6·3민주화운동은 한일협정 자체에는 반대하지 않았던 국민들의 여론, 이를 빌미로 명분과 실리를 강조하며 한일협정의 조속한 체결을 호소했던 군사정권의 선전·선동 전략으로 인한 투쟁 동력의 약화,[11] 한일협정 체결을 독려하며 한국군의 베트남 파병을 이끌어낸 미국의 신식민주의적 냉전 전략에 대한 불철저한 이해와 대응 따위의 한계[12]를 넘어서지 못함으로써 미완의 저항으로 끝나고 말았다는 사실도 균형감 있게 기억해두어야겠다.

9 신동호, 「한일협정 50년, 미완의 '작은 혁명'—구술로 되살려본 6·3항쟁 숨겨진 장면들」, 『기억과전망』 31권, 한국민주주의연구소, 2014, 171~172쪽.

10 박찬승, 「6·3학생운동의 이념」, 『한국민족운동사연구』 57호, 한국민족운동사학회, 2008, 360~363쪽.

11 박희진, 앞의 글, 347쪽.

12 김려실, 「『사상계』 지식인의 한일협정 인식과 반대운동의 논리」, 『한국민족문화』 54호, 부산대학교 한국민족문화연구소, 2015, 192~195쪽. 한일협정 체결 후 군사정권은 학생 시위를 중심으로 한 전국적인 반대운동에 맞서 8월 26일 법적 근거도 없는 위수령을 발동하여 무장군인을 서울에 진주시키기에 이른다. 이런 위급한 상황에서 『사상계』는 9월호 특집으로 '미국의 대한 정책 비판'을 편성했다. 매우 때늦은 비판이었지만 '가장 가까운 우방' 미국에 대한 전면적 비판으로서는 거의 최초의 사건으로 인정된다.

2. 한일협정 · 재경在京 문인 서명 · 정치적-미학적 '사건'

이 글은 아직까지 1965년 한일협정에 대한 문단의 반응과 입장을 말하지 못했다. 그렇게 된 까닭이 없지 않다. 한일협정의 전개와 성격, 그에 맞선 6·3민주화운동에 대한 선이해가 전제되어야 문인들의 목소리와 문자가 제대로 들려오고 온전히 읽을 수 있다는 판단 때문이었다. 1965년 한일협정에 대한 문인들의 집단적 반응과 맹렬한 저항은 어디서 찾아질까. 답은 전국 단위의 단체행동은 아니었지만 신문과 라디오를 타고 전국으로 널리 퍼져간 한일조약의 즉각 파기와 국회 비준 거부를 요구하는 성명서이다.

이 성명서는 1965년 7월 9일 발표되었으며, 재경在京 문인 82명이 참여했다. 문협 정통파인 김동리, 서정주, 조연현, 유치환 등은 보이지 않는다. 김광섭, 김현승, 마해송, 박두진, 박목월, 박영준, 모윤숙, 박종화, 안수길, 이은상, 이헌구, 조지훈, 주요섭, 최정희, 정비석, 황순원 등의 원로 및 중진 작가, 김남조, 박경리, 박재삼, 오상원, 선우휘, 전봉건, 정명환, 조병화, 하근찬, 한말숙 등의 신예 작가, 본고에서 특히 주목하는 김수영과 신동엽, 그리고 가장 나이 어린 마종기의 이름이 보인다. 친일 혐의에서 자유롭지 못한 작가들 몇몇도 참여했으나, 민족주의와 자유주의 성향의 순문학 작가들이 성별과 나이를 불문하고 대거 동참했음이 확인되는 장면이다. 이들의 선언에서는, "한·일조약 파기하라" "민족적 의분義憤 느껴"라는 신문지상의 크고 작은 제목에서 보이듯이, 특히 '민족자존'을 지키기 위한 '반일 의식'이 돋보인다. 과연 이를 증빙이라도 하듯이 아래의 주장들에는 정치적·경제적 실리 추구보다는 민족적·국가적 존엄성 보호에 대한 의지가 훨씬 강력하게 반영되어 있다.

재경 작가 82인은 '한일협정'이 첫째, 일본에 일방적으로 유리하게 작성되었다는 것, 둘째, 민족적 자존과 현실적 이해, 미래의 전망에 대한 모욕과 재침再侵, 실질적인 예속을 초래하고 있다는 것을 집중적으로 비판했다. 그러면서 한일협정을 저지하기 위한 세 가지 사항의 요구와 실천을 다짐했다. 하나, 매국, 망국적인 악惡조약의 완전한 파기, 둘, 한국의 주권과 권익 옹호를 위해 투쟁하는 '문화전선'의 대열에 적극 동참하겠다는 의지의 피력, 셋, 한일협정 반대 데모로 구속된 애국 학생의 즉시 석방 요구가 그것이다.[13]

학생들과 여타 지식인의 투쟁이 그랬듯이, 서울 문인들의 싸움도 결국 다른 지역의 문인들에게 더 이상 확산되지 못한 채 일회적 서명운동에 그치고 말았다. 이들의 서명운동은 그러나 1948년 단독정부 수립 이래 권력을 독점해온 보수 우익 정권에 맞서 처음 감행된 집단적 저항이었다는 점에서 그 의미가 남다르다. 물론 82명의 염결한 문인들도 역사의 소극笑劇을 되살기라도 하듯이 4·19혁명의 긍정적 경험에 올라타지 못한 채 늙은 아비 앞에 젊은 구속자 한 명만을 남기고는 일상생활로 다시 침잠해갔다. 하지만 서명 문인들의 다양함과 이념적 편차는 무언가 뜻밖의 사태를 예감케 하는 면이 없잖다. 물론 반일 정서와 의식에 편중된 것이긴 해도 문인들의 집단행

---

13 이상의 내용은 『동아일보』 1965년 7월 9일자 및 『경향신문』 7월 9일자.

동은 어떤 공통된 관심과 욕망이 문단 내부를 서서히 그러나 거세게 휘돌아나가고 있었음을 어렴풋이 짐작케 한다. 눈에 뚜렷이 보이지 않는 어떤 흐름, 다시 말해 지금은 불명료하지만 조만간 유의미한 분기점을 이루게 될 어떤 사건을 더듬거려서라도 만지작거릴 수 있다면? 아마도 그 순간 우리는 문인들의 집단행동의 기원과 영향을 얼마간이라도 엿보게 될 것이며, 그것을 밀고 나간 냉열冷熱한 포에지poésie와 투기投企적 기호를 문득 만나게 될지도 모른다.

이를 위해 본고는 바디우의 '정치적 사건'을 '미학적 사건'으로 바꿔 읽어보고자 한다. 그에 따르면 "정치적 사건이란 지배적인 권력이 행하는 가능한 것의 통제에서 벗어나는 가능성을 돌발하게 하는 어떤 것", 다시 말해 "불가능하다고 선언되어왔던 것을 가능한 것으로 전환"시키는 무엇이다. 이 과정에서 "새로운 가능성, 현실이 될 이 불가능한 것을 통해 자신을 붙잡거나, (타자에게—인용자) 사로잡"[14]힌 달까. 여기 주목한다면, 바디우의 '정치적 사건'은 옥타비오 파스가 말한 "시란 타인들을 찾는 것이며, 타자성을 발견하는 것"이라는 시적 사태와 매우 방불한 개념이다. 그 '정치적 사건'은 이 '미학적 사건', 곧 "파편과 분산 속에서 세계의 이미지를 발견하는 것, 하나 속에서 타자를 인지하는 것", 다시 말해 "언어로 하여금 타인들에게 현존을 부여하는 일"[15]의 또 다른 형식일 따름이다. 이렇게 말할 수 있는 까닭은 '시적 사건'도 '정치적 사건'과 마찬가지로 "과거(타자—인용

---

14 알랭 바디우·파비앵 타르비, 『철학과 사건』, 서용순 옮김, 오월의봄, 2015, 27~28쪽.
15 옥타비오 파스, 『활과 리라』, 김홍근·김은중 옮김, 솔, 1998, 340쪽.

자)의 사건에서 끌어낼 수 있었던 것을 끝까지, 포화 상태까지 견지하"[16]며 "그렇게 불가피하게 일어날 것을 주체적으로 수용할 준비를 가능한 한 갖"출 때야 비로소 발생하는 것이기 때문이다.

1965년을 즈음한 한국 시단에서 미학적인 동시에 정치적인 사건을 만족시키는 무언가가 과연 존재할까. 이후 '한일협정 시대'의 싸움과 밀접히 연관되어 있음이 자연스레 밝혀지겠지만, 나는 그 사건에 가장 가까이 서 있는 미학적 담론으로 1966년 작성된 김수영의 다음 산문을 꼽고 싶다.

언어에 있어서 더 큰 주는 시다. 언어는 원래가 최고의 상상력이지만 언어가 이 주권을 잃을 때는 시가 나서서 그 시대의 언어의 주권을 회수해 주어야 한다. 모든 시간의 언어는 언어가 아니다. 잠정적인 과오다. 수정될 과오. 이 수정의 작업을 시인이 해야 하는 것이다. 그래서 최고의 상상의 언어가 일시적인 언어가 되어서 만족할 수 있게 해야 한다. 아름다운 낱말들, 오오 침묵이여, 침묵이여.[17]

이 산문은 6·3민주화운동이 이미 종결된 1966년 작성되었다. 그렇다면 일종의 사후 보고인 셈인데, 어떻게 여기서 과거-현재-미래를 동시에 아우르는 징후적인 정치적-미학적 사건을 만날 수 있단

---

16 알랭 바디우·파비앵 타르비, 앞의 책, 28쪽.

17 김수영, 「가장 아름다운 우리말 열 개」, 『김수영전집 2』, 이영준 엮음, 민음사, 2018(제3판 1쇄), 472쪽.

말인가. 위의 산문이 김수영 자신의 「거대한 뿌리」(1964)와 거기서 제시한 결코 아름답지 않은, 그래서 더욱 아름다우며 혁명적일 수 있는 "무수한 반동의 언어" 열 개[18]에 대한 단상으로 작성되었음을 알게 된다면, 방금 전의 미심쩍음은 기우에 지나지 않게 된다.

모든 말은 '잠정적 과오'이며 따라서 '수정될 과오'라는 것, 그 작업을 시인이 해야 한다는 것, 하지만 그 최고의 '상상의 언어'를 또 다시 '일시적인 언어'로 내쳐야 한다는 것, 그럴 때 더럽고 쓸모없는 모든 것들은 가장 아름다운 것이 될 수 있다는 것. 이 정치적-미학적 사건을 1960년대 중후반 문단의 핵심적 미학으로 새로 발견하고 위치 짓는 것이 본고의 지난한 앞길에 놓여 있다. 그러나 분명한 사실 하나는 각 장에서 호명되는 '역사적 사건'들이 자신들의 현실을 '새로운 가능성'으로 역전시키는 미학적 모험 자체를 살고 있다는 것, 그래서 스스로를 "잠정적 과오"이자 "수정될 과오"로 위치시키고 있다는 것이다. 이 점, 그 사건들을 불온하지만 아름다우며, 패배하러 가는 듯하지만 승리하러 가는 정치적이며 미학적인 기호로 파악할 수 있는 핵심적 요인이다.

---

18 요강, 망건, 장죽, 종묘상(種苗商), 장전, 구리개, 약방, 신전, 피혁점, 곰보, 애꾸, 애 못 낳는 여자, 無識쟁이가 그것이다.

3. '불온'의 검열, '추방'의 자유

1965년 한일협정이 하나의 화두니만큼 같은 해 쓰인 김수영의 「어느 날 古宮을 나오면서」 1절로 시작해보자. "한 번 정정당당하게/ **붙잡혀간 소설가**를 위해서/ 언론의 자유를 요구하고 **越南파병**에 반대하는[19]/ 자유를 이행하지 못하고/ 三十원을 받으러 세 번씩 네 번씩/ 찾아오는 야경꾼들만 증오하고 있는가"(강조—인용자) 한일협정과 별 관련이 없어 보이지만, 웬걸 그것과 김수영은 이렇게 연결된다.

첫째, 한일협정 비준과 베트남 파병 동의안은 하루 차이로 박정희 군사정권의 거수기에 불과했던 공화당 의원들의 날치기로 통과되었다. 이에 맞서 김수영은 재경 문인 한일협정 반대 성명서에 그 이름을 기꺼이 올렸다. 베트남전 주도국 미국을 향한 불온한 상상력은, 반공의 보루 동아시아에 대한 신식민주의적 재편에 대해 "동양척식회사, 일본영사관, 대한민국 관리, 아이스크림은 좆대강이나 빨아라"(「거대한 뿌리」)라고 신랄하게 외친 통렬한 야유 속에 선연하다.

둘째, 김수영에게 언론의 자유는, 4·19혁명 직후 작성되었으나 강요된 미발표 시편 「'金日成萬世'」[20](1960. 10. 6.)의 "'金日成萬世'/ 韓國의 言論自由의 出發은 이것을 인정하는 데 있"[21]다라는 풍자적 감각에서 보듯이, 진정한 '자유의 이행'을 위한 절대 조건이었다. 이를테

---

19 시인의 월남전에 대한 지대한 관심과 비판 의식은 "월남의 중립 문제니 새로 생긴다는 혁신정당 얘기를"(「H」, 1966. 1.), "엉클 샘에게 학살당한 월남인이 되기까지도 했다"(「풀의 영상」, 1966. 3.) 등에도 뚜렷하다.

면 김수영에게 "복종의 미덕! 사상까지도 복종하라"(「전향기(轉向記)」)와 같은 군사정권의 검열·통제는 시라는 "감정과 꿈"이 "현실상의 척도나 규범을 넘어"[22]서는 것을 억압함으로써 결국은 일체의 반성과 모험 없는 '습관의 자동주의'[23]로 내몬다는 점에서 죽임의 폭력학 자체였다. 국가주의의 폭력과 타락에 침묵하며 설렁탕집 주인, 야경꾼, 이발쟁이 같은 약자들에게 "옹졸하게 반항하는"(「어느 날 고궁을 나오면서」) 시인의 부끄러운 호기로 가득 찬 시편은 그러므로 "너무나 '씩씩하고 건전한' 식민지의 노래"[24]에 지나지 않게 된다.

이 지점은 그러나 김수영 스스로가 자신을 '히야카시'한 대로 "암만해도 조금쯤 옆으로 비켜서 있"는 자리만은 아니다. 자신에 대한 맹렬한 비판을 통해 자기 보존과 자기 파괴가 동시에 진행되는 불온

<hr/>

20 "〈언론의 자유〉에 대한 고발장"으로 제출하기 위해 작성된 시였지만, 반공법 저촉에 따른 필화 사건을 염려했던지 김수영은 「金日成萬世」를 「잠꼬대」로 제목을 바꿔 잡지사에 투고한다. 최종 게재를 결정했던 『自由文學』은 그러나 본문의 "金日成萬世"를 '김일성만세'로 바꿔줄 것을 요구했다. 그러나 김수영은 "타협하기 싫어" 이 제안을 거부했다. 이렇게 해서 「잠꼬대」는 발표할 길이 없"어졌으며 "지금 같아서는 시집에 넣을 가망도 없"어지게 된다. 김수영은 「金日成萬世」가 책상 서랍에 처박히게 되었지만 "〈인간 본질에 대해서 설치된 제제한(諸制限)을〉관찰하는 데 만족하고 있는 시"라는 점에 궁극적 의미를 부여했다. 위의 일기는 김수영, 위의 책, 722~724쪽.

21 전문은 『창작과비평』 2008년 여름호(통권140호)에서 확인 가능하다. 그 밖에도 「네거리에서」「銀盃를 닦듯이」「연꽃」 등 14편의 시가 함께 발굴되어 실렸다.

22 김수영, 「창작 자유의 조건」(1962), 앞의 책, 241쪽.

23 통치 권력이 수행한 각종 통제와 억압에 의해 피지배자들이 자신들을 배제했던 지배 질서를 공고화하는 태도 전범에 따라 생각하고 행동하게 되는 것을 뜻한다. 더욱 자세한 내용은 임유경의 「비켜선 자리, 불온한 문학의 장소」(『불온의 시대―1960년대 한국의 문학과 정치』, 소명출판, 2017) 428~429쪽 참조.

24 김수영, 「대중의 시와 국민가요」(1964), 앞의 책, 367쪽.

한 사건을 호명하고 접촉하는, 에로스를 향해 열린 시구문屍口門일 가능성도 없잖다. 실제로 김수영은 그 '비켜선 자리'에서 산문의 '자유이행' 끝에 붙잡혀간 소설가, 곧 남정현과 「분지糞地」(『현대문학』 1965년 3월호)를 조우하고 있지 않은가.

6월 22일 체결된 한일협정 조약문의 잉크가 채 마르기도 전인 7월 9일, 중앙정보부는 소설가 남정현(32세)을 "북괴 선전에 동조"했다는 이적행위 죄목을 걸어 반공법 위반 혐의로 전격 구속한다. '문학작품 반공법 기소 제1호'라는 참담하고 공포스러운 사건이 그 모습을 드러낸 순간이다. 사달의 원인이 된 소설은 「분지」인바, 도대체 어떤 내용이건대 반공법에 저촉되었는가. 당대의 한 신문은 「분지」의 줄거리를 이렇게 요약했다. "문제된 소설 「분지」는 주인공(홍만수)의 어머니가 미군에게 난행당하고 누이마저 미군 하사관의 첩이 된 데 격분, 주인공이 그 하사관(스피드 상사)의 본처(비취)를 겁탈한 후 미군에게 포위되어 폭살당한다는 줄거리로 되어 있다."[25]

중앙정보부는 이 내용에서 무엇을 문제 삼았던가. 첫째, 미국은 한국을 "예속식민지·군사기지로서 약탈과 착취, 부정과 불의"의 대상으로 삼고 있다는 북한의 "왜곡 허위 선전"에 동조했다.[26] 둘째, 남한의 "빈민 대중에게 계급 및 반정부 의식을 부식조장扶植助長"했다. 셋째, 북한의 남침을 숨기고 군복무를 모독하여 "방공 의식을 해이"케

---

25 "작가 남정현 씨 구속", 『동아일보』 1965년 7월 10일자.
26 「분지」는 같은 해 5월 북한의 노동당 기관지 『조국통일』과 『통일전선』에 전재됨으로써 적과의 내통이라는 또 다른 반공법 위반 혐의를 뒤집어쓰게 된다.

하는 동시에 반미 감정 및 사상을 고취하여 "한미 유대를 이간"했다.[27] 세 혐의에서 남정현이 반미·반정부·계급투쟁의 트라이앵글을 날조하여 특히 혈맹 미국이 원조국 한국의 "비천한 피해 대중들", 곧 "빈민 대중"을 새로운 식민화의 대상으로 삼았다는 거짓 선전의 증거를 찾았음은 물론이다.

이 기소문에서 흥미로운 사항은 군사정권이 남정현의 북한식 선전·선동의 대상으로 독서 대중의 근간을 이루는 학생과 지식인이 아니라 '(빈)민(대)중'을 드러내놓고 꼽았다는 사실이다. 요컨대 이들은 박정희식 '나의 조국'의 개척과 발전에 복무하는 계몽과 훈육의 대상이기도 했지만, "우리들의 심령에 기생하는 일체의 불온한 사상"[28]의 진원지이자 배양지인 것으로 언제나 의심, 감시되었던 것이다. 체제 '협력'과 '배반'으로의 분할과 배치, 이것은 반공과 용공, 친미와 반미의 달콤함과 쓰디씀을 '빈민 대중'에게 깊이 각인하는 매우 효율적인 심리적 기제이자 장치였다. 왜냐하면 '빈민 대중'에게, 아니 지식인과 문학예술인에게까지 '동의(국민)/저항(비국민)의 양자택일'은 매우 무모한 짓에 불과하며, 따라서 열띤 찬성의 구호는 외치지 않더라도 '침묵에 의한 수동적 동의'를 취하는 것[29]이 삶의 안전과 평화에 유리한 선택임을 자연스럽게(?) 강제했기 때문이다.

27 "소설 「분지」로 말썽된 작가 남정현 기소문", 『경향신문』 1966년 7월 13일자.
28 남정현, 「자수민(自首民)」, 『남정현 문학전집 1 — 단편·중편소설』, 국학자료원, 2002. 여기서는 임유경의 앞의 책, 350쪽에서 재인용. 군사정권의 '빈민 대중' 운운의 의미도 임유경의 같은 책, 280~284쪽의 "'빈민 대중'이라는 쟁점 — 반미, 용공, 내셔널리즘"에서 힌트를 얻었다.

이 지점, 김수영이 더 이상 쓸모없어 버려질 전근대적 생활용품을 "가장 아름다운 우리말 열 개"로 가치화한 까닭을 역설적으로 입증하는 '징후적 사건'의 장소라 할 만하다. 김수영이 열 개의 단어를 꼽은 이유는 그것들에서 "언어의 변화는 생활의 변화요, 그 생활은 민중의 생활을 말하는 것이다. 민중의 생활이 바뀌면 자연히 언어가 바뀐다"[30]라는 '시적 사건'을 간취했기 때문이다. 요컨대 열 개의 말들은, 아니 사물들은 항상 변화를 삶으로써 민중과 언어, 세계와 우주를 끊임없이 바꾸는 "잠정적 과오"이자 "수정될 과오"로 존재했기 때문에 '자유의 이행'을 두려움 없이 실천하는 진정한 '불온의 존재'로 호명된 것이다. 남정현이, 또 군사정권이 상반된 입장에서 '빈민 대중'을 주목했던 까닭도 늘 움직이는 불온성이 가져올 혁명적 상황에 대한 이쪽의 기대와 저쪽의 공포 때문이었을 것이다. 남정현의 「분지」가 초라하고 얌전한 "식민지 노래"를 충격적으로 배반하고 뒤엎는 '탈식민의 서사'로 한층 의미화될 수 있던 까닭이 이 대목에서 찾아진다.

---

29 이봉범, 「불온과 외설—1960년대 문학예술의 존재방식」, 『반교어문연구』 36호, 반교어문학회, 2014, 461쪽. 이봉범의 날카로운 지적대로, 당시 문단 분위기는 남정현의 「분지」에서 "예측 가능한 대중적 저항을 기반으로 한 저항문학의 필요성"을 역설한 소장 평론가 백낙청의 주장을 압도하는 정반대의 주장, 곧 반공주의의 우월성을 선양하며 보다 적극적인 사상 검열이 필요하다는 의견이 지배적이었다. 이는 당시의 문단 권력 '한국문인협회'가 남정현에 대한 선처를 호소하며 그 까닭으로 "소설은 그것이 구체적인 사실의 적시가 아니라 상상적인 허구의 설화(說話)라는 문예창작품 일반의 기본 성격에서 벗어"("구속된 남정현 씨 선처를 호소—'문인협회'서 요로에 진정", 『동아일보』 1965년 7월 22일자)나지 않는다는 점을 든 것에서도 충분히 확인된다.

30 김수영, 「가장 아름다운 우리말 열 개」(1966), 앞의 책, 472쪽.

본문 2장 중간쯤에서 재경 문인 82인의 '한일협정 반대 서명'을 잠깐 얘기하며 "늙은 아비 앞에 젊은 구속자 한 명만을 남기고"라고 적어두었다. 이제 그것에 대해 조금 자세하게 말할 차례이다. 늙은 아비는 아동문학가 마해송이며 젊은 구속자는 그의 아들 마종기이다. 일본『분게이 슌쥬文藝春秋』에 근무하던 마해송의 생활로 인해 1939년 도쿄에서 태어난 마종기는 약관의 나이에 스승 박두진의 추천으로『현대문학』에「나도 꽃으로 서서」「해부학 교실」「돌」등을 발표하며 1960년 2월호로 등단 완료한 전도유망한 시인이었다. 이를테면 김수영은 마종기의「연가 10」(『현대시학』, 1966. 4.)에 대해 6개월의 사랑, 세상, 저녁, 상심, 눈물을 알게 되었다는 대목을 들어 "작자는 자기의 체질을 알게 되었다고 생각되고, 그런 자기의 체질 위에 풍자의 현대성을 도입한 점에서 이 작품은 그 나름의 추구해온 방향에서 일단 성공하고 있다"라고 고평했다.[31]

한데 시인이며 의사였고 또 당시 공군 군의관이기도 했던 마종기는 어떻게 한일협정 반대 서명에 참여했고, 또 무슨 죄목으로 공군 방첩대원에게 연행되어 여의도 보안대에서 온갖 모욕과 폭력을 당한 끝에 영등포 소재 11전투비행단 감방에 수감되었을까.[32] 수년 전

31 김수영,「지성의 가능성」(1966. 4.), 앞의 책, 614쪽. 김수영은「연가 12」로 기록했는데, 마종기 시집에는「연가 10」으로 되어 있어 이것을 따른다. 마종기는 김수영의 이 글이 발표된 두 달 뒤인 1966년 6월 미국 오하이오 주립대학교 의과대학으로 인턴 연수를 떠난다. 이런 앞날을 짐작이라도 했던 것일까. 김수영은 연세대 문학회 간담회에서 만난 마종기에게 "문단에 섞일 생각 말아라. 영어 공부를 많이 해라. 의학을 문학에 접목시켜라. 나는 너를 열심히 지켜본다"라는 시시콜콜한 격려를 아끼지 않았다고 한다. 이상의 에피소드는 마종기의「의사로도, 시인으로도」(『마종기 깊이 읽기』, 정과리 엮음. 문학과지성사, 1999, 50쪽) 참조.

시인과 담소를 나누며 들은 바에 의하면, 연세문학회의 선배 유경환 시인의 권유로 서명운동에 참여했지만, 시인 자신도 성명서의 주장과 정당성에 충분히 동의했다는 말을 전해주었다. 한편 그를 영어의 몸으로 만든 죄목은 '군 인사법 94조' 위반이었다. 이 조항은 "연설, 문서 또는 그 밖의 방법으로 정치적 의견을 공표한 군인"을 단속하기 위한 것이었다. 남정현 구속의 반공법과는 유類가 다르지만, 군 인사법 94조도 "검열 체계의 체계화와 검열 주체의 다변화, 국가권력의 검열 주도권 확보에 의한 선제적 사회문화 통제의 극대화"[33] 책략의 일환이라는 점에서 반공법의 파시즘적 국가주의와 빈틈없이 상통한다. 이는 한일협정 반대를 외친 자유의 목소리를 향해 되돌려진 아래와 같은 부자유의 폭력적 장면에서 또렷하게 확인된다.

그해 여름에는 여의도에 홍수가 졌다.
시범아파트도 없고 국회도 없었을 때
나는 지하 3호실에서 문초를 받았다.
군 인사법 94조가 아직도 있는지 모르지만
조서를 쓰던 분은 말이 거세고 손이 컸다.

(…)

---

32 그는 중앙정보부의 지시로 금고 2년형을 받게 되어 있었는데, 많은 사람들의 도움으로 감방 생활 열흘 만에 기소유예 처분을 받고 석방되었다고 한다. 이상의 내용은 마종기, 위의 책, 54~55쪽.
33 이봉범, 앞의 책, 437쪽.

면회 온 친구들이 내 몰골에 놀라서 울고 나갈 때,

동지여, 지지 말고 영웅이 되라고 충고해줄 때,

탈출과 망명의 비밀을 입안 깊숙이 감추고

나는 기어코 그 섬에 가리라고 결심했었다.

이기고 지는 것이 없는 섬, 영웅이 없는 그 섬.

—「섬」부분[34]

'발가벗긴 몸'으로 차디찬 감방에 던져진 시인이 경험한 폭력은 두 가지였다. 하나는 반공정신에 투철한 타방, 곧 '적'에 의해서, 다른 하나는 자유정신에 열띤 아방, 곧 '동지'에 의해 저질러진 것이었다. 시인의 탈출 욕망이 "이기고 지는 것이 없는 섬, 영웅이 없는 그섬"을 향한 것은 그래서 필연적이었다. 그렇다면 두 폭력의 내용과 형식은 어떤 것이었던가.

먼저 전자의 폭력이다. "자살 방지라고 혁대도 구두끈도 다 빼앗긴 채/ 곤욕으로 무거운 20대의 몸과 발을 끌면서"라는 대목은 폭력적 신문의 지독한 강도를 유감없이 보여준다. 이 폭력은 일차적으로 군인에게 금지된 정치적 발화를 제멋대로 내뱉었다는 것, 곧 불순한 국가 반역의 죄를 묻기 위한 것이었다. 하지만 파시즘적 국가주의에 토대한 절대적 폭력은 시인이 반공주의로 울울한 폐쇄적 공동체의

---

34 마종기, 『이슬의 눈』, 문학과지성사, 1997, 20~21쪽.

구성원으로서 다시 인정받기 위해 거쳐야 하는 계몽과 갱생을 위한 고문과 굴욕이라는 '입문 의식'[35]으로 취해진 것이었다. 모든 전체주의적 감시와 처벌이 그러하듯이, 이 의식儀式에서는 우군과 적군, 국민과 비국민의 양자택일이 주어질 뿐 '더 나은 삶'의 지향이니 인격의 존중이니 하는 '인간적인 것'에 대한 최소한의 예의와 희원은 철저히 무시되기 마련이었다. '자살 방지' 장치나 조치는 그런 의미에서 지배권력에게는 없어서는 안 될 도구적 악행, 바꿔 말해 '잘 계산된 폭력'이었던 것이다.

다음으로 후자의 폭력이다. 2년의 실형을 선고받아 호적에 붉은 줄이 오르고 의사직을 박탈당할 것이라는 흉흉한 풍문에 고통스러운 '불행한 의식'을 향해 "동지여, 지지 말고 영웅이 되라"는 아방의 '충고'는 도대체 무엇이란 말인가. 무기력하게 불안에 떨고 있는 '벌거벗고 뒤틀린 육체'를 향해 결연한 낯빛과 움켜쥔 주먹으로 투쟁을 독려하는 모습은 어딘가 잔인하면서도 우스꽝스런 '잔혹극'[36]처럼 느껴지지 않는가. '동지'의 입장에서 시인의 영웅적 행동은 군사정권의 무법과 무질서, 감시와 처벌에 분노하고 맞서는 자유와 정의의 실천일 수 있다. 하지만 시인의 입장에 서면, 군사정권에 대한 복종을 선택하든 동지와의 연대를 선택하든, 양자 모두 자신을 한 영역에서 '배제하는 동시에 배제되는 경험'[37]을 불러오는 양가적 소외로

35 슬라보예 지젝, 『폭력이란 무엇인가—폭력에 대한 6가지 삐딱한 성찰』, 이현우 외 옮김, 난장이, 2011, 238쪽.
36 슬라보예 지젝, 위의 책, 238쪽.

의 던져짐이었다. 어쩌면 이곳이야말로 "이기고 지는 것이 없는 섬"으로 표상된 진정한 해방의 땅을 향한 시인의 궁극적 욕망이 더욱 갈급해진 까닭이 숨어 있는지도 모른다.

그러나 놀라지 말 일은 「섬」의 고백이 『이슬의 눈』이 쓰인 1991~1997년 사이, 그러니까 1965년으로부터 무려 20여 년을 상거하여 수행된 것이라는 사실이다. 평생의 불우와 트라우마로 남았을 끔찍한 심문과 투옥의 경험을 20여 년 지나서 회상하고 토로했다는 것은 두 가지의 상반된 상황을 뜻할 법하다. 하나는 그 경험이 너무 고통스럽고 참혹하여 자신을 그것에서 일부러 격리, 배제하는 심리적 방어기제를 작동시켜 왔음을 암시한다. 다른 하나는 내면의 고백, 곧 시를 통해 만인에게 털어놓아도 될 만큼 그때의 상처가 상당히 거리화된 상황, 바꿔 말해 어려운 치유의 과정을 오래도록 묵묵히 견뎌 왔음을 짐작케 한다. 아니다, 둘은 결코 분리될 수 없는 동전의 양면 같은 이형동질의 과정으로 파악해야 될지도 모른다. 실제로 감방에서 석방된 뒤 건너간 미국에서 창작해 고국으로 보낸 3년 뒤의 시편을 읽어본다면 「섬」의 고백이 방어와 치유를 동시에 수행하는 과정이자 경험이었음을 어렵잖게 파악할 수 있다.

내 異域에 到着했을 때

---

37 임유경, 앞의 책, 27쪽. 이 양가적인 '배제'는 1948년 단독정부 수립에 따른 남북 분단의 고착화를 두고 한 말인데, 아방과 타방에 의해 동시에 발가벗겨진 시인에게도 얼추 해당되는 표현이다.

내게 남은 것은 꽁초뿐이었네.

이제는 肉身의 어느 곳에서도

洛花의 소리 그치고

남은 香氣의 隱密한 精神이여.

　(…)

나야 歷代의 政治를 하나 모르지만

經濟와 殺人의 한국신문에서

1日 4面의 신음 밖에서

理解하자, 인간의 좁은 比較學을,

이 科學的인 아픔을.

지나간 사랑은 神經痛이다.

6月의 오렌지를 씹으며

한적한 空港의 人事

마른 손을 잡는다.

—「6月의 形式」부분38

　아마도 시인은 석방되면서 현실 비판과 고발, 정치적·이념적 발
언, 친북·용공 성향의 표현 등 반공법에 저촉되는 행위에 대한 주의

---

38 『동아일보』 1967년 6월 1일자. 황동규, 김영태와 함께 펴낸 『3人詩集 平均率』(창우사, 1968)
에 수록할 때는 몇몇 글자만을 한자로 변환했다. 하지만 『마종기 시전집』(문학과지성사,
1999)에서는 2~3행이 "내게 남은 것은 흔들리는 몸뿐이었네./ 이제는 정신의 어느 곳에서
도"로, 5행이 "남은 향기의 대화여"로 수정되었다. 또한 1연의 시를 4연의 시로 바꾸었다. 원
작이 육신의 고통을 강조했다면, 전집 시편은 정신의 아픔에 초점을 맞추었다는 느낌이다.

와 경고를 수차례 받았을 것이다. "석방되고 앞뒤 없이 나는 우선 떠났다"라는 구절에는 미국이라는 신세계에 대한 기대치보다는 "희생을 요구하고 벌거벗은 생명에 대해 권력의 지배를 유지하는 것"[39]을 첫째 과제로 삼는, 현실이 온통 감방인 한국을 일단 탈출하고픈 욕구가 간절하게 배어 있다. 이를테면 "꽁초"나 씹어 문 "肉身의 어느 곳에서도/ 洛花의 소리 그치고/ 남은 香氣의 隱密한 精神"에 저으기 안심하는 내면 풍경이나, 한국의 폭력적이고 삭막한 현실을 "인간의 좁은 比較學"의 차원으로 아프게 풍자, 조소하는 장면을 보라.

미국은 근면한 노동과 성실한 생활을 주체성 획득과 실현의 핵심 요소로 본다는 점에서 실력 있는 의사로 일하며 심신의 안정을 찾아가던 시인에게는 썩 괜찮은 추방자 수용의 영토였다. 하지만 미국의 배후를 떠돌며 당당한 발화자와 말할 수 없는 자를 식별, 분리하는 인종과 계급, 성별과 문화의 어떤 갈등과 대립은 검은 눈의 똑똑하고 예의 바른 동양인에게도 가차 없이 매서운 삶의 환경과 조건으로 다가들었다. 요컨대 백인 중심의 정치적·인종적·언어적 권력의 호된 억압과 치사한 배제를 몸소 경험하며 어떻게든 살아남아야 하는 이주자의 슬프고 고단한 운명이 그를 매일매일 기다리고 있었던 것이다.

이를 두고 시인은 먼 훗날 미국이 "내 섬이 아닌 것을 알았을 때"(「섬」)라고 적었다. 짐작건대 이 문장의 진정한 의미는 제국(주의) 내

39 슬라보예 지젝, 앞의 책, 274쪽.

'마이너리티'의 존재 방식, 즉 "암암리에 중심을 안정화시키는" '주변성'[40]의 존재됨을 알아차렸다는 통절한 깨달음에 있지 않을까. 이런 사실은 "신경 쓰지 않아도 되는 자유로움 때문에 미국을 선택한 나는, 자유를 얻은 대가로 내 언어의 생명과 마음의 빛과 안정의 땅을 다 잃어버렸다"[41]는 비감한 내면의 술회 속에 투명하게 걸려 있다는 느낌이다. 그 직업적 성공과 실패에 관계없이 한 인간의 존재성 자체를 소외와 배제의 죽어 있는 공간으로 내모는 대문자 '타자Other'로서의 '미국'. 이 거대한 백색 국가주의에 맞서 가난하며 힘없는 동양 이주자가 살아남는 유일한 방법은 소수자로서의 '시적인 것'과 '정치적인 것'을 동시에 발견하고 결속시키는 미학적 감각의 실천뿐이었다.

누가 빈센트를 죽였나.

(우리는 데모를 하고, 공정한 재판을 하라, 동양 사람 차별이다, 고함을 치다가, 모두들 비켜 지나가는, 눈 내리는 도시 한복판에서 고함을 치다가, 보이지 않는 겨울 하늘을 향해 주먹을 던지다가, 지쳐서 돌아오는 내 얼굴, 아직도 뜨겁게 달아 있더군.)

누가 오래된 빈센트를 죽였나.

---

40 레이 초우, 『디아스포라의 지식인―현대 문화연구에 있어서 개입의 전술』, 장수현·김우영 옮김, 이산, 2005, 162쪽.
41 마종기, 「차고 뜨겁고 어두운 것」, 『이슬의 눈』, 35쪽.

(테오야, 궁색하게 남의 나라에 와 살면서 공연히 억울해하는 내가 우습지? 누가 미국에서 살라고 했냐고 말해주고 싶지? 그래, 네 말이 다 맞다. 그러나 너도 한번 뒤돌아보라. 피부색보다 더 연한 정치색이 다르다고, 아직도 사람이 사람을 패서 죽이고 있다. 물통에 머리도 쑤셔 박고 있다.)

—「빈센트의 추억」 부분[42]

「빈센트의 추억」에는 두 명의 빈센트가 등장한다. 한 명은 미국 자동차 도시 디트로이트 술집에서 "(해고된―인용자) 백인의 몽둥이에 머리가 으깨져 죽"은 "중국인 빈센트", 다른 한 명은 고국 네덜란드를 떠나 프랑스 여기저기를 떠돌며 그림을 그리던 빈센트 반 고흐이다. 이들 빈센트는 직업과 예술의 성공을 바라 기꺼이 고향을 뜬, 아니 잃은 가난한 이주자이다. 마종기는 전자를 혀를 상실한, 아니 빼앗긴 끝에 맞아 죽은 하층민으로, 후자를 소외된 타자의 죽음을 보고하는 화자로 설정했다. 하지만 화자와 청자의 관계를 떠난다면, 둘은 멸시되고 배제받기는 마찬가지였던 '죽은 자: 빈센트'와 '산 자: 빈센트'로 정위된 하위주체들이다. 더욱 결정적이게는 이주자인 동

---

42 마종기, 『그 나라 하늘빛』, 문학과지성사, 1991, 69~70쪽. 『이슬의 눈』(1997)에는 「동생을 위한 弔詩」를 비롯한 죽은 동생을 그리는 4편의 시가 실려 있다. 이 시들은 한국에서 기자 생활을 하다 해직되어 미국으로 건너가 잡화상을 하며 자립의 기반을 다지던 중 가게를 털러 온 흑인 강도의 총격으로 사망한 남동생을 기리기 위해 작성되었다. 시인 자신은 이로 말미암아 '한국의 테오'를 둔 '빈센트'가 되었다. 「빈센트의 추억」이 시인 자신의 삶의 경험이자 기록으로 치환될 수 있는 까닭이 여기 있다.

시에 예술가인 시인 자신의 고된 삶과 진정한 꿈도 함께 전달하는 '타자를 위해 말하는 자'로 발명된 미적 가상의 존재들이다.

이런 도플갱어 방식의 화자 설정은 '빈센트'들과 동일하게 "사람의 추위 속에서" "어둡고 습기 찬 길"을 걷는 시인 자신의 곤핍한 처지와 불안한 미래를 더욱 날카롭게 드러낸다는 점에서 매우 효과적이다. 가만히 살펴보면, 조심성 없는 인종주의와 계급적 편견에 따라 마구잡이 살인이 자행되는 미국 현실은 "사람이 사람을 패서 죽이고" "물통에 머리도 쑤셔 박"[43]는 1980년대 군사정권하의 불행한 한국 현실과 고스란히 겹친다는 인상이다. "테오야, 자유는 내게 유일한 가능성이었다./ 자유인은 간섭하지 않고 구속되지 않는다./ 나는 더 이상 수갑을 차고 싶지 않았다"라는 1965년의 경험과 희망이 1980~1990년대에 다시 소환되고 배치되어도 이상할 것 없는 까닭인 것이다.

시인은 예시한 시구詩句에 울울한 탈식민의 상상력과 해방(자유)의 욕망을 "내 그림에서 너는 바람을 보느냐/ 바람을 지우면 나는 죽은 꽃이다" "자유의 진한 냄새가 또 나를 오라고 부른다"(「빈센트의 추억」)라고 심미화하여 표현했다. 『마종기 시전집』(1999) 소재 『그 나라 하늘빛』 서두에 적힌 "미국 생활 20년이 되어서야 나름대로 정신의 안정을 찾기 시작하고 '나라'의 의미가 한국의 땅을 넘어 있을 것이라

---

43 나는 이 대목을 전두환 군사정권의 철권통치가 자행되던 1980년대 초중반 한국의 비참한 현실을 재현한 장면이라고 믿는다. 물론 이 상황은 1960~1970년대 박정희 군사정권의 폭압적 통치도 고통스럽게 환기시킨다.

는 확신을 가지기 시작했다"라는 고백의 기원을 찾을 수 있는 지점
이다. 요컨대 네덜란드와 중국의 빈센트를 하나로 묶고 거기에 시인
의 목소리와 정서를 얹는 동일성의 시학은 어느 모로 보나 탈식민적
사유와 탈경계적 상상력의 소산인 것이다. 허니 이때의 '한국의 땅'
너머에 진정한 '나라'가 있을 것이라는 시인의 짐작과 믿음은 한국
에 대한 뜨거운 부정도, 미국에 대한 차가운 긍정도 아니다. 그것은
차라리 두 나라를 지우면서 다시 건설할 가능성 자체인 어떤 '보이
지 않는 나라'에 대한 열정이자 희망일지도 모른다. 이 미학적·정치
적 가상의 나라는 살해되거나 배제된 자들의 희생된 목소리와 빼앗
긴 자아를 복원, 부활시킴으로써 앞서의 알랭 바디우의 말처럼, "지
배적인 권력이 행하는 가능한 것의 통제에서 벗어나는 (일말의—인용
자) 가능성"이라도 자유롭게 창출할 수 있는 긍정적인 아토포스[ato-
pos][44] 내부에 존재하고 있을 것이다.

　물론 시인의 고백대로 이 정도의 '이민자 의식'은 "약소민족의 설
움이나 조국에 대한 그리움"을 안고 사는 이주자에게는 지극히 당연
한 '운명적인 정서'[45]에 그치는 것일지도 모른다. 이런 불행한 의식
과 정서에 대한 가탁은 백인-남성-자본가를 정점에 둔 신식민주의
종주국 미국의 교묘하고 음험한 지배와 통치 전략을 경계하고 폭로

44　특정한 장소를 의미하는 그리스어 토포스(topos)에서 유래한 말이다. 어떤 장소에도 고정
　　될 수 없어 그 정체를 알 수 없는, 정체가 모호한 공간을 뜻한다. 「빈센트의 추억」에서 '그
　　림'과 '바람'을 동일화하면서 "바람을 지우면 나는 죽은 꽃"이라고 고백하는 시인의 말에서
　　시적 아토포스의 본질과 성격을 읽을 수 있다.
45　마종기·정과리 대담, 「시의 진실과 진실한 시」, 『마종기 깊이 읽기』, 정과리 엮음, 문학과지
　　성사, 1999, 32쪽.

하는 작업에 얼마간 도움이 될 수 있다. 하지만 이 싸움은 식민 제국의 직접적 분열과 해체로 돌진되지 않는다면, 시인을 "지배자의 사회적 사명을 찬란하게 빛내주는 자기희생적 식민지 피지배자"[46]로 재구성하는 뜻밖의 상황을 불러올 수도 있다는 위험성과 한계를 노정하고 있기도 하다.

그런데 만약 이런 식의 회의가 밀려든다면, 가장 나중에 창작되었지만 일부러 맨 앞에 배치한 「섬」을 다시 떠올려볼 일이다. 「섬」은 '빈센트'의 죽음과 1965년 자신의 수감, 그리고 미구에 닥칠 동생의 죽음[47]을 초래한 비인간적 폭력의 실체와 그 모순을 넘어설 '더 나은 세계'를 동시에 밀어 올리고 있다. 특히 후자는, "탈출과 망명의 비밀"에서 보듯이, 시적 해방과 자유의 영토, 곧 "이기고 지는 것이 없는 섬, 영웅이 없는 그 섬"으로 상징화·가치화되고 있다. 그런 의미에서 이곳의 '섬'은 자족과 도피의 공간일 수 없다. 그렇기는커녕 "언제나 절벽에 부딪쳐 깨어져야 겨우 작은 빛이 되고 의미가 되"는 "내 말"[48]과 등가 관계를 형성하는 고통과 연민의 세계 개척 및 자아 완성의 공간이다. 자기 파괴적인 동시에 자기 생성적인 생체生體이자 활령活靈으로 '섬'을 규정할 수 있는 이유겠다.

이와 같은 '섬'의 본질과 성격은, 김수영의 말을 빌린다면, "'내용'

---

46 가야트리 스피박의 말. 여기서는 이경원,「스피박과 탈식민적 '재현'의 딜레마」(『검은 역사 하얀 이론—탈식민주의의 계보와 정체성』, 한길사, 2011) 469쪽 참조.
47 『이슬의 눈』「자서」에 고국에 발표된 시를 거의 순서대로 실었다는 말이 보이므로 앞쪽에 배치된 「섬」이 동생의 추모 시편들보다 먼저 쓰였을 것으로 짐작된다.
48 마종기, 『이슬의 눈』, 뒤표지.

은 언제나 밖에다", 아니 자아의 안에다도 "너무나 많은 자유가 없
다"고 외침으로써 "'너무나 많은 자유가 있다'는 '형식'을 정복"[49]해
가는 시적 사건을 '섬'이 적잖이 공유하고 있음을 뜻한다. 이 '섬'의
빛나는 부상, 아니 그보다 더욱 의미 깊은 "조용한 개선"(마종기의 첫
시집 제목)을 통해서야 시인이 상실했던 "언어의 생명과 마음의 빛과
안정의 땅"이 정녕 아름답고 건강한 '변경의 꽃'을 피워내는 본원적
생명력(시학)의 토대로 다시 되돌려졌다는 판단이 가능해지는 지점
이다.

4. '시적인 것'과 '정치적인 것'의 서로-발견

6·22 한일협정 반대 문인 서명은 김수영과 신동엽의 몫이기도 했
다. 김수영의 「어느 날 고궁을 나오면서」에 기록된 소설가 남정현
구속과 베트남 파병에 대한 분노는 한일협정의 궁극적 지향인 한미
일 반공 동맹의 건설에 대한 강력한 비판의 일환이었다. 신동엽의
1965년 시편은, 드문 편이기는 해도 당대 상황에 대한 통찰과 비판
이 다음 구절에 분명하다. "바람은 부는데,/ 꽃피던 역사의 살은/ 흘
러갔는데,/ 폐촌廢村을 남기고 기름을/ 빨아가는 고층高層은 높아만
가는데."[50] 신식민주의 구조로의 한국 재편, 곧 산업화·도시화에 따

49 김수영, 「시여, 침을 뱉어라—힘으로서의 시의 존재」(1968), 앞의 책, 500쪽.

른 이촌향도移村向都 현상이 '폐촌'과 '고층'의 대조 속에서 차갑게 입체화되고 있달까. 그런데 이렇게 적다 보니 이 자리가 6·22 한일협정에 대한 김수영과 신동엽의 직접적인 대응과 비판을 찾아 제시하는 실증의 장으로 오인될 법하다. 하지만 한일협정 반대와 김수영, 신동엽 시편을 함께 연동시킨 실제적 연유는 오늘의 불가능에서 내일의 가능을 발견하고 창조하는 '시적·정치적 사건'의 가능성을 엿보고자 함이다.

이 지점에서 불가능의 가능을 '시적·정치적 사건'으로 엮은 까닭이 없잖다. 바디우와 김수영, 신동엽을 하나로 묶는다면, 랑시에르의 '정치적인 것'과 '감성적인 것'의 조우와 통합이 유효하겠다 싶었기 때문이다. 랑시에르는 '감성적 혁명'을 "공동체의 상징적 공간(또는 외부에), 즉 생산과 재생산의 '사적' 영역에 노동자들의 자리를 지정하는 식의 감각적인 것의 분배를 전복시키는 것"[51]으로 보았다. 요컨대 노동자의 감각과 정서를 '사적' 영역에 고정시키는 대신, 그런 낡은 분배를 파괴하여 어디로나 열린 감각적 분배로 전환시키는 미학적 실천, 다시 말해 '감성적 경험의 자율성'을 획득하는 일을 예술의 정치적 잠재성으로 파악했던 것이다. 이때의 자율성은 노동자라는 계급적 주체를 사실 그대로 재현하는 것이 아니라 그들이 잘못 알고

---

50   신동엽, 「삼월」, 『현대문학』 1965년 5월호. 여기서는 『신동엽 시전집』(강형철·김윤태 엮음, 창비, 2013) 363쪽. 김수영은 이 시와 「껍데기는 가라」 「원추리」에 대해 쇼비니즘의 위험성이 있기는 하지만 "그림자의 의식을 버리면서, 한 차원 더 높은 문명 비평에의 변증법" 완성에 성공하고 있다고 고평했다.(김수영, 「참여시의 정리—1960년대의 시인을 중심으로」(1967), 앞의 책, 495쪽)

51   자크 랑시에르, 『정치적인 것의 가장자리에서』, 양창렬 옮김, 길, 2008, 119쪽.

있거나 지배계급이 함부로 규정한 낡은 감성적 장에 불일치하는 '문학적 사건'을 발생시키는 것을 말한다.[52] 랑시에르적 의미의 '예술의 정치성'이 "'사람이 있어야 할 곳에 진정으로 있는 것'을 증명하는 것, 행동 방식, 존재 방식, 말하는 방식의 분할, 즉 공동체를 조직하는 감성의 분할을 입증하는 것"에서 찾아지는 이유다.[53]

그런데 엄밀히 말해 김수영과 신동엽의 시편에서 노동자만을 하위주체로 끄집어 올리기 쉽지 않다. 소수의 지배계급을 제외한 궁핍한 한국인 전체가 신식민주의 지배와 통치 아래 놓인 여전히 무지몽매한 토인土人으로 취급당하기 일쑤였기 때문이다. 하지만 크게 염려할 일도 없다. 「분지」를 쓴 남정현의 반공법 위반 기소문에 한국판 하위주체를 지시하는 말이 있었으니, "비천한 피해 대중들"="빈민 대중"이 그것이다. 게다가 김수영은 이들의 삶을 산문 「가장 아름다운 우리 말 열 개」에서 "민중의 생활"로 적시함으로써 저들이 랑시에르의 '노동자' 개념에서 그리 멀지 않음을 별다른 어려움 없이 수용케 한다. 이를 전제로 김수영과 신동엽의 몇몇 시편에서 '시적·정치적 사건'의 가능성을 엿보는 게 이후의 순서이다.

52 랑시에르의 '감성적 경험의 자율성'에 대해서는 진은영, 「감각적인 것의 분배」(『문학의 아토포스』, 그린비, 2014) 25~31쪽에서 도움을 받았다.
53 자크 랑시에르, 『문학의 정치』, 유재홍 옮김, 인간사랑, 2009, 156쪽. 랑시에르는 통상적 의미의 '정치' 개념을 '치안'이라고 부른다. 이를테면 집단들의 결집과 동의, 권력의 조직, 장소들 및 기능들의 분배, 이러한 분배에 대한 정당한 체계가 이뤄지는 과정들 전체 등이 그 예들이다. 더욱 자세한 내용은 자크 랑시에르, 『불화―정치와 철학』(진태원 옮김, 길, 2015, 61쪽) 참조.

傳統은 아무리 더러운 傳統이라도 좋다 나는 光化門

네거리에서 시구문의 진창을 연상하고 寅煥네

처갓집 옆의 지금은 埋立한 개울에서 아낙네들이

양잿물 솥에 불을 지피며 빨래하던 시절을 생각하고

이 우울한 시대를 파라다이스처럼 생각한다

버드 비숍女史를 안 뒤부터는 썩어빠진 대한민국이

괴롭지 않다 오히려 황송하다 歷史는 아무리

더러운 역사라도 좋다

진창은 아무리 더러운 진창이라도 좋다

나에게 놋주발보다도 더 쨍쨍 울리는 追憶이

있는 한 人間은 영원하고 사랑도 그렇다

—「巨大한 뿌리」부분[54]

'나'에게 "더러운 전통"이라도 좋은 이유는 무엇일까. 무엇보다 '민중의 삶'이 "썩어빠진 대한민국", 곧 자기 잇속에만 철저한 외세와 매판 세력, 가짜 이념과 학문 따위의 새장에 갇혀 있기 때문이다. 이른바 신식민주의의 전면적 도래와 현실화를 날카롭게 지목하는 장면이랄까. 이에 따른 '빈민 대중'의 좌절과 패배는 그들의 진정한 존재 장소를 박탈, 삭제당하는 비극적 요인으로 작동할 수밖에 없다. 그

---

54 金洙暎, 『金洙暎詩選—巨大한 뿌리』, 민음사, 1974, 111~112쪽; 『사상계』 1964년 5월호. 한자 포함의 원문을 살려 쓴다는 의미로 『김수영 전집 1』(이영준 엮음, 민음사, 2018년) 대신 본 시선집을 사용한다.

런 점에서 "더러운 전통"이라 함은 절대 권력하의 식민의 삶이 유사 이래 지속되어왔다는 것을 뜻한다. 이런 역사적 상황에 기초한다면, 가장 아름다운 존재로 호명한 곰보, 애꾸, 애 못 낳는 여자, 무식쟁이 같은 약자들은 결코 "무수한 반동"일 수 없다. 이들은 일제가 지목한 조선의 타율성과 정체성, 곧 사상의 고착과 종속, 형식주의, 문약, 당파심, 심미 관념의 결핍, 공사公私의 혼동[55]에 긴박된 부정적 조선인의 모습을 대표하는 존재들이었기 때문이다.

이 점, 영국왕립지리학회 최초의 여성 회원인 비숍 여사가 본 서울의 독특한 밤 풍경, 그러니까 정해진 시간에 따라 남녀의 외출과 귀가가 서로 뒤바뀌는 세계 유일의 "기이한 관습"에서 그 신비함과 독창성을 긍정적 의미의 "더러운 전통"으로 파악하는 근거가 되어주곤 한다. 하지만 화자가 전달하는 비숍 여사의 "天下를 호령한 閔妃는 한 번 도 장안 外出을 하지 못했다"는 말 속에 "썩어빠진 대한민국"과 오랜 옛날부터의 식민 현실에 대한 원인과 결과가 숨어 있다고 보아야 하지 않을까. 저 낡은 시대의 물건과 사람들이 아름다운 것은, 김수영이 말한 대로, '언어'와 '생활'과 '민중'의 상호 변화를 예증하는 '시적·정치적 사건'의 표본이기 때문이다. 비숍 여사와 연애 중이라는 시인의 고백이 진정성을 획득하려면 조선인 관련 언어–생활–민중의 상호 변화가 새롭게 찾아져야만 하는 이유가 여기 있다.[56]

그렇다면 비숍의 『한국과 그 이웃나라들』에서 조선인이 긍정적으

---

55 다카하시 도루(高橋亨), 『식민지 조선인을 논한다』, 구인모 옮김, 동국대출판부, 2010.

로 그려진 장면이나 사건에는 무엇이 있을까. 그녀는 "왕국의 유서 깊은 전통에 거친 손으로 조종을 울"리는 서구 열강에 맞서 "옛 질서는 변한다, 새 질서에 자리를 물려주면서"라는 말에 적절한 조선(인)의 변화 장면을 여럿 기록한다. 그 가운데 최고의 장면을 뽑으려면, 러시아령 만주 일대를 개척하는 조선 이주민의 생활상이다. 작은 땅한 뙈기에 오늘과 내일의 목숨을 걸어야 하는 조선 이주자들은 토착 조선인 특유의 의심과 나태함, 자기보다 나은 사람에 대한 노예근성을 이겨내며, 그 신명 나는 에너지와 근면함으로 성실하게 노동한다. 그럼으로써 조선 본토에서 경험하지 못한 검소, 유족, 안락한 생활 환경을 갖추게 되며, 협잡과 권모술수를 업으로 삼은 봉건제 지배 계층의 악행과 수탈로부터 자유로워지기에 이른다.[57]

물론 비숍 여사는 조선 남성의 강건함을 "영국인의 것"에 비유함으로써 대영제국의 식민주의적 사유와 상상력에 비교적 충실한 편이다. 그렇지만 「시베리아 정착민의 성공에 대하여」나 「한국인—길이 행복하고 번영할 민족」과 같은 소제목에서 보이듯이 조선인의 가능성에 대한 굳건한 신뢰와 존중을 표했던바, 조선총독부 소속 다

---

56 김수영이 비숍 여사의 『한국과 그 이웃나라들(*Korea and her neighbors*)』(1898)』을 번역·연재하고자 했던 사실은, 산문 「마리서사」의 『40년 전의 조선』을 『70년 전의 한국』으로 고쳐 잡지 『신세계』에 팔아먹으려고 했는데 잡지가 망해서 단 1회밖에 못 실었다는 고백에서 분명히 확인된다.(김수영, 「마리서사」(1966), 앞의 책, 178쪽) 실제로 김수영은 「「隱者의 王國 韓半島—碧眼의 外國女人이 본 70년 前의 韓國」을 『신세계』 1964년 3월호에 싣고 있다. 이와 관련된 자세한 내용은 박지영의 「김수영 문학과 '번역'」(『민족문학사연구』 39호, 민족문학사학회, 2009, 208~215쪽) 참조.
57 조선 이주민의 러시아령 만주 개척을 담은 『한국과 그 이웃나라들』(이사벨라 버드 비숍, 이인화 옮김, 살림, 1994)의 274~279쪽 및 388~390쪽 두 곳에 등장한다.

카하시 도루식의 폭력적 식민주의에서 스스로를 구별하고 있다. 이 장면을 두고 '조선인이 있어야 할 곳에 그들이 진정으로 있는 것'을 발견하고 기록한 시적·정치적 장면으로 불러보는 것은 어떨까. 고향을 잃은, 아니 빼앗긴 이주민들의 악착같은 근면함과 검소함, 식구를 위한 웬만큼의 유족함과 안락함, 이것이야말로 김수영이 "썩어빠진 대한민국"과 "우울한 시대"를 "파라다이스처럼 생각"하는 진정한 이유가 아니었을까. 이런 입장에 선다면, 이주민들의 일상과 삶도 여전히 구성했을 것임에 틀림없는 열 가지 사물을 생활-민중-언어 변화의 토대이자 요인으로, 또 어지간한 사람은 "감히 想像을 못 하는 거대한 뿌리"로 이해할 수 있는 가능성이 충분히 생겨나지 않을까.

문경새재 산막山幕 곁에 흰떡 구워 팔던 그 유난히 눈이 맑던 피난避難 소녀도 지금쯤은 누구 그늘에선가 지쳐 있을 것.

꿀꿀이죽을 안고 나오다 총에 쓰러진 소년, 그 소년의 염원이 멎어 있는 그 철조망 동산에도 오늘 해는 또 얼마나 다습게 그 옛날 목홧단 말리던 아낙네 입술들을 속삭여 빛나고 있을 것인가.

— 「진이(眞伊)의 체온」 부분[58]

58 『신동엽 시전집』, 359~360쪽; 『동아일보』 1964년 12월 19일자.

사방을 주유하던 여성 '진이眞伊'가 목도한 것은 그러나 고향을 떠나 성공한 하위주체들이 아니었다. 한국전쟁의 참화 속에서 몹시 지쳤거나 목숨을 잃은 "유난히 눈이 맑던" 소녀와 소년의 비참한 육체일 따름이다. 신동엽 발發 반제·반독재의 상상력은 이 비극적인 현실을 "바다를 넘어/ 오만은 점점 거칠어만 오는데/ 그 밑구멍에서 쏟아지는/ 찌꺼기로 코리아는 더러워만 가는데."(「3월」)로 아프게 점묘한다. 하지만 문제는 「3월」이 발표될 즈음(1965. 5.) 박정희 군사정권은 공산군 월맹 토벌을 명분 삼아 미국과 일본의 '오만'과 '찌꺼기'를 옛 '대동아'의 전장 베트남에도 전격 투하할 채비를 마친 상태였다는 사실이다. 그들은 만주국이나 태평양전쟁 시대의 승전가와 개선가를 명랑하게 흥얼거렸을 것이다. 하지만 그 노래는 한국군 5천여 명의 전사자와 1만여 명의 부상자는 물론 베트콩 처벌을 빌미 삼은 민간인 살상을 예비하는 죽음의 군가 이상도 이하도 아니었다.

흥미로운 점은 김수영이 "죽음의 야무진 음악을 울리"는 「아니오」나 그 소리가 들려오는 「껍데기는 가라」에 대해 "사상事象이 죽음을 통해서 생명을 획득하는 기술"[59]이 성공적으로 구현된 시편으로 점찍었다는 사실이다. 이때의 '죽음'은 당연히도 타인의 살상이나 파멸에 관련된 말 그대로의 '타나토스'와는 아무런 관련이 없다. 그와는 반대로 어떤 부정적 생각과 현상에 대한 '아니오'라는 강한 부정

---

59 김수영, 「참여시의 정리―1960년대의 시인을 중심으로」, 앞의 책, 636쪽. 김수영은 신동엽의 「아니오」에 대해 참여시에서 바라는 최소한의 것이 모두 들어 있다고 극찬했는데, 강인한 참여의식, 시적 경제를 할 줄 아는 기술, 세계적 발언을 할 줄 아는 지성, 생명을 향해 치닫는 죽음의 음악이 그것이다. 이는 이어 언급된 「껍데기는 가라」의 장처이기도 했다.

을 통해 "투명한 햇빛" "바람 같은 음악" "세계의 지붕"(「아니오」)의 '에로스'를 진작하는 한편 그와 반대되는 "어둔 생각" "색동 눈물" "옷 입은 도시 계집"을 떨쳐버리는 '과오'의 수정과 깊이 연관된다. 그럼으로써 진정한 생명과 그것을 사는 존재의 있어야 할 자리를 감성적으로 분할, 배치하기에 이른달까.

「진이의 체온」도 죽음을 통해 생명에 이르는 빛나는 기술에 대해 동일하게 평가할 수 있는 소지와 자격이 충분할 성싶다. 「거대한 뿌리」가 그랬듯이, 한국인의 진정한 위치, 행동 방식, 존재 방식 등의 "공동체를 조직하는 감성의 분할"을 전쟁과 이념에 저격된 순진무구한 소녀와 소년, 그리고 이 '어린 것'들을 따스하게 비추고 다독이는 자연(해)과 사람(아낙네)에서 찾고 있기 때문이다. 이 순간 분리와 배제, 폐허와 죽음의 "철조망 동산"은 "그, 모오든 쇠붙이"가 사라진 "향그러운 흙가슴"(「껍데기는 가라」)의 '완충지대'로 거듭나게 된다. 한미일 반공 동맹의 냉전체제가 이적 표현(물)에 대한 반공법 적용, 베트남전 참전 등을 통해 공공연히 선전·선동되던 6·22 한일협정의 시대, 신동엽은 한국전쟁의 참화와 빛나는 순간을 동시에 거머쥠으로써 인간 보편의 존재성과 있을 자리를 아름답고 처연하게 상기시키는 시적·정치적 사건에 한걸음 다가섰던 것이다.

이와 관련하여 그때나 지금이나 매우 안타까울 수밖에 없는 사실이 하나 있다. 정확한 창작 시점은 알 수 없지만 내용상 1965년 한일협정에 대해 묵직한 항의가 인상적인 미간未刊 시편 「바른쪽 가슴에 광목 조각을」의 존재가 그것이다. 신동엽은 이 시편에서 국민 모두가 "바른쪽 가슴마다 하늘빛 광목 조각을/ 달고 다"니면, 바꿔 말해

문자로 쓰이지 않았다는 점에서 침묵의 항의임에 분명한 "모든 국민이 하늘빛 '반대反對'를 가슴에 달면" "경찰과 싸우지 않아도/ 거리를 다니는 우리 모든 국민의 물결도, 그대로 살아서 소리치는 시위가 될 겝니다"라고 저항의 의지를 드높이고 있다.

항의와 반대의 대상이 "굴욕외교와 일당전횡一黨專橫을 찬성하는 얼굴들", 곧 박정희 군사정권과 거기에 맹목적으로 충성, 협력하는 지배계급임은 두말할 나위 없다. 이들은 "그 불쌍한 얼굴"들은 "오른쪽 가슴마다 잉크빛 천"을 단 "우리 주권자들이 죽지 않았음을 증거하"는 적대자들로, "우리들의 아들딸이 곤봉에 거꾸러지고/ 우리들의 형제가 구둣발에 짓밟"히도록 온갖 불법적인 폭력을 자행하면서도 그것을 합법적인 통치행위로 승인하는 무소불위의 정치권력에 해당된다. 실제로 「바른쪽 가슴에 광목 조각을」은 시의 내용과 어조가 '반공법'을 마구 휘둘러대던 군사정권의 '검열'과 '배제'를 피하기 어렵다는 인상을 준다. 신동엽은 이를 피하고자 했던 셈인지 원고지에 필자 성명을 '無名詩人'으로 기입하는 등의 조치를 취했다. 하지만 그런 노력과 대비에도 불구하고 「바른쪽 가슴에 광목 조각을」은 끝내 지상에 발표할 수 없었던 미간의 시편으로 남게 된다.[60] 결국 "바른쪽 가슴에 광목 조각을" 단 전 국민의 '반대', "살아서 소리치는 시위"는 "조용한 주권자"이되 자신의 정치적 의사나 문화적 욕망을 결코 발화할 수 없는 '빼앗긴 혀'의 인생들인 노동자와

---

[60] 이상의 시편 인용과 '무명시인'에 대한 주석은 『신동엽 시전집』, 599~600쪽.

창녀, 그의 아들과 그녀의 동생인 '낯선 소년'에 의해 간신히 그 미래를 엿보게 된다.

> 남은 것은 없었다.
> 나날이 허물어져가는 그나마 토방 한 칸.
> 봄이면 쑥, 여름이면 나무뿌리, 가을이면 타작마당을 휩쓰는 빈 바람.
> 변한 것은 없었다.
> 이조 오백년은 끝나지 않았다.
>
> 옛날 같으면 북간도라도 갔지.
> 기껏해야 버스길 삼백리 서울로 왔지.
> 고층건물 침대 속 누워 비료 광고만 뿌리는 거머리 마을,
> 또 무슨 넉살 꾸미기 위해 짓는지도 모를 빌딩 공사장,
> 도시락 차고 왔지.
>
> 이슬비 오는 날,
> 낯선 소년이 나를 붙들고 동대문을 물었다.
> 그 소년의 죄 없이 크고 맑기만 한 눈동자엔 밤이 내리고
> 노동으로 지친 나의 가슴에선 도시락 보자기가
> 비에 젖고 있었다.
>
> ─「종로5가(鐘路五街)」 부분[61]

"이조 오백년"에 더해 "대륙"(중국)과 "섬나라"(일본)와 "새로운 은행

국"(미국)이 초래한 고통으로 "세 줄기 강물"(눈물)을 쉼 없이 흘리고 있는 "부은 한쪽 눈의 창녀"인 누이와 "자갈지게 등짐 지던 노동자"인 아버지의 초상을 굳이 따로 분석할 필요는 없을 것이다. 동학혁명의 시대에서 독점자본 집중의 "고층건물" 시대로 문득 건너온 그들의 식구 "낯선 소년"의 본질과 성격을 논하는 편이 「종로5가」의 '시적·정치적 사건'을 말할 때 더욱 효과적일 것이다. 차디차게 식은 "도시락"을 허리에 찬 불우한 소년을 미래의 혁명 투사, 곧 '전태일'로 상상, 치환하는 독법도 이제는 누구나의 상식에 가깝다. 그러므로 우리는 "동대문" 가는 길을 물었을 뿐인 소년의 침묵 속 언어를 상상하는 것으로 그가 누이와 아버지, 그리고 자신을 위해 수행하는 '감성의 분할'을 엿보는 시선이 더욱 효과적일지도 모른다.

그런 의미에서 김수영의 다음과 같은 말을 인용해보는 것은 어떨까. "오늘날의 우리들이 처해 있는 인간의 형상을 전달하는 의무를 이행할 수 있는 언어, 인간의 장래의 목적을 위해서 선택이 이루어질 수 있는 자유로운 언어—이러한 언어가 없는 사회는 단순한 전달과 노예의 언어밖에는 갖고 있지 않다."[62] 이미 "낯선 소년"은 누이와 아버지의 불행을 자신의 "죄 없이 크고 맑기만 한 눈동자"에 비치는 것만으로 일상 현실 속 한국인의 형상을 리얼하게 전달하는 임

---

61 『신동엽 시전집』, 382~383쪽; 『동서춘추』 1967년 6월호.
62 김수영, 「히프레스 문학론」(1964), 앞의 책, 375쪽. 이를 토대로 김수영은 "인간 사회의 진정한 새로운 지식이 담겨 있는 언어를 발굴하는 임무를 문학하는 사람들이 이행하지 못하는 나라는 멸망하는 나라다"라는 지극히 비관적인, 그래서 더욱 비판적인 선고를 내린다.

최현식_(신)식민주의의 귀환, 시적 응전의 감각

무를 마쳤다. 이제 남은 것은 '인간의 장래의 목적'을 널리 전파하는 '자유로운 언어'이다. 만약 1967년의 "낯선 소년"이 글을 즐겨 읽었다면, 그는 어쩌면 1968년 김수영의 「사랑의 변주곡」 일절을 펴듦으로써 그 임무를 대신했을지도 모른다.

아들아 너에게 狂信을 가르치기 위한 것이 아니다
사랑을 알 때까지 자라라
人類의 종언의 날에
너의 술을 다 마시고 난 날에
美大陸에서 石油가 고갈되는 날에
그렇게 먼 날까지 가기 전에 너의 가슴에
새겨둘 말을 너는 都市의 疲勞에서
배울 거다
이 단단한 고요함을 배울 거다
복사씨가 사랑으로 만들어진 것이 아닌가 하고
의심할 거다!
복사씨와 살구씨가
한번은 이렇게
사랑에 미쳐 날뛸 날이 올 거다!
그리고 그것은 아버지 같은 잘못된 시간의
그릇된 冥想이 아닐 거다

—「사랑의 變奏曲」 부분[63]

이 '사랑의 말'은 소년 아버지의 말이자 소년 자신의 말이며, 나아가 그의 자녀들의 말이기도 할 것이다. 그래야만 다양한 맥락과 조건 속에서 '움직이며 변화하는 사랑의 노래'(변주곡)는 "잠정적인 과오"이자 "수정될 과오"로 마음껏 이행하는 '자유의 언어'로 살아남을 수 있다. 허나 주의할 점은, "도시의 피로"에서 배우는 "단단한 고요함"이나 서로 다른 "복사씨와 살구씨"가 "사랑에 미쳐 날뛸 날"에 보이듯이, 이 '과오'의 말들은 단순히 변화와 분산으로만 흐르지 않을지도 모른다는 사실이다. 그에 못지않게 "체험된 경험이 분리된 영역들로 나눠지지 않는 공동체" "일상생활, 예술, 정치나 종교 사이의 분리를 알지 못하는 공동체"[64]를 함께 지향할 가능성도 농후하다. '낯선 소년'의 서울행은 무엇보다 자아의 고양과 해방을 위한 선택이지만, 돌아갈 자아와 고향을 상실한 누나와 아버지를 만나 친밀한 공동체를 다시 되살리려는 희원의 소산이기도 한 까닭이다.

물론 후자의 욕망은, "아버지 같은 잘못된 시간의/ 그릇된 명상이 아닐 거다"라는 선언에서 보듯이, '더 나은 삶'을 향해 천천히 그러나 끊임없이 나아가는 "문학적 전위성과 정치적 자유"[65]에 대한 의지를 항상 곁에 두고 있다. 이토록 지속적인 반성과 통찰에 기반하고 있기 때문에 "낯선 소년"이 탄주하는 '사랑의 변주곡'은 "인류의 종언의 날"까지 어떻게라도 '광신狂信'일 수 없다. 오히려 그와는 반

63 김수영, 앞의 책, 141~142쪽;『현대문학』1968년 8월호.
64 자크 랑시에르,『미학 안의 불편함』, 주형일 옮김, 인간사랑, 2008, 69쪽.
65 김수영,「실험적인 문학과 정치적 자유—이어령 씨와의 '자유 대 불온'의 논쟁 첫 번째 글」
       (1968), 앞의 책, 303쪽.

대로 "완전한 세계의 구현을 목표로 하는 진보의 편에 서지 않을 수 없게 되는"[66] 불온과 모험의 미학일 수밖에 없다.

5. 1965년 한일협정 이후 : 억압의 포고문, 해방의 선언문

화제를 전환할 겸 1968년 서구의 '68혁명' 얘기를 잠시 꺼내본다. 기성 체제에 대한 전면적 반발과 거부로 막이 오른 68혁명은 거시적 차원의 정치·경제적 사회변혁과 미시적 차원의 개인의 욕망 및 충동의 해방을 가능케 하는 혁명의 유토피아를 꿈꿨다. 특히 예술가들은 폭압적인 정치적 상황에 맞서 싸우면서 자발적 고독으로 망명한 지식인들과 더불어 자신들의 소외와 좌절에 공감하면서 지식과 문학예술의 새로운 역할을 열정적으로 모색했다.[67]

이들과 연대한 미국의 핵심 이슈들도 베트남전 반대, 인종차별 반대, 소수자의 발언권 강화 등 하위주체의 인권 보장 및 기본권 강화에 그 초점이 맞춰졌다. 물론 반전·반권위주의 중심의 문화적 저항은 미국식 독점자본의 폐해를 전면 개혁하거나 강력한 군사력에 기초한 세계적 패권주의를 훨씬 약화시키는 거대한 변화의 물결을 이끌어내기에는 그 힘이 꽤나 유약했던 것으로 보고된다. 그도 그럴

---

66 김수영, 위의 글, 304쪽.

67 김겸섭, 「68운동의 이상과 예술가·지식인」, 『1968년―저항과 체제 비판의 역동성』, 신동규·이춘입 엮음, 한울, 2019, 166~167쪽.

것이 미국의 문화적 저항은 체제 전반에 대한 비판과 개혁으로 연결되지 못한 채 흑인 차별에 항의한 일부 도시의 폭동으로[68], 반전 시위대와 히피들hippies의 만남으로, 또 섹슈얼리티의 해방과 약물, 록rock 음악 등에의 탐닉으로 빠져들었기 때문이다.[69]

하지만 이런 한계에도 불구하고 서구의 68혁명은 한반도를 둘러싼 반공·자유 진영에 위기일발의 변화를 초래한 것처럼 보인다. 예컨대 전후 세계의 기본 경향이었던 탈식민화 현상과 냉전체제의 국제 질서에 일정한 균열을 일으켰다는 사실이 그것이다. 이런 불안정한 상황은 한국에도 여러모로 징후적인 조짐을 초래할 만했다. 왜냐하면 주일 미군 및 베트남전 반대, 계급 갈등 심화의 전후 민주주의 체제 반대 등을 외친 전공투 학생운동의 일본이 그랬듯이,[70] 한국도 베트남전 참전, 북한과의 체제 경쟁, 권력 부패와 반민주화 상황 등 68혁명의 전초기지로 부각될 만한 다수의 악조건에 처해 있었기 때문이다. 이를 감안하면, 적어도 한미일의 진보적 지식인과 자유의 감각에 충만한 학생들은 베트남전 참전 반대를 고리로 당시 동아시아를 거칠게 휘감던 냉전-반공 및 경제 종속의 신식민주의

---

68 『창작과비평』 1968년 여름호에 「흑인 폭동의 원인과 대책─민란조사 전국자문위원회의 보고」가 실렸다. 1967년 존슨 미국 대통령의 지시에 따라 커너위원회가 작성한 조사·보고 문으로, 당대 미국 사회가 어떤 갈등에 휩싸였고 어떻게 균열되었는지는 보고문 초두의 "이 나라(미국─인용자)는 두 개의 사회, 즉 상호 분열돼 있고 불평등한 흑인과 백인의 두 개의 사회로 굳어져가고 있다는 것이다"라는 비감한 판단에 잘 드러나 있다.

69 잉그리트 길혀홀타이, 『68혁명, 세계를 뒤흔든 상상력─1968 시간여행』, 정대성 옮김, 창비, 2009. 미국 관련 항목 참조.

70 이명실, 「전공투 세대의 현실과 '자기 부정'의 심리」, 『1968년─저항과 체제 비판의 역동성』, 183~191쪽.

체제, 곧 신新대동아공영권의 구축에 강렬히 저항할 수 있는 토대를 갖췄던 셈이다. 미국과 일본의 지식계와 문화예술계는 앞서 밝힌 대로 그들 나름의 반체제 및 반권력의 저항운동을 감행한 역사와 흔적이 분명하다. 그렇다면 양국의 영향에 쉽사리 노출되곤 하던 한국의 지식계와 문화예술계도 68혁명의 정신과 실천에 민감하게 반응했을까.

미리 답을 말한다면, 그 영향과 실천의 모색은 상당히 비관적이었던 듯하다. 1968년의 역사 현실을 68혁명에 연계하여 살펴본 한 연구자에 따르면, 한국은 그 세계적인 혁명에 전혀 동참하지 못하는 '프리68 사회'에 머무름으로써 '한국 예외주의'에 빠져버린 허탈한 상황이었다. 그 이유를 여섯 가지 들었는데, 베트남전 파병, 극단적 반공주의, 산업화 이론의 지배, 언론의 여론 왜곡, 지식인 세계의 무능, 학생운동의 보수성이 그것이다.[71]

여기에 동의하면서도 조금은 정확한 사실을 말해두는 것도 괜찮겠다. 한국에서, 특히 프랑스 68혁명의 발발과 전개에 대해 전혀 무지하거나 무관심한 것은 아니었다. 이를테면 한 기자는 '드골의 하야' 소식을 전하면서 68혁명이 '학생 세력을 중심으로 한 반체제운동'이자 '기존 질서를 부정하고 기존의 모든 정치 세력에 항거하는 저항운동'이며, 나아가 '노동총연맹 등 노동조합이 가세한 계급투쟁'임을 분명히 밝혔다.[72] 당시의 언론 통제 및 검열 상황을 감안하건

---

71 김누리, 「한국 예외주의—왜 한국에는 68혁명이 없었는가」, 『통일인문학』 76권, 건국대학교 인문학연구원, 2018, 162쪽.

대, 이런 사실은 만약 68혁명이 한국 현실에 널리 전파된다면 베트남전과 반공주의, 재벌 중심의 산업화, 미일 경제의 신식민주의적 한국 지배와 통치 따위가 단숨에 수면 위로 떠오를지도 모른다는 낭패감과 불안감에 5·16 군사정권이 끊임없이 시달리고 있었음을 암시하는 것처럼 읽힌다.

이와 같은 분위기는 다른 분야는 차치하고라도 1967년과 1968년 한국 사회를 뒤흔든 문화예술계 공안 사건 및 어떤 지배 담론 체계의 선포에서 어렵잖게 확인된다. 하나가 사형 2명을 포함한 실형 15명, 집행유예 15명의 결과를 낳은 1967년 7월의 '동백림 사건' 및 그와 연계된 서울대 '민족주의비교연구회' 사건이다. 다른 하나는 한국의 교육이 지향해야 할 이념과 근본 목표를 세우고, 나아가 민족중흥의 새 역사를 창조할 것을 교육 지표로 밝힌 1968년 '국민교육헌장'의 선포이다. 잘 알려진 대로, 양자는 군사정권의 체제 위기를 극복하고 영구 집권의 토대를 마련하기 위해 잘 기획된 통치의 수단이자 담론 체계였다. 달리 말해 그것들은 힘센 국가권력의 사회문화적 통제력 및 쇼비니즘적 국가주의에 봉공하는 국민의 훈육 가능성을 더욱 강화하기 위한 이중의 이념적, 문화적 규율 장치였다.

'동백림 사건'은 '동베를린을 거점으로 한 북한 대남적화공작단 사건'을 부르는 약칭이다. 사건의 내용은 "북괴 대남 간첩 사건 발

---

72 "'드골'의 하야", 『경향신문』 1969년 4월 29일자.

표", "교수·학생·(예술가―인용자)[73] 194명 관련", "동독·소련·중공·평양 왕래하며 접선"[74] 따위의 신문 제목에서 능히 짐작된다. 2006년 조사 결과 이 사건은 1967년 6·8 부정 총선 규탄시위를 무력화하기 위해 정치적으로 조작한 것임이 밝혀졌다. 그 허구성과 악랄함을 논하거나 규탄할 필요성도, 가치도 이젠 무망해진 것이다. 대신 간첩단의 활동 영역을 살펴보자니, 동백림 사건이 단순히 한국 정치용이 아니라 서독·한국·미국·일본의 냉전체제, 곧 보수적인 반공·자유진영의 보위 및 유지와 깊이 관련된다는 사실만은 각별히 기억해두기로 한다.

'동백림 사건'은 1960년대 기획·조작된 대부분의 공안사건[75]이 그렇듯이, "건국 후 '북괴'가 관계한 '최대 규모의 공안사건'이면서 '남한의 지식인이 대거 관계된 시국사건'"으로 '사회적 기억의 틀'[76] 안에 엄중히 위리안치圍籬安置되었다. 하지만 국가주의적 전략상 그것을 기억의 장치에만 얌전하게 가둬둘 수는 없는 노릇이었다. 아니나 다를까 국민의 불안감을 조성하는 한편 군사독재체제를 더욱 강화하기 위한 불순과 반역의 용공容共 서사가 필요할 때마다 '동백림 사

---

73 '동백림 사건'과 연관된 예술가로는 작곡가 윤이상, 화가 이응노, 시인 천상병이 손꼽힌다.

74 "북괴 대남 간첩 사건 발표", 『동아일보』 1967년 7월 8일자.

75 인민혁명당 사건(1964년 8월), 서울대 문리대 민족주의비교연구회 내란음모 사건(1965년 9월), 동베를린을 거점으로 한 북한 대남적화공작단 사건(1967년 7월), 서울대 문리대 민족주의비교연구회 사건(1967년 7월), 통일혁명당 사건(1968년 8월), 남조선해방전략당 사건(1968년 8월). 이 사건들에 대한 대략적인 개략은 임유경의 앞의 책, 62~63쪽에 실린 "〈표1〉 1960년대 주요 공안 사건 목록" 참조.

76 임유경, 앞의 책, 69~71쪽.

건'은 그 죄목과 처벌의 형식을 제공하는 유무형의 모델로 대중매체 곳곳에 어김없이 소환되곤 했다. 간첩(단), 반국가단체, 국가 전복 기도, 유혈 폭력혁명에 그것을 총괄하는 북괴의 지령 따위가 이후 문화예술계를 휘젓는 공안 사건[77]의 객관적 증거와 엄중한 처벌의 근거로 제공되었음은 주지의 사실이다.

과연 군사정권은 1970년대 들어서자마자 '멸공 방첩' 구호 아래 각종 검열과 처벌의 칼날을 주도면밀하게 휘두른다. 예컨대 김지하의 「오적」과 그 게재지 『사상계』(1970년 5월호)에 대한 반공법 처벌, '문인 61인 개헌 지지 성명'을 빌미로 한 1974년 1월의 '문인간첩단 사건' 조작, 이 폭거에 항의하여 1974년 11월 실행된 차유실천문인협의회 주관 '문학인 101인 선언'에 참가한 진보적 문학인에 대한 탄압 등이 여기 해당된다. 문제는 사건 관계자들에 대한 조사 및 처벌의 과정이 '동백림 사건'을 대표하는 작곡가 윤이상, 화가 이응노, 시인 천상병에 대한 그것을 거의 예외 없이 따랐다는 사실이다. 당시 중앙정보부는 간첩으로 지명된 윤이상과 이응노 등을 독일과 프랑스에서 전격 납치하여 강제로 한국에 송환하는 불법을 저질렀다. 또한 천상병에 대해서는 심문 당시 전기 충격 고문 등의 반인권적 폭

---

77 이와 관련하여 잠깐 언급한다면, '통일혁명당' 사건(1968년 8월)에 연루된 종합교양지 『청맥(靑脈)』(1964년 8월호~1967년 6월호, 통권 35호)은 북한의 지령과 자금을 수수했다는 혐의로 관계자 구속과 처형의 수난사를 피하지 못했다. 한편 김수영이 『청맥』의 주요 필자 가운데 하나였음은 주지의 사실이다. 그는 『청맥』의 '제3세계 민족주의' 담론을 전유함으로써 당대의 보수적인 민족주의의 통념에 냉철하게 저항하는 비판적 자유주의자로서의 위상을 더욱 굳건히 했다.(박연희, 「『청맥』의 제3세계적 시각과 김수영의 민족문학론」, 『한국문학연구』 53호, 동국대학교 한국문학연구소, 2017, 310~314쪽)

력을 서슴없이 자행했던 것으로 알려진다. 이런 방식의 불법체포, 폭력적인 감금 및 고문 자행이 1970년대 공안 사건 관련 문인들의 몫이기도 했다. 가령 1972년 3월 28일 김재준 목사를 중심으로 결성된 국제사면위원회Amnesty International 한국지부의 활동 영역을 보라. 이 단체는 제3공화국 말기부터 급증한 소위 '확신범' 등에 대해 특별한 관심을 표명하면서, 양심수 석방·고문 종식·사형 제도 폐지 등을 위한 국제적 인권연대운동을 집중적으로 전개했다.[78]

이들이 주목한 강제적인 감금과 폭력적인 고문은 각종 정신질환과 심각한 우울증, 자살 충동 등을 일상화하는 것으로 알려진다. 이에 따른 고통스런 피해의식, 불안감, 공포감은 자유로운 예술 의식과 표현 정신에 심각한 자기 검열을 초래하며, 그에 따른 체제 순응의 논리와 감각을 강제로 내면화시킨다. 이런 비극적 상황은 예술가의 삶과 정신에 죽음의 회로를 자동 부팅시키는 악마적 효과를 낳게 된다. 하지만 문학예술가의 비참한 패배 의식과 좌절감은 '관官 검열 이상의 가시적·비가시적 효력'[79]을 발생시킨다는 점에서 국민의 순응과 복종을 최고의 목표로 삼는 파시즘적 국가권력에게는 더할 나위 없는 희망 사항이었을 것이다. 이 점, 한국전쟁의 참혹한 기억을 매개로 하면서 베트남전 참전의 현실을 살고 있던 한미일 3국의 자유·반공·보수 체제의 수호와 그 이익의 대변[80]이 특히 한국 사회에

---

78 "국제앰네스티한국지부결성", 『오픈아카이브』
⟨https://archives.kdemo.or.kr/collections/view/10000019⟩ 참조.
79 이봉범, 「1960년대 검열 체제와 민간 검열 기구」, 『대동문화연구』 75호, 성균관대학교 대동문화연구원, 2011, 474쪽.

더욱 절실했던 보편적 휴머니즘과 민주주의 관련 제 가치를 압도했음을 명료하게 보여준다.

그러나 '동백림 사건'을 비롯한 1960~1970년대의 문화예술계 공안 사건은 전체주의적인 감시와 처벌을 근거로 하고 있다는 점에서 불안과 공포 감염의 통치를 넘어서기 어려웠다. 국민들의 자발적 의지와 욕망에 따라 새로운 국가와 경제체제 건설, 그에 의한 남북 체제 경쟁에서의 압도적 승리를 유인할 수 있는 체제 협력의 기호 및 담론 체계는 그래서 절실했으며 시급했다. 이촌향도의 경제개발, 베트남전 참전, 각종 간첩단 및 용공 사건의 와중에 '민족중흥'의 대의를 내걸고 그것을 완수하기 위한 '물량적 경제 성장' 및 '개인의 창의와 정신력' 강화에 필요한 새로운 국민의 모습과 자세[81]를 요청하는 1968년 12월의 '국민교육헌장'(이하 '헌장')이 서둘러 선포된 까닭이다.

사실을 말하면, 박정희 정권이 제시한 '헌장'[82]의 국민상像은 온갖 이상적인 인간상과 윤리 의식, 민족애와 국가관을 다 모아놓은 것으

---

80 임유경은 동백림 사건과 통혁당 사건이 한국 정부가 '반공'을 경제발전 논리에 종속시키고 향후 '전 국민의 무장화, 전 국토의 요새화'를 통치의 프로파간다로 내세우는 데 결정적인 역할을 했음을 날카롭게 지적한 바 있다.(임유경, 위의 책, 72쪽)

81 권오병 문교부 장관의 말. '국민교육헌장' 선포식에는 박정희가 직접 참석하여 "3백93자로 된 '국민교육헌장' 전문을 모두 기립한 가운데 엄숙히 낭독, 국민의 단결과 새로운 국민상을 다짐했"던 것으로 보고된다.("국민교육헌장 선포", 『경향신문』 1986년 12월 5일자)

82 잘 알려진 대로, 1968년 1월 박정희는 '건전한 생활윤리와 가치관 확립'을 위한 '헌장'의 제정을 지시한다. 이에 서울대 철학과의 박종홍 교수가 초안을 작성한다. '헌장' 전문은 각 계각층을 대표하는 44인의 '헌장' 기초위원 및 심의위원들의 '초안'에 대한 수정·보완 작업을 거쳐 완성된다. 마침내 12월 5일 '국민교육헌장 선포식'이 박정희를 비롯한 3부 요인, 외교 사절, 시민·학생 등 3000여 명이 참석한 가운데 서울시민회관에서 성대하게 열리기에 이른다.

로 평가되어 당시에도 그 추상성과 관념성이 문제시되었다. 예컨대, 강렬한 민족 주체성, 진취·생산적인 태도, 조화된 인격, 올바른 민주적 사회생활, 이상적인 학교교육과 성인교육 등의 내용이 빠짐없이 담겼다는 보도를 보라. 이런 주장에 대해 이를테면 팔봉 김기진은 국민 지표의 제정에 적극 찬성하면서 "개성의 계발을 도모하고 민족의 건전한 번영을 가져올 수 있는 단결 정신"이 특히 잘되었다고 평가했다. 반면에 국어학자 이숭녕은 '헌장' 제정에는 찬성하면서도 "민주 국민으로서의 올바른 목표와 현실의 혼미를 시정하는 방향으로 기본 목표가 제시되어야" 하며, 절대로 "의식儀式에서 낭독하는 것에 반대한다"는 의견을 밝혔다.[83]

이 장면에서 흥미로운 것은 1920년대 이래의 평론가 김기진과 경성제대 출신의 서울대 국어학자 이숭녕이 보인 반응이다. 설문지 응답에 따르면, 김기진은 개성 계발 및 민족 번영의 지표 제시에, 이숭녕은 민주 국민의 육성과 올바른 국민정신의 계도에 초점을 맞춰 '헌장' 제정에 찬성한다. 하지만 김기진은 '헌장'의 암송이나 낭독에 적극 찬성한 반면 이숭녕은 특히 국가나 학교 주도의 각종 의식에서 '헌장'을 낭독하는 일을 절대 반대했다. '헌장'에 대한 두 지식인의 시선과 태도의 차이는 '헌장' 제정을 지시한 일제시대 대구사범학교 출신의 훈도이자 만주군 장교였던 박정희와 그가 '황국신민'으로 함께 지칭된 '소국민=국민학생' 및 관동군과 함께 주기적으로 허리 굽

---

83 "뚜렷한 이념 부각을"(설문조사), 『동아일보』 1968년 8월 1일자.

혀 낭독했을 메이지明治 왕 제정의「교육칙어教育勅語」를 함께 떠올려 보면 무언가 흥미로운 답변을 제공해줄지도 모른다.

1890년 공포된 일본의「교육칙어」는 천황 절대주의에 기초한 국체관國體觀을 규정하고, 이에 따른 국민, 곧 황국신민의 행동 규범을 제시한 문건으로 유명하다. 그 핵심은 천황에 대한 인의충효仁義忠孝를 절대적 가치로 삼는 '신민臣民'의 계몽과 훈육에 필요한 제반 가치와 제도들을 일본인 전체에게 널리 알리고 체화시키는 데 있었다. 이를테면 천황과 부모에 대한 충효, 형제의 우애와 부부의 상화相和, 친구와의 우애와 사회에 대한 박애 정신, 학업의 연마와 지능의 계발, 덕성과 윤리 의식의 함양, 국법의 준수와 의용義勇에 대한 봉공 등을 통한 천양무궁天壤無窮한 '황운皇運'의 부익扶翼을 무엇보다 강조했다.[84]

"우리는 민족중흥의 역사적 사명을 띠고"로 시작하는 '헌장'을 어린 시절부터 성년의 국민이 되기까지 줄곧 외어본 이라면, 개인윤리에서 출발, 사회윤리를 거쳐 국가윤리에 이르는 '헌장'의 구조와 내용(용어), 논리 전개의 틀과 제시하는 가치들이「교육칙어」와 상당히 유사하다는 사실에 놀라움을 금치 못할 것이다. 특히 민족과 국가에 대한 맹목적 가치화와 집단적 숭배의 강화는 근대 이후 보편화된 자아와 개성의 존중, 자율적인 책임 의식과 건전한 이성의 발현 등을 제도적, 의식적으로 억압하는 형식논리로 작동한다는 점에서 매우 문제적이며 폭력적인 조치에 가까웠다.

---

84 이권희, 『메이지기 학제의 변천을 통해 본 근대 일본의 국민국가 형성과 교육』, 케포이북스, 2013, 76쪽.

이것이 냉전체제의 국가주의적인 반공 담론에 기반해 있음은 "반공 민주 정신에 투철한 애국 애족이 우리의 삶의 길이며, 자유세계의 이상을 실현하는 기반이다"라는 '헌장' 후반부의 선언에 분명하게 드러난다. 하지만 이런 주장은 여러 논자의 말대로 1960년 후반 들어 급증하기 시작한 대내외적인 정치와 안보 관련 위기 상황을 넘어서는 한편 군사정권이 시행 중이던 각종 경제개발 시책을 안정적으로 전개함으로써 '위로부터의 혁명'을 통한 '부국강병' 국가의 건설로 전 국민을 동원하기 위한 전체주의적인 정책의 선전·선동에 가까운 것이었다.[85]

여러 연구에 따르면 1968년의 '국민교육헌장' 선포는 1960년대 물량주의 발전에 따른 물질만능주의의 만연에 맞선 경제의 윤리화 운동, 곧 '제2경제론'의 지향과 "민족중흥의 저력"을 "국민정신의 개혁운동"에서 찾는 '정신개조운동'의 주창과 밀접히 연관된다.[86] 박정희 주창의 두 운동은 황병주의 예리한 지적처럼 '생산적·순종적' 국민의 구성을 목표로 한 것으로 보인다. 지나친 억측이라는 반박이 돌아올 수도 있겠지만, 문제는 두 운동의 내용과 목적이 1940년대 전후 식민지 조선에 널리 울려 퍼진 '국민총력조선연맹'의 그것과

85 이에 대해서는 황병주의 「국민교육헌장과 박정희 체제의 지배담론」(『역사문제연구』 15권, 역사문제연구소) 및 임혁백의 「유신의 역사적 기원—박정희의 마키아벨리적 시간(下)」(『한국정치연구』 14권 1호, 서울대학교 한국정치연구소, 2005) 참조.

86 직접 인용은 1970년대 초에 출간된 것으로 짐작되는 박정희의 『한국민주주의』 45쪽에 실린 것이다. 이 정보를 포함한 '제2경제론'과 '정신개조운동'에 대해서는 황병주의 위의 글 137~142쪽 참조.

상당히 닮아 있다는 사실이다. 이를테면 ①체제 협력의 출판물 발간과 강연회·좌담회를 통한 황민 사상 및 황민 생활 고취, ②총력연맹 문화부를 통한 황민적 문화 동원, ③ 지역, 직역職域 연맹과 애국반을 통한 공출, 물자 절약, 징병·징용 독려 따위의 구호가 그렇다.[87] 일제는 이 사업에 대한 참여/불참여를 바탕으로 '국민/비국민', '보상/징벌'을 가르는 선택과 배제의 문화정치학을 어떤 주저함도 없이 일률적으로 수행했던 것이다.

여기에 총력전의 시대를 함께 거쳐 간 김기진, 이숭녕, 박정희 3인을 한자리에 놓고 '헌장'에 대한 시각과 태도를 견줘보자고 했던 주장을 정당화할 수 있는 까닭이 숨어 있다. 일제 말 총력전에 대한 친화성을 엿본다면, 근대 천황제에 봉공하는 국민학교 훈도이자 만주군 장교였던 박정희가 가장 우측에, 그 옆에는 체제 협력의 '조선문인보국회'에 참여하며 다수의 친일 문장을 작성한 김기진이 자리할 것이다. 이에 반해 민족사관에 투철했던 국문학자 조윤제와 조선어학회 사건의 이희승의 배려 아래 조선어문학회에서 활동했던 평양사범학교 소속의 이숭녕은 천황제 충성에의 '총력전'과 거의 무관했다. 조선어 학자인 그는 어쩌면 조선어 교육과 상용 금지, 『조선일보』와 『동아일보』, 『인문평론』과 『문장』으로 대표되는 조선어 신문과 잡지의 폐간 등과 같은 '조선어말살정책'에 내심 반발했을지도 모른다. 30여 년 전 대동아 총력전 시대의 삶의 방식과 경험이 박

---

87 「국민총력조선연맹」, 『한국민족문화대백과사전』
〈https://100.daum.net/encyclopedia/view/14XXE0006321〉

정희 주도의 '헌장'에 대한 상이한 반응을 이끌었을 것이란 추측이 자연스럽게 떠오르는 지점인 것이다.

다시 정리하거니와, 김기진은 일제의 번영을 연상시키는 '민족 번영'과 그를 위한 '헌장'의 집단적 암송과 복창에 대한 찬성으로 나아갔다. 이와 달리 이숭녕은 제반 민주적 가치를 앙양하고 그 기초로서 개인과 자아를 존중하는 '헌장'의 제정으로 나아가야 하며, 또 이를 위해서라도 각종 의식 현장에서나마 '헌장'을 낭독하지 말자는 다소 불온한 주장을 과감하게 펼쳤다. 이처럼 한국을 대표하는 평론가와 국어학자의 과거와 현재, 특히 '헌장'에 대한 찬반의 선택을 재차 강조해두는 까닭이 없을 수 없다. 1965년 한일협정에 가까이 놓인 1966년 1월 및 8월 해방일에 전격 출간된 두 가지 저서가 폭발시킨 바디우적 의미의 '정치적 사건'을 현대문학사의 일대 사건으로 조망해보고 싶었기 때문이다. 요컨대 '불가능하다고 선언된 것의 가능성'을 뒤쫓기 위해서라도 두 지식인의 '헌장'에 대한 윤리 의식과 정치적 선택에 대한 어떤 기원과 현재는 결코 빠뜨릴 수 없는 선택지로 요청되었다는 것이다. 이 말은 '동백림 사건'과 '헌장'의 제정이 이제 호명할 두 저서와 그런 성격의 담론들에 대한 사후 조치 및 예방의 성격을 가진다는 것을 뜻하기도 한다.

1966년 해방일, 이 책의 출간에 붙여 소장 평론가 염무웅은 "이른바 지식인이라는 자들이, 작게는 자기의 신념을 보존하지 못하고 크게는 대중과의 눈에 보이지 않는 묵계를 배반할 가능성에 대한 하나의 생생하고 신랄한 조서이다"라고 일렀다. 하지만 그는 이 책이 단순히 "한일조약과 대사관의 교환"으로 대표되는 두루뭉술한 국교정 상화에 항抗하기 위해 발간된 것은 아니라는 사실에 신중하게 주의했다. 그러면서 이 저작이 강제적·폭력적인 침략을 자행한 "일본에 대한 우리의 누적된 콤플렉스"를 진실로 해소하기 위해 물질을 넘어 정신의 심층까지 이뤄지는 "청구와 배상"을 요구하기 위해 준비된 것임을 각별히 환기해두었다. 그렇다, 이 책의 정체는 또 다른 「서序」를 쓴 소설가 서기원의 "작가의 '모랄'은 정신의 자유를 추구하는 과정일 수 있고, 자기의 '일류전'을 구현하기 위해 부단히 애쓰는 성실성과 같은 것"이라는 선언이 뚜렷한 임종국의 『친일문학론』이다.[88]

이 저서의 문제성은 1965년 한일협정 반대 서명에 참여한 82명의 문인 가운데 9명을 작가 및 작품론, 관계 작품 연표에 숨김없이 드러냈다는 점이다. 풍문으로 떠돌던 친일의 혐의가 하나의 사실로 적시되는 순간이었던 것이다. 물론 한일협정 반대자이자 작가·작품론의 대상이었던 곽종원, 모윤숙, 정비석, 최정희 4인을 제외하고는 그 누구도 『친일인명사전』(2009)에 최종 등록되지는 않았다.[89] 이들은 그러나 『친일문학론』에 그 이름이 오른 것만으로도 "주체적 조건을 상실한 맹목적 사대주의적인 일본 예찬과 추종을 내용으로 하는 문학"[90]에 붓을 적신 작가들이라는 무서운 혐의를 뒤집어쓴 채 일상의

---

88 임종국, 『친일문학론』, 평화출판사, 1966. 1966년판에는 서기원과 염무웅의 「서·(序)」가 차례로 달려 있다.

89 1965년 당시 남한에 생존 중이던 『친일인명사전』(민족문제연구소) 수록자 김기진, 백철, 서정주, 유진오, 이원수, 조연현, 조용만, 주요한은 한일협정 반대 서명에 참여하지 않았다.

90 임종국, 앞의 책, 16쪽.

생활과 작품 활동을 동시에 밀어가야 했다. 대중의 감시를 스스로의 감시로 내면화하는 한편 위반 시의 자기 처벌도 늘상 염두에 두어야 하는 자아 거리화의 '모랄moral'에 작가의 여생이 던져진 셈인 것이다.

하지만 엄밀히 말해 『친일문학론』은 일제시대 반민족·반민중의 문학인을 단죄하거나 배척하기 위해서 쓰이지 않았다. 저자가 밝혔듯이, 이 책은 주체성을 상실할 수밖에 없는 문학을 낳게 한 정치적·사회적 배경, 당대 문화 기구의 동향과 그것이 문학에 미친 영향, 문학자들의 사회참여 양상과 작품 활동 상황 등을 객관적으로 고찰함으로써 친일문학가의 사상적 이론과 작품의 실제를 사실적으로 밝히기 위해 작성되었다.[91] 과연 임종국은 『친일문학론』 출간을 기념한 인터뷰에서 "민족의 영광뿐만 아니라 민족의 치부까지도 사실史實로 기록돼야 한다"는 것, 작가들의 "쓰라린 과거를 폭로한다기보다 취급되지 않았던 암흑 문학을 문학사적으로 정리하기 위한 작업"이었다는 것, 그러므로 해당 작가들도 "자기 이름이 박힌 자기 작품에 책임질 양심이 있어야 한다"는 주장을 적극적으로 개진했다.[92] 『친일문학론』 집필의 명확한 기준을 제시함으로써 '모랄'의 원칙과 순도를 체제 협력 작가 스스로 점검케 했음이 여기서 분명해진다.

이와 같은 '사실'과 '모랄'에 대한 집중은 『친일문학론』에 제기된 어떤 문제의식을 얼마라도 누그러뜨릴 수 있는 방어막의 가치를 갖

---

91 임종국, 앞의 책, 18쪽.

92 "『친일문학론』을 낸 임종국 씨", 『동아일보』 1966년 8월 2일자. 그는 친일문학론의 강제성, 국가주의적 문학의 주장, 문학의 대중화에 대한 공헌 등을 언급하면서 주체성을 상실한 '어용문학'의 수준이 형편없음도 따끔하게 지적했다.

는 것으로 보인다. 한 연구자에 따르면, 『친일문학론』은 탈식민의 시대라면 회의, 비판되어 마땅한 단일한 형식의 "민족과 국민국가를 자명한 실체로 상상하고, 반동일시 전략의 핵심 코드인 주체성이 국가에 귀속될 원리"를 내재화하고 있다. 이런 양상은 누구나 추구해 마땅한 진선미의 가치를 홀로 독점했던 일제의 '초국가주의의 논리와 심리'와 닮아 있다는 점에서 개인의 삶과 윤리를 무력화시킬 수도 있는 위험한 장면일 수밖에 없다.[93] 일제의 대문자 역사와 문학을 비판한 결과가 한국의 대문자 역사와 문학으로의 회귀라면, 우리가 일제를 비판할 때 흔히 사용하는 '전도된 오리엔탈리즘' 내부로 부지불식간에 한국문학을 회수시키는 한계에 빠져드는 것이라는 비판인지라 심각하게 경청해야 마땅한 주장이라 하겠다.

그러나 다행히 자아 스스로에 대한 감시와 처벌의 '모랄'이 지속적으로 작동될 수 있다면, 적어도 국가주의적인 도덕률과 개인성을 억압하고 배제하는 집단적인 윤리 의식에는 함몰되지 않을 것이라는 신뢰가 가능해질 것이다. "민족이라는 관념"을 앞세운 일제에 대한 반동일화 전략은 이처럼 개별자 스스로 민족과 국가를 끊임없이 외부화하려는 내면의 싸움에 의해서밖에 성공할 수 없을 것이다. 이것은 고인이 된 저자 임종국의 몫이 아니라 여전히 체제 협력 문학에 대한 시금석으로 남아 있는 『친일문학론』을 고쳐 읽고 다시 해석하는 우리들의 의무일 것이다.

---

93 강상희, 「친일문학론의 인식구조」, 『한국근대문학연구』 4권 1호, 한국근대문학회, 2003, 44~46쪽.

한일협정 반대 서명에 참여했거나 침묵했던 일제의 체제 협력 문인들의 심정은 어땠을까? 한일 국교도 정상화되었고 경제발전도 급속해진 상황이었으므로 갑자기 세차게 쏟아지다가 곧 그칠 취우驟雨정도로 여겼을까. 그러나 1990년대 이후 그들의 작품이 초중등학교『국어』나『문학』교과서에서 거의 배제되는 현상을 보면 어디로도 피할 수 없는 기나긴 장마의 시작이었음이 새삼 확인된다. 그런 의미에서『친일문학론』은 일제에 대한 체제 협력적 글쓰기를 확증하는 저서만은 아니었다. 그에 못지않게 친일 작가들에게 자신의 작품에 대한 비판과 배제의 과정을 심란하고도 아프게 지켜보는 소이연을 제공했다는 점에서 작가 및 작품의 '모랄'을 곰곰이 돌아보고 내다보게 한 반성과 성찰의 저작이었다.

이 점, 총력전의 시대에는 신진 시인이었던 관계로『친일문학론』에서는 '관계작품연표'와 '인명해설'에서만 간단하게 소개되었던 문협 정통파 서정주의 1970년을 전후한 행적을 살펴보게끔 하는 핵심 요인 가운데 하나이다. 서정주는 1968년 3개월, 1969년 1월~1971년 5월에 거쳐『월간문학』에 1933년~1955년의 자기 삶과 시를 기록한「천지유정天地有情」을 연재한다. 미당은 그 가운데 한 편인 '창피한 이야기들'에서 총력전 시대의 친일 시편 쓰기, 일본군 종군기자로서의 기사문 작성, 조선문인보국회 기관지『국민시인』[94]에 대한

---

94 이 잡지에 대한 해설은「국민시인」,『한국 근대문학 해제집 Ⅳ —문학잡지』, 국립중앙도서관, 2018, 225~229쪽.〈https://100.daum.net/encyclopedia/view/163XX82400070〉에서도 확인 가능하다.

편집 참여, 창씨개명의 속사정 등을 세세히 고백한다. 비록 자신이 작성한 친일 성향의 글쓰기 전부를 정확하게 밝히지는 못했지만, 미당은 이 글에서 "정치와 전쟁 세계에 대한 내 무지와 부족한 인식이 빚어낸 이것, 해방되어 돌이켜 보니 참 너무나 미안하게 되었다. 여기 깊이 사과해둔다"[95]라며 자신의 죄과를 솔직하게 시인하고 그에 대해 깊이 반성했다.

물론 이후의 시집 『팔할이 바람』(1988)의 「종천순일파?從天順日派?」에서 친일 행적의 까닭을 "민중문학가 일부"가 비판하는 "비양심이나 무지조"의 탓이 아니라 일제의 "일백 년 이백 년 삼백 년의 장기 지배만이/ 우리가 오래 두고 당할 운명이라고만 생각했"다는 운명론 탓으로 돌림으로써 스스로의 반성과 성찰을 깎아먹기에 이른다. 하지만 나는 미당의 '모랄' 문제를 이곳의 명백한 판단 착오와 옹색한 변명을 들어 다시 거론하고 싶지 않다. 그보다는 작품 경향의 변화를 중심으로 임종국의 『친일문학론』이 촉발한 작품에 대한 자기 책임의 '모랄'을 언급해두고자 한다. 이를 위해서는 1960년대 중반에 더욱 가까운 『동천』(1968)보다는 그 이후 작성되어 1975년 출간된 『질마재 神話』및 그와 연계된 『떠돌이의 詩』(1976) 소재 몇 편에 눈길을 돌리는 편이 더욱 적합할 듯싶다.

다른 시편들은 접어두자. 『질마재 신화』에는 권력자 임금의 변기 "백자의 매화틀"(「소망(똥깐)」) 및 "변산의 역적" 구섬백과 "갑오년 동

---

95 서정주, 『서정주 문학전집 3』, 일지사, 1972, 238~243쪽.

학란"의 전봉준이 먼저 잡기 내기를 벌인 "벼락의 불칼"(『분지러 버린 불칼』)이 등장한다. 이들은 시대적 상황이든 능력의 부족 때문이든 '전자: 권력의 수성'과 '후자: 혁명의 성공'에 함께 실패한다는 점에서 절세의 권위와 명망을 상실한 자들로 귀착된다. 그렇다면 이른바 '영원성'의 세계요 세속 현실의 이상적 모델인 '질마재'의 주인은 누가 되었는가? 그 주인공은 놀랍게도 "하늘의 별과 달도 언제나 잘 비치는 우리네 똥오줌 항아리"를 명경明鏡 삼아 머리카락을 다듬는 비천하기 짝이 없는 '상가수上歌手', 곧 그 "노랫소리"(挽歌—인용자)가 "이승과 저승에 뻗"치는 노래꾼이었다. 미당이 생각하기에 산 자와 죽은 자를, 지상과 천상을 잇고 하나로 엮을 줄 아는 '상가수'의 능력은 "곧장 가자 하면 갈 수 없는 벼랑길도/ 굽어서 돌아가면 갈 수 있는 이치"(「곡(曲)」, 『떠돌이의 시』)에 밝았기 때문에 얻어진 것이었다. "굽어서 돌아"간 끝에 도착한 '질마재'는 따라서 단순한 유년의 풍경이 아니라 "신의 창조물로서 인간이 지닌 신성성"[96]을 되돌려주는 신화적·심미적 공간이라 부를 만하다.

그러나 이미 하늘과 땅, 자연과 인간의 경계가 사라진 신화적 공간은 모든 인간적 현실의 변화와 갱신, 특히 진보적 세계에 대한 욕망이나 추구와 대립되는 경향이 짙다. 신화적 인간형이 주체 고유의 창조적 자발성을 서둘러 반납한 채 신의 계시와 안내에 무작정 순응하는 수동적·소극적인 인간형으로 나아가는 것도 이 때문이다. 과연

---

96 미르치아 엘리아데, 『성과 속—종교의 본질』, 이동하 옮김, 학민사, 1983, 69쪽.

미당은 "시인은 꼭 시장의 종종걸음꾼들 모양으로 현실을 종종걸음만 치고 살 필요는 없"으며, "어떤 혼란하고 저가한 과도기는 쉬엄쉬엄 황새걸음으로 껑충껑충 뛰어 넘어가버려도 좋은 것"[97]이라는 식의 '시인의 책무'를 일찍이 펼친 바 있다. 이러한 현실 초월의 태도는 이후 미당의 '구부러짐(曲)'의 시학에 대해서도 냉정한 통찰 없는 '현실 대긍정'의 수사학, 곧 삶의 현실에 대한 무기력한 대응과 책임 회피의 태도로 비판받는 주된 요인으로 작동한다.

그렇다 해도 김우창의 넉넉한 지적처럼, '완곡의 철학'을 "그것이 (을 향한—인용자) 당위적인 요구가 아니라 삶의 부조리 속에서 살아가는 현실주의의 방편"[98]으로 읽어보는 것도 괜찮을 듯싶다. 이때의 '방편'은 그저 현실 회피의 수단이 아니라 세속적인 지속을 벗어나, 『질마재 신화』가 입증하듯이, 어떤 신들의 있음과 활동에 의해 성화聖化된 원초적 시공간으로 회귀하겠다는 시와 삶의 궁극적 욕망으로 읽을 필요가 있다. 왜냐하면 미당은 이 신화와 역설의 힘 덕택에 삶의 마지막 순간까지 대중과 문단의 숱한 비난 속에서도 모국어의 심화와 확장에 기여하는 한편 고대적 심상과 해학적 심미성을 '한국적인 것'의 고유한 본질과 양식으로 추구하는 '토속의 시학'으로 경주할 수 있었기 때문이다. 그래서 이것도 임종국이 말했던 "자기 작품에 책임질 양심"을 명랑하면서도 처연하게 수행한 시 쓰기였을 것이라고 이제는 받아들일 수 있지 않을까 넌지시 말해보는 것이다.

---

97 서정주, 「시인의 책무」(1963), 『서정주 문학전집 2』, 일지사, 1972, 282쪽.
98 김우창, 「未堂선생의 시」, 서정주, 『떠돌이의 詩』, 민음사, 1976, 122~123쪽.

『친일문학론』의 발행이 한창 준비 중이었을 1966년 1월 한국 최초의 계간지[99]『창작과비평』이 독자 대중과 문단에 첫선을 뵈었다. 기획, 원고 청탁, 편집과 제책 등 일련의 출판 과정을 감안하면, 게다가 창간호라는 특수성까지 더한다면, 1965년 7월 한일협정 반대 서명이 진행될 즈음이면 『창작과비평』은 이미 하나의 현실이었을 가능성이 크다. 실제로 창간인 백낙청은 야심찬 권두평론에서 한일의 국교정상화를 밝히면서, 만약 한미일 체제가 한국 사회의 허다한 모순을 해결하지 못하거나 민족 감정의 지지를 얻지 못한다면 대중의 소외가 자심해질 것이라는 우려를 금치 않았다.[100] 『창작과비평』의 창간 계기가 분명해지는 지점이다. 아나나 다를까 반세기 뒤에 회고된 '창비 50년사'에서도 그 창간 배경으로, 박정희 군사정권의 쿠데타 이후 현저히 강화된 냉전 반공주의와 발전주의, 그에 입각한 국가-재벌 연합의 권위주의 산업화, 대규모의 6·3항쟁에도 불구하고 현실화된 한일협정과 양국의 국교정상화, 이에 따른 동아시아 냉전 질서의 한 축인 한미일 삼각동맹 체제의 대폭적인 강화가 언급되고 있다.[101]

---

99 『창작과비평』은 계간지 형식을 취한 이유로, 월간지의 형태로는 잡지의 수준을 일정하게 유지할 수 없으며, 재정적으로도 감당하기 힘들었던 점을 들었다.(창비 50년사 편찬위원회, 『창비와 사람들—창비 50년사』, 창비, 2016, 8쪽) 특히 전자에 대한 고민은 기획의 안정성과 심층성, 게재 원고의 도전성과 모험성을 보장하는 원리가 되었다는 점에서 오히려 탁월한 선택이었다.

100 백낙청, 「새로운 창작과비평의 자세」, 『창작과비평』 창간호, 1966년 봄, 35쪽. 이하의 내용은 이 평론의 곳곳을 정리한 것이다.

101 창비 50년사 편찬위원회, 앞의 책, 9쪽.

지배 권력에 의한 '대중의 소외'에 대한 우려는『창작과비평』으로 하여금 대중 획득에 필요한 열정적 논리와 냉정한 문법을 끊임없이 고민하게 만들었다. 두 조건은 박정희 군사정권의 극대화된 사회문화적 통제력에 맞서기 위한 독자적 공간 확보 및 잡지에 실린 작가·작품과 독자 대중의 상호 소통을 보장하기 위한 미학적 보호막이자 대화적 통로였다고나 할까. 이를 위해 백낙청은 ①분단 현실에서 언론의 자유를 위한 지속적·구체적 투쟁, ②'통속성' 아닌 작품의 철저한 수준 상승과 유지를 위한 독자의 획득, ③폭넓은 사회 현실을 관통하는 작품 소재의 선택 및 표현의 사치성과 난삽함 배제, ④문학어의 상투성 극복과 구체적 현실의 세련된 표현, ⑤민족의 궁극적 통일과 한국의 진정한 자유화 및 근대화에 기여하는 수준 높은 문화 예술의 생산 등을『창작과비평』의 주요 과제로 설정했다.

　　이상의 사실을 확증하기 위해서라면『창작과비평』소재의 글쓰기 전반을 검토하는 작업이 요구된다. 하지만 최근에 수행된 1980년대 폐간 이전의『창작과비평』에 대한 역사화, 곧 비평 대상화는 그 수고를 상당히 덜어줄 법하다.『비평 현장과 인문학 편성의 풍경들─1970년대『창작과비평』을 중심으로』(소명출판, 2018)가 그것이다. 총 11명의 연구자는 로컬리티와 토속성, 시민문학론과 리얼리즘, 고전연구와 비평 기획, 동북아시아에서의 내재적 발전론, 한용운 비평의 문제성,『창작과비평』의 민중론과 민족주의 그리고 민중지향성, 제3세계문학의 수용과 전유, 모국어의 심급과 토속어 문제, 서구 문예이론의 번역, '군대'와 '남성성'의 문제를 본격적으로 문제 삼아 비평의 고투를 펼치고 있다. 이 저작이 이후『창작과비평』연구의 한 모델인 동시에 또 다른 극복 지점으로 자리매김할 것이라는 짐작은 그래서 가능해진다.

그러나 1966년~1970년 사이의 초기『창작과비평』은 그 주제의 설정과 작가·작품의 배치에서 상당히 불안정한 모습을 노출했다는 게 솔직한 느낌이다. 소설과 평론, 서구 문예론과 정치·문화 상황 번역은 창간호부터 그 영역을 뚜렷이 확보했지만, 창작시는 시 평론이 몇 편 실린 뒤인 1968년 봄호에서야 처음 실린다. 상당히 뜻밖인데, 먼저 한국문학이 지향할 바에 대한 토대와 조건을 비평문으로 제시한 뒤 그것에 어울리는 시인과 시편을 신중히 선택하여 배치하겠다는 전략이 아니었나 싶다. 이를 통해 백낙청의「새로운 창작과비평의 자세」에서 그토록 강조된 잡지의 이념적 진보성과 미학적 완미함을 동시에 구축하고 실천해나갔던 것이다. 이에 따른 독자 대중의 풍부한 획득과 지배 권력의 검열에 대한 회피는『창작과비평』의 성장과 확대에 적잖은 역할을 담당하기에 이른다.

그런데 더욱 흥미로운 사실은, 시와 비평의 관계나 그 배치 양상만 보아도, 1970년대 들어 문학 계간지의 삼각동맹을 이루게 되는『창작과비평』,『문학과지성』,『세계의 문학』의 모태가 힘차게 꿈틀대는 의외의 현장이 엿보인다는 것이다. 물론 결과론에 입각한 분석이긴 하지만, 이런 상황은 예술의 정치성, 곧 작가와 작품이 '있어야 할 곳에 진정으로 있는 것'을『창작과비평』이 매우 의식적으로 추구했음을 암시한다는 점에서 그 의미와 가치가 상당하다. 이 현장을 1966년~1970년의 대표적 평론에 대한 간단한 고찰, 그것들과 김수영, 신동엽의 연관성, 그 배경 아래 건설되는 이른바 '창비'와 '문지'

시인 사단의 초기 모습을 살펴보는 것이 이후 글쓰기의 순서이다. 물론 이 작업은 젊은 문청에서 한국 문단을 대표하는 탁월한 문인으로 성장해간 시인과 비평가가, 김수영의 말을 빌린다면, 자신들의 글쓰기를 통해 "자기를 죽이고 타자가 되는 사랑의 작업과 자세"[102]로 몸 던지는 감성의 분할 장면, 곧 '시적·정치적' 투기投企의 현장을 '지금 여기'의 자리로 불러오기 위한 것일 따름이다.

이상의 과제를 풀어가기 위해서라면 중간 지대의 좌표로 백낙청의 「시민문학론」을 설정하는 편이 유용할 듯싶다. 그는 '시민의식'의 이상적 지평을 프랑스혁명 당시의 자유와 평등과 박애에 위치시킨 후 현대의 역사의식에 준해 그것을 우리의 구체적 현실에 맞게 재해석하면서 1960년대까지의 한국문학을 날카롭고 풍요롭게 비판한다. 이때 그 가능성을 인정받는 문인 두엇이 떠오르는데 한용운[103]과 김수영이 그들이다. 이 글의 관심은 김수영에 있으므로 백낙청이 파악한 김수영의 면면[104]을 살펴봄으로써 특히 1960년대 중후반 이후 김

---

102 김수영, 「로터리의 꽃의 노이로제─시인과 현실」(1967. 7.), 앞의 책, 280쪽.

103 백낙청은 한용운의 「님의 침묵」도 "온통 사랑의 노래"로 규정한다. 그에 따르면 한용운의 현대성은 '님'을 노래할 때 그 님의 '침묵'을 노래한 지점에서 찾아진다. 이 역설의 시학은 이를테면 "3·1운동의 드높은 시민의식과 그 시민의식의 기막힌 빈곤을 동시에 체험했고 체험할 줄 알았던" 양가적 '사랑'에 철저했기 때문에 가능했던 것으로 백낙청에 의해 파악된다. 더욱 자세한 내용은 백낙청의 「시민문학론」(『창작과비평』 1969년 여름호, 489~493쪽) 참조.

104 「시민문학론」에서의 김수영에 대한 평가는 "4·19의 위대성뿐만 아니라 그 빈곤을 깨달았고 그러면서도 4·19의 위대한 꿈을 버리지 않았다는 원숙한 시민의식의 경지에 들어갔던 것 같다"라는 문장에 집약되어 있다.(백낙청, 「시민문학론」, 『창작과비평』 1969년 여름호, 505쪽)

수영이 한국 문단에 끼친 영향과 성찰의 핵심을 일별해보기로 한다.

백낙청은 김수영의 작품에서 '사랑'은 '자유' 및 '참여'와 동의어임을 주장하며, 그것을 포괄하는 '시민의식'을 4월혁명의 성취와 실패를 거친 끝에 발화되는 「어느 날 고궁을 나오면서」, 「거대한 뿌리」, 「풀」, 「사랑의 변주곡」에서 찾아내기에 이른다.[105] "어두운 시대, 더러운 현실의 어두움과 더러움을 있는 그대로 보는 데서 그가 발붙일 유일한 땅을 얻는 것이며 드디어는 사랑과 인간을 되찾는 것"[106]이라는 판단과 해석이 그것이다. 여기서의 '사랑'은 1970년대의 '김수영론'에서 '시적 인간'과 '역사적 인간'의 통합 원리로, 나아가 인간의 '정치적 행위'도 그것이 본질적인 역사를 열어준다면 예술에 못지않은 진리의 자기 구현임을 인정하는 '시적·정치적' 실천의 원리로 재가치화된다.[107]

하지만 1970년대 들어 '시민문학론'에서 '민족·민중문학론'으로 좌표를 옮겨간 백낙청이 특히 강조했던 '사랑'의 다른 대상이자 실현체인 민족 현실과 민중 생활, 그리고 민중 언어[108]는 1960년대 후반 『창작과비평』에 한국문학의 양식화 문제와 미적 가능성을 고찰

---

105 백낙청은 「시민문학론」에 앞서 갑작스런 교통사고로 졸한 김수영에 대한 추모 평론 「김수영의 시세계」(『현대문학』 1968년 8월호)를 발표했다. 이 글에서 김수영은 '행동의 도구로서의 시'가 아니라 '행동의 시' 자체를 추구한 "왕성한 생명력과 발랄한 지식의 소유자"이자 "염치와 예절의 인간"으로 높이 평가된다. 한편 『창작과비평』은 김현승의 「김수영의 시사적 위치와 업적」(1968년 가을호)을 통해 시인의 정신과 예술적 성취를 기렸다.

106 김수영 시편에 대한 해설 및 직접 인용은 백낙청의 위의 글, 504~509쪽 및 508쪽 참조.

107 백낙청, 「역사적 인간과 시적 인간—민족문학론의 창조적 지평」, 『창작과비평』 44호, 창작과비평사, 1977년 여름, 603쪽.

하는 두 편의 비평을 발표한 김현[109]에 의해 여러 가지 비판에 직면하게 된다.[110] 김현은 "패턴화된 저항은 패턴화된 언어를, 상투적인 독한(!) 언어를 부른"[111]다는 전제 아래 '민중 언어'가 개성의 발아와 자유의 확립을 제한하는 집단적 결속의 기호 체계로 빠져들 수 있음을 끊임없이 경고했다. 이를 위해 그는 '김수영론'의 일절인 문학은 "혼돈의 영역을 언어로써 조금씩 조금씩 인간적 질서의 영역 속에 편입시키는 작업"[112]이라는 명제를 무엇보다 중시했다. 해당 명제에서 '언어'는 맥락상 개인의 지식과 정서의 기호 체계인 '파롤parole'일 것이다. 그 사실은 "문학자 개인의 개인어를 통해 문학은 시대를 양

---

108 '민중언어'는 백낙청의 1970년대 민족문학론에 기초한다면 사투리와 같이 토속성이 풍부한, 그래서 '민족적 저항의 최후의 거점'이 될 수 있는 조건을 갖춘 모국어를 반드시 포함한다.(백낙청, 「민족문학의 현단계」, 『창작과비평』 1975년 봄호, 62쪽) 흥미롭게도 1966년 창간호에 「한국문학의 전제 조건」을 게재했던 유종호의 「한글만으로의 길」 상·하편이 『창작과비평』 1969년 봄호와 여름호에 이어서 실렸다. 여기서 그가 강조한 것은 「토착어의 인간상」(『비순수의 선언』, 신구문화사, 1963)에서 그랬듯이, 일본발 근대식 '외래 한자어'를 줄이는 한편 사투리와 속어 등 과거발 토속어를 더욱 범용함으로써 모국어의 가능성과 풍부함을 한층 끌어올리자는 것이었다. 한 연구자는 유종호와 백낙청의 '토속어' 강화론을 두고 "유종호의 토착어론이 모국어의 심급이 호명되는 조건을 보여준다면, 백낙청의 토속어론은 모국어의 심급이 분화되는 계기를 보여준다"라고 매우 명민하게 규정했다. 이에 대해서는 유승환의 「모국어의 심급들, 토대로서의 번역―유종호의 '토착어'와 백낙청의 '토속어'」(『비평 현장과 인문학 편성의 풍경들―1970년대 『창작과비평』을 중심으로』, 소명출판, 2018, 351쪽) 참조.

109 김현, 「한국문학의 양식화에 대한 고찰」, 『창작과비평』 6호, 창작과비평사, 1967년 여름; 「한국문학의 가능성」, 『창작과비평』 16호, 창작과비평사, 1970년 봄.

110 최현식, 「다중적 평등의 자유 혹은 개성적 차이의 자유―유신기 시 비평의 두 경향」, 『민족문화연구』 58호, 고려대학교 민족문화연구원, 2013, 33~41쪽. 같은 단락도 이곳을 참조하며 작성되었다.

111 김현, 「글은 왜 쓰는가―문화의 고고학」(1970), 『상상력과 인간/시인을 찾아서』, 문학과지성사, 1991, 31쪽.

112 김현, 「自由와 꿈―金洙暎의 詩世界」, 『金洙暎詩選―巨大한 뿌리』, 24쪽.

식화하는 것"[113]이라는 문학의 책무와 윤리에 대한 주장에 뚜렷하다. 결국 문학은 개성적 차이를 통해 바람직한 가치와 미래의 전망을 창조하는 '새로움'의 발견과 구조화에 최후의 과녁을 설정한다는 것을 뜻한다.

이 때문에 김현은 한국문학의 '새것 콤플렉스'를 극도로 경계했다. 성급한 이념형의 설정보다는 이념형의 설정이 어려운 까닭과 그에 대한 각성, 이에 기초한 새로운 이념형의 추출 노력[114]이 중요함을 강조하기 위한 방법적 처방이었던 셈이다. 이것은 어떤 의미에서는 백낙청이 '창비' 최초의 문학론으로 야심차게 입론한 '시민문학'에 대한 완곡한 비평적 성찰로도 읽힌다. 왜냐하면 그것의 핵심인 '시민의식'과 '사랑'의 통합과 결속, 그것도 하나의 감정이 아니라 우주 전체를 움직이고 이끄는 힘으로의 지향이 다소간 성급한 '이념형'의 실천으로 비쳤을 수도 있기 때문이다. 이를테면 '시민문학'은 세계의 문학이자 인류의 문학이며, 인류만이 아닌 '일체중생'을 완성으로 이끌고자 태고부터 움직여온 '사랑의 작업'이라는 이상적인 주장과 규정을[115] 보라. 이것들은 자칫 이미 틀 지어진 이상과 규격화된 세계 속으로 개아의 자율성과 다양한 삶, 복합적인 감정과 다성적인 정서를 몰아갈 위험성이 없잖다. 아니나 다를까 김현은 초기 '창비' 시학을 밀고 나가던 김수영의 불온한 전위문학에 대한 입론

113 김현, 「한국문학의 가능성」, 앞의 책, 51쪽.
114 김현, 위의 책, 58쪽.
115 백낙청, 「시민문학론」, 앞의 책, 509쪽.

을 빌려 "예술은 정치적 이데올로기와 결부될 때, 그 생명력을 잃는 것이 아니라, 하나의 이데올로기에게 봉사를 강요당할 때 질식한다. 그때에 예술은 하나의 도식, 명령에 지나지 않을 것"[116]이라는 쓰라린 비평을 아끼지 않았다. 이를 두고 성급한 이념형의 설정이 가져올 사랑의 편협성과 경향성에 대한 뼈아픈 충고라고 이해해도 무방할 것이다.

이상의 상황은 곧 『창작과비평』이 수년 내 이념적 호적수이자 문학적 동지로 생탄할 예정이었던 『문학과지성』이라는 알을 품어준 둥지인 동시에 젊은 그들의 이념과 철학을 본격적으로 설파하는 첫 날갯짓의 장소였음을 유감없이 보여준다. 게다가 이에 못지않게 중요한 사실은 '창비'와 '문지'가 서로의 입장과 실천을 쏘아 올리는 문학적 화살로 다 같이 김수영을 꼽아 들었다는 것이다. 이후 이 작업이 김현 편編, 『金洙暎詩選—巨大한 뿌리』(1974)와 백낙청 편編, 『사랑의 變奏曲』(1988) 출간으로 연결됨은 주지의 사실이다. 얼마간 그 시발이 되었을 그들이 함께 읽은 김수영 시편이 『창작과비평』에 상당 편수 올랐다는 사실은 잠시 뒤에 확인하게 될 것이다.

그런데 흥미롭게도 김수영을 함께 선택했던 두 잡지의 구성원들은 1960년대 후반 신동엽에 있어서는 선택과 배제의 두 갈래로 일찌감치 갈라선다.[117] 허나 이를 살펴보기 전에 김수영과 김우창의

---

116   김현, 「自由와 꿈—金洙暎의 詩世界」, 앞의 책, 24쪽.

'신동엽론'을 먼저 통과하는 것도 우리의 몫임을 기억해두기로 한다. 『창작과비평』에 수록된 '신동엽론'의 선편은 다른 누구도 아닌 김수영이 쥐었다. 그는 신동엽 시에서 강인한 참여의식과 시적 경제의 기술, 세계적 발언을 할 줄 아는 지성, 죽음의 음악의 장엄한 울림을 발견하면서도, 모더니즘의 해독을 너무 안 받아 쇼비니즘으로 흐를 수 있다는 위구감危懼感을 예리하게 간파했다.[118] 한편 「시에 있어서의 지성」을 게재했던 김우창은 김수영이 건너뛰었던 신동엽의 「금강」에 대한 공과를 날카롭게 파헤쳤다. 그는 결점으로 혁명 투사로서 신하늬의 어색함, 시구나 구성의 허술함, 역사적 사고의 낮음과 단순성, 시적 감정의 평이함 등을 들었다. 하지만 이 모든 결점을 뛰어넘는 성취로, 하나, 현실에 대한 뜨거운 관심으로 역사를 용해시키며, 둘, 독자 대중에게 과거와 현재를 하나의 연속적인 역사적 현실로 이해하게 했다는 점을 꼽았다.[119] 훗날 백낙청이 「껍데기는 가라」(1967)를 두고 자주·평화·통일을 위한 한갓 정치적 구호가 아닌 드높은 시의 경지와 보편적 인간 옹호의 경지에 다다랐다고 고평한 것[120]도 이런 장점을 염두에 두었던 때문으로 이해된다.

---

117 『창작과비평』에는 창간호에 중편소설 「다산성(多産性)」(총2회 연재)를 발표한 김승옥 이후 최하림, 김현, 서정인, 염무웅 등이 시, 소설, 평론, 번역의 글쓰기를 번갈아가며 발표하게 된다. 이들의 최초 공동의 장(場)은 1962년 결성된 『산문시대』(가림출판사) 1~5집 (1962~1964)이었다.

118 김수영, 「參與詩의 整理─60년대의 시인을 중심으로」, 『창작과비평』 8호, 창작과비평사, 1967년 겨울, 636쪽.

119 김우창, 「신동엽의 「금강」에 대하여」, 『창작과비평』 9호, 창작과비평사, 1968년 봄.

120 백낙청, 「민족문학의 현단계」, 앞의 책, 46쪽.

김현의 뒤를 이어 『창작과비평』에 등장한 김주연은 김수영을 비롯한 현실파 시인들이 한국의 모순된 현실에 대한 '감정의 반항'을 보인다는 점, 그럼에도 이들이 감각에 지배되고 있다는 것, 이 결점을 보완하기 위해 낡은 소재에 현실감을 불어넣는 '지성의 동반 작업'을 수행하고 있다는 사실을 높이 평가했다.[121] 한데 김춘수, 송욱, 신동문, 전봉건 등도 호명된 현실파에 신동엽은 들지 못했는데, 김주연의 신동엽 시편에 대한 마뜩잖음이 벌써 짐작되는 지점이다. 아니나 다를까 그는 「금강」 읽기에서 일상에서 보편을 평범한 감각으로 노래한다는 것, 구체적 역사의식 없이 자유와 평등, 일체의 계급과 알력 없는 원시에 집착한다는 것, 현실의 무책임성이 두드러지는 유희로서의 아나키즘에 경도되어 있다는 것 등에 대한 통렬한 비판에 초점을 맞춘다. 나아가, 그러므로 「금강」은 결코 "역사적 개성이 퍼진 현실 참여의 서사시"일 수 없음을 강력하게 주장하는 한편, 이 단점을 당대 모든 참여시의 피할 수 없는 약점으로 고스란히 이월시키고 만다.[122]

하지만 수년 뒤 『창작과비평』에서 문학적·이념적으로, 또 편집과 경영상에서 백낙청의 동반자였던 염무웅[123]은 신동엽의 몇몇 시에 대해 "외래 사조에 휩쓸려 제정신을 못 차리는 이 사회의 주체성을 통렬히 공박했다"는 고평을 아끼지 않았다. 또한 이로 인해 '민중문

---

121 김주연, 「한국현대시의 일반적 상황」, 『창작과비평』 6호, 창작과비평사, 1967년 여름호, 474쪽.

122 김주연, 「詩에서의 참여 문제―申東曄의 『錦江』을 중심으로」, 『狀況과 人間』, 박우사, 1969. 여기서는 『민족시인 신동엽』(소명출판), 268~269쪽에서 재인용.

학'으로의 길이 새로이 열렸으며, 그 영향 아래서 고은, 신경림, 조태일, 김지하 등이 당대 현실에 의해 부과된 문학적 사명을 뜨겁게 수행하게 되었음도 기꺼이 덧붙였다.[124] 이 지점에서 유의할 사항은 '신동엽론'에 붙인 후배 평론가의 견해가 선배 문인에 대한 단순한 존중의 멘트도, 그 시사적 가치를 높이기 위한 전략적인 문학사적 발언도 아니라는 사실이다. 적어도 『창작과비평』에서의 미학적 성취와 문학사적 위상에서만큼은 한 치의 어긋남 없는 '문학적 진실'이었음을 당시의 김수영과 신동엽은 아래의 사례들로 스스로 입증했다.

『창작과비평』에서 시란欄은 창간 후 3년째인 1968년 봄호(통권 9호)에서야 열렸다. '창비'에 시라는 '미래의 날개'를 달아준 첫 시인은 김현승, 둘째 시인은 김광섭(1968년 여름호)이었으며, 이들은 1970년 겨울호까지 한 차례 더 게재의 기회를 득했다.[125] 다음은 짐작하는

---

123 염무웅이 『창작과비평』에 합류한 계기로 『산문시대』 활동이 종종 꼽히곤 한다. 하지만 그는 평론만큼은 김현과 김주연보다 늦게 『창작과비평』에 데뷔하는데 1967년 겨울호의 「선우휘론」이 그것이다. 그가 『창작과비평』에 실은 첫 글은 A. 하우저의 「1830년의 세대—19세기의 사회와 예술 (I)」(1967년 봄호)에 대한 번역문이었다. 전 4권의 창비판 『문학과 예술의 사회사』는 이렇게 한국 지성계와 예술계에 첫선을 보이게 된다. 염무웅의 술회에 따르면, 자신의 『창작과비평』 합류는 1964년 2월부터 4년간 편집사원으로 근무했던 신구문화사와의 인연이 더 크게 작용했다고 한다.

124 염무웅, 「김수영과 신동엽」, 『뿌리 깊은 나무』, 1977년 12월호. 여기서는 『민족시인 신동엽』, 49쪽. 같은 글에서 김수영에 대해서는 자기의 시적 출발점에 해당하는 모더니즘과 피투성이의 가열한 싸움을 치렀으며, 그리하여 1960년대 들어서부터 날카로운 사회의식을 바탕으로 온갖 문단적인 관료주의와 문학적인 몽매성에 대한 세찬 도전을 감행했다고 상찬했다. 이 글의 밑자락에는 김수영을 한국 모더니즘의 위대한 비판자로 가치화하면서도 끝내 민중 시학을 수립하는 데까지는 나아가지 못했다는 한계를 덧붙였던 염무웅 자신의 「김수영론」(『창작과비평』 1976년 겨울호)이 깔려 있다.

대로 신동엽과 김수영의 순이었다. 신동엽은 1968년 여름호에 5편, 1969년 4월 지병으로 숨진 뒤인 1970년 봄호에 유고 시 5편이 실렸다. 김수영은 1967년 '영화 수상'과 '문단 시평' 산문 2편[126]을 발표한 후 황망하게도 교통사고로 졸한 직후인 1968년 가을호의 '고故 김수영 특집'에 시 12편, 평론 2편, 일기초日記抄로 다시 등장한다. 사후 1주기에 해당하는 1969년 여름호에 시 4편을 끝으로 초기 '창비'와의 인연은 자연스럽게 정리된다. 이들 사이사이에 이성부와 최하림(1968년 겨울호), 황명걸과 정현종[127](1969년 봄호), 조태일(1969년 여름호), 천상병[128]과 김준태(1970년 여름호), 신경림과 황동규[129](1970년 가을호)로 대

---

125 염무웅의 회상에 따르면 김현승, 김광섭, 박두진 등에 대한 '창비'의 애호와 존중은 김수영의 첫 역할과 관련 깊다고 한다. 김수영은 소설가나 비평가와 달리 그 관계를 낯설어하던 초기 '창비' 진영을 도와주고 당시 점차 심화되던 반공법 등의 검열 현실을 대비하여 윤리적·미학적으로 문제의 소지가 없는 명망 높은 시인들을 먼저 추천한 것으로 알려진다. 이상의 증언은 2019년 11월 22일에 열린 신동엽기념사업회 주최, 신동엽 50주기 추념 학술대회 '한일협정과 한국문학, 그리고 기록'에서 선생께 청한 회상의 발언 중 취해진 것임을 알려둔다.

126 「문예영화' 붐에 대하여」(1967년 여름호) 및 「참여시의 정리―60년대의 시인을 중심으로」(1967년 겨울호)가 그것이다. 그는 1968년 여름호에 칠레의 혁명 시인 네루다의 시 6편을 번역해 실었다. 같은 호에 신동엽의 「보리밭」 외 5편이 실렸는바, 『창작과비평』 1968년 여름호는 김수영과 신동엽이 함께 이름을 올린 처음이자 마지막 지면이었다.

127 정현종은 『사계』 1호~3호(가림출판사, 1966~1968)에서 황동규, 박이도, 김화영, 김주연, 김현과 함께 활동한다. 김승옥, 김현, 김주연, 황동규, 정현종 등의 등장은 『창작과비평』이 『산문시대』와 『사계』 동인들의 참신한 실력과 가능성에 대해 예의 주시했음을 알려준다. 두 동인지의 순차적 활동이 1970년 8월 창간된 『문학과지성』의 생성과 분할의 과정이기도 했음이 어렵잖게 확인된다.

128 1967년 '동백림 사건'에서 겪은 고문 등에 따른 폭압적인 후유증을 간신히 견디고 치유하면서 작성된 시편들로 짐작되는데, 『창작과비평』 1970년 여름호에 그 유명한 평판 작 「귀천(歸天)」이 실렸다.

129 황동규는 예의 『사계』 말고도 앞서 논한 마종기, 김영태와 더불어 『평균율』 동인으로 활동했다.

표되는 이른바 시 분야의 '창비'와 '문지' 사단이 서서히 제 모습을 드러내기 시작한다.

'1965년 한일협정과 한국 현대시'라는 주제를 앞에 두고 『창작과 비평』의 김수영과 신동엽, 그들 사이에 드문드문 고개를 내밀던 신진 시인들을 차례로 세운 까닭이 없을 수 없다. 두 시인은 만약 뜻밖의 죽음을 맞지 않았다면 '창비'는 물론 '문지'를 비롯한 1970년대 주요 계간지에 매우 활발한 시작과 비평 활동을 전개했을지도 모른다. '창비'의 추모 특집과 유고 시편 게재는 그러므로 갑작스레 중단된 시적 재능과 성취를 못내 아쉬워하는 장탄식이자 그간의 시적 삶을 정중히 기리려는 서글픈 애도의 일종이다.

그러나 이때의 '애도'는 망자의 삶을 가만히 떠올려보고 이제 빈 자리로 남은 망자의 심신을 다소곳이 그려보는 타나토스의 지평에만 속하지 않는다. 라캉에 따르면, 애도는 의미화 요소들이 존재 속에 생겨난 구멍에 대처하지 못함으로써 발생하는 혼란을 막기 위해 수행되는 행위에 해당된다. 만약 애도 행위가 부족하여 죽은 자를 만족시키지 못하면 그 남겨진 존재의 구멍에 유령들이나 광증 걸린 자들이 배회하게 된다.[130] 이 점, 『창작과비평』의 진정한 애도 행위는 김수영과 신동엽의 추모 특집 자체가 아니었음을 은밀히 알려준다. 그럼 무엇이란 말인가. 감히 주장하건대, 두 시인이 떠난 텅 빈 자리에 그들의 시혼과 모험을 이어가기를 열망했던 재능 있는 신진

130　자크 라캉, 『욕망 이론』, 권택영 외 옮김, 권택영 엮음, 문예출판사, 1994, 168~169쪽.

시인들을 빼곡히 채워나간 예술적 승계의 실천에 그들 애도의 최후 심급이 존재한다. 이와 같은 애도의 미래성은 해방 전 일제 군국주의의 야수적 탄압 및 이념적 냉전에 피격된 한국전쟁을 통과하며 급격하게 수면 아래로 갈앉았던 실천예술과 비판미학의 동시적 귀환과 복권을 뜻한다는 점에서 다시 되찾을 전통의 복원술이기도 했다. 김수영과 신동엽의 성취는 그들 자신의 시에서도 빛나지만, 그들 사후의 텅 빈 구멍에 탁월한 후예들을 끊임없이 호명하는 시와 삶의 모델이었기에 더욱 반짝거린다는 해석은 그래서 가능해진다. 이 지점에서 폭압적인 '동백림 사건'들의 연속에도, 또 매일의 '국민교육헌장' 주입에 따른 쇼비니즘의 해독에도 불구하고, 문인과 지식인을 포함한 각성된 국민(민중)들이 자아의 실존을 끊임없이 묻고 영혼의 해방과 자유를 위해 박정희 유신정권과 맞서 싸울 수 있었던 미학적 불온성과 저항성의 작은 단초들이 떠오르기 시작했다고 이해해보면 어떨까.

6. 1965년 이후 불온한 문장의 탈주가 남긴 것들

나는 글 첫머리에 1965년 이후의 '탈식민주의'를 슬쩍 얹어놓고는 한미일 자유 반공 체제의 성립, 그에 따른 반공법과 국가보안법의 살벌한 적용과 처벌의 강화, 그 결과로서 분단 체제와 반민주성의 심화, 이런 파시즘적 상황을 더욱 악화시켜 간 3국의 폭력적인 베트남전 참전 문제 등에 대한 문제 제기를 하며 그것의 절실한 필요성을 잠깐씩 언급해왔다. 그런 만큼 당대 남한의 진보적 문학에서 떠올리고 실현코자 했던 '한국적'인 탈식민주의의 이론과 실제에 대해서는 별다른 실상의 탐구도 쟁점도 제대로 말하지 못하는 제약에 사로잡힐 수밖에 없었다. 그렇다면 어떤 방법으로 1960년대 중반 이후의 한국적인 탈식민주의의 상상과 실천을 구체화할 것인가를 고민하다가, 그와 관련된 번역과 민족어문학의 잘 구성된 협력을『창작과비평』의 몇몇 지면에서 간략하게라도 톺아봄으로써 그 소임을 얼마간이라도 다하며, 이를 본고의 결론으로 삼는다는 것에 내심 동의하기로 했다.

이럴 경우, 역시 맨 앞에 놓이는 작가는 김수영일 수밖에 없었다. 당대를 대표하는 탁월한 시인이자 시론가였던 그는 예술형식과 시대정신을 효과적으로 안내하고 올바르게 수용케 하는 뛰어난 번역가이기도 했다. '창비' 관련의 번역물 두 개를 꼽으라면, 하나는 백낙청이 번역한 찰스 라이트 밀스의 「문화와 정치」(1966년 창간호)를, 다른하나는 그 자신이 직접 번역한 칠레의 혁명 시인 네루다의 「고양이 꿈」 외 5편(1968년 여름호)을 서둘러 앞세워야 할 것이다. 왜냐하면 두 편의 번역은 한국 지식인과 예술가들이 마주했던 탈식민주의의 실재와 한계를, 또 거기서 탈주하는 새로운 지향의 '탈식민성'의 역능力能을 앞서거니 뒤서거니 보여준다는 느낌을 지울 수 없기 때문이다.

김수영은『사상계』(1961년 6월호)에 밀스의『들어라 양키들아』에 대한 서평을 실었다. 그는 여기서 무엇보다 "혁명은 상식이고 인종차별과 계급적 불평등과 식민지적 착취로부터의 3대 해방은 '3대 의무' 이상의 20세기 청년의 '상식적'인 의무"[131]임을 강조했는데, '3대

해방'은 곧 근대 제국주의의 폭압적 통치에 맞선 식민지인들의 탈식
민주의적 상상력과 실천의 근본 테제라 해도 무방하다. 백낙청은 이
문제를 더욱 구체화하고 실천의 영역으로 밀어올리기 위해 '창비'를
빌려 밀스의 또 다른 저서 「문화와 정치」를 한국 문단에 번역, 소개
하기에 이른다. 그럼으로써 5·16군사정권에 맞서는 정치적·이념적·
미학적 테제를 하나의 정립된 실체이자 목표로 떠올릴 수 있었던 것
이다. 그렇다면 「문화와 정치」에서 주장된 내용은 무엇이며, 그것은
한국의 현실과 어떻게 조우했는가.

　미국 내 신좌파 그룹의 일원으로 급진적 자유주의 성향을 띠었던
밀스는 무엇보다 인간 보편의 자유와 이성의 확장을 중요시했다. 이
것이 "합리화되었으나 이성을 안 가진 인간"을 '유쾌한 로보트'로 비
판하며 그것들의 비인간성과 폭력성을 신랄하게 조롱한 까닭의 출
발점임은 물론이다. 이를 바탕으로 밀스는 역사 창조의 임무를 기피
하는 것과 소수 엘리트 집단에 의해 독점되는 역사 만들기의 무책임
성과 파괴성에 한껏 주의를 기울였다.[132] 그 대표적 현상 가운데 하
나가 특히 선진 문명국으로 대표되는 세계의 '과잉 개발 지역'에서
권위와 폭력의 수단이 그 범위에서는 총체적인 것으로, 그 형식에
있어서는 관료주의적인 것으로 괴물화되어가는 모습이었다.[133] 사르
트르는 그 상징적 장면을 미국의 개인주의와 획일주의의 반전이라

131　김수영, 「들어라 양키들아─쿠바의 소리」, 앞의 책, 248쪽.
132　C. W. 밀즈, 「문화와 정치」, 백낙청 옮김, 『창작과비평』 1966년 창간호, 117쪽.
133　C. W. 밀즈, 「사회학적 상상력」, 김경동 옮김, 『창작과비평』 1968년 여름호, 339쪽.

는 역설, 곧 첫째, "이성과 시민의식과 자유에 대한 끊임없는 호소를 통해 개인들이 비개성화"되는 기이한 현상과, 둘째, 직업, 교화, 교육 관련 조직이 거대 국가체제 내부로 무기력하게 재편됨으로써 발생하는 자아의식과 개인의 자율성 상실에서 발견한다.[134]

이런 문제와 모순을 조금이라도 해결하기 위해 밀스는 세계 전역을 휘감고 있는 현대의 불안과 무관심을 극복할 것을 요청했다. 그러면서 그와 결부된 도덕적 무감각에 대응하고자 할 때 당대 문학에 빈곤해 보이는 '지각 양식과 정서적 스타일과 동기 해명의 어휘'를 사회학적 상상력과의 연대 속에서 발견하고 보충할 것을 강조했다.[135] 이와 같은 국가주의의 팽창에 의한 개인적 자아와 시민의식의 실종, 그것을 극복할 방안으로서 문학과 사회학의 충분한 연대를 강조하는 사르트르와 밀스에 대한 '창비'의 강조는 그들과 열렬히 소통하고자 했던 김수영과 백낙청의 관심이 문학비평을 넘어 사회비평으로 대폭 넓어지고 있음을 입증하는 하나의 사례라 할 만하다.[136] 이를 통해 김수영 자신이 설정했던 '인종차별과 계급적 불평등과 식민지적 착취'로부터의 해방 의지가 '반미·반자본주의·반제국주의'라는 3대의 '상식적인' 해방운동으로 정식화되는 것이다. 신식민지

---

134 J. P. 싸르트르, 「미국의 개인주의와 획일주의」, 정명환 옮김, 『창작과비평』 1966년 여름호, 341쪽. 그의 『현대』 창간사인 「현대의 상황과 지성」이 정명환 번역으로 『창작과비평』 창간호에 실렸다.

135 C. W. 밀즈, 앞의 글, 349~350쪽.

136 『창작과비평』의 사르트르, 밀스에 대한 관심과 거기 얽힌 정치적 (무)의식에 대해서는 박지영의 「1960년대 『창작과비평』과 번역의 문화사」(『번역의 시대, 번역의 문화정치―1945~1969 냉전 지(知)의 형성과 저항담론의 재구축』, 소명출판, 2019, 428~432쪽) 참조.

한국의 탈식민주의적 상상력과 실천은 비로소 이 지점을 통과함으로써 반제·반자본 해방운동의 구체적 동력과 방법을 세워나갈 수 있게 된다.

한데 이런 질문은 어떨까. 한국의 탈식민주의 상상력에 이론적 토대를 제공한 사르트르와 밀스의 마르크시즘과 친화하는 급진주의·자유주의 이념 체계는 아무런 문제없이 (신)식민주의의 귀환과 도래에 경악하는 오랜 적토赤土, 식민의 땅 한국에, 특히 식민주의의 폭력성과 억압성을 그 누구보다 예민하게 반응하고 자각했던 진보적 문단에 유쾌하게 안착했는가? 이에 대한 응답으로는 프란츠 파농이『검은 피부, 하얀 가면』에서 제기한 탈식민주의적 실천에 대한 사르트르의 태도에 대한 비판이 참고에 값할지도 모른다. 그에 따르면 첫째, 사르트르는 '타자'를 자신에게로 흡수하는 제국주의의 원형적 제스처를 답습하는 태도로부터 자유롭지 못했다. 둘째, 서양의 탈식민주의 운동이 종종 그러하듯이, 사르트르도 탈식민화 투쟁을 더 중대하다고 여기는 다른 어떤 투쟁의 일부로 환원시키는 잘못에 빠져들기도 했다. 이런 태도가 문제적인 까닭은 비서구적 해방운동의 역동적 과정에 참여하는 저항자나 투쟁가들에게서 실존적 자기 인식과 선택의 가능성을 박탈해버릴 위험성이 농후하기 때문이다.[137]

우리는 탈식민주의 사상과 미학을 공부할 때마다 결국 사르트르와의 정반대 처지에서 그들에게 배우거나 그들을 통해 번역한 개념

---

137 바트 무어길버트,『탈식민주의! 저항에서 유희로』, 이경원 옮김, 한길사, 2001, 401~402쪽.

과 상징, 전술과 기호 들을 상당 부분 우리의 식민지 현실에 별다른 이의 없이 그대로 적용하는 것을 알게 된다. 심지어 식민지의 전통과 역사를 되살리기 위해 제국의 서사나 문화를 모델 삼아 이상적인 민족국가의 모델이 될 만한 새로운 전통과 역사를 발명하거나 날조하기까지 한다.[138] 이런 종류의 탈식민주의적 상상력과 실천은 자칫 식민지 해방의 염원과 실천을 그 주체가 협력자든 저항자든 제국주의의 전통과 역사와 문화를 모본으로 삼아 추구하는 또 다른 식민지적 (무)의식에 빠져들 위험성을 항상 불러온다는 점에서 (탈)식민의 허무주의를 예기치 않게 돌출시킬 수밖에 없다.

이에 대한 비판적 성찰 없이 사르트르나 밀스의 급진주의 사상과 이념을 한국에 그대로 적용시키게 될 경우 한국의 탈식민주의 해방운동은 다음과 같은 오류나 한계에 노출되기 십상이다. 식민지인의 허위적인 자아상의 고안과 정립, 곧 "낯선 주인의 이미지로 자신을 변형시킴으로써 자신을 구원하려는 환상"[139]을 내면화, 진리화하는 실존의 왜곡과 굴절 현상이 그것이다. 백낙청이 쉼 없이 오르내리던 높낮은 비평 고원의 시대적 변화와 내용적 보충은 그런 점에서 의미심장하다. 이를테면 '시민문학론'을 거쳐 '민족·민중문학론'으로, 한용운, 김수영을 포괄하며 신동엽, 고은의 시적 지평으로 쉼 없이 역사 현실에 배를 대고 꿈틀거리며 온몸으로 지속한 연동운동蠕動運動

---

138 이를 유럽 및 대영제국과 그 식민지 문제를 중심으로 검토한 저작이 그 유명한 에릭 홉스봄의 『만들어진 전통』(박지향 외 옮김, 휴머니스트, 2004)임은 주지의 사실이다.
139 나이지리아의 전방위적인 문학가 월레 소잉카의 말. 여기서는 바트 무어길버트, 앞의 책, 402쪽에서 재인용.

은 이렇게 평가될 수 있다. 탈식민주의의 상상과 실천에 급박하게 요구된다고 믿던 박래품의 '낯선 얼굴'을 벗어던지고, 김수영이 그랬듯이, 한국의 '더러운 전통' 속에서 가장 아름답고 뜨거운 미학적·사회적 변혁의 가능성을 엿보고자 했던 집단적이되 자율적 운동이라고 말이다.

하지만 '더러운 전통'이 피어내는 그 숱한 아름다움의 가능성은 단지 혁명을 심미화한 문학적·정치적 문장에 의해서만 실현될 수 있다는 문제가 남아 있으니 이를 어쩔 것인가. 그렇다면 결국 "우리의 고뇌를 위"한, "뜻밖의 일을 위"한, "아까와는 다른 시간을 위"(김수영, 「꽃잎 2」)한 '잠정적 과오'이자 '수정될 과오'로서의 '전통'과 '심미'와 '혁명'은 그 누군가의 한국적 탈식민성의 시편에서 찾아야 마땅했다. 1960년대 중반 이후 한국시의 탈식민성에서 누군가를 지목하고 호명하기란 그리 어렵잖아 보인다. '시적·정치적' 사건의 시간적 잠재태潛在態, 곧 고정된 현상과 일상에서 늘 꿈틀거리고 탈주하며, 베냐민을 참조한다면 "늘 지연되고 예외적인 순간에 찾아오지만 이들의 카오스적 반란의 순간이 곧 혁명"임을 고지하는 '신성한 시간'[140]으로의 질주는 김수영과 신동엽의 시에서 두드러졌다.

물론 두 시인은 한쪽은 민족주의 경계의 세계주의와 미래주의로, 다른 한쪽은 아나키즘 표방의 민족주의와 본원적 과거로 서로 다른 길을 냄으로써 한국의 진보 문학에서 탈식민주의 해방운동의 어떤

---

[140] 박지영, 「제3세계로서의 자기 정위(定位)와 '신성(神聖)'의 발견—1960년대 김수영·신동엽 시에 나타난 정치적 상상력」, 『반교어문연구』 39호, 반교어문학회, 2015, 508쪽.

가능성과 한계를 서로의 사상과 문학에 되비추었다. 그럼으로써 한쪽에는 '한국의 역사 현실에 풍부히 주어진 민족과 민중의 잠재 역량'[141]에 대한 더욱 각성된 표현을, 다른 한쪽에는 쇼비니즘으로의 경사에 대한 우려를 자아냈던 결락된 모더니티에의 관심을 독려하였던 것이다. 이를 감안할 때 신동엽의「보리밭」외 4편과 김수영 번역의 네루다 시 6편이 앞뒤로 실린『창작과비평』1968년 여름호 (1968년 5월 25일 발행) 지면은 이후 한국 진보 시학의 향방과 목적을 예감케 하고 그 지향을 분명히 하는 의미심장한 '탈식민의 장場'처럼 느껴진다.

이곳에서 신동엽의 탈식민주의적 상상력은「껍데기는 가라」의 재선언, 곧 "꽃피는 반도는/ 남에서 북쪽 끝까지/ 완충지대,/ 그 모든 쇠붙이는 말끔히 씻겨가고/ 사랑 뜨는 반도"(「술을 많이 마시고 잔 어젯밤은」)로 거침없이 솟구쳐 오른다. 하지만 그 제목이 암시하듯이, '탈식민'의 현장 자체일 '완충지대'에의 꿈은 그 독한 낭만성만큼이나 슬픈 좌절감이 짙게 배어 있어, 조만간 그에게 몰아닥칠 사령死靈의 그림자마저 예감케 한다. 물론 진정 그랬을 리 만무하지만,『창작과비평』1968년 여름호 발간일로부터 불과 20여 일 뒤 교통사고로 숨질 운명의 김수영은 신동엽의 저 탈식민적 아나키즘의 낭만성과 우울함을 우려하여 칠레의 혁명 시인 네루다 시편을 마치 유언장처럼

---

141 백낙청이「역사적 인간과 시적 인간—민족문학론의 창조적 지평」(『창작과비평』1977년 여름호)에서 김지하의「풍자냐 자살이냐」(『시인』1970년 6·7월호)를 읽은 감개와 소회를 김수영의 시편에 대입하여 판단했던(같은 글, 602~603쪽) 더 이상 실현될 수 없었던 희망 사항이었다.

신동엽의 시편 옆에 놓아둔 것은 아닐까 하는 생각마저 드는 것이다. 게다가 유언장이라 했으니, 네루다 시의 번역은 김수영 자신이 못다 이룬 '불온'의 시적·정치적 사건을 신동엽을 포함한 이후 그를 애도할 후배 시인들에게도 간곡히 부탁해두려는, 이방의 혁명시인을 동지 삼은 최후의 시적 자술서였을지도 모를 일이다.[142]

김수영이 번역한 네루다 시 6편은 그가 애독했던 비공산주의 좌파들의 결집체였던 '문화자유회의'의 기관지 『엔카운터$^{The\ Encounter}$』에서 가져온 것으로, 시집 『에스트라바가리오^{Estravagario}』(1958)와 『플레노스 포데레스$^{Plenos\ Poderes}$』(1962)에 실린 텍스트들이다. 그는 이 작품들을 일러 '모더니즘의 영향'이 현저했던 초기 작품에서 벗어나 "독자적인 새로운 스타일을 창조한" 시편으로 상찬했다.[143] 실제로 김수영이 고른 시편들은 흔해 빠진 고양이, 말馬, 별똥별(유성)을 몽환적 심상으로 노래하거나, 흥청망청한 토요일과 생명 없는 도시의 불모성을 탄식하는 한편, 세상의 자질구레한 것들에 대한 질문을 통해 그것들의 진정성을 드러내는 매우 다양하고 입체적인 성격의 텍스트들이었다. 이른바 "신비로운 직관력으로 세계의 본질적인 아름다

---

142 한국 작가 중 네루다를 직접 만나 대화를 나눈 이로는 월북 상태였던 1951년의 상허 이태준과 1952년의 민촌 이기영으로 알려진다. "예리하고 무자비한 시어로 미제의 심장을 찌르는 반제혁명투사"라는 민촌의 촌평에 북한에서 수용된 네루다의 성격이 확연히 드러난다. 이상의 내용은 김현균의 「한국 속의 빠블로 네루다―수용 현황과 문제점」(『스페인어문학』 40호, 한국스페인어문학회, 2006)의 "2. 1950년대의 네루다 수용: 이태준, 이기영, 한설야" 참조.

143 김수영, 「파블로 네루다 시 6편」의 〈저자 소개〉, 『창작과비평』 10호, 창작과비평사, 1968년 여름, 183쪽.

움을 통찰해내는 작품들"[144]로 가치화할 수 있는 네루다의 6편은 김수영 후기 시의 명편 「꽃잎」연작, 「풀」, 「사랑의 변주곡」에 울울한 "불가능하다고 선언되어왔던 것을 가능한 것으로 전환"(바디우)시키는 어떤 진리와 힘을 선취하고 있다는 감동과 찬탄을 유감없이 불러일으킨다.

아래 적은 네루다의 노벨문학상 수상 연설 속의 시적·정치적 사건의 핵심 요소로서 하위주체들을 위한, 아니 그들 스스로에 의한 '감정의 분할'은 따라서 김수영의 실험성 강한 '꽃잎'들의 '소란'과 신동엽의 이념성 강한 '완충지대' 역시 욕망했던 자유와 해방으로 충만한 탈식민의 장이었음에 틀림없다.

모든 민중의 일상적 노동에 바치는 자신의 헌신과 애정, 자기 몫의 참여를 한 사람 한 사람 모든 인간의 손에 건네려 하는 이 끝없는 투쟁에 시인이 동참하고자 한다면, 그때 그는 땀과 빵과 포도주와 모든 인간의 꿈에 참여하지 않으면 안 됩니다. (…) 내 시 한 편 한 편은 유용한 노동의 수단이 되기를 요구했으며, 나의 노래 하나하나는 서로 교차하는 두 길의 만남을 위한 표지로 내걸리기를 갈구했고, 혹은 어느 누군가가, 다른 이들이, 다음 세대에 올 사람들이 새로운 표지들을 새겨 넣을 돌 조각 하나, 나무 조각 하나가 되기를 열망해왔습니다.[145]

---

144 박지영, 「김수영 문학과 '번역'」, 앞의 책, 220쪽.
145 「세계의 사회주의자 ⑪―빠블로 네루다」, 『한국인권뉴스』〈http://www.k-hnews.com〉 검색, 인용.

이 도도한 시적 영향과 수렴적 극복의 흐름, 곧 한국 시인과 혁명가를 삶과 글로 고무시킨 네루다의 '시적·정치적 투쟁'은, 김수영의 「사랑의 변주곡」에서 선언되었듯이, 1970년대 중후반 이후 "사랑의 봉오리"와 "4·19에서 배운 기술"로 때로는 분기되고 때로는 통합되어갔다. 다음의 네루다 번역과 수용 양상은 때로는 친화했고 때로는 불화했던 한국적 현실 속의 '사랑'과 '혁명'의 어떤 기술과 흐름의 면면을 선명하게 대조하여 보여준다. 전자의 입장을 에로스의 시학으로 일단 치환한다면 정현종의 네루다 번역이 이에 해당될 것이다. 그는 네루다의 시적 부드러움과 고통을 감싸 안는 태도에서 사물의 본질에 육박하는 동일성의 시학을 발견하며, 나아가 시의 꿈 자체일 '자연으로서의 언어', 곧 '인공 자연으로서의 시'[146]를 실현하고 있음을 간파해내기에 이른다. 후자의 입장에서 네루다를 수용하면서 '영향의 불안'을 적극적으로 내면화해간 시인은 네루다의 시에서 자유와 평등, 투쟁과 민중의 혁명적 이미지와 상징에 특히 주목했던 김남주였다.[147] 1970년대 최대 공안 사건으로 기록되는 '남조선민족해방전선(남민전)' 사건(1979년 10월)의 김남주는 억압과 소외의 파시즘적 현실에 대한 고발과 폭로에 더욱 주목했다. 그럼으로써 정현종류의 '사랑의 혁명'[148]에 방점을 찍기보다는 진보 문학의 전통과 이념에

146　정현종, 「인공 자연으로서의 시—또 하나의 천지창조」, 파블로 네루다, 『스무 편의 사랑의 시와 한 편의 절망의 노래』, 정현종 옮김, 민음사, 1989, 161쪽.

147　김현균, 앞의 책, 213~220쪽. 한편 김남주의 해외 시 번역과 자기화에 대해서는 조재룡의 「김남주 번역의 양상과 특성에 대한 연구—번역을 통한 정치성의 관철 과정을 중심으로」 (『현대문학의 연구』 53호, 한국문학연구학회, 2014)가 유익한 지식과 정보를 제공한다.

충실한 '혁명의 사랑'으로 자신의 삶을 밀고 나갔다. 이렇게 이방인이되, 제3세계 사랑과 혁명의 연대자로서 네루다의 영향 및 한국적 수용의 두 양상을 적어두는 것으로 1965년 이후 '불온한 문장'의 탈주가 한국 시단에 조용히 남긴, 아니 더욱 떠들썩하게 불러올 시적·정치적 사건에의 열망을 비유적으로 가름해두고자 한다.

---

148 이 때문에 정현종의 '김수영론'은 다음과 같은 '추억'과 '심미성'의 방식으로 김수영 시의 혁명성을 규정한다. "역사가 인과관계의 사실을 벗어나지 못하는 것이라면 추억은 인과관계를 뛰어넘은 것이며, 역사가 시의 희생을 요구하는 것이라면 시는 그 요구의 부당성과 싸우면서 역사의 폐허를 가득 채우는 형상이며 소리이다."(정현종, 「시와 행동, 추억과 역사—金洙暎의 시를 읽으면서 생각해본 詩의 문제」, 『숨과 꿈』, 문학과지성사, 1982, 116쪽)

역사적 트라우마와
식민지의 연속성
─'65년체제' 이후의 김정한, 이호철 소설을 중심으로

김
지
윤

1. 들어가며

최근 소위 '65년체제'가 다시 문제화되고 있다. 작금의 한일 간 무역 전쟁, 외교적 갈등이 촉발한 여러 질문들은 1965년 한일 수교 이후 한일 관계를 다시 돌아보게 했다. '65년체제'를 재점검하고 정리할 필요가 있다는 것이다.

한일 국교 수립과 이때 이루어진 '65년체제'에 대한 논의는 현시점에서 다시 요청되고 있는 점이 있다. '65년체제' 이후의 한일 관계에 대한 여러 인식들과 1965년 이후에도 오랜 시간 동안 잔존해온 문제들을 성찰해보는 것은 전후 포스트식민주의 문제를 논하기 위해 필수 불가결한 부분이기 때문이다. 이 글은 이런 시점에서 '65년체제' 이후의 한국 소설에 나타난, 우리에게 남겨진 역사적 트라우마와 (신)식민지의 연속성을 살펴보려 한다.

'65년체제'[1]를 이해하려면 한일협정에 대해 자세히 알아볼 필요가 있는데 이 사건에 대한 당시의 평가나 반응을 알기 위해 『世代』의 논평을 참조할 수 있다.

1966년 2월호 『世代』에는 한일 국교 수립에 대해 한 달 정도 늦은 시점에서 논평[2]하고 있는데, 1965년 12월 18일 한일협정 비준서 교환으로 "반세기에 걸친 비뚤어진 역사를 바로잡게 되었"다고 표현했다. 『世代』는 서울과 동경에 대사관 간판이 나붙었다는 소식을 전달하며 한일 국교정상화는 사실상 일본의 강압에 의해서 이루어진 1905년의 을사보호조약 체결 61년 만에 이루어지는 정상화인 국교관계라는 소개와 교섭 과정을 설명하고 있다. 1951년 한일회담 시작 이후 14년간의 교섭이 국민들에게 상처를 주었던 점, 미더운 국교가 이루어지려면 아직 오랜 시일이 남았다는 점, 국민과 정부가 일치된 의견을 모으지 못한 가운데 국교정상화의 길을 터놓았고 앞으로 타개해야 할 양국의 문제가 많음 등을 거론하고 있는데 특히 한일 국

---

1 '65년체제'는 "한일 국교정상화의 근거가 된 한일기본조약과 그 부속 조약들로 규정된 경제 와 안보를 기축으로 한 양국 관계를 가리"키는 조어이다. (김웅기, 「'1965년체제'와 재일코리 안―강한 정치성이 낳은 정치적 취약성」, 『일본문화학보』 제68권호, 한국일본문화학회, 2016, 278쪽) 김웅기는 이 글에서 '65년체제'가 한일 관계하의 한국인, 일본인, 재일코리안의 생활과 정치적 차원에 영향을 주었음을 논하며 '65년체제'의 기조에는 일본의 조선 식민지 지배에 대한 시인 및 사죄 여부를 둘러싼 갈등이 깔려 있고 이에 대한 인식 문제가 완전히 해 결되지 않고 모호하게 남겨지며 "일본 측에게 '완전히 그리고 최종적'이라는 명분을 준 상황 이 지속되고 있다는 점"(279)을 전제했다.
2 「한일 간의 국교 정식 수립」, 『世代』 31호, 세계사, 1966. 2, 282쪽.

교 수립 전에 있었던 망언을 언급하며 "허구 많은 말썽의 불씨를 낳았으며 그야말로 우여곡절을 겪는 교섭 과정"이었고 "비준 과정을 거치는 동안 일본에서는 유례없는 반대 데모와 의회에서의 날치기 통과라는 보기 드문 국회 운영 상태를 빚어냈으며 우리나라에서는 위수령 발동과 정치교수. 정치학생의 징계 사태까지 빚어냈"다고 설명하고 있다. 한일협정을 다루는 『世代』의 태도는 다분히 정권을 인식하는 정제된 발언에 머무는데, 3공화국의 언론의 자유가 그 이후 유신시대만큼은 아니라도 상당히 제한되어 있었다는 것과, 64년 11월호의 황용주의 특집 글로 인해 필화 사건을 겪은 바 있었던 『世代』의 방어적 태도를 느끼게 한다. 이 글에서는 제7차 회담이 있었던 1964년 12월 3일부터 1965년 6월 22일 사이에 박정희 정부가 야당, 학생. 시민의 반대운동을 무력으로 탄압하는 상황이 있었던 것 등은 전혀 언급하지 않고, 당시 박정희 정권이 내세웠고 한일회담 반대운동이 비판 대상으로 삼았던 '민족적 민주주의'를 옹호하는 듯한 포즈로 "한일 간의 민족적 감정을 전연 도외시하는 것은 아"닌 박 대통령의 "분명한 소신과 놀라운 결단력"에 대해서 긴 부연 설명을 붙이고 있다. 그 반면, 한일 국교 수립에 대해 전체적으로 정리하는 말에서는 "한국과 일본 국내에서 한일 국교를 반대하는 세력이 빚어낸 정치적 혼란은 아마 두 나라의 정치사에 복잡한 일면으로 기록될 것"이라는 정도로 간략하고 모호하게 결론짓고 있다. 이 글은 한일협정 교섭 과정에서 일어난 일들을 "국민들에게 상처를 주었"다거나 "징계 사태까지 빚어냈다"는 정도로 애매하게 표현했고 일본과 한국의 반대 여론을 비슷한 정도로 소략해 언급하여 그 강도를 희석시켰지만, 실제 당시 국내에서 일어난 한일회담 반대투쟁은 매우 격렬한 것이었으며 그에 대한 탄압도 엄혹했다. 반대투쟁은 크게 두 단계[3]로 나누어볼 수 있는데 우선 1964년 3월 6일 '대일굴욕외교반대 범국민투쟁위원회' 결성 후 4·19 학생혁명 기념일을 거치며 확산되어 비상계엄령이 발동되었던 6월 3일까지이며 두 번째 단계는 시나 에쓰사부로 외상이 방한을 했던 1965년 2월 17일부터 위수령, 휴교령이 발동되었던 9월 초까지다.

한일협정을 둘러싼 "양극단의 견해는 지금까지도 해소되지 않은 채 갈등을 재생산하고 있"[4]는데 한국에 대해 식민 지배의 불법성을 인정하고 책임에 상응하는 배상을 하는 대신 "무상 3억 달러, 유상 2억 달러의 원조를 약속하고 한일합방조약이 무효화하는 시점을 둘러싼 대립을 조약 조문에 대한 해석의 차이로 얼버무려 국교를 맺"[5]으면서 차후 정부 간의 청구권을 동결하는 데 합의해 '굴욕외교'라는 격렬한 반대를 불러일으킨 것이다. 문인들 사이에도 서명운동 및 사상계 주동 지식인 반대운동 등이 일어났다.

일본 자본의 한국 유입으로 인해 "일본 독점자본의 재생산구조에 종속되는 형태"가 되어버려 경제적인 종속의 상태가 이어지게 되었을 뿐 아니라 민간인 피해자들에 대한 보상 문제도 제대로 합의되지

3 정재정, 「한일회담의 추진과 관련국가의 대응」, 『한일회담·한일협정 그 후의 한일 관계』, 동북아역사재단, 2015, 35쪽.
4 정재정, 위의 글, 62쪽.
5 와다 하루끼, 「'동북아시아 공동의 집'과 조선반도」, 『창작과비평』 87호, 창작과비평사, 1995년 봄, 37쪽.

못했다. 일본이 청구권 자금을 제공하며 반성과 사과 대신 경제협력, 원조 제공 등의 의미를 부여한 까닭이다.

"미국을 중심으로 한 전쟁 당사자끼리의 논의에 초점이 맞춰져 있었"던 샌프란시스코강화조약 체제, 냉전 구조, 분단된 한반도 정세는 모두 불리한 제약으로 작용하여, 독도 영유권 문제 등 중요한 안건들을 정면으로 돌파하지 못한 채 결함 많은 조약으로 마무리되었다. 과정에서 군사력을 동원해 무력으로 반대운동을 제압하였다는 것도 역사에 남는 오점이 되었다.

결국 1965년 한일협정으로 인해 정치적으로는 한국의 군사독재를 강화하고 민주주의를 억압하는 현상이 나타났"으며 이른바 친일파 세력과 "일제의 식민지 지배와 연결되는 자민당 정권"의 결합은 한일 유착 심화라는 결과를 낳았다.

'65년체제' 이후 김정한 후기 소설은 이런 현실에 대한 문제의식을 바탕으로 (신)식민주의의 문제를 다루고 있다. 이 시기 김정한 소설에서 일본인을 바라보는 한국인의 감정에는 수치심이 섞여 있는데, '굴욕외교'가 주었던 모멸감을 드러내기 위한 비판적 의식의 소산이라 읽을 여지가 크다.

그리고 이것이 여전히 (신)식민지적 상황에 놓여 있는 한국에 있어 현재적 의미를 가진다는 사실을 상기할 필요가 있다. 당시 한일협정의 결과를 놓고 보면 "동아시아에서 반공 전선을 구축하려는 미국의 대일 유화정책, 일본의 과거사에 대한 성찰의 부재, 그리고 대일 교섭에 임하는 한국의 열악한 처지"를 동시에 읽을 수 있다. 비록 냉전은 끝났지만, 한국의 포스트식민지적 상황은 계속되고 있는

데 지금까지도 휴전과 분단 상태에 있는 한국은 미국과 세계 정치의 구도 안에 종속되어 있는 상황이며 당시 한일협정에서 제대로 논의되고 청산되지 못한 과거사 문제가 여전히 영향을 미치고 있기 때문이다.

김정한 소설은 한일 관계를 기존의 소설과는 다른 방식으로 성찰하고 있어 주목된다. 그는 역사적 기억을 반추하고 당대 한국의 현실 속에 여전히 작용하고 있는 '식민지성'의 남은 문제들을 한국인뿐 아니라 일본의 입장에서도 바라보려고 한다. 그의 소설들은 서로 다른 시선과 기억이 교차하는 한일 간의 문제를 단순하게 그려내기보다는 그 복잡함과 모순성, 서로 어긋나면서도 완전히 분리되지 못한 채 형편없이 얽혀서 교착 상태에 있는 그 뿌리까지 파고들어보려 했다. 이에 대해 좀 더 깊이 살펴보는 것은 1965년 이후 여전히 풀리지 않고 있는 한국과 일본 관계를 성찰하고, 새로운 길을 모색하는 데 유의미한 참조점이 될 수 있다.

정주일은 김정한에 대한 연구가 주로 작품의 내용적 측면으로 농민(농촌)문학, 민족문학으로 나누거나 작품의 성향에 초점을 맞춰 참여문학, 저항문학, 경향문학, 민중문학으로 나누어보는 등 다양하게 이루어졌으나 선행 연구의 가장 큰 문제점이 김정한 소설에 대한 연구가 농민문학에 주로 초점을 맞추어 이루어졌고 텍스트의 경우도 「모래톱 이야기」와 같이 일부 한정된 작품에 집중 연구된 것이라고 지적한 바 있다.[6]

김정한의 「사하촌」을 비롯한 30년대 농민소설 계열의 작품들에 주로 연구와 비평적 관심이 모여 있어 상대적으로 일제강점기, 해방

후의 작품들은 크게 조명받지 못했고 그나마 정주일의 지적처럼 일제 말 절필한 이후 쓴 작품들 중에는 「모래톱 이야기」만이 집중적으로 다루어졌다. 그러나 1960~1970년대에 쓴 김정한의 후기 소설들은 민중의 고통과 당시 부정적 현실에 대한 첨예한 비판 의식을 바탕으로 해방과 전쟁을 거치며 여전히 해결되지 않고 남아 있는 여러 문제들이 서둘러 봉합되거나 은폐되는 데 대한 저항의 목소리를 내고자 했다.

식민지의 역사 인식은 한일 양국 간의 관계와 그에 관련된 역사성에 머무를 것은 아니다. 보다 넓은 시각으로 볼 필요가 있는데, 식민지의 역사를 식민지 조선 대 제국 일본이라는 관계로만 인식하면 그 바깥에 있는 '세계'가 지워지는 문제가 생길 수 있기 때문이다. 그런 인식으로 인해 1945년을 우리의 해방과 일본의 종전이라고만 단순하게 받아들인다면 양자 간의 산적한 문제들이 '종결'되었다는 결론으로 이어지기 쉽다. 그러나 1945년 8월 15일은 말 그대로 '도둑처럼 온' 것이며 외부에 의해서 피지배 상태에서 벗어나게 된 한국의 식민지 상태가 깨끗이 종료되었다고 보기 어렵다.

김철은 이를 지적하면서 1945년 8월 15일을 해방으로 이름 붙이는 한 식민지 조선을 아시아적 차원에서 파악하는 것은 기대할 수 없다고 했다. 그는 "요컨대 (일본의) '종전'과 (한국의) '해방'은 지극히 자기중심적–자폐적인 관점으로 아시아/세계를 누락시킨다는 점에

---

6 정주일, "1960년대 소설에 나타난 근대화 담론 연구—김정한·이호철·남정현 소설을 중심으로", 공주대학교 박사논문, 2009, 5쪽.

서 동질적이다"라고 하며 세계 구도하에서 보다 넓게 파악해야 하고, "식민지-해방-한국전쟁 및 전후의 역사적 연속성"을 반드시 고려해야 한다고 강조했다.[7]

　냉전 구도하에서 전략적으로 이루어진 한국의 "해방"은 한일 양자간의 문제만이 아닌, 세계적 구도 내에서 바라보아야 할 문제이며 식민지기와 해방기 전쟁과 전후기가 모두 연속적인 것이고 여전히 끝나지 않았다는 사실을 망각해서는 안 된다. 냉전체제의 청산 이후에도 국가 간의 긴장 관계라든지 여러 모순들이 해결되지는 않았다. 이 논문은 이에 '65년체제' 이후의 한국소설을 검토하는 작업의 일환으로, 김정한 소설 「오끼나와에서 온 편지」와 「산서동 뒷이야기」를 살펴보며 한 장章을 할애해 이호철 장편소설 『역려』와의 비교도 시도해보려 한다.

　김정한과 이호철의 일본 관련 소설들은 그들의 작품들 중에서도 비교적 대중적으로 알려지지 않은 작품들이다. 이 글은 그간 주로 많이 이야기되었던 텍스트나 일반적으로 자주 독해되었던 방식이 아닌, 상대적으로 덜 다루어졌던 작품을 다른 시각으로 바라보며 해당 소설들에 대한 재평가의 계기로 삼으려 한다. 이 소설들에 나오는 일본인 표상, 그리고 일본에 대한 인식은 의미 있는 연구 지점을 형성한다.

7　김철, 『우리를 지키는 더러운 것들―'정체성'이라는 질병에 대하여』, 뿌리와이파리, 2018, 163쪽.

2. 「오끼나와에서 온 편지」의 일본 인식과 식민지의 연속성

김정한의 후기 문학은 증언, 현실 고발과 문제의식이 투철하다 보니 때로는 성글거나 거칠게 표현된 작품들도 있지만, 「오끼나와에서 온 편지」[8]는 일본 '본토'의 중심성을 분산시키는 '오키나와'라는 존재를 중간에 놓아 일본 대 조선이라는 일대일 관점에서 "일본 제국 대 아시아"로 확장시켜볼 수 있다는 점에서 후기작 가운데 중요한 위치를 차지하는 작품이다.

민족문제를 다루고 있는 후기작들 중에서도 사탕수수밭 계절노동자로 오키나와에 가서 일하고 있는 한 처녀가 어머니에게 보내는 서간체 형식으로 구성되어 있는 이 소설은 단순히 외세에 대한 저항감, 탈식민주의적 지향을 보여주는 것이 아닌, 보다 복잡한 식민(지)주의에 대한 고찰을 시도한다. 일본 본토-오키나와-한국은 이 소설 속에서 묘하게 얽혀 있으며 갈등과 연대를 함께 보여준다. 특히 오키나와와 한국은 피식민지로서의 어떤 연대감을 공유하면서도 이해의 균열과 간극을 동시에 드러낸다.

오키나와는 원래 청국과 책봉 관계에 있던 독립국가인 류큐왕국이었으나 1879년 메이지 정부의 류큐처분을 통하여 강제적으로 일본에 합병된 바 있다. 류큐처분은 태풍을 만나 조난당해 대만에 상륙한 54명의 류큐 번민藩民들이 대만 원주민 거주 지역에 실수로 들

---

8 이 글에서 인용하고 있는 김정한 소설들은 김정한 전집판으로, 『김정한 전집 4』(작가마을, 2008)이다. 인용문의 페이지 수는 이 책을 기준으로 표기한 것이다.

어갔다가 살해당한 사건을 빌미로 일본이 대만에 출병한 것이 계기가 되어 추진되었다. 류큐를 일본 영토의 일부로 간주하고 류큐에 대한 지배권을 행사하여 이에 반발한 류큐의 사족들이 전쟁을 일으켰다가 일본의 근대적 군대에 패하게 되면서 메이지 정부가 무력을 동원해 류큐를 폐지해버린 것이다. 오키나와는 일본 근대국가에 편입된 이후 지난한 세월을 보내게 되는데, 제1차 세계대전 이후 오키나와 농촌은 유독식물인 소철까지 생존을 위해 먹어야 하는 극도의 가난을 의미하는 '소철지옥'을 경험한다.

　한국과 오키나와는 유사한 역사적 체험을 공유하고 있다고 볼 수 있다. 강제로 통합된 바 있고 착취당한 역사가 있으며, 큰 규모의 미군기지가 주둔하고 있다는 점, 세계정세의 영향과 정치적 고려로 인해 거주민들의 의사와 무관한 일들이 폭력적으로 자행되어왔다는 점, 격전이 벌어진 전장이었다는 점 등이 그렇다. 특히 아시아태평양 전쟁 당시의 오키나와 전투는 '철의 폭풍鉄の暴風'이라 불리며 오키나와에 큰 상처를 주었다. 오키나와 군인과 민간인 약 20만 명이 죽었는데 여기에 1만 명의 조선인도 포함되어 있었다. 그중 일본군 '위안부'로 한반도에서 강제 연행된 이들이 상당수 희생되었다. 1500척의 미군 함대에서 들이닥친 미군의 수가 지상 전투부대만 18만 명이었고 해군과 후방 보급부대까지 합치면 54만 명이었는데 반해 일본 수비대는 10만 명이었으며 그중 3분의 1이 오키나와 현지에서 징집된 사람들이었다. 전투가 끝난 후 오키나와 출신 군인 약 3만 명이 죽었고 9만 4000명의 민간인이 희생됐다.[9] 일본군과 미군의 전투 중에 희생되었을 뿐 아니라, 수많은 오키나와 주민이 미군의 스파이로 몰려

일본 본토군에 의해 학살당하거나 '미군 포로가 되었을 때의 처참한 굴욕'에 대해 반복 학습된 결과로 처참하게 자결했다. 결국 전투가 끝난 후 총 희생자가 오키나와 전체 인구의 3분의 1에 달했다.

패전 후 미군의 지배 아래에 놓인 오키나와는 미군기지의 약 75%가 주둔하는 미군의 병참기지가 된다. 1972년 오키나와는 일본 본토로 반환됐지만, "오늘날까지도 일본의 모순적인 정책과, 전쟁의 상흔, 미국에 의한 냉전체제의 긴장 등을 그대로 끌어안고 있다"[10]는 점에서 한국적 상황과도 근접해 있고, 식민지 조선의 경험과도 유사한 점이 많다.

김정한의 「오끼나와에서 온 편지」(1977)는 강원도에서 온 복진이라고 하는 처녀가 오키나와 본섬에서 배로 여섯 시간이 걸리는 미나미다이토오지마南大東島의 사탕수수 농가에 일군의 가난한 한국 처녀들과 함께 취업하여 일하면서 어머니에게 쓴 편지 형식을 빌려 오키나와와 한국의 현실을 비판적으로 그려내고 있다.

복진을 비롯한 강원도와 전라도의 탄광촌 출신 311명의 처녀들은 18~25세 정도의 연령이다. 그들은 한국의 재단법인 'OO기능협회'의 모집 광고를 보고 "무슨 짐덩어리처럼 다른 거추장스런 짐짝들과 함께 마구 배에 실"(269)려 오키나와로 건너간다. 이후 '분밀당공업협

---

9 오키나와 역사와 관련된 부분은, 아라사키 모리테루, 『오키나와 이야기 — 일본이면서 일본이 아닌』, 역사비평사, 2019.

10 조정민, 「오키나와(沖縄)가 기억하는 '전후(戦後)' — 마타요시 에이키 「자귀나무 저택」과 김정한 「오끼나와에서 온 편지」를 중심으로」, 『일어일문학』 45집, 대한일어일문학회, 2010. 2, 328쪽.

회'에 인계되어 외딴섬들의 농가에 나뉘어 입주하게 되었다.

타국에 '딸라 벌이'를 위해 사실상 반강제로 건너오게 된 젊은이들은 인간 이하의 대접을 받으며 팔려가듯 건너간 것으로 마치 식민지 시대의 상황이 재현된 듯하다. 복진 스스로도 "여자 머슴"이라 표현하고 있는 것처럼 여전히 피지배층의 상황에 놓여 있음을 보여주기 위해 작가는 대동아전쟁의 "여자 정신대"와 의도적으로 겹쳐놓는다.

사실 오키나와가 한국과 연결되는 지점 중 하나가 바로 '위안부'이기도 한데, 일본군 '위안부' 피해자가 처음으로 세상에 모습을 드러낸 것이 1975년 오키나와였기 때문이다. 1944년 취업시켜준다는 말에 속아 오키나와로 끌려갔다가 종군위안부가 되어 고초를 겪고 전투 중 죽을 고비도 많이 넘겼으나 해방 후에도 한국에 귀환하지 못했던 '위안부' 피해자가 오키나와의 일본 반환으로 인해 불법체류자로 분류되며 신원이 드러났던 것이다.[11] 「오끼나와에서 온 편지」의 후반부에는 고향에 돌아가지 못하고 미군 위락시설에서 술과 히로뽕을 파는 '위안부' 출신 여성이 등장하는데, 1975년 오키나와에서 신원이 밝혀진 '위안부' 피해자에 대한 소식을 접한 김정한이 2년 후 이 소설을 집필하며 이런 설정을 하게 된 것이라고 추정된다.

복진이 일하게 된 농가의 '주인영감'인 하야시는 북해도 탄광과 라바울 출정 경험이 있다. 하야시의 아들 다께오는 반미투쟁에 가담

---

11 김철, 앞의 책, 265쪽.

했던 사람인데 복진과 같은 처지의 노동자들에게 동병상련의 심정을 느끼고 여전히 착취적인 상황에 놓여 있는 한국에서 온 처녀 복진을 향해 동정심 섞인 말을 던지기도 한다.

광산지대의 근로자들의 가족을 돕는다는 명목은 좋았지만, 그러한 식으로 우리들을 수만 리 타국의 외딴섬으로 끌고 가는 우리나라 재단 법인인 무슨 「기능개발협회」 사람들을 속으로 원망했을 뿐입니다. 서울 일원에서 모집했다는 가난한 집 청년 3백 3십 3명과 강원도와 전라도의 탄광촌 출신 처녀 3백 십 1명—도합 6백 4십 4명은 이렇게 해서 일본 오키나와란 먼 섬으로 오게 되었답니다. 여자들은 열여덟 살부터 스물다섯 살까지의 모두 저와 같은 처녀들이었지요.—왜 하필 처녀들만 모집하느냐고 하시잖았어요? 어머니께선 그때 대동아 전쟁 당시에 여자 정신대라 해서 우리나라 처녀들을 강제로 끌고 가던 얘길 하시면서 몹시 걱정을 하셨지만, 이번은 절대로 그렇지 않으니까 안심하세요. 사탕수수를 베는 게 일이랍니다. (269)

"진짜 해방이 되었는지 어쨌는지는 모르지만"이라는 말에서 드러나듯 진정한 의미에서 '해방'이 되었다고 보기 어려운 현실 속에서 다께오가 하는 "너희들의 나라는 많이 발전은 한 셈이지"라는 말이 업신여김보다는 동정을 담고 있는 이유는, 착취당하고 고통받아온 오키나와의 역사가 식민지 조선과 동질적인 데가 있으며 일본에 반환된 이후에도 여전히 차별받는 오키나와의 현실 자체도 크게 나아진 것이 없기에 '발전'이라는 말에서 느껴지는 씁쓸함은 다께오 자신이 느끼는 것과도 다를 바 없기 때문이다.

"한국 처녀 한 사람이 하루에 일본군인 몇 사람을 상대해야 됐는지 알아? 자그마치 3백 명 꼴이래, 3백 명!"하는 다께오의 말에 분하고 창피해서 얼굴을 들지 못하는 복진에게 차마 "할 수 없었지, 식민지 백성들이었으니까"라는 하야시의 말은 무심하게 들리지만, 하야시 자신이 오키나와인으로서 식민지인으로 살았던 사람임을 고려할 때 다르게 받아들일 수 있다. 그의 말은 식민지의 고충을 겪었던 이의 현실을 무력하게 받아들이는 이에 대한 공감을 드러내고, 이후에도 여러 상황마다 복진을 이해하는 태도를 보인다.

하야시는 복진의 아버지가 광산 사고로 사망했다는 사실을 듣고 충격을 받는다. 복진이 부친에 대해 언급하는 과정에서 아버지가 열여섯 살 때부터 징용으로 북해도에 끌려가 탄광에서 노역을 했다고 하자 "눈이 휘둥그레지면서 느닷없이 내 거칠어진 손을 덥석 쥐다가 말고, 자기 방으로 휭 돌아가"버린 것이다. 나중에 하야시는 설명을 하는데 그 역시 젊은 시절 북해도 탄광에서 막장일을 했기 때문이라는 것이다. "제국(일제) 말년에 국민징용령이 발표되고부터 십육 세 이상 오십삼 세까지의 한국인 노무자가 7십여만 명이나 일본에 끌려왔다지만 적어도 그중 2십만 명가량은 아마 북해도 탄광들이나 땅굴 파는 일에 동원됐을 거야. 복진이 아버지도 틀림없이 그중의 한 사람이었을 거야. 어쩜 나와도 만났을지도…"라고 술회하는 하야시는 그 당시 식민지 조선인들에게 자행되었던 폭력에 대한 기억을 풀어놓는다. 오키나와인으로서 겪은 그의 기억은 식민지 조선인들의 기억과 겹쳐지면서 의미 있는 접점을 만든다. "진절머리 나는 부모들의 과거가 듣기 거북"(272)한 아들 다께오와는 다른, 종종 "저주와 분노의 발작"(272)을 일으키는 식민지 현실의 좀 더 직접적인 피해자이기 때문이다.

다께오는 "전쟁을 직접 겪지는 않은 청년"이기 때문에 하야시보다는 한발 뒤로 물러나서 냉정하게 평가하는 모습을 보인다. 그에게 부모와 가족이 겪은 고통과 피해는 하야시처럼 몸에 새겨진 것이라기보다는 어떤 굴레나 나쁜 유산처럼 남겨져 있는 것이다.

그러나 하야시에게 그 기억은 스스로 겪은 직접적인 것이다. 오키나와 제당산업이 붕괴하며 '소철지옥'을 겪은 오키나와 민중의 궁핍한 삶은 히로쓰 가즈오의 소설 「떠도는 류큐인」(1926)에 잘 드러나 있다. "류큐 중산계급 청년들 사이에 'T로, T로'라는 노래가 유행할 정도예요. T라는 건 규슈의 T 탄광을 말합니다. 탄광 생활이 그들에게는 멸망해 가는 류큐에 있는 것보다 극락으로 보이는 겁니다. 유토피아로 보이는 거지요. 광부 생활이 이상향으로 보인다구요"[12]라는 구절에서 보듯 당시 오키나와의 삶은 절망적이었으며 파탄의 현실 속에서 탄광 생활로 내몰려갔던 하야시에게 탄광 노역을 위해 끌려온 조선인들의 모습은 단순한 타자가 아니었던 것이다. 『떠도는 류큐인』에도 나와 있다시피 오키나와인과 일본 본토의 '내지인' 사이의 간극은 컸다.

직접적으로 '그 시절'을 겪지 못했다는 점에서는 한국전쟁 이후

---

[12] 김재용·손지연 엮음, 『오키나와 문학의 이해』, 역락, 2017, 91쪽.

세대인 복진 역시 다를 바 없지만, 다께오와 복진의 차이점은 오키나와의 경우 1972년 5월 15일부터 다시 일본에 속하게 되어, 미군정 아래 아무 권리도 주장하지 못하던 시기에서는 벗어났다는 것이다. 미군정 시절에는 오키나와에 출입하는 데도 미군의 허가가 필요했으며 미군은 문제 인물로 판단될 경우 오키나와에 억류시키거나 추방할 수 있었다.

그러나 반환 이후에 도항의 자유를 누릴 수 있게 되었다지만 여전히 미군기지의 기능을 유지하는 한도 내에서 허락된 자유였고 미군은 오키나와 반환 이후 군용지 사용료를 6배 인상함으로써 오키나와 사회 안에 모순적인 구조를 만들고 미군기지에 의존할 수밖에 없도록 한 점이 있다. 오키나와 경제의 의존도를 높이는 것은 오키나와 사회를 미군기지에 묶어두는 유력한 수단이었다. 오키나와의 재정 자립도가 높아질수록 기지 독립도 역시 높아질 것이기 때문[13]이었다. 이런 상황 속에서 반전, 반기지 투쟁이 계속되어왔는데 그 중심에 있던 사람들이 반전反戰 지주였다. 반전 지주는 오키나와가 일본에 복귀할 때 더 이상 자신의 토지를 전쟁을 위해 쓰지 않겠다고 일본 정부와 군용지 임대차계약을 거부한 사람들을 의미하는데, 일본에 반환되었을 당시 반전 지주는 전체 군용지 지주의 10%가 넘는 3000명 정도였다. 그러자 일본 정부는 반전 지주들의 토지를 강제로 사용할 수 있도록 오키나와에만 적용되는 특별법인 '공용지법'을 제

<hr>

13 아라사키 모리테루, 앞의 책, 115쪽.

정해 토지 소유자의 의사와 무관하게 복귀 후 5년간 군용지로 사용할 수 있게 하였으며 반전 지주를 근절하기 위해 차별과 억압을 자행하여 '공용지법' 기한이 종료되는 1977년 정도에는 300명 정도밖에 남지 않았다. 그 시점에서 일본 정부는 다시 5년을 연장했고, 1982년 이후에는 '미군용지특별조치법'을 적용해 강제로 사용하려 했다. 이는 사실상 토지 수탈이나 무단 점유에 가까운 것으로, 오키나와에만 적용된 특별법이라는 사실을 고려할 때 '내지인'과 '류큐인'에 대한 차별이 여전히 존재하고 있음과, 오키나와가 갖는 식민지적 성격을 보여준다.

「오끼나와에서 온 편지」에서 다께오는 "오끼나와 본토에 있는 미군기지의 반환 투쟁에 가담했다가 터졌다는 오른쪽 눈 밑 흉터"를 갖고 있는데, 이런 설정으로 볼 때 다께오가 반전 지주였을 것이라고 짐작하게 한다. 당시의 시대 상황을 고려할 때 그가 반전 지주였다면 상당한 어려움을 돌파해야 하는 상황이며 일본 정부의 억압을 받고 있었을 것이 분명한데 이것이 다께오의 말 속에 표출되는 분노의 요인이 된다고 한다면, 그가 한국의 현실에 대해 피력하는 견해가 단지 '남의 일'처럼 여기고 쉽게 던진 것이 아니라는 생각을 할 수 있다. 과거의 기억을 추상적으로 호명하여 대입시키거나, 타인의 사정을 경솔하게 어림짐작해 훈시하는 것이 아닌, 자신의 현재적인 경험과 감정에서 우러나오는 말과 감정을 전한 것이라고 볼 수 있다. 이 지점에서 내셔널리즘의 그늘 아래 있는 오키나와와 한국의 부정적 현실은 서로 접점을 갖는다.

그러나 다께오가 복진의 현실을 제대로 이해하고 있는 것은 아니다. 다께오가 처한 상황은 복진과도, 아버지 하야시와도 다르기 때문이다. 그가 가진 '기억'은 아버지 하야시의 기억과도 매우 큰 간극을 보인다. 다께오 자신이 전쟁을 겪지 않은 세대이기도 하고 아버지 하야시에 비해 '일본인'으로서의 정체성이 더욱 확고하기 때문이다. 그는 '소철지옥'을 경험한 세대가 아니며 극심한 생활고를 겪은 아버지 세대에 비해 훨씬 안정적인 삶을 살았고 '본토'와도 이질감보다 동질감을 더 많이 느꼈을 것인데, 다께오에게는 직접 겪지 못한 전쟁보다 1950년대 미군의 폭력적 지배가 더 생생하게 느껴졌을 것이며 미국이라는 타자를 앞에 놓고 일본인이라는 정체성이 더 강화되었을 것이기 때문이다.

아버지 하야시의 경우 전쟁을 알고 있는 세대이며 가난과 고통을 더 많이 알고 있고, 도쿠가와 시대부터 박해받아온 오키나와인의 울분과 슬픔을 좀 더 뼈저리게 느낀 사람이지만 그렇다 해도 사실 식민지 조선인과는 다른 입장이다. 고된 탄광 노역에 내몰리고 내지인과의 차별을 받은 경험이 폭력적인 데가 있다는 점에서 식민지 조선인의 경험과 유사한 점도 있지만 그 폭력의 강도에 있어서는 현격한 차이가 있다. 일단 하야시는 비록 궁핍과 기아에 시달리다 북해도 탄광으로 떠밀려가기는 하지만, 복진의 아버지처럼 강제 노역에 동원된 것은 아니었으며, 조선인들이 '요보'[14]라고 불리며 멸시받았던 것처럼 오키나와인들도 '리키진'이라고 불리며 '미개인종'으로 차별받긴 했으나 어디까지나 일본인이라는 범주 안에서 소외되었던 것으로, 식민지령이었던 조선이나 대만의 사람들과는 입장이 매우 달랐다. 학대와 냉대라는 측면에서 유사점이 있다고 해도 '식민지처럼'

대우받은 것과 진짜 '식민지'인 것에는 현격한 차이가 있다.

하야시 자신이 한국인 노무자들을 기억하며 "다꼬(문어 새끼들), 빨랑빨랑 움직여!' 총칼을 든 감독들은 이렇게 호통을 치며 한국인 노동자들을 개 패듯 패었고, 만약 부상이라도 당해서 치료에 시일이 걸릴 만하면 '그놈은 수렁이나 버럭탕에 갖다 던져 버렷! 반도(조선)에 가서 다시 끌고 오면 되잖아' 하는 식으로 한국인 막장꾼들을 짐승보다 못하게 다루었다"(276)고 술회하고 있듯, 하야시는 오키나와인으로서 내지인과 차별받기는 했으되 당시 식민지 조선인이 탄광 막장일을 하며 처해 있던 인간 이하의 조건과는 분명 다른 위치에 있었다.

본토와 오키나와 사이에 존재하는 복잡 미묘한 관계 속에는 분명 차별과 위계가 존재해왔지만 제국과 식민지 간의 관계와 같은 정도의 위계는 아니었다. 또한 이 소설이 배경으로 하고 있는 시기를 고려해볼 때 다께오는 미국을 대상으로 한 1950년대의 오키나와의 격렬한 '섬 전체 투쟁'과 미군 지배를 벗어나기 위해 일본에 편입되기를 원하는 '조국 복귀 운동'이 벌어지던 1960년대에 청년기를 통과한 인물이라 생각해야 한다. 1969년 '사토·닉슨 회담'에서 오키나와

---

14 '요보(ヨボ)'를 작품 속에서 최초로 사용한 사람은 『경성일보』 기자이며 저널리스트였던 우스다 잔운(薄田斬雲)으로, 1908년 작 「요보기(ヨボ記)」에서 병들고 늙은 조선인을 나타내기 위해 '요보'라는 표현을 썼는데 '불결, 파렴치, 비굴, 추한 고집, 음험'의 의미가 포함된 말로 1920~1930년대에는 조선인을 얕잡아보는 멸칭으로 자리 잡아 상당수의 일본인들이 이 표현을 사용했다.(조선헌병대사령부, 『조센징에게 그러지마!』, 이정욱·변주승 엮음, 흐름, 2017, 16~17쪽)

를 1972년 일본에 반환한다는 합의를 이끌어내기까지 오키나와에서는 미국의 폭력적 지배의 영향으로 '일본 국민'으로 포섭되고자 하는 복귀론이 큰 지지를 얻었다. 그런 상황에서 본토와 내지인에게 느끼는 거리감보다는 일본(인)이라는 동질감이 더 중요하게 느껴졌을 것이다.

더욱이, 비록 내셔널리즘이 여전히 영향을 끼치고 있다고는 해도 당시 일본은 민주주의 체제하에 있었고 군사정권하에서 극심한 반공주의 아래 사상과 행동의 자유를 제약받고 있던 한국의 현실과는 다른 조건이었다. 게다가 남북이 분단된 휴전국인 한국이 '우방'인 미국에 대해 가지는 입장은 일본의 입장과는 분명 다를 수밖에 없다.

그렇기에 다께오가 "미군이 쳐들어왔을 때 군인들과 함께 나서서 싸우다가 죽거나 자결한 남녀 학생들의 거룩한 희생을 기념하기 위해 세운 석탑"(278)들을 복진에게 자랑스레 보여주며 한국인이 저항 의식이 부족하다면서 신경질적으로 질책하는 것은, 상황의 차이를 깊이 고려하지 않은 채 표면적으로 한국의 역사와 현실을 파악해서 생긴 다께오의 이해의 한계, 상황과 인식의 간극을 드러낸다.

그러나 그러한 이해의 균열에도 불구하고, 오키나와와 식민지 조선의 기억은 많은 부분에서 공유되고, 그 기억이 형성하는 감정 또한 서로 닿아 있는 부분이 많다. 또한 다께오의 반미투쟁이 국지적인 성과를 거두었다 하더라도 폭력의 끝을 의미하는 것은 아니라는 점에서 오키나와와 한국의 과거, 현재뿐 아니라 미래도 접점을 갖는다. 오키나와가 비록 일본에 반환되기는 했으나 핵과 미군기지 모두 오키나와가 떠맡는 것을 전제한 반환이었으므로 본토 복귀 후 여전히 문제가 계속될 것이라는 사실을 상기시키는 점이 있는데, 한국에서도 해방과 전쟁 이후에도 문제가 해결되지 않은 채 계속 남아 있다는 점에서 서로 유사한 면이 있다.

브루스 커밍스는 1960년대 후반 평화봉사단의 일원으로 한국에 왔던 경험을 반추하며 당시 한국이 "미국에 대한 실질적인 신식민지"[15] 상태에 처해 있었고, 이것이 70년대까지 이어졌다는 점을 지적한 바 있다. 커밍스는 당시 한국이 "전후 역사의 흐름에서 완전히 벗어나 있는 것처럼 비쳤"으며 "한국은 흔히 미국이 와 있는 것을 환영하는 나라, '양키 고 홈'이라는 말이 전혀 나오지 않는 나라로 치부되었"다고 말했다. 그는 매사추세츠공대(MIT) 학자인 루시안 파이가 한국에는 남이든 북이든 토착 좌익 세력이 전혀 없다고 말한 것이나, 미국인 중에는 미국이 한국을 3년간 군정으로 통치했음을 알지도 못하는 사람이 태반이라는 사실에 군정기에 관한 글을 쓰기 시작했으며 "한국에서 독재체제가 최악에 달한 1970년대 초반"부터 쓴 『한국전쟁의 기원』이 1981년에 제1권이 나왔지만 1987년까지 판금 상태에 놓였다는 사실을 지적했다. 그는 미국의 정책이 갖는 전지구적 측면과 이것이 한국에 미친 영향을 강조해왔는데, 이를 위해 '세계체제'라는 개념을 사용했다. 그는 세계적인 차원에서 한국전쟁을 조망하려 했고 특히 한-미-일의 관계를 면밀하게 살펴보았다.

「오끼나와에서 온 편지」는 일본과 한국 간의 관계에서 더 나아가

---

15 백낙청과 브루스 커밍스의 대담, 「세계사 속의 한국전쟁과 통일한국」, 『창작과 비평』 75호, 창작과비평사, 1992년 봄, 370~375쪽.

세계적 차원으로 시각을 확장시키는 점이 있다. 한-미-일 합작의 식민지주의는 한국에서뿐 아니라 일본에서도, 특히 오키나와에서는 매우 강력하게 작용했으며 이는 공통 기억으로 복진 아버지와 하야시, 복진과 다께오에게 남아 있고 현실 속에서 계속 영향을 주고 있는 부분이다.

'기능개발협회'에게 속아 농가에 계절노무자로 들어가지 못하고 하수도 공사 등 건축 공사장으로 배치되어 중노동을 하고 있는 400명의 한국 처녀들의 모습을 보고 눈물을 흘리는 복진과 친구들에게 다께오는 "운다고 해결이 되나? 쓸개 빠진 타협과 눈물이 문제를 해결해주지는 못해!"라고 차갑게 말한다. 이 말에서 드러나듯 식민지의 기억을 슬픔과 자기 연민으로 소비하는 일이나 손쉬운 봉합으로 망각의 영역으로 밀어 넣어 종결시켜버리는 일은 아무것도 해결해주지 못한다는 것이 작가가 이 소설에서 하려고 했던 핵심적인 말이다.

어떤 것이 '끝났다'라는 인식은 계속되는 문제를 망각 속에 밀어넣게 만드는 위험성을 갖는다. 당시 반공주의로 인해 친일 청산이라든지 한국전쟁 이후의 문제들은 침묵되거나 망각되었으며 한일협정 이후에도 마찬가지라는 것을 김정한은 여러 소설에서 말하고 있다. '평화'라는 이름 아래 더 이상 생각하지 않는 상태에 빠질 수 있고, 국가주의하에서 자동화된 사고에 빠져 저항 정신을 갖지 못하는 태도를 경계하는 것이다.

고영란은 『전후라는 이데올로기』에서 "'구성된 평화주의' 아래에서 비가시화되고 망각되는 요소"[16]가 있다는 사실을 지적했다. "지금도 여전히 전쟁 상태를 의미하는 한국의 '휴전'이나 '평화로운 일본'이라는 말도 냉전기 미국의 동아시아 전략이 한국, 일본과 맺은 정치권력의 합작어이지만 그것이 의식된 적은 거의 없었다"[17]는 것이다.『패배를 껴안고』의 고찰[18]처럼, 반공의 전진기지로 일본이 필요했던 미국이 일본의 정치적 후원자가 되면서 천황제를 '포옹'한 결과, "책임을 물을 수 있는 영향력을 전혀 획득"하지 못했던 한국에서 중대한 문제들은 방치되었고 동아시아 침략과 식민 지배에 대한 일본의 반성도 부재했으며 과거사 청산이 제대로 되지 않은 탓에 사회적 모순을 초래한 여러 기형성도 그대로 잔존되었다.

식민지주의는 해방 이후에도 계속되고 있고, 1965년 한일협정이 이루어진 후에도 여전히 해결된 것이 없으며 오히려 한일 유착이 심화되고 친일 세력들이 득세하여 과거의 상처가 왜곡된 형태로 곪아 가고 있었다. 특히 친일파 민족반역자의 처리 문제가 제대로 이루어지지 않았음을 김정한은 매우 강하게 비판하였다.

다께오의 말 중에 식민지기 한국인을 노무자나 '위안부', 학도지원병으로 끌고 갔던 데 응당 한국인 자신들의 협조가 컸을 것이라거나, "한국 사회의 소위 일부 지도자란 위인들이 버젓이 일본에까지 찾아가서 한국인 유학생들을 모아놓고 지원을 권장했는가 하면 그것을 거부하고 피해 다니다가 망명한 어른들을 찾아 만주로 건너가

---

16 고영란,『전후라는 이데올로기』, 현실문화, 2013, 269쪽.
17 고영란, 위의 책, 293쪽.
18 존 다우어, 최은석 옮김,『패배를 껴안고』, 민음사, 2009.

서 독립군에 가담한 청년들이 있는 반면에 할 수 없다는 듯이 지원병이 되어 그들의 뒤통수를 쏘아댄 사람들도 많다잖아? 오히려 그 편이 훨씬 더 많았지?"라고 하는 말 등은 김정한이 다께오의 입을 빌어 친일 부역자에 대한 분노를 표현하는 것으로, "그러니 개판이지 뭐야!"라고 소리치고 싶은 심정을 대변한다.

이는 해방과 동시에 가장 먼저 대두되었던 문제였으나 친일파는 친일로 인한 부와 권력을 소유한 기득권 세력이었고 빠르게 미군정에 편승하여 자기 위치를 고수했다. 해방 직후 미군정은 통치에 용이하다는 이유로 일제시대 군인, 경찰, 관료를 다시 등용했다. 친일 세력을 주축으로 한 한민당과 그 한민당을 정치적 발판으로 하는 이승만 정권으로 인해 친일파 처단은 더욱 해결하기 어려운 문제가 되었다. 해방 후 친일파에 대한 처리 문제가 대두되는 사회 분위기에서 문단 내에서도 친일 부역 문인에 대한 비판이 제기되었다.[19] 한국은 이로부터 오늘날까지 근본적으로 과거사를 청산하지 못한 채 식민지의 잔재를 안고 여러 문제를 노출하고 있다. 이를 김정한은 계속해서 문학 속에서 비판하려 했다.

「오끼나와에서 온 편지」에는 오키나와 본섬 고자 시에서 만난 사람들을 통해 보여주는 "우리나라 노무자들과 고아들이 겪고 있는 너무나 끔찍스런 모습"(280)을 그려내고, 돌아오지 못한 채 미군 위락 시설에 남아 있는 '퇴물' '위안부' 조선인 '상해댁'이, "한국에서 실려

---

19 정주일, 앞의 글, 90쪽.

424

온 고아들"을 보며 "우리의 애기들"이라며 눈물짓는 장면을 통해 식민지가 남긴 치료되지 않은 상흔들과 이를 초래한 요인들을 적나라하게 비난한다.

다께오나 복진과 같은 전쟁 이후 세대라는 점은 김정한 역시 마찬가지다. 그는 소위 '일본 부역자'들에 대한 분노를 자주 표출하는데 '왜-ㅅ놈 꼰놈/ 꼬치 밭에 꼰놈'하고 노래 부르던 너댓 살 때의 기억, 밀주 단속을 하던 일본 사람들과 그들의 앞잡이들이 어머니 아버지의 뺨을 때리던 때의 분노가 남아[20] 있으되 아무래도 그 부모 세대에 비해 당사자성이 떨어진다는 점에서 공통된 부분이다. 그러나 이 세대의 사람들이 그리 투철한 민족정신을 갖지 않은 점도 많다는 것을 고려할 때 김정한의 작가의식은 세대적 한계를 넘어서는 점이 있다. 그는 자신의 작가 정신을 "개인을 위해서가 아니라 집단을 위한 사명감"[21]이라고 말하곤 했는데 "스피노자 같은 뼈대가 있어야 해. 정신의 깡아리 말야!"라는 말에 나오는 '뼈대'는 「오끼나와에서 온 편지」에서도 유사하게 다시 발화된다.

"한국 사람을 왜 다꼬(문어)라고 부르는지 알어? 뼈다귀가 없다는 거야, 뼈다귀가…!"라고 빈정거리는 다께오의 말은 사실상 작가의 말과 다를 바 없는데 여기서 '뼈'란 민족을 지탱하는 가장 중요한 뼈대인 민족정신을 의미하는 것으로 보인다.

김정한은 스스로를 '반골인생'[22]이라 칭하곤 하였는데 자신이 출

---

20   김정한, 『낙동강의 파숫군』, 한길사, 1978, 77쪽.
21   김정한, 『수라도, 인간단지 외』, 삼성출판사, 1973, 412쪽.

생한 1908년이 "매국 정상배들이 민족의 장래 일일랑 요만치도 염려하지 않고 일신들의 영달만에 눈깔이 뒤집혀서 나라를 몽땅 일제에 팔어넘긴 바로 이태 전"이고 "12월에 토지 수탈 기관인 동양척식주식회사가 만들어진 해"이며 "항일 무장봉기가 격렬히 각지에서 일어난 해"라고 쓰며 자신이 일제, 매국노 등과 싸우는 운명적 관계를 가졌던 것이 아닌가 생각되기도 한다고 말했다.

이런 그의 작가의식을 잘 보여주는 작품이 「수라도」[23]인데, 친일파가 해방 이후 어떻게 변모하여 기득권으로 살아가는지를 그려내고 있다.

다께오는 소설 내내 마치 주인공들에게 들으라고 하는 것처럼 의미심장한 발언들을 연이어 내놓는데, 김정한 후기 소설이 종종 빠져들었던 르포적 자연주의로 떨어져버리는 함정을 내보이는 부분도 있다. 다께오와 복진의 말은 시종일관 한국 사회의 문제에 대해 고발하고 증언하고 비판하는 작가의 목소리를 대변하고 있어 다소 부자연스러운 점이 있는 것이 사실이다.

그러나 이 소설은 '65년체제' 이후에도 해결되지 않고 계속되는 일본과의 문제, 과거사 청산이 되지 않은 상태에서 '협의'를 통해 일단락 지어버린 고통과 상처가 제대로 낫지 않아 덧나고 있는 부분들을 지적하려 했으며 한국 근현대사의 모순과 여러 남은 문제들을 냉철하게 바라보고 비판하고 있다는 점에서 의미를 획득한다.

22 김정한, 앞의 책, 71~84쪽.
23 『월간문학』 8호, 1969년 6월.

"성도 이름도 뺏기고, 가족이랑 이웃 사람들이 수십만 명이나 징용으로, 정신대로 끌려가 죽고 병들고 했어도 언제 그런 일이 있었냐는 듯이 시시덕거리기 마련인 우리나라 일부 젊은이들과는 다른 것 같은데, 그건 저의 잘못된 생각일까요?"라는 복진의 편지 문구는 김정한의 문제의식을 그대로 대변하고 있다.

3. 「산서동 뒷이야기」와 연대의 가능성

김정한은 일본인의 시선을 빌어 식민지 조선의 과거와 분단국으로서의 한국적 현실에 대해 성찰해보려 한다. 1971년 『창조』지에 발표했던 「산서동 뒷이야기」는 "민주주의의 탈을" 쓴 "기가 막히는 선거가" 이틀 남은 날이라는 서술과 나미오가 마을 떠난 지 26년이 되었다는 말을 종합할 때 이 소설이 쓰인 1971년경이 시간적 배경이라고 추정할 수 있다. 공간적 배경은 '낙동강 하류에 있는 ㅁ역' 부근의 '산서동'이다. 많은 논자들이 'ㅁ역'은 지금의 경부선 '물금역'으로 보고 있고, 소설 속 'ㄹ군'이나 'ㅇ역'은 각각 현재의 '양산시'와 '원동역'이라고 본다.

"마을이 들어서기까지만 해도, 명매기 떼가 곧잘 바위틈에 집을 살던 벼랑 같은 산비탈이었기 때문"(174)에 이웃 마을 사람들이 "벼랑마을, 명매기마을이라고 얕잡아 부"르는 산서동 마을에 어느 날 고급 세단차를 탄 청년 신사가 '박춘식'의 아버지를 찾아온다.

'박 노인(박수봉)'은 "선거 술은 어제도 먹었"는데 혹시 농협에서 비료대 독촉 때문에 찾아왔는가 하고 생각한다. 그런데 박 노인을 찾아온 사람은 일제시절 산서동에서 함께 살았던 '이리에쌍'의 둘째 아들 나미오이다. 그런데 나미오의 눈에는 산서동이 "그들의 식민지로부터 해방이 되고 그들이 일본으로 되돌아가던 26년 전과 거의 달라진 데가" 없어 보이며 "달라진 것이 있다면 초가지붕 골이 푹푹 둘러 꺼진 거라든가, 기둥뿌리가 더 썩어 들어간 거라든가, 차창에서 보면 똑바로 보이는 흙감, 그것도 바깥쪽에만 희끄무레한 회칠이 거칠게 되어 있는 따위"에 지나지 않는다.

도시의 모습, 특히 "호화 주택으로 짜진 서울의 속칭 〈도둑촌〉을 먼 눈으로 보고 온 그의 머릿속에는, 이곳 산서동은 마치 한국 땅이 아닌 어떤 다른 미개지에라도 온 듯한 서먹함과 동시에 야릇한 울분까지 곁들었다. 그것은 이 산서동이란 벼랑마을이 옛날 일본의 식민지였다는 것보다, 나미오에게는 바로 그가 태어나고 자라난 고향이란 실감 속에 살아온 땅이었기 때문이"(176)었다. 30여 년 만에 한국을 찾은 나미오가 도시와 농촌의 차이를 느끼고, 그간 신문으로 봐오던 한국과 달리 산서동이 마치 미개지처럼 보여 "서먹함과 동시에 야릇한 울분"을 느끼는 모습은 외부인이 아니라 '내부인'으로 느끼는 감정이다. 이는 한국 소설에서 일본인을 그리는 일반적인 표상과 다른 점으로 주목된다.

나미오의 부친 이리에는 일본에서 소작인으로 살다 조선에 와서 선로수가 된다. 이리에는 수가 틀리면 일본인과도 싸우는 일도 불사하며, 부당한 일에는 꼭 목소리를 내는 사람으로 술이 좀 과한 편이었다. 나미오와 박 노인은 술을 마시면서 그 시절의 일을 회상한다.

이리에는 다리를 다쳐 선로수를 그만두고 기찻길 너머에 있는 낙
동강의 모랫등이란 개펄 마을에서 농사를 짓게 되었는데 이때부터
박 노인은 이리에와 친해져 가깝게 지낸다. 이리에는 "조선 사람들
을 바보, 머저리"라고 욕할 때도 있는데, 박 노인은 처음에는 언짢았
으나 나중에는 그의 진의를 알게 된다. 이리에가 이렇게 말한 이유
는 조선의 소작인들이 그들의 권리를 찾기 위해 행동하지 않기 때문
으로, 이리에는 자기 자신도 소작인의 아들로서 그들과 한마음으로
답답한 심정을 표출한 것뿐이었던 것이다.

이리에는 "나도 논부의 아들이요. 소작인의 아들이란 말이요. 그
래서 못살아 이곳에 나와봤지만, 소작인의 아들은 오데로 가나 못사
루긴 한가지야!"라고 말하며 박 노인이나 다른 소작인과 같은 심정
을 공유한다.

그들의 터전인 낙동강은 곡류천曲流川이라 범람이 잦은 곳인데 가
난한 소작인들에게는 잦은 수해로 고통을 주는 원인이지만 그나마
개펄 농사를 지어 먹고살려면 없으면 안 되는 목숨 줄 같은 것으로
아무리 원망스러워도 떠날 수 없는 곳이다. 그런데 갑술년(1934년) 대
홍수가 그들의 집과 밭을 덮쳐버리고, 이 사건으로 인해 이리에의
진정한 면모가 드러난다.

홍수로 삶의 터전을 잃은 이리에는 박수봉(박 노인)과 함께 면사무
소를 찾아가 이전 비용을 얻어서 지금의 '산서동' 혹은 '명매기마을'
에 "명매기 둥우리 붙이듯" 집을 짓는다. '산서동'은 외따로 떨어져
있는 조그마한 산인데, "근본을 따져 들어가면 당연한 국유지"였지
만 "이름도 없던 독메는 원래 그 야산 동쪽에 있는 부락의 공동 산판

이었던 만큼" 그곳 토박이들의 강한 반대에 부딪힌다. 이때도 박수봉과 이리에가 함께 노력하여 "적어도 열 번 이상 동쪽 부락 사람들을 만나러"가며 "야산 서쪽 비탈을 승낙받"는 데 이른다.

이 소식은 절망에 빠져 있던 개펄 사람들에게 큰 용기를 주었으며 힘을 얻어 모두 합심하여 독메의 서쪽 비탈에 토담집들을 세우고 마을을 만들게 된다. "불안에 떨던 개펄 사람들에게는 그래도 다행한 보금자리였다."

"이 새 마을의 새 주인들은 그렇게 되기까지의 여러 가지 일들을 통해서 그것을 설득한 박수봉 씨나 이리에쌍을 고맙게 생각하게 되고, 또 단결심이란 것이 가난한 사람들일수록 얼마나 필요한 것인가를 차차 깨닫게 되었다."

궁핍한 기층 민중이라는 차원에서 국가의 구분을 떠나 마음과 뜻을 모으는 두 사람과 그들의 노력을 고맙게 여기고 공감하고 친근감을 느끼는 마을 사람들의 모습은 한일 관계를 다룬 다른 작품들에서 찾아보기 힘든 일본 재현의 방식이다.

박수봉과 이리에는 이후 부재지주들의 지세, 소작료 요구를 거절하는 데에 앞장서기도 하고, 그 무렵 벌어진 농민 봉기 사건의 주모자로 체포되어 경찰 신세를 지기도 한다.

이리에와 박수봉의 노력은 하나의 목적, "같이 잘 살기 위한" 것으로 수렴된다. 박 노인과 이리에가 가끔 가다 술회하곤 했다는, "제 혼자만 살려고 했더라면야 그렇게까지 안 나부대도 됐을 텐데…"라는 말처럼 그들은 함께 잘 살 수 있는 세상을 만들기 위해 같이 노력했던 것이다. 여기서 "함께"라고 지칭된 '공동체'는 조선인과 일본인이라는 구별을 지우고 "개펄 사람들"이라는 정체성 속에 그들을 하나가 되게 한다. 이는 대동아공영권에서의 공동체와 같은 방식이 아닌, 구성 국가들이 동등한 위치에서 성립되는 평화로운 공동체의 가능성을 열어주며 진정한 연대 의식이 무엇인지를 알게 해준다.

그러한 연대감이 형성된 까닭에 대부분의 일인들이 해방 이후 쫓겨나듯 떠났던 것과 달리, 이리에가 해방 후 일본으로 갈 때에는 많은 사람들이 부산 부두까지 가서 그를 전송했다.

나미오의 어머니도 한국말을 잘하고, 한국 여자들과 함께 일하면서 살았으며 마을 사람들 역시 "한국 아낙네들과 품앗이까지 같이하게 되자, 이건 일본 사람이란 생각보다 자기들처럼 못사는 농사꾼의 마누라란 생각이 앞섰다." 나미오 역시 박 노인의 아들인 춘식과 친구로 잘 지냈다.

나미오는 박 노인에게 춘식이가 6·25 때 전사했다는 소식을 듣고 눈이 휘둥그레지며 슬퍼한다. "그의 눈에는 비록 이민족이지만 동족상잔의 비극을 슬퍼하는 빛이 완연히 드러나 보였다." 이런 부분에서 나미오가 느끼는 감정이 타자적인 것이 아니라 동질적인 것이라는 점을 알 수 있다.

이렇게 지난날을 회상하면서 나미오는 대한민국의 역사가 "30년 아니 반세기 전보다 못한 셈이군요. 역사가 뒷걸음쳤으니까요"라고 말한다. "노돈조합 같은 것 있어도 어용조합이고, 논민조합 같은 건 처음부터 없다 카지요?"라는 나미오의 말처럼 당시 한국에서 농민조합은 해산된 상태였기 때문이다.

이리에와 박 노인 가족이 ㅁ역 부근에서 함께 힘들게 살았지만 해방 이후 그들의 삶이 큰 차이를 보인 이유는 '역사가 뒷걸음질한', 다시 말해 일제 치하의 식민 상태만 벗어났을 뿐 과거 청산도 되지 않고 여전히 국가주의와 신식민주의 아래 있는 한국의 현실 때문이라는 작가의 비판적 생각이 엿보인다.

'한국에서 농민조합은 와해되었지만 일본에서는 농민조합을 중심으로 농촌도 발전했다'는 나미오의 말은 민주주의와 반근대주의적 모색이 진행되고 있던 당시 일본과 한국의 차이를 드러내기 위한 것이다. 작가는 박 노인이 "무엇이 들어 그들과 우리들을 이렇게까지 다르게 만들었을까?"라고 자문하게 하는데 이 질문 역시 일본과 한국의 차이를 통해 한국적 현실을 재사유하려는 데 목적이 있다.

김정한의 이 소설이 쓰인 시기를 고려해볼 때 일본에서 일어나고 있던 일련의 '공동성', '공동체'에 대한 논의들과 움직임들이 김정한에게 자극이 되고 한국적 현실과의 간극이 안타까움을 주었던 것으로 보인다. 당시 일본에서 "1968년의 혁명은 근대가 초래한 소외의 극복과 공동성의 재획득을 지향했으며 1960년대 끝 무렵에 요시모토 다카아키의 『공동환상론』이나 야마구치 마사오의 문화 이론 등이 나오고 오에 겐자부로의 『만엔 원년의 풋볼』에는 공동체를 활성화하는 카니발로서의 혁명이라는 테마가 등장"[24]했다. 일본 비평계에서는 이를 1968년을 준비한 사상으로 보고 있다.

1960년대 일본에서는 노동운동, 반전투쟁, 안보투쟁 등이 있었고

24 가라타니 코오진 외, 『현대 일본의 비평 2』, 송태욱 옮김, 소명출판, 2002, 424쪽.

1968년부터 1973년에 걸쳐 공해 문제, 오일 쇼크, 대학 분쟁, 아사마 산장 사건 등이 생겨나며 모던으로부터 포스트모던으로의 전환이 모색되었으며 1960년대 후반부터 신좌익운동이 확산되었던 시기였다.

그러나 실제로는 일본에서도 오에 겐자부로의 축제 논의가 사후 약방문과 같았다거나 부르주아화, 고도성장의 시기에 돌입하며 해체되었다고 보는 견해[25] 등이 있으며 실제로는 1960년대 일본의 경제적 안정이 일본 정치의 보수화를 고착시킨 측면[26]이 있다는 것을 고려할 때 김정한의 일본 현실에 대한 인식이 한국과의 비교 항으로 삼기 위해 다소 과장하거나 왜곡되었을 가능성도 존재한다. 'GHQ' (일본에 진주한 연합군 최고사령부)의 통치가 끝난 후의 일본이라는 특수성이 고려되지 않았다는 점도 지적할 수 있다. 그러나 그렇다고 해서 일본을 바라보는 작가의 시각이 일본을 실제보다 미화하고 동경하는 식민성을 드러냈다든지, 작품의 의도가 "여기에 이르러 그 초점을 잃고 만다"[27]라고까지 보는 것은 온당한 평가가 아니다.

최원식은 박 노인이 "일본의 개량을 부러워하며 일제시대에도 엄존했던 농민조합이 철저히 분쇄된 한국의 현재를 부끄러워하는 것"이 "한국 민중에 대한 기이한 자기 비하"라고 비판했는데, 이러한 태도는 「오끼나와에서 온 편지」에서도 드러나는 바이지만, 한국에 대

25 가라타니 코오진, 위의 책, 445쪽.
26 사나나 구스마오 외, 『위대한 아시아』, 윤상인·이동철·이희수·임상범 엮음, 황금가지, 2003, 17쪽.
27 최원식, 「90년대에 다시 읽는 요산」, 『작가연구』 4호, 새미, 1997, 23쪽.

한 자기 비하라고 읽어내기보다는 한국적 현실을 비판하기 위해 일본인의 시선을 빌려온 것으로 이해하는 것이 더 옳을 것이다. 소설 속에 재현된 일본의 현실은 하나의 비교 항으로 존재하며 한국의 부정적 현실에 대한 문제 제기를 더 강조하는 역할을 한다. 지나치게 관념적이고 도식적인 대화나 설정 등을 문제 삼을 수는 있으되 오히려 그 도식성이나 관념성으로 인해 일본인의 입을 빌려 작가가 말하고 있다는 느낌을 더 강하게 만든다.

일본으로 돌아간 이리에는 그곳에서도 농지를 지키기 위해 노력하다 경찰 신세까지 지게 되었다고 한다. 그런 노력들이 모여 일본은 한국과 달리 농촌과 도시의 삶이 큰 차이가 나지 않는다고 나미오는 말한다. 이를 통해 작가는 한국에서도 지금 요청되는 것이 역사의식, 현실 의식을 잃지 않고 현실의 문제와 투쟁하는 것이라는 말을 하려고 하는 것이다. 소설에서는 'ㄹ군 농민 봉기 사건'이라고 하는데, 이는 1932년에 일어난 '양산농민조합사건'을 말하는 것으로 작가는 이 사건을 다시 환기시키며 현재로 그 저항 정신을 불러오려 한다.

6·25전쟁 후 농민들은 자신들의 권익을 적극적으로 찾는 운동을 전개하지 못하고 정권의 지지기반으로 이용되었으며 1958년 조직되었던 '농업협동조합'마저 농민을 통제하는 데 이용되기도 하였다. 농업협동조합은 5·16군사정변 이후 농업은행과 합병되어 종합농협으로 조직상의 발전을 이룩하지만 여전히 정부의 통제 아래 놓이게 되었고 이 소설이 쓰였던 시기에는 농협의 민주화가 농민운동의 주요 목표였던 때였다.[28] 이 소설에서의 '농협'이나 농민운동에 대한

설정과 언급들은 이러한 사회적 현안을 포착한 작가의 문제 인식이 반영된 것으로 보인다.

「산서동 뒷이야기」에서도 이 시기 김정한의 다른 소설에서처럼 권력의 횡포라든지 "민주주의의 탈을" 쓴 정치의 문제가 지속적으로 비판되는데, 이는 작품의 초반부에 이미 '선거 술'을 마셨다는 말이 나오는 것으로도 알 수 있다. 그의 비판이 이러한 정치를 바로잡을 생각조차 하지 않는 "오늘날의 이곳 얼빠진 젊은이들"에게 경각심을 주기 위한 것임도 소설 속에 잘 드러나는데, 김정한이 자신의 작가 의식을 표출하는 부분이라 하겠다.

4. 이호철의 『역려逆旅』의 일본인 표상과 '식민지 조선'

김정한 소설의 일본인 표상과 비교해보며 '65년체제' 이후 한국 소설에 대해 생각해보기 좋은 텍스트가 이호철의 장편소설 『역려』[29] 이다.

1978년에 완결된 이 소설은 재조일본인과 한일 혼혈인의 관계를 통해 한일 관계에 대한 성찰[30]을 보여주고 있다.

이 소설에서 일본인 게이조오는 남한 조치원에 살고 있는 이복동

---

28 관련 부분은 한국정신문화연구원, 『디지털 한국민족문화대백과사전』, 동방미디어, 2001. '농민운동' 부분을 참조함.
29 이호철, 『역려』, 세종출판공사, 1978.

생 게이스께와 아버지의 둘째 부인이었던 한국인 '작은어머니'를 만나기 위해 한국으로 온다. 3년 전 그들의 소식이 전해졌는데 한일 국교정상화가 이루어진 후 근 십 년째 주한일본대사관을 비롯하여 한국으로 건너가는 여러 인편으로 줄을 펼쳤었는데, 작은어머니 편에서도 주일대사관 등 인편을 통해 조심스럽게 줄을 대어 1970년 여름 소식이 닿게 된 것으로, 게이스께에게서 엽서로 안부 기별이 왔던 것이다. 모자가 6·25 동란 때 남쪽으로 피난을 나왔으며 조치원에 살고 있다는 말뿐 사는 형편에 대한 얘기는 없는 짧은 엽서에 아버지 이즈미 다쯔오는 서운해했다. 엽서 발신인이 박성갑인 것으로 보아 작은어머니는 박가 성의 남자와 재혼한 모양이라는 것을 짐작할 뿐이었다. 1945년 패전 당시 29살이었던 그녀가 재혼한 것은 당연한 일이었을 것이라 여기면서도 그는 재결합할 의사를 비친다. 이제 둘째 부인 조 씨도 쉰다섯 살이 되었을 정도로 많은 세월이 흘렀는데, 다쯔오는 홀아비로 6년째 노인 합숙소에서 외롭게 사는 처지다 보니 옛 여자인 작은어머니가 그리웠던 것이다. 그녀의 한국인

30 이에 대해 본고와 유사한 관점으로 분석한 선행 연구는 서세림, 「이호철 소설과 일본—분단체제와 한일 관계의 연속성」(『한국근대문학연구』 19권 2호, 2018)인데, 일본이 과거의 자신을 만나는 계기로 작용하며 '기억'이라는 측면에서 한일 관계의 연속성이 드러난다는 관점이 본고의 참조점이 된 부분이 있다. 서세림의 연구는 한일 관계가 '자본'과 그 힘을 바탕으로 새롭게 정립된다는 데 좀 더 주목하고 있고 이호철의 다른 소설까지 검토하며 분단체제로 그 논의를 확대하고 있다. 그러나 본고는 한국 소설에서 일본인을 다루는 하나의 방식을 살펴보고 김정한 소설과의 비교 항으로 놓기 위해 『역려』를 분석하고 있는 것이다. 그리고 본고는 이호철의 소설과 김정한 소설의 의미를 이들 소설의 일본인 표상이 '성격'을 가진 인물들인 점에 주목하여 개개인의 기억과 트라우마, 일상의 감각을 통해 조명하고 이를 통해 국민국가 서사와의 거리를 만들어내려고 했던 점에 주목하고 있다.

남편에 대해 그다지 고려하지 않는 것으로 볼 때 '조선인 첩'에 대해 갖고 있는 다쯔오의 인식이 얼마나 존중감을 결여한 것인지를 알 수 있다.

"그런 일이 이쪽 생각대로 간단하겠습니까. 아버지 입장에서 아버지 나름으로 생각하시는 일한日韓 관계와, 그쪽 현지에서 각자 나름으로 생각하는 한일韓日 관계는 격차가 있을 테니까요. 작은어머니가 아버지와 결합되던 사정도 실은 그분 입장에서는 굉장히 굴욕이었을 테니까요."
"시끄럽다. 그 얘기는 새삼 그만둬라."
하고 다쯔오는 와락 또 역정을 쓰고는, 곧 수그러들었다.
"네 얘기는 안다. 또 그 일반론."
"일반론이 아니에요. 그게 어째서 일반론입니까. 그야 아버지 쪽에서는 그런 식으로 생각하고 싶으실 테지만, 아무튼 그쪽은 당한 쪽이 아니겠습니까. 우리가 일반론처럼 생각하고 있는 것은 실은 그쪽에서는 개개적으로 절절한 것일 테니까요."
"토론은 그만두자. 암튼."[31]

다쯔오에 반해 아들 게이조오는 상식을 갖추고 이성적인 판단을 하는 모습을 보인다. 그는 식민지인에게 갖는 지배자로서의 시각보다는 그 어느 쪽으로도 쏠리지 않는 중간적인 입장에서 제3자로서

31 이호철, 위의 책, 14~15쪽.

의 시각을 유지하는데, 이는 식민 1세와 식민 2세의 경험과 감정의 차이에서 기인하는 것이기도 하다. 그는 "아버지 입장에서 아버지 나름으로 생각하시는 일한日韓 관계와, 그쪽 현지에서 각자 나름으로 생각하는 한일韓日 관계는 격차가 있을" 것이라는 사실을 지적하며 아버지의 태도를 비판적으로 보는 객관적 입장을 고수하려 한다. 과연 게이스께가 공항으로 마중 나올까에 대해서도 "배짱 가진 한국인으로 성장했다면 나오지 않아야 옳지요. 그게 그쪽 현지의 자존심이에요"(15)라고 말하려다 입을 다물기도 한다.

이는 그가 한국에 대해 갖는 감정이 다소 냉정한 것이기 때문이기도 하다. "게이스께 모자가 보고 싶다. 못 견디게 보고 싶다. 게이꼬도, 한국 산천山川도, 산천도! 너는 나보다는 덜할 것이다. 암, 덜하구 말구"라고 답답해하는 다쯔오와는 입장이 다르다. 다쯔오에게는 인생에서 가장 화려한 날들이었기에 노스텔지어의 대상이 되는 식민지 조선에서의 기억이 식민 2세인 게이조오에게는 다르게 새겨져 있는 것이다. "식민 2세들에게 조선은 소통하기 어려운 낯선 타자들에 온통 둘러싸인 암울한 고향이었고 그들이 회상하는 식민지의 풍경은 성공담이나 무용담의 구조를 띠고 있는 식민 1세들의 그것과는 상당한 차이가 있"[32]다. 게이조오가 아버지와 석산리에 들어간 것은 두 살 때로, 1930년이었다. 중학교까지 한국에서 살았던 그는 기억 속의 한국을 반추해본다. 그는 작은어머니가 처음 들어올 때를

---

32 이호철, 위의 책, 14~15쪽.

회상해보는데, 작은어머니는 원래 명문 집안 딸로 오빠들이 독립운동을 하다가 함흥형무소에서 무기징역을 선고받고 고아나 다름없는 상황이어서 본의 아니게 첩이 되었던 것이다.

게이조오는 아버지의 소원을 위해 한국을 방문했으나, 아버지 다쯔오의 그리움을 이해하지 못하고 언짢은 마음까지 든다. "청장년 시절을 식민지 한국에서 떵떵거리고 지"냈던 아버지가 "식민지 한국에서의 화려했던 지난날"을 그리워하는 것이 못마땅하고 피지배자로서 "굴욕"적으로 아버지와 결합했을 식민지의 여성을 자기식대로 향수의 대상으로 삼으며 그녀와 그 사이 소생들을 다시 찾는 일이 윤리적으로 정당하지 못하다는 생각까지 갖는 것이다.

> 돌아올 때의 아버지 나이 마흔세 살로, 패전 직후의 어려운 고비에서는 점령군 부대의 막노동꾼으로도 굴러다녀야 했었으니 그때부터 이미 식민지 한국에서의 화려했던 지난날은 당신의 깊은 마음속에 그리움으로 들어앉기 시작했을 것이다. 그러나 한국에 전쟁이 일어나고 그렇게 전쟁 경기도 곁들여서 패전 일본의 급속한 전후 복구가 이루어지는 가운데 당신의 형편도 그런 나름으로 펴지기 시작하였겠지만, 여전히 새 일본에 마음은 그닥 붙지 않았을 것이다.[33]

"청장년 시절을 식민지 한국에서 떵떵거리고 지내다가 패전 후 본

---

33 이호철, 위의 책, 15~16쪽.

국으로 돌아왔"던 다쯔오에게 귀국 후의 삶은 말 그대로 '추락'이나 다름없었다. '제국'의 신민이 아닌 점령군 치하의 패전국민으로 "점령군 부대의 막노동꾼"을 하고 있는 상황이니 "식민지 한국에서의 화려했던 지난날"은 그리움의 대상이 되었고 그렇게 시간이 지나는 동안 더욱 깊어졌다. 그러니 다쯔오는 "식민지 시절, 현지에서 저지른 저들의 횡포 쪽에는 눈을 씻고, 그곳에 우연히 뿌려진 씨앗 쪽에만 생각이 미쳐서" 그들을 다시 찾을 생각이 나는 것이다. 더욱이 아내가 세상을 뜬 후 6년간 노인 합숙소에서 지내고 있으니 다쯔오에게 '새 일본'에 살고 있는 현재보다 "식민지 조선"에서의 과거 시절이 더욱 그립고 간절한 것은 당연한 일이다.

"청장년 시절을 식민지 한국에서 떵떵거리고 지내다가 패전 후 본국으로 돌아왔지만, 어디 마음 붙일 데라곤 없었을 것이"라면서 게이조오는 아버지의 상황을 다소 냉철하게 바라본다. 그러나 "작은마누라와 그 소생인 게이스께가 한국 재래의 습성대로 늙마의 자기를 직접 모셔줄 것을 은근히 바라고 있는" 아버지의 생각이 "엉큼하고 엉뚱한 바람"이라는 것은 분명하지만, 식민지 조선을 잊지 못하는 아버지에게 "28년 전이 바로 어제인 듯하고, 바다 하나를 사이에 두고 걸려 있는 오늘의 일들이 전혀 실감이 안 나고 문젯거리도 안 되는지도 모른다"고 그는 생각한다.

패전 후 다쯔오 일가가 일본으로 돌아가는 과정은 매우 힘든 고행길이었다. 다쯔오의 '일본인' 가족들은 원산수용소에 갇혔다가 일본으로 귀환하는 것이 어려워 경원선 화차 속에서 열흘 가까이 같은 길을 오르락내리락했다. 10월 말경엔 수용소의 일본인 누구나 아예 북행 열차에 실려 소련 땅으로 끌려가는 편이 나은지 아니면 이대로 얼어 죽거나 굶어 죽는 게 나은지 모를 정도로 나락으로 떨어져 있었다고 술회한다. 본국으로 돌아가봐야 점령지이지만 돌아가는 길밖에는 없었는데 맏형과 둘째형은 참전해서 소식이 없었던 상황이었다. 남은 다섯 식구는 11월 초 거지 행색이 된 일행 400여 명과 화차에 실려 남쪽으로 향했다.

그들은 일본으로 돌아가며 한국인 소실의 두 소생 중 게이꼬만 데리고 갔는데, 애당초 작은어머니 편에 두고 가자고 했었으나 게이꼬에게 정이 든 할머니가 데려가길 고집하여 화차에 태우고 갔던 것이다. 본국으로 돌아가는 길이 그토록 어려우리라 생각하지 못하고 게이꼬를 데려왔으나 밤낮없이 우는 네 살배기 게이꼬가 곧 귀찮은 애물이 되었다. 그들 일행은 북행하여 엉뚱하게 함경남도 고원에 도착하고 다시 국경으로 갔으나 소련으로 넘어가지도 못하고 갈마역에 이틀째 묶여 있게 되는데 결국 게이조오가 "한국 계집애 버리고 오라"고 소리치기에 이른다. 이 때문에 게이꼬는 생명의 위협을 받고, 할머니가 게이꼬를 데리고 작은어머니에게 갔다. 게이조오 식구들은 이튿날부터 제 나름대로 연줄을 찾아 모두 흩어졌다가 석산리 농장으로 돌아와 모두 함께 겨울을 난다. 그들은 이듬해 봄 돌아가신 할머니 장사를 지낸 후 게이꼬와 게이스께를 작은어머니께 맡기고 세 식구가 산길을 걸어 인천으로 향한다. 그곳에서 다시 서울로 가 일본 본국으로 떠났다.

이러한 과정을 거쳐 힘겹게 본국에 돌아간 기억을 안고 있는 게이조오에게 한국으로 다시 돌아오는 길은 마치 시간을 거스르는 일과 같이 느껴졌다. 그는 '객관적인 태도'를 유지하려고 노력했던 일본에서와는 달리 한국 땅을 밟은 이후 만나게 되는 한국의 풍경들을 식민지 지배계급의 시각으로 바라보게 된다. 사실 화차에서 "한국 계집애 버리고 오라"고 외쳤던 때의 게이조오의 행동은 조선인 이복동생을 형제로 보지 않는 멸시 의식을 보여주는데, 실제로 아버지의 태도를 비판하면서도 자기 자신도 크게 다를 바 없는 시선을 가지고 있음을 한국에 다시 와서야 깨닫게 된다.

게이조오는 기생관광을 오는 질 낮은 무리와 관광단에 끼어 한국에 도착하는데 한국의 면면에 '역시 그랬구나, 이랬구나' 혹은 '한국이란 고작 이랬구나' 하는 느낌이 계속된다. 일본의 연장 같고, 시간적으로도 30년 전 그 한국의 평면적 연장 같다고 말하는 게이조오의 모습에서 그가 의식적으로는 중간자의 객관적 입장을 취하려 했으나 실제로 내면에 남아 있는 식민지 시대의 잔재가 여전히 작용하고 있다는 것을 알 수 있다. 그가 한국을 일본이라는 나라의 연장, 30년 전 그 한국의 평면적 연장인 것 같다고 인식하고 있는 것 자체가 그의 기억 속에 남아 있는 식민지가 '연속'되고 있음을 보여준다.

"제 배짱 가진 한국인으로 성장했다면 나오지 않아야 옳지요. 그게 그쪽 현지의 자존심이에요"[15]라고 속으로 중얼거렸던 게이조오는 공항에 내려 아무도 배웅을 나오지 않자 당황해하는 모순적 반응을 보인다.

한편, 서울로 올 때의 게이조오의 내키지 않는 마음처럼 게이꼬(한국 이름 경자, 이후 '경자'로 표기) 역시 게이조오를 만나는 것이 내키지 않았다. 3년 전 처음 게이스께(한국 이름 성갑, 이후 '성갑'으로 표기) 오빠의 기별을 받고 연락이 닿은 것은 알고 있었으나 주위에서 알까 창피하기도 하고 막연한 두려움도 앞섰다. 어머니는 이북 친정집 소식으로 애를 끓였는데 "남북이 터지기 전에 한일 국교정상화가 이루어지고 현해탄이 먼저 터진 것"이었다. 막상 게이조오가 오자, 조 씨는 혼자서 나가지 않겠다고 하고, 서울에 사는 경자만을 뒤늦게 내보낸다. 게이조오의 호텔로 찾아온 경자를 만난 게이조오는 화차간의 일을 기억하냐고 묻지만, 경자는 기억하지 못한다. 화려했던 시간의 연속, 혹은 재현을 꿈꾸는 다쯔오나, 모순적으로 남아 있는 게이조오의 기억과는 달리 그녀의 기억은 단절되어 있기 때문이다.

그는 경자가 떠난 후 경순으로부터 박훈석의 편지를 받는데, 박훈석은 경자와 성갑을 자식으로 대하기보다는 일본인의 씨라는 사실에 옛 상전의 피를 받은 아이들로 외경감을 갖고 있었던 인물이다. 그는 일본 패망 후 15년 화려한 생활의 종지부를 찍고 중국인 처자를 내버려둔 채 단신으로 압록강을 건너 원산으로 왔던 것이다. 눈치와 입심으로 공산당원이 되어 지방 대의원 선거 선거관리위원에 발탁된 후 석산리로 왔다가 지금의 조 씨를 만나 결혼하게 되었다. 그런데 주목할 부분은, 결혼에 이르게 된 가장 큰 요인이 다름 아닌 조 씨가 일본인 첩이었다는 사실이다. 박훈석이 일본에 대해 갖는 마음을 알 수 있는데, 버젓한 제 아내를 게이조오의 숙모라고 부르며 30년간 맡았다느니 내한 성과가 있으시기를 빈다는 등의 뼛속 깊은 비굴함에 경멸감을 느낀다.

사실 박훈석에 대해서는 경자 역시 혐오감을 갖고 있었다. 그는 월남 후에도 한동안 군속으로 트럭을 끌다 술독에 빠져 유흥을 즐기며 보내는 와중에도 아이들 교육비며 가족 생활비는 그런대로 감당을 했지만, 일본인 점포 막일꾼 출신으로 시작해서 만주에서 일본인 회사의 트럭 운전사로 십여 년 보낼 때가 그의 최전성기였던 까닭으로 일제강점기를 그리워한다. 이 지점에서 다쯔오와 박훈석은 지배자와 피지배자라는 차이가 있을 뿐 그 시기를 노스탤지어로 포장하고 있다는 점에서 공통적인 모습을 보인다.

이 소설의 특이점은 일본이 남과 북을 연결해주는 매개체로 작동하며 분단의 현실을 인식하게 해주는 존재로 설정된다는 데 있다. 게이조오는 경자를 만나서, 1969년 여름쯤 일본 내 조련계인 듯한 이북에 있는 작은어머니 친정 쪽에서 연락한 사실을 전하고 그때 소식을 듣고 더 적극적으로 한국 쪽에 줄을 대어 이렇게 연락이 되었다고 말한다. 그런데 게이조오의 한국 방문 자체가 조 씨의 친정과 관련되어 있는 만큼, 그의 방한을 계기로 하여 북측 지령을 받는 일본인 브로커 나가노를 포함한 브로커 세력이 개입하게 되고, 게이조오나 다쯔오는 두려움을 느끼게 된다.

이 소설은 결국 "일본제국 시대의 기개나 욕심만으로는 역시 안 되겠고, 세월은 많이 흘렀다는 느낌이 절실할 뿐"임을 느끼며, "몽매에도 잊지 못할 그 옛날, 가장 화려했던 滿洲時節은 영원히 오지 않으리라는 점만 확실"[34]하다는 것을 알게 되었다는 다쯔오의 편지로 끝이 난다.

---

34 이호철, 위의 책, 342~343쪽.

이 소설에서 이호철이 일본을 남북의 매개 항으로 그리고 있다는 사실은 흥미롭다. 그러나 사실 냉전 시대부터 남북 분단에 가담해온 것이 다름 아닌 일본이라는 사실[35]이 고려되지 않았다는 지적도 가능하다.

이호철의 『역려』는 "1960년대 한일회담의 경제협력 담론을 통해 신식민 경영에 대한 노골적 의지를 숨기지 않는 뻔뻔한 일본인들의 모습을 제시하며, 노스텔지어가 왜곡된 형태로 잔존해 있는 현실을 형상화"[36]하는 점이 있다.

『역려』는 식민지기를 '기억'하는 방식에 대해 말하면서 재조일본인의 의식, 일본으로 돌아간 이후의 현실, 생활 등에 대해 다루며 '히키아게샤ひきあげしゃ'들의 모습을 그리고 있다는 점에서 김정한 소설 「산서동 뒷이야기」와 비슷한 점이 있다.

일제강점기 조선에 건너왔거나 그곳에서 출생해 살다가 일본 패전 후 귀환한 이른바 '히키아게샤'들은 당시 북한에 50만 명, 남한에 27만 명 정도가 있었다.[37] 이들은 "조선에 거주할 당시 대체로 현지 사회와 별 접촉 없이 일본식 일상생활을 했으며, 경성에서는 일본의 웬만한 도시보다 훨씬 앞선 근대 문물을 누리기도 했"[38]다. 그러나 김정한의 「산서동 뒷이야기」에서 그려지는 이리에나 나미오의 형상

---

35 최진석 외, 『동아시아 기억의 장』, 정지영·이타가키 류타·이와사키 미노루 엮음, 삼인, 2015, 516쪽.

36 서세림, 앞의 글, 317쪽.

37 다카사키 소지, 『식민지 조선의 일본인들』, 이규수 옮김, 역사비평사, 2006, 182쪽.

38 최진석 외, 앞의 책, 516쪽.

화는 "현지 사회와 별 접촉 없이 일본식 일상생활"을 한 일반적인 히키아게샤들의 모습과는 판이하게 다르다.

김정한의 「산서동 뒷이야기」에 나오는 이리에와 개펄 마을 사람들 간의 관계에서, 일본인과 한국인의 연대가 가능할 수 있었던 것은 그들이 실제로 생활과 삶의 방법, 사유 방식까지 공유하는 사이였기 때문이다. 그들의 신산한 삶이 하나로 겹쳐지며 "올데갈데없는 따라지 목숨들이나 부지해 사는 지역"(179)에서 살아가려고 애쓰는 기층 민중으로서, 인간으로서의 감정을 나누었기 때문이다. 따라서 식민지 지배층, 피지배층의 구분 없이 그들은 '우리'가 될 수 있었다.

패전 이후 식민지 조선을 떠나 본국으로 돌아간 일본인들에 대한 한국 소설의 재현은 대개 조선을 떠난 후 많은 시간이 흐르고 나서 한국과 다시 만나게 되었을 때, 조선이 더 이상 식민지가 아니란 것을 인지하고 식민지적 역사 인식을 요청받게 된 그들이 한국을 다시 대면하고 나서 자신의 인식, 태도, 생각 등이 식민지 체제의 것임을 깨닫는[39] 모습으로 그려지곤 한다. 이호철의 『역려』역시 마찬가지로, 일본인 주인공은 자신의 왜곡된 기억 속에서 미처 자각하지 못했던 '지배 계층'으로서의 시각과 감정, 자기 내부의 식민지 체제의 잔재를 발견하기에 이른다.

그러나 「산서동 뒷이야기」에서 나미오가 박 노인을 향한 마음은 산서동 옛 주민으로 느끼는 동질감이 더 크며 특별히 식민지 체제의

---

39 차은정, 『식민지 기억과 타자의 정치학』, 선인, 2016, 355쪽.

사고를 가진 바 없고,「오끼나와에서 온 편지」에서도 하야시, 다께오와 복진이라는 인물을 통해 오키나와의 현실과 한국적 현실이 겹치는 접점이 중요하게 다뤄지기 때문에 식민지/제국의 간극이나 위계가 드러나지 않는다. 김정한의 소설들은 이런 점에서 한일 관계에 대한 새로운 사유를 보여주는 부분이 있다.

식민지기의 기억이 어떻게 남아 있는가의 문제가 일본, 한국의 관점에서 문학적 형상화가 될 경우 1945년 8월 15일의 '이후'라는 것은 중요한 시간성을 형성한다. 개인의 기억은 전쟁과 관련될 때 전쟁을 일으킨 국민국가의 '국민'으로서의 기억 속에 녹아들어 '재再기억화'되곤 한다. 일본에 있어서는 원폭과 미군정으로 인해 일본인들의 전쟁 이후 기억에 전쟁의 '희생자'로서 상상이 더해진 점이 있다. 패전에서 전후로 이어지는 과정의 기억의 문제를 지적한 논자 가토 노리히로는 패전국으로 느끼게 되는 '비틀림'[40]을 일본의 전후가 인식하지 않은 채 '전후'라는 미래의 시간으로 이어져버리면서 기억이 왜곡되었다고 보았다. 전쟁 기억이 반성에 중점을 두는 대신 '평화'로 이동해버리며, 이 과정에서 패전敗戰을 직시하지 않고 넘어가게 되었다는 것이다.

『역려』에서 다쯔오와 같은 히키아게샤들이 갖고 있는 식민지기에 대한 왜곡된 기억이나, 자기 안의 식민지 체제의 잔재들이 자각되지

---

40 패전국의 경우 전쟁 중에 나름대로는 정의를 위해 싸운 것이었지만, 전후에는 이것이 불의한 전쟁이었음을 받아들여야 하기 때문에 비틀림이 생긴다는 의미이다.(加藤典洋,『敗戰後論』, 筑摩書房, 2015; 김만진,「'패전후론'과 전후 일본 내셔널리즘」,『세계정치』 14권 1호, 서울대학교 국제정치문제연구소, 2011)

않고 남아 있었던 것은 '국민의 기억'으로 재기억화되는 과정에서 일본의 '전후'가 '종전'과 '평화'에 중점을 두면서 가토 노리히로가 말한 '비틀림'에 대한 인식, 반성 등을 누락한 채 이루어졌다는 데에서 원인을 찾을 수 있다. 그렇기 때문에 다쓰오의 식민지기 기억은 쉽게 향수로 포장될 수 있었던 것이다.

한국 사회에서 일본이 대개 '타자'이며, 그것도 대부분 '적대적 타자'로서 인식되었고, "한국 소설에서 일본인은 성격^{character}으로 등장하지 않는"[41] 경우가 대부분이라는 점을 고려할 때 김정한의 「오끼니와에서 온 편지」, 「산서동 뒷이야기」에 등장하는 일본인 표상은 의미 있는 차이점을 도출한다.

물론 일본인의 입을 빌려 김정한이 작가의식을 표출하는 경우가 많아 대화 등에 약간의 부자연스러움, 도식적인 점들이 존재하기는 하지만, 그렇더라도 이 소설들의 일본인 형상화는 당대의 다른 한국소설과는 달리 평면적으로 다루어지며 적대적 타자로만 그려지지 않고, '성격^{character}'을 갖는다.

박경리의 『토지』에 등장하는 일본인 및 일본인 상을 검토한 글[42]에서 김철은 평화로운 농촌 평사리의 한가위 잔치 마당을 덮치는 일본 군경의 잔학 행위로부터 시작되는 첫 장면에서 시사하듯 모든 재앙과 고통을 가져오는 악의 무리로 묘사되고 있다고 지적했다. 그는

41 윤대석, 「일본이라는 거울―이광수가 본 일본·일본인」, 『일본비평』 3호, 서울대학교 일본연구소, 2010, 79쪽.
42 김철, 앞의 책, 25쪽.

"선(인)/악(인)의 선명하고도 가차 없는 이분법에 의해 유지되고 있"는 『토지』의 이런 면모를 "민족-멜로드라마"라고 규정한다. 그런데 이 소설에서 일본인을 "악의 뿌리", "절대악", "마귀", "악마"로 지칭하고, 등장인물들은 모두 일본(인)에 대한 저주, 증오, 혐오, 경멸의 정서와 언어를 공유하며 그들이 일본인론을 펴는 경우에도 일본문화와 일본인을 '짐승'이나 '상놈', '야만인'으로 묘사하는 언설이 가득한 데 반해 정작 일본이 소설에 직접적으로 등장하거나 소설 내 사건 혹은 인물에 영향을 끼치는 경우도 없었다는 것이다. 자신과 타자의 관계를 문명/야만의 구도로 설정하는 것이야말로 제국주의 지배의 초석이라는 인식은 이 세계에서는 생겨날 수 없으며 제국주의를 넘어설 상상력 역시 이 안에서는 기대할 수 없다고 김철은 지적한다.

전쟁과 전후라는 상황을 '성격'을 가진 인물들 개개인의 기억과 트라우마, 일상의 감각을 통해 조망하고자 했다는 점에서 이호철의 『역려』와 김정한의 소설들은 의미를 가진다.

『역려』의 한 구절처럼, "요즘 일한 관계라는 건 대체 뭐지? 그런 건 실은 없어. 개개로 부딪치는 일한 관계가 바로 일한 관계지"라는 생각을 담고 있는 것, 그리고 이러한 개별적 관계들 중에서도 가족 관계로 보는 한일 관계라는 설정을 한 점이 『역려』가 갖는 특이한 부분이라 할 수 있다.

게이조오의 조부와 조모는 이 땅에 묻혀서 이 땅의 흙이 되어 있다. 그것이 어찌 게이조오의 조부와 조모이기만 할 것인가. 저간의 사연이야 어쨌건, 그것은 경자의 조부요 조모이기도 한 것이다. 그러나 바로 그 저간의 사정, 역사적 현실적 및 객관적인 한일 관계에만 가려서, 육친의 정쪽이 전혀 무^無로 환원될 수는 없는 것이다. 그렇기는커녕, 도리어 육친의 정 쪽이 잘 살려짐으로써, 객관적인 한일 관계에 더욱 절실하게 긍정적인 작용을 더할 수도 있었을 것이다. 육친의 정 쪽을 거부하는 데서는 처음부터 모든 일이 비뚤어질 일밖에 없다. 비근한 예가 지금 벌어진 사태가 그렇지 아니한가. 조치원의 어머니나 오빠가 코빼기도 안 내민 것은 민족적 자존심이라는 허울을 쓴 일종의 쑥스러움일 터였다. 경자 자신부터가 그러했다. 그런 결과로 빚어진 것은, 기껏 조치원 아버지가 이일에 개입해 들어온 꼴이 되지 않았는가 말이다. 무조건적인 거부반응 일변도는 생산적이 못 된다. 모든 안티테제라는 것이 그렇듯이 말이다. (206)

이호철의 『역려』속 인물들은 "역사적 현실적 및 객관적인 한일 관계"가 아닌 다른 길이 존재하며 "무조건적인 거부반응 일변도"가 해결책이 되지 못한다는 것을 보여주려는 의도로 '혈연'을 이야기한다. 그러나 이러한 선택은 혈연관계에 치중하여 구조적인 문제, 보편적 문제에 대한 성찰이나 문제제기에는 이르지 못하게 하는 점도 있다.

그에 반해 김정한의 「오끼니와에서 온 편지」와 「산서동 뒷이야기」에 나오는 일본인 표상은 혈연 등의 연결고리가 전혀 없는 타인이 서로 공감하고 이해와 연대를 쌓아가는 모습을 그려냄으로써 '국민의 기억' 바깥에 있는 개개인의 기억을 통해 전쟁 기억이 어떻게 국가의 경계를 넘어서서 보편성을 획득할 수 있으며, '국민의 기억'이 되면서 누락되어버린 것들을 어떻게 다시 찾을 수 있는지를 생각하게 만든다.

이리에와 박 노인, 다께오와 하야시 부자, 복진이 공유하는 감정과 기억은 인류애가 작동하는 차원으로 그들을 이동시켜주는데, '개개인'에 중점을 두고 타자를 바라보기 때문에 구체적인 개인들을 말소시키는 공식 기억과는 달리 구체적인 한 명 한 명의 사소한 기억을 대면하게 해주고 이 과정에서 공식 기억이 의도적으로 누락하거나 침묵했던 것들이 다시 복원되게 된다.

"과거를 묻지 말 것이 아니라, 성실하게 반성하고, 회개할 건 회개해야 된다고 생각한다. 그렇게 함으로써만 과거를 현재에 살릴 수 있다고 믿는다"는 김정한의 생각은 1960년대의 부정적 상황의 근원이 해방 후 올바르지 못한 역사에서 기인한다고 보았던 것[43]으로, 그는 일본과의 관계에서 역사 인식을 바로잡는 것을 중요하게 생각했다. '65년체제'의 가장 큰 문제는 과거사 청산이나 역사 인식의 정립 등이 제대로 이루어지지 않은 상태에서, 정치경제적 고려에 의해 협의된 것이라는 점이다.

「산서동 뒷이야기」는 어떤 외교적 협의나 문서상의 평화가 아닌 민중의 연대와 인간 한 명 한 명이 느끼는 연대감, 평화가 더 중요하며, 진정한 '해결'의 가능성을 찾을 수 있게 한다는 생각을 보여준다.

---

43 김정한, 「창작 노우트」, 『월간문학』, 월간문학사, 1970년 8월, 252쪽.

5. 맺는 말

1960~1970년대에 쓴 김정한의 후기 소설들은 민중의 고통과 당시 부정적 현실에 대한 첨예한 비판 의식과 해방과 전쟁을 거치며 여전히 해결되지 않고 남아 있는 여러 문제들이 서둘러 봉합되거나 은폐되는 데 대한 저항의 목소리를 내고자 했다. 특히 그의 후기 소설 중에 (신)식민주의의 문제를 다루고 있는 일군의 소설들을 다시 살펴볼 필요가 있는데, 한일 관계를 기존의 다른 소설과는 다른 방식으로 성찰하고 있기 때문이다. 그는 역사적 기억을 반추하고 당대 한국의 현실 속에 여전히 작용하고 있는 '식민지성'의 남은 문제들을 한국인뿐 아니라 일본과 일본인의 입장에서도 확장시켜 바라보려고 한다. 그의 소설들은 서로 다른 시선과 기억이 교차하는 한일 간의 문제를 단순하게 그려내기보다는 그 복잡함과 모순성을 좀 더 깊이 성찰해보고 '해방-전쟁-전후'로 이어지는 연속적인 흐름을 냉전 구도와 세계라는 맥락하에서 좀 더 넓게 파악하려 한다.

릴리 간디는 아시스 낸디의 『친밀한 적』을 인용하여 식민주의의 두 가지 다른 유형을 제시했다. 일반적으로 영토의 물리적 정복에 몰두하며 '제국'으로 군림하는 식민주의와, 마음·자아·문화의 정복에 전념하는 좀 더 은밀한 방식의 식민주의가 존재한다는 것이다. 후자는 전자보다 교활한 방식이라고 할 수 있다.[44] 후자의 방식을 선택

---

[44]　릴라 간디, 『포스트식민주의란 무엇인가』, 이영욱 옮김, 현실문화연구, 2000, 25쪽.

한 것이 미국이라 할 수 있는데, 김정한의 소설은 냉전체제 이후 새로운 자유 진영의 대표이자 민주주의를 수호하는 '메시아'로 부상한 미국이라는 새로운 제국을 인식하고 있다.

김정한의 일련의 소설들은 한국과 오키나와라는 공간의 신식민지적 상황을 자세히 다루고 있고, 한일 일대일 대립 관계로만 인식되며 누락된 세계라는 맥락을 복원시키려 했다. 「오끼니와에서 온 편지」에서는 1972년 일본이 중국과 국교를 회복한 이후 대만인들과의 교류가 단절된 것에 대한 언급도 등장한다. 또한 당대의 오키나와가 배경이라는 점에서 '베트남'이라는 맥락도 삽입된다.

세계대전은 끝났고, 한국의 입장에서는 '해방'이 되었지만 이들 국가들에 미국의 신제국주의는 여전히 영향을 끼치고 있었다. 또한, 당시 팽배했던 국가주의의 영향으로 국가 간의 관계는 그 안의 민중들에게까지 깊은 영향을 주었다. 특히 식민지였다가 식민 상태가 일단은 '종료'되었다고 간주한 국가들에게 '정체성'을 확립해야 하는 문제가 요구되는 상황에서 국민국가의 구성되는 정체성, 민족주의로의 수렴은 개인의 기억들을 국민국가 서사로 환원되게 만든 점이 있다.

앞에서 설명한 것처럼 패전 이후 일본은 냉전 상황에서 미국에 협력하였고, 미국은 일본을 반공의 전진기지로 활용하기 위해 전쟁 책임을 추궁하는 도쿄재판에서 "천황을 면책하고 731부대로 대표되는 독가스 세균전을 면죄하며 식민지 지배하에 자행된 '군대위안부'와 강제 연행 등의 비인도적인 행위는 언급조차 되지 않"[45]게 하는 데 일조한 점이 있다. 군부에 아시아태평양전쟁의 책임을 전가하면서 전쟁과 식민의 기억을 왜곡하는 일본 내부의 '공식 기억'이 구성되었다.

『역려』의 일본인 표상이 보여주는 것은 그러한 공식 기억을 내면화한 히키아게샤들의 모습인데 식민 지배에 대한 재평가, 반성의 기회 없이 '새 일본'에 적응하며 문제를 인식하지 못한 채 살아가는 경우가 많다. 그들 중 한 명인 게이조오가 한국에 와서 느낀 것은 공식 기억 속으로 환원시킬 수 없는 '풀뿌리 민중'의 기억들이다.

이러한 의도를 좀 더 잘 볼 수 있는 것은 사실 김정한의 미발표작 「잃어버린 산소」이다. 일제 말 제국주의적 양상을 파악하기 위한 중요한 지표가 되어주는 이 소설은 남양군도까지 다루고 있다. 안타깝게도 미완성되어 문학적 성과를 논하기 어려운 점이 있어 이 글에서는 다루지 않았지만, 결혼이민이라든지 '위안부'와 같은 여성들의 수난에 대해 그리고 있고, 미국의 신제국주의 정책과 한국으로 '귀환'한 사람들을 통해 범아시아권 민중연대라는 지평을 열어주려 했다.

이 글은 '65년체제'라는 한국 역사의 중요한 지점을 김정한과 이호철 소설로 읽어보려는 하나의 시도이다. 특히 이들의 소설들이 한일 관계를 기존의 소설과는 다른 방식으로 성찰하고 있는 부분을 살펴보려 했다. 이호철의 『역려』와 김정한의 소설들은 기존 소설에서 일본인 표상이 대개 성격을 가지고 있지 않은 평면적 캐릭터로 묘사된 것과 다르게 인물들 개개인의 기억과 트라우마, 일상의 감각

---

45 이규수, 『한국과 일본 상호 인식의 변용과 기억』, 어문학사, 2014, 199쪽.